HEYNE <

Das Buch
Der 12-jährige Chris, Sohn eines Sprengmeisters, verbringt den Sommer mit seinen Eltern in Irland, wo sein Vater einen Auftrag hat. Bei seinen einsamen Streifzügen durch die Landschaft um Killarney entdeckt Chris merkwürdige Dinge: Unter der Oberfläche eines Sees ahnt er eine uralte, mächtige Stadt und begegnet einem Gnom mit acht Zehen. In der geheimnisvollen Burgruine Ross Castle verirrt er sich in eine riesige Halle und wird von einem Ungeheuer verfolgt. Immer seltsamer scheint die Gegend – und da öffnet sich nach einer missglückten Sprengung plötzlich ein Tor in einem Felsen, und Chris findet sich wieder in der Welt der Feen und Elfen, Nixen und Einhörner. Zunächst lebt er unbeschwert auf der Insel der ewigen Jugend, doch dann holt ihn Prinz Llewellyn ins Feenreich. Fuavarra, der Feenkönig von Erinn, bittet Chris, ihm bei der Rettung des Reiches zu helfen, das von den Milesiern, einem Menschenvolk aus dem Norden bedroht wird. Lange schon hat der König jemanden wie Chris gesucht, jemanden, der sich sowohl in der magischen Welt als auch in der Welt der Menschen bewegen kann. Nun verlangt er von Chris, zum Mag Mor Drag zu reisen, wo der mächtige Drache haust – er allein kann die Milesier vernichten und das Feenreich retten.

Die Autoren
Wolfgang Hohlbein, 1953 in Weimar geboren, ist einer der erfolgreichsten deutschsprachigen Schriftsteller, dessen breites Spektrum neben Fantasy auch Thriller, Science Fiction und Horror umfasst. Sein erster großer Erfolg war *Märchenmond*, ein Roman, den er wie alle seine märchenhaften Fantasy-Romane zusammen mit seiner Frau Heike schrieb. Wolfgang und Heike Hohlbein leben mit ihren Kindern in der Nähe von Düsseldorf.

WOLFGANG &
HEIKE HOHLBEIN

DRACHENFEUER

Roman

WILHELM HEYNE VERLAG
MÜNCHEN

HEYNE ALLGEMEINE REIHE
Band-Nr. 01/13276

Umwelthinweis:
Dieses Buch wurde auf
chlor- und säurefreiem Papier gedruckt.

7. Auflage

Taschenbucherstausgabe 2/2001

Wilhelm Heyne Verlag GmbH & Co. KG, München
Printed in Germany 2003
Umschlagillustration: Don Maitz/Agentur Schlück, Garbsen
Umschlaggestaltung: Nele Schütz Design, München
Satz: Buch-Werkstatt GmbH, Bad Aibling
Druck und Bindung: Elsnerdruck, Berlin

ISBN: 3-453-18089-5

http://www.heyne.de

Die Feen- und Märchenwesen Erinns sind zum großen Teil der keltischen Mythologie entlehnt, jedoch haben wir uns in ihrer Gestaltung und ihrem Auftreten einige dichterische Freiheiten erlaubt –

Oberon möge uns verzeihen!

W. und H. Hohlbein

Inhalt

Die Völker des Feenreichs

Sidhe	Herrscher des Elfen- und Feenreichs
Tuatha de Dannan	Halbelfen
Erinn	menschliche Bewohner des Feenreichs
Buka	Poltergeist, »Heinzelmännchen« etc.
Merrow	Flussfrauen und -männer, halb Mensch, halb Fisch
Spriggan	kleine, bösartige Kobolde
Korred	Berg- oder Steinelfen, leben unter der Erde und kommen nur nachts heraus
Kelpie	bösartiger Dämon, der in Flüssen und Bächen lebt
Boccanach	kleine Feuergeister
Goblin	Trolle
Cu Sith	riesige, hundeähnliche Bestien, die gern als »Wachhunde« eingesetzt werden
Asrai	kleines, sehr freundliches Elfengeschöpf
Fomoraig	wildes Piratenvolk
Milesier	Menschenvolk aus dem Norden

Loch Lein

Die Explosion wirkte gar nicht besonders heftig; Chris sah nur einen winzigen gelben Funken, der sofort von einer emporschießenden Staubwolke verschlungen wurde, und Augenblicke später hörte er ein dumpfes, trockenes Krachen, das eher wie ein ferner Gewehrschuss klang als wie die Detonation eines halben Zentners Dynamit. Aber wenige Sekunden danach begann der massive Granit unter seinen Füßen zu zittern, und tief aus dem Boden drang ein Echo auf das Grollen der Explosion, ein Laut, der in Chris' Ohren fast wie ein Stöhnen klang – als winde sich die Erde unter den Schmerzen, die man ihr zugefügt hatte. Natürlich war das ein reichlich alberner Gedanke, wie Chris sehr wohl wusste – aber er passte durchaus zu seiner momentanen Stimmung. Chris, ein Junge von zwölf Jahren und unter normalen Umständen eher ein lustiger Bursche, der immer zu einem Schabernack aufgelegt war und gerne lachte, war nämlich miserabler Laune.

Dabei gaben ihm weder das Wetter noch seine Umgebung Anlass dazu. Unter ihm, im Tal, breitete sich eine malerische Seelandschaft aus, und es war ein Sommertag wie aus dem Bilderbuch: Seit dem frühen Morgen herrschte herrlichster Sonnenschein, und der Himmel hatte jetzt, gegen Mittag, einen Farbton angenommen, wie man ihn sonst nur auf kitschigen Postkarten zu sehen bekommt. Chris stellte sich vor, wie schön es jetzt wäre, im Bug von Onkel Johanns Frachtkahn zu liegen und dem Plätschern des Wassers zu lauschen, das am Rumpf entlangströmte, all die verschiedenen Städte und Landschaften und Menschen zu betrachten, die langsam an den Ufern vorbeizogen, und zwischendurch vielleicht ein bisschen in der Sonne zu dösen …

Es war eine wunderbare Vorstellung.

Leider sah die Wirklichkeit anders aus.

Statt im Bug eines Piratenschiffes zu liegen und gefährlichen Abenteuern entgegenzusegeln, saß er auf einem langweiligen Felsen in einem langweiligen Land und versuchte, sich an den Gedanken zu gewöhnen, seine diesjährigen Ferien in Sibirien zu verbringen.

In der Verbannung. Im Exil. Hundert Jahre Zwangsarbeit in den Bleiminen.

Nun ja, es war vielleicht nicht ganz Sibirien, aber der Unterschied bestand nur im Detail – ob Kamatschsibirsk oder Killarney: Chris kam sich vor, als befände er sich in der Verbannung.

Und darauf hatte er sich nun das ganze Jahr über gefreut! Sechs endlose Monate lang, seit dem ersten Schultag nach den Weihnachtsferien, hatte ihm allein die Vorstellung von dem herrlichen Sommer auf dem Rhein die Kraft gegeben, den täglichen Kleinkrieg mit seinen Lehrern durchzustehen. Wenigstens bis zu dem Augenblick, in dem ihm sein Vater überglücklich eröffnet hatte, dass er seine diesjährigen Ferien in Killarney verbringen dürfe, statt wie in den vergangenen drei Jahren auf dem Frachtschlepper seines Onkels, der unentwegt rheinauf, rheinab zog; etwas, das vielleicht für seinen Onkel und dessen Familie mittlerweile langweilig geworden war, für einen abenteuerlustigen zwölfjährigen Jungen wie Chris aber einfach das Größte. Er hatte sich so sehr auf diese Fahrt Basel-Rotterdam gefreut, zum Teufel noch mal, und dann hatte ihm sein Vater strahlend mitgeteilt, dass er endlich von seiner Firma die Erlaubnis bekommen habe, seine Familie in den Sommerferien mit nach Irland zu nehmen …

Chris' ohnehin schlechte Laune sank noch weiter, als er sich den schicksalsschweren Moment ins Gedächtnis zurückrief. Nein – es war einfach nicht fair gewesen! Zumal – und das war vielleicht das Schlimmste überhaupt – er ganz genau gespürt hatte, wie sehr sich sein Vater freute, ihn mit nach Irland nehmen zu können, für geschlagene sechs Wochen und noch dazu fast umsonst. Seine Enttäuschung war so groß gewesen, dass er am liebsten geheult hätte. (Um ehrlich zu sein – er hatte es getan, aber nicht im Beisein seiner Eltern, sondern später, als er allein war und ihn niemand beobachtete.)

Für Chris war dieses Gespräch wie eine Verurteilung gewesen: nicht gerade zum Tode, aber doch zu lebenslanger Verbannung an einen unbekannten und sicherlich grässlichen Ort. Eine Verurteilung noch dazu, die ihm völlig ungerechtfertigt erschien, denn er konnte sich beim besten Willen nicht entsinnen, was er dem Schicksal angetan hatte, dass es so unmenschlich mit ihm verfuhr.

Ein erster Blick in den Schulatlas hatte seine Meinung noch bestätigt. Killarney – das selbst auf seinem großformatigen Atlas kaum mehr als ein Fliegendreck war – lag sozusagen mitten in der Wüste. Es gab im Umkreis mehrerer Kilometer um den Ort seiner Verbannung keine Stadt, die diesem Namen Ehre machte, und schon gar keinen Fluss, nur diesen dämlichen See und einen Bach, der gerade mit der Lupe erkennbar war und nicht einmal einen Namen hatte. Ein ganzer Sommer ohne Schiff und Wasser? Das war mehr, als er ertragen konnte. Es war die reinste Folter. Er würde sich bei der Menschenrechtskommission in Genf beschweren!

Noch bis zum Augenblick ihrer Abreise hatte Chris gehofft, dass sein Vater das Unmenschliche seiner Entscheidung erkennen und sie widerrufen würde. Doch nichts war geschehen. Die Zeit verging erbarmungslos, und der Scharfrichter erwartete ihn in der Verkleidung eines Eisenbahnschaffners, der mit einem süffisanten Lächeln auf seine Karte geblickt und ihn und seine Mutter in ein Abteil bugsiert hatte; und dann ging es nonstop von Düsseldorf über Amsterdam, London, Dublin nach Killarney.

Das war vorgestern gewesen. Und Irland hatte seine schlimmsten Befürchtungen noch übertroffen. Das Land der Geister und Feen, der Elfen und Zauberer? Ha! Es war das Land der Langeweile! War es da ein Wunder, wenn er jetzt mit einem Gesicht wie drei Tage – ach was, drei Tage, drei Jahre! – Regenwetter auf diesem blöden Felsen hockte und sich auszurechnen versuchte, wie viele Stunden die Ferien noch hatten; auch wenn sich unter ihm eine Landschaft ausbreitete, die in jeden Karl-May-Roman gepasst hätte. Chris überlegte, dass ein Abenteuer mit ein paar wilden Komantschen oder Haddedihn eine nette Abwechslung gewesen wäre. Aber dann dachte er daran, dass er in der Schule gelernt hatte, dass auch diese Stämme mittlerweile zivilisiert worden waren; Abenteuer kamen eben höchstens noch in Büchern vor und mit Sicherheit nicht in Killarney.

Chris war überzeugt, dass zumindest seine Mutter ganz genau gewusst hatte, wie wenig ihn die Vorstellung eines sechswöchigen Urlaubs in Irland freute, und er rechnete damit, dass seine Eltern im nächsten Jahr alles wieder gutmachen würden. Aber der Gedanke an das nächste Jahr tröstete ihn wenig. Nächstes Jahr war weit, und jetzt war dieses Jahr, und dieses Jahr war er in Killarney, Sibirien, Abteilung unschuldig Verurteilte.

Chris rutschte auf dem Stein, den er sich als Sieplatz auserkoren hatte, in eine etwas bequemere Stellung und griff in die Tüte mit Gummibärchen, aus der er sich während der letzten halben Stunde bedient hatte. Sie war leer. Seine tastenden Finger trafen nur auf zerknitterten Kunststoff und einen kleinen klebrigen Krümel, der sich bei näherem Hinsehen als das rechte Ohr eines malvenfarbenen Fruchtgummi-Bärchens erwies. Chris schluckte das Gummiohr hinunter, knüllte die Tüte achtlos zusammen und warf sie hinter sich; zu der zusammengequetschten Cola-Dose und einem zerlesenen He-Man-Comic, dem einzig Lesbaren, das sich im Kolonialwarenladen Killarneys hatte auftreiben lassen – was nicht etwa an mangelnden Sprachkenntnissen lag, denn Chris' Englisch war ganz passabel. Aber das Ding war todlangweilig, so wie dieses ganze Kaff; er hatte es zweimal durchgeblättert und dann weggeworfen.

Aus dem Tal klang ein leiser Sirenenton zu Chris hinauf, und er beugte sich angespannt vor. Die Sprengungen dort unten waren das einzig halbwegs Interessante an dieser Hochburg der Langeweile, und auch wenn Chris sie nur aus – seiner Meinung nach – übertrieben sicherer Entfernung beobachten durfte, saß er jetzt schon den halben Morgen hier und sah zu, wie sich die schweren Baumaschinen Stück für Stück in den Berg fraßen, nachdem sein Vater (und bei diesem Gedanken überkam ihn Stolz) die Dynamitladungen gelegt und die größten Hindernisse damit zu kleinen Felskrümeln verarbeitet hatte.

Zum zweiten Mal erscholl der Warnton, und dreißig Sekunden später blitzte es unten am Seeufer wieder grell auf, als eine halbe Tonne Dynamit einen Teil des Berges zerpulverte, der sich unverschämterweise der geplanten Straße in den Weg gelegt hatte. Chris bedauerte es, nicht mehr erkennen zu können, als dort unten ein Felsbrocken von der Größe eines Einfamilienhauses auseinander barst. Morgen – Verbot hin oder her – würde er näher herangehen. Schließlich war er nicht irgendwer, sondern der Sohn des Sprengmeisters.

Chris war so vertieft in den Anblick des zusammenbrechenden Bergstückes, dass er nicht hörte, wie sich leise Schritte seinem Aussichtsposten näherten. Erst als ein Schatten über ihn fiel, fuhr er hoch und blickte erschrocken ins Gesicht eines vielleicht vierzehnjährigen Jungen, der wie aus dem Boden gewachsen hinter ihm stand.

»He!«, sagte er ärgerlich. »Was schleichst du dich hier an?« Ihm fiel erst mit einiger Verspätung ein, dass der andere mit großer Wahrscheinlichkeit Ire war und wohl kaum verstand, was er gesagt hatte. Abrupt stand er auf, baute sich mit in die Hüften gestemmten Fäusten vor dem anderen auf und musterte ihn herausfordernd. Er war schlecht gelaunt, und dieser rothaarige, pickelgesichtige Kerl – der zwar einen Kopf größer war als er, aber so dürr, dass er eigentlich bei der ersten unvorsichtigen Bewegung in der Mitte hätte auseinander brechen müssen – kam ihm gerade recht, um als Sündenbock zu dienen.

»Ich hab dich was gefragt!«, knurrte Chris herausfordernd und fügte dann auf Englisch hinzu: »I have asked you something!«

In den Augen des Rothaarigen blitzte es ärgerlich auf, aber Chris begriff auch im gleichen Moment, dass sein Ärger nicht etwa Chris' Worten galt. Der Junge drehte sich wütend herum, deutete heftig gestikulierend auf die Cola-Dose, den Comic und die zerrissene Plastiktüte herab und sagte etwas in einer fremden Sprache – vielleicht Irisch? –, das Chris nicht verstand. Aber er verstand durchaus die Bedeutung der Geste; und auch den Tonfall, in dem der Rothaarige sprach.

»Ach, du meinst, ich soll das wegtun, wie?«, fragte er. Die Vorstellung schürte seinen Zorn noch. Bildete sich dieser Kerl etwa ein, er wäre bei der Müllabfuhr? »Fällt mir ja nicht im Traum ein«, sagte er grinsend. »Wenn's dich stört, dann räum's doch weg. Oder lass es liegen – das gibt dieser öden Gegend wenigstens ein bisschen Farbe.«

Mit einem neuerlichen Grinsen drehte er sich herum und wollte einfach an dem Rothaarigen vorbeigehen, aber der Junge packte ihn plötzlich am Arm und riss ihn mit erstaunlicher Kraft zurück. Und als Chris diesmal in seine Augen sah, erkannte er nicht nur Ärger darin, sondern puren Zorn.

»Was soll das?«, fragte er aufgebracht. »Du spinnst wohl!«

Chris riss seinen Arm mit einem Ruck los und versetzte dem Rothaarigen mit der anderen Hand einen Stoß, der ihn so überraschend traf, dass er zurücktaumelte und mit wild rudernden Armen auf den Hosenboden fiel. Chris grinste schadenfroh.

»Du musst dich nur melden, wenn du Ärger willst«, sagte er. Aber der andere wollte nicht. Er blickte Chris nur fassungslos an, schüttelte ein paar Mal den Kopf und rappelte sich mühsam auf.

Und dann tat er etwas, was Chris völlig überraschte – er ging nämlich weder auf ihn los, noch suchte er sein Heil in der Flucht, sondern bückte sich rasch und hob den zerfledderten Comic, die Gummibärchentüte und die Blechdose auf. Ein letztes Mal drehte er sich noch zu Chris um, sah ihn vorwurfsvoll an und verschwand mit einem einzigen Schritt im Unterholz.

Chris starrte ihm mit offenem Mund nach. Plötzlich kam er sich schäbig vor, so grob auf diesen Jungen losgegangen zu sein, den er vor fünf Minuten noch nicht einmal gekannt hatte. Und der – was das Schlimmste war – sich eindeutig im Recht befand. Es war ja wirklich nicht die feine Art, seine Abfälle einfach in den Wald zu werfen, und vermutlich hätte Chris sie sowieso aufgesammelt, bevor er gegangen wäre.

Aber der Bursche war im falschesten aller nur möglichen Momente aufgetaucht.

»He!«, rief er. »Warte doch mal. Ich hab es nicht so gemeint!«

Aber selbst wenn der Junge ihn gehört haben sollte, so reagierte er nicht darauf. Einen Moment lang hörte Chris noch seine Schritte auf dem Waldboden, dann war er so spurlos verschwunden, als hätten ihn die Schatten verschluckt.

Kopfschüttelnd sah Chris ihm nach. Eine halbe Minute lang überlegte er, ob er ihm nachgehen und sich bei ihm entschuldigen sollte, tat es dann aber nicht. Vielleicht war der Bursche rachsüchtiger, als er annahm, und er kannte sich im Wald garantiert besser aus als Chris. Und außerdem hatten ihn seine Eltern eindringlich gewarnt, allein in den Wald oder gar ins Moor zu gehen. Die Gegend um Killarney war nicht ganz so ungefährlich, wie ihr malerisches Aussehen glauben machen wollte. Es gab tückische Moore, in die schon mehr als ein Fremder hineingegangen war, ohne jemals wieder herauszukommen.

Aus dem Tal wehte der Donner einer dritten Explosion herauf, und Chris drehte sich wieder herum. Aber der Anblick faszinierte ihn plötzlich gar nicht mehr so sehr wie noch vor Minuten. Es war, als hätte seine Begegnung mit dem Rothaarigen einen schlechten Nachgeschmack zurückgelassen, der ihm nun auch noch den Spaß an dieser ohnehin bescheidenen Abwechslung vergällte. Einen Moment lang sah er der allmählich auseinander treibenden Staubwolke der Detonation noch zu, dann wandte er sich achselzuckend um und machte sich auf den Rückweg. Es wurde ohnehin Zeit. In der kleinen Pension, in der er und seine Eltern untergebracht waren, wurde pünktlich gegessen, und ihre Wirtin – sonst ein herzensguter Mensch – war in dieser Beziehung unbarmherzig. Wer zu spät kam, musste sich mit dem begnügen, was übrig blieb, und das war im Allgemeinen gar nichts.

Trotzdem wählte er nicht den Weg über den Hügel, auf dem er gekommen war, sondern ging den Hang hinunter und am See entlang, obwohl dies einen Umweg von sicherlich zwei

Kilometern bedeutete. Aber zum einen war er diese Strecke bisher noch nicht gegangen, und zum anderen – auch wenn er den Gedanken nicht ganz wahrhaben wollte – war die Gefahr hier geringer, noch einmal auf den Rothaarigen zu treffen.

Loch Lein war nicht besonders groß, aber wie viele der irischen Hochlandseen sehr tief und sehr kalt. Sein Wasser war kristallklar, wirkte aber sonderbarerweise fast schwarz, und er lag so ruhig da wie ein Spiegel aus geschmolzenem Pech. Chris konnte den eisigen Hauch, der von der Wasseroberfläche aufstieg, deutlich spüren, während er langsam am Ufer entlangging, und er fragte sich, welche Geheimnisse die unergründlichen Tiefen dieses Sees wohl bergen mochten.

Ein paar verrostete Autowracks und ein Dutzend Mopeds, die von ihren Besitzern als gestohlen gemeldet worden waren, und wahrscheinlich etliche Tausend leere Coca-Cola- und Bierdosen, dachte er spöttisch. Und wenn noch nicht jetzt, dann in naher Zukunft, spätestens dann, wenn die Autobahn fertig war, deren Trasse sein Vater und seine Kollegen gerade in den Berg auf der anderen Seite sprengten, und jedes Jahr eine Million Autofahrer das Seeufer zu einem kleinen Picknick nutzen würden. Aber das war eben der Preis des Fortschritts, dachte er. Immerhin würde die Straße Killarney auch schlagartig aus der Jungsteinzeit in die Gegenwart katapultieren. Und wenn es nach Chris ging, auch gleich auf den Mond.

Missgelaunt blieb er stehen, hob einen Stein auf und warf ihn auf den See hinaus. Es war ein guter Wurf – der Stein segelte in einem flachen Bogen über das Wasser, sprang drei-, vier-, fünfmal ab und ging schließlich nach einer weiteren Anzahl kleinerer, nicht mehr nennenswerter Hüpfer unter. Eine Reihe flacher Wellenkreise breitete sich rasch auf der schwarzen Wasseroberfläche aus – und für einen kurzen Augenblick zerriss der finstere Schleier, der über dem Wasser lag, und Chris konnte sehen, was sich darunter verbarg.

Es ging so schnell, dass Chris hinterher nicht sicher war, ob er sich nicht alles nur eingebildet hatte, aber in diesem Augenblick sah er alles mit beinahe magischer Deutlichkeit:

Eine Stadt.

Eine uralte, mächtige Stadt mit gewaltigen steinernen Wällen und trutzigen Türmen.

Wuchtige Häuser, aus grauem Granit erbaut, und breite, gepflasterte Straßen, auf denen sich Menschen in schimmernder Kleidung bewegten.

Dann glätteten sich die Wellen, und das Bild verschwand so rasch, wie es gekommen war. Das Wasser war wieder glatt und ruhig und schwarz.

Chris starrte aus weit aufgerissenen Augen auf den See hinaus. Er war unfähig, einen klaren Gedanken zu fassen, etwas anderes zu empfinden als Staunen und mit Schrecken vermischten Unglauben. Aber das war doch unmöglich!

Es verging mehr als eine Minute, ehe er die Kraft fand, sich wieder zu bücken und einen weiteren Stein dem ersten hinterherzuwerfen. Er war nervös, und der Wurf war schlecht gezielt; der Stein sprang nur zweimal in die Höhe, ehe er versank. Aber er war auch größer gewesen als der erste, und entsprechend größer waren die Wellen, die er schlug.

Chris starrte angestrengt auf den See hinaus. Aber er sah nichts. Nur Schwärze, die wie ein undurchdringlicher Vorhang über dem Wasser lag. Und da gab es auch nichts zu sehen, dachte er, ganz plötzlich zornig auf sich selbst. Unter dem dunklen Wasser war nichts als noch mehr dunkles Wasser, keine versunkene Stadt und erst recht kein in Gold und Silber gekleideter Mensch. Er fantasierte! Seine Isolationshaft hier in Killarney hatte bereits bedenkliche Auswirkungen auf seinen Geisteszustand. Noch ein paar Tage hier, und sein Vater würde seinen einzigen Sohn in der Klapsmühle besuchen können, als Ergebnis seiner grandiosen Idee, ihn die großen Ferien auf der Rückseite des Mondes verbringen zu lassen! Er hatte ja jetzt schon Halluzinationen; stand am helllichten Tag da und starrte sich die Augen aus dem Kopf, um eine versunkene Stadt zu entdecken, die es nicht gab. Chris war nur froh, dass er allein war und niemand sehen konnte, wie er sich selbst zum Narren machte. Und als wäre dieser Gedanke ein Auslöser gewesen, spürte er plötzlich, dass er nicht mehr allein war. Er wusste es, obwohl er weder ein Geräusch gehört noch irgendetwas gesehen hatte.

Erschrocken fuhr er herum, darauf gefasst, sich dem Rothaarigen gegenüberzusehen, der ihm vielleicht heimlich nachgeschlichen war, um sich zu revanchieren. Aber hinter ihm war niemand. Der Waldrand war fünf Schritte entfernt und so dicht wie eine schwarz und grün gefleckte Wand. Nicht einmal Winnetou hätte sich durch dieses Unterholz schleichen können, ohne ein verräterisches Geräusch zu verursachen.

Verblüfft sah Chris erst nach rechts und dann nach links, ehe er auf die Idee kam, den Blick zu senken.

Und diesmal konnte er einen erschrockenen Aufschrei nicht mehr unterdrücken. Sein Herz begann bis zum Hals hinauf zu schlagen, während er auf das Wesen herabstarrte, das zwei Schritte vor ihm stand und seinen Blick aus kleinen, tückischen Augen erwiderte.

Es war einen knappen Meter groß und sah aus, als hätte jemand ein paar Pfund Lehm, trockene Äste und eine Hand voll Baumrinde genommen und versucht, die Karikatur eines Menschen daraus zu formen. Jemand mit nicht sehr viel Talent für diese Aufgabe. Seine Glieder waren lächerlich dürr und hatten ein paar Gelenke zu viel (ebenso, wie seine Hände und Füße entschieden zu viele Finger und Zehen aufwiesen!), und sein Körper war spärlich mit schwarzem, drahtigem Haar bewachsen. Dafür war der Kopf viel zu groß für den Rest der Erscheinung und außerdem zu flach und zu breit. Eine breit geschlagen wirkende Nase, ein viel zu großer Mund mit wulstigen Lippen und ein paar kümmerliche Haarbüschel, die zwischen den riesigen Spitzohren emporwucherten, vervollständigten den lächerlichen Eindruck.

Und trotzdem wirkte der Gnom nicht im Mindesten komisch, dachte Chris verstört. Ganz im Gegenteil. Aus seinen Augen strahlte abgrundtiefe Bosheit. Dieser kleine Kobold hätte ihn mit Freuden ins Wasser gestoßen oder ihm noch Schlimmeres angetan, hätte er ihn nicht im letzten Augenblick bemerkt.

Chris wich einen Schritt vor der Gestalt zurück. Seine Bewegung löste auch die Erstarrung des Zwerges. Seine Lippen verzerrten sich zu einem hinterlistigen Grinsen. Er hob die Arme, formte die Hände zu Krallen, machte seinerseits einen Schritt auf Chris zu – und streckte ihm eine lange, warzenbesetzte Zunge heraus! Dann fuhr er herum und verschwand mit unbeholfen wirkenden, aber sehr schnellen Schritten im Unterholz. In das Brechen der dürren Zweige mischte sich etwas, das wie ein gehässiges Lachen klang.

Chris starrte in die Richtung, in der der Kobold verschwunden war. Jetzt fragte er sich allen Ernstes, ob er nicht wirklich den Verstand verloren hatte. Vielleicht erlebte er dies alles gar nicht. Vielleicht hatte der Rothaarige doch zurückgeschlagen, und er lag in Wirklichkeit auf der Intensivstation eines Krankenhauses und fantasierte sich dies alles nur zusammen.

Zögernd löste er sich aus seiner Erstarrung, machte einen Schritt auf den Waldrand zu und ließ sich in die Hocke sinken. Er hatte nicht fantasiert. Wenn der Zwerg eine Halluzination gewesen war, dachte er, dann die realistischste, von der er je gehört hatte.

Chris blieb noch lange reglos in der Hocke sitzen und starrte auf die Spuren kleiner, achtzehiger Füße, die im lockeren Sand zurückgeblieben waren …

O'Donoghues Geschichte

Obwohl er sich beeilte, in die Pension zurückzukommen, verpasste er das Mittagessen. Aber das war ihm ganz Recht, gab es ihm doch einen Vorwand, seine Verwirrung zu tarnen; seine Mutter und auch die Wirtin nahmen einfach an, dass er schlecht gelaunt war, weil er sich mit ein paar trockenen Keksen und einer Tasse Tee begnügen musste, und Chris hütete sich, sie über den wahren Grund aufzuklären, aus dem er den ganzen Nachmittag über geistesabwesend und nervös war. Und obwohl sein Magen nach zwei oder drei Stunden gehörig zu knurren begann, hätte er wahrscheinlich sowieso keinen Bissen hinunterbekommen.

Seine Gedanken drehten sich den ganzen Tag über im

Kreise. Chris war zwar ein Junge, der für Abenteuer und fantastische Geschichten schwärmte, wie es für einen Zwölfjährigen ja normal war; aber er war trotzdem alles andere als ein Träumer. Er hatte schon früh gelernt, Problemen mit Logik zu begegnen und sie – meistens – auch damit zu lösen; Chris war ein ausgezeichneter Schachspieler, und wenn zu Hause im Fernsehen ein Krimi lief, dann wusste er meistens schon lange vor Schluss die Auflösung; und sagte sie auch – eine Angewohnheit, die schon für so manchen Familienkrach gesorgt hatte.

Nur – all dies nutzte ihm im Moment nichts. Seine Logik ließ ihn im Stich, und zwar gründlich. Den halben Tag über versuchte er vergeblich, sich einzureden, dass alles nur eine Sinnestäuschung gewesen war, begonnen mit der Stadt im See bis hin zu dem wundersamen Kobold. Aber irgendetwas sagte ihm, dass es nicht so war; eine Überzeugung, die völlig grundlos schien, aber jeder Logik und allem klaren Menschenverstand trotzte. Er hatte sich all dies nicht eingebildet, das wusste er einfach – auch wenn er dafür keine Erklärung hatte. Es war zum Verrücktwerden!

Doch der Tag hielt noch mehr unangenehme Überraschungen für ihn bereit.

Es war beim Abendessen. Sein Vater war früh in die Pension gekommen, denn – wie er bei jeder passenden Gelegenheit erklärte – die irischen Gewerkschaftsleute achteten streng darauf, dass die Arbeitszeiten genauestens eingehalten wurden. Er hatte einen Gast mitgebracht: Mr. O'Donoghue, der Vorarbeiter des irischen Straßenbautrupps und wohl auch so etwas wie ein Freund, denn die beiden arbeiteten schon fast ein Jahr zusammen. O'Donoghue war im vergangenen Sommer für ein paar Tage zu Besuch bei ihnen zu Hause gewesen. Chris mochte ihn. Er war ein grauhaariger, älterer Mann von sehr kräftigem Wuchs, ein Mann mit starken, narbigen Händen und einem verwitterten Gesicht, auf dem immer die Andeutung eines freundlichen Lächelns zu liegen schien, auch wenn er über ein ernstes Thema sprach; was allerdings selten vorkam. Er sprach ausgezeichnet Deutsch, was wohl der Grund für seine enge Zusammenarbeit mit Vaters Firma war. Außerdem wusste er eine Menge interessanter Geschichten zu erzählen – von denen wahrscheinlich die allermeisten erfunden waren, was der Spannung aber keinen Abbruch tat. Normalerweise hörte er ihm gebannt zu, wenn er mit seiner tiefen Stimme von Feen und Elfen erzählte, von denen es in Irland ja nur so zu wimmeln schien, aber heute war er froh, dass sein Vater und er sich nur über den Fortgang der Arbeit unterhielten. Sein Bedarf an unheimlichen Geschichten war für diesen Tag gedeckt.

Natürlich fiel seine ungewohnte Schweigsamkeit auch seinem Vater auf, und es dauerte genau bis zum Nachtisch, bis er die Frage stellte, die Chris schon die ganze Zeit über befürchtet hatte:

»Nun, und was hast du heute erlebt?«, fragte er zwischen zwei Löffeln Pudding. »War dein zweiter Tag angenehmer als der erste?« Er lächelte und fügte in O'Donoghues Richtung gewandt hinzu: »Chris war nicht unbedingt davon begeistert, seine Ferien in Irland zu verbringen.«

O'Donoghue nickte. »Das kann ich verstehen«, sagte er. »Das hier ist ein wunderschönes Land, aber als ich in seinem Alter war, hielt sich meine Begeisterung für die Schönheiten der Natur auch in Grenzen.« Er sah Chris an, blinzelte ihm zu und lehnte sich zurück, um sich umständlich eine Pfeife anzuzünden. Dass Chris' Eltern noch nicht mit dem Dessert fertig waren, schien ihn dabei nicht sonderlich zu stören. »Aber das legt sich«, fuhr er fort, und diesmal direkt in Chris' Richtung gewandt. »Warte mal, bis du ein paar Tage hier bis. Killarney macht auf den ersten Blick einen ziemlich langweiligen Eindruck, aber das täuscht.«

»So?«, sagte Chris einsilbig. Er war erleichtert, dass sein Vater die Frage, die er ihm gestellt hatte, vergessen zu haben schien.

»Bestimmt«, antwortete O'Donoghue. »Ich kenne die Stadt. Nicht nur durch die Arbeit. Ich habe Freunde hier, und im Sommer komme ich oft mit meiner Familie hierher.« Er blinzelte ihm abermals zu, als hätte er ihn damit zum Mitwisser eines großen Geheimnisses gemacht. »Heute ist Donnerstag«, fuhr er fort. »Wenn du Lust hast, dann können wir am Samstag ein Picknick machen – vielleicht bei der Burgruine oben am See. Ich erzähle dir dann die Geschichte von der versunkenen Stadt.«

Chris verschluckte sich an seinem Pudding, bekam einen Hustenanfall und fiel fast mit dem Gesicht in seine Puddingschale, als sein Vater aufsprang und ihm mit der flachen Hand auf den Rücken klopfte.

»Hehe!«, sagte er besorgt. »Was ist denn los?«

»Nichts«, log Chris, noch immer hustend. »Ich ... hab wohl was in den falschen Hals gekriegt.« Mit einer Fassungslosigkeit, die er nicht ganz verbergen konnte, starrte er O'Donoghue an. »Eine versunkene Stadt, haben Sie gesagt?«

Sein Vater blickte ihn noch einen Moment lang scharf an, dann ließ er sich wieder auf seinen Stuhl zurücksinken, während O'Donoghue einen langen, genussvollen Zug aus seiner Pfeife nahm, ehe er nickte. »In jedem irischen Hochlandsee ist eine versunkene Stadt, wusstest du das nicht?«, antwortete er. »So, wie unter jedem Rath ein Haus der Sidhe liegt. Oder jedenfalls unter fast jedem.«

»Aha«, sagte Chris verstört. »Wer sind die Sidhe?«

»Die Sidhe waren hier, bevor die Menschen kamen«, antwortete O'Donoghue. »Lange vorher. Die meisten behaupten, dass sie nur eine Legende sind, aber es gibt ein paar, die wissen es besser. Ihnen hat einmal diese ganze Insel gehört, und auch heute sollen noch einige hier leben, tief unter der Erde oder im Inneren großer Felsenhügel. Diese sagenhaften Hügelfestungen werden auf irisch ›Rath‹ genannt.«

Der alte Mann sprach mit großem Ernst, zwar lächelnd, aber eigentlich gar nicht so, als rede er nur über ein Märchen. Für einen Moment war Chris nahe daran, einfach herauszuplatzen und die ganze Geschichte zu erzählen, auch wenn er wusste, dass er sich damit blamieren würde.

Es war seine Mutter, die ihn davor bewahrte, ohne es auch nur zu ahnen. Bisher hatte sie nur schweigend zugehört, aber jetzt mischte sie sich mit gutmütigem Spott ein: »Dann passt bloß auf, dass ihr keinem dieser Geister aus Versehen das Dach über dem Kopf wegsprengt bei eurer Arbeit.«

Chris und sein Vater lachten, aber O'Donoghue blieb sonderbar ernst. »Die Gefahr besteht«, sagte er ruhig. Er zog an seiner Pfeife, blickte stirnrunzelnd in die Glut und blies eine blaugraue Rauchwolke in die Luft, ehe er noch einmal sagte: »Diese Gefahr besteht durchaus. Ich mache mir schon lange Sorgen darum.«

Chris' Lachen klang plötzlich selbst in seinen eigenen Ohren nicht mehr ganz echt, und auch seine Eltern blickten O'Donoghue verwirrt an. »Das ist … wieder mal einer von deinen seltsamen Scherzen, nicht wahr?«, sagte Vater.

Der alte Ire antwortete nicht gleich, sondern erst, nachdem er ihn eine ganze Weile auf sehr sonderbare Weise angeblickt hatte. Schließlich nahm er seine Pfeife aus dem Mund und nickte. »Ja«, antwortete er. Und fügte fast im selben Atemzug hinzu: »Und auch wieder nicht.«

»Wie meinen Sie das?«, fragte Chris. Er fühlte sich sehr unbehaglich. Dieses Gespräch war längst nicht mehr bloß ein gemütlicher Plausch beim Abendessen.

O'Donoghue blickte ihn nachdenklich an, dann lächelte er. »Weißt du, Chris«, sagte er, »man sagt über Irland, dass es das Land der Feen und Geister ist. Vielleicht stimmt das, vielleicht auch nicht, aber eines ist es ganz bestimmt – ein sehr altes Land mit großen Traditionen. Die Menschen hier glauben noch an die alten Dinge und Überlieferungen, und viele glauben auch noch an Zauberei und die Macht der Druiden, auch wenn sie es nicht zugeben. Gerade Killarney und Loch Lein sind sehr geschichtsträchtige Orte, und die Iren haben große Ehrfurcht vor ihren alten Stätten.«

»Das stimmt«, sagte Chris' Vater. »Die irische Regierung hätte einige Millionen Pfund sparen können, wenn wir die Straße in gerader Linie am See hätten entlangführen können. So mussten wir einen großen Bogen schlagen, nur um einer uralten Ruine nicht zu nahe zu kommen.«

»Es ist nicht irgendeine Ruine«, widersprach O'Donoghue, und er tat es so scharf, dass Chris ihn ganz verdattert anblickte. Wahrscheinlich auch schärfer, als er gewollt hatte, denn er lächelte plötzlich verlegen und fügte erklärend hinzu: »Ross Castle ist ein heiliger Ort. Und die Leute hier reagieren empfindlich darauf, wenn man ihre alten Heiligtümer nicht achtet.« Er sprach es nicht aus, aber Chris spürte deutlich, dass es nicht nur die Leute hier waren, die so dachten, sondern er ebenfalls.

»Das habe ich gemerkt«, sagte er. »Heute morgen erst.«

O'Donoghue sah ihn fragend an, und Chris berichtete nach kurzem Zögern von seiner Begegnung mit dem Rothaarigen. O'Donoghue hörte schweigend zu. »Das muss Llewellyen gewesen sein«, sagte er, als Chris schließlich fertig war – wenigstens mit dem Teil der Geschichte, den er erzählen wollte, denn er würde sich hüten, auch nur einen Ton von der Stadt im See oder gar dem Kobold verlauten zu lassen.

»Llewellyen?« Mutter runzelte fragend die Stirn.

»Ein Junge aus Killarney«, antwortete O'Donoghue. »Ein komischer Junge. Manche hier behaupten, er wäre ein bisschen verrückt. Aber auf jeden Fall ist er harmlos«, fügte er rasch hinzu, als er sah, dass Chris' Mutter sichtlich erschrak.

Aber seine Worte schienen Mutter nicht ganz so zu beruhigen, wie er beabsichtigt hatte, denn sie warf rasch einen besorgten Blick auf Chris und wandte sich dann wieder an O'Donoghue: »Und was ist an ihm so komisch?«

O'Donoghue zögerte einen Moment, ehe er antwortete. »Eigentlich nichts«, sagte er ausweichend. »Er benimmt sich eben anders, als Jungen in seinem Alter es normalerweise tun. Er ist ziemlich scheu, hat so gut wie keine Freunde. Und er ist fast immer draußen in den Hügeln.« Er lachte leise. »Aber schließlich ist das ja auch so etwas wie seine Heimat.«

»Wieso?«

»Er wurde dort gefunden«, antwortete O'Donoghue. »Llewellyen ist ein Waisenjunge. Eine Frau aus Killarney fand ihn eines Nachts in den Wäldern, völlig verstört und fast verhungert. Er war damals erst vier oder fünf Jahre alt. Und er sprach nur gälisch. Man hat natürlich versucht, seine Eltern zu finden oder wenigsten irgendetwas über ihn herauszubekommen. Aber niemand weiß, wer er wirklich ist.«

»So eine Art irischer Kaspar Hauser, wie?«, sagte Vater. Er lachte, um seinen Worten etwas von ihrem sonderbaren Beiklang zu nehmen. O'Donoghue nickte ernst.

»Ja«, sagte er. »Wenn du so willst. Aber wahrscheinlich

gibt es eine ganz harmlose Erklärung. Die Leute hier lieben Geheimnisse.« Er zuckte mit den Achseln. »Auf jeden Fall ist er ein seltsamer Junge«, sagte er abschließend. »Er liebt die Natur über alles. Seine Pflegeeltern bringt er zur Verzweiflung, weil er dauernd verletzte Tiere anschleppt. Er ist oft oben bei der Baustelle.«

»So?«, fragte Vater überrascht. »Mir ist er noch gar nicht aufgefallen.«

O'Donoghue lächelte. »Niemand sieht ihn, wenn er es nicht will«, sagte er. »Und ich habe nichts gesagt, weil er harmlos ist. Er sieht uns nur misstrauisch zu, das ist alles.«

»Trotzdem hättest du es mir sagen müssen«, beharrte Vater. »Wir sprengen dort oben. Es ist gefährlich.«

»Ich passe schon auf«, antwortete O'Donoghue ruhig. »Und Llewellyen auch.« Er klopfte umständlich seine Pfeife auf dem Rand des Aschenbechers aus und erhob sich. »Es wird Zeit«, sagte er. »Wir müssen morgen wieder früh raus, und der Tag wird anstrengend. Hast du die Berechnungen für die große Sprengung schon fertig?«

Vater nickte, und die beiden Männer fachsimpelten noch eine Weile miteinander, während Vater O'Donoghue zur Tür begleitete. Aber Chris hörte nicht mehr zu. Er war mit einem Male sehr nachdenklich geworden. Es war der erste Abend seit Wochen, an dem er freiwillig zu Bett ging, und er schaltete nicht einmal das Licht ein, um noch zu lesen.

In dieser Nacht träumte er von einer versunkenen Stadt und einem kleinen Mann, der ganz aus Lehm und Blättern gemacht war und Llewellyens Gesicht hatte.

Ross Castle

Obwohl er erst spät eingeschlafen war, wachte Chris am nächsten Morgen bereits vor Sonnenaufgang auf. Trotz allem hatte er nicht vergessen, worüber sein Vater und O'Donoghue am vergangenen Abend gesprochen hatten: die große Sprengung, die für den heutigen Tag auf dem Programm stand und die das letzte ernst zu nehmende Hindernis, das den Fortgang der Straßenbauarbeiten behinderte, aus dem Weg räumen sollte. Und die wollte er sich natürlich um nichts auf der Welt entgehen lassen. Auch Llewellyen würde ihn nicht daran hindern oder O'Donoghues sonderbare Geschichten. Und schon gar nicht ein eingebildeter kleiner Mann aus Blättern und Erde.

Überhaupt kam Chris jetzt, im Licht des neuen Morgens, sein gestriges Abenteuer immer unglaubwürdiger vor. Vielleicht war er wirklich einer Sinnestäuschung erlegen. Vielleicht hatte er die Geschichten von Ross Castle und Loch Lein irgendwann schon einmal gehört und wieder vergessen, und gestern hatte ihm sein Gedächtnis nur einen bösen Streich gespielt.

Aber ganz egal, was es nun wirklich gewesen sein mochte – Chris überraschte seine Mutter an diesem Morgen damit, dass er noch vor sieben aus dem Bett sprang – statt wie üblich erst nach dem zehnten Wecken verschlafen aus den Federn zu kriechen – und die Pension verließ, noch ehe es acht schlug.

Vorsichtshalber nahm er nicht den direkten Weg zur Baustelle, sondern verließ Killarney in entgegengesetzter Richtung, was zwar einen großen Umweg bedeutete, aber sicherer war. Seine Mutter war ohnedies misstrauisch geworden, als sie ihren Sohn in aller Herrgottsfrühe und noch dazu putzmunter am Frühstückstisch entdeckt hatte, und er verspürte keine besondere Lust, einem verärgerten Mr. O'Donoghue oder gar seinem Vater in die Arme zu laufen und nach einer Gardinenpredigt zurückgeschickt zu werden.

Der Umweg machte ihm auch nichts aus – der Tag versprach so schön zu werden wie der gestrige, und er hatte ja ohnehin vorgehabt, sich Ross Castle einmal etwas genauer anzusehen – wenn er seine Ferien schon in der Nähe einer alten irischen Festung verbrachte, dann wollte er zu Hause davon auch erzählen können.

Chris musste den See zur Hälfte umrunden, um sich dem kleinen Berg zu nähern, auf dessen Grat die zerfallenen Reste von Ross Castle emporragten, und er ertappte sich dabei, mehr als einmal mit klopfendem Herzen auf das dunkle Wasser hinabzustarren; und einen weit größeren Abstand zum Ufer einzuhalten, als eigentlich nötig gewesen wäre. Ärgerlich auf sich selbst ging er schneller, wich schließlich ein Stück vom See zurück und marschierte durch das Unterholz des Waldes weiter.

Er bereute diesen Entschluss schon nach wenigen Schritten. Der Wald war sehr viel dichter, als er von außen ausgesehen hatte, und ein gutes Stück dunkler. Und kühl, auf eine schwer greifbare, unangenehme Weise; es schien, als wäre zwischen den glatten finsteren Stämmen noch ein Stück der Nacht zurückgeblieben, wie unsichtbarer Nebel, der die Helligkeit und Wärme des neuen Tages aufsaugte.

Chris schauderte; allmählich glaubte er zu verstehen, warum man sich über dieses Land die sonderbarsten Geschichten erzählte und wieso jeder, der längere Zeit hier lebte, so leicht davon zu überzeugen war, dass es Geister und Elfen wirklich gab. Schließlich hatte er selbst am vergangenen Tag bereits angefangen, Gespenster zu sehen, und auch jetzt begann ihm seine Fantasie schon wieder allerlei vorzugaukeln: Knackte es da nicht im Unterholz hinter ihm? Waren da nicht kleine, glühende Augen, die ihn aus den Schatten heraus anstarrten, eine huschende Bewegung, die immer verschwand, wenn er versuchte, genauer hinzusehen?

Unsinn! dachte er ärgerlich. Es war kalt und dunkel hier im Wald, aber das war auch alles. O'Donoghue begann ihn mit seinen verrückten Geschichten schon anzustecken!

Trotzdem beeilte er sich, wieder aus dem Wald herauszukommen, und obwohl er sich selbst in Gedanken einen Feigling und Trottel schimpfte, atmete er erleichtert auf, als er endlich das letzte Gebüsch auseinander bog und wieder ins Freie trat.

Chris stellte erstaunt fest, dass er den See fast umrundet hatte – der Berg mit der Ruine von Ross Castle lag nur mehr wenige Schritte vor ihm. Seltsam – es war ihm gar nicht aufgefallen, dass er einen Weg von nahezu fünf Kilometern zurückgelegt hatte, während er durch diesen finsteren Nachtwald gelaufen war.

Sein Blick glitt über den See, der still und schwarz dalag, blieb einen Moment an der Silhouette Killarneys am gegenüberliegenden Ufer hängen und folgte dann dem Lauf des kleinen Baches, der sich vor ihm über den Bergrücken wand und sich eine Zeit lang zwischen Felsen und Geröll hindurchschlängelte, ehe er die letzten zehn, fünfzehn Meter seines Weges zum See hinab in Form eines gischtenden Wasserfalls zurücklegte. Es war ein sonderbares Gefühl – Chris hatte niemals eine romantische Ader gehabt, und die Schönheiten irgendwelcher Landschaften hatten ihn bisher überhaupt nicht interessiert. Aber dies hier gefiel ihm. Vielleicht war es das allererste Mal in seinem Leben, dass er die Schönheit einer unberührten Naturlandschaft bewusst wahrnahm und begriff, welch kostbaren Schatz sie darstellte.

Er drehte sich herum und blickte zur Burgruine hinauf. Er musste dazu den Kopf in den Nacken legen und gegen das grelle Licht der Sonne blinzeln, sodass er von Ross Castle nicht mehr sah als eine schwarze Silhouette.

Aber was er deutlich sah, das waren die gut hundert Meter, die er noch zurücklegen musste, um dort hinaufzukommen. Der Berg war alles andere als leicht zu besteigen, dachte er. Ein steiler, fast kahler Hang, auf dem sich nur wenige dürre Büsche hatten festkrallen können und der mit Felstrümmern und Geröll übersät war. Aber andererseits war es ja wohl der Sinn einer Festung, dass nicht jedermann nach Belieben hineinspazieren konnte. Chris zuckte ergeben mit den Achseln und machte sich an den Aufstieg.

Zehn Minuten später bedauerte er schon seinen Entschluss. Es war nicht nur nicht leicht, den Hang zu ersteigen, es war beinahe unmöglich. Das lockere Geröll gab unter seinen Füßen immer wieder nach, sodass er fortwährend kleine krachende Steinlawinen auslöste, die ihn mehr als einmal mit in die Tiefe zu reißen drohten, er musste sich schließlich auf Hände und Knie herabsinken lassen, um nicht kopfüber in den See hinabzustürzen. Chris war schweißgebadet, noch ehe er die halbe Strecke geschafft hatte, und seine Hände waren schon nach dem ersten Dutzend

Meter zerschunden und blutig. Aber er war schon zu weit gegangen, um noch kehrtzumachen – und außerdem war er es sich einfach schuldig. Wer war er denn, vor einem so lächerlichen Berg zu kapitulieren?

Und irgendwie schaffte er es. Er war vollkommen außer Atem und so erschöpft, dass er sich erst einmal setzen und minutenlang keuchend nach Luft ringen musste, als er endlich den Berggipfel erreicht hatte, doch alles, was er außer Erschöpfung spürte, war ein fast ebenso heftiger Stolz, nicht aufgegeben zu haben.

Nach einer Weile rappelte er sich wieder hoch, klopfte sich den ärgsten Schmutz von der Hose und ging langsam auf die Burg zu.

Ross Castle war wirklich nur noch eine Ruine. Was von unten, gegen das grelle Sonnenlicht betrachtet, wie eine mächtige Trutzburg ausgesehen hatte, erwies sich jetzt als nicht viel mehr als ein Haufen moosbewachsener Steine, dessen ursprüngliches Aussehen kaum noch zu erraten war. Vor Chris erhob sich eine knapp drei Meter hohe und vielleicht zehn Mal so lange Mauer, die früher einmal sicher ein mächtiges Bollwerk gewesen war, jetzt aber eher jämmerlich wirkte. Von irgendwelchen Türmen oder Aufbauten, wie er sie vom Waldrand aus zu sehen geglaubt hatte, war nicht die Spur zu entdecken.

Chris blieb abermals stehen, sah sich verblüfft um und musste schon wieder gegen ein unangenehemes Gefühl der Beklemmung ankämpfen. Es war seltsam – er hätte schwören können, von unten eine sehr viel größere, sehr viel besser erhaltene Burg gesehen zu haben, wenn auch nur als Silhouette …

Langsam ging er weiter, entdeckte etwas, das wie der Rest eines Tores aussah, und trat zögernd hindurch.

Auch das Innere von Ross Castle bot keinen wesentlich besseren Anblick: Der ehemalige Burghof war mit Trümmern und Schutt übersät, und überall wuchsen Unkraut und dorniges Gestrüpp. Wo das Wohnhaus gewesen sein mochte, erhob sich ein zerfallener Schutthügel, und nur wenige Schritte vor ihm klaffte ein mannsgroßes Loch im Boden. Behutsam näherte sich Chris seinem Rand, ließ sich auf Hände und Knie herab und spähte in die Tiefe.

Er sah nichts. Unter ihm war nur Dunkelheit, die Sonne stand noch nicht hoch genug, als dass ihr Licht in das Loch gefallen und sein Inneres erhellt hätte. Ein feuchter, moderiger Hauch wehte zu Chris empor; unter diesem Hof schien sich ein ausgedehnter Keller zu befinden.

Vorsichtig richtete er sich wieder auf, trat ein, zwei Schritte vom Rand des Loches zurück und sah sich abermals um. Er erblickte nur Unkraut und Trümmer. Nein – Ross Castle war, wie fast alles hier, eine Enttäuschung.

Trotzdem ging er nicht wieder weg, sondern überquerte den Hof. Von der gegenüberliegenden Mauer aus müsste eigentlich die Baustelle zu sehen sein – und wenn er den weiten Weg schon einmal gemacht hatte, konnte er genauso gut versuchen, von hier oben aus eine Möglichkeit zu entdecken, sich dem verbotenen Terrain zu nähern.

Er kletterte auf die Mauer auf der anderen Seite des Festungshofs. Sie war nicht sehr hoch, aber der Fels fiel auf dieser Seite der Burg fast lotrecht ab, sodass er einen ausgezeichneten Blick ins Tal hatte.

Chris erschrak ein wenig, als er sah, wie hoch er sich über dem Tal befand – der Berg musste an dieser Seite mehr als hundert Meter weit steil in die Höhe ragen. Die riesigen Baumaschinen, die sich dort unten mit mechanischer Beharrlichkeit in die Erde fraßen, wirkten wie kleine gelbe Metallinsekten, und die Menschen, die sie bedienten, waren kaum größer als Ameisen. Die gewaltige Bresche, die sein Vater und die Männer bereits in den Fels gesprengt hatten, sah aus wie ein kleiner Riss.

Chris konnte deutlich die meterhohe Sandsack-Barriere erkennen, die die Männer längs des Baches aufgetürmt hatten. Er erinnerte sich, dass sein Vater sich mit O'Donoghue über die Gefahr unterhalten hatte, die Sprengungen könnten den Bach verschütten; was zwar keine Katastrophe wäre, aber immerhin dazu führen konnte, dass die halbe Baustelle unter Wasser gesetzt wurde.

Chris beschloss, hier oben zu bleiben. Sicherlich hätte er

den Berg umrunden und wahrscheinlich noch ein gutes Stück näher an die Baustelle herankommen können, aber die Aussicht war ausgezeichnet – und außerdem bestand hier nicht die Gefahr, von O'Donoghue oder einem übereifrigen Arbeiter erwischt zu werden.

Er glitt ein Stück auf dem Mauerrest zurück, versuchte in eine bequemere Stellung zu rutschen und sah auf die Uhr. Es war noch nicht ganz zehn Uhr – also noch mehr als eine Stunde, bis der große Knall kam. Die Aussicht, eine Stunde lang untätig hier oben zu hocken und zu warten, begeisterte Chris nicht unbedingt – aber die, den lebensgefährlichen Hang auf der anderen Seite wieder hinunterzuschlittern und dabei vielleicht noch das Spannendste zu verpassen, noch sehr viel weniger. Chris seufzte, lehnte sich zurück und blickte gelangweilt in den Burghof hinab.

Eine Sekunde später wäre er vor Schreck fast von der Mauer gefallen.

Er war nicht mehr länger allein in der Ruine.

Unter ihm, nicht einmal fünf Meter entfernt, stand ein braunschwarzes Etwas, das fast noch merkwürdiger war als das Wesen, dem er gestern begegnet war, obgleich es auf den allerersten Blick beinahe wie ein Mensch aussah. Aber wirklich nur beinahe …

Wahrscheinlich war es allein Chris' übermächtigem Schreck zu verdanken, dass das Wesen, das angespannt in die entgegengesetzte Richtung blickte, ihn nicht bemerkte, denn Chris war so perplex, dass er im ersten Moment zur Salzsäule erstarrte und sogar das Atmen vergaß. Dann ließ er sich mit einer Kaltblütigkeit, die ihn selbst überraschte und von der er sich erst viel später eingestand, dass es wohl eher Angst war, lautlos von der Mauerkrone herunter- und in den Schutz eines dornigen Busches gleiten. Erst dann gestattete er sich, erleichtert aufzuatmen und das sonderbare Geschöpf, das da so plötzlich auf dem Burghof aufgetaucht war, etwas genauer in Augenschein zu nehmen. Es war einen guten Kopf kleiner als er, aber beinahe ebenso breit wie hoch. Seine Haut war braun und wirkte wie verwittertes Leder, und was Chris von seinem Gesicht erkennen konnte, das war das mit Abstand Hässlichste, was ihm je untergekommen war: eine breite, narbige Nase, aus der kleine Haarbüschel wuchsen, ein übergroßer Mund mit wulstigen Lippen und Augen, die unter zusammengewachsenen Brauen voller Bosheit in die Welt blickten. Gekleidet war der Zwerg in eine sonderbare, mittelalterlich anmutende Tracht, die aus knielangen Hosen, einem schmutzigen Hemd und einem speckigen Lederwams bestand, und auf seinem Kopf thronte eine spitze rote Mütze. Und als wäre all dies noch nicht genug, umklammerte er mit der rechten Hand einen fast zwei Meter langen Speer, der in einer zweifach gespaltenen Spitze endete. Was in Gottes Namen war das? dachte Chris benommen. War er jetzt endgültig verrückt geworden?

Das Geräusch schwerer, rasch näher kommender Schritte unterbrach seine Gedanken. Chris richtete sich vorsichtig ein Stück hinter seiner Deckung auf und blickte über den Hof zum Tor hin.

Ein hoch gewachsener Junge mit rotem Haar hatte die Ruine betreten: Llewellyen. Und – was das interessanteste war – er schien kein bisschen überrascht, den Zwerg mit der roten Mütze zu entdecken. Ganz im Gegenteil; er hob die Hand zum Gruß, sagte ein Wort in einer Sprache, die Chris nicht verstand, von der er aber sicher war, dass es sich nicht um Englisch handelte, und ging mit schnellen Schritten auf die sonderbare Gestalt zu. Der Zwerg antwortete in der gleichen fremdartigen Sprache und deutete aufgeregt mit der freien Hand zum Tal hin. Chris duckte sich tiefer hinter seinen Busch, als die beiden dabei in seine Richtung blickten, aber er war ziemlich sicher, dass Llewellyen und der Zwerg ihn nicht entdecken konnten; der Busch war sehr dicht, und er stand noch dazu genau mit dem Rücken zur Sonne.

Außerdem war er viel zu wütend, um sich darüber Gedanken zu machen. Plötzlich glaubte er alles zu begreifen. Natürlich hatte er keine Ahnung, wer der Zwerg mit der roten Mütze war oder warum er sich so albern anzog, aber er wusste jetzt, dass er etwas mit Llewellyen zu schaffen hatte; und der ulkige Wurzelmann von gestern bestimmt auch. Ja, genau so musste es gewesen sein, dachte er. Niemand anders als Llewellyen hatte den Gnom gestern geschickt, zu dem einzigen Zweck, ihn zu Tode zu erschrecken, und wahrscheinlich war er alles andere als ein Geist gewesen, sondern ein Freund dieses rothaarigen Burschen, der sich verkleidet hatte. Sicherlich hatte Llewellyen die ganze Szene gestern beobachtet und sich halb totgelacht, als er sah, wie sehr er, Chris, erschrocken war.

Chris hatte nicht übel Lust, einfach aufzuspringen und den beiden zu erklären, was er von ihrem Sinn für Humor hielt; mit sehr deutlichen Worten, und wenn es sein musste, auch mit einem Faustschlag auf Llewellyens Nase.

Aber irgendetwas hielt ihn davon ab. Eine innere Stimme schien ihm warnend zuzuflüstern, dass die Lösung vielleicht doch nicht ganz so harmlos war.

Außerdem spürte er, dass dieser Zwerg gefährlich war. Er war zwar ein gutes Stück kleiner als Chris, aber er musste ungeheuer stark sein; und Chris hatte keinerlei Bedürfnis nach einer Tracht Prügel. Überdies wollte er wissen, was die beiden vorhatten. Diese absonderliche Verkleidung musste doch einen Sinn haben …

Die Erklärung war so einfach, dass Chris sich am liebsten selbst geohrfeigt hätte. O'Donoghue hatte es ihm am vergangenen Abend ja selbst gesagt! Nicht alle Einwohner Killarneys waren mit dem Bau der Straße einverstanden, und wenn auch nur die Hälfte dessen stimmte, was er über Llewellyen erzählt hatte, dann gehörte der Rothaarige bestimmt nicht zu den Befürwortern der Bauarbeiten. Zweifellos hatten Llewellyen und sein verkleideter Freund nichts anderes vor, als sich zur Baustelle hinunterzuschleichen und dort ein bisschen Hokuspokus aufzuführen, um die Arbeiter zu erschrecken, ganz genau so, wie sie es gestern mit Chris getan hatten. Was er erlebt hatte, das war wohl nur eine Art Generalprobe gewesen.

Natürlich, das war es! Dieser Llewellyen war vielleicht ein bisschen verrückt, aber er war wirklich ein einfallsreicher Bursche. Was ihn, Chris, allerdings nicht davon abhalten würde, ihm gründlich die Suppe zu versalzen. Nach dem, was gestern passiert war, war er ihm das einfach schuldig.

Vorsichtig bog er die Zweige des Busches ein wenig auseinander und spähte durch die Lücke zu Llewellyen und dem Zwerg mit der roten Mütze hinüber. Die beiden standen so dicht vor seinem Versteck, dass er beinahe nur den Arm ausstrecken musste, um sie zu berühren, aber sie blickten nicht in seine Richtung, sondern waren in ein lautstarkes, von heftigem Gestikulieren und Grimassenschneiden begleitetes Gespräch vertieft. Obwohl Chris kein Wort verstand, war er doch ziemlich sicher, dass es sich um eine Art Streit handelte, denn der Zwerg stampfte ein paar Mal mit dem Fuß auf und ballte ärgerlich die Faust, was Llewellyen aber nicht weiter zu beeindrucken schien, denn er schüttelte immer nur beharrlich den Kopf, Chris bedauerte sehr, dass er nicht verstand, was die beiden redeten. Aber andererseits war das auch gar nicht nötig. Um den beiden gründlich die Tour zu vermasseln, musste er nur dafür sorgen, dass sie ihn nicht zu früh entdeckten. Irgendwann würden sie sich auf den Weg ins Tal machen, und dann … Chris grinste in stiller Vorfreude in sich hinein, als er daran dachte, was Llewellyen wohl für ein Gesicht machen würde, wenn er im richtigen Moment aus seinem Versteck sprang und ihr kleines Geisterspielchen als das entlarvte, was es war.

Vorerst aber wurde seine Geduld auf eine harte Probe gestellt, denn Llewellyen und der Zwerg dachten gar nicht daran, die Burg zu verlassen. Ihr Streit dauerte an, und ein paarmal sah es sogar so aus, als wollte Llewellyen sich einfach herumdrehen und wütend davonstürmen. Es verging sicherlich eine halbe Stunde, bis die beiden aufhörten, sich gegenseitig anzubrüllen, und dann noch einmal gut zehn Minuten, ehe sie endlich Anstalten machten, Ross Castle wieder zu verlassen.

Allerdings nicht auf dem Weg, auf dem Llewellyen und Chris gekommen waren. Der Zwerg wandte sich plötzlich um und ging mit kleinen, schwerfällig wirkenden Schritten auf das Loch im Boden zu, vor dem Chris vorhin niedergekniet war. Ohne auch nur eine Sekunde zu zögern, warf er seine Lanze in die Tiefe und sprang hinterher. Chris hörte einen dumpfen Aufprall, dann drang seine Stimme verzerrt aus dem Loch heraus und rief etwas, was wie ein Befehl klang. Llewellyen zögerte noch einen Moment, zuckte aber dann wortlos mit den Schultern und folgte dem Zwerg.

Chris blieb vorsichtshalber noch einen Moment hinter seiner Deckung sitzen, ehe er den beiden nachschlich, und er näherte sich dem Loch so, dass sein Schatten nicht hineinfallen und ihn verraten konnte, falls die beiden etwa dort unten stehen geblieben waren.

Aber seine Vorsicht war überflüssig. Als er sich – wieder auf Händen und Knien kriechend – zum zweiten Mal dem Loch im Boden näherte, waren die Stimmen der beiden verklungen, und alles, was er sah, war der mit Unrat und faulendem Laub übersäte Boden eines alten Kellergewölbes, gut zwei Meter unter ihm. Chris runzelte anerkennend die Stirn, als er an den fast spielerischen Satz dachte, mit dem Llewellyen in diese Tiefe gesprungen war.

Er selbst folgte ihm weit weniger elegant, aber ohne weiter zu zögern. Es war sehr dunkel dort unten, aber wenn er zu vorsichtig war, würde er die beiden verlieren. Entschlossen drehte er sich herum, suchte mit den Händen nach festem Halt und ließ sich über den Rand des Loches gleiten. Schließlich hing er mit ausgestreckten Armen da, aber seine Beine baumelten noch immer einen guten Meter über dem Boden. Plötzlich kamen ihm doch Bedenken – was, wenn er die beiden nicht wieder fand und auch keinen anderen Ausgang aus dem Gewölbe? Der Keller war entschieden zu tief, als dass er das Loch in der Decke mit einem Sprung hätte erreichen können, und es mochten Tage vergehen, ehe jemand hierher kam, den er um Hilfe bitten konnte.

Aber er konnte schon gar nicht mehr zurück. Seine Arme begannen bereits unter dem Gewicht seines eigenen Körpers zu schmerzen, und seine Finger rutschten Millimeter für Millimeter von ihrem Halt ab. Chris blickte noch einmal in die Tiefe, schloss ergeben die Augen und ließ los.

Der Aufprall war weit weniger schlimm, als er erwartet hatte. Er stürzte nur einen knappen Meter tief, und die dicke Laubschicht auf dem Boden nahm dem Sprung die ärgste Wucht. Chris rollte über die Schulter ab, kam wieder auf die Füße und sah sich um.

Viel war es allerdings nicht, was er erkennen konnte. Die schräg einfallenden Sonnenstrahlen reichten nur wenige Schritte weit, und nach der Helligkeit oben war er hier fast blind, sodass alles, was weiter als drei oder vier Schritte entfernt war, wie hinter einer lichtschluckenden schwarzen Wand zu liegen schien. Aber immerhin erkannte er, dass das Kellergewölbe nicht sehr groß war – in den Schatten auf der gegenüberliegenden Seite war ein Rechteck von noch tieferem Schwarz, bei dem es sich nur um eine Tür handeln konnte, und gleich hinter ihm wuchs eine moosverkrustete Bruchsteinmauer in die Höhe. Ein sehr unangenehmer Geruch nach Moder und Fäulnis hing in der Luft.

Entschlossen ging er los. Seine Augen stellten sich rasch auf die veränderten Lichtverhältnisse ein, und als er die Tür in der jenseitigen Mauer erreichte, konnte er schon mehr als nur vage Schatten erkennen. Der Durchgang war sehr niedrig, und er führte in einen schmalen, schräg in die Tiefe verlaufenden Tunnel, dessen Wände sich nach wenigen Schritten in absoluter Finsternis verloren. Aber am Ende des Ganges war Licht, und als Chris einen Moment lauschte, hörte er gedämpfte Stimmen. Er war auf dem richtigen Weg.

Er bückte sich, trat in den Tunnel und knallte prompt mit dem Kopf gegen die Decke, als er sich auf der anderen Seite der Tür wieder aufrichten wollte. Mit Mühe unterdrückte er einen Schmerzenslaut. Offensichtlich war dieser Tunnel für Zwerge gebaut.

Sehr vorsichtig, beide Hände wie ein Blinder tastend ausgestreckt und weit nach vorne gebeugt, ging er los.

Nicht zum ersten Mal an diesem Morgen begann er sich bald für seinen eigenen Mut zu verfluchen. Der Stollen schien kein Ende zu nehmen, und der Boden war so abschüssig, dass er aufpassen musste, nicht das Gleichgewicht zu verlieren und Llewellyen hinterherzukugeln statt zu -schleichen. Das Licht am anderen Ende des Tunnels schien ihm mit einem Male sehr viel weiter weg als noch vor Augenblicken, und der matte, ferne Schein ließ die Finsternis, die ihn umgab, nur noch undurchdringlicher wirken. Zu allem Überfluss begann ihm seine Fantasie nun auch noch Visionen von jäh aufklaffenden Abgründen und bodenlosen Schächten vorzugaukeln, die in der Finsternis auf ihn lauern mochten. Obwohl es hier unten sehr kalt war, war Chris schon nach wenigen Augenblicken in Schweiß gebadet, und sein Herz hämmerte so laut, dass er fürchtete, Llewellyen und sein Begleiter könnten es hören.

Es waren in Wahrheit wohl nur wenige Minuten, aber Chris kam es vor, als wäre er Stunden durch die Dunkelheit getappt, ehe es vor ihm allmählich heller wurde. Der flackernde Kreis aus gelbem Licht wuchs langsam heran, und mit ihm tauchten auch Wände und Boden des Stollens wieder aus der Finsternis. Chris sah, dass sich seine Umgebung verändert hatte, während er sich durch die Dunkelheit getastet hatte – der Stollen war noch immer so niedrig und eng wie am Anfang, aber die Wände waren glatt und trocken, es gab weder Moos noch Schimmelpilze oder Schwamm, und der Boden war so sauber, als wäre er gerade gekehrt worden. Ein warmer Hauch wehte ihm entgegen, und als er sich dem Ausgang näherte, sah er, dass die Helligkeit kein Tageslicht war, sondern von einer Fackel stammte, die in einem geschmiedeten Halter an der Wand hing.

Er blieb stehen, lauschte einen Moment mit angehaltenem Atem und schlich weiter, als er nichts hörte außer dem Hämmern seines eigenen Herzens und dem leisen Knistern der brennenden Pechfackel.

Der Gang endete in einem großen, von einem halben Dutzend mächtiger steinerner Stützpfeiler getragenen Gewölbe. Die Decke war so hoch über Chris, dass er sie nur schemenhaft erkennen konnte, und die gegenüberliegende Wand sicherlich dreißig, wenn nicht mehr Meter entfernt. An den

Wänden brannte eine ganze Anzahl Fackeln, sodass die unterirdische Halle fast taghell erleuchtet war.

Staunend sah Chris sich um. Diese Halle allein war groß genug, ganz Ross Castle aufzunehmen, und rechts und links von ihr ging ein gutes halbes Dutzend weiterer Gänge ab. Der ganze Berg musste ausgehöhlt sein!

Chris trat in die Halle hinein, drehte sich einmal um seine Achse und blieb enttäuscht stehen. Die Halle war gewaltig, aber vollkommen leer, und hinter keinem der sechs oder sieben Ausgänge, die er zur Auswahl hatte, brannte ein Licht, um ihm den Weg zu weisen.

Chris überlegte einen Moment angestrengt. Es erschien ihm wenig sinnvoll, auf gut Glück in einen der Tunnel vorzustoßen, ja, mehr noch, wahrscheinlich war es sogar gefährlich – aber es hatte ebenso wenig Zweck umzukehren, denn auf dem Weg, auf dem er dieses unterirdische Labyrinth betreten hatte, konnte er nicht mehr hinaus.

Ganz allmählich bekam er es doch mit der Angst zu tun. Er kramte in seinen Taschen herum, in der Hoffnung, irgendetwas zu finden, mit dem er seinen Weg markieren konnte. Aber alles, was er zu Tage förderte, war ein Päckchen Fruchtgummibärchen.

Chris wollte die Plastiktüte schon wieder einstecken, aber dann tat er es doch nicht, sondern riss sie stattdessen auf, nahm zwei Fruchtgummibärchen heraus, steckte eines in den Mund und legte das andere neben die Tür, durch die er die Halle betreten hatte. Ein drittes platzierte er neben den ersten Tunneleingang, auf den er stieß – ein etwas kümmerlicher Ariadnefaden, dachte er, aber besser als gar nichts.

Stolz auf seinen eigenen Erfindungsreichtum und schon wieder weitaus optimistischer gestimmt, machte er sich an die Erforschung des so markierten Tunnels.

Um es kurz zu machen – er war eine Enttäuschung. Wie der Gang, der ihn hier heruntergebracht hatte, führte er steil in die Tiefe, aber an seinem Ende gab es kein Licht, und Chris erfuhr schon nach wenigen Schritten, warum das so war – indem er recht unsanft gegen die massive Wand lief, die ihn abschloss. Wütend auf sich selber und mit einer prächtigen Beule an der Stirn kehrte er um und tastete sich in die Halle zurück, und bevor er den nächsten Gang in Angriff nahm, kam er endlich auf die Idee, eine der Fackeln aus ihrer Halterung zu lösen und mitzunehmen.

Sechs Gummibärchen und eine halbe Stunde später hatte er auch den letzten der sieben Tunnel untersucht und kehrte wieder in die Halle zurück. Und was er gefunden hatte, das versetzte ihn in größte Sorge.

Vier der sieben Tunnel endeten nach ein paar Dutzend Schritten blind, ein weiterer führte in eine rechteckige, vollkommen leere Kammer ohne weitere Ausgänge, und die beiden übrigen verzweigten sich schon nach einem kurzen Stück, und er hatte es nicht gewagt, vom direkten Weg abzuweichen, aus Angst, sich vollkommen zu verirren. Verdammt, wie groß war dieses Labyrinth? Von außen hatte der Berg doch gar nicht so riesig ausgesehen; eigentlich war er nur ein Hügel, bei weitem nicht groß genug, ein kilometerlanges Labyrinth unterirdischer Gänge und Säle zu verbergen!

Er musste daran denken, was O'Donoghue gestern Abend über die Sidhe und den Rath erzählt hatte. Aber was ihm gestern wie ein Märchen für Kinder vorgekommen war, das schien plötzlich einen bedrohlichen Beiklang zu bekommen. Vielleicht war an den alten Legenden doch mehr Wahres, als er bisher geglaubt hatte.

Schaudernd sah sich Chris um. Die Fackel, die er in der Hand trug, war inzwischen fast zur Hälfte heruntergebrannt; die Pechfackeln, die in den geschmiedeten Halterungen an den Wänden hingen, waren dagegen nicht einen Deut kürzer geworden. Nein – irgendetwas ging hier nicht mit rechten Dingen zu.

Ein dumpfes Beben erschütterte den Boden. Chris taumelte, ließ um ein Haar seine Fackel fallen und fand im letzten Moment Halt an der Wand. Ein mahlendes Knirschen drang aus den Wänden, Staub rieselte in dünnen Schleiern von der Decke, und wieder zitterte der Boden, weitaus heftiger als zuvor. Die ganze Höhle schien zu wanken. Irgendwo, weit entfernt, aber trotzdem näher, als Chris lieb war, erscholl ein Krachen und Bersten, als stürze ein ganzes Haus zusammen.

Die Sprengung, dachte er entsetzt. Die Sprengung musste den ganzen Berg erschüttert haben, und wenn er Pech hatte, dann stürzte das ganze Gewölbe über ihm zusammen wie ein Kartenhaus!

In panischer Angst fuhr er herum und lief in den erstbesten Gang hinein, der sich vor ihm auftat. Der Boden zitterte noch immer, aber das dumpfe Grollen und Stöhnen war verklungen, und von der Decke rieselten keine Steine mehr.

Er hatte Glück im Unglück – durch einen puren Zufall hatte er keinen der Gänge gewählt, die blind endeteten, sondern gelangte nach ein paar Augenblicken an eine Kreuzung, von der gleich drei weitere gemauerte Stollen abzweigten. Und diesmal zögerte er nicht länger. Hastig griff er in die Tasche, zog eines seiner Gummibärchen heraus und markierte den Weg, den er gekommen war, dann lief er weiter.

Aber nur, um nach wenigen Schritten schon an einer weiteren Kreuzung zu stehen.

Chris fluchte lautlos in sich hinein, riss sich dann aber zusammen und zwang sich, das Problem logisch anzugehen, statt einfach blindlings weiter- und womöglich in sein Verderben zu stürzen. Es gab gewisse Möglichkeiten, auch mit einem Irrgarten fertig zu werden – man konnte zum Beispiel immer den rechten Gang wählen, sobald man an eine Abzweigung traf. Auf diese Weise fand man zwar nicht unbedingt den Ausgang, wohl aber immer den Rückweg.

Gedacht, getan. Er markierte den Gang, aus dem er kam, wandte sich nach rechts und ging weiter.

Es war eine reine Odyssee. Gut eine Stunde lang wanderte Chris im Schein der immer kürzer werdenden Fackel durch das lichtlose Labyrinth, ohne auf etwas anderes als kahle steinerne Gänge und leere Säle und immer wieder Abzweigungen und Kreuzungspunkte zu stoßen. Sein Vorrat an Gummibärchen schmolz bedenklich, und im gleichen Maße sank auch sein Mut. Dann, nach einer Ewigkeit, sah er wieder Licht vor sich.

Was er fand, war auch dieses Mal nicht der Ausgang, sondern eine kleine, rechteckige Kammer, die vom Schein einer einzelnen, blakenden Fackel erhellt wurde. Aber im Gegensatz zu all den anderen Räumen, auf die er bisher gestoßen war, war sie nicht leer. Vor der gegenüberliegenden Wand stand ein niedriges, hölzernes Bett und davor ein Tisch und zwei kleine, lehnenlose Hocker. An den Wänden hingen verblichene Stoffe und Teppiche, altertümliche Waffen und Teile von Rüstungen und Gerätschaften, deren Sinn er nicht erraten konnte.

Staunend trat Chris vollends in die Kammer hinein, drehte sich einmal um seine Achse und sah sich um. Direkt neben dem Eingang hing ein fast mannsgroßer, hölzerner Schild, der eine Rose zeigte, um deren dornenbesetzten Stiel sich ein Fabelwesen wand, das eine Mischung aus Drache und Schlange zu sein schien, daneben ein schartiges Schwert, das fast so lang wie Chris war und so schwer sein musste, dass er es wahrscheinlich nicht einmal mit beiden Händen anheben konnte. Neben diesem wiederum entdeckte Chris einen großen, zerschlissenen Wandteppich, auf dem – erstaunlich naturgetreu – die Landschaft um den See herum abgebildet war. Doch irgendetwas war anders. Es dauerte eine Weile, bis Chris begriff, was es war – Killarney.

Auf dem Teppich hätte Killarney zu sehen sein müssen, aber dort, wo sich die Ortschaft erheben sollte, erstreckten sich nur unberührte Wiesen. Der Teppich musste uralt sein.

Wie alles hier, dachte Chris schaudernd. Er zweifelte keine Sekunde daran, dass all diese Dinge hier aus der alten Festung stammten, aus einer Zeit, da Ross Castle noch keine Ruine, sondern eine kleine, aber unbeschädigte Trutzburg gewesen war, in die sich die Bewohner dieses Landes zurückziehen konnten, wenn sie vor Feinden oder Räubern flohen, ebenso wie dieses gemauerte Labyrinth Teil einer ausgeklügelten Bunkeranlage war, groß genug, die Bevölkerung einer ganzen Stadt aufzunehmen. Llewellyen musste all diese Dinge im Laufe der Jahre hier unten gefunden und zusammengetragen haben.

Unsicher trat er an den Tisch heran und warf einen Blick auf das aufgeschlagene Buch, das darauf lag. Es war so alt wie die Teppiche und Waffen an den Wänden, und die Seiten sahen so brüchig aus, dass Chris es nicht wagte, sie zu berühren, aus Angst, sie könnten unter seinen Fingern zu Staub zerfallen. Er konnte nicht lesen, was darauf stand – und nicht nur, weil er die Sprache nicht verstand: Die Schrift war nicht lateinisch, sondern bestand aus einer Aneinanderreihung kleiner, kunstvoll gemalter Symbole, die eher wie Hieroglyphen denn wie Buchstaben aussahen. Aber es gab ein kleines, schon halb verblasstes Bild, das einen gepanzerten Ritter zeigte, der hoch zu Ross durch eine Waldlandschaft ritt. Und hinter ihm …

Ein eiskalter Schreck durchfuhr Chris, als er sah, was der Zeichner hinter den Ritter an den Waldrand gemalt hatte. Es war ein kleines, borkig aussehendes Ding mit einem breiten Maul und winzigen, tückischen Augen, nicht einmal so groß wie ein Kind, aber mit gewaltigen Händen und Füßen. Es war das Wesen, das ihm am vergangenen Morgen solche Angst eingejagt hatte!

Verstört blickte er sich in der kleinen Kammer um. Es gab noch mehr Bücher – eine ganze Reihe schwerer, ledergebundener Bände, die auf einem Mauerabsatz hinter dem Bett standen, aber er wagte es nicht, sie anzurühren, sondern begnügte sich mit einem Blick auf ihre Einbände, der ihm allerdings nicht weiterhalf, denn alle Bücher schienen in der gleichen, vorzeitlichen Schrift abgefasst zu sein wie das, das auf dem Tisch lag.

Neben dem letzten Band entdeckte er einen kleinen, zweiseitig geschliffenen Dolch. Zögernd streckte er die Hand danach aus, berührte ihn mit den Fingerspitzen und hob ihn schließlich auf.

Der Dolch war erstaunlich schwer, und er schien nicht aus Metall zu bestehen, sondern aus einer Art Stein. Aber seine Klinge war scharf wie ein Rasiermesser, was Chris sehr schnell und auf recht schmerzhafte Art herausfand.

Fluchend steckte er den blutenden Daumen in den Mund, wog den Dolch noch einen Augenblick in der Hand und schob ihn dann unter seinen Gürtel. Llewellyen konnte den Verlust des Dolches als Schmerzensgeld betrachten, dachte er, für den Schnitt in seinem Daumen und die Heidenangst, die er bisher ausgestanden hatte.

Plötzlich fiel ihm auf, wie dunkel und kalt es hier drinnen trotz der beiden brennenden Fackeln war. Die Wände schienen Feuchtigkeit und Kühle auszuatmen, und in den Schatten, die das Licht der Fackeln warf, nistete die Furcht wie ein kleines, lauerndes Tier, das nur auf eine Gelegenheit wartete, ihn anzuspringen. Und er hatte eigentlich genug gesehen für heute. Sobald er hier heraus war, würde er den Dolch seinem Vater oder O'Donoghue zeigen, und gemeinsam würden sie schon Licht in diese geheimnisvolle Angelegenheit bringen. Es sollte Llewellyen noch Leid tun, ihm so übel mitgespielt zu haben.

Chris tauschte seine mitgebrachte Fackel gegen die aus, die die Kammer erhellte, bückte sich unter der Tür hindurch und trat wieder auf den Gang hinaus. Rasch wandte er sich nach links, marschierte los und kam nach wenigen Schritten an der Gangkreuzung an, an der er abgebogen war.

Das Gummibärchen war fort.

Chris blickte sekundenlang fassungslos auf den felsigen Boden vor seinen Schuhspitzen, aber er konnte starren, solange er wollte – seine Markierung war nicht mehr da.

Das allein stellte noch keine Katastrophe dar – schließlich musste er sich nur immer nach links halten, um unweigerlich den gleichen Weg zurückzugehen, den er gekommen war; aber Fruchtgummibärchen pflegen sich nicht in Luft aufzulösen, auch nicht in einem tausend Jahre alten Labyrinth unter der Erde, und das wiederum konnte nur eines bedeuten: Jemand hatte es fortgenommen.

Llewellyen, dachte Chris wütend. Der Kerl hatte ihn bemerkt und war ihm nachgeschlichen, das war die einzige Erklärung!

Allmählich ging Chris der Spaß denn doch zu weit. Wütend hob er seine Fackel, schwenkte sie von rechts nach links und wieder zurück und holte tief Luft.

»In Ordnung, du Witzbold!«, schrie er. »Komm raus! Das reicht!«

Er bekam keine Antwort. Nur das verzerrte Echo seiner eigenen Stimme hallte zu ihm zurück.

»Ich weiß, dass du da bist!«, rief er. »Komm aus deinem

Loch, oder ich verspreche dir, dass morgen Früh ganz Killarney weiß, was hier unten ist!«

Aber auch diese Drohung verhallte in der Stille des finsteren Labyrinths.

Chris' Herz begann schneller zu schlagen. Seine Hände wurden feucht vor Schweiß, und die dumpfe Furcht, die ihn die ganze Zeit über begleitet hatte, schlug allmählich in Panik um. Aber er begriff auch, dass er schreien konnte, solange er wollte – Llewellyen konnte oder wollte ihm nicht helfen.

Wütend und niedergeschlagen zugleich wandte er sich nach links und erreichte nach knapp hundert Schritten die nächste Gangkreuzung. Er war nicht besonders überrascht, auch hier kein Gummibärchen zu finden, blieb aber diesmal nicht stehen, sondern ging sofort weiter. Diese ganze Sucherei hatte ja doch keinen Sinn, dachte er übellaunig. Er würde zum Burghof zurückkehren und einfach darauf warten, dass jemand kam, der seine Hilferufe hörte. Bei der Entdeckung, mit der er aufwarten konnte, würde ihm sein Vater diese kleine Exkursion gewiss nicht übel nehmen.

Nach einer Weile hörte er ein Geräusch. Chris konnte es nicht gleich identifizieren – es schienen Schritte zu sein, doch sie klangen sonderbar fremd, und außerdem war da noch etwas, eine Art Hecheln, wie das Schnaufen eines großen, schnüffelnden Hundes

Blitzschnell erwog Chris sämtliche Möglichkeiten. Eigentlich war es noch zu früh, als dass irgendjemandem sein Wegbleiben aufgefallen sein konnte und man eine Suchaktion startete, aber vielleicht hatte jemand gesehen, wie er in das Loch gesprungen war, oder es war einfach ein streunender Hund, der sich hier herunter verirrt hatte. Aber auch dann war er gerettet, denn das Tier würde ihn sicher zum Ausgang führen, den es ja schließlich irgendwo geben musste.

Von neuem Mut erfüllt, ging er weiter und trat schließlich auf eine weitere Gangkreuzung hinaus. Das Hecheln und Schlurfen war jetzt ganz nahe.

Und dann sah er das Tier. Es tauchte ganz plötzlich im Schein seiner Fackel auf, und es war gerade dabei, mit einer langen roten Zunge ein weiteres Gummibärchen vom Boden aufzuschlecken. Nicht Llewellyen hatte seine Spur zerstört, sondern der Hund. Der Hund?

Das Tier hob den Kopf, blinzelte ins grelle gelbe Licht der Fackel und stieß ein dumpfes Knurren aus, und Chris erkannte, dass es alles Mögliche sein konnte, nur eines ganz gewiss nicht – ein Hund.

Es war so groß wie ein junger Stier und mindestens ebenso kräftig, und die Reißzähne in dem weit offen stehenden Maul sahen kräftig genug aus, einen erwachsenen Mann mit einem einzigen Biss zu töten. Kleine, rot glühende Augen starrten Chris aus einem Schädel heraus an, der nur aus schuppigen kleinen Panzerplatten und Stacheln zu bestehen schien, und an den Pfoten, die tatsächlich denen eines Hundes ähnelten, funkelten fingerlange, mörderische Krallen. Das Unheimlichste aber war die Haut des Ungeheuers. Sie war weiß, von einem unangenehmen, fast leuchtenden Weiß, wie die Farbe ausgebleichter Knochen. Von der Stirn bis zum Ende des langen, stachelbewehrten Schwanzes zog sich eine handhohe, drahtige Haarquaste in der gleichen Farbe. Seine Zunge war rot und gespalten wie die einer Schlange und bewegte sich mit kleinen, tastenden Rucken in Chris' Richtung.

Wieder stieß das Ungeheuer jenes tiefe, drohende Knurren aus, und endlich erwachte Chris aus seiner Erstarrung.

Mit einem Schrei fuhr er herum und stürzte ziellos in den erstbesten Gang, der sich vor ihm auftat. Das Monster brüllte wütend und begann ihm nachzuhetzen.

Dass Chris überhaupt die ersten Sekunden überlebte, war nur der ungeheuerlichen Größe seines Verfolgers zu verdanken. Das Ungetüm folgte ihm mit gewaltigen Sätzen, aber der Stollen war so eng, dass es nur schlecht vorankam. Hinter Chris erscholl ein rasendes Schleifen und Scharren, als sich das Ungeheuer durch den schmalen Tunnel zwängte, aber ein hastiger Blick über die Schulter zeigte Chris, dass es keineswegs zurückfiel, sondern trotzdem langsam, aber beharrlich aufholte.

Der Gang erweiterte sich zu einer hohen, leeren Halle, und Chris rannte wie von Furien gehetzt auf den nächsten Tunnel zu. Hinter ihm erscholl ein triumphierendes Heulen, als das Monster wie ein zum Leben erwachter Albtraum aus dem engen Schacht schoss.

Und er wusste, dass er es nicht schaffen würde. Die Halle war nicht mehr als zwanzig Meter lang, aber das Monster legte mit jedem Satz die zehnfache Strecke zurück, die er laufen konnte.

Da packte ihn eine Hand am Arm, riss ihn grob herum und zerrte ihn so derb mit sich, dass Chris um ein Haar das Gleichgewicht verloren hätte und gestürzt wäre. Eine weiße Schimäre schoss einen halben Meter neben ihm vorbei, prallte mit einem entsetzlichen Krachen auf den steinernen Boden und fuhr heulend herum.

Aber Chris blieb keine Zeit, dem Ungeheuer auch nur einen Blick zu schenken. In der Wand neben ihm war plötzlich eine Felsöffnung, die er im Laufen übersehen haben musste. Sein Retter zerrte ihn in panischer Hast darauf zu, stieß ihn hindurch und folgte ihm mit einem Satz. Für den Bruchteil einer Sekunde erkannte Chris eine schlanke Gestalt mit feuerrotem Haar, die sich keuchend gegen die Wand stemmte, dann schob sich krachend ein Felsbrocken vor die Öffnung und schnitt das Licht ab.

Der Boden erbebte wie unter einem Kanonenschlag, als sich das Ungeheuer draußen mit aller Macht gegen den Stein warf. Ein schrilles, halb schmerzhaftes, halb wütendes Heulen drang zu ihnen herein, und gleich darauf erfolgte ein zweiter, noch heftigerer Anprall. Der ganze Berg schien zu erzittern. »Weg hier!«, rief eine Stimme in der Dunkelheit neben Chris. »Ich weiß nicht, wie lange der Stein hält.«

Chris richtete sich unsicher auf. Seine Fackel hatte er draußen fallen gelassen, und die Finsternis hier drinnen war vollkommen; seinen Retter konnte er nur anhand der Richtung identifizieren, aus der seine Stimme kam.

»Llewellyen?«, fragte er. »Bist du das?«

Der andere antwortete nicht, aber Chris spürte wieder die Berührung seiner Hand an der Schulter.

»Wir müssen hier weg«, sagte er. »Wenn er das Steintor aufbricht, bringt er uns beide um. Du musst völlig verrückt geworden sein, allein hier unten herumzulaufen!«

Wie um seine Worte zu unterstreichen, erzitterte der Boden in diesem Moment wieder unter dem Anprall des Monsters, und diesmal glaubte Chris ein dunkles Knirschen zu hören, als rieben sich Felsplatten aneinander. Hastig verschob er all seine neugierigen Fragen auf später und beeilte sich, seinem Retter zu folgen.

Das Heulen ihres unheimlichen Verfolgers blieb rasch hinter ihnen zurück. Sie bewegten sich durch absolute Dunkelheit, aber der andere schien keinerlei Schwierigkeiten zu haben, den richtigen Weg zu finden. Zwei-, dreimal bogen sie in rechtem Winkel von ihrem Kurs ab, dann fühlte Chris die ausgetretenen Stufen einer steinernen Treppe unter den Füßen, die steil in die Höhe führten.

Aber erst als sie deren Ende erreicht hatten, blieben sie stehen. Chris hörte ein erleichtertes Aufatmen.

»Das war knapp«, sagte die Stimme seines unsichtbaren Retters. »Eine Sekunde später, und er hätte dich getötet.«

»Was … was war das für ein Ding.« fragte Chris stockend. Sein Herz hämmerte, und es lief ihm heiß und kalt den Rücken herunter. Es war, als begriffe er erst jetzt, in welch entsetzlicher Gefahr er geschwebt hatte.

Aus der Schwärze vor ihm erscholl ein leises, trockenes Lachen. »Ein Cu Sith«, antwortete die Stimme. »Kein besonders angenehmer Zeitgenosse, wie? Er bewacht den Rath, aber er frisst auch neugierige Dummköpfe wie dich. Da ist er nicht besonders wählerisch. Komm weiter. Wir müssen hier raus.«

Chris rührte sich nicht von der Stelle. »Wer bist du?«, fragte er. »Und was soll das heißen – er bewacht den Rath?«

»Später«, antwortete sein Retter ungeduldig. »Wir müssen hier verschwinden. Es gibt hier noch mehr Geschöpfe, denen ich nicht so gerne begegnen möchte.«

Das wirkte. Chris sagte nichts mehr, sondern streckte im Dunkeln die Hand nach der seines Retters aus. Er kam sich ein bisschen albern dabei vor, sich wie ein kleines Kind an der Hand führen zu lassen, aber welche Wahl hatte er schon? Sein Retter schien im Dunkeln sehen zu können, aber Chris verfügte leider nicht über diese erstaunliche Fähigkeit.

Nach einer Ewigkeit wurde es wieder hell vor ihnen, und

diesmal war es Tageslicht – ein kleiner, unregelmäßig geformter Fleck hellen Sonnenscheins, der Chris wie das Tor zum Paradies erschien. Er ging schneller, und er war so erleichtert, dass er nicht einmal einen Blick zur Seite warf, um sich seinen Retter genauer anzusehen.

Der Gang endete in einer kleinen, halbrunden Höhle, die sich ins Freie öffnete. Chris atmete auf, hob die Hände ans Gesicht und fuhr sich über die Augen. Er war so erschöpft wie niemals zuvor in seinem Leben.

»Halte dich immer nach links, dann kommst du zur Stadt«, sagte sein Retter.

»Sicher«, antwortete Chris, während er sich zum ihm herumdrehte. »Ich danke dir noch einmal, dass –«

Der Rest des Satzes blieb ihm im Hals stecken.

Es hätte auch nicht viel Sinn gehabt, ihn noch auszusprechen, denn hinter ihm war niemand, der ihm zuhören konnte.

Die geheimnisvolle Gestalt, die ihm das Leben gerettet hatte, war verschwunden.

Und mit ihr auch der Tunnel, durch den sie den Berg verlassen hatten. Hinter Chris erhob sich eine glatte, fugenlose Felswand.

Der Dolch

Er fand sich auf der dem See abgewandten Seite des Berges wieder, unmittelbar am Fuße der hundert Meter hohen Felswand, über der Ross Castle thronte, und nur ein paar Schritte von dem rotweißen Plastikband entfernt, das die Baustelle begrenzte. Gleich neben ihm, weniger als einen Steinwurf von der kleinen Felsenhöhle entfernt, hockte eine riesige gelbe Baumaschine, ein gewaltiger Schaufelbagger mit rostigen Eisenzähnen und glotzenden Lampen, die ihn wie erloschene bleiche Augen anzustarren schienen. Der erste Gedanke, der ihm durch den Kopf schoss, als er aus dem Loch im Berg trat, war, wie fremd und störend dieses metallene Ungeheuer hier wirkte; gar nicht wie eine Maschine, sondern wie ein

Monster, eine Bestie aus Eisen und Stahl und gelblackiertem Blech, die auf ihre Weise ebenso feindselig und tödlich war wie der Cu Sith.

Chris ging in einem großen Bogen um den Bagger herum und blickte sich um. Er war weitaus näher an der Baustelle, als ihm lieb war. Der gewaltige Riss, den sein Vater bereits in den Felsen gesprengt hatte, war kaum dreißig Meter von ihm entfernt, und wenn er bedachte, dass sie vorhatten, den ganzen Rest des störenden Felsbrockens mit einem einzigen Schlag in die Luft zu jagen, dann war das entschieden zu nahe. Was er im Berg gehört hatte, war wohl nur eine Probesprengung gewesen, aber das hieß, dass jeden Augenblick die Hauptsprengung gezündet werden konnte. Erschrocken drehte er sich herum und wollte davonstürzen. Aber er kam nur einen einzigen Schritt weit, da packte ihn eine harte Hand an der Schulter und riss ihn grob herum. Eine Stimme fauchte etwas, das er nicht verstand, brach plötzlich ab – und dann blickte Chris verdattert in ein wettergegerbtes, gutmütiges Gesicht, das ebenso erstaunt auf ihn herabsah wie er zu ihm hinauf.

»Mr. … O'Donoghue!«, stammelte er. »Was … was tun Sie denn hier?«

O'Donoghue ließ seinen Arm los, setzte dazu an, etwas zu sagen, und schüttelte dann nur verwirrt den Kopf. Sein Blick irrte an Chris vorbei zu der kleinen Felshöhle hinter ihm.

»Das gleiche könnte ich dich auch fragen, Junge«, antwortete er schließlich. »Wie in drei Teufels Namen kommst du hierher?«

Das war eine gute Frage, fand Chris. Er wäre froh gewesen, wenn er die Antwort gewusst hätte. Hilflos zuckte er mit den Achseln, versuchte sich in ein verlegenes Grinsen zu retten und spürte selbst, wie kläglich es misslang. »Ich … hab mich wohl ein bisschen verlaufen«, sagte er stockend.

O'Donoghues Gesicht verfinsterte sich. Es war das erste Mal, dass Chris den alten Mann zornig werden sah. »Das scheint mir auch so«, sagte er ärgerlich. »Mein Gott, Junge, ist dir eigentlich klar, was dir alles hätte passieren können? Dort drüben liegen zehn Zentner Dynamit bereit. Um ein

Haar hätten wir den halben Berg über dir zusammenbrechen lassen!«

Chris sah betreten zur Seite. Welche Auswirkungen die erste Explosion gehabt hatte, hatte er ja am eigenen Leibe gespürt.

»Komm mit«, sagte O'Donoghue. »Gerne tu ich es nicht, aber wir werden zu deinem Vater gehen müssen. Ich hoffe nur, du hast eine bessere Ausrede für ihn.«

Chris widersprach nicht. Er war noch immer viel zu benommen, um auch nur einen klaren Gedanken fassen zu können. Sein ganzes Erlebnis kam ihm immer fantastischer vor. Hatte er vielleicht alles nur geträumt?

In diesem Moment streifte seine Hand etwas Hartes, das in seinem Gürtel steckte. Verblüfft blickte er an sich herab. Es war der Dolch, den er in Llewellyens Kammer an sich genommen hatte. Aber wenn es wirklich Llewellyen gewesen war, der ihn gerettet hatte, wieso hatte er ihn dann überhaupt verstanden, so deutlich, als spräche er Chris' eigene Sprache? Es war sehr verwirrend. O'Donoghue war seinem Blick mit den Augen gefolgt. Als er den Dolch sah, blieb er stehen und starrte Chris erschrocken an. »Was hast du da?«, fragte er.

»Ein ... ein Messer«, antwortete Chris stockend. Zögernd zog er den Dolch aus dem Gürtel, drehte ihn einen Moment in den Händen und reichte ihn dann an O'Donoghue weiter. »Ich habe ihn gefunden«, fügte er hastig hinzu. »Oben in der Ruine.«

O'Donoghue legte den Kopf in den Nacken und blinzelte zum Bergrücken hinauf, ehe er sich wieder Chris zuwandte. »Du warst dort?«, fragte er überflüssigerweise.

Chris nickte. »Ja. Ich weiß, dass es nicht erlaubt ist, aber –«

»Wieso?«, unterbrach ihn O'Donoghue. »Niemand hat etwas dagegen. Nicht erlaubt«, fügte er mit leicht erhobener Stimme hinzu, »ist es, irgendetwas mitzunehmen, was man dort findet.« Er betrachtete den schmalen Steindolch kopfschüttelnd und lächelte dann, wenn auch etwas gezwungen. »Aber das muss ja niemand erfahren, oder?«, fügte er hinzu.

Er steckte den Dolch in die Jackentasche. »Wir reden später darüber, okay?«

Chris nickte verwirrt. Er war ein bisschen enttäuscht, dass O'Donoghue ihm das Messer einfach wegnahm, so, als wäre es gar nichts Außergewöhnliches, und gleichzeitig auch ein wenig erleichtert. Es war, als wäre mit dem kleinen Steinmesser eine unsichtbare Last von ihm genommen worden. Und dann tat er etwas, was ihn selbst überraschte.

»Da war noch mehr«, hörte er sich sagen.

O'Donoghue runzelte fragend die Stirn. »So?«

Chris nickte. Er war nicht sicher, ob er klug daran tat, sich O'Donoghue anzuvertrauen, aber er konnte einfach nicht anders – er musste mit jemandem über sein unheimliches Erlebnis reden.

»Ich habe Llewellyen gesehen«, fuhr er fort. »Und da war noch jemand. Ich … bin den beiden nachgegangen, ohne dass sie es gemerkt haben. Es gibt einen riesigen, unterirdischen Saal dort oben, Mr. O'Donoghue, und Gänge, die –«

»Ich weiß«, unterbrach ihn O'Donoghue, und etwas an der Art, wie er sprach, warnte Chris plötzlich davor weiterzureden. »Aber es ist ausgesprochen leichtsinnig, im Keller einer alten Ruine herumzukriechen, während kaum hundert Meter entfernt ein Berg gesprengt wird, nicht wahr? Hattest du keine Angst, dass das ganze Ding über dir zussammenbricht?« Er sah Chris vorwurfsvoll an und schüttelte ein paarmal den Kopf. »Besser, wir verlieren auch darüber kein Wort«, sagte er. »Dein Vater wird ärgerlich genug sein, dich hier zu sehen. Wenn er noch dazu erfährt, wo du herkommst …«

Seltsam, dachte Chris – O'Donoghue fragte gar nicht danach, wie er denn wieder aus dem Keller herausgekommen war. Und überhaupt benahm er sich ganz anders, als er es hätte tun sollen.

O'Donoghue trat einen halben Schritt zurück und maß Chris mit einem langen, prüfenden Blick. »Du siehst ja schrecklich aus«, sagte er schließlich.

Und damit hatte er Recht. Chris bemerkte erst jetzt, in welch jämmerlichem Zustand er war – seine Kleider starrten vor Schmutz, und seine Hände waren zerkratzt und blutig. Eine dicke, graue Staubschicht bedeckte seine Schuhe, seine Hose und seine Arme, und wahrscheinlich sah sein Gesicht nicht viel besser aus.

»Eigentlich kann ich dich unmöglich so zu deinem Vater bringen«, fuhr O'Donoghue nach einer Weile nachdenklich fort. »Den trifft ja glatt der Schlag, wenn er dich so sieht. Und es ist ja auch nichts passiert, oder?«

Chris beeilte sich, den Kopf zu schütteln. Er war nicht ganz sicher, ob er wirklich verstand, worauf O'Donoghue hinauswollte – aber es sah ganz so aus, als wollte er ihn laufen lassen.

Und genau das tat O'Donoghue dann auch. Der grobschlächtige Ire sah sich einen Moment lang fast verschwörerisch um, blickte dann quer über die Baustelle zu der kleinen, weißgestrichenen Blechhütte, in der das Büro von Chris' Vater war, und zuckte schließlich mit seinen breiten Schultern.

»Weißt du was?«, sagte er lächelnd. »Wir vergessen einfach, dass du hier warst. Es würde deinen Vater nur unnötig aufregen, dich so zu sehen – und dir eine Menge Ärger einbringen. Einverstanden?«

Natürlich war er das, obwohl er nicht genau verstand, wieso Mr. O'Donoghue mit einem Male so großzügig war. Aber Chris beeilte sich zu nicken. »Danke.«

O'Donoghue lächelte, ergriff ihn bei der Schulter und führte ihn das kurze Stück Weg zurück, das sie gerade gegangen waren. Im Schatten des riesigen Baggers blieben sie stehen, sodass sie von der Bauhütte aus nicht gesehen werden konnten.

»Du gehst jetzt am besten nach Hause«, sagte O'Donoghue. »Denk dir irgendeine Geschichte aus, mit der du dein Aussehen erklären kannst. Deine Mutter wäre bestimmt nicht erfreut, wenn sie erführe, dass du in den alten Kellergewölben herumgekrochen bist. Am besten«, fügte er nach kurzem Überlegen hinzu, »erzählst du gar nicht, dass du in der Burg warst. Dein Vater ist im Moment ziemlich fertig mit den Nerven, weißt du.«

»Ist etwas schief gegangen?«, fragte Chris. »Auf der Baustelle, meine ich.«

O'Donoghue nickte. »Das kann man wohl sagen«, antwortete er. »Eine der Sprengladungen ist zu früh losgegangen. Gottlob wurde niemand verletzt, aber wenn ich nur daran denke, was hätte passieren können ...«

Er sprach nicht weiter, aber das war auch nicht nötig. Chris' Fantasie reichte durchaus, sich vorzustellen, welche Katastrophe eine zu früh gezündete Dynamitladung bedeuten konnte. Jetzt glaubte er zu verstehen, wieso O'Donoghue ihn ungeschoren laufen ließ. Sein Vater hatte wahrscheinlich schon genug Ärger am Hals.

»Ich werde niemandem etwas sagen«, versprach er. »Ich erzähle einfach, dass ich im Wald gestolpert und einen Hang hinuntergerollt bin.«

»Gut«, sagte O'Donoghue. Seine Stimme klang deutlich erleichtert. »Und über alles andere unterhalten wir uns später. Ich denke, ich werde heute wieder zum Abendessen bei euch sein. Dein Vater und ich haben eine Menge zu besprechen. Und jetzt verschwinde.« Er versetzte Chris zum Abschied einen freundschaftlichen Klaps auf die Schulter, lächelte noch einmal und drehte sich herum, um zu gehen.

Aber mitten in der Bewegung verharrte er noch einmal und blickte kurz zu der Höhle zurück, aus der Chris vorhin gekommen war. Und auf seinem Gesicht lag ein sehr nachdenklicher Ausdruck. Beinahe, dachte Chris verwirrt, so etwas wie Angst.

Es war für lange Zeit sein letztes Abendessen in Killarney, aber das wusste er natürlich nicht. Er fieberte dem Abend mit einer Mischung aus Furcht und Spannung entgegen; Furcht, dass O'Donoghue vielleicht sein Versprechen brechen und seinen Eltern am Ende doch von seinem Besuch auf der Baustelle erzählen würde, und Spannung, endlich mehr über die geheimnisvolle Burgruine auf dem Berg und die unterirdischen Gänge zu erfahren.

Genau wie Mr. O'Donoghue prophezeit hatte, war sein Vater nervös und reizbar, als er von der Arbeit nach Hause kam, und dass heute Freitag war und somit das Wochenende vor der Tür stand, änderte daran auch nicht viel. Mutter und er sprachen wenig miteinander, und auch als nach einer Weile Mr. O'Donoghue auftauchte und sie sich gemeinsam zum Essen setzten, hob sich die gedrückte Stimmung kaum, und es kam kein richtiges Gespräch in Gang. Chris war dafür zum Teil dankbar – seine Mutter hatte einen ganz schönen Zirkus aufgeführt, als er abgerissen und verdreckt in die Pension zurückgekommen war, und Chris hatte seine Fantasie anstrengen müssen, um sich eine einigermaßen glaubhafte Ausrede einfallen zu lassen.

Schließlich – sie waren schon wieder beim Dessert angelangt – brach seine Mutter das angespannte Schweigen.

»Was ist eigentlich mit euch beiden los?«, fragte sie. »Gab's Ärger auf der Baustelle?«

Einen Moment lang sah es so aus, als wollte Vater gar nicht antworten, aber dann nickte er. »Und ob«, knurrte er. »Mehr als nur Ärger. Eine Kiste Dynamit ist explodiert – ohne dass ich es wollte.«

Mutter ließ ihren Löffel sinken und wurde blass. »O Gott. Wurde jemand verletzt?«

»Nein«, antwortete Vater. »Gott sei Dank nicht. Aber es hätte jemand verletzt werden können, oder sogar getötet.« Mutters Stirn umwölkte sich. »Wie ist das passiert?«

»Ich wollte, ich wüsste es«, antwortete Vater. »Ich kann mir das einfach nicht erklären. Die Kiste stand ganz allein vor der Felswand. Weit und breit kein Mensch. Ich habe sie selbst überprüft – das Siegel war nicht beschädigt. Und im Umkreis von hundert Metern war nichts, was auch nur einen Funken hätte verursachen können.« Er seufzte. »Ich begreife es nicht. Es wird eine Untersuchung geben, aber ich glaube nicht, dass irgendetwas dabei herauskommt.«

»Eine Untersuchung?« Mutters Stimme wurde noch besorgter.

O'Donoghue lächelte. »Reine Routine, keine Angst. Niemand macht Ihrem Mann einen Vorwurf. Aber wenn zehn Pfund Dynamit einfach so explodieren, dann muss man herausfinden, warum. Wer weiß – vielleicht war es Sabotage.«

»Sabotage?«

»Könnte sein, dass jemand nicht damit einverstanden ist, dass wir da oben sprengen«, fügte Vater gereizt hinzu.

Chris wurde hellhörig. Aufmerksam blickte er erst seinen Vater, dann O'Donoghue an. Sein Vater schien seinen Blick gar nicht zu bemerken, und O'Donoghue lächelte bloß nichtssagend.

»Vielleicht hat jemand Angst, dass ihr die Burgruine beschädigt«, sagte er vorsichtig. Sein Vater blickte ihn finster an, aber O'Donoghues Gesicht zeigte nicht die mindeste Reaktion.

»Unsinn«, sagte Vater scharf. »Das alte Gemäuer ist weit genug entfernt. Wir arbeiten mit Dynamit, nicht mit Atombomben.«

Chris schwieg einen Moment. Verzweifelt sann er über eine Möglichkeit nach, das Gespräch in die Richtung zu lenken, in der er es haben wollte. Schließlich entschied er sich für den direkten Weg.

»Bleibt es dabei, dass Sie uns morgen die Burgruine zeigen, Mr. O'Donoghue?«, fragte er.

O'Donoghue seufzte. »Leider nicht«, sagte er bedauernd. »Dein Vater und ich müssen morgen arbeiten.«

»Aber es ist Samstag!«, protestierte Mutter. »Du hast mir versprochen –«

»Ich weiß selbst, was ich versprochen habe«, unterbrach sie Vater gereizt. »Aber es geht nun mal nicht. Wir haben einen ganzen Tag verloren durch diesen Unfall, und den müssen wir aufholen. In zwei Wochen kommen die großen Asphaltiermaschinen. Und jeder Tag, den sie ungenutzt herumstehen, kostet die Firma ein Vermögen.«

»Ihr holt die Sprengung nach?«, fragte Chris neugierig.

Sein Vater nickte. »Sicher. Und jetzt komm bloß nicht auf die Idee, morgen bei der Baustelle zu erscheinen und zusehen zu wollen. Ich habe genug Ärger am Hals.«

»Der Junge hat doch nur gefragt«, beschwerte sich Mutter. »Er kann doch nichts dafür!«

Aber sie erreichte damit eher das Gegenteil dessen, was sie gewollt hatte. Vater fuhr auf und fauchte sie so wütend an, dass Chris und O'Donoghue betreten wegsahen. Und Chris nach einer weiteren Sekunde den Löffel sinken ließ und aufstand. Seine Eltern stritten sich nicht oft, aber manchmal kam es eben doch vor, und Chris mochte das nicht. Meistens verließ er dann das Zimmer und kam erst wieder, wenn er meinte, die Luft wäre wieder rein.

Genau das tat er jetzt auch, und weder sein Vater noch seine Mutter versuchten ihn zurückzuhalten. Er konnte hören, wie ihre Stimmen lauter wurden, kaum dass er die Tür hinter sich geschlossen hatte, und er war nicht besonders überrascht, als nach wenigen Augenblicken auch Mr. O'Donoghue aus dem Zimmer kam und sich ihm mit einem verlegenen Lächeln anschloss.

Sie traten aus dem Haus, und O'Donoghue nahm auf der Bank Platz, die neben dem Eingang stand. Chris zögerte einen Moment, dann setzte er sich neben ihn auf die Lehne und sah nach Westen. Es begann zu dämmern. Der See lag still und schwarz da, und die Silhouette von Ross Castle verschmolz bereits mit dem Abendhimmel. Trotzdem konnte Chris sie mit sonderbarer Klarheit erkennen.

Neben ihm knisterte es. Er senkte den Blick und sah, wie O'Donoghue seine Pfeife aus der Jackentasche nahm und umständlich in Brand setzte. Chris wartete darauf, dass er ihn auf ihre Begegnung am Vormittag ansprach, aber O'Donoghue lächelte nur still und sog an seiner Pfeife, als wäre es das Wichtigste von der Welt.

»Tut mir Leid, dass aus dem Besuch in der Ruine nichts wird«, sagte er schließlich. »Aber bestimmt ein andermal. Ihr seid ja noch lange hier.«

Chris nickte. »Meine Eltern streiten nicht oft«, sagte er. Es war ihm peinlich, dass O'Donoghue Zeuge der unschönen Situation geworden war. Irgendwie fühlte er sich mitschuldig daran.

»So etwas kommt vor«, sagte O'Donoghue lächelnd. »Dein Vater ist mit den Nerven völlig am Ende. Jemand hätte getötet werden können bei dem Unfall.«

»Glauben Sie wirklich, dass es Sabotage war?«, fragte Chris. O'Donoghue zuckte mit den Achseln, dann schüttelte er den Kopf. »Nein. Wer sollte so etwas tun? Die Menschen hier sind eigen, aber sie sind keine Verbrecher. Wahrscheinlich wird man nie herausfinden, was es war.« Plötzlich grinste er. »Vielleicht war es ein Spriggan.«

»Ein was?«, fragte Chris.

O'Donoghue nahm seine Pfeife aus dem Mund und lächelte noch breiter. »Spriggans sind kleine Kobolde mit großen Köpfen und dünnen Armen und Beinen. Sie sind nicht wirklich gefährlich, aber sie treiben manchmal sehr derbe Witze.«

Ein Eimer eiskaltes Wasser, den man unversehens über seinem Kopf ausgeschüttet hätte, hätte Chris nicht mehr erschrecken können als diese Worte.

»Sie meinen, es … es gibt sie wirklich?«, murmelte er.

»Natürlich nicht«, antwortete O'Donoghue. Und fügte fast im selben Atemzug hinzu: »Oder doch, ganz wie du willst. Alles, von dem du es willst, existiert wirklich. Du musst ihm nur einen Namen geben, dann beginnt es zu leben.«

Chris war nicht sicher, ob er verstand, was O'Donoghue damit sagen wollte, aber er nickte vorsichtshalber. »Gibt es … noch mehr dieser Fabelwesen hier?«, fragte er.

O'Donoghue sah ihn auf sonderbare Weise an, ehe er ganz langsam nickte. »Was weißt du denn darüber?«

»Nicht viel«, antwortete Chris hastig. »Ich habe ein paar Brocken aufgeschnappt, das ist alles. Ein Cu Sie, zum Beispiel – ist das auch so etwas wie ein Spriggan?«

»Cu Sith«, verbesserte ihn O'Donoghue. »Nein, das ist etwas ganz anderes. Ein Ungeheuer. Es heißt, die Sidhe hätten sie als Wachhunde gehalten und auch im Kampf eingesetzt.«

»Aha«, machte Chris, und O'Donoghue lächelte wieder.

»Irgendwann einmal erzähle ich dir die Geschichte dieses Landes«, sagte er. »Die Legende von den Sidhe, den Tuatha de Dannan und den Erinn und von den Milesiern.«

»Und von den Rath?«, fragte Chris.

O'Donoghue nickte. Sein Gesicht blieb ausdruckslos wie Stein. Chris verstand sein Verhalten nicht – sie waren allein, niemand hörte zu –, wieso tat er, als begriffe er nicht?

»Wie sieht solch ein Rath aus?«, fragte Chris, als O'Donoghue keine Anstalten machte, von sich aus weiterzusprechen.

»Oh, das ist ganz verschieden«, antwortete O'Donoghue und nahm die Pfeife aus dem Mund. »Manche sind klein, wie für Zwerge gemacht, und liegen nur einen Spatenstich tief unter der Erde. Andere sollen gewaltig sein, ganze Labyrinthe aus Stollen und Gängen und riesigen Sälen, in denen Elfen und Tuatha de Dannan Hof halten.« Er breitete die Hände aus. »Kein lebender Mensch hat je einen Rath von innen gesehen, heißt es.«

»Woher weiß man dann, wie er aussieht?«, fragte Chris.

O'Donoghue lächelte. »Eine gute Frage. Irgendwann einmal werde ich sie dir beantworten. Aber nicht heute.«

Umständlich klopfte er seine Pfeife auf der Lehne aus, erhob sich und lächelte Chris zum Abschied zu.

»Besser, ich gehe jetzt«, sagte er. »Wir haben morgen einen schweren Tag vor uns. Und hör auf deinen Vater und geh nicht zur Baustelle hinauf. Den Besuch der Burg holen wir nach, versprochen.«

Chris war viel zu perplex, um noch etwas zu antworten. Er nickte automatisch und sah O'Donoghue fassungslos nach, während dieser langsam die Straße hinunterging.

Er verstand überhaupt nichts mehr. Wieso benahm sich O'Donoghue so seltsam? Wieso kein Wort über Llewellyens Dolch? Und über das Labyrinth unter Ross Castle? Er hatte ihm das Stichwort doch praktisch aufgedrängt!

Chris zögerte noch einen Moment, dann sprang er auf und rannte O'Donoghue nach. Der alte Mann hatte gerade die Straßenkreuzung erreicht und bog gemächlich um die Ecke, aber diesmal würde er ihn nicht davonkommen lassen.

Chris lief schneller, um O'Donoghue noch einzuholen, bog mit wehenden Haaren um die Ecke – und bliebt so abrupt stehen, als wäre er gegen eine unsichtbare Wand gelaufen.

Mr. O'Donoghue war ebenfalls stehen geblieben, nicht mehr als zehn, zwölf Schritte vor ihm. Aber trotzdem rief Chris nicht seinen Namen, und er lief auch nicht weiter, sondern zog sich hastig zurück und presste sich gegen die Hauswand, um nicht gesehen zu werden.

O'Donoghue war nicht allein.

Neben ihm stand eine hoch gewachsene, sehr schlanke Gestalt mit feuerrotem Haar und redete heftig gestikulierend auf ihn ein, in einer fremden Sprache, die Chris nun schon ein paarmal zu hören bekommen hatte. O'Donoghue antwortete in der gleichen Sprache, und auch er klang sehr aufgebracht. Und dann tat er etwas, was Chris' Verwirrung für einen Moment in Staunen und Zorn umschlagen ließ. Er griff in die Tasche seiner schweren, schwarzen Arbeitsjacke, zog etwas heraus und reichte es Llewellyen. Es war der Steindolch, den Chris ihm am Vormittag gegeben hatte.

Der silberne Reiter

Chris stand am nächsten Morgen noch zeitiger auf als am Freitag, und er verließ die Pension lange vor dem Frühstück. Der Himmel war noch grau, und im Gras neben dem Weg glitzerten winzige Tautröpfchen wie heruntergefallene Sternensplitter, als er Killarney verließ. Aber er hatte an diesem Morgen einen triftigen Grund, so ungesehen wie möglich aus der Stadt zu schleichen: Spätestens seit er Llewellyen und O'Donoghue gestern Abend beobachtet hatte, wusste er, dass hier etwas nicht stimmte.

O'Donoghue sagte nicht die Wahrheit. Er hatte ihn belogen, und er hatte wahrscheinlich auch seinen Vater belogen und mit ziemlicher Sicherheit auch alle anderen. Gestern Abend, als er verstört in die Pension zurückgekehrt war, da war ihm der Verdacht so ungeheuerlich vorgekommen, dass er ihn als lächerlich abgetan hatte, und ganz wollte er es noch immer nicht wahrhaben; niemand gestand sich gern ein, dass ihn ein Freund – oder doch wenigstens jemand, dem er vertraut hatte – hinterging, aber es gab keine andere Erklärung. Chris hatte auch in dieser Nacht lange wach gelegen, und er hatte ausreichend Zeit gehabt, über alles nachzudenken. Das Ergebnis, zu dem er gekommen war, gefiel ihm nicht, aber es schien eindeutig.

O'Donoghue hatte irgendetwas mit dem zu tun, was an der Baustelle passiert war.

Natürlich konnte er mit dieser Behauptung unmöglich zu seiner Mutter gehen oder gar zu seinem Vater – O'Donoghue als Bombenleger? Lächerlich!

Und er hatte ja auch gar keinen wirklichen Beweis. Es waren nur Kleinigkeiten – die sonderbare Ernsthaftigkeit, mit der O'Donoghue am Donnerstagabend über die Rath und die Geschichte des Landes gesprochen hatte, der seltsame Blick, mit dem er ihn bedacht hatte, als er gestern so unvermittelt auf der Baustelle aufgetaucht war, und seine plötzliche Bereitschaft, ihn nicht zu seinem Vater zu bringen, sondern ihm im Gegenteil zu helfen, alles zu vertuschen; am Abend dann sein vorgespieltes Unwissen, was das Labyrinth unter Ross Castle anging, und schließlich die Sache mit dem Dolch, den er Llewellyen zurückgegeben hatte … Vielleicht hätte es für jeden einzelnen dieser Zwischenfälle eine harmlose und durchaus überzeugende Erklärung gegeben, aber Chris wusste einfach, dass O'Donoghue ein Geheimnis umgab, eines, das sich unter der Ruine verbarg. Er konnte sich selbst nicht vorstellen, dass O'Donoghue etwas mit der Explosion zu tun hatte – das war, wenn überhaupt, sicherlich Llewellyen gewesen, oder sein alberner Freund mit der roten Mütze, aber vielleicht war die Explosion der Grund für den Streit, den er beobachtet hatte.

Vielleicht, vielleicht, vielleicht, dachte er. Es gab entschieden zu viele Vielleicht in seiner Theorie, und bei Licht betrachtet hätte sich sein Verdacht vielleicht als so löcherig wie ein Fischernetz herausgestellt. Aber der eigentliche Grund dafür, dass er zum zweiten Mal in aller Herrgottsfrühe aus dem Haus geschlichen war und sich auf den weiten Weg nach Ross Castle machte, lag auch nicht darin, was er zu wissen glaubte. Er spürte einfach, dass da noch mehr war, und deshalb war er jetzt hier. Er wollte herausbekommen, was es mit O'Donoghue und Llewellyen und dem geheimnisvollen Labyrinth unter der Burgruine auf sich hatte.

Chris ging sehr schnell, und er bewegte sich so dicht am Waldrand, dass ein zufälliger Beobachter schon sehr genau hätte hinsehen müssen, um ihn zu entdecken – zumal er sich mit Vorbedacht so angezogen hatte, wie er es in unzähligen Agenten- und Kriminalfilmen gesehen hatte: ein schwarzer Pulli, schwarze Cordjeans und schwarze Schuhe, eine nahezu perfekte Tarnung vor dem Hintergrund des Waldes. Den Wald zu betreten, wagte er allerdings nicht. Nicht nach dem, was ihm gestern passiert war.

Er wollte sich aber auch dem See nicht weiter nähern, als unumgänglich war. Im fahlen grauen Licht der Morgendämmerung sah Loch Lein noch unheimlicher aus als gestern. Nebel hing in schweren grauen Schleiern über dem See, und vom Wasser stieg ein eisiger Hauch auf. Manchmal glaubte er, ein leises Kräuseln der Oberfläche zu bemerken, aber immer, wenn er genauer hinsah, war es verschwunden. Chris war froh, als nach einer Weile die ersten warmen Strahlen der Sonne den Nebel auflösten.

Er brauchte fast eine Stunde, um den See zu umrunden, und weitere dreißig Minuten, um den Geröllhang zu erklimmen, über dem Ross Castle thronte. Trotzdem war es noch nicht einmal acht, als er die Burgruine betrat; noch mehr als eine Stunde, ehe die Arbeiter unten auf der Baustelle zu ihrer Sonderschicht erscheinen würden und sein Vater alles für die große Sprengung vorbereitete. Aber mit dieser Wartezeit hatte Chris gerechnet. Sie gehörte sogar zu seinem Plan. Er durfte nicht noch einmal den Fehler begehen, Llewellyen zu unterschätzen. Vor allem jetzt nicht, wo er gewarnt war.

Chris kletterte auf den verfallenen Mauerrest hinauf, der ihm schon am vergangenen Morgen als Aussichtsturm gedient hatte, zog den Feldstecher – den er sich, wenn auch ohne dessen Wissen, von seinem Vater ausgeborgt hatte – aus dem Gürtel und blickte durch das Glas auf die Baustelle hinab.

Der große, nahezu rechteckige Platz lag still und verlassen da, nur in der kleinen Baubude, in der die beiden Nachtwächter dem Morgen entgegenschnarchten, brannte Licht. Die riesigen Baumaschinen standen tot und reglos vor den Felsen, wie versteinerte Riesentiere, und das Loch in der Granitwand kam ihm mehr denn je wie eine hässliche Wunde vor.

Chris beobachtete den Bauplatz eine Weile, setzte das Glas dann wieder ab und zog stattdessen die kleine Pocketkamera aus der Tasche. Sorgsam legte er sie vor sich auf den Mauerrand, platzierte die mitgebrachte Taschenlampe daneben, rollte das Tau ab, das er sich um den Leib gewickelt hatte, und kramte schließlich noch ein Stück Kreide aus der Hose, das er sorgfältig mit seinem Taschenmesser anspitzte. Ja, er war gut auf seine zweite Expedition vorbereitet. Llewellyen würde sein blaues Wunder erleben, wenn er sich einbildete, er könnte ihn und den Rest der Welt zum Narren halten!

Dann wartete er. Chris wusste, dass eine Stunde ekelhaft lang werden konnte, aber das Jagdfieber, das ihn gepackt hatte, half ihm ein wenig, die Wartezeit zu ertragen.

Trotzdem schien die Zeit kein Ende zu nehmen. Er ertappte sich immer öfter dabei, auf die Armbanduhr zu sehen, und die kleinen Zeiger schienen sich schließlich überhaupt nicht mehr von der Stelle zu bewegen. Eine Viertelstunde verging, eine halbe – und endlich rührte sich etwas unten im Tal. Aufgeregt setzte Chris das Glas an, blickte auf die Baustelle herab – und ließ den Feldstecher enttäuscht wieder sinken. Es war nur ein Arbeiter, der ein wenig zu früh kam.

Aber was hatte er eigentlich erwartet? dachte er. Dass Llewellyen ganz unverfänglich zur Baustelle spazieren würde, um Feuer zu legen oder sonst was zu tun? Sicher nicht. Wütend auf sich selbst, ließ er sich wieder zurücksinken und kletterte nach kurzem Zögern ganz von der Mauer herunter. Sehr vorsichtig näherte er sich dem Loch im Boden, durch das er gestern in den Rath eingedrungen war (Chris hatte beschlossen, das unterirdische Labyrinth kurzerhand so zu nennen), und leuchtete mit der Taschenlampe hinein. Der Lichtstrahl fiel auf einen mit moderigem Laub und Schmutz und Steinen bedeckten Boden – keine anderthalb Meter unter ihm.

Zehn, zwanzig, dreißig Sekunden lang starrte Chris aus

aufgerissenen Augen in die Tiefe, schwenkte den Strahl der Taschenlampe hin und her und weigerte sich einfach zu glauben, was er sah.

Das Kellergewölbe war verschwunden! Wo es gewesen war, gähnte ein nicht einmal mannshohes Loch im Boden, mit nicht mehr als einem Meter im Durchmesser.

Chris knipste die Lampe aus, wandte sich entschlossen um und holte sein Tau. Sorgsam wickelte er das eine Ende um einen Mauerbrocken, der ihm schwer genug erschien, sein Gewicht zu halten, warf das andere Ende in das Loch hinab und kletterte rasch in die Tiefe. Sein Herz begann wie rasend zu hämmern, als er die Taschenlampe wieder einschaltete.

Das Bild war dasselbe.

Wo sich gestern ein mehr als zwei Meter hoher Raum befunden hatte, von dem ein steiler Gang weggeführt hatte, war jetzt nichts als ein jämmerliches Loch, in dem er nicht einmal aufrecht stehen konnte. Das Seil würde er gar nicht brauchen, um wieder hinauszuklettern; Kopf und Schultern ragten sowieso noch über den Erdboden hinaus.

Chris sah sich fassungslos um, schwenkte die Lampe hierhin und dorthin und ging schließlich in die Hocke. Unsicher streckte er die Finger aus und begann die Wände abzutasten, jederzeit darauf gefasst, durch die Mauer hindurchzugreifen und sich unversehens in dem schmalen Tunnel wieder zu finden, durch den er gestern in die große Halle des Rath gelangt war.

Aber unter seinen tastenden Fingern war massiver, feuchter Stein. Überall.

Verblüfft richtete er sich wieder auf und zog sich mit einem entschlossenen Ruck aus dem Loch heraus. Er verstand überhaupt nichts mehr.

Als er sich auf Hände und Knie erhob, hörte er hinter sich ein Geräusch. Chris fuhr herum – und erstarrte vor Schreck.

Es war nicht Llewellyen, wie er erwartet hatte, und auch nicht sein sonderbarer Freund, sondern eine Gestalt, die beinahe noch seltsamer war als der Zwerg mit der roten Mütze. Es war ein Reiter.

Aber der sonderbarste, den Chris jemals gesehen hatte.

Er war sehr groß – abgesessen musste er ein wahrer Riese sein – und von Kopf bis Fuß in mattsilbernes, schimmerndes Metall gekleidet. An seiner rechten Seite hing ein langes Schwert, und in der Hand trug er eine Lanze, an deren Spitze ein grellbunter Wimpel flatterte. Auch sein Kopf steckte unter einem Helm aus silbrigem Metall, aber das Visier war hochgeklappt, sodass Chris sein Gesicht erkennen konnte – ein sehr bleiches, aber auch sehr edles Gesicht, dessen Haut im grellen Licht der Morgensonne fast weiß erschien. Seine Augen blickten direkt in Chris' Richtung, dennoch schien er ihn nicht zu bemerken.

Chris begriff erst hinterher, dass es wahrscheinlich wieder die Sonne gewesen war, die ihn rettete, denn ihr Licht beschien den Reiter wie ein großer Scheinwerfer, während er selbst auf dem Hof wahrscheinlich nur Schatten erkennen konnte. Zwei, drei Sekunden lang standen Mensch und Tier reglos da, dann wandte sich der Mann mit einem Ruck im Sattel um und gab dem Pferd die Sporen.

Und endlich erwachte Chris aus seiner Erstarrung. Ohne auch nur einen Gedanken daran zu verschwenden, wer dieser Reiter sein könnte, sprang er auf die Beine und rannte ihm nach. Dicht vor dem Tor blieb er stehen, atmete einmal tief durch und ging etwas langsamer und eng gegen die Wand gedrückt weiter.

Seine Vorsicht war berechtigt – als er aus dem Burgtor spähte, sah er Llewellyen und auch den Zwerg mit der roten Mütze – beide saßen auf den Rücken großer, weißer Pferde, kaum zehn Meter von ihm entfernt, und unterhielten sich erregt mit dem silbernen Reiter. Der Mann in der Ritterrüstung deutete ein paarmal auf die Burgruine, und Chris' Herz machte einen Sprung bis direkt in seinen Hals hinauf, aber dann begriff er, dass er gar nicht Ross Castle meinte, sondern das, was dahinter lag: das Tal und die Baustelle.

Aufmerksam beobachtete er die drei absonderlichen Gestalten, und was ihn dabei am meisten erschreckte, das war gar nicht der Mann in Silber, obwohl er wahrhaft sonderbar genug war, sondern der kleine Kerl mit der roten Mütze neben Llewellyen. Gestern, als er ihn das erste Mal gesehen hatte, war er ihm nur erstaunlich vorgekommen, aber jetzt wirkte er unheimlich.

Chris war bisher noch gar kein anderer Gedanke gekommen, als dass es sich um einen Kumpan Llewellyens handelte, der sich verkleidet hatte, aber er sah ihn jetzt sehr viel deutlicher als am vergangenen Morgen. Wie er so im Sattel des riesigen Pferdes hockte, erinnerte er ihn eher an eine braune Kröte, die sich als Mensch verkleidet hatte, als an einen Jungen. Alles an ihm wirkte auf beunruhigende Weise echt. Wenn er eine Maske trug, dachte Chris, dann die perfekteste, die ihm jemals untergekommen war.

Schaudernd zog er sich ein Stück weiter in den Schatten der Burgmauer zurück und sah zu, was die drei taten. Llewellyen und der Ritter redeten erregt aufeinander ein – gab es überhaupt jemanden, mit dem Llewellyen nicht sofort in Streit geriet? dachte Chris spöttisch –, und nach einer Weile wendete der silberne Reiter sein Pferd und begann langsam den Hang hinabzutraben. Llewellyen und das braune Männchen folgten ihm in geringem Abstand.

Chris wartete, bis sich die drei Pferde ein gutes Stück von der Burg entfernt hatten, dann huschte er geduckt aus dem Tor und folgte ihnen.

Er musste nicht einmal besonders vorsichtig sein. Die Felstrümmer auf dem mit Geröll übersäten Hang gaben ihm genügend Deckung, und die drei Reiter bewegten sich mit einer solchen Selbstverständlichkeit dahin, als fürchteten sie nicht im mindesten, gesehen zu werden.

Dafür hatte Chris alle Mühe, mit ihnen Schritt zu halten. Die drei Tiere liefen so gleichmütig den Hang hinab, als befänden sie sich auf einer gepflasterten Straße, nicht auf einer Schutthalde, während Chris seine liebe Not hatte, sich auf den Beinen zu halten. Ihre Füße schienen den Boden gar nicht zu berühren. Es war, als schwebten sie über den Fels. Ihr Vorsprung hatte sich fast verdoppelt, als sie den Fuß des Berges erreichten und in den Wald eindrangen.

Chris war sich trotz aller Abenteuerlust darüber im klaren, dass sein kleines Spionagespiel bitterer Ernst werden konnte. Wer eine Kiste mit Dynamit in die Luft sprengte und dabei Verletzte und vielleicht sogar Tote in Kauf nahm, der schreckte wahrscheinlich auch vor keiner anderen Gemeinheit zurück.

Auf der anderen Seite – alles, was er heute und auch gestern unten in dem Labyrinth erlebt hatte, kam ihm so unwirklich vor. Er war sicher, dass diese sonderbaren Gestalten etwas mit den Schwierigkeiten zu tun hatten, die es auf der Baustelle gab, und er war auch sicher, dass Mr. O'Donoghue in die Sache verwickelt war. Aber die Welt seines Vaters mit ihren Maschinen und Berechnungen und Zahlen und dieser silberne Reiter, der Cu Sith und das Labyrinth unter Ross Castle: das passte nicht zusammen. Sie waren wie Teile aus zwei grundverschiedenen Geschichten, die sich zu berühren versuchten, es aber einfach nicht konnten; falsch gepolte Magnete, die sich immer wieder abstießen, ganz egal, wie oft man versuchte, sie zusammenzubringen. Chris war verwirrt.

Trotzdem zögerte er keine Sekunde, Llewellyen und den beiden anderen weiter zu folgen. Jagdfieber hatte ihn gepackt, ein Gefühl, das ihn die Gefahr, in die er sich möglicherweise begab, zwar durchaus erkennen ließ, es ihm aber gleichzeitig unmöglich machte, auf die warnende Stimme in seinem Inneren zu hören. Nicht einmal der Gedanke, wieder in diesen finsteren, verwunschenen Wald eindringen zu müssen, konnte ihn abschrecken.

Dafür hielt ihn der Wald selbst zurück. Chris verstand es nicht – er hatte selbst gesehen, wie die drei Reiter unmittelbar vor ihm in den Wald hineingeritten waren; aber als er es an der gleichen Stelle versuchte, da war das Unterholz beinahe undurchdringlich. Chris' Hände und Gesicht waren schon nach Augenblicken zerkratzt, und die dornigen Zweige des Unterholzes verfingen sich in seinen Haaren und seinen Kleidern. Es war, als hätten sich die Zweige in Arme und Hände verwandelt, die mit stacheligen Fingern nach ihm griffen und mit aller Macht versuchten, ihn draußen zu halten. Chris kam kaum von der Stelle, und überdies verursachte sein mühsames Sich-vorwärts-Kämpfen einen solchen Krach, dass er sich wunderte, nicht längst schon entdeckt worden zu sein.

Gottlob machten Llewellyen und seine beiden Begleiter fast ebenso viel Lärm wie er. Chris hatte sie längst aus den Augen verloren, aber die dumpfen Hufschläge wiesen ihm den Weg, und die Rüstung des silbernen Reiters klirrte und schepperte ununterbrochen. Manchmal glaubte er auch Stimmen zu hören. Schließlich kam er den Geräuschen wieder näher. Llewellyen und die beiden anderen mussten angehalten haben. Er konnte hören, wie sie sich erregt miteinander unterhielten.

Aber da waren noch mehr Stimmen, dachte er alarmiert. Die Stimmen von zwei, wenn nicht drei anderen Männern, die in derselben sonderbaren Sprache redeten wie Llewellyen und ebenso erregt klangen.

Chris blieb für einen Moment stehen, sah sich vorsichtig um und schlich dann weiter, so leise er konnte – was allerdings nicht besonders leise war. Es war wie verhext. Er konnte so behutsam auftreten, wie er wollte, das Unterholz so vorsichtig zur Seite biegen, wie er nur konnte; immer knackte unter seinem Fuß ein trockener Ast oder raschelte Laub, und die Büsche ächzten und knirschten, als wären es tausendjährige Eichen, die gefällt wurden. Wäre der Gedanke nicht so lächerlich gewesen, dann hätte Chris geschworen, dass der Wald alles in seiner Macht Stehende tat, um ihn zu verraten. Vor ihm wurde es wieder hell. Goldenes Sonnenlicht fiel durch eine Lücke im Blätterdach, und als Chris weiterschlich, erkannte er, dass direkt vor ihm eine Lichtung war, auf der Llewellyen und seine beiden Begleiter angehalten hatten.

Er hatte sich nicht getäuscht: Llewellyen und die anderen waren nicht mehr allein. Auf der Lichtung hielten sich zahlreiche andere Reiter auf – und jeder einzelne von ihnen bot einen mindestens so unglaublichen Anblick wie der Mann in Silber, dem er oben in der Burg begegnet war.

Fassungslos starrte Chris auf das gute Dutzend berittener Gestalten, das nur ein paar Schritte vor ihm Aufstellung genommen hatte. Keiner glich dem anderen, und einer sah fantastischer aus als der Nächste. Da gab es Ritter in prachtvollen, silbern schimmernden Rüstungen, mit Schwert und

Schild bewaffnet und auf riesigen gepanzerten Schlachtrössern thronend, schlanke, beinahe elfenhaft anmutende Gestalten in halb durchsichtigen Kleidern aus fließender Seide und auf grazilen Geschöpfen, die wie Pferde aussahen, aber eindeutig Einhörner waren, Männer, die ihm fast normal erschienen, aber eine Haut hatten, die weiß und schimmernd wie polierter Marmor war, und zwei oder drei Gestalten, die sich Mühe gaben, wie Menschen auszusehen, aber nicht sehr viel Erfolg damit hatten. Eine sah aus wie eine übergroße Kröte, die in den Sattel eines Pferdes geklettert war und sich nur mit Mühe darauf hielt, eine andere wie der Spriggan, dem er vor zwei Tagen begegnet war, aber so groß wie ein Mensch. Es war eine Versammlung von Märchen- und Fabelwesen, die Chris an seinem Verstand zweifeln ließ.

Er war so sehr in die Betrachtung der fantastischen Gestalten vertieft, dass er gar nicht merkte, wie er sich immer weiter und weiter vorbeugte. Unter normalen Umständen hätte ihn sicherlich der Busch gehalten, auf den er sich stützte. Aber die Umstände waren eben nicht normal, und der Busch war es schon gar nicht. Statt sein Gewicht zu halten, bogen sich die dornenbesetzten Zweige wie kleine lebende Wesen unter seinen Händen durch, schienen sich zur Seite und von ihm fortzubewegen wie sich windende Schlangen – und ehe Chris sich versah, kippte er mit einem erschrockenen Schrei nach vorne, direkt vor die Füße eines der silbernen Reiter.

Für eine Sekunde war es, als bliebe die Zeit stehen. Chris sah, wie sich das Pferd aufbäumte und dabei fast seinen Reiter abwarf; gleichzeitig breitete sich eine rasch schneller werdende Woge erschrockener Bewegung unter den Reitern aus, jemand schrie, Rufe wurden laut – alles in einer einzigen, scheinbar endlosen Sekunde, während der er selbst wie in Zeitlupe nach vorne zu stürzen schien. Er prallte hart am Boden auf, wälzte sich blitzschnell auf den Rücken, versuchte wieder auf die Füße zu springen – und erstarrte mitten in der Bewegung, als er die scharf geschliffene Lanzenspitze gewahrte, die drohend auf sein Gesicht deutete.

Sein Herz machte einen Satz und hämmerte dann doppelt so schnell und unregelmäßig weiter, und mit einem Male war das Gefühl der Angst da, das er die ganze Zeit über vermisst hatte, so übermächtig, dass er nicht in der Lage war, auch nur einen klaren Gedanken zu fassen. Gelähmt vor Schrecken starrte er die Lanzenspitze an, ließ den Blick über die Waffe bis zu den Händen wandern, die sie hielten, und sah schließlich in das dazugehörige Gesicht.

Was er darin las, das war ein fast ebenso großer Schrecken wie der, den er selbst empfand, ja mehr noch: ein so ungläubiges Entsetzen, dass Chris für einen Moment beinahe seine Angst vergaß und völlig verständnislos in die dunklen Elfenaugen über sich blickte.

Dann senkte sich die Waffe drohend auf sein Gesicht herab, und Chris hatte die größte Not, der Lanzenspitze auszuweichen, die sich langsam, aber unbarmherzig seiner Kehle näherte.

»Ortak!« Der Ruf war scharf und laut und wurde von einer Stimme ausgestoßen, die er kannte. Chris verstand nicht, was das Wort bedeutete – viel später sollte er erfahren, dass es der Name des Elfenreiters war –, aber es hatte Erfolg. Die Lanzenspitze zitterte noch einen Moment lang bedrohlich nahe vor seinem Gesicht und zog sich dann zurück; allerdings nicht sehr weit.

Chris setzte sich zitternd auf, kroch vorsichtshalber ein Stück zurück – die Lanzenspitze folgte der Bewegung getreulich – und sah sich mit klopfendem Herzen um. Was er sah, war allerdings nicht gerade dazu angetan, seine Angst zu dämpfen. Ganz im Gegenteil.

Er war umzingelt. Ein gutes Dutzend Pferde bildeten einen engen, dicht geschlossenen Kreis um ihn, und die meisten Reiter hatten ihre Waffen gezogen. Aber es war seltsam – in jedem Gesicht, in das er blickte, las er denselben Ausdruck wie in dem des Elfenreiters: Schrecken und Zorn, vor allem aber eine an Entsetzen grenzende Fassungslosigkeit, als wäre für diese Männer das, was sie sahen, so unglaublich, wie es umgekehrt ihr Anblick für Chris gewesen war.

Plötzlich kam Bewegung in die Reiter. Ihre Reihe teilte

sich, und Chris blickte in ein schmales, von strubbeligem rotem Haar gekröntes Gesicht.

»Llewellyen!«, rief er erleichtert. »Du –«

Llewellyen schnitt ihm mit einer zornigen Geste das Wort ab, und Chris erstarrte erneut, als er sah, wie sich der ersten Lanze, die auf ihn deutete, gleich drei weitere zugesellten. Llewellyen blickte wütend – aber auch eindeutig besorgt – auf ihn herab, richtete sich dann im Sattel auf und sagte etwas zu dem Reiter neben sich. Der Mann antwortete in derselben, unverständlichen Sprache, woraufhin Llewellyen ihn anschrie.

Es war ein merkwürdiger Anblick: Llewellyen war kaum älter als Chris selbst, aber aus irgendeinem Grund schienen all diese Ritter und Elfen und Fabelgestalten einen gehörigen Respekt vor ihm zu haben. Chris verstand kein Wort von dem Streit, der vor seinen Augen losbrach, aber er begriff sehr wohl, dass Llewellyen allein gegen das gute Dutzend bewaffneter Gestalten stand – und die Auseinandersetzung ganz eindeutig gewann.

Vermutlich hätte Chris viel mehr Vergnügen an der Szene gefunden, hätte er nicht zugleich auch geahnt, dass es bei dem Streit um ihn ging. Vielleicht sogar um sein Leben.

Er dauerte nur wenige Minuten, aber Chris starb in dieser Zeit innerlich tausend Tode; selbst als sich die Lanzen und Schwerter, die auf ihn deuteten, allmählich wieder hoben und sich der Kreis aus Reitern zu lockern begann, wagte er nicht aufzuatmen. Vor allem das krötenähnliche Ding, das Chris gleich am Anfang aufgefallen war, widersprach Llewellyen aufs heftigste und deutete dabei immer wieder erbost auf Chris herab, und einmal sah es sogar so aus, als wolle es sich auf ihn stürzen, bis Llewellyen es mit erstaunlicher Kraft zurückriss und drohend die Hand hob – eine etwas lächerliche Geste, die aber erstaunlicherweise ihre Wirkung tat: Das Krötenwesen zog wie ein geprügelter Hund den Kopf ein und verstummte, wenn auch nicht, ohne Llewellyen einen langen, mordlüsternen Blick zuzuwerfen. Dann zwang es sein Pferd auf der Stelle herum und verschwand mit einem Satz im Unterholz.

Auch die anderen Reiter zogen sich einer nach dem anderen zurück, bis schließlich nur noch Llewellyen, das braune Männchen mit der roten Mütze und einer der weißgesichtigen schlanken Elfenreiter auf der Lichtung zurückblieben. Aber selbst dann dauerte es noch lange, bis Chris den Mut fand, sich hochzurappeln und auf Llewellyen zuzugehen.

»Ich … ich danke dir«, sagte er unsicher. »Du hast mir das Leben gerettet. Aber was … was bedeutet das hier alles?«

Llewellyen starrte auf ihn herab und schwieg. Seine Augen brannten vor Zorn, aber es war auch noch etwas anderes darin, etwas, was Chris nicht einordnen konnte, ihn aber erschreckte. Zehn, zwanzig, dreißig Sekunden lang kreuzten sich ihre Blicke, dann richtete sich Llewellyen mit einem Ruck im Sattel auf, machte eine rasche Geste zu seinen beiden Begleitern und drehte sein Pferd herum.

»He!«, rief Chris. »So warte doch! Ich weiß, dass du mich verstehst! Du hast doch gestern auch mit mir gesprochen!« Aber Llewellyen wartete nicht. Er trieb sein Pferd energisch an, und seine beiden Begleiter taten es ihm gleich. Noch ehe Chris auch nur zwei Schritte getan hatte, hatten sie den gegenüberliegenden Waldrand erreicht.

Chris starrte ihnen einen Moment lang fassungslos nach – und dann tat er etwas sehr Dummes: Er rannte hinter Llewellyen und seinen beiden gespenstischen Begleitern her, ohne auch nur einen Gedanken an die Gefahr zu verschwenden, in die er sich damit vielleicht wieder begab.

Natürlich hatte er keine Chance, die drei Reiter einzuholen. Als er den Rand der Lichtung erreichte, waren die drei Pferde nur mehr als Schatten im Dunkel des Waldes zu erkennen, und selbst das Geräusch der trabenden Hufe begann bereits zu verklingen. Und wieder war es, als würde der Wald ihn zurückhalten: Chris rannte, so schnell er nur konnte, aber schon nach ein paar Schritten kam er kaum mehr von der Stelle. Zweige und dünne, zähe Ranken schlugen nach ihm, Wurzeln schlangen sich wie lebende Fallstricke um seine Beine, tiefhängende Äste peitschten nach seinem Gesicht, Dornen zerkratzten seine Haut und zerrten an seinen Kleidern und seinem Haar.

Bald hatte er die drei Reiter völlig aus dem Blick verloren, aber er wusste immerhin, dass sie den Weg zum Waldrand hin eingeschlagen hatten, so wie die anderen vor ihnen. Und er musste sie einholen. Er musste einfach wissen, was diese unglaubliche Versammlung bedeutete! Rücksichtslos brach er durch das dornige Unterholz. Als er den Waldrand erreichte, war er über und über mit kleinen blutigen Wunden und Kratzern übersät, und er war völlig außer Atem. Mit einem erleichterten Keuchen taumelte er aus dem Wald, machte einen Schritt auf den schmalen sandigen Streifen zwischen dem Waldrand und dem See hinaus und sah sich um. Er war allein.

Von Llewellyen und seinen beiden Begleitern war nichts zu sehen, ebenso wenig wie von den anderen Reitern. Vor ihm lag nur der See, gesäumt von einem schmalen Streifen sauberen, fast weißen Sandes, und auf diesem Sand, so deutlich, als wären sie eigens zu dem Zweck angebracht worden, ihn zu verspotten, waren die Spuren von mindestens einem Dutzend Pferde. Sie führten ein kleines Stück weit gerade aus dem Wald heraus, schwenkten dann dicht vor dem Wasser nach rechts – und verschwanden.

Einfach so. Sie wurden nicht undeutlicher und verloren sich, sie schwenkten auch nicht nach rechts oder links zum Wald oder zum See hin ab, sondern brachen einfach ab.

So abrupt, als hätten sich die Reiter in Luft aufgelöst.

Im Schattenwald

Natürlich konnten sie sich nicht in Luft aufgelöst haben. Dieser Gedanke war Chris zwar im ersten Moment durch den Kopf geschossen, aber gleich darauf begriff er, was für ein haarsträubender Unsinn das war: Männer und Pferde (ganz egal, wie sie aussahen) verschwanden nicht einfach ins Nichts; das taten sie allenfalls in Filmen oder Märchen oder Romanen, und das hier war keines von diesen dreien, sondern die Wirklichkeit. Und auch wenn Chris – wie gesagt –

ganz gerne in den Tag hinein träumte und in seiner Fantasie schon die erstaunlichsten Abenteuer erlebt hatte, so stand er doch mit beiden Beinen fest auf dem Boden der Tatsachen. Daher konnte er den Gedanken nicht hinnehmen, dass sich die Reiter einfach in nichts aufgelöst haben sollten – denn dann hätte er auch akzeptieren müssen, was ihm seine überstrapazierte Fantasie seit geraumer Zeit zuflüsterte: nämlich dass es sich bei den Wesen, die er beobachtet hatte, wirklich um Geister und Elfen handelte.

Und dazu war er nicht bereit – noch nicht.

Nein, dachte er, da war die andere, zwar kaum weniger fantastische, aber zumindest möglichere Erklärung schon leichter zu akzeptieren. Es musste genau so sein, wie er von Anfang an vermutet hatte: Llewellyen und vielleicht auch O'Donoghue und eine ganze Reihe anderer Leute aus Killarney hatten sich eine besondere Methode ausgedacht, die Bauarbeiten unterhalb von Ross Castle zu stoppen. Chris sah die Schlagzeilen in den Zeitungen schon vor sich SPRENGUNG EINES RATH DURCH GEISTER VERHINDERT – oder so ähnlich. Verrückt oder nicht, eines musste man diesem Llewellyen lassen – er hatte Ideen.

Und er, Chris, hatte noch eine Rechnung mit ihm offen. Mit ihm und O'Donoghue und überhaupt diesem ganzen hinterwäldlerischen Kaff, dem er diese völlig verhagelten Ferien zu verdanken hatte.

Eigentlich, überlegte er, waren sie gar nicht so ganz verhagelt. Immerhin hatte er gute Chancen, am Schluss als der dazustehen, der diese kleine Verschwörung aufgedeckt hatte. Sein Vater würde stolz auf ihn sein, und die Firma würde ihm möglicherweise eine Belohnung zahlen, denn schließlich konnten sie Millionen verlieren, wenn die Bauarbeiten eingestellt werden müssten. Ja, er würde eine dicke Belohnung bekommen, ganz unabhängig von dem Triumph, den es bedeuten würde, Llewellyen eins ausgewischt zu haben, ein neues Fahrrad, vielleicht sogar eine eigene Stereoanlage ... Kurz bevor er so weit war, sich in Gedanken bereits als Millionär und auf dem Sessel des Vorstandsvorsitzenden der Baufirma seines Vaters zu sehen, holte ihn die Wirklichkeit ein, und zwar in Form eines spöttischen Gedankens, der ihm leise zuflüsterte, dass er reichlich Mühe haben würde, irgendeine Verschwörung aufzudecken, wenn es ihm nicht gelang, die Verschwörer wieder zu finden.

Chris runzelte die Stirn, blickte auf die so plötzlich abbrechende Spur hinab und stand wieder aus der Hocke auf. Wahrscheinlich würde er den Trick, wie sie das fertig gebracht hatten, jetzt sowieso nicht ergründen – aber möglicherweise war das auch gar nicht nötig. Schließlich gab es nur zwei Richtungen, die in Frage kamen: Die Reiter waren ihm nicht entgegengekommen, und sie waren wohl auch nicht schnurstracks in den See hineingaloppiert. Also konnten sie sich nur nach links gewandt haben, zurück nach Killarney, oder nach rechts, zur Burg und damit automatisch auch zur Baustelle; was sehr viel wahrscheinlicher war.

Chris grinste zufrieden. Jetzt, wo sein erster, lähmender Schrecken überwunden war, funktionierte sein Verstand wieder, wie er es gewohnt war. Llewellyen und sein vermummter Karnevalsclub würden sich noch wundern!

Er sah auf die Armbanduhr, stellte zufrieden fest, dass bis zur Sprengung noch immer eine gute halbe Stunde Zeit war – mehr als genug, um Llewellyen und seinen Trachtenverein einzuholen und ihnen die Suppe zu versalzen –, und marschierte los.

Trotz seiner Aufregung und des Jagdfiebers, das ihn wieder gepackt hatte, war Chris umsichtig genug, nicht direkt am Ufer entlangzulaufen, obwohl das Gehen auf dem schmalen Sandstreifen sehr viel einfacher gewesen wäre. Stattdessen bewegte er sich durch das dichte Unterholz des Waldrandes, zwar so, dass er den See noch durch die tiefhängenden Zweige funkeln sah, aber vor einer zufälligen Entdeckung durch das Gestrüpp geschützt. Er glaubte nämlich nicht, dass Llewellyens Spießgesellen so leichtsinnig waren, keinen Wächter zurückzulassen. Und Chris hatte wenig Lust, in eine Falle zu tappen und sich eingewickelt wie ein Weihnachtspaket im Wald wieder zu finden oder gar Schlimmeres. Er hatte keine Sekunde vergessen, dass einer der Burschen mit einem Speer auf ihn losgegangen war, bevor

Llewellyen ihn zurückgerufen hatte. Und das Ding hatte verdammt echt ausgesehen. Wahrscheinlich, überlegte Chris, stammte es aus dem Labyrinth unter der Burg, so wie die gesamte andere Ausrüstung der kleinen Truppe. Chris jubelte innerlich. Allein die Entdeckung dieses unglaublichen historischen Schatzes würde ihn berühmt machen oder reich oder am besten gleich beides.

Chris war so sehr in Gedanken an seine mögliche glänzende Zukunft versunken, dass er zunächst gar nicht merkte, dass etwas nicht stimmte. Und als es ihm auffiel, da dauerte es noch einmal fast fünf Minuten, bis er erkannte, was es war.

Er war der Burg keinen Schritt näher gekommen.

Verblüfft blieb er stehen, drehte sich einmal im Kreis und sah erst in die Richtung zurück, aus der er gekommen war, und dann wieder zum Berg und der zernagten Silhouette von Ross Castle.

Aber das ist doch unmöglich! dachte er. Er marschierte jetzt seit gut zehn Minuten – zwar nicht sehr schnell, denn das dornige Gestrüpp machte jeden Schritt zu einem kleinen Abenteuer, aber stetig –, und trotzdem kam es ihm vor, als wäre er keinen Meter von der Stelle gekommen. Ja, wenn er genau hinsah, dann schien Ross Castle eher weiter entfernt zu sein als zuvor …

Chris sah sich noch einmal im Wald um und trat dann mit einem entschlossenen Schritt wieder auf den Strand hinaus. Es blieb dabei: Ross Castle war noch genauso weit entfernt wie vor zehn Minuten. Es war keine optische Täuschung gewesen. Und noch etwas war nicht so, wie es sein sollte: Ross Castle selbst. Die Burg wirkte irgendwie verändert, auch wenn Chris nicht sagen konnte, woran es lag. Allmählich wurde ihm doch wieder etwas mulmig zu Mute. Er sah sich angespannt um, und jetzt, als hätte dieses erste Erkennen eine unsichtbare Tür in seinem Geist aufgestoßen oder einen Schleier von seinen Augen weggezogen, fielen ihm noch mehr Veränderungen auf. Auch der Wald war anders geworden, auf die gleiche, schwer in Worte zu fassende Weise wie die Burg. Er wirkte irgendwie wilder, unberührter.

Chris' Herz begann zu hämmern wie eine kleine, überlastete Maschine. Es war wie gestern, dachte er beunruhigt, als er sich in diesem Wald gefürchtet hatte, ohne selbst recht zu wissen, warum. Alles wirkte auf bedrohliche Weise fremd. Chris schauderte. Der Wind, der so sanft über den See strich, dass er nicht einmal seine Oberfläche kräuselte, schien ihm plötzlich eiskalt, und in das Rauschen und Murmeln des Waldes mischten sich sonderbare, beunruhigende Laute: ein Knacken hier, ein Knistern dort, ein Huschen, ein Wispern …

Er versuchte, seine aufgebrachte Fantasie zu besänftigen und sich selbst zur Ruhe zu zwingen, aber es war umsonst. Zu der körperlosen Furcht, die sich in seine Seele geschlichen hatte, kam nun auch noch ein ganz und gar reales Unwohlsein: Sein Herz jagte, in seinem Magen war ein flaues Gefühl, und die feinen Härchen in seinem Nacken richteten sich knisternd auf, als stünden sie unter elektrischer Spannung. Er hatte Angst. Geh nicht weiter, wisperte eine Stimme in seinem Kopf. Geh zurück! Dieser Wald ist schlecht! Er wird dich verderben. Vielleicht töten!

Chris war nahe daran, auf die Warnung aus seinem Inneren zu hören, ganz egal, ob er sich hinterher lächerlich vorgekommen wäre oder nicht. Immer nervöser sah er sich um. Der Wald schien gewachsen zu sein, auf eine Art und Weise, die nichts mit rechts oder links, oben oder unten, hinten oder vorne zu tun hatte. Es war, als zöge er sich um ihn und den ganzen See zusammen wie ein finsterer Belagerungsring. Wäre in diesem Moment auch nur eine Kleinigkeit passiert, irgendetwas, und sei es nur das Huschen eines eingebildeten Schattens, Chris wäre auf der Stelle herumgefahren und nach Hause gerannt, so schnell er konnte, und alles wäre anders gekommen.

Aber er floh nicht, denn in diesem Moment geschah tatsächlich etwas – aber es war nichts, was ihn erschreckt hätte. Natürlich machte sein Herz im ersten Moment einen Hüpfer bis in den Hals hinauf, aber aus seinem jähen Schrecken wurde Staunen und dann Bewunderung, als er sah, was da aus dem Wald getreten war.

Es war ein Einhorn, daran gab es nicht den geringsten Zweifel. Vorhin, im Wald, da hatte er sich mit einiger Mühe noch einreden können, dass die angeblichen Elfenreiter nur auf verkleideten Pferden saßen, aber dieses Wesen hier hatte wenig Ähnlichkeit mit den Reittieren der Ritter.

Es war nicht viel größer als ein großer Hund – etwa so hoch wie ein Bernhardiner, schätzte Chris, aber sehr viel schlanker. Seine Glieder wirkten so zerbrechlich, als wären sie aus feinstem Porzellan, und seine Haut hatte den gleichen, unheimlichen weißen Schimmer wie die des Cu Sith, dem Chris in dem unterirdischen Labyrinth entkommen war, allerdings ohne auf so beunruhigende Weise krank und abstoßend zu wirken. Das Horn, das mitten aus seiner Stirn ragte, war ebenfalls weiß und zierlich gedreht und nicht viel länger als Chris' Zeigefinger. Kopf und Mähne ähnelten denen eines Pferdes, aber wie das ganze unglaubliche Wesen wirkten sie gleichzeitig vollkommen anders, viel zarter und edler.

Das Erstaunlichste an der Erscheinung aber waren die Augen. Sie waren groß, braun und sanft wie die eines Rehs, aber von einem klugen, sonderbar wissenden Ausdruck erfüllt. Das waren die Augen einer denkenden, fühlenden Kreatur, dachte Chris verwirrt, eines Geschöpfs, das so klug war wie er und vielleicht klüger.

Dann sah er, dass in diesen Augen noch etwas war: Schmerz. Ein tief eingegrabenes, unstillbares Leid, das einen bitteren Kloß in Chris' Kehle entstehen ließ. Fast ohne sein Zutun hob er die Hände und trat auf das Einhorn zu, um es in die Arme zu schließen.

Das Tier wich einen halben Schritt vor ihm zurück und drehte sich dabei ein wenig, und Chris sah, dass seine Flanken zitterten. Tiefe, blutige Kratzer verunzierten das strahlend weiße Fell, und es hob ab und zu einen der Hinterläufe, wie ein verletzter Hund, der seinem Herrn zeigen will, wo ihm etwas wehtut.

Eine heftige Woge von Mitleid erfasste Chris. Er machte einen weiteren Schritt, aber das Einhorn wich abermals vor ihm zurück, und er begriff, dass es nicht wollte, dass er es berührte.

Aber er folgte ihm trotzdem, als es sich umwandte und in den Wald zurückwich, aus dem es gekommen war. Er hatte jetzt überhaupt keine Angst mehr vor diesem Wald. Die Faszination und Ehrfurcht, mit der ihn der Anblick des Fabelwesens erfüllte, ließ ihn seine Furcht vergessen.

Und es war leichter, als er geglaubt hatte. Eben noch war das Unterholz des Waldes eine nahezu undurchdringliche Mauer aus fingerlangen Dornen und zähen Ranken gewesen, jetzt aber schienen die meisten – nicht alle, aber doch die allermeisten – Äste und Dornenranken vor dem Einhorn zurückzuweichen. Vor Chris und dem Einhorn tat sich ein schmaler, fast freier Pfad durch die Waldbarriere auf, der sich hinter ihnen ebenso lautlos wieder schloss, wie er entstanden war. Hätte Chris in diesem Moment noch einmal an Llewellyen und seine Begleiter zurückgedacht, dann hätte er spätestens jetzt zugeben müssen, dass es so etwas wie Magie vielleicht doch gab. Aber daran dachte er nicht. Er hatte nur Augen für das Einhorn und nur den einen Gedanken, dass er diesem wundervollen, verwundeten Wesen irgendwie helfen musste. Gleichzeitig spürte er, dass er das nicht konnte, und dieses Gefühl erfüllte ihn mit Trauer.

Tiefer und tiefer führte ihn das Einhorn in den Wald hinein. Der See blieb hinter ihm zurück, und bald wurde das Laub über seinem Kopf so dicht, dass Chris den Himmel nicht mehr sehen konnte. Es war wie ein lebendiger Dom, durch den er und sein sonderbarer Führer sich bewegten, ein Dom aus grüner Dämmerung und Blättern.

Schließlich blieb das Einhorn stehen, und ohne dass es irgendeines Beweises bedurft hätte, begriff Chris, dass sie im Zentrum dieses verwunschenen Waldes angelangt waren.

Sie standen auf einer großen, allseits von undurchdringlichem Dickicht umschlossenen Lichtung. Die Wipfel der Bäume vereinten sich über ihnen zu einem Blätterdach, das nicht den mindesten Lichtstrahl durchließ. Trotzdem war es nicht richtig dunkel: Von irgendwoher drang Licht herein, ein unheimlicher, grünlicher Schein, der von überall zugleich zu kommen schien, als leuchteten die Luft und die Bäume und jedes einzelne Blatt um sie herum. Es war ein unangenehmes, krankes Licht, in dem etwas Verdorbenes zu sein schien.

Das Einhorn war in einigen Schritten Entfernung stehen geblieben und starrte Chris aus seinen braunen, traurigen Augen an. Und ganz plötzlich begriff er, dass es nichts anderes als dieser Wald war, der das Wesen tötete.

Die Stimme in seinem Inneren hatte Recht gehabt. Dieser Wald war schlecht; er verdarb jedes lebende Wesen, das sich zu lange in ihm aufhielt. Chris spürte, dass auch er schwächer und schwächer werden würde, je länger er sich hier drinnen aufhielt. Dies war kein Ort für Menschen.

Chris sah sich genauer um, und was er erblickte, das ließ ihn schaudern, als berühre eine unsichtbare, aber eisige Hand seine Seele. Auf der Lichtung wuchsen weder Moos noch Gras; der dunkle Boden war so hart wie Beton und von dünnen, wie ein Spinnennetz verästelten Rissen durchzogen Das einzige Leben, das auf der Lichtung Fuß gefasst hatte, waren Pilze: große, knochenbleiche Pilze, deren Hüte so breit wie seine beiden aneinander gelegten Hände waren und schwammig herabhingen. Von manchen tropfte eine farblose Flüssigkeit, die schlierige Pfützen auf dem Boden bildete und von der ein unangenehmer Geruch ausging. Die Bäume rund um die Lichtung waren so dicht ineinander gewachsen, dass sie wie eine geflochtene Wand aussahen, eine Wand zudem, die mit fingerlangen, nadelspitzen Dornen nur so übersät war. Mit jähem Schrecken begriff er, dass der Weg, auf dem er hierher gekommen war, sich hinter ihm geschlossen hatte. Die Lichtung war eine perfekte Falle.

Sein Blick suchte den des Einhorns, und er las darin die gleiche Botschaft wie die, die die Stimme aus seinem Inneren ihm zugeflüstert hatte, kurz bevor er diesen Wald betreten hatte: Geh fort, Mensch. Dieser Wald ist schlecht. Er kann nur Schlechtes hervorrufen!

Aber warum hatte das Wesen ihn dann hierher geführt? dachte Chris. Um ihn in eine Falle zu locken? Das war unvorstellbar.

Als hätte es seine Gedanken gelesen, drehte sich das Einhorn plötzlich herum und begann auf den gegenüberliegenden Rand der Lichtung zuzugehen. Und zu Chris' unendlicher Erleichterung wiederholte sich das Wunder: Vor dem Tier teilte sich die undurchdringliche Barriere aus Ranken und spitzen Dornen, und wieder entstand ein schmaler, aber sicherer Pfad, durch den sie hindurchschreiten konnten.

Aber Chris fiel auch auf, dass die Bewegungen des Einhorns unsicherer geworden waren. Es stolperte oft, und mehr als einmal hatte Chris Angst, es könnte das Gleichgewicht verlieren und stürzen und sich an der Wand aus Dornen aufspießen wie an einem tödlichen Nagelbrett. Er ging ein wenig schneller, um es einzuholen und zu stützen, aber das Einzige, was er damit erreichte, war, dass auch das Einhorn schneller ging und damit noch unsicherer wurde. Chris fiel wieder zurück. Er hatte die Botschaft verstanden. Er sollte dieses Tier nicht berühren. Er sollte ihm nicht helfen. Er sollte hier gar nichts tun, sondern nur sehen.

Der Wald wurde immer dichter, obwohl er das noch vor Augenblicken für unmöglich gehalten hatte. Der Pfad wurde zu einem engen, stacheligen Tunnel, denn Büsche und Bäume waren zu einer kompakten Wand verschmolzen, die mit Millionen und aber Millionen nadelspitzer Dornen gespickt war. Der Boden unter seinen Füßen war hart wie Stahl, und doch fühlte er sich gleichzeitig auf unbeschreibliche Weise nachgiebig an, als bewegte er sich über etwas Lebendes – ein unvorstellbarer Gedanke, der ihn mit Entsetzen erfüllte.

Und da war noch etwas, und das war vielleicht von allem das Schlimmste: Obwohl der Wald undurchdringlich war, so dicht, dass er nicht einmal einen Finger zwischen die stacheligen Ranken hätte quetschen können, bewegte sich etwas in ihm.

Schatten.

Keine wirklichen Körper. Keine Tiere, keine Gestalten, sondern nur Schatten, die lautlos hin und her huschten. Es waren nicht die Schatten von Tieren, auch nicht die von Menschen, aber sie machten Chris Angst. Die entsetzlichen Schemen tanzten um ihn und das Einhorn und verschwanden blitzschnell, sobald er versuchte, einen von ihnen genauer zu erkennen.

Das Einhorn wurde immer unsicherer auf den Beinen, und Chris sah, dass auf seinen Flanken neue, tiefe Kratzer und Wunden entstanden waren, aus denen hellrotes Blut tropfte, das hässliche Spuren über sein weißes Fell zog. Immer öfter blieb es stehen, wandte den Kopf und sah zu Chris zurück, als müsse es sich davon überzeugen, dass er ihm noch folgte. Nach einer Ewigkeit wurde es vor ihnen wieder hell. Durch die unangenehme grüne Dämmerung brach ein erster Sonnenstrahl, nur ein Flackern von goldgelbem Licht zuerst, dann traten die Äste über seinem Kopf ganz allmählich wieder weiter auseinander, und schließlich sah er den Waldrand und den See wieder vor sich. Mit einem erleichterten Seufzer trat Chris vollends aus dem Unterholz heraus – und starrte verblüfft auf die Spuren herab, die sich vor ihm im weichen Sand abzeichneten.

Seine eigenen Spuren und die des Einhorns. Sie waren im Kreis gegangen. Das Tier hatte ihn genau zu der Stelle zurückgebracht, an der sie diesen schrecklichen Schattenwald betreten hatten. Dabei hätte er schwören können, dass sie sich immer geradeaus bewegt hatten!

Ein seltsamer, wimmernder Laut neben ihm ließ ihn herumfahren.

Das Einhorn war noch ein paar Schritte weitergestolpert und dann zusammengebrochen. Es lag auf der Seite, die zierlichen Beine hilflos ausgestreckt, und versuchte verzweifelt, wieder in die Höhe zu kommen, aber seine Kraft reichte nicht mehr. Sein Atem ging schnell und ungleichmäßig, und aus den wenigen Blutstropfen auf seinem Fell war ein breiter tödlicher Strom geworden, der sein ehemals strahlendes Weiß über und über rot verfärbte.

Chris ging hin, kniete neben dem verwundeten Einhorn nieder und streckte die Hände aus, berührte es aber nicht. Die Wunden, die der Wald dem Tier geschlagen hatte, schlossen sich nicht. Das Blut hörte nicht auf zu fließen, und der Blick der warmen Rehaugen schien zu erlöschen, im gleichen Moment, in dem sich Chris über das Tier beugte. Das

Einhorn starb, doch er konnte diesem wunderschönen Wesen nicht helfen, so sehr er es auch wollte. Er spürte, dass er ihm nur noch mehr Qualen bereiten würde, wenn er es berührte. Tränen füllten seine Augen, und in seinem Herzen entstand ein Gefühl von Mitleid, wie er es nie zuvor im Leben verspürt hatte.

Noch einmal öffnete das Einhorn die Augen, und wieder glaubte Chris die Botschaft zu verstehen, die ihm ihr Blick mitteilen wollte.

»Ich werde nie mehr hineingehen«, sagte er. »Ich habe es begriffen.«

Er blickte auf seine eigenen Hände herunter. Auch auf seiner Haut waren Kratzer und Risse zurückgeblieben, nicht viele und nicht sehr tiefe, aber genau wie die Wunden des Fabelwesens hörten sie nicht auf zu bluten. Erst jetzt spürte er den Schmerz, den sie ihm bereiteten; einen viel heftigeren Schmerz, als normal gewesen wäre. Die kleinen Risse und Kratzer brannten, als hätte jemand Säure hineingegossen.

Trotzdem ertrug er den Schmerz gleichmütig, bis sich die Augen des Tieres zum letzten Mal schlossen und das rasche Heben und Senken der schmalen Brust aufhörte. Und auch dann blieb er noch lange neben dem toten Einhorn sitzen und ließ den Tränen freien Lauf, die über sein Gesicht rannen. Es war nicht das erste Mal in seinem Leben, dass er weinte, aber es war das erste Mal, dass er sich dessen nicht schämte.

Nach einer Weile stand er auf, ging zum See hinunter und tauchte die Hände in das eiskalte Wasser. Die Kratzer in seiner Haut brannten für einen Moment wie Feuer, dann erlosch der Schmerz plötzlich, und als Chris die Hände wieder aus dem Wasser zog, sah er, dass die Wunden nicht nur aufgehört hatten zu bluten, sondern verschwunden waren.

Ebenso verschwunden wie das tote Einhorn. Als er aufstand und sich herumdrehte, war der Strand hinter ihm leer.

Es war ein vollkommen veränderter Chris, der sich wenig später wieder auf dem Weg nach Ross Castle machte. Die Veränderung war nicht äußerlich, nicht sichtbar, aber sie ging sehr tief. Sie sollte erst der Anfang einer schrittweisen völligen Umwandlung seines Wesens sein, von der er bisher nur einen ersten Hauch spürte; kaum mehr als das schwache elektrische Knistern schwüler Sommerluft, das manchmal einem schweren Gewitter vorausgeht. Und doch hatte schon dieser Hauch genügt, aus Chris einen anderen Menschen zu machen. Sein Zorn und der gehässige Triumph, mit dem er sich an die Verfolgung Llewellyens und seiner Begleiter gemacht hatte, waren verflogen, und zurückgeblieben waren Erschütterung und eine tiefe Trauer um dieses Wesen, das vor seinen Augen gestorben war, um ihn zu warnen.

Denn das war der einzige Grund seines Erscheinens gewesen, daran zweifelte Chris keine Sekunde. Das Einhorn hatte ihn sicher in den verwunschenen Schattenwald hinein- und wieder herausgeführt und dabei sein eigenes Leben geopfert, nur um ihm das Grauen, das in dem Wald lauerte, zu zeigen und ihn davor zu warnen. Der Gedanke stimmte ihn traurig. Es war nicht richtig, dass etwas so Schönes sterben musste, um vor etwas so Hässlichem zu warnen.

Chris blieb noch einmal stehen und sah zum Wald zurück. Er war wieder wie immer: ein ganz normaler, irischer Wald, voller ganz normaler, irischer Tiere und Laute, keine Einhörner und Spriggans, sondern Eichhörnchen und Mäuse, keine flüsternden Schatten und reißende Dornen, sondern das Rascheln des Windes und verfilztes Gestrüpp. Chris war nicht erstaunt. Der Schattenwald war so wenig Teil der Wirklichkeit gewesen wie das Einhorn – *dieser* Wirklichkeit. Aber so selbstverständlich, wie Chris im Laufe der letzten Stunde die Existenz von Magie und Zauberei zu akzeptieren gelernt hatte, so selbstverständlich begriff er auch plötzlich, dass es mehr als *eine* Wirklichkeit gab, mehr als eine Welt, und dass dieser Wald irgendwo wirklich existierte, vielleicht in einer Welt, in der seine eigene Realität nichts als ein Traum war. Und für eine kurze Zeitspanne hatte er die Grenze zu dieser anderen Welt überschritten.

So wie Llewellyen? wisperte eine Stimme hinter seiner Stirn. Chris wusste es nicht. Aber er musste daran denken, was O'Donoghue über den Jungen erzählt hatte, und es passte alles zusammen: die Tatsache, dass niemand wusste, woher Llewellyen kam, sein sonderbares Verhalten, die Gestalten, die er in seiner Begleitung gesehen hatte, und diese fremde Sprache, die nichts ähnelte, was Chris jemals gehört hatte. Er fragte sich, ob das, was er gesehen und erlebt hatte, vielleicht Llewellyens wirkliche Heimat gewesen war, und ob ihm wohl seine, Chris', Welt genauso fremd und unheimlich erschien wie ihm die Llewellyens.

Ganz automatisch sah er sich nach Llewellyen und den sonderbaren Reitern um, beinahe davon überzeugt, sie unmittelbar vor sich zu sehen, sobald er nur die Augen richtig aufmachte. Aber diesmal täuschte ihn sein Gefühl: Weder von Llewellyen noch von den Elfenreitern auf ihren Einhörnern oder den gepanzerten Rittern war die geringste Spur zu sehen. Und vielleicht hatten sie auf dieser Seite der Wirklichkeit auch nie existiert, dachte Chris. Vielleicht hatte er den Schritt in jene andere Welt schon viel früher getan, als er meinte – nämlich bereits oben in den Ruinen von Ross Castle, wo er den silbernen Reiter zum ersten Mal sah. Unwillkürlich hob er den Blick und blinzelte zu der Burgruine empor, die sich wie ein schwarzer Scherenschnitt gegen den wolkenlosen Himmel erhob. Er war zügig ausgeschritten, und im Gegensatz zu vorhin war er ihr deutlich näher gekommen; aber das war auch nicht weiter verwunderlich, dachte er, jetzt, wo er wieder zurück in dem war, was die meisten Menschen für die Wirklichkeit hielten.

Was für sonderbare Gedanken er doch plötzlich dachte! Chris musste selbst über sich lächeln, aber es war kein Spott in diesem Lächeln. Er hatte begriffen, dass etwas mit ihm geschehen war, was vielleicht sein ganzes Leben verändern sollte; irgendwo in ihm war eine Tür aufgestoßen worden, und seine Gedanken liefen nun auf anderen Bahnen als noch heute Morgen. Vielleicht würde er die Welt nie wieder so sehen können wie noch vor einer Stunde. Er hatte das Gefühl, ein ungeheuer großes, ungeheuer wertvolles Geheimnis berührt zu haben, vielleicht nur einen Zipfel davon, und doch viel mehr, als die meisten anderen Menschen in ihrem ganzen Leben davon erkennen mochten.

Er sah auf die Uhr und stellte ohne Überraschung fest, dass bis zur Sprengung noch immer beinahe eine halbe Stunde Zeit war. Ganz offenbar gehorchte auch die Zeit in jener anderen Welt anderen Gesetzen als hier.

Trotzdem musste er sich beeilen, wenn er den Hügel und Ross Castle rechtzeitig erreichen wollte; er erinnerte sich gut an die anstrengende und vor allem Zeit raubende Kletterei, die der Aufstieg über die Geröllhalde bedeutete. Aber seine Eile hatte jetzt einen anderen Grund als vorher. Er glaubte längst nicht mehr daran, dass hier bloß einige Ortsansässige einen albernen Mummenschanz veranstalteten, um die Bauarbeiter zu schrecken. Nein, Chris war fest überzeugt, dass die Elfenreiter und Ritter echt gewesen waren, keine verkleideten Männer und Frauen aus Killarney, sondern Bewohner einer anderen Welt, die irgendwie den Weg hierher gefunden hatten. Und obwohl er noch bei weitem nicht alles begriff, glaubte er doch zu wissen, dass ihr Erscheinen etwas mit der Burg zu tun hatte und mit dem, was sein Vater und O'Donoghue an den Felsen dahinter taten. Vielleicht waren sie die ursprünglichen Bewohner des Rath, den sein Vater im Begriff war zu zerstören, ohne es auch nur zu ahnen.

Unruhe packte ihn. Was, dachte er, wenn sie nun nicht einfach gekommen waren, um zu beobachten, sondern um etwas zu tun? Wer sagte ihm, dass die Geister friedliebend sein mussten? Llewellyen hatte ihn davor bewahrt, aufgespießt zu werden, und dem Cu Sith war er gestern auch nur mit knapper Not entkommen. Was, dachte er entsetzt, wenn sie die Baustelle überfielen? Er sah das Bild vor sich: Eine kleine Armee gepanzerter, bis an die Zähne bewaffneter Ritter und Fabelwesen, die aus dem Nichts hervorbrach und über die ahnungslosen Bauarbeiter herfiel, entschlossen, ihr Zuhause mit allen Mitteln zu verteidigen …

Chris begann zu rennen.

Ihm blieben noch gute zehn Minuten, als er den Fuß des Hügels erreicht hatte – natürlich auf der falschen, dem See zugewandten Seite. Was bedeutete, dass er ihn entweder übersteigen oder umgehen musste – und er hatte weder für das eine noch für das andere Zeit genug!

Sein Entsetzen wurde zu Verzweiflung, während sein Blick über die steile Geröllhalde schweifte. Zur Linken schnitt ihm der kleine Wasserfall, der sich sprudelnd in den See ergoss, den Weg ab, und zur Rechten erstreckte sich der undurchdringliche Wald. Aber er musste auf die andere Seite! Er musste hinüber, zur Baustelle, seinen Vater und die anderen warnen, vor –

Ja, dachte er in plötzlicher Ernüchterung. Wovor eigentlich? Vor Elfenreitern?

Er machte sich nicht einmal die Mühe, sich die Reaktion seines Vaters vorzustellen, wenn er mit dieser Geschichte zu ihm kam, noch dazu ein paar Minuten vor der großen Sprengung. Eine Tracht Prügel und fünftausend Jahre Hausarrest wären das Mindeste.

In das sprudelnde Plätschern des Wasserfalls mischte sich ein lang gezogener, heulender Hupton – die Sirene!

Chris fuhr zusammen, sah auf die Uhr und erkannte entsetzt, dass ihm noch genau fünf Minuten blieben, bis sein Vater auf der anderen Seite des Berges auf einen Knopf drücken und damit vielleicht etwas Unvorstellbares auslösen würde.

»Was tust du hier?«, fragte eine scharfe Stimme hinter ihm. Chris fuhr herum – und atmete erleichtert auf, als er sah, dass kein Fabelwesen hinter ihm aufgetaucht war, sondern ein schlanker, rothaariger Junge auf einem weißen Schlachtross.

»Llewellyen!«, sagte er erleichtert. »Du –«

»Ich habe dich gefragt, was du hier tust!«, unterbrach ihn Llewellyen zornig. »Hast du immer noch nicht genug? Verdammt, ich habe Wichtigeres zu tun, als ständig hinter dir herzulaufen und das Kindermädchen zu spielen! Verschwinde, ehe dir wirklich etwas zustößt, du Narr. Nicht alle gehorchen mir so wie Ortak.«

Chris riss die Augen auf. »Du … du sprichst ja meine

Sprache!«, sagte er. »Dann warst das also wirklich du, gestern im Berg, stimmts?«

»Hau endlich ab!«, sagte Llewellyen aufgebracht und ohne auf seine Frage einzugehen. Er ließ seine Hand mit einer ärgerlichen Bewegung auf seinen Oberschenkel klatschen, und er tat es auf eine Art, dachte Chris beunruhigt, als wäre er gewohnt, dort etwas vorzufinden, worauf er sie legen konnte. Zum Beispiel den Griff eines Schwertes …

»Wo sind die anderen?«, fragte er.

Llewellyens Stirnrunzeln vertiefte sich. Sein Pferd tänzelte unruhig, und er brachte es mit einer beiläufigen Bewegung wieder zur Räson. Gleichzeitig sah er sich nervös nach allen Seiten um. »Nicht hier«, antwortete er scharf. »Und das ist dein Glück. Begreifst du immer noch nicht, dass du in Lebensgefahr bist, du Dummkopf?«

»Doch«, antwortete Chris. Und mit einer Ruhe, die er selbst nicht verstand, fügte er hinzu: »Aber ich bin nicht der einzige, nicht wahr?«

Llewellyens Blick wurde lauernd. »Was meinst du damit?«

»Das weißt du ganz genau!« Chris deutete auf den Berg und sah bei dieser Gelegenheit unauffällig auf die Armbanduhr. Noch drei Minuten. »Ihr wollt die Sprengung verhindern«, behauptete er. »Das mit dem Dynamit gestern, das warst du – oder einer deiner Geisterfreunde. Und jetzt wollt ihr wieder etwas tun.«

»Und wenn es so wäre?«, fragte Llewellyen.

»Ich werde es nicht zulassen!«, antwortete Chris. »Ich werde es verhindern. Ihr dürft nicht –«

»Was dürfen wir nicht?«, unterbrach ihn Llewellyen scharf. »Uns wehren? Unser Leben verteidigen? Und was willst du schon tun?«

Er lächelte böse. »Ihnen alles sagen? Nur zu.« Er machte eine einladende Handbewegung. »Lass dich nicht aufhalten. Geh hin und erzähl ihnen vom Rath und dem Spriggan und allem anderen.«

Chris schwieg betreten. Er begriff plötzlich, wie lächerlich es war, leere Drohungen auszustoßen. Es tat ihm sogar Leid, dass er es auch nur versucht hatte.

»Bitte, Llewellyen!«, sagte er flehend. »Du musst sie aufhalten. Ich weiß nicht, was ihr vorhabt, aber es –«

»Ich halte sie auf«, unterbrach ihn Llewellyen gelassen, »wenn du sie aufhältst.« Und damit machte er eine weitere Handbewegung zum Berg hin. Aber plötzlich wurde seine Stimme leiser und der Ausdruck in seinen Augen fast sanft. »Sie zerstören den Rath, Chris. Nicht irgendeinen Rath, sondern *den* Rath. Das darf nicht geschehen. Um keinen Preis der Welt.«

Ein zweiter, heulender Hupton schnitt ihm das Wort ab, und sowohl Chris als auch Llewellyen fuhren erschrocken zusammen. Beider Blicke richteten sich auf den Berg und die zerfallene Ruine auf seinem Gipfel. Noch eine Minute, dachte Chris benommen. Es war zu spät. Er fühlte sich hilflos und zornig zugleich.

Als er den Blick wieder von der Ruine von Ross Castle löste, war Llewellyen verschwunden. Wo sein Pferd gestanden hatte, waren vier kleine, sichelförmige Abdrücke im weichen Ufersand zurückgeblieben, aber es gab keine Spur, die irgendwohin geführt hätte …

Chris rieb sich verblüfft die Augen. Nach allem, was geschehen war, hätte man annehmen müssen, dass er sich allmählich daran gewöhnte, dass sich Menschen vor seinen Augen in nichts auflösten, aber das stimmte nicht. Es gab Dinge, an die man sich nie gewöhnen konnte, und das hier gehörte ganz eindeutig dazu.

Ein dumpfer Knall riss ihn aus seinen Gedanken. Chris' Kopf flog in den Nacken. Er sah eine dünne, fast weiße Stichflamme in den Himmel hinter Ross Castle schießen, und fast in der gleichen Sekunde erfolgte eine zweite, ungeheuerliche Explosion, ein Dröhnen und Bersten, als wäre ein Hammer von der Größe der Rocky Mountains auf einen entsprechenden Amboss heruntergekracht und hätte ihn in handliche kleine Stücke zermahlen. Und dann krachte eine weitere Explosion. Und noch eine. Und noch eine.

Der Boden begann zu zittern. Erst einer, dann noch immer mehr und mehr Steine lösten sich von der Geröllhalde neben Chris und polterten den Hang hinab und ins Wasser, und das Zittern und Beben des Bodens wurde immer heftiger. In das noch immer nicht enden wollende Krachen der Explosion mischte sich ein Geräusch, wie Chris es nie zuvor in seinem Leben gehört hatte, ein tiefes, zorniges Brüllen, und plötzlich schien die Welt nur noch aus krachenden Donnerschlägen zu bestehen und aus Feuer und Qualm, die in den Himmel jenseits der Burgruine hinaufschossen. Flammen leckten am Firmament, und es war, als erlösche die Sonne. Und für einen kurzen, aber entsetzlichen Moment glaubte Chris etwas Gigantisches am Himmel zu erblicken, eine riesige, sich windende Gestalt mit spitzigen Zacken und reißenden Krallen, die aus Augen voll unstillbarer Bosheit auf die Erde hinabblickte …

Dann riss ihn eine letzte, ungeheuerliche Explosion von den Beinen und schleuderte ihn kopfüber in den See.

Chris verlor fast das Bewusstsein. Das Wasser war hier am Ufer nicht sehr tief, und er war ein ziemlich guter Schwimmer, aber der See war eisig. Chris glaubte zu spüren, wie sich seine Haut mit Raureif überzog und kleine Eisschollen in seine Nase und seinen Mund stachen. Instinktiv hielt er die Luft an und strampelte mit Armen und Beinen, um wieder aufzutauchen, und wahrscheinlich rettete ihm diese rein automatische Reaktion das Leben, denn die tollpatschigen Schwimmbewegungen, die er machte, brachten ihn ein kleines Stückchen von der Stelle, weiter in den See hinein.

Eine Sekunde, bevor ein Felsbrocken von der Größe eines kleinen Lastwagens genau dort ins Wasser klatschte, wo er eben noch gelegen hatte.

Die Druckwelle trieb ihn noch weiter auf den See hinaus, aber gleichzeitig auch nach oben. Chris kam prustend und würgend an die Wasseroberfläche, rang gierig nach Luft und wäre um ein Haar wieder versunken. Die Kälte lähmte ihn. Er hatte kaum die Kraft, Wasser zu treten und sich oben zu halten, geschweige denn, Angst zu empfinden. Der Gedanke, dass er um ein Haar zu Brei geschlagen worden wäre, stand ganz klar hinter seiner Stirn, aber er empfand nichts dabei. Er war viel zu sehr damit beschäftigt, am Leben zu bleiben und zu beobachten, wie der Berg zusammenbrach. Denn genau dies schien zu geschehen.

Die Explosionen hatten aufgehört, aber der Berg zitterte noch immer, jetzt vielleicht stärker und mehr als zuvor. Immer wieder lösten sich Felsbrocken aus seiner Flanke und stürzten ins Wasser, und wo Ross Castle gestanden hatte, erhob sich längst nur noch ein rauchender Trümmerhaufen.

Chris begriff plötzlich, dass er noch lange nicht außer Gefahr war. Auch rings um ihn regneten Steine ins Wasser; längst nicht so groß wie der, der ihn fast getroffen hätte, aber schwer genug, ihn auf der Stelle zu erschlagen, sollten sie ihn auch nur streifen. Er raffte das bisschen Kraft zusammen, das ihm noch geblieben war, drehte sich wassertretend herum – und erstarrte auf der Stelle.

Der Wasserfall war verschwunden.

Bei all den Felsen und Trümmern, die am Fuße des Berges sprudelnd ins Wasser schlugen, war es ihm bisher gar nicht aufgefallen – aber der kleine Bach war versiegt, offensichtlich verschüttet von der viel zu mächtigen Explosion, und wo er sich bisher schäumend über den Rand des Felsens in den See gestürzt hatte, war – vielleicht zum ersten Mal seit Millionen Jahren – der spiegelblank polierte Felsen ans Tageslicht gekommen. Aber nicht nur er.

Genau dort, wo sich der Wasserfall in den See ergossen hatte, sah Chris jetzt ein halbes Dutzend niedriger, sehr breiter Stufen, die schimmerten, als wären sie mit Glas überzogen. Sie endeten vor einem schmalen, aber sehr hohen Tor aus Gold oder Bronze, in das komplizierte Muster eingehämmert waren. Es stand einen Spalt breit offen, sodass Chris den finsteren Stollen erkennen konnte, der dahinter seinen Anfang nahm.

Das also war des Rätsels Lösung! dachte er verblüfft. Er hatte sich vergeblich gefragt, woher Llewellyen so plötzlich gekommen und wohin er ebenso plötzlich wieder verschwunden war – jetzt lag die Antwort vor ihm. Er war einfach durch den Wasserfall und das dahinter liegende Tor geritten, und seine unheimlichen Begleiter genauso.

Chris überlegte eine Sekunde, dann schwamm er los, so

schnell er noch konnte. Der Bereich direkt vor der Treppe schien durch eine seltsame Laune des Zufalls der einzige zu sein, auf den kein Bombardement tödlicher Felsbrocken herunterprasselte, und das Tor und der dahinter liegende Gang sahen massiv genug aus, auch dem Aufprall eines größeren Brockens standzuhalten. Chris war nicht ganz sicher, ob er Llewellyen und seinen Freunden wirklich folgen wollte, aber er hatte keine andere Wahl – es war unmöglich, an irgendeiner anderen Stelle ans Ufer zu gelangen, ohne ein dutzend Mal erschlagen zu werden, und um in einem weiten Bogen um den noch immer Steine werfenden Berg herumzuschwimmen, reichte seine Kraft nicht. Das eisige Wasser betäubte ihn schon jetzt. Alles, was unterhalb seiner Hüften war, spürte er kaum noch. Er schwamm nur mit den Armen, und er fühlte, wie auch aus ihnen langsam die Kraft wich. Die Linie eisiger Lähmung kroch höher, überwand seine Hüften und näherte sich seiner Brust.

Es wurde zu einem Wettrennen mit dem Tod.

Als er schon glaubte, am Ende zu sein, fühlte er glatt polierten Stein unter den Händen – die Treppe!

Mit letzter Kraft zog er sich die wenigen flachen Stufen hinauf und brach vor dem Tor zusammen. Müdigkeit und Schwärze wollten über ihm zusammenschlagen, aber mit einem winzigen Rest von klarem Verstand begriff er, dass er auch hier nicht vollkommen in Sicherheit war – auch über dem Tor mochte sich jeden Moment ein Felsbrocken lösen und auf ihn herabfallen.

Mit einer letzten Anspannung all seiner Kräfte zog sich Chris durch das Tor im Fels. Dann verlor er endgültig das Bewusstsein.

Die andere Seite

Silberfarbenes weiches Licht umgab ihn, als er erwachte – nach wie langer Zeit, wusste er nicht. Sein Kopf tat weh, und in seinen Ohren war ein gleichmäßiges, monotones Geräusch wie von Seide, über die raue Finger strichen. Etwas stach in seine linke Schulter, eine Sekunde später gesellte sich ein zweites, mehr unangenehmes als wirklich schmerzhaftes Pieksen in seiner Hüfte dazu, und dann, ganz plötzlich, hatte er das Gefühl, auf einem übergroßen Nagelbrett zu liegen. Chris fuhr mit einem Ruck in die Höhe.

Und gleich wieder zurück, denn er knallte mit voller Wucht gegen einen Felszacken, der wie eine Nase aus schwarzem Basaltgestein aus der Höhlenwand ragte. Für einen Augenblick sah er nichts als bunte Sterne, dann trieb ihm der Schmerz die Tränen in die Augen. Er stöhnte, hob vorsichtig die Hand an die Stirn und fühlte klebriges warmes Blut, das aus einer frischen Platzwunde direkt über seinem linken Auge quoll.

Als er sich das nächste Mal aufrichtete, tat er es bedeutend vorsichtiger – und sicherheitshalber, nachdem er die Augen aufgemacht und sich umgesehen hatte …

Er lag auf dem Boden eines niedrigen, sehr schmalen Ganges, der ganz aus porösem schwarzem Basalt zu bestehen schien. Etliche Schritte vor ihm ragten die halb geöffneten Flügel eines schweren Tores aus Metall in die Höhe, und er hörte noch immer dieses schleifende Wispern, ein gleichermaßen beruhigender wie fremdartiger Ton, den er sich nicht erklären konnte. Er kam vom Tor.

Dann, fast schlagartig, kehrten seine Erinnerungen zurück. Plötzlich war alles wieder da: Llewellyen, die Explosionen, sein Sturz ins Wasser und seine verzweifelte Flucht hierher, in die Sicherheit des Tunnels. Seltsam, dachte er – er konnte sich gar nicht erinnern, so weit in den Gang hineingekrochen zu sein. Er lag gute zwanzig Schritte vom Eingang und dem gewaltigen Bronzetor entfernt. Dabei hätte er wetten können, sich nur einen oder zwei Meter weit geschleppt zu haben. Und die Kleider, die er am Leib trug, waren fast trocken, obwohl sie doch eigentlich tropfnass hätten sein müssen.

Chris verschob die Lösung dieses Rätsels auf einen späteren Termin, fuhr sich noch einmal mit dem Handrücken über die Stirn und stand vorsichtig auf; trotzdem schrammte er unsanft mit der Schulter an der Wand entlang, denn er war noch ganz wackelig auf den Beinen, und der Tunnel war sehr schmal, viel schmaler, als er es beim Anblick des mächtigen Tores hinter dem Wasserfall vermutet hatte. Als er einen Schritt machte, drehte sich alles in seinem Kopf, und für einen Moment hatte er das Gefühl, den Boden unter den Füßen zu verlieren.

Wahrscheinlich die Folgen der Bewusstlosigkeit, dachte er. Chris hatte nicht besonders viel Übung darin, in Ohnmacht zu fallen, und eigentlich war es auch sonderbar undramatisch gewesen, wie einschlafen, nur sehr viel schneller. Er fragte sich, wie lange er bewusstlos gewesen war. Hoffentlich nicht zu lange. Seine Eltern –

Er dachte den Gedanken gar nicht zu Ende, als ihm klar wurde, dass sein Vater im Moment sicherlich andere Sorgen hatte als den Verbleib seines Sohnes – zumal er ja nicht wissen konnte, dass sich Chris in unmittelbarer Nähe der außer Kontrolle geratenen Explosion aufgehalten hatte.

Vorsichtig ging er weiter, erreichte das Tor und zog einen der Flügel nach innen. In Anbetracht seiner Größe und seines sicherlich gewaltigen Gewichtes bewegte er sich erstaunlich leicht und fast lautlos – aber das war auch die einzige angenehme Überraschung.

Die unangenehme war, dass der Wasserfall wieder da war.

Chris stand eine geraume Weile da und starrte verdattert die rauschende weiße Wand aus Wasser an, die sich vor ihm erhob. Das silberweiße Licht, das ihm so seltsam vorgekommen war, war Tageslicht, das tausendfach gebrochen durch den Wasserschleier drang, und auch das sanfte Rauschen, das er gehört hatte, kam aus den herabstürzenden Fluten.

Chris wusste zwar, dass der Wasserfall nicht besonders gefährlich war, eigentlich nur ein Vorhang, gerade dicht genug, die Felswand und mit ihr das Tor vor den Blicken Neugieriger zu verbergen, aber er hatte trotzdem keine besondere Lust, eine weitere eiskalte Dusche in Kauf zu nehmen.

Aber vielleicht gab es noch eine andere Möglichkeit.

Chris drehte sich wieder herum und blickte aus zusammengekniffenen Augen in die Dunkelheit des Stollens zurück. Der Gang erschien ihm von hier aus noch schmaler, und er sah jetzt, dass er nicht eben verlief, sondern sanft nach unten geneigt war. Wahrscheinlich, überlegte er, war er einer von mehreren geheimen Aus- und Eingängen, die in das Labyrinth unter Ross Castle führten.

Oder dem, was noch davon übrig war …

Chris war sich darüber im Klaren, dass die ungeheuerliche Explosion einen Großteil der unterirdischen Anlage verschüttet haben musste und er keine Garantie hatte, nicht plötzlich vor einem zusammengebrochenen Felshaufen zu stehen, wo eigentlich ein Gang sein sollte. Andererseits wäre es unverzeihlich gewesen, die Gelegenheit, den Bereich hinter dem verborgenen Tor genauer zu erforschen, nicht zu nutzen. Schließlich konnte er immer noch umkehren, wenn der Weg zu schwierig wurde oder er Gefahr lief, sich zu verirren.

Erst in diesem Moment fiel ihm wieder ein, dass er ja nicht so ganz unvorbereitet losgezogen war. Auch wenn er in der Eile den Großteil seiner Ausrüstung auf dem Burghof liegen gelassen hatte, so befand sich unter seinem schwarzen Pullover doch noch eine ganze Reihe kleiner, aber nützlicher Gegenstände, die er gestern Abend zusammengesucht hatte, um sich auf diese Expedition vorzubereiten – auch wenn sie dann ganz anders gelaufen war, als er geplant hatte.

Schon wieder ein wenig optimistischer gestimmt, griff er unter den Gürtel und zog seine handliche, kleine Taschenlampe heraus.

Sie funktionierte nicht mehr.

Chris legte den kleinen Schiebeschalter ein dutzend Mal hintereinander und mit steigender Wut um, aber das einzige Ergebnis waren ein paar Tropfen schmutziges Wasser, die auf seine Hand liefen. Offensichtlich hatte die Lampe sein unfreiwilliges Bad im See nicht ganz so gut überstanden wie er. Verärgert schob er sie wieder unter den Gürtel und sparte sich gleich die Mühe, nach den mitgebrachten Streichhölzern zu greifen. Dann sah er wieder den Gang hinunter. Der Gedanke, in völliger Dunkelheit durch ein halb zusammengestürztes Labyrinth zu stolpern, in dem es nicht nur alle möglichen Fallen und Abzweigungen, sondern auch unangenehme Bewohner wie den Cu Sith gab, gefiel ihm überhaupt nicht, aber seine Neugier war fast ebenso groß wie seine Angst. Schließlich schloss er einen Kompromiss mit sich selbst: Er schob die beiden Torflügel auf, so weit es ging, und versprach seinem protestierenden Gewissen hoch und heilig, nur so weit in den Berg vorzudringen, wie das Licht reichte, das in den Gang fiel.

Er kam allerdings nicht dazu, dieses Versprechen einzulösen. Chris war gerade weit genug in den Stollen eingedrungen, dass das Licht vom Eingang her nur noch ein blasser Schimmer war, als seine tastenden Hände auf Widerstand stießen – und zwar auf massiven Widerstand.

Verblüfft blieb er stehen und versuchte, im herrschenden Halbdunkel mehr Einzelheiten seiner Umgebung zu erkennen. Vor ihm war eine Wand.

Keine zusammengebrochene Tunneldecke, kein heruntergebrochener Felsbrocken, nichts, was er auf die Explosion hätte schieben können, sondern eine massive, gewachsene Felswand, die wahrscheinlich schon seit Millionen Jahren hier stand. Und er war sicher, an keiner Abzweigung vorbeigekommen zu sein. Der Tunnel führte fünfzig oder sechzig Meter weit in den Berg hinein und hörte dann auf.

Aber das ergab doch überhaupt keinen Sinn, dachte er. Wer um alles in der Welt sollte sich die Mühe machen, dieses gewaltige Tor in den Felsen einzulassen, noch dazu an einer so gut getarnten Stelle, nur um einen Gang zu verschließen, der im Nichts endete?

Aber vielleicht endete er gar nicht so im Nichts, wie es jetzt aussah. Er musste an seinen ersten Ausflug in den Rath denken. Auch gestern hatte er den Berg verlassen und sich vor einer scheinbar massiven Felswand wieder gefunden. Aber gleichwie, ob nun geheimer Durchgang oder nicht. Zauberei oder billiger Taschenspielertrick – er kam hier nicht weiter. Achselzuckend – gleichzeitig enttäuscht und auch ein bisschen erleichtert – drehte sich Chris herum und ging zum Tor zurück. Diesmal betrachtete er die schwarzen Felswände rechts und links von sich sehr aufmerksam, aber das Ergebnis unterschied sich von dem auf dem Herweg. Es gab keine Abzweigung, die er übersehen hätte.

Also doch die kalte Dusche, dachte er grimmig, als er vor dem Tor stehen blieb und den Wasserfall ansah. Von hier, von seiner Rückseite aus betrachtet, wirkte er nicht halb so harmlos und dünn wie von außen. Aber schließlich wusste er ja, dass es nur ein kleiner Bach war, der ihn speiste, und er war ein guter Schwimmer.

Chris schauderte, als er über die blank polierten Stufen der Steintreppe trat und eisiges Wasser zuerst in seine Schuhe schwappte, dann seine Beine hinaufkroch. Plötzlich fühlte er wieder, wie matt und erschöpft er war. Er würde sich beeilen müssen, ans Ufer zu kommen.

Er ging die Treppe so weit hinab, bis er bis zu den Hüften im Wasser stand und seine Hände schon fast die glasklare, wispernde Wand berühren konnten. Dann atmete er tief ein, ließ sich in die Hocke sinken und stieß sich kraftvoll ab, mitten in den Wasserfall hinein.

Im ersten Moment war es nicht sehr schlimm – diesmal war er ja auf die eisige Kälte vorbereitet gewesen, und das herabrauschende Wasser berührte seinen Kopf und seine Schultern nur wie eine sehr starke, aber trotzdem sanfte Hand. Chris machte einen zweiten Zug und spürte, wie die steinernen Treppenstufen unter ihm verschwanden.

Und dann traf ihn der Strahl mit der Wucht eines Vorschlaghammers und tauchte ihn tief in den See hinab.

Wie von einer unsichtbaren Riesenhand wurde er herumgewirbelt und dabei tiefer und tiefer unter die Wasseroberfläche gedrückt, bis er auf Grund stieß.

Der Aufprall trieb ihm das letzte bisschen Atemluft aus den Lungen. Ein Strom silberglänzender Luftblasen kam über seine Lippen und zog glitzernd an seinem Gesicht vorbei. Er kämpfte noch immer verzweifelt, aber er spürte selbst, wie seine Bewegungen immer langsamer und matter wurden, und gleichzeitig schien sich ein unsichtbarer Reifen aus Stahl um seine Brust zu legen und unbarmherzig zuzudrücken. Noch wenige Sekunden, das wusste er, dann würde er dem Druck nachgeben und Wasser einatmen – und das war dann das Ende.

Plötzlich glaubte er eine Bewegung wahrzunehmen, ein rasches, dunkles Huschen in dem kochenden weißen Chaos aus Schaum und Blasen, in das sich das Wasser verwandelt hatte – und dann fühlte er sich gepackt und von einer ungeheuer starken Hand aus dem tobenden Sog herausgerissen. Die Wasseroberfläche schien wie ein glänzendes Dach aus Silber auf ihn herabzustürzen, so schnell wurde er in die Höhe gezerrt.

Den Bruchteil einer Sekunde, bevor ihm die Sinne schwanden, durchbrach er die Wasseroberfläche und konnte wieder atmen.

Chris war viel zu schwach, um auch nur eine Schwimmbewegung zu machen, aber die gleiche, unsichtbare Hand, die ihn aus dem Strudel gezerrt hatte, hielt ihn jetzt an der Oberfläche, sanft, aber sicher. Sekundenlang lag er einfach auf dem Rücken im Wasser und atmete, sog die laue Sommerluft gierig und tief in die Lungen und konnte nichts anderes denken als daran, dass er zum zweiten Mal wie durch ein Wunder mit dem Leben davongekommen war.

Dann verschwand die Hand, die ihn bis jetzt gestützt hatte, und Chris wäre vor Überraschung fast wieder untergegangen. Aber er hatte den Schock überwunden. Automatisch begann er zu paddeln und schwamm, auf dem Rücken und den Kopf krampfhaft über Wasser haltend, von dem Wasserfall weg.

Ein kleiner Bach? dachte er. Nun, das war er vielleicht vor der Sprengung gewesen – jetzt ergoss sich ein brüllender Wasserfall von der Breite einer vierspurigen Autobahn über den Felsen und ließ das Wasser meterhoch aufschäumen. Selbst hier, zwanzig, dreißig Meter von ihm entfernt, war der Sog noch so stark, dass Chris aufpassen musste, um nicht ein zweites Mal in ihn hineingezogen zu werden.

Er machte noch ein paar Züge, ehe er wassertretend wieder anhielt und sich nach seinem geheimnisvollen Retter umsah.

Es war niemand zu erblicken. Kein Boot, kein Schwimmer, kein Schatten im Wasser – nichts. Chris war allein. Hatte er sich alles nur eingebildet? Vielleicht hatte er einfach Glück gehabt, und das, was er für eine Hand gehalten hatte, war der Wasserdruck des Strudels gewesen, der ihn wie eine unverdauliche Beute ausgespien und an die Oberfläche katapultiert hatte.

Er atmete noch ein paarmal erleichtert ein und aus, dann machte er endgültig kehrt und schwamm – in respektvollem Abstand zum Wasserfall – auf das Ufer zu. Es war viel weiter entfernt, als er geglaubt hatte, und auch der kleine Berg, auf dessen Gipfel Ross Castle thronte, schien ihm viel wuchtiger als zuvor.

Chris reckte den Kopf in die Höhe, um die Ruine von Ross Castle anzublicken, und was er sah, das ließ ihn für einen Moment ganz aufs Schwimmen vergessen.

Er hatte damit gerechnet, die Burg vollkommen zerstört vorzufinden. Er hatte sogar befürchtet, dass die Explosion Ross Castle einfach ausradiert haben könnte, bis auf die Grundmauern fortgeblasen – aber er hatte, zum Teufel noch mal, nie von einer Explosion gehört, die eine Ruine wieder aufrichtete!

Über ihm – viel zu weit über ihm! – erhob sich die Silhouette einer gewaltigen Trutzburg, schwarz und mächtig und zehn Mal größer, als es Ross Castle jemals gewesen war. Und sie war vollkommen unbeschädigt.

Chris ging vor lauter Überraschung wieder unter, schluckte Wasser und kam hustend und würgend wieder hoch. Er griff rascher aus, schwamm ans Ufer und kroch die letzten Meter auf Händen und Knien den seichten Strand hinauf. Dann brach er erschöpft zusammen und blieb minutenlang liegen, bis sich sein hämmernder Pulsschlag einigermaßen beruhigte und er nicht mehr bei jedem Luftholen das Gefühl hatte, gemahlene Glassplitter einzuatmen.

Mühsam richtete er sich wieder auf, kroch endlich ganz aus dem Wasser heraus und zog fröstelnd die Knie an den Körper. Er war klatschnass, aber es war nicht nur die äußere Kälte, die ihn plötzlich frieren ließ.

Es war der Anblick der Burg. Der Anblick des Sees und der Anblick des Wasserfalls.

Der Burg, die gar nicht Ross Castle war. So wenig, wie dieser See Loch Lein war.

Chris weigerte sich noch eine ganze Weile, die logische Konsequenz zu akzeptieren, die sich aus diesen Gedanken ergab, aber es war so.

Er war gerettet.

Aber er war nicht mehr zu Hause.

Gwragedd Annwn

Es dauerte eine ganze Weile, bis Chris den Schock, den diese Erkenntnis bedeutete, so weit überwunden hatte, dass er sich wieder auf seine Umgebung konzentrieren konnte. Es war ja nicht einfach so, dass er nur an einem fremden Ort herausgekommen war – das hätte er wahrscheinlich mit einem Achselzucken abgetan. Aber das hier war nicht einfach eine andere Stadt oder ein anderer See, irgendwo, einen oder auch hundert Kilometer von Killarney und Loch Lein entfernt – nein, das hier war eine vollkommen andere Welt.

Der Unterschied war nicht greifbar – der Sand, auf dem er saß, war Sand, das Wasser, durch das er geschwommen war und das ihm noch aus Haaren und Kleidern tropfte, Wasser, die Bäume in seinem Rücken Bäume, und doch … alles hier war anders, auf eine unsichtbare, aber zugleich auch unübersehbare Art anders, irgendwie fremd und verzaubert, allerdings ohne dabei so Furcht einflößend zu wirken wie der Schattenwald, in den ihn das Einhorn geführt hatte.

Einen Moment lang überlegte Chris, ob er vielleicht tot war. Könnte es nicht sein, dass er den Weg zum Tor doch nicht geschafft und einer der herabstürzenden Felsen ihn getroffen und erschlagen hatte? Und was er hier sah, war das, was einen erwartet, wenn alles vorbei war. Die Landschaft, in der er sich befand, war malerisch genug, um als Paradies herhalten zu können.

Aber er verwarf diesen Gedanken gleich wieder – vor zehn Minuten war er beinahe ertrunken, und er hatte nie gehört, dass man sterben konnte, wenn man schon tot war. Allerdings musste er zugeben, dass er noch nie mit jemandem gesprochen hatte, der schon einmal gestorben war …

Er stand auf, schüttelte sich das letzte Wasser aus den Haaren und sah sich aufmerksam um. Er erkannte jetzt, dass er sich getäuscht hatte – dies hier war gar nicht das Ufer, sondern eine kleine, dicht bewaldete Insel, kaum größer als zwei Fußballfelder, die sich ziemlich genau in der Mitte des Sees erhob. In einiger Entfernung schimmerte es grau durch die Bäume – ein Felsen, vielleicht aber auch ein Haus, das mitten im Wald errichtet worden war. Seltsamerweise erfüllte ihn der Gedanke nicht mit Erleichterung. Seine letzte Begegnung mit Llewellyen fiel ihm ein und die unmissverständliche Warnung, die der Junge ausgesprochen hatte: Begreifst du immer noch nicht, dass du in Lebensgefahr bist, du Dummkopf? Möglicherweise würden Llewellyens Freunde nicht vor Begeisterung von ihren Stühlen springen, wenn er so unvermittelt bei ihnen auftauchte. Aber welche Wahl hatte er schon? Chris hatte weder Lust noch die Kraft, den See noch einmal zu durchschwimmen.

Das Gefühl, beobachtet zu werden, ließ ihn sich herumdrehen.

Diesmal hatte es ihn nicht getäuscht.

Hinter ihm, nur ein paar Meter vom Ufer entfernt, schwamm etwas im glasklaren Wasser des Sees. Chris wich erschrocken zwei Schritte weiter auf den Strand zurück, während das groteske Wesen mit trägen Paddelbewegungen vor ihm auf und ab glitt. Es war sehr groß, mindestens zwei Meter lang, und die untere Hälfte seines Körpers bildete, wie bei einer Nixe, ein lang gestreckter, schuppiger Fischschwanz, der in einer zerfransten Flosse endete. Die Flosse war schreiend rot und gelb gestreift und von einem Kranz dünner blutigroter Stacheln umgeben, die wie Haare im Wasser wehten, was Chris unwillkürlich an jene hochgiftigen Rotfeuerfische denken ließ, wie sie im Mittelmeer vorkamen. Und auch die vordere Hälfte dieser schwimmenden Kreatur bot keinen wesentlich Vertrauen erweckenderen Anblick: Es war der Körper eines Menschen, schlank, sehr muskulös und mit Schultern und Armen, die einem Preisringer Ehre gemacht hätten. Aber die Hände waren dreifingrige, krallenbewehrte Klauen, zwischen denen sich rötliche Schwimmhäute spannten, und das Gesicht, nun, das ähnelte nichts, was Chris jemals gesehen hatte.

Es glich einer Hundeschnauze, die sich ins Stachelkleid eines Borstenschweines verirrt hatte. Stirn und Nase waren kurz und nur angedeutet, die Schnauze breit aufgeworfen und mit wulstigen, dicken Lippen, hinter denen ein wahres Haifischgebiss blitzte. Nur die Augen passten nicht in dieses Schreckensbild, und sie waren wahrscheinlich auch der einzige Grund, warum Chris nicht sofort schreiend die Flucht ergriff, als das Wesen in seinem unablässigen Hin und Her innehielt und ihn aus dem Wasser heraus anblickte. Es waren Augen, die ihn an die des Einhorns erinnerten. Sie waren zwar größer und nicht halb so klar wie die des Fabelwesens und außerdem goldfarben statt rehbraun. Aber aus ihnen sprach das gleiche, verborgene Wissen, dieselbe Sanftmut und Güte, obwohl dieser Eindruck so überhaupt nicht zur äußeren Erscheinung des Nixenwesens passen wollte.

Nicht, dass sich Chris von diesen Augen irreführen ließ. Dieses schwimmende Stachelschwein sah ein bisschen zu gefährlich aus, als dass er ihm traute. Vorsichtshalber machte er einen weiteren Schritt vom Ufer weg.

»Bleib bloß, wo du bist!«, sagte er halblaut und mit zitternder Stimme. »Ich ... habe keine Angst vor dir.«

»Das brauchst du auch nicht«, antwortete das Nixenwesen. »Warum sollte ich dir etwas zu Leide tun, wo ich dir gerade das Leben gerettet habe?«

Chris stolperte einen weiteren Schritt zurück und landete unsanft auf dem Hosenboden, während er die Borstennixe aus hervorquellenden Augen anstarrte.

»Du ... du sprichst?«, ächzte er.

Das Wasserwesen gab ein blubberndes Geräusch von sich, das wie ein Lachen klang. »Warum denn nicht?«, fragte es. »Du doch auch.«

Chris starrte das unglaubliche Geschöpf mit offenem Mund an und machte: »Öh!« – was angesichts des Chaos, das in diesem Augenblick in seinem Kopf herrschte, eine durchaus geistreiche Bemerkung war. Einen verzauberten See und den Wald und selbst das Einhorn hatte er noch irgendwie hingenommen – aber ein schwimmender Stachelschweinnixenhund, der sprach?

In diesem Moment ertönte hinter ihm ein glockenhelles Lachen, das ihn herumfahren ließ.

Wenigstens war es kein weiteres Untier, das hinter ihm aus dem Wald getreten war. Es war ein Mensch; oder zumindest fast ein Mensch – nach allem, was er bisher erlebt hatte, war er da nicht mehr so kleinlich.

Es war eine Frau. Eine sehr hoch gewachsene, schlanke Frau mit feinem, dunkelgrünem Seetang an Stelle von Haar und zwei dünnen, wie erst halb verheilte Narben aussehenden Kiemen an jeder Seite des Halses. Sie war in ein Gewand gekleidet, das durchsichtig erschien, ohne dass es ihren Körper darunter erkennen ließ, und sie hatte ein sehr offenes Gesicht, das irgendwie mütterlich wirkte, obgleich sie noch sehr jung zu sein schien ...

Chris gestand sich verwirrt ein, dass er das Alter der Frau unmöglich schätzen konnte. Es war, dachte er verwirrt, als wäre sie irgendwie zeitlos.

»Du brauchst keine Angst vor dem Merrow zu haben«, sagte sie. »Sie sind im Grunde gutmütige Burschen, nur manchmal machen sie sich einen Spaß daraus, die Leute mit ihrem wilden Aussehen zu schrecken. Natürlich nur die«, fügte sie, ein wenig strenger und mit einem tadelnden Blick auf das Wesen im Wasser, hinzu, »die keine Manieren haben.«

»Aha«, sagte Chris und stand unsicher auf. Die grünhaarige Frau kam näher, blieb aber in zwei Schritten Entfernung stehen und musterte abwechselnd ihn und den Merrow, der wieder begonnen hatte, im seichten Uferwasser hin und her zu gleiten.

»Und wer ... sind Sie?«, fragte Chris.

»Ich?« Die Frau mit dem Tanghaar schwieg einen Moment, als müsse sie erst über den Sinn dieser einfachen Frage nachdenken, dann sagte sie: »Ich bin Gwragedd Annwn.« Das schien für sie Erklärung genug zu sein.

»Aber … aber wieso sprecht ihr meine Sprache, Sie und dieses … dieses Ding da im Wasser?«

Gwragedd Annwn lachte laut auf. »Du irrst dich. Nicht wir sprechen deine Sprache, sondern du die unsere! Jeder, der in unsere Welt übertritt, versteht sogleich unsere Sprache.«

Chris blieb vor Verblüffung der Mund offen stehen, aber Gwragedd Annwn achtete gar nicht darauf, sondern wandte sich ab und trat an ihm vorbei ans Wasser. Der Merrow kam mit unruhigen Schwanzschlägen näher und hob Kopf und Oberkörper aus den Fluten.

»Du solltest dich wirklich schämen, unserem Gast einen solchen Schreck einzujagen«, sagte Gwragedd Annwn. »Du weißt doch, dass er euren Anblick nicht gewohnt ist. Und eine Schönheit bist du ja nun wirklich nicht.«

»Und er ist ein miserabler Schwimmer«, gab der Merrow mürrisch zurück. »Wenn es mich hässlichen Kerl nicht gegeben hätte, wäre er jetzt Fischfutter.«

»Das stimmt«, gestand Gwragedd Annwn nachdenklich. Sie sah zu Chris auf. »Ich würde sagen, ihr seid quitt. Einverstanden.«

Chris nickte ganz automatisch. »Dann kannst du mir ja Jetzt endlich meine Kappe wieder geben«, maulte der Merrow. »Ich will nach Hause. Mir ist es hier zu trocken.«

Gwragedd Annwn zögerte noch einen Moment, dann griff sie unter ihr Gewand und zog etwas heraus, das wie eine rote Federkappe aussah, allerdings groß genug war, Chris bequem als Schlafsack zu dienen. Der Merrow streckte eine dreifingrige Krallenhand aus, riss das sonderbare Kleidungsstück an sich und streifte es über. Jetzt, dachte Chris, sah er ganz und gar nicht mehr gefährlich aus, sondern nur lächerlich. Aber er hütete sich, das auszusprechen. Fremden gegenüber, die stark genug waren, einen mit zwei Fingern in Stücke zu reißen, musste man höflich sein.

Der Merrow betrachtete ihn und Gwragedd Annwn noch einen Augenblick lang aus seinen sonderbar weichen, goldfarbenen Augen, dann verschwand er mit einem einzigen Schwanzschlagen im Wasser.

Gwragedd Annwn drehte sich herum und lächelte. »So,

das wäre erledigt«, sagte sie. »Nicht, dass du einen falschen Eindruck von mir bekommst – ich hätte ihm die Kappe sowieso wieder gegeben. Aber sie treiben so derbe Scherze, dass ich es ihnen manchmal heimzahlen muss, du verstehst?«

Nein, Chris verstand nicht. Aber er nickte trotzdem. »Wieso ... ist das Ding denn so wichtig für ihn?«, fragte er. Gwragedd Annwn lachte leise. »Weil sie ohne diese Federkappe nicht mehr nach Hause finden«, sagte sie. »Weißt du das denn nicht?« Sie beantwortete ihre Frage gleich selbst mit einem Kopfschütteln. »Nein, natürlich weißt du es nicht – entschuldige, dass ich das vergaß.« Sie seufzte »Ich glaube, ich muss dir eine Menge erklären. Aber nicht hier und nicht jetzt. Komm, ich bringe dich in unser Gästehaus. Du siehst aus, als könntest du eine warme Mahlzeit gebrauchen. Und trockene Kleider.« Das Wort trocken sprach sie auf sonderbare Weise aus, fand Chris – so, als wäre es ihr so unangenehm wie ihm die Vorstellung, den ganzen Tag in klatschnassen Sachen herumlaufen zu müssen.

Sie streckte den Arm aus, um Chris wie ein kleines Kind an der Hand zu ergreifen und mit sich zu führen, aber Chris rührte sich nicht von der Stelle.

»Wer sind Sie?«, fragte er. »Und wo ... bin ich hier?«

Gwragedd Annwn runzelte die Stirn und schüttelte den Kopf, wobei ihr feines grünes Tanghaar flog.

»Ich sehe schon«, sagte sie, »wir haben eine Menge zu bereden. Aber wir haben ja auch eine Menge Zeit.«

»Eigentlich ... nicht«, sagte Chris unsicher. »Ich kann nicht zu lange bleiben, wissen Sie? Ich muss –« Er stockte, sah zum Berg und dem Wasserfall hinüber und setzte neu und mit kräftigerer Stimme an: »Eigentlich müsste ich längst zu Hause sein. Meine Eltern werden sich Sorgen um mich machen.«

»Ach wo«, sagte Gwragedd Annwn. »Zerbrich dir darüber nicht den Kopf. Und später – wenn du willst – zeige ich dir unsere Stadt.« Sie begleitete diese Worte mit einer Geste auf den See hinaus, der Chris' Blick ganz unwillkürlich folgte.

Und für eine Sekunde geschah dasselbe, was er schon einmal erlebt hatte, vor zwei Tagen und in einer anderen Welt: Das Schwarz des Wassers wurde durchsichtig, und unter den kristallklaren Wellen konnte er die Häuser und Türme einer mächtigen Stadt erkennen, die auf dem Grund des Sees erbaut worden war. Winzige Gestalten mit bunten Rotfeuerfischschwänzen glitten wie Schmetterlinge über den Dächern der Häuser und zwischen den Burgzinnen der Stadtmauer umher, und auf den Straßen bewegten sich Männer und Frauen mit grünem Haar. Und ebensoschnell wie vorgestern am Loch Lein verschwand das Bild wieder, und zurück blieb nur der See, der wieder schwarz wie ein Meer aus Pech dalag. Chris verzichtete vorsichtshalber darauf, irgendetwas dazu zu sagen.

Stattdessen folgte er Gwragedd Annwn in den Wald hinein, wobei er sich aufmerksam umsah.

Es war beinahe enttäuschend. Er hatte neue Wunder erwartet, aber der Wald war ein ganz normaler Wald, und die wenigen Tiere, die ihnen begegneten, waren zwar erstaunlich zutraulich, aber eben ganz normale Tiere: Eichhörnchen, Schmetterlinge und etwas, das zu schnell im Unterholz verschwand, als dass er es genau erkennen konnte, das er aber für einen Dachs hielt.

Der Wald war nicht besonders groß – sie gingen etwa fünf Minuten schweigend nebeneinander her, ehe sie auf einer großen, kreisrunden Lichtung anlangten, in deren Mitte sich ein ebenfalls runder, gut dreißig Meter hoher Turm aus mächtigen Felsquadern erhob. Er hatte keine Zinnen, sondern endete wie abgeschnitten, und Chris konnte auch keine Fenster oder sonstige Öffnungen erkennen.

Sein Schritt stockte. Der Turm gefiel ihm nicht. Etwas daran machte ihm Angst.

»Was hast du?«, fragte Gwragedd Annwn, die sein Zögern bemerkt hatte. Ein Lächeln huschte über ihre Züge. »Du fürchtest dich doch nicht vor dem Turm, oder?«

»Er hat keine Fenster«, sagte Chris.

Gwragedd Annwn lachte leise. »Natürlich hat er die«, widersprach sie. »Nun komm schon – oder willst du dir eine Krankheit holen, nass, wie du bist?«

Das ungute Gefühl in Chris wurde nicht schwächer, aber er ging trotzdem weiter. In ihm stritten zwei widersprüchliche Empfindungen: Zum einen wusste er einfach, dass er diesen Turm nicht betreten sollte, um keinen Preis der Welt, und zum anderen wusste er mit der gleichen unerschütterlichen Sicherheit, dass er bitter Unrecht daran tat, Gwragedd Annwn zu misstrauen. Wer immer die sonderbare Meerfrau war, sie wollte ihm nichts Übles.

Sie näherten sich dem Turm bis auf zwei Schritte, dann hob Gwragedd Annwn die Hand, und wo gerade noch massives Mauerwerk gewesen war, erschien wie durch Zauberei ein goldenes, übermannshohes Tor, das von selbst aufschwang, als sie darauf zutrat. Chris hielt vor Überraschung die Luft an, ging aber weiter – schließlich wollte er weder als Dummkopf noch als Feigling vor Gwragedd Annwn dastehen.

Mit klopfendem Herzen trat er durch das goldene Tor und sah sich staunend um.

Von außen hatte der Turm finster und unheildräuend ausgesehen, nicht wie eine Behausung, sondern eher wie ein Gefängnis, aber dieser Eindruck war so falsch, wie er nur sein konnte. Vor ihm erstreckte sich ein weitläufiger, prachtvoll eingerichteter Saal, der ganz aus Marmor bestand. Schwere eichene Balken stützten die Decke, die sich sicherlich zehn Meter über seinem Kopf erhob, und unweit des Eingangs stand eine lange, überreich gedeckte Tafel, um die sich Stühle mit reich geschnitzten Lehnen reihten. Überall standen Blumen – und es gab fast ein Dutzend Fenster, durch die helles Sonnenlicht hereinfiel. Chris starrte diese Fenster mit offenem Mund an, was Gwragedd Annwn abermals zum Lachen brachte. »Siehst du?«, sagte sie. »Ich habe dir doch versprochen, dass es Fenster gibt.«

»Aber … aber man sieht sie ja von außen gar nicht!«, sagte Chris verdattert.

»Wozu denn auch?«, erwiderte Gwragedd Annwn spöttisch. »Niemand will in den Turm hineinsehen, oder? Warum sollte man zwei Fenster bauen – eines zum hinein- und eines zum hinausschauen –, wo eines genügt?«

»Äh … sicher«, stammelte Chris. »Das … das ist logisch.«

Er lächelte gequält, wandte rasch den Blick ab und fragte sich, wer hier eigentlich übergeschnappt war – er oder Gwragedd Annwn.

Gwragedd Annwn sagte bestimmt: »Genug jetzt. Ich zeige dir später alles. Jetzt ziehst du dich erst einmal um, und danach essen wir.«

Sie klatschte in die Hände, und in der Wand auf der anderen Seite des Saales öffnete sich eine Tür, und eine kleine Gestalt trat heraus und kam mit trippelnden Schritten auf Chris und Gwragedd Annwn zu.

Das Kerlchen war einen guten Kopf kleiner als Chris und so dürr, dass die Rippen selbst unter den schmuddeligen Lumpen, die es trug, deutlich sichtbar waren. Sein Gesicht erinnerte ein bisschen an einen Totenkopf, wirkte aber eher gutmütig als Furcht einflößend, und er hatte die gleichen, beunruhigend wissenden Augen, wie sie alle Bewohner dieses Landes zu haben schienen.

»Führe unseren Gast auf sein Zimmer«, sagte Gwragedd Annwn. »Er braucht frische Kleider und ein trockenes« – sie schauderte sichtbar bei diesem Wort – »Tuch, um sich zu säubern. Und treib keinen Schabernack mit ihm, verstanden?« Zu Chris gewandt, fügte sie hinzu. »Grywwyn ist ein netter Kerl, keine Sorge. Aber besser, du glaubst nicht alles, was er dir erzählt. Diese Buka sind fast noch verspielter als die Merrows, musst du wissen.«

»Merrows!«, sagte Grywwyn abfällig. »Du sollst mich nicht immer mit diesen Wasserköpfen vergleichen, Gwragedd Annwn.« Gwragedd Annwn lächelte und machte eine Handbewegung zur Tür. »Geht. Ich sorge inzwischen für das Essen.«

Grywwyn grummelte etwas, was Chris nicht verstand und Gwragedd Annwn geflissentlich überhörte, drehte sich herum und schlurfte mit hängenden Schultern vor Chris her, wobei er sich nicht einmal die Mühe machte, sich davon zu überzeugen, ob er ihm auch wirklich folgte. Aber kaum hatten sie den Saal verlassen und die Tür hinter sich geschlossen, da blieb er stehen und betrachtete Chris aufmerksam mit schräggehaltenem Kopf.

»Du hast doch wohl keine lange Nase?«, fragte er.
»Wie?«, machte Chris.
»Ich frage ja nur«, brummte der Buka. »Ich kann Typen mit langen Nasen nämlich nicht ausstehen. Fast so wenig wie Abstinenzler. Aber ich sehe schon – du hast keine lange Nase. Oder doch, aber sie geht noch. So gerade«, fügte er finster hinzu und schlurfte weiter.
Chris griff sich unwillkürlich ans Gesicht, während er dem Buka weiter folgte. Eine lange Nase? Na, im Vergleich zu diesem Totenkopfgesicht hatte ja bald einer eine lange Nase.
Sie gingen eine breite, aus weißem Marmor erbaute Treppe hinauf und gelangten auf eine Art steinerne Galerie, von der zahlreiche Türen abzweigten. Grywwyn deutete mit einer dürren Hand auf eine Tür am Ende des Ganges und nuschelte schlecht gelaunt etwas, das sich wie »Dorthin!« anhörte, aber Chris blieb nach einigen Schritten wieder stehen und sah sich verblüfft um.
»Was ist denn jetzt schon wieder?«, fauchte Grywwyn. »Wir werden zu spät zum Essen kommen. Gwragedd Annwn wird ungehalten, wenn man nicht pünktlich an der Tafel ist.«
Chris beachtete ihn gar nicht. Fassungslos starrte er den Gang an, der sich vor ihm erstreckte. Er war mindestens vierzig Meter lang – doppelt so lang, wie der Durchmesser des ganzen Turmes –, und dabei war die Treppe noch nicht einmal mitgerechnet!
»Das ist doch nicht möglich?«, ächzte er. »Dieser Gang ist ja länger als der Turm!«
»Natürlich ist er länger als der Turm!«, äffte Grywwyn seinen fassungslosen Tonfall nach. »Warum soll man denn außen Platz verschenken, wenn innen genug ist, hä?« Er zog eine Grimasse. »Was bist du, Langnase? Weltmeister im Blöde-Fragen-Stellen?«
Er ging weiter, stieß die Tür, auf die er vorhin gedeutet hatte, mit einem Fußtritt auf und machte eine ruppige Handbewegung. »Da«, sagte er. »Trockne dich ab und zieh frische Kleider an. Ich komme gleich wieder.«

Das Zimmer, in das Chris trat, war so unmöglich wie der ganze Turm – es war nämlich rund, maß etwa fünf Meter im Durchmesser und hatte Fenster auf allen Seiten. Genau in seiner Mitte stand ein ebenfalls rundes, von einem gewaltigen seidenen Baldachin überspanntes Bett, und an den Wänden reihten sich kleine, kunstvoll geschnitzte Truhen und Schränke, dazu ein kleiner Tisch und zwei Stühle, die so genau seiner Größe entsprachen, als wären sie eigens für ihn angefertigt worden.

Der Buka knallte die Tür hinter sich zu, und Chris war allein. Für eine ganze Weile blieb er stehen, sah sich um und versuchte einen klaren Gedanken zu fassen, gab es aber schließlich auf. Offensichtlich war er in eine Welt verschlagen worden, in der Wunder zum Alltag gehörten.

Statt sich weiter den Kopf über Fragen zu zerbrechen, auf die es vielleicht gar keine Antwort gab, trat er ans Bett und musterte die Kleider, die für ihn zurechtgelegt worden waren – einfache, leinene Hosen, ein Hemd aus weißem fließendem Stoff, dazu ein breiter Gürtel aus Leder und zierliche Stiefel. Ihm war nicht sehr wohl dabei, diese Kleidungsstücke anzuziehen, aber Gwragedd Annwn hatte natürlich Recht – wenn er weiter in seinen nassen Kleidern herumlief, würde er sich eine Krankheit holen, wie sie es ausgedrückt hatte. Umständlich begann er, seine mitgebrachten Gegenstände auf das Bett zu häufen. Das meiste war unbrauchbar geworden, denn Taschenlampe und Streichhölzer waren nach seinem zweiten Bad im See nun endgültig ruiniert, und auch das Stückchen Kreide hatte sich im Wasser ganz aufgelöst; ihm blieb nur noch das Taschenmesser. Dann schlüpfte er aus Schuhen, Hose und Pullover.

Als er die bereitgelegten Sachen anzog, erlebte er die nächste Überraschung. Sie passten nicht nur – sie saßen einfach perfekt. Der genialste Schneider der Welt hätte ihm keine besseren Kleider anmessen können. Selbst die Stiefel, so eng sie waren, spürte er kaum. Chris vergeudete eine weitere Minute damit, sich zu wundern, dann schob er das Taschenmesser in eine der zahlreichen Hosentaschen und wandte sich wieder zur Tür.

Sie ging auf, ehe er die Hand nach dem Griff ausstrecken konnte, und Grywwyn funkelte ihn missgelaunt an.

»Das hat ja gedauert«, knurrte er. »Immer dasselbe. Ihr denkt wohl alle, nur weil wir hier alle Zeit der Welt haben, könnten wir sie auch verschwenden, wie? Komm jetzt, komm jetzt, das Essen wartet.« Er fuchtelte ungeduldig mit einer spindeldürren Hand und schlurfte los.

Die Tir Nan Og

Der Saal war nicht mehr leer, als er hinter Grywwyn durch die Tür trat. Schon im Gang hörte er Stimmengewirr und Lachen, das gedämpfte Klirren von Glas und das Geräusch von Besteck und Geschirr, und von irgendwoher drang wunderschöne Musik, Töne von einer Klarheit und Wärme, wie er sie selten zuvor vernommen hatte. Chris wollte stehen bleiben und einen Moment lauschen, aber Grywwyn schob ihn ungeduldig weiter.

»Nun mach schon!«, drängte er. »Ich habe noch anderes zu tun, als das Kindermädchen zu spielen!«

Chris beschloss, dass es sich nicht lohnte, mit dem Buka zu streiten – und außerdem war er viel zu neugierig auf das, was ihn auf der anderen Seite der Tür erwarten mochte. Er schenkte Grywwyn das freundlichste Lächeln, das er zu Stande brachte, drehte ihm eine lange Nase (er nahm – zu Recht – an, dass das den Buka ganz besonders ärgern würde) und trat an ihm vorbei durch die Tür.

An der großen Tafel, die vorhin zwar fertig gedeckt, aber verwaist gewesen war, saßen jetzt gut zwei Dutzend Gäste, die sich zum Klang sanfter Harfen- und Lautentöne unterhielten und lachten. Und längst nicht alle von ihnen waren Menschen. Chris gewahrte zwei Wesen, die wie noch zerbrechlichere Abbilder Gwragedd Annwns aussahen, allerdings mit normalem Haar und ohne Kiemen, und eine jener aufrecht gehenden, menschengroßen Kröten, wie er sie in Llewellyens Begleitung gesehen hatte, unten im Wald bei

Ross Castle, und dazu einige weitere Geschöpfe, die gar keine Ähnlichkeit mit Menschen mehr hatten: ein zwei Meter großer, schillernd bunter Schmetterling, der fast nur aus Flügeln zu bestehen schien und ihn aus regenbogenfarben schimmernden Facettenaugen anblickte, als er sich dem Tisch näherte, und dazu zwei oder drei Wesen, die er sich lieber nicht genauer besah.

Gwragedd Annwn stand von ihrem Platz am Kopfende der Tafel auf und kam ihm mit einem strahlenden Lächeln entgegen. »Du bist schon fertig!«, sagte sie erfreut. »Das ist schön! Wir warten nicht gerne mit dem Essen, weißt du?«

Sie machte eine einladende Handbewegung auf den freien Stuhl neben ihr – den einzigen freien Stuhl an der gewaltigen Tafel, wie Chris sehr wohl bemerkte – und wartete, bis er sich nach einem Moment des Zögerns gesetzt hatte. Erst dann ließ auch sie sich wieder auf ihren Platz sinken, sah lächelnd in die Runde und hob schließlich ihr Weinglas, einen zierlichen Kelch aus geschliffenem Kristall, in dem sich das Sonnenlicht tausendfach brach. Alle Anwesenden taten es ihr gleich, und auch Chris griff nach seinem Trinkgefäß, stellte aber enttäuscht fest, dass es leer war.

»So lasst es euch munden, meine Freunde«, sagte Gwragedd Annwn gestelzt. »Seid fröhlich und genießt das Mahl. Und trinkt auf das Wohl unseres neuen Freundes.«

Alle hoben ihre Gläser, und auch Chris tat so, als würde er trinken – schließlich wollte er nicht unhöflich sein. Aber Gwragedd Annwn bemerkte den kleinen Schwindel sofort. Mit einem tadelnden Lächeln drückte sie seine Hand herunter, wandte sich im Sitz um und klatschte in die Hände. »Grywwyn!«, rief sie. »Was fällt dir ein, unseren neuen Gast ohne Trank dasitzen zu lassen? Willst du, dass er einen schlechten Eindruck von meinem Haus bekommt?«

Grywwyn erschien missgelaunt hinter ihrem Stuhl und zerrte einen tönernen Krug hinter sich her, der fast so groß war wie er selbst.

»Ich kann doch nicht hexen!«, maulte er. »Grywwyn tu dies, Grywwyn tu das, Grywwyn tu jenes, und am besten alles zugleich! Soll diese Langnase doch sehen, wie sie zu trinken bekommt!«

Gwragedd Annwn runzelte die Stirn, schwieg aber, und Grywwyn wuchtete den gewaltigen Krug ächzend auf die Schulter und deutete Chris mit der freien Hand, ihm den Kelch hinzuhalten. Chris gehorchte, und der Buka goss ihm geschickt etwas von der dunkelroten Flüssigkeit ein, die in dem Tonkrug war.

Chris schnüffelte misstrauisch an seinem Becher. »Ist das … Wein?«, fragte er zögernd.

Gwragedd Annwn nickte, und Grywwyn funkelte ihn feindselig an. »Ja!«, fauchte er. »Und zwar der Beste. Einen besseren findest du nirgendwo. Ist viel zu schade für eine Langnase wie dich!«

»Das … das glaube ich ja gerne«, antwortete Chris unbehaglich. »Aber ich hätte lieber … ich … ich meine, ich trinke normalerweise keinen Alkohol.«

Grywwyns Unterkiefer klappte herunter, und seine Augen wurden rund.

»Keinen Alkohol?«, keuchte der Buka. Dann kreischte er: »Du bist also doch ein verdammter Abstinenzler. Ich wusste es! Ich wusste es! Eine Langnase, und ein Abstinenzler! Was habe ich nur getan, so bestraft zu werden!« Er begann vor Wut abwechselnd auf dem rechten und dem linken Bein herumzuhüpfen und raufte sich mit der Hand die spärlichen Haare, während er mit der anderen noch immer den Krug auf der Schulter balancierte – übrigens ohne auch nur einen Tropfen seines Inhalts zu verschütten.

»Nicht doch, nicht doch!«, sagte Gwragedd Annwn besänftigend. »Nun beruhige dich doch wieder, Grywwyn! Ich bin sicher, unser neuer Gast hat es nicht so gemeint. Er hat eben nur noch nicht von deinem köstlichen Wein probiert. Er wird ihn sicher trinken, sobald er nur auf den Geschmack gekommen ist! Das stimmt doch, oder?«, fügte sie hinzu, an Chris gewandt und mit einem fast flehenden Blick.

Chris beeilte sich zu nicken, denn der Buka machte keinerlei Anstalten, sich irgendwie zu beruhigen, sondern tobte immer wilder durch den Saal, wobei er wütende Schreie und

Verwünschungen ausstieß. »Sicher«, sagte er. »Ich habe ja auch nur gemeint, dass ich nicht jeden Wein trinke. Ich bin da sehr wählerisch.«

Um seine Behauptung zu unterstreichen, hob er hastig sein Glas an die Lippen und nippte an dem dunkelroten Wein. Er schmeckte schauderhaft, aber Chris brachte das Kunststück fertig, das Gesicht zu verziehen wie ein Gourmet, der soeben eine neue Kreation seines Lieblingskochs probierte.

»Ganz hervorragend«, sagte er. »Wirklich, das ist das Beste, was ich je getrunken habe.«

Tatsächlich beruhigte sich der Buka. Er hörte auf, auf einem Bein durch den Saal zu hüpfen, und blinzelte Chris misstrauisch an.

»Sagst du auch die Wahrheit?«, fragte er.

»Natürlich sagt er die Wahrheit!«, antwortete Gwragedd Annwn an Chris' Stelle. »Jetzt beleidigst du unseren Gast aber wirklich, Grywwyn. Geh in die Küche und sieh nach, ob du dich nützlich machen kannst.« Sie winkte ungeduldig mit der Hand, als Grywwyn nicht sofort gehorchte. »Nun los, mach schon.«

Der Buka funkelte erst sie, dann Chris noch einmal ärgerlich an, dann schulterte er seinen Krug neu und trollte sich.

Gwragedd Annwn atmete hörbar auf, als Grywwyn gegangen war, und wandte sich Chris zu. »Du musst Grywwyns schlechtes Betragen verzeihen«, sagte sie. »Die Buka sind wirklich sehr fleißige Gesellen, musst du wissen, und treu über alles. Aber es gibt eben zwei Dinge, die sie absolut nicht ausstehen können. Abstinenzler –«

»Und Leute mit langen Nasen«, fügte Chris hinzu und nickte. »Ich weiß.«

Gwragedd Annwn lächelte. »Ich sehe, du hast schon mit ihm gesprochen. Aber damit muss man sich abfinden. Buka sind schwer zu bekommen, musst du wissen – und noch schwerer zu halten. Wenn du sie verärgerst, verschwinden sie auf Nimmerwiedersehen und machen dich bei all ihren Verwandten schlecht, sodass keiner mehr für dich arbeiten will.«

»Und sie sind alle irgendwie miteinander verwandt oder verschwägert«, fügte der Mann links neben Chris hinzu.

Chris drehte sich um und musterte den Fremden aufmerksam. Gwragedd Annwn hatte ihm – sicher nicht durch einen reinen Zufall – einen Platz zugewiesen, an dem er einen Menschen als Tischnachbarn hatte: einen vielleicht zwanzigjährigen jungen Mann mit kurz geschnittenem schwarzem Haar und Augen, die Chris freundlich zulächelten. »Aber er hat uns alle so behandelt am Anfang«, fuhr er fort. »Das gibt sich. Du wirst sehen, nach einer Weile kommt man ganz gut mit ihm klar.«

»Und er ist ein ausgezeichneter Koch«, fügte jemand auf der anderen Seite des Tisches hinzu.

Chris sah auf und fuhr ein bisschen zusammen, denn diesmal war es kein Mensch, der ihn angesprochen hatte, sondern ein Wesen, das wie ein vergrößerter und noch ein bisschen hässlicherer Bruder des Spriggan aussah, dem Chris begegnet war. Sein Gesicht schien lieblos aus einem Stück fauligem Holz herausgeschnitzt worden zu sein, und sein Mund war so breit, dass er vermutlich eine ganze Sellerieстaude auf einmal hineinschieben konnte. Quer, versteht sich.

Die Anspielung auf das Essen ließ Chris merken, wie hungrig er war. Vorsichtig griff er nach seinem Besteck und kostete von der Mahlzeit, die auf seinem Teller lag – und er musste gestehen, dass der Breitmaulspriggan die Wahrheit gesagt hatte. Anders als der Wein schmeckten Braten und Gemüse hervorragend, und die nächste halbe Stunde tat er nichts anderes als essen, so lange, bis er das Gefühl hatte, beim nächsten Bissen platzen zu müssen. Originellerweise wurde sein Teller dabei nicht leer. Er konnte essen, so viel er wollte, die Portion blieb immer gleich groß und gleich appetitlich angerichtet.

Schließlich ließ er sich mit einem zufriedenen Seufzer zurücksinken. Gwragedd Annwn lächelte.

»Ich muss dich wohl nicht fragen, ob es dir geschmeckt hat«, sagte sie. »Möchtest du jetzt das Haus sehen, oder ruhst du dich nach dem Essen lieber ein wenig aus?«

Ausruhen? dachte Chris überrascht. Er war doch kein Kleinkind mehr, dass er einen Mittagsschlaf halten musste. Und außerdem hatte er gar keine Zeit dazu. Er war schon viel zu lange hier. Und das sagte er auch.

Gwragedd Annwn antwortete nicht darauf, aber der Mann zu seiner Linken schüttelte lächelnd den Kopf. »Du bist wie ich, als ich hierher kam«, sagte er. »Aber du wirst noch merken, wie unnütz deine Hast ist. Wie ist es – soll ich dir die Insel zeigen?«

»Nein«, widersprach Chris, nun schon ein wenig heftiger. »Ich muss wirklich wieder zurück. Meine Eltern werden sich schon Sorgen um mich machen.«

»Das werden sie ganz bestimmt nicht«, erwiderte der Schwarzhaarige geheimnisvoll, machte aber keinerlei Anstalten, diese Bemerkung zu erklären, sondern wiederholte nur lächelnd: »Komm, ich zeige dir die Insel und alles andere.« Er blinzelte. »Wer weiß – vielleicht freunden wir uns an. Das ist eigentlich das einzige, was ich in den letzten Jahren ein wenig vermisst habe: einen Freund.«

»Aber du bist doch hier unter Freunden«, widersprach Gwragedd Annwn.

Der Schwarzhaarige nickte entschuldigend. »So meine ich das auch nicht«, antwortete er hastig. »Und das weißt du, Gwragedd Annwn. Aber das endlose Feiern und Fröhlichsein ist manchmal doch ein wenig ermüdend.«

Etwas an seinen Worten schien Gwragedd Annwn überhaupt nicht zu gefallen. Chris sah es an ihrem Gesicht, obgleich sie nicht antwortete und auch keine Miene verzog. Weder sie noch der Schwarzhaarige gingen weiter auf das Thema ein, doch Chris hatte plötzlich das Gefühl, dass es im Moment besser wäre, dem jungen Mann nach draußen zu folgen. Und wenn er eines gelernt hatte in den vergangenen beiden Tagen, dann war es, auf seine Gefühle zu hören.

Ohne ein weiteres Wort des Widerspruches folgte er dem Schwarzhaarigen durch den Saal. Wie beim Betreten des Turmes erschien die Tür aus dem Nichts, als sie noch zwei Schritte von der Wand entfernt waren, und schwang lautlos auf. Sie schritten hindurch und auf die Lichtung hinaus, ehe der Schwarzhaarige stehen blieb und Chris lächelnd – und sichtbar erleichtert – die Hand entgegenstreckte.

»Ich bin Kevin«, sagte er. »Und wie ist dein Name?«

»Chris«, antwortete Chris. »Eigentlich Christoph, aber meine Eltern und alle meine Freunde nennen mich Chris.«

»Dann tue ich das auch«, entschied Kevin. »Ich möchte nämlich wirklich dein Freund werden. Wenn sie es zulässt«, fügte er mit einer Kopfbewegung auf den Turm hinzu.

»Sie?« Chris runzelte die Stirn. »Gwragedd Annwn?« Sollte er sich doch so getäuscht haben? »Sie ... sie hält euch hier gefangen?«, fragte er zweifelnd. Für eine Sekunde sah Kevin ehrlich verwirrt aus. Dann lachte er, laut und ausdauernd und so heftig, dass ihm die Tränen über die Wangen rannen. »Gefangen?«, wiederholte er, nachdem er wieder halbwegs zu Atem gekommen war. »Die Gwragedd Annwn und jemanden gefangen halten? Aber wo denkst du denn hin?«

»Aber du sagtest doch gerade –«

»Ich sagte nur«, unterbrach ihn Kevin sofort, »dass ich es manchmal vermisse, Freunde zu haben. Niemand wird hier gefangen gehalten. Wir können gehen, wann immer und wohin immer wir wollen. Und jetzt komm.« Kevin deutete auf den Wald, von dessen Rand sie nur wenige Schritte entfernt waren. »Ich werde dir alles zeigen.«

Und es gab eine Menge zu sehen, wie Chris in den folgenden Stunden herausfinden sollte.

Die Insel war gewaltig. Vorhin, als er sich an ihr Ufer gerettet hatte, war sie ihm klein vorgekommen, und das war sie wohl auch, denn der Turm der Gwragedd Annwn erhob sich genau in ihrer Mitte, und sie hatten nicht länger als fünf Minuten vom Strand bis dorthin gebraucht. Jetzt aber schien sie kein Ende zu nehmen. Kevin führte ihn weit durch den dichten Wald und zeigte ihm einige seiner Lieblingsplätze – eine schattige Lichtung, auf der bunte Blumen und große, zerbrechliche Pilze wuchsen, einen kleinen Hain, dessen Bäume sich mit lebenden Schmetterlingen schmückten statt mit Blättern, einen winzigen, kristallklaren See, der von einem sprudelnden Wasserfall gespeist wurde ...

Es waren Wunder über Wunder, die Chris an diesem Nachmittag sah, und eines schien ihm größer als das andere. Und obwohl sie Stunde um Stunde wanderten, hörte der Wald nicht auf. Schließlich fragte Chris Kevin nach der Größe Tir Nan Ogs. Die Antwort war so geheimnisvoll wie fast alles, was er seit seiner Ankunft hier erlebt hatte:

»Oh, sie ist immer so groß, wie sie gerade sein muss«, sagte Kevin lächelnd. »Es wäre doch unsinnig, wenn eine Insel die falsche Größe hätte, oder?«

Chris dachte an die Fenster, die nur in eine Richtung funktionieren, und den Turm, der innen größer war als außen, und hielt lieber die Klappe. Er hatte wenig Lust, sich einen Knoten ins Gehirn zu winden, indem er versuchte, irgendetwas von dem, was er hier erlebte, zu begreifen. Er sah auch wieder ein Einhorn, diesmal allerdings ein ausgewachsenes Tier, groß und prachtvoll wie ein Araberhengst, wenn auch ungleich graziler, aber es beäugte sie nur von weitem und wandte sich dann ab, um ohne Hast davonzugehen. Chris wollte ihm folgen, aber Kevin hielt ihn am Arm zurück und schüttelte den Kopf.

»Nicht«, sagte er. »Man darf den Einhörnern nicht folgen. Sie sind sehr scheu.«

»Aber ich habe Männer gesehen, die auf ihnen ritten«, antwortete Chris zweifelnd.

Kevin lächelte. »Keine Männer«, verbesserte er ihn. »Was du gesehen hast, waren Sidhe. Kein Einhorn würde es dulden, von einem Menschen berührt zu werden. Geschweige denn geritten. Sie sehen zwar aus wie unsere Pferde«, fügte er erklärend hinzu, »aber sie sind keine.«

»Sidhe?«, fragte Chris verwirrt. »Wer soll das sein?« Er war hellhörig geworden. Sidhe – dieses Wort hatte er doch schon einmal gehört, von O'Donoghue.

Kevin machte eine weit ausholende Handbewegung. »Die wahren Herren dieses Landes«, sagte er. »Die Herrscher über alles hier – außer über die Tir Nan Og. Hierher kommen sie selten, obwohl ich schon einigen begegnet bin. Aber es ist lange her ... zwanzig Jahre sicherlich. Vielleicht dreißig.« Chris sah Kevin zweifelnd an. »Dreißig?«, vergewisserte er sich. »Du willst behaupten, du wärst seit zwanzig oder dreißig Jahren hier?«

Kevin lächelte und schwieg, und Chris fuhr fort: »Also ehrlich gesagt, ich glaube nicht, dass du überhaupt schon so alt bist.«

»O doch«, erwiderte Kevin. »Ich bin so lange hier, und länger. Aber wie lange genau, weiß ich nicht mehr. Vielleicht hundert Jahre, vielleicht tausend. Viele von uns sind hier, seit die Welt besteht. Manchmal geht einer, manchmal kommt einer dazu, so wie du, aber die meisten sind schon sehr lange Gast der Gwragedd Annwn.«

»Du siehst nicht aus, als wärst du hundert Jahre alt«, beharrte Chris. »Oder tausend.«

»Die Tir Nan Og ist die Insel der ewigen Jugend«, antwortete Kevin. »Wer sie betritt, der altert nicht.«

»Dann seid ihr ... unsterblich?«, keuchte Chris.

»Wir«, verbesserte ihn Kevin. »Wir alle hier. Du auch, solange du die Insel nicht verlässt. Wir sind nicht ganz unsterblich, denn irgendwann einmal endet alles, und auch die Tir Nan Og wird nicht ewig bestehen. Aber eure Zeit hat hier keine Gültigkeit, das stimmt.«

»Und wo ... seid ihr alle hergekommen?«, fragte Chris staunend.

Kevin machte eine unbestimmte Handbewegung. »Von da und dort. Manche aus deiner Welt, die auch einmal meine war, manche aus Erinn, manche aus Welten, die uns so fremd erscheinen würden, dass wir nicht darin leben könnten ... Wir alle sind durch das Tor im Felsen gekommen, so wie du. Einige wenige sind wieder gegangen. Aber die meisten bleiben.«

»Aber was tut ihr?«, fragte Chris verstört.

Kevin blinzelte. »Tun?«

»Ich meine, was ... was macht ihr, all die Jahrhunderte lang?«

»Nichts«, antwortete Kevin. Er klang verwirrt, und Chris begriff, dass er den Sinn dieser Frage nicht verstand. »Nichts«, sagte er noch einmal. »Wir leben im Haus der Gwragedd Annwn, wir essen und trinken und sind fröhlich, wir hören Musik und lachen ...«

Und das sollte das Paradies sein? dachte Chris entsetzt. Jahre um Jahre und Jahrhunderte um Jahrhunderte mit nichts anderem als Nichtstun und Essen und Trinken und Musikhören und Fröhlichsein verbringen? Das war nicht das Paradies, das war die Hölle!

Erst als Kevin den Kopf schüttelte, wurde ihm klar, dass er den Gedanken nicht gedacht, sondern laut ausgesprochen hatte.

»Aber wir sind doch keine Gefangenen«, widersprach Kevin sanft. »Niemand wird gezwungen hier zu bleiben. Ein Wort genügt, und die Merrows bringen uns sicher durch den Wasserfall zum Tor. Du tust Gwragedd Annwn Unrecht, wenn du glaubst, dass sie uns gegen unseren Willen hier fest hält. Wir können jederzeit gehen.«

»Aber ihr wollt nicht«, vermutete Chris.

Kevin schwieg. Er sah nachdenklich aus, ja fast ein wenig traurig, wie jemand, der spürt, dass er etwas verloren hat, ohne sich erinnern zu können, was es gewesen ist. Dann verschwand der wehmütige Ausdruck von seinen Zügen, und er lächelte wieder. »Nein«, gestand er. »Die meisten wollen es nicht. Warum auch? Was gibt es dort, wo wir herkommen, zu erringen, was wir hier nicht umsonst bekämen?«

»Eine ganze Menge, Kevin«, antwortete Chris ernst. »Ich jedenfalls werde nicht hier bleiben. Keinen Tag länger.«

Kevin lächelte milde.

Prydwynn

Natürlich blieb er doch einen weiteren Tag, denn als Kevin ihn zurückbrachte, da spürte er erst, wie sehr ihn die Erkundung der Insel der Jugend erschöpft hatte. Und wenngleich es eine Mattigkeit von sehr wohl tuender Art war, fiel er, kaum dass Grywwyn ihn auf sein Zimmer geführt hatte, in einen tiefen, traumlosen Schlaf, aus dem er erst am nächsten Tag erwachte, lange nachdem die Sonne aufgegangen war. Er ging auch an diesem Tag nicht.

Auch nicht am folgenden.

Auch nicht an dem, der danach kam.

Dann hörte er auf, die Tage zu zählen.

Es war ganz so, wie Kevin gesagt hatte – niemand hielt ihn fest, niemand drängte ihn, zu bleiben oder irgendetwas zu tun, was er nicht wollte – aber seine Entschlossenheit, die Tir Nan Og zu verlassen, schwand mit jedem Tag ein bisschen mehr. Sicher, Chris vergaß keine Sekunde, dass er irgendwann einmal zurück musste, denn schließlich gab es jenseits des Wasserfalls ein Tor, hinter dem seine eigene Welt und sein eigenes, kaum richtig begonnenes Leben warteten. Aber welche Rolle spielte es, ob er jetzt dorthin zurückkehrte oder morgen oder in einem Jahr oder zehn, wenn dort sowieso keine Zeit verging? Es war gleich, wie lange er hier blieb – seine Eltern würden sich keine Sorgen um ihn machen, denn für sie war Chris ja nie verschwunden, egal, ob er nun eine Stunde oder ein Jahrzehnt hier verbrachte. Bald begann er die anderen besser kennen zu lernen, und es kam so, wie Kevin gehofft hatte – sie wurden gute Freunde, und er lernte selbst Grywwyns kleine Absonderlichkeiten zu akzeptieren und schließlich zu mögen. Nur manchmal – und nie für lange – überkam ihn eine sonderbare Art von Traurigkeit, das ganz schwache Gefühl, etwas verloren, oder besser vergessen zu haben. Aber es war nie sehr heftig, und er kam nie dazu, sich über den Grund dieser seltsamen Wehmut klar zu werden, denn die Gwragedd Annwn und alle anderen spürten stets seine Trauer, und es kostete sie nie viel Mühe, ihn wieder aufzuheitern. So reihte sich Tag an Tag, ohne dass er es überhaupt merkte, denn auf der Insel der Jugend herrschte ewiger Frühling, und ganz sicher wäre diese Geschichte hier zu Ende gewesen und Chris wie all die anderen Gäste der Gwragedd Annwn geworden, wäre das zeitlose Lachen und Fröhlichsein auf der Tir Nan Og nicht eines Tages durch die Ankunft eines neuen Gastes unterbrochen worden.

Chris saß wie alle anderen an Gwragedd Annwns Tafel und ließ sich Essen und Wein (den er immer noch scheußlich fand, den er aber mittlerweile klaglos trank, um es sich nicht mit Grywwyn zu verderben) schmecken, als etwas geschah, was ihm neu war: Ohne dass jemand aufgestanden wäre, öffnete sich die Tür auf der anderen Seite des Saales, und ein kleines, rot und gelb und weiß getupftes Etwas schwebte auf wirbelnden Flügeln herein und steuerte auf Gwragedd Annwn zu.

Im ersten Moment hielt Chris das Wesen für einen Schmetterling, aber als es näher kam, erkannte er, dass zwischen den fast durchsichtigen Flügeln ein winziger menschlicher Körper war. Gwragedd Annwn sah von ihrem Mahl auf, hob die Hand, und die winzige Elfe ließ sich auf ihrem ausgestreckten Arm nieder und begann aufgeregt ihr etwas ins Ohr zu wispern.

Chris blickte zur Tür, die noch immer offen stand, und für einen Moment überkam ihn ein fast übermächtiges Sehnen. Er hatte ganz vergessen, dass es die Tür überhaupt gab. In den ersten Tagen war er oft draußen gewesen und hatte sich von Kevin die Insel zeigen lassen, aber diese Ausflüge waren seltener und seltener geworden, und jetzt hatte er den Turm schon seit langer Zeit gar nicht mehr verlassen. Mit einem Male aber sehnte er sich danach. Er wollte aufspringen und aus dieser Tür stürmen, den Turm, den Wald und die ganze Insel hinter sich lassen, selbst wenn dies eine weitere, lebensgefährliche Durchquerung des Wasserfalls bedeutet hätte.

Doch bevor dieser Wunsch heftig genug wurde, ihn auch nur aufstehen zu lassen, entglitt ihm der Gedanke wieder. Irgendetwas wartete dort draußen auf ihn, etwas ungemein Wichtiges und Wertvolles, aber was verlor er schon, außer ein wenig Zeit? Man begann in anderen Dimensionen zu denken, wenn man alle Zeit der Welt hatte.

Sein Blick löste sich von der Tür, und er sah wieder Gwragedd Annwn und ihren putzigen kleinen Besucher an. Etwas stimmte nicht. Chris bemerkte erst jetzt, dass es sehr still geworden war – die Musik war verstummt und auch die meisten Gespräche, und Gwragedd Annwn sah plötzlich ungewohnt ärgerlich aus.

»Was ist los?«, wandte er sich an Kevin.

Der Schwarzhaarige zuckte mit den Achseln. »Ich weiß es nicht. Die Asrai kündigt immer die neuen Besucher an, aber ich fürchte, diesmal ist es niemand, den Gwragedd Annwn gerne sieht.«

Und seine Befürchtung schien nicht ganz aus der Luft gegriffen, denn Gwragedd Annwn stand plötzlich auf und schob ihren Stuhl zurück; mit einer so abrupten Bewegung, dass die kleine Elfe das Gleichgewicht verlor und von ihrem Arm fiel. Erst im letzten Moment konnte sie die Flügel ausbreiten und sich mit einem hastigen Flattern wieder in die Höhe schwingen.

»Verzeiht mir, meine Freunde«, sagte Gwragedd Annwn. »Aber ich muss mich um etwas kümmern. Esst und trinkt nur weiter. Ich werde bald zurück sein.«

Sie wandte sich um und wollte zur Tür gehen. Aber sie hatte nicht einmal die halbe Strecke hinter sich gebracht, da erschien ein Schatten unter dem Eingang, und eine Sekunde später betrat eine schlanke, hoch gewachsene Gestalt den Turm. Gegen das helle Sonnenlicht draußen konnte Chris ihr Gesicht nicht erkennen, aber etwas daran kam ihm bekannt vor.

Gwragedd Annwn blieb mitten im Schritt stehen, und zum ersten Mal, seit Chris sie kennen gelernt hatte, sah er Zorn auf ihren Zügen. Ihre goldfarbenen Augen blitzten.

»Prinz Llewellyen!«, sagte sie scharf. »Was tust du hier?«

Llewellyen? dachte Chris überrascht. Llewellyen war hier? Und wieso Prinz Llewellyen?

Tatsächlich – es war Llewellyen. Er kam näher, und jetzt konnte Chris sein Gesicht und das ihm wohl bekannte strubbelige rote Haar erkennen. Aber das war auch schon alles, was an den Jungen erinnerte, den Chris im Wald von Killarney getroffen hatte. Llewellyen hatte sich so gründlich verändert, wie sich ein Mensch nur verändern konnte. Statt der zerschlissenen Kleider, in denen Chris ihn bisher gesehen hatte, trug er einen enggeschnittenen Anzug aus weißem Leder mit dazu passenden Stiefeln, und unter den linken Arm hatte er lässig einen schweren, ebenfalls mit Leder überzogenen Helm geklemmt. An seiner linken Seite baumelte ein gewaltiges Schwert in einer ledernen Hülle. Aber die Veränderung war nicht nur äußerlich. Llewellyens Gesicht war gleich geblieben und war doch völlig anders. Wo Chris bisher nur Bitterkeit und mühsam unterdrückten Zorn erkannt hatte, da war jetzt etwas Edles, irgendwie Vornehmes, das ihn ein bisschen an die Sanftmut und Weisheit in den Augen der Merrows erinnerte, gleichzeitig aber auch wieder ganz anders war. Selbst seine Haltung hatte sich geändert – er war noch immer spindeldürr und bewegte sich so schlaksig, als hätte er Mühe, seine Arme und Beine unter Kontrolle zu halten. Trotzdem brachte er das Kunststück fertig, zugleich fast königlich auszusehen.

Llewellyen antwortete nicht auf die Worte der Gwragedd Annwn, sondern sah sich aufmerksam im Raum um, und Gwragedd Annwn trat einen weiteren Schritt auf ihn zu.

»Kommst du immer uneingeladen in ein fremdes Haus?«, fragte sie herausfordernd.

Llewellyens Lippen verzogen sich zu einem spöttischen Lächeln. »Nur, wenn ich weiß, dass man mich nicht einlassen würde«, antwortete er. »Und wenn es wichtig ist.«

»Was kann so wichtig sein, den uralten Frieden dieses Ortes zu stören?«, versetzte Gwragedd Annwn.

Llewellyen zuckte mit den Achseln und sah an Gwragedd Annwn vorbei auf die Tafel. »Zum Beispiel, diesen Frieden auch weiter zu erhalten«, antwortete er. »Fuavarra schickt mich. Ich soll jemanden suchen, Gwragedd Annwn. Jemand, der durch das Tor im Fels gegangen ist. Du hast nicht zufällig einen neuen Gast seit einer Weile?«

Er wollte weitergehen, aber Gwragedd Annwn vertrat ihm den Weg und hob gebieterisch die Hand.

»Keinen Schritt mehr, Prinz!«, sagte sie drohend. »Ich habe es euch schon einmal gesagt, und ich sage es noch einmal: Ihr werdet unter meinen Gästen keine Söldner finden! Dies ist ein Ort des Friedens. Er steht unter Oberons Schutz!«

»Ich weiß«, antwortete Llewellyen ungeduldig. »Und ich respektiere das auch, Gwragedd Annwn. Aber jetzt gib den Weg frei. Nicht alle von uns haben so viel Zeit wie ihr!«

Gwragedd Annwn rührte sich nicht, und dann tat Llewellyen etwas Unerhörtes – er schob sie einfach beiseite, so mühelos, wie man ein lästiges Insekt verscheucht, und nicht sehr viel rücksichtsvoller.

Ein vielstimmiges, unwilliges Murren erhob sich am Tisch, und auch in Chris stieg heißer Zorn empor, als er sah, wie grob Llewellyen ihre Gastgeberin behandelte. Aber dann sah Llewellyen ihn an, und aus der Wut, die ihn gepackt hatte, wurde Unsicherheit, dann eisiger Schrecken. Llewellyens Blick war nicht besonders freundlich.

»Was erlaubst du dir, Erinn!«, sagte Gwragedd Annwn empört. »Grywwyn! Fenederos! Zu mir! Man stört den heiligen Frieden dieses Ortes!«

Im hinteren Teil der Halle flog eine Tür auf, und Grywwyn stürmte heraus, Wut in den Augen und einen gewaltigen Knüppel in der Hand, und hinter ihm erschien eine zweite, sehr viel größere Gestalt, die dem Buka in Wuchs und Proportionen wie ein Zwillingsbruder ähnelte, aber ungefähr zehn Mal so stark sein musste.

Llewellyen blickte den beiden gleichmütig entgegen, dann legte er seinen Helm auf den Tisch und klatschte in die Hände.

Und ein halbes Dutzend Giganten betrat die Halle.

Diesmal war es ein Entsetzensschrei, der am Tisch aufgellte. Grywwyn und Fenederos blieben so plötzlich stehen, als wären sie mitten im Schritt gegen eine gläserne Wand geprallt, und auch Chris' Herz machte einen erschrockenen Sprung.

Die Wesen, die Llewellyens Klatschen herbeigerufen hatte, schienen direkt aus einem Albtraum entsprungen zu sein. Sie waren riesig – sicherlich zwei Meter groß, wenn nicht mehr, und fast ebenso breit. Ein bisschen ähnelten sie den Spriggans, denen Chris begegnet war: Ihre Gesichter wirkten irgendwie unfertig, als hätte ihr Schöpfer sich nicht die Mühe gemacht, ihnen den letzten Schliff zu verpassen, und ihre Körper waren über und über mit dichtem, zottigem braunem Fell bedeckt. Keiner von ihnen trug eine Waffe. Aber so, wie sie aussahen, dachte Chris, hatten sie das auch nicht nötig.

Gwragedd Annwn keuchte vor Entsetzen und Unglauben

»Du … du wagst es, Goblins hierher zu bringen, Erinn?«, sagte sie mit zitternder Stimme.

Llewellyen musterte sie kühl. »Nur zu deinem eigenen Schutz, Gwragedd Annwn«, sagte er. »Und dem deiner Gäste. Es sind Milesier gesehen worden, ganz in der Nähe deiner Insel.«

»Kein Milesier kann die Insel betreten. Tir Nan Og ist nur durch das Tor im Fels zu erreichen«, widersprach Gwragedd Annwn empört. »– und mit Prydwynn, dem Zauberschiff, ich weiß«, unterbrach sie Llewellyen. »Aber ich würde mich nicht allzu sehr darauf verlassen an deiner Stelle. Die Milesier haben mächtige Zauberer, und sie schrecken vor nichts zurück. Die Dinge sind nicht mehr so, wie sie einmal waren. Diese Goblins« – er deutete auf das halbe Dutzend hundegesichtiger Kreaturen, die einen Halbkreis um ihn und Gwragedd Annwn gebildet hatten – »werden zusammen mit mir und diesem Burschen da wieder gehen. Die Milesier würden das nicht tun!«

Gwragedd Annwn fegte seine Worte mit einer wütenden Bewegung beiseite. »Diesen Frevel wirst du bereuen, Prinz Llewellyen!«, sagte sie. »Du wirst dich vor Fuavarra verantworten müssen für das, was hier geschieht.«

Llewellyen seufzte. »Das ist das Kreuz mit euch Seefrauen«, sagte er. »Ihr hört nie zu, wenn man mit euch spricht. Ich sagte es schon einmal, Gwragedd Annwn – Fuavarra selbst ist es, der mich geschickt hat.«

»Du lügst!«, behauptete Gwragedd Annwn. Aber sie klang schon nicht mehr ganz so überzeugt.

Llewellyen lächelte. »Wer hätte jemals gehört, dass ein Erinn lügt?«, fragte er. »Nein, nein, es ist schon so, wie ich es sage. Ich komme in Fuavarras Auftrag, und ich soll dir Folgendes ausrichten: Fuavarra wünscht diesen Knaben zu sehen, denn es kann sein, dass das Reich seine Hilfe benötigt. Er wird mich begleiten, jetzt gleich. Und noch etwas soll ich dir sagen. Fuavarra hält es für sicherer, dir diese Goblins zu schicken. Wenn du willst, bleiben sie hier, um dich und deine Gäste zu beschützen, sollte es wirklich zu einem Überfall der Milesier kommen.«

Gwragedd Annwn überlegte eine Weile. Dann schüttelte sie entschieden den Kopf. »Nein«, sagte sie. »Ich respektiere Fuavarras Wunsch, was den Knaben Chris angeht. Aber diese Kreaturen bleiben nicht hier. Nicht einmal Oberon selbst könnte mir befehlen, sie zu dulden.«

Llewellyen zuckte mit den Schultern. Offensichtlich hatte er nichts anderes erwartet. »Wie du willst, Gwragedd Annwn«, sagte er. »Ich hoffe nur, dass es nicht zu spät ist, solltest du dich doch noch eines Besseren besinnen.« Er hob die Hand, und die Goblins verschwanden so rasch und lautlos wieder aus dem Turm, wie sie gekommen waren. Dann deutete er auf Chris. »Komm mit.«

Chris stand gehorsam auf, rührte sich aber nicht von der Stelle. »Wohin?«, fragte er.

»Das wirst du schon noch früh genug sehen«, antwortete Llewellyen ungeduldig. »Unser Herrscher will dich sehen.«

»Und warum?«, wollte Chris wissen. Er wollte nicht weg. Nachdem er die Goblins gesehen hatte, hatte er endgültig jede Lust verloren, das Haus der Gwragedd Annwn zu verlassen. »Was wollt ihr von mir?«

Llewellyen verzog ungeduldig das Gesicht. »Ich kann auch anders«, sagte er grob. »Du hast die Wahl – du kannst freiwillig mit mir gehen – oder von einem meiner Goblins getragen werden, gefesselt und geknebelt, wenn es sein muss. Also?«

»Geh lieber«, flüsterte Kevin neben ihm. »Ich kenne diese Erinn. Das sind raue Burschen. Lass dich nicht von seinem Aussehen täuschen.«

Llewellyen grinste. »Er hat Recht«, sagte er. »Wenn es nach mir gegangen wäre, hätte ich dir schon vor langer Zeit die Tracht Prügel verpasst, die dir gebührt, und dich wieder nach Hause geschickt. Aber es geht nicht nach mir. Also komm jetzt. Ich bitte dich nicht noch einmal.« Er griff nach seinem Helm und setzte ihn auf, und unter der wuchtigen Lederkappe sah sein Gesicht plötzlich aus wie das eines Kriegers, unbeschadet seiner Jugend.

Chris sah ein, wie wenig Sinn weiterer Widerstand hatte. Mit klopfendem Herzen ging er um den Tisch herum und blieb neben Llewellyen stehen.

Er hätte sich gerne noch von den anderen verabschiedet, aber Llewellyen packte ihn mit erstaunlicher Kraft am Arm und zerrte ihn aus dem Turm, so rasch, dass ihm kaum noch Zeit für einen letzten Blick auf Kevin und die Gwragedd Annwn blieb. Und auch draußen ließ er seinen Arm nicht los, sondern zog ihn eiligen Schrittes über die Lichtung und in den Wald hinein.

Chris sah sich nach den Goblins um, konnte sie aber nirgends entdecken. Trotzdem dachte er keine Sekunde an Widerstand. Als er Llewellyen das erste Mal gesehen hatte, hatte er ihn für einen Schwächling gehalten, aber der eisenharte Griff an seinem Arm sagte ihm deutlich, dass das ein Irrtum gewesen war. Er zweifelte keine Sekunde daran, dass Llewellyen weder die Hilfe eines Goblins noch die irgendeines anderen brauchte, um mit ihm fertig zu werden.

Der Weg war diesmal nicht sehr weit. Da Tir Nan Og nur genau so groß war, wie man sie brauchte, endete der Wald schon nach einem guten Dutzend Schritte am Strand – und hätte Llewellyen ihn nicht weitergezerrt, wäre Chris vor Verblüffung einfach stehen geblieben.

Vor dem weißen Sandstrand lag ein Schiff.

Aber nicht irgendein Schiff.

Chris sperrte vor Überraschung Mund und Nase auf, während er hilflos hinter Llewellyen herstolperte.

Das Schiff war riesig. Drei gewaltige Masten erhoben sich scheinbar bis in den Himmel, und auf beiden Seiten des Rumpfes ragten Dutzende von Rudern hervor. Der Bug war weit in die Höhe gezogen und endete in einem geschnitzten Drachenkopf, und jeder einzelne Quadratzentimeter des Rumpfes war mit dünnen Platten aus gehämmertem Gold bedeckt, sodass das gewaltige Schiff wie ein Edelstein unter den Strahlen der Sonne funkelte und blitzte.

»Oh, Mann!«, sagte Chris staunend. »Was ist das?«

»Prydwynn«, antwortete Llewellyen kurz. Er gab Chris auch kaum Gelegenheit, sich das unglaubliche Schiff genauer anzusehen, sondern zerrte ihn hastig weiter und eine Planke hinauf, über die sie an Deck des Schiffes gelangten.

Hier oben sah Chris auch die Goblins wieder – zwei Dutzend der haarigen Kreaturen hockten auf jeder Seite des Schiffes an den gewaltigen Rudern, und eine weitere Anzahl von ihnen turnte geschickt in den Masten herum und machte sich an der Takelage zu schaffen.

Llewellyen ließ endlich seine Hand los, trat einen halben Schritt zurück und musterte ihn aus misstrauisch zusammengekniffenen Augen.

»Bist du seefest?«, fragte er.

Chris lachte. »Mehr als du«, behauptete er.

Llewellyen setzte zu einer ärgerlichen Antwort an, überlegte es sich aber im letzten Moment anders und zuckte nur mit den Schultern. »Wenigstens etwas«, sagte er. »Warte hier.«

Und damit ließ er Chris einfach stehen – angesichts der Entschlossenheit, mit der er ihn aus Gwragedd Annwns Haus entführt hatte, ein Verhalten, das Chris reichlich verwirrte. Allerdings verstand er es kaum eine Sekunde später schon besser, denn die Planken unter seinen Füßen begannen plötzlich zu zittern. Das Schiff legte ab, so schnell, wie Chris es nie zuvor erlebt hatte. Die Ruder, von den übermenschlich starken Muskeln der Goblins bewegt, torpedierten das Schiff regelrecht auf den See hinaus, und Tir Nan Og fiel so schnell hinter ihnen zurück, dass sie verschwunden war, noch ehe Chris recht wusste, wie ihm geschah.

Llewellyen blieb verschwunden, und Chris beschäftigte sich eine Weile damit, dem Treiben der Goblins an Deck zuzusehen. Trotz ihres plumpen Äußeren erwiesen sich die riesigen Wesen als äußerst geschickt. Die gerade noch aufgerollten Segel über Chris' Kopf spannten sich knallend, und Prydwynn wurde noch schneller, sodass es wie ein Pfeil über das Wasser zu fliegen schien. Der Takt der zahllosen Ruder war perfekt, keine Maschine hätte ihn präziser halten können. Prydwynn war schneller als jedes Schiff, von dem Chris je gehört hatte. Er wagte es erst gar nicht, seine Geschwindigkeit zu schätzen.

Unschlüssig sah er sich um und ging schließlich langsam zum Bug des Schiffes. Sein Blick suchte das jenseitige Ufer des Sees. Es gab keines.

Vor dem goldschimmernden Drachenkopf Prydwynns erstreckte sich nur Wasser, kristallklares, glattes Wasser, so weit sein Blick reichte. Wo die Burg und der Wasserfall sein sollten, war plötzlich ein scheinbar endloser Ozean.

Er hörte Schritte neben sich und erkannte Llewellyen, der Helm und Schwert abgelegt hatte und jetzt etwas weniger kriegerisch aussah. Er lächelte sogar, und die sonderbare Spannung war aus seinem Gesicht gewichen. Nicht, dass er wirklich freundlich ausgesehen hätte …

»Was suchst du?«, fragte Llewellyen, nachdem er neben ihm stehen geblieben war.

»Oh … nichts«, antwortete Chris. »Ich hatte den See kleiner in Erinnerung. Aber wahrscheinlich«, fügte er mit einem unsicheren Lächeln hinzu, »ist er immer gerade so groß, wie man ihn braucht, oder?«

Llewellyen starrte ihn an, als zweifele er an seinem Verstand. Dann schüttelte er den Kopf. »Was für ein Unsinn!«, sagte er. »Ein See ist ein See, basta. Ich kenne eure Welt nicht ganz so gut wie du, aber ich glaube, dort ist es auch so.«

Chris schluckte ein paarmal und quälte sich ein neuerliches Lächeln ab. »Entschuldige«, sagte er. »Ich war nur ein bisschen verwirrt. Ich wusste nicht, dass der See eine Verbindung zum offenen Meer hat.«

»Hat er ja auch gar nicht«, antwortete Llewellyen. »Aber unter Prydwynns Kiel ist immer Wasser.« Er machte eine unwillige Handbewegung, um Chris von neuerlichen dummen Fragen abzuhalten, und deutete zum Heck.

»Wir werden lange unterwegs sein«, sagte er. »Du solltest dich hinlegen und ein wenig ausruhen. Später wirst du nicht mehr dazu kommen. Wir werden reiten. Ich hoffe, du kannst reiten.«

»Nein«, antwortete Chris. »Aber ich will es gerne lernen.«

Llewellyen seufzte, aber er erwiderte nichts mehr. Ein unbehagliches Schweigen breitete sich zwischen ihnen aus, während sie stumm dastanden und aufs Wasser hinausblickten. Chris fühlte sich sonderbar benommen, und das Gefühl wurde immer schlimmer. Es war keine Seekrankheit, sondern eine Art Mattigkeit. Er fühlte sich wie jemand, der aus einem langen, unendlich langen, traumlosen Schlaf erwachte und Mühe hatte, wieder in die Wirklichkeit zurückzufinden. Schließlich wurde es so schlimm, dass er die Hand ausstrecken und sich an der Reling fest halten musste.

»Alles in Ordnung?«, fragte Llewellyen.

»Ja«, log Chris. »Ich … weiß auch nicht, was mit mir los ist.«

»Das vergeht gleich«, sagte Llewellyen. »Du warst noch nicht lange genug auf Tir Nan Og, als dass es wirklich gefährlich wäre.«

Chris war viel zu schlaftrunken, um den Sinn von Llewellyens Worten zu erfassen. Verständnislos blinzelte er ihn an. »Es ist der Zauber der Gwragedd Annwn, den du fühlst«, sagte Llewellyen erklärend. »Oder besser, sein Weichen. Du wirst dich gleich besser fühlen.«

Zauber? dachte Chris erschrocken. Dann war Tir Nan Og doch eine Falle gewesen und die Freundlichkeit der Gwragedd Annwn nur Lug und Trug?

»Nein«, antwortete Llewellyen, der die Frage deutlich auf seinem Gesicht gelesen hatte. »Die Meerfrauen sind die freundlichsten Wesen, die du dir vorstellen kannst. Sie wissen gar nicht, was Lüge ist. Die Gwragedd Annwn will niemandem etwas Übles. Wer zu ihr kommt und bleibt, der lebt ewig, und er lebt ewig in Zufriedenheit und Freude.« In sein Lächeln mischte sich eine Spur von Ernst. »Aber zu viel Schönes kann genauso töten wie das Gegenteil, weißt du? Nicht den Körper, aber die Seele.«

»Oh«, sagte Chris, der sich vor lauter Müdigkeit kaum mehr auf den Beinen halten konnte. »Ich glaube, wir müssen uns … über eine Menge … unterhalten …«

»Ja«, antwortete Llewellyen. Er sah Chris abschätzend an, drehte sich halb herum und winkte einen Goblin herbei. »Aber erst, nachdem du dich ausgeschlafen hast.«

Aber das hörte Chris schon gar nicht mehr. Er kippte einfach zur Seite und schlief ein, noch ehe ihn die haarigen Arme des Goblins auffingen.

Nach Erinn

Zum ersten Mal seit langer, langer Zeit hatte er das Gefühl, wirklich aufzuwachen, als er am nächsten Morgen die Augen aufschlug. Im Haus der Gwragedd Annwn war es eigentlich immer so gewesen, als glitte er nur von einem Traum in den anderen hinüber – aber das merkte er erst jetzt, wo alles vorbei war. Er verstand Llewellyens Worte vom vergangenen Abend plötzlich sehr viel besser.

Chris richtete sich vorsichtig auf und sah sich um. Er lag in einem einfachen, aber sehr bequemen Bett, und er war allein. Die Kajüte, in die man ihn gebracht hatte, wäre groß genug gewesen, ein Dutzend Gäste aufzunehmen, aber anders als auf den meisten anderen Schiffen schien es an Bord Prydwynns Platz im Überfluss zu geben – der gut fünf auf zehn Schritte messende Raum war fast leer, sah er von seinem Bett, einer einfachen Sitzgelegenheit und zwei kleinen geschnitzten Truhen neben der Tür ab. Es musste noch sehr früh sein – durch das große Fenster hinter seinem Bett fiel graues Dämmerlicht, und über dem Meer lag eine eigentümliche Stille, die selbst von dem monotonen Klatschen der Ruder kaum gestört wurde Chris stand vollends auf, und erst jetzt bemerkte er, dass man ihn ausgezogen hatte. Die Kleider, die er im Haus der Gwragedd Annwn getragen hatte, waren verschwunden, und stattdessen entdeckte er auf einem Stuhl neben seinem Bett einen Anzug aus weichem Leder, der genau dem Llewellyens glich, nur war er nicht weiß, sondern von sandbrauner Farbe, und an seinem Gürtel hing kein Schwert, sondern eine kleine Tasche, in der er seine mitgebrachten Habseligkeiten entdeckte.

Chris zögerte einen Moment, dann schlüpfte er in Hemd, Hose und Stiefel – auch diese Kleidungsstücke passten so genau, als wären sie eigens für ihn angefertigt worden – und ging zur Tür.

Er konnte die Kajüte nicht verlassen. Die Tür war zwar nicht verriegelt, aber davor stand eine kolossale, mit drahtigem schwarzem Haar bewachsene Fleischmasse, die sich beim Geräusch der Tür schwerfällig herumdrehte. Chris prallte einen Schritt zurück, während der Goblin ihn mit undeutbarem Blick musterte. Schließlich hob der schwarzhaarige Koloss eine Hand und machte eine Bewegung, deren Bedeutung Chris auch ohne die nachfolgenden Worte verstanden hätte. »Bleib hier«, knurrte er mit einer Stimme, als hätte er Eisenspäne gefrühstückt. »Ich hole den Prinzen.« Und damit trollte er sich, ohne auch nur die Tür zu schließen.

Aber Chris blieb trotzdem, wo er war, denn der Anblick des Goblin hatte ihm einiges wieder ins Gedächtnis gerufen, was ihm im ersten Moment entfallen war – zum Beispiel, dass seine Abreise von der Tir Nan Og eine Entführung gewesen und er selbst wohl mehr Llewellyens Gefangener als sein Gast war …

Seine Geduld wurde auf eine harte Probe gestellt. Seine Uhr war auf Tir Nan Og zurückgeblieben – er hatte sie weggelegt, als er bemerkt hatte, dass sie auf der Insel nicht funktionierte –, aber er schätzte, dass eine gute Viertelstunde verging, ehe der Goblin zurückkam; zu Chris' Enttäuschung nicht in Llewellyens Begleitung, sondern allein.

»Komm mit«, grollte das riesige Wesen. »Unser Prinz will dich sehen.«

Chris wagte es nicht, zu widersprechen. Er folgte dem Goblin quer durch das Schiff, bis sie einen Raum – angesichts seiner Größe war es schon eher ein kleiner Saal – im Heck Prydwynos erreichten. Seine hintere Wand bestand aus bunt gefärbten Fenstern, von denen einige offen standen, sodass er aufs Meer hinausblicken konnte.

Llewellyen erwartete ihn an einem Tisch, auf dem ein wahrhaft fürstliches Mahl vorbereitet worden war – eigentlich ein bisschen viel als Frühstück, dachte Chris. Aber beim Anblick der Speisen merkte er plötzlich, wie hungrig er war. Sein Magen knurrte so laut, dass Llewellyen grinste, und Chris spürte, wie sich seine Wangen röteten.

»Setz dich«, sagte Llewellyen aufgeräumt. »Ich habe eine Kleinigkeit vorbereiten lassen. Du siehst aus, als könntest du einen Bissen vertragen. Seefahren macht hungrig.«

Chris setzte sich, während Llewellyen den Goblin mit einer wortlosen Geste hinausschickte, dann aufstand und aus einem schweren Zinnkrug Wein in zwei zierliche Becher goss. Chris nickte anerkennend, nachdem er vorsichtig davon gekostet hatte – er war viel leichter als das saure Gebräu des Buka, schmeckte aber ungleich besser.

Obwohl ihm tausend Fragen auf der Zunge brannten, beschäftigte er sich die nächste Viertelstunde erst einmal mit den Köstlichkeiten, die Llewellyen aufgefahren hatte, denn kaum hatte er den ersten Bissen gekostet, da wurde sein Hunger fast zur Gier; er hatte das Gefühl, seit Tagen nichts gegessen zu haben, und konnte Fleisch, Obst und Fisch und das süße, weiße Brot kaum so schnell in sich hineinstopfen, wie sein Magen verlangte.

Llewellyen sah ihm wortlos, aber mit sichtlichem Vergnügen zu. Erst als Chris' ärgster Hunger gestillt war und er begann, etwas langsamer zu essen, brach er das Schweigen.

»Endlich satt?«, fragte er spöttisch.

Chris lächelte verlegen. »Ja«, antwortete er. »Es war köstlich. Und ich war sehr hungrig. Ich verstehe selbst nicht genau, warum ich –«

»Aber ich«, unterbrach ihn Llewellyen und nippte an seinem Becher. »Immerhin hast du zwei Tage und Nächte geschlafen.« »Zwei …« Chris setzte sich kerzengerade auf und blickte unwillkürlich zum Fenster. Erst jetzt fiel ihm auf, dass es draußen nicht heller geworden war. Im Gegenteil.

»Es ist Abend«, beantwortete Llewellyen seine unausgesprochene Frage. »Wir werden in einer halben Stunde Tintagel erreichen.« Er machte sich nicht die Mühe, zu erklären, wer oder was Tintagel war, sondern stand auf und deutete zur Tür.

»Wir können nach oben gehen und zusehen, wie wir in den Hafen einlaufen«, sagte er. »Hast du Lust? Es lohnt sich.« Natürlich hatte Chris Lust. Aber er wartete auch begierig darauf, Llewellyen wenigstens einen Teil der zahllosen Fragen zu stellen, die ihm auf der Zunge brannten. Llewellyens plötzliche Freundlichkeit gab ihm ein bisschen Mut. Vielleicht hatte er den rothaarigen Jungen doch falsch eingeschätzt. Und schon Llewellyens nächste Worte schienen diese Vermutung noch zu bestätigen.

»Ich möchte mich noch entschuldigen, dass ich so ruppig zu dir war«, sagte er, während sie nebeneinander die Kabine verließen und an Deck gingen. »Aber auch ich bin nicht gegen den Zauber der Gwragedd Annwn gefeit. Wenn ich zu lange auf Tir Nan Og bleibe, verliere ich die Lust, wieder wegzugehen. Das geht allen so.«

»Aber wieso habe ich so lange geschlafen?«, fragte Chris verwirrt. »War das auch der Zauber der Insel?«

Llewellyen nickte. »O ja. Du warst noch nicht lange genug dort, um wirklichen Schaden zu nehmen, aber du hast dich schon ein wenig daran gewöhnt. Noch ein oder zwei Wochen mehr …« Er sprach nicht weiter, sondern zuckte nur mit den Achseln, wohl, um anzudeuten, dass dann jede Hilfe für Chris zu spät gekommen wäre, und stieß die Tür zum Deck auf. Gebückt traten sie ins Freie.

»Aber warum tut sie das?«, fragte Chris.

»Gwragedd Annwn?« Llewellyen lächelte. »Nicht aus Bosheit, wenn du das glaubst. Die Meerfrauen wissen gar nicht, was dieses Wort bedeutet. Ich glaube, sie sind die sanftesten Wesen, die es überhaupt gibt. Die Tir Nan Og ist ein Ort ewiger Freude, und Gwragedd Annwn will nichts anderes, als ihre Gäste glücklich zu machen. Aber sie wird wohl nie begreifen, dass es manchmal Dinge gibt, die wichtiger sind.«

»Wie zum Beispiel?«, fragte Chris.

»Wie zum Beispiel das, was wir hier tun müssen«, antwortete Llewellyen ausweichend und fügte dann hinzu: »Du wirst alles erfahren, wenn die Zeit reif ist. Jetzt komm. Dort vorne liegt Tintagel.«

Sie gingen zum Bug, und schon bevor sie ihn erreichten, sah Chris einen Schatten über dem Meer auftauchen, der rasch heranwuchs und zur schwarzen Silhouette einer gewaltigen Burg wurde, die sich auf steilen Felsen über dem Ufer erhob. »Ist das eure Burg?«, fragte Chris bewundernd.

Llewellyen schüttelte den Kopf, ohne den Blick von der näher kommenden Küste zu wenden. »Nein. Aber ihre Herren sind mit uns befreundet«, antwortete er. »Bis zum Morgengrauen sind wir dort in Sicherheit. Danach geht die Reise zu Pferd weiter. Du wolltest ja reiten lernen, nicht?«

Chris sah ihn nachdenklich an. Er spürte, dass Llewellyen nicht reden wollte, aber es gab ein paar Dinge, die er einfach wissen musste.

»Wer bist du, Llewellyen?«, fragte er. Er machte eine rasche Handbewegung, als Llewellyen sich halb zu ihm umwandte und antworten wollte, und fuhr fort: »Ich meine, wer bist du wirklich? Du bist kein Waisenjunge, den seine Eltern in den Hügeln ausgesetzt haben. Die Gwragedd Annwn nannte dich Prinz. Und noch etwas. Er …«

»Erinn«, sagte Llewellyen, als Chris ins Stocken kam. »So nennt sich unser Volk und unser Land, ja. Und das mit dem Prinzen ist halb so wild, wie es klingt.« Er lachte verlegen. »Erinn ist ein großes Land, aber es hat viele Burgen, und jeder Burgherr nennt sich König. Die Dinge funktionieren hier ein bisschen anders als bei euch.«

»Und warum hast du mich geholt?«, fuhr Chris fort, ohne sich von Llewellyens beiläufigem Ton stören zu lassen. »Hättest du ewig auf der Insel bleiben wollen?«, fragte Llewellyen.

»Nein«, antwortete Chris. »Aber deshalb hast du mich nicht gerettet.«

Llewellyen schwieg einen Moment. Dann nickte er. »Stimmt«, sagte er. »Es gibt ein paar Leute, die dich sehen wollen. Sie suchen schon eine ganze Weile nach dir. Auf den Gedanken, dass du auf die Tir Nan Og geraten sein könntest, sind wir erst ganz am Schluss gekommen.«

»Aber führt das Tor denn nicht –«

»– direkt dorthin?« Llewellyen schüttelte den Kopf. »Das Tor im Fels führt überallhin. Immer zu dem Ort, an den der, der es benutzt, sich am meisten hinwünscht.«

»Unsinn!«, behauptete Chris. »Ich wusste ja vorher nicht einmal, dass es diese Insel gibt.«

»O doch«, widersprach Llewellyen. »Etwas in dir wusste es. Es war genau der Ort, an dem du schon immer leben wolltest. Ich hätte nicht gedacht, dass es dich an einen Ort wie Tir Nan Og zieht, aber nachdem wir dich überall vergeblich gesucht hatten, kam mein Vater auf die Idee, einen Späher zur Gwragedd Annwn zu schicken.«

Endlich waren sie beim Thema, und Chris gedachte nicht, Llewellyen noch einmal davonkommen zu lassen. »Gesucht?«, hakte er nach. »Warum? Was ist so wichtig an mir?«

»Wichtig?« Llewellyen lachte abfällig, und für einen Moment glaubte Chris wieder die alte Feindseligkeit in seinen Augen aufblitzen zu sehen. »Nichts«, behauptete er. »Im Gegenteil – ich finde, du entwickelst dich allmählich zu einer Plage. Du hättest auf mich hören und nach Hause gehen sollen, statt uns nachzuspionieren. Das hätte dir eine Menge Ärger erspart, glaube mir. Und uns auch. Dutzende von guten Männern haben wochenlang nach dir gesucht.«

»Aber warum«, fragte Chris, »wenn ich dir doch so lästig bin?«

Llewellyen lächelte säuerlich. »Zum einen, weil wir finden, dass selbst Dummköpfe wie du ein Recht auf Leben haben. Du wurdest beobachtet, als du durch das Tor gegangen bist. Und wir konnten nicht wissen, dass die Gwragedd Annwn dich gefunden hatte. Unsere Welt ist schön, aber gefährlich. Einen Narren wie dich bringt sie schneller um, als er seinen Namen buchstabieren kann.«

»Wie rührend«, sagte Chris spöttisch. »Aber das ist nicht die ganze Wahrheit.«

Llewellyen starrte wieder die näher kommende Burg an, aber Chris sah, wie es in seinem Gesicht arbeitete.

»Wie kommst du darauf?«

»Erstens« antwortete Chris, »bin ich nicht taub. Ich habe genau gehört, was du gestern zu Gwragedd Annwn gesagt hast. Zweitens«, fuhr er mit einer Geste auf Prydwynn und die Goblins an den Rudern fort, »glaube ich nicht, dass ihr einen solchen Aufwand treibt, nur um einen Dummkopf wie mich zu retten. Und drittens«, schloss er, »deinetwegen.«

»Meinetwegen?« Llewellyen drehte sich nun doch von der Reling weg und blickte ihn mit einer Mischung aus Neugier und Misstrauen an.

»Du kannst mich nicht besonders leiden«, sagte Chris geradeheraus. »Stimmt's?«

Llewellyen zuckte mit den Achseln. »Und wenn es so wäre?«

»Dann stört mich das auch nicht weiter«, sagte Chris, obwohl das ganz und gar nicht der Wahrheit entsprach. »Aber ich glaube nicht, dass du eine solche Reise unternimmst, nur weil du dich um mein persönliches Wohl sorgst.«

Llewellyen starrte ihn eine ganze Weile wortlos an, aber dann geschah etwas Unerwartetes. Der Ausdruck auf seinem Gesicht änderte sich. Statt Zorn und Verachtung trat Resignation auf seine Züge, und mit einem Male lächelte Llewellyen.

»Du hast Recht«, sagte er. »Da ist noch etwas. Ich wollte warten, bis wir an Land sind, aber vielleicht ist es besser, wenn ich es dir jetzt schon sage. Möglicherweise«, fügte er nach einem Blick auf Tintagel und das dahinter liegende Küstenland hinzu, »ist es für lange Zeit das letzte Mal, dass wir ungestört miteinander reden können. Unser Herrscher will dich sehen.«

»Dein Vater?«

Llewellyen nickte und schüttelte gleich darauf den Kopf. »Der auch. Aber ich meine unser aller Herrscher.«

»Fuavarra.« Chris hatte den Namen gestern im Haus der Gwragedd Annwn aufgeschnappt.

Llewellyen nickte. »Der Feenkönig von Erinn«, sagte er. »Ich habe den Auftrag, dich zu ihm zu bringen.«

»Aber warum?«, fragte Chris.

Llewellyen zögerte mit der Antwort, und als er schließlich sprach, tat er es sehr langsam und bedächtig und ohne Chris anzusehen. Chris spürte, wie schwer es ihm fiel, die richtigen Worte zu finden. »Weil es etwas gibt, was du tun kannst. Nur du. Er wird dich darum bitten.«

»Ich? Aber was sollte ich denn schon Besonderes können, was ihr nicht könnt?«

»Nicht viel«, bestätigte Llewellyen, »das stimmt. Aber etwas gibt es eben doch. Etwas, was für dich selbstverständlich ist, uns aber unmöglich.«

»Das glaube ich nicht!«, sagte Chris. »Ihr seid Zauberer!«

»Für dich vielleicht«, widersprach Llewellyen. »Ich kann mit den Tieren reden, und ich verstehe die Sprache des Windes. Kannst du das?«

Chris schüttelte den Kopf, und Llewellyen fuhr fort: »Für uns ist das normal. So, wie für dich Dinge normal sind, die wir niemals bewerkstelligen könnten. Fuavarra wird dir alles genauer erklären und zehn Mal besser, als ich es könnte. Jetzt nur so viel: Unser Land ist in großer Gefahr, Chris. Einer Gefahr, die schrecklicher ist, als du dir sie auch nur vorzustellen vermagst. Und du kannst uns vielleicht helfen, sie zu überstehen. Fuavarra wird dich um etwas bitten.«

Chris starrte den jungen Erinn verblüfft an. Er, ausgerechnet er sollte zu etwas fähig sein, was diesem Volk von Magiern und Elfen unmöglich war? Es fiel ihm schwer, Llewellyens Worten Glauben zu schenken.

Aber noch bevor er Gelegenheit fand, weiter darüber nachzudenken, sagte Llewellyen etwas, was ihn noch viel mehr erstaunte:

»Ich möchte, dass du es ablehnst.«

Chris klappte vor lauter Überraschung der Mund auf. »Was?«

»Ich möchte, dass du Nein sagst«, sagte Llewellyen. »Fuavarra und die anderen werden dich bitten, uns zu helfen, und wahrscheinlich wirst du der Meinung sein, es zu können. Aber du darfst es nicht.«

»Ich … ich glaube, ich verstehe nicht ganz«, murmelte Chris verstört.

»Das habe ich auch nicht erwartet«, antwortete Llewellyen Er machte ein bekümmertes Gesicht. »Oh, es ist so schwer zu erklären. Aber wenn ich es nicht jetzt tue …« Er machte eine kleine Pause, rang sichtlich nach Worten und begann dann von neuem:

»Versprich mir nur eines, Chris. Ganz egal, was sie von dir verlangen, ganz egal, wie sehr sie dich bitten und wie sehr du ihnen glaubst, sage nicht sofort ja. Nicht, bevor mein Vater und die anderen mit dir gesprochen und dir einige Dinge erklärt haben. Es ist wichtig. Nicht für dich, aber … aber für uns. Für alles hier. Für ganz Erinn. Gib ihnen nur eine Stunde, oder zwei. Versprichst du mir das?« Er sah Chris beinahe flehend an, und in seiner Stimme – und vor allem in seinen Augen – war eine solche Furcht, eine solche Verzweiflung, dass Chris einfach nicht anders konnte, als zu nicken.

»Ich verspreche es«, sagte er.

Llewellyen wandte sich mit einem erleichterten Aufatmen ab und blickte wieder zur Küste hinüber. Sie sprachen kein Wort mehr miteinander, bis Prydwynn eine halbe Stunde später in den natürlichen Hafen unter den gewaltigen Türmen Tintagels einlief und Chris, geführt von Prinz Llewellyen und begleitet von einem Dutzend muskulöser Goblins, zum ersten Mal die Erde Erinns betrat.

Schloss Tintagel

Der Weg führte steil und in zahllosen engen Kehren und Windungen zur Burg hinauf, und er schien kein Ende zu nehmen. Von unten aus hatte er kurz ausgesehen, fast wie ein Spaziergang, aber es war wohl die enorme Größe der Burg, die zu diesem Trugschluss führte.

Tintagel erhob sich sicher eine halbe Meile über dem Meer, und selbst aus der Nähe sahen seine Flanken eher wie eine natürliche Fortsetzung des schwarzen Lavagesteines aus, aus dem sie hervorwuchsen, als wie von Menschenhand geschaffenes Mauerwerk. Seltsam war, dass er keine Menschenseele sah, während sie sich der Burg näherten. Hinter den Zinnen brannten kleine Feuer wie blinzelnde rote Augen, und es gab zahlreiche Fenster, aus denen warmer gelber Lichtschein fiel, aber nirgends regte sich etwas. Die Wehrgänge blieben leer, und selbst als sie endlich das Tor erreichten, zeigte sich kein lebendes Wesen. Allmählich begann Chris die Burg unheimlich zu werden. Je näher sie ihr kamen, desto mehr erschien sie ihm wie ein Geisterhaus. Er sagte es Llewellyen, aber der Erinn lächelte nur dazu und bedeutete ihm, still zu sein und weiterzugehen. Als sie ans Tor traten, blieben die Goblins zurück. Trotz ihres Furcht einflößenden Äußeren hatte Chris sich in der Nähe dieser riesigen Wesen sehr sicher gefühlt.

»Warum … kommen sie nicht mit uns?«, fragte er.

»Goblins?«, erwiderte Llewellyen. »Kein Goblin der Welt hat jemals Schloss Tintagel betreten, und so wird es auch bleiben.« Er versuchte aufmunternd zu lächeln, was ihm aber nicht ganz gelang. »Es gibt keinen Grund, sich zu fürchten«, sagte er. »In Tintagel sind wir in Sicherheit.«

Chris bezweifelte das nicht einmal – jetzt, wo er Tintagel von nahem sah, war er davon überzeugt, dass keine Macht der Welt diesen Mauern etwas anhaben konnte. Aber dass sie dort drinnen sicher waren, musste ja nicht bedeuten, dass er sich dort auch wohl fühlte.

Mit klopfendem Herzen folgte er Llewellyen durch das Tor. Es war breit genug, dass zehn Männer nebeneinander bequem hindurchgehen konnten, und die Mauern waren so dick, dass der Torgang schon fast zu einem Gewölbe wurde. Der dahinter liegende Hof war im letzten Licht des weichenden Tages kaum mehr zu erkennen. Chris sah ein paar Schatten, und irgendwo loderte ein Feuer, dessen roter Widerschein sich unheimlich auf den schwarzen Mauern Tintagels brach.

Aber noch immer zeigte sich niemand. Es war, als wären Llewellyen und er vollkommen allein in der titanischen Burg. Er sprach Llewellyen darauf an, aber der Prinz der Erinn antwortete auch jetzt nicht, sondern schüttelte nur den Kopf und deutete auf eine Tür, die ins Innere des Hauptturmes führte. Chris hatte das Gefühl, dass er es plötzlich sehr eilig hatte, in die Burg hineinzukommen.

Aber das Innere Tintagels war fast noch unheimlicher als sein Hof. Die Burg war hell erleuchtet – an den Wänden hingen zahllose Fackeln in geschmiedeten Haltern und überall auf Tischen und Truhen standen Kerzenleuchter. Chris hörte sogar Stimmen und Schritte und von irgendwo erklang gedämpfte Harfen- und Lautenmusik.

Aber er sah keinen Menschen. Sie durchquerten einen großen Saal, in dessen Kamin ein hell loderndes Feuer brannte – seltsamerweise, ohne auch nur einen Hauch von Wärme zu verbreiten –, gingen eine Treppe hinauf und durch mehrere hohe, fensterlose Gänge, bis sie schließlich in einen Raum gelangten, den Chris für den Thronsaal Tintagels hielt: eine gewaltige, auf drei Ebenen angelegte Halle, reich geschmückt mit bunten Teppichen und Bildern und Wandbehängen und von Hunderten brennenden Kerzen taghell erleuchtet. Und hier sah Chris endlich auch Menschen.

Wenigstens war es das, was er im ersten Moment glaubte.

Aber dann erkannte er seinen Irrtum.

Was er im ersten Augenblick für menschliche Gestalten gehalten hatte, das waren nur Schatten, körperlose Nebelwesen, die lautlos hin und her huschten, an den Tischen saßen und speisten oder mit Krügen und Fleischtellern beladen die Tafelnden bedienten. Und es waren viele, sehr viele, wie Chris schaudernd erkannte.

»Was ... ist das?«, fragte er. Seine Stimme zitterte, und er hatte sie unwillkürlich zu einem Flüstern gesenkt.

»Die Bewohner Tintagels«, antwortete Llewellyen, kaum lauter als er. »Das, was von ihnen geblieben ist.« Er hob die Hand und machte eine Bewegung, die den gesamten Saal einschloss.

»Sie treffen sich jeden Abend hier, sobald die Sonne untergegangen ist. Du brauchst sie nicht zu fürchten. Sie sehen uns nicht.«

Chris glaubte ihm – zumal eine der Erscheinungen genau in diesem Moment so dicht an ihm vorbeiging, dass die Hand des Schattenwesens seinen Arm berührte und einfach hindurchglitt. Für den Bruchteil einer Sekunde glaubte er eine eisige, lähmende Kälte zu verspüren. Er glaubte Llewellyen, aber das änderte nichts daran, dass der Anblick der lautlosen Versammlung ihn mit einer Furcht erfüllte, die schon fast an Panik grenzte.

»Was ... ist hier passiert?«, fragte er. »Sind sie –« Er zögerte, das Wort auszusprechen. »– tot?«

»Ja und nein«, sagte Llewellyen. »Niemand weiß es wirklich. Ich glaube, dass es ihre Art von Unsterblichkeit ist. Aber sie leben nicht mehr, jedenfalls nicht so, wie wir das Wort benutzen.«

Chris sah sich mit klopfendem Herzen um. »Ist das ... die Gefahr, von der du gesprochen hast?«, fragte er.

»Ja«, antwortete Llewellyen. »Es waren die Milesier. Tintagel war die erste Festung, die sie genommen haben. Sie haben das Land ringsum verwüstet und Dörfer und Städte niedergebrannt, und die, die überlebten, flohen hierher. Die Milesier verfolgten sie und forderten Tintagel auf, sich zu ergeben, aber seine Herrscher weigerten sich. Sie wussten, dass die Burg fallen würde, aber sie opferten sich, um den überlebenden Bauern die Flucht zu ermöglichen.«

Chris sah Llewellyen fragend an. »Sie hätten an Bord Prydwynns gehen und sich in Sicherheit bringen können«, fuhr Llewellyen fort. »Aber sie taten es nicht. Der Platz reichte nicht für alle, und so entschieden sie sich, die Alten, Frauen und Kinder fortzuschicken und den Milesiern Widerstand zu leisten.«

»Aber gab es denn keine anderen Schiffe?«, fragte Chris.

Llewellyen lächelte düster. »Tintagel ist ein magischer Ort«, sagte er. »Nur Prydwynn kann in seinen Hafen einlaufen. Sie haben wohl gehofft, sich so lange halten zu können, bis das Schiff zurückkommt, aber die Milesier nahmen die Burg in einem einzigen Tag.« Er deutete wieder auf die Schatten »Dies hier ist ihr letztes gemeinsames Mahl. Die Nacht vor dem Angriff. Keiner von ihnen hat den nächsten Sonnenuntergang erlebt.«

»Hast du mich … deshalb hierhergebracht?«, fragte Chris stockend.

Llewellyen verneinte. »Tintagel ist der einzige sichere Ort in diesem Teil des Landes«, sagte er. »Die Milesier töteten seine Bewohner, aber sie konnten die Festung nicht halten, denn seit jenem Tag kehren die Geister der Erschlagenen jede Nacht zurück. Es heißt, sie würden erst dann Ruhe finden, wenn der Mord an ihnen gesühnt ist. Ich glaube nicht, dass diese Schattenwesen irgendjemandem etwas antun könnten, aber die Milesier fürchten sie wie die Pest. Keiner von ihnen würde auch nur einen Fuß in diese Festung setzen, und hinge sein Leben davon ab.«

Er seufzte, ließ den Blick noch einmal lange und nachdenklich über die unheimliche Versammlung schweifen und wandte sich dann mit einem Ruck ab. »Fuavarra wollte, dass du das hier siehst, bevor du mit ihm sprichst«, sagte er. »Er erwartet uns. Komm.«

Chris war erleichtert, als sie den Thronsaal verließen und den Weg zurückgingen, den sie gekommen waren.

»Wer sind die Milesier?«, fragte er, während sie die Gänge entlangliefen.

Llewellyen zuckte mit den Schultern. »Das weiß niemand. Sie kamen vor Jahren aus dem Norden und gingen nicht weit von hier an Land. Die Menschen begrüßten sie freundlich und gaben ihnen Obdach und Essen, wie es die Gastfreundschaft verlangt. Aber ihr Vertrauen wurde ihnen schlecht gelohnt. Dem ersten Schiff folgte ein zweites und dann immer mehr und mehr. Sie begannen eigene Dörfer zu bauen und den Bauern ihre Felder streitig zu machen Schließlich sandte Fuavarra einen Druiden, um mit ihnen zu verhandeln. Erinn ist groß, und es hätte für jeden genug Platz gegeben. Aber sie wollten nicht verhandeln. Sie erschlugen den Druiden und schickten seinen abgeschlagenen Kopf an Fuavarra zurück, und schon am selben Tag begannen sie, die umliegenden Dörfer anzugreifen und niederzubrennen.«

»Einfach so?«, fragte Chris ungläubig. »Völlig grundlos?«

Llewellyen blieb stehen und sah ihn finster an. »Oh, aus ihrer Sicht gibt es vielleicht einen Grund«, sagte er. »Sie sind viele, unglaublich viele, und noch immer kommen Schiffe aus dem Norden und bringen mehr von ihnen. In jeder Nacht werden sie mehr. Sie wollen unser Land und unsere Städte und Burgen, und sie haben nicht einmal versucht, mit uns zu verhandeln, sondern das Schwert gezogen und sich genommen, was sie haben wollten.« Er hatte sich in Rage geredet, und als er weitersprach, schrie er fast: »Ja, vielleicht gibt es einen Grund für diese Invasion. Vielleicht wurden sie aus ihrer Heimat vertrieben, oder das Land ist verödet, oder ihre Götter sind ihnen nicht mehr gnädig. Ich weiß es nicht. Ich will es auch gar nicht wissen! Nichts auf der Welt gibt ihnen das Recht, hierher zu kommen und unschuldige Menschen zu erschlagen, weil sie ihr Land haben wollen!«

Chris schwieg betroffen. Er konnte nicht glauben, dass die Milesier – wer immer sie waren – dies alles nur aus Bosheit und purem Eroberungswillen taten, aber er verstand Llewellyens Schmerz und den Zorn, der daraus geboren wurde.

»Und wie kann ich euch dabei helfen?«, fragte er.

»Gar nicht«, antwortete Llewellyen. »Oder vielleicht doch. Aber es wäre besser, wenn du es nicht tätest. Vielleicht hat das Schicksal entschieden, dass unsere Zeit abgelaufen ist. Ich ...« Er sprach nicht weiter, sondern ballte in hilfloser Wut die Hand und wandte sich ab.

»Fuavarra wird dir alles erklären«, sagte er. »Komm jetzt.« Und damit stürmte er regelrecht los – so schnell, dass Chris rennen musste, um ihn wieder einzuholen.

Die große Eingangshalle, durch die sie den Wohnturm Tintagels betreten hatten, war nicht länger leer. Schon von weitem hörte Chris Stimmen – und er spürte, dass es diesmal die Stimmen lebender Menschen waren –, und als er hinter Llewellyen die Treppe hinunterkam, gewahrte er gut zwei Dutzend Männer, die alle ähnlich wie der junge Erinn ausgestattet waren – mit Anzügen aus weißem Leder, wuchtigen Helmen und langen Schwertern. Auch Llewellyen trug wieder sein Schwert, aber das fiel Chris erst jetzt auf. Er musste die Waffe angelegt haben, bevor sie von Bord Prydwynns gegangen waren.

Nicht alle Krieger unten in der Halle waren Erinn. Chris bemerkte drei Männer, die ein wenig abseits standen und sich sowohl in Wuchs als auch Kleidung von den anderen unterschieden: Sie waren sehr viel größer und wie der silberne Reiter, dem Chris in Ross Castle begegnet war, von Kopf bis Fuß in schwere Rüstungen gehüllt. Unter den hochgeklappten Visieren konnte Chris ihre Gesichter erkennen. Ihr Äußeres hatte ihn die Züge von Kriegern erwarten lassen, und das waren sie auch; aber gleichzeitig wirkten sie so edel und hoheitsvoll, dass Chris unwillkürlich annahm, hier Fuavarra und seinem Gefolge gegenüberzustehen.

Aber Llewellyen belehrte ihn eines Besseren. »Es sind Halbelfen – sie nennen sich Tuatha de Dannan«, sagte er, und er sagte es in einer Art, die seine nachfolgenden Worte fast überflüssig machte, denn sie zeigte Chris deutlich, was er von den silbergekleideten Rittern hielt. »Geh ihnen besser aus dem Weg. Es ist eine ziemlich eingebildete Bande.«

»Welcher ist Fuavarra?«, wollte Chris wissen.

»Keiner«, antwortete Llewellyen. »Er wird kommen. Nur Geduld.«

Aber die brauchte er gar nicht zu haben. Sie hatten kaum den Fuß der Treppe erreicht und waren stehen geblieben, als die Männer an der Tür beiseite wichen, um drei weiteren Gestalten Einlass zu gewähren.

Chris musste nicht mehr fragen, um zu wissen, dass er nun Fuavarra gegenüberstand, dem Feenkönig von Erinn, dem Obersten der Sidhe. Fuavarra war groß, an die zwei Meter, und von so schlankem Wuchs, dass er dadurch sogar noch größer wirkte. Wie die Erinn war er ganz in Weiß gekleidet, aber anders als sie trug er kein Leder, sondern eine Robe aus einem seidig glänzenden Material, das sich ständig bewegte und raschelte und knisterte, als bausche ein für die anderen unfühlbarer Wind Fuavarras Umhang. Sein Gesicht war schmal und gütig und wirkte so edel wie die der Tuatha de Dannan, aber ohne den hochmütigen Zug, der Chris bei den Halbelfen aufgefallen war. Das Erstaunlichste jedoch waren die Augen, Augen, wie er sie schon mehrmals gesehen hatte, seit er durch das Tor im Felsen in diese verzauberte Welt gekommen war. Sie schimmerten wie flüssiges Gold und strahlten eine Güte und Weisheit aus, die Chris vor Ehrfurcht erschauern ließ. Es waren Augen, wie sie die Merrows gehabt hatten und die Gwragedd Annwn.

Die Reihe der Krieger teilte sich, um Fuavarra hindurchzulassen. Chris sah, dass nicht wenige Erinn ehrfürchtig das Haupt senkten. Aber er sah auch, dass einige von ihnen erschrocken zusammenfuhren, als sie Fuavarras Begleiter erblickten.

Chris betrachtete die beiden – es waren ein Mann und eine Frau – genauer. Beide waren groß und so feingliedrig, dass er unwillkürlich an Glas oder zerbrechliches Porzellan denken musste. Ihre Haut war so hell und zart, dass sie fast durchscheinend wirkte.

»Wer ist das?«, flüsterte er.

Llewellyen bedeutete ihm mit einer unwilligen Handbewegung, still zu sein, antwortete aber trotzdem: »Es sind Sidhe, wie Fuavarra. Aber nicht irgendwelche. Der links von Fuavarra ist Tethra, der Totengott der Sidhe. Und die auf der anderen Seite ist Macha, die Tochter des Sainreth. Die Kriegsgöttin«, fügte er düster und mehr zu sich selbst als an Chris gewandt hinzu. »Ich wusste nicht, dass es schon so schlimm ist.«

Er sprach nicht weiter, denn Fuavarra und seine beiden Begleiter waren jetzt so nahe gekommen, dass sie seine Worte sicherlich verstanden hätten. Stattdessen wich er rasch und gesenkten Hauptes einen Schritt zurück und versetzte Chris einen leichten Stups in den Rücken, als dieser es ihm gleich tun wollte.

Chris blieb stehen, aber es war ihm unmöglich, Fuavarras Blick länger als zwei oder drei Sekunden standzuhalten. Der Blick dieser durchdringenden, goldfarbenen Augen machte ihn erst unsicher, dann nervös und erfüllte ihn schließlich mit einem körperlichen Unbehagen, das es ihm unmöglich machte, länger still zu stehen.

Plötzlich lachte Fuavarra leise, als hätte er Chris' Gedanken gelesen. Er hob die Hand, legte die Finger auf Chris' Schulter und drückte freundschaftlich zu. »Es gibt überhaupt keinen Grund, sich vor mir zu fürchten, mein junger Freund. Ich bin es, der eine Bitte an dich richten wird, nicht umgekehrt.«

Chris zwang sich zu einem Lächeln und sah auf, aber wieder gelang es ihm nicht, Fuavarras Blick zu ertragen. Stattdessen sah er abwechselnd die beiden Sidhe rechts und links des Feenkönigs an. Tethra, der Totengott, lächelte ihm zu, so, wie man ein Kind anlächeln mochte, das einem zufällig begegnet, während Machas Blick vollkommen ausdruckslos blieb. Chris fühlte sich immer unbehaglicher.

»Ich sehe, Llewellyen hat dir schon gesagt, wer meine beiden Begleiter sind«, sagte Fuavarra. »Hat er dir auch alles andere erzählt?«

Chris wollte antworten, aber seine Kehle war wie zugeschnürt. Er nickte schwach, und selbst diese kleine Bewegung kostete ihn große Überwindung.

Fuavarra sah ihn einen Moment lang nachdenklich an, dann hob er gebieterisch die Hand. »Lasst uns allein«, befahl er.

Die Erinn, Llewellyen und auch die drei Tuatha de Dannan verließen rasch und fast lautlos die Halle, und nur Fuavarra selbst und die beiden Sidhe blieben zurück. Aber auch diese beiden schickte der Feenkönig mit einer zweiten, etwas nachdrücklicheren Bewegung hinaus. »Geht«, sagte er.

»Lasst mich einen Moment allein mit unserem Gast sprechen. Ich glaube, ich muss ihm einiges erklären.«

Auch die beiden Sidhe gingen, und jetzt fühlte sich Chris noch unbehaglicher, so, als hätte ihm die Anwesenheit der anderen eine Art Schutz geboten. Fuavarras bloße Gegenwart gab ihm das Gefühl, sich in der Nähe eines Feuers zu befinden, das ihn verbrennen würde, wenn er ihm versehentlich zu nahe kam.

Der Feenkönig schien genau zu spüren, was in Chris vorging, denn er stand eine ganze Weile einfach da und blickte ihn an, dann drehte er sich herum und machte eine einladende Handbewegung zur Treppe.

»Wir müssen reden. Aber nicht hier. Lass uns an einen Ort gehen, der ein wenig freundlicher ist.«

Chris fragte sich, wo Fuavarra in einer Burg wie Tintagel einen freundlichen Ort finden wollte, aber er war viel zu verschüchtert, um zu widersprechen, und so folgte er dem Feenkönig. Sie gingen die Treppe hinauf, die er schon mit Llewellyen gegangen war, wobei jedoch etwas Seltsames geschah: Die Stufen aus schwarzem Marmor endeten diesmal nicht in dem Gang, der zum Thronsaal führte, sondern auf einer kleinen, an drei Seiten offenen Turmplattform, die einen weiten Blick über das Küstenland und das dahinter liegende Meer freigab. Und noch etwas Erstaunliches war geschehen: Es war plötzlich heller Tag. Die Sonne schien, am Himmel zogen ein paar kleine Wolken dahin, und weit draußen auf dem Meer konnte er die Segel zweier mächtiger Schiffe erkennen.

Fuavarras Lippen verzogen sich zu einem amüsierten Lächeln, als er Chris' Erstaunen bemerkte. »Erschrick nicht«, sagte er. »Es ist nur eine Illusion. Nichts von dem, was du zu sehen glaubst, ist wirklich.«

Nur eine Illusion? dachte Chris verblüfft. Es fiel ihm schwer, Fuavarras Worte zu glauben. Er konnte den warmen Wind auf der Haut spüren, und er roch den Duft des frisch gemähten Grases, der von den Wiesen im Westen heraufwehte. Als er an die Brüstung trat und sich vorbeugte, erkannte er eine Anzahl winziger Gestalten, die tief unter ihm im Burghof ihrer Beschäftigung nachgingen.

»Nichts als ein Trugbild«, sagte Fuavarra noch einmal, und mit einem Mal klang seine Stimme traurig. »So, wie es einmal hier war, bevor die Milesier kamen.«

Chris sah auf. Er hatte erwartet, dass Fuavarra ein wenig abwarten würde, bevor er auf den eigentlichen Grund ihres Gespräches kam, aber der Feenkönig hielt sich nicht mit langen Vorreden auf. Chris musste an das denken, was Llewellyen gesagt hatte: Ich wusste nicht, dass es schon so schlimm ist ... »Llewellyen hat dir von den Milesiern erzählt?«, fragte Fuavarra.

»Ja«, antwortete Chris. »Aber nicht viel.«

»Es gibt auch nicht sehr viel, was wir über sie wissen«, sagte Fuavarra. »Wir wissen nicht, wer sie sind oder woher sie kommen. Irgendwo aus dem Norden, aus einem Land, das jenseits des Meeres liegt. Sie werden uns vernichten, Chris.«

Die Einfachheit dieses Satzes erschreckte Chris mehr, als Fuavarra durch einen dramatischen Appell hätte erreichen können. Für eine Weile wurde es still auf dem kleinen Turm, und der Wind, der Chris soeben noch warm und milde vorgekommen war, schien mit einem Male eisig zu sein.

Schließlich schüttelte er mühsam den Kopf. »Das ... kann ich mir nicht vorstellen«, antwortete er. »Ich meine, ihr ... ihr seid Zauberer, und ihr habt die Goblins und die Tuatha de Dannan und die –«

»Und zahllose andere tapfere Verbündete«, unterbrach ihn Fuavarra. »O ja, ich weiß. Unsere Krieger – allen voran die Tuatha de Dannan und die Erinn, zu denen auch dein Freund Llewellyen gehört – sind tapfer und heldenmütig. Aber wir werden diesen Kampf trotzdem verlieren. Sie sind viele, Chris, unendlich viele. Für einen, den wir gefangen nehmen oder erschlagen, kommen hundert neue, und ihr Heer wächst ununterbrochen. Und auch sie haben mächtige Druiden und Zauberer. Noch halten wir stand, aber der Tag ist nicht mehr fern, an dem unsere letzte Festung fallen wird.« Er wandte sich um und stützte sich schwer auf die steinerne Brüstung des Balkons. Sein Blick glitt über die sanft gewellten Hügel im Süden, verharrte einen Moment auf dem Meer und kehrte wieder zu Chris zurück.

»Aber wie soll ich euch dabei helfen können, sie zu besiegen?«, fragte Chris zögernd.

»Ich habe dich hier herauf gebracht, um dir all dies zu zeigen«, sagte Fuavarra, ohne auf seine Frage zu antworten. »Es ist nur ein Trugbild, aber einst war dieses Land so, wie du es jetzt siehst, und der größte Teil Erinns ist auch heute noch unversehrt. Morgen, wenn Llewellyen und die Tuatha de Dannan dich nach Ross Castle begleiten, wirst du sehen, was die Milesier aus unserem Land gemacht haben.«

»Ross Castle?«, sagte Chris verwundert.

»Die Burg, über die Llewellyens Vater herrscht«, antwortete Fuavarra. »Es wird eine Versammlung stattfinden, von heute an gerechnet am vierten Morgen. Aber ich kam schon vorher, um zu sehen, ob du der Richtige bist. Du bist es.«

Es war seltsam – aber Fuavarras Worte vertieften Chris' Angst noch.

»Der Richtige wozu?«, fragte er.

»Es gibt etwas, was wir tun können«, sagte Fuavarra langsam. »Es gibt eine ...« Er zögerte, und schon bald sollte Chris den Grund für dieses Zögern erkennen und nur zu gut verstehen. »Es gibt etwas, das uns helfen kann. Eine letzte Waffe, um die Milesier zu vertreiben und Erinn zu retten. Aber sie ist an einem Ort, den keiner von uns betreten kann. Du kannst es.«

»Ich?« Chris riss erstaunt die Augen auf. »Aber wieso? Ich bin doch nur –«

»Nein, das bist du nicht«, unterbrach ihn Fuavarra. »Ich weiß, was du sagen willst, aber du bist nicht nur ein hilfloser Junge. Wir haben lange auf jemanden wie dich gewartet.«

»Jemanden wie mich?«, wiederholte Chris zweifelnd.

Plötzlich lachte Fuavarra wieder, und es war sogar eine Spur von Spott in diesem Lächeln. »Oh, das ist ganz und gar kein Grund, sich etwas darauf einzubilden«, sagte er. »Du kannst nichts dafür, und es ist auch nicht dein Verdienst. Du bist eben, was du bist – ein Mensch, der sich in beiden Welten bewegen kann, unserer und der, in der du geboren bist, ohne Schaden zu nehmen.«

»Aber könnt ihr das denn nicht alle?«, fragte Chris verwirrt. Fuavarra seufzte. »Ich sehe schon, Llewellyen hat dir doch nicht alles erklärt«, sagte er. »Dann werde ich es nachholen. Sieh – es gibt nicht nur eine Welt, sondern zahllose. Deine, unsere und Tausende andere, die nebeneinander existieren. Manchmal überschreiten wir ihre Grenzen – in unseren Träumen und in den Geschichten, die wir uns erzählen. Aber es gibt Menschen, die überschreiten sie auch wirklich. Wie du. Wie die, die du im Hause der Gwragedd Annwn getroffen hast. Wie Llewellyen. Aber die meisten gehen nach einer Weile zu Grunde.«

Chris erschrak, aber Fuavarra hob rasch und beruhigend die Hand und fuhr fort: »Die meisten, Chris. Nicht alle. Ganz selten wird ein Mensch geboren – hier oder bei euch –, der die Gabe hat, die Grenzen zu überwinden und in beiden Welten zu leben, solange er will. Und du gehörst dazu.«

Chris erschauerte. Fuavarras Worte machten ihm Angst, viel mehr, als er zuzugeben bereit war. Dabei hatte er sich, wie fast jeder Mensch, zeit seines Lebens gewünscht, etwas Besonderes zu sein, und wie fast jeder Junge seines Alters hatte er von großen Abenteuern und heroischen Taten geträumt. Aber davon zu träumen und es zu tun, das waren zwei grundverschiedene Dinge, wie er ganz plötzlich begriff. Er sollte Erinn retten? Das war lächerlich!

»Du bist der einzige, der uns helfen könnte«, fuhr Fuavarra fort. »Die Frage ist nur, ob du es tun willst. Es wird gefährlich werden, Chris. Wenn du uns hilfst, dann wirst du zu einem Ort reisen müssen, den keiner von uns je betreten hat. Und die, die es versuchten, kehrten nie zurück. Es kann dein Leben kosten. Überlege es dir gut. Keiner von uns wird es dir übel nehmen, wenn du es ablehnst. Ein Wort genügt, und Llewellyen wird dich zurück zum Tor bringen.«

»Und du würdest es zulassen?«, fragte Chris zweifelnd. »Wo das Schicksal deines ganzen Volkes auf dem Spiel steht?«

Er begriff im gleichen Moment, in dem er die Worte aussprach, dass er Fuavarra damit beleidigen musste, aber der Feenkönig lächelte nur. »Die Reise zur Mag Mor Drag kann nur freiwillig unternommen werden«, sagte er. »Und selbst wenn es in meiner Macht stünde, dich zu zwingen, täte ich es nicht, denn das Leben eines einzelnen wiegt genauso viel wie das von vielen. Niemand hat das Recht, darüber zu bestimmen.«

Chris antwortete nicht gleich, und das lag nicht nur an dem Versprechen, das er Llewellyen gegeben hatte. Er brauchte Zeit, um das, was er gerade gehört hatte, zu verarbeiten.

»Ich erwarte jetzt keine Entscheidung von dir«, sagte Fuavarra. »Ich kam, um mich davon zu überzeugen, dass du der Richtige bist, und ich habe gesehen, dass du es bist. Wenn du uns helfen willst, dann begleite Llewellyen und die anderen nach Ross Castle, und dort reden wir über alles. Du kannst aber auch gleich hinuntergehen und mit Prydwynn zurückfahren.«

»Würde es … lange dauern?«, fragte Chris.

Fuavarra lächelte. »Ja. Wochen, wenn nicht Monate. Vielleicht Jahre. Aber hab keine Sorge – in deiner Welt wird keine Zeit vergangen sein, wenn du zurückkehrst.«

Chris hatte diese Frage nicht von ungefähr gestellt. Sie erschien ihm unerhört wichtig. Nicht nur wegen seines Vaters und seiner Mutter, die sich Sorgen um ihn machen würden, wenn er verschwunden blieb. Nein, da war noch etwas. Irgendetwas war geschehen, kurz bevor er durch das Tor gegangen war, und für einen Moment glaubte er es noch einmal zu sehen, dieses gigantische, tobende Ding am Himmel, die kleinen, bösen Augen, die aus einem schuppigen Schädel voll unstillbarer Bosheit auf die Welt herabblickten …

Das Bild verblasste so schnell, wie es erschienen war, und zurück blieb ein vages Gefühl von Bedrohung, das sich Chris nicht erklären konnte. Unsicher sah er zu Fuavarra auf. »Ich habe Zeit, es mir zu überlegen?«, fragte er.

Fuavarra nickte. »Vier Tage, von jetzt an gerechnet. Bis zur Versammlung.«

»Dann komme ich mit«, sagte Chris.

Die brennenden Ebenen

Noch vor Tagesanbruch verließen sie Tintagel. Chris hatte sehr wenig mit Llewellyen gesprochen und mit den anderen überhaupt nicht, aber die Nacht war dennoch wie im Fluge vergangen, fast, als hätte er nicht nur wenige Augenblicke, sondern Stunden mit Fuavarra gesprochen. Er war froh gewesen, dass Llewellyen ihn nicht mit Fragen bestürmte, wie er befürchtet hatte, als er wieder in die Halle hinunterkam. Er musste nachdenken, und er war verwirrt und unsicher wie nie zuvor im Leben.

Dabei war es gar nicht das, was Fuavarra gesagte hatte – nach seinem Gespräch mit Llewellyen hatte er etwas Ähnliches erwartet –, oder die Magie, die er miterlebt hatte. Es war, als hätte Fuavarras bloße Anwesenheit etwas in ihm berührt und zu Eis erstarren lassen.

Chris begann zu begreifen, dass Ehrfurcht viel mit Furcht zu tun hatte.

Es war noch finster, als Llewellyen zu ihm kam und ihm bedeutete mitzukommen. Rasch und ohne auf einen der anderen zu treffen, verließen sie die Halle und überquerten den dunklen Hof, auf dem sich jetzt keine Schatten mehr bewegten. Chris blieb noch einmal stehen, ehe sie durch das Tor traten, und sah sich um, und obwohl die Burg völlig still dalag und ihm Llewellyen versichert hatte, dass sie die Letzten waren und alle anderen bereits draußen vor dem Tor auf sie warteten, hatte er plötzlich das fast übermächtige Empfinden, beobachtet zu werden, von unsichtbaren, aber sehr wachen Augen. Seltsamerweise hatte er keine Angst. Die unsichtbare Macht – wie immer sie geartet war – war ihm freundlich gesonnen, das wusste er einfach.

»Lass uns gehen«, sagte Llewellyen nach einer Weile. »Es wird bald hell. Wir müssen die Berge erreichen, ehe die Sonne wieder untergeht.«

Auf einem kahlen Platz vor dem Burgtor brannte ein mächtiges Feuer, um das sich gut zwei Dutzend weiß gekleideter Krieger drängelten. Drei weitere, mattsilberne Gestalten saßen ein wenig abseits der Erinn, und zu seiner Überraschung entdeckte Chris auch Macha und Tethra, die beiden Sidhe, bei den Tuatha de Dannan.

»Sie begleiten uns?«, fragte er verwirrt.

Llewellyen schien selbst ein wenig überrascht zu sein; offensichtlich hatte er ebenso wie Chris angenommen, dass die beiden Sidhe wieder zusammen mit Fuavarra fortgehen würden. Aber dann zuckte er mit den Achseln. »Als Schutz«, sagte er. »Fuavarra will wohl ganz sicher gehen, dass du auch in Ross Castle ankommst.«

Er wollte weitergehen, aber Chris hielt ihn am Arm zurück. Etwas an der Art, wie Llewellyen gesprochen hatte, gefiel ihm nicht. In seinen Worten war ein unüberhörbarer Vorwurf gewesen.

»Ich habe nicht Ja gesagt«, sagte er.

Llewellyen blinzelte. Für einen Moment sah er überrascht aus, aber dann verdüsterte Zorn seine Züge. »Lüg nicht auch noch«, sagte er scharf. »Du hast dich bereits entschieden, und –«

»Aber ich lüge nicht!«, unterbrach ihn Chris. »Er hat mich gar nicht gefragt. Er hat mir nicht einmal gesagt, um was es eigentlich geht.«

Llewellyen blickte ihn misstrauisch an. »Warum kommst du dann mit?«, fragte er. »Ich hatte den Auftrag, dich sofort zurückzubringen, wenn du ablehnst.« Er deutete zum Hafen hinunter. »Prydwynn wartet noch.«

»Ich habe nur zugesagt, euch nach Ross Castle zu begleiten«, beteuerte Chris. »Und du wolltest ja selbst, dass ich mir anhöre, was dein Vater und die Druiden zu sagen haben. Ich weiß nicht einmal genau, was ich tun soll!«

»Unsere Welt retten«, antwortete Llewellyen voller ätzendem Hohn. »Was denn sonst? Ist das keine Aufgabe, die dich reizt?«

Seine Worte taten weh, umso mehr, als Chris genau spürte, wie Llewellyen sie meinte. »Er wollte keine Entscheidung von mir«, sagte er noch einmal. »Er wollte nur wissen, ob ich überhaupt bereit bin, euch zu helfen, das ist alles. Ich habe dich nicht verraten.«

»Mehr nicht?«, vergewisserte sich Llewellyen. »Er hat dir nicht gesagt, was du tun sollst?«

Chris schüttelte heftig den Kopf. »Nur, dass es etwas gibt, was die Milesier vielleicht noch aufhalten kann«, antwortete er. »Eine … Waffe, glaube ich.«

»Eine Waffe?« Llewellyen lachte bitter. »O ja, so kann man es auch nennen.«

»Und dass sie an einem Ort ist, den ihr nicht erreichen könnt«, fuhr Chris fort. »Aber ich weiß nicht, wo dieser Ort ist, und ich weiß nicht, was für eine Waffe es ist.«

»Aber natürlich wirst du sie holen«, vermutete Llewellyen. »Wenn ich es kann«, murmelte Chris unsicher. »Und wenn du mir keinen vernünftigen Grund nennst, es nicht zu tun. Was ist denn das für eine Teufelswaffe, dass ich es nicht tun sollte?«

Llewellyen sah ihn lange und nachdenklich an. Dann seufzte er, und sein Gesichtsausdruck wurde wieder etwas versöhnlicher. »Ich glaube, du weißt es wirklich nicht«, sagte er. Seine Stimme klang müde. »Nun gut, ich habe Fuavarra unterschätzt, glaube ich.«

»Vielleicht sagst du mir endlich, was er überhaupt von mir will?«, sagte Chris, der allmählich wütend wurde. Wie sollte er antworten, wenn er nicht einmal die Frage kannte? Aber Llewellyen schüttelte nur den Kopf. »Nein«, sagte er. »Ich werde es dir zeigen.«

Aber bis es so weit war, sollte noch eine Weile vergehen. Vorerst zeigte Llewellyen Chris nicht Fuavarras Geheimnis, sondern ein gewaltiges, weißes Pferd, das ein Stück abseits der anderen Tiere an einen Pflock gebunden war und an den ausgedörrten Grashalmen rupfte, die sich in den Felsspalten festgesetzt hatten. Als sie näher kamen, hob es träge den Kopf und blinzelte sie an, und Chris blieb unwillkürlich stehen.

»Reisen wir … damit?«, fragte er stockend.

Llewellyen lachte leise. »Womit sonst?«, fragte er. »Sagtest du nicht, dass du reiten lernen wolltest?«

Das hatte er in der Tat. Allerdings war er nicht mehr sicher, dass das klug gewesen war. Llewellyen erklärte ihm, dass das Pferd sehr gutmütig sei und eigens darauf abgerichtet, unerfahrene Reiter zu befördern. Aber das änderte nichts daran, dass ihm die Knie zitterten, als er ungeschickt in den Sattel zu klettern versuchte.

Llewellyen sah ihm eine Weile kopfschüttelnd und mit kaum verhohlener Heiterkeit dabei zu, dann trat er näher, packte seinen rechten Fuß und beförderte ihn mit einer so kraftvollen Bewegung in den Sattel hinauf, dass er alle Mühe hatte, nicht gleich auf der anderen Seite wieder herunterzufallen. Er klammerte sich am Sattelhorn fest und ruderte mit den Beinen, um irgendwo Halt zu finden, aber es gelang ihm erst, als Llewellyen nacheinander seine Füße packte und in die Steigbügel schob.

»Bleib einfach sitzen«, sagte er. »Rühr dich gar nicht. Das Pferd macht alles von selbst.«

Chris lächelte nervös. Er war felsenfest davon überzeugt, dass er bei der leisesten Bewegung des Tieres aus dem Sattel stürzen und sich auf dem harten Felsboden das Genick brechen würde. Er hatte bisher gar nicht gewusst, wie hoch ein Pferd war …

»Warte hier«, sagte Llewellyen. »Ich bin gleich zurück.« Ohne eine Antwort abzuwarten, ging er zu einem der anderen Pferde hinüber und schwang sich mit einer unverschämten Leichtigkeit in den Sattel. Chris sah, dass er ein paar Worte mit einem der anderen Erinn wechselte, dann zwang er sein Tier mit einer spielerischen Bewegung herum und kam an Chris' Seite geritten.

Auch die anderen stiegen auf ihre Pferde. Auf einen Wink Llewellyens hin bildeten die Erinn einen lockeren Kreis um ihn und Chris, während die drei Tuatha de Dannan auf ihren gepanzerten Schlachtrossen – die ein gutes Stück größer waren als die leichtfüßigen Tiere der Erinn – die Spitze Übernahmen. Die beiden Sidhe verschwanden für einen Moment in der Dunkelheit, und als sie zurückkamen, waren sie ebenfalls beritten. Allerdings hielt Chris ihre Tiere nur im allerersten Moment für Pferde, dann sah er, dass es Einhörner waren.

Die drei Tuatha de Dannan an der Spitze wichen respektvoll zur Seite, um den Sidhe Platz zu machen, und Chris' Herz begann schneller zu schlagen, als die beiden Fabelwesen direkt auf ihn und Llewellyen zukamen. Tethra musterte ihn weiter mit einer Mischung aus Misstrauen und gutmütigem Wohlwollen, während das Gesicht der Kriegsgöttin ausdruckslos und ihr Blick so kalt wie Eis blieb. Zu Chris' – und wie er sehr wohl bemerkte, auch Llewellyens – Erleichterung lenkten die beiden ihre Tiere allerdings nicht direkt neben die ihren, sondern blieben am äußersten Ende des Kreises, den die Garde bildete, unmittelbar hinter den Tuatha de Dannan.

Sie brachen auf, ohne dass sich jemand auch nur die Mühe machte, das Feuer zu löschen, und schon nach wenigen Augenblicken war Tintagel hinter ihnen in der Nacht verschwunden. Der Himmel über ihren Köpfen begann sich allmählich grau zu färben, aber hier unten herrschte noch rabenschwarze Nacht. Und es war eine Finsternis ganz sonderbarer, unangenehmer Art, fand Chris – nicht einfach die Abwesenheit von Licht, sondern vielmehr die Anwesenheit von etwas anderem, Düsterem, das den Tag vertrieben hatte. Unbehaglich bewegte er sich im Sattel und sah sich nach beiden Seiten um.

Als sie losgeritten waren, da hatte er die Schatten eines Waldes zu sehen geglaubt, aber beiderseits des Weges war nun nichts als eine Mauer aus Finsternis, die nicht nur das Licht, sondern auch alle Geräusche zu verschlucken schien. Die klackenden Hufschläge der Pferde erzeugten nicht das allermindeste Echo. Es war, dachte er bedrückt, als ritten sie durch einen endlosen Tunnel aus schwarz gefärbter Watte.

Und trotzdem hatte er das Gefühl, beobachtet zu werden. Jenseits der Wand aus Schwärze lauerte etwas.

»Du spürst es auch, nicht wahr?«, fragte Llewellyen plötzlich. Seine Stimme war nicht viel mehr als ein Flüstern, und trotzdem hatte Chris das Gefühl, dass sie meilenweit zu hören sein musste, und fuhr erschrocken zusammen.

»Was?«, fragte er mit einiger Verspätung.

»Das Böse«, antwortete Llewellyen. »Die Kälte.«

Chris nickte und schüttelte gleich darauf den Kopf. »Ich dachte nur für einen Moment, ich hätte etwas gesehen«, sagte er.

»Das meine ich nicht«, antwortete Llewellyen. »Was du gesehen hast, sind die Goblins. Sie folgen uns in einiger Entfernung.«

»Und warum?«

»Um uns zu beschützen, du Narr«, antwortete Llewellyen »Dieses Gebiet gehört den Milesiern. Wir müssen vorsichtig sein. Aber das habe ich nicht gemeint.«

Er brauchte nicht zu erklären, was er gemeint hatte. Eine sonderbar körperlose Furcht erfasste Chris, die mit jeder Minute, die er durch diese lichtlose Nacht ritt, stärker wurde. Das Gefühl erinnerte an jenes, das er im Schattenwald des Einhorns gehabt hatte, aber es war ungleich heftiger. Hier konnte er sich nicht mehr einreden, dass es nur seine überreizten Nerven waren. Die anderen spürten es ebenfalls. Auch Llewellyen war nervös, und die Blicke der Erinn irrten immer wieder hin und her, als fürchteten sie einen Angriff aus der Dunkelheit.

Aber auf Chris' Frage schüttelte Llewellyen den Kopf. »Die Milesier greifen nie im Wald an. Was du fühlst, ist das, was sie aus unserem Land gemacht haben.«

Chris schauderte. Das waren fast dieselben Worte, die Fuavarra benutzt hatte, in der Nacht zuvor.

Ihm wurde immer unbehaglicher zu Mute, während sie durch die Nacht ritten und darauf warteten, dass es endlich hell wurde. Er wusste selbst nicht genau, was er eigentlich erwartet hatte – ein verwüstetes Land vielleicht, verbrannte Felder, geplünderte Burgen ... all die Schreckensbilder eben, die seine Fantasie zu Fuavarras Worten erdacht hatte. Er sah nichts von alledem, und trotzdem wäre er fast froh gewesen, hätte er es gesehen. Diese entsetzliche Stille war schlimmer als alles andere. Die Nacht wich nur zögernd. Auch als der Himmel über ihnen schon hell und blau strahlte und die Sonne sich wie ein glühendes Himmelsfeuer über den Horizont erhob, dauerte es noch lange, ehe es richtig hell wurde, und selbst dann hatte Chris das Gefühl, dass diese furchtbare Nacht nicht wirklich vorbei war, sondern sich nur zurückgezogen hatte, um wie ein sprungbereites Raubtier in den Schatten zu lauern.

Eine Stunde nach Sonnenaufgang erreichten sie eine große, grasbewachsene Lichtung mitten im Wald. Die drei Tuatha de Dannan an der Spitze der kleinen Kolonne hielten an. Fünf, sechs Erinn schwärmten auf ein Kommando Llewellyens hin aus – wohl um ihre Flanken zu sichern und nach feindlichen Spähern Ausschau zu halten, überlegte Chris –, während die anderen aus den Sätteln stiegen und damit begannen, eine Anzahl kleiner Feuer zu entzünden.

»Wir rasten hier«, beantwortete Llewellyen seinen fragenden Blick. »Die nächsten zwei Stunden werden sehr anstrengend. Der Weg ist nicht überall so leicht. Wir werden schnell reiten müssen und all unsere Kräfte brauchen.«

Anstrengend? dachte Chris entsetzt. Großer Gott, wenn Llewellyen den Ritt bis hierher als leicht empfunden hatte, dann wollte er lieber gar nicht wissen, was er unter dem Wort *anstrengend* verstand!

Müde und mit schmerzendem Rücken kletterte Chris aus dem Sattel und fiel halb in Llewellyens vorsorglich ausgestreckte Arme, denn seine Knie waren weich wie Butter. Jeder einzelne Knochen im Leib tat ihm weh. Er hatte keine Ahnung gehabt, dass Reiten so mühsam war.

Llewellyen führte ihn wie ein Kind zu einem der Feuer, die die Erinn entzündet hatten, und half ihm, sich hinzusetzen. Er betrachtete ihn einen Moment lang besorgt, dann drehte er sich rasch herum, ging zu seinem Pferd und kam mit einer kleinen, in Leder eingewickelten Flasche zurück, die er von seinem Sattel gelöst hatte.

»Hier«, sagte er, während er Chris die Flasche hinhielt. »Trink einen Schluck davon. Aber nur einen Schluck!«

Chris war viel zu erschöpft, um sich über den Sinn dieser Worte zu wundern. Mit zitternden Händen griff er nach der kleinen Feldflasche, setzte sie an und trank. Die Flüssigkeit, die seine Lippen benetzte, war eiskalt, und sie schmeckte so scheußlich, dass er auch ohne Llewellyens Warnung keinen zweiten Schluck genommen hätte.

Aber ihre Wirkung war verblüffend: Kaum hatte das widerwärtige Gebräu seinen Magen erreicht, da spürte er, wie die Müdigkeit schlagartig wich. Ein Gefühl angenehmer Wärme breitete sich in seinem Körper aus, und auch sein Rücken hörte auf zu schmerzen.

»Was ist das?«, fragte er mit einem staunenden Blick auf die Flasche. »So eine Art Zaubertrank?«

Llewellyen lächelte flüchtig. »So ungefähr«, sagte er ausweichend. »Aber man darf nicht zu viel davon trinken. Er ist gefährlich.« Er stand auf, ging wieder zu seinem Pferd und hängte die Flasche an ihren Platz am Sattel zurück. Als er wieder kam, trug er einen kleinen Leinenbeutel in der Rechten, aus dem er Brot und schmale Streifen aus getrocknetem Fleisch nahm. Chris schüttelte den Kopf, als er ihm beides hinhielt; er war nicht hungrig. Aber Llewellyen bestand darauf, dass er aß.

»Du wirst jedes bisschen Kraft brauchen«, prophezeite er. »Die Wirkung des Trankes hält nicht ewig vor, und wir werden nicht dazu kommen, eine weitere Rast einzulegen, ehe wir die Berge erreicht haben.«

Chris sah ihn fragend an, bekam aber keine weitere Erklärung und begann zu essen. Er war immer noch nicht hungrig, und obwohl Brot und Fleisch gar nicht schlecht schmeckten, musste er jeden Bissen mühsam hinunterwürgen. Aber schließlich hatte er seine Portion bis auf den letzten Krümel vertilgt, und Llewellyen schnürte mit einem zufriedenen Nicken seinen Beutel wieder zu.

»Es war nicht besonders gut«, sagte er entschuldigend. »Heute abend gibt es besseres Essen. Sobald wir in den Bergen sind.«

»Was ist auf dem Weg dorthin so gefährlich?«, fragte Chris.

»Es ist Milesier-Gebiet«, antwortete Llewellyen lakonisch, als wäre dies Antwort genug. Für ihn war es das wohl auch, aber nicht für Chris.

»Das ist dieser Wald doch auch«, sagte er und deutete auf die Erinn, die gelassen an ihren Feuern hockten und aßen oder sich mit leisen Stimmen unterhielten. »Und trotzdem scheint ihr euch ziemlich sicher zu fühlen.«

»Ich sagte dir doch, dass sie niemals im Wald angreifen«, antwortete Llewellyen. »Und schon gar nicht hier. Tintagel ist noch zu nahe. Und sie wissen, dass wir ihnen in den Wäldern überlegen sind. Später werden wir durch offenes Gelände reiten müssen.«

»Dann rechnest du doch mit einem Angriff«, sagte Chris.

»Nein«, antwortete Llewellyen, und Chris spürte, dass er log. Trotzdem fuhr er fort: »Wir sind genug, um jeden Angreifer abzuschrecken. Tethra und Macha allein wiegen hundert Milesier auf. Und die Goblins sorgen zusätzlich für unsere Sicherheit.«

»Warum sind sie nicht hier?«, fragte Chris.

»Die Goblins?« Llewellyen starrte ihn mit hochgezogenen Augenbrauen an, als zweifele er an seinem Verstand. »Kein Goblin würde auch nur in die Nähe eines Tuatha de Dannan kommen«, sagte er. »Sie hassen sich. Sie sind seit Urzeiten Feinde.«

»Aber ich dachte, sie wären –«

»Unsere Verbündeten?« Llewellyen schüttelte den Kopf. »Das sind sie auch. Gemeinsame Feinde machen aus alten Feinden manchmal Verbündete. Aber das heißt nicht, dass sie dadurch auch zu Freunden werden.« Und damit schien das Thema für ihn erledigt zu sein.

Aber Chris ließ nicht locker. Er war es allmählich leid, ständig nur mit Andeutungen und Halbwahrheiten abgespeist zu werden. »So wie die Tuatha de Dannan und ihr?«, fragte er.

In Llewellyens Augen blitzte es auf. »Wir hassen sie nicht«, sagte er ärgerlich. »Sie verachten uns, aber das bedeutet nichts. Sie verachten jeden, der nicht wie sie ist. Dich übrigens auch, du Weltenretter«, fügte er boshaft hinzu.

»Und du?«, fragte Chris.

Llewellyen war für einen Moment still. Die Direktheit dieser Frage schien ihn zu überraschen, und vielleicht wusste er die Antwort auch gar nicht. Dann schüttelte er den Kopf. »Unsinn!«, behauptete er. »Ich habe nichts gegen dich.«

»Aber du bist nicht besonders begeistert von meinem Hiersein«, vermutete Chris.

»Nein«, gestand Llewellyen. »Wenn es nach mir ginge, wärst du niemals gekommen. Aber das hat nichts mit dir zu tun.«

»Du bist gegen Fuavarras Plan.«

»Nicht nur ich«, antwortete Llewellyen heftig. »Viele von uns; fast alle. Was er vorhat, ist falsch.«

»Und was hat er vor?«

Llewellyen wollte antworten, überlegte es sich aber im letzten Moment anders und stand auf. Chris sah, wie er zu einem der Tuatha de Dannan hinüberging und mit ihm sprach. Der Mann in Silber antwortete heftig, und plötzlich wurde auch Llewellyens Stimme laut. Chris musste die Worte nicht verstehen, um zu begreifen, dass die beiden miteinander stritten. Aber so unglaublich es Chris auch vorkam: Llewellyen schien als Sieger aus dieser Auseinandersetzung hervorzugehen, denn nach einer Weile wandte er sich um und kam zu ihm zurück, und auf seinem Gesicht lag ein fast triumphierender Ausdruck.

»Komm mit«, sagte er.

Chris stand auf. »Wohin?«

»Wir machen einen kleinen Umweg«, antwortete Llewellyen ausweichend. »Es ist nicht weit – eine Stunde, hin und zurück. Sie werden auf uns warten.«

»Wir reiten … allein?«, fragte Chris stockend.

Llewellyen lächelte abfällig, hob die Arme und klatschte zweimal rasch hintereinander in die Hände, und aus den Büschen am Waldrand lösten sich zwei massige, schwarzfellige

Gestalten. Chris sah, wie die Tuatha de Dannan zusammenfuhren, als die beiden Goblins die Lichtung betraten. Einer der Männer sprang halb auf, die Hand eines anderen glitt zum Schwert und zuckte im letzten Augenblick zurück. Und auch die Goblins warfen hasserfüllte Blicke in die Richtung der silbernen Ritter.

Nein, dachte Chris, Llewellyen hatte kein bisschen übertrieben, als er ihm von den Tuatha de Dannan und den Goblins erzählt hatte. Offensichtlich war in diesem Land der Wunder auch nicht alles in Ordnung.

Sie gingen zu den Pferden, und diesmal brachte er sogar das Kunststück fertig, aus eigener Kraft in den Sattel zu klettern, wenn er dazu auch ungefähr zehn Mal so lange brauchte wie Llewellyen.

Sie verließen das Lager in der gleichen Richtung, aus der sie gekommen waren. Llewellyen fiel nach einer Weile in einen mäßigen Galopp, den Chris' Reittier ohne sein Zutun mithielt – er hätte auch nicht sehr viel dazu beitragen können, denn er hatte alle Hände voll zu tun, sich irgendwo festzuklammern, um nicht aus dem Sattel geworfen zu werden. Die beiden Goblins waren wieder im Wald verschwunden, aber Chris hörte das regelmäßige Brechen von Zweigen, und dann und wann sah er einen massigen Schatten durch das Dunkel des Waldes schimmern. Das Wissen, diese beiden riesigen, starken Wesen in seiner Nähe zu haben, war sehr beruhigend.

Der Weg gabelte sich vor ihnen. Als sie gekommen waren, hatten sie die linke Abzweigung benutzt, diesmal wählte Llewellyen die andere, und wieder jagten sie minutenlang schweigend nebeneinander her. Dann begann sich der Wald zu verändern.

Es geschah ganz langsam, unmerklich zuerst, und in den ersten Augenblicken war es sogar eine angenehme Veränderung, denn es wurde heller. In der grünen Dämmerung erschienen goldfarbene Flecken, wo das Sonnenlicht durch das dünner werdende Blätterdach drang. Auch das Unterholz wuchs hier spärlich. Schon bald konnte er die beiden Goblins deutlich erkennen, die hinter ihnen herliefen.

Die Hufschläge der Pferde klangen jetzt härter und erzeugten lang nachhallende Echos auf dem steinigen Boden, und dann tauchte ein Baum am Wegesrand auf, der überhaupt keine Blätter mehr hatte. Chris maß dieser Beobachtung im ersten Moment keine Bedeutung zu, aber zu diesem ersten Baum gesellten sich ein zweiter, ein dritter und vierter, bis es schließlich gar kein Wald mehr war, durch den sie ritten, sondern nur noch das Gerippe eines Waldes, kahle, blattlose Bäume, deren Äste sich wie anklagend ausgestreckte Hände in den Himmel reckten. Dann endete der Wald, und vor ihnen lag eine ebene, vollkommen kahle Fläche, die von einer unregelmäßigen Reihe gezackter schwarzer Hügel begrenzt wurde.

Llewellyen hielt sein Pferd an und griff in Chris' Zügel, um auch sein Reittier zum Stehen zu bringen.

»Hübsch hier, nicht?«, sagte er bitter. Chris antwortete nicht, sondern sah ihn nur beunruhigt an. Llewellyen deutete auf die schwarzen Hügel und fügte hinzu: »Es gefällt dir wohl nicht? Dann warte ab, bis du siehst, was hinter diesen Hügeln liegt. Das wird dir noch viel weniger gefallen.«

Er stieg ab und wartete, bis auch Chris aus dem Sattel geklettert war. Einer der Goblins trat aus dem Wald heraus und führte die beiden Pferde zurück, während der andere zwischen den letzten Bäumen stehen blieb.

»Kommen sie nicht mit?«, fragte er.

Llewellyen schüttelte den Kopf. »Das ist nicht nötig. Niemand wird uns etwas tun.« Er deutete wieder auf die Hügel, die Chris mit einem Male wie eine gezackte Reihe schwarzer, schartiger Drachenzähne vorkamen. »Nicht einmal die Milesier wagen sich hierher.«

Es ging los, und Chris musste sich beeilen, um ihn einzuholen; dabei verspürte er einen fast körperlichen Widerwillen, auch nur einen Schritt weiterzugehen. Er wollte gar nicht wissen, was hinter diesen Hügeln lag. Aber er hatte auch nicht den Mut, das Llewellyen zu sagen und umzukehren, obwohl es ganz genau das war, was er in diesem Moment am liebsten getan hätte.

Das Gehen auf dem schwarzverbrannten Boden war sehr mühsam.

Bei jedem Schritt schien eine kleine harte Faust gegen seine Stiefelsohlen zu schlagen, als liefe er über stahlharten Beton, und er musste aufpassen, wo er hintrat, denn die Erde war überall geborsten und von einem wahren Spinnennetz ineinanderlaufender Risse und Schründe durchzogen.

Llewellyen hatte die Hügel erreicht und blieb stehen, um auf ihn zu warten. »Bleib immer dicht bei mir«, sagte er, als Chris neben ihm angelangt war. »Und fass nichts an, egal, wie harmlos es dir vorkommt.«

»Aber was ...« begann Chris, sprach aber nicht weiter, denn Llewellyen drehte sich weg und begann rasch den Hügel hinaufzuklettern. Chris folgte ihm, aber er kam nicht halb so schnell von der Stelle wie der junge Erinn. Von weitem hatte der Hügel rau und geborsten ausgesehen, aber jetzt merkte Chris, dass der Boden wie glasiert war, so, als wären Erdreich und Fels ungeheuren Temperaturen ausgesetzt worden und geschmolzen. Chris rutschte immer wieder auf der glatten Oberfläche aus.

Kurz bevor er den Hügelkamm erreichte, blieb er noch einmal stehen und sah zum Wald zurück, und jetzt erkannte er auch, dass er nicht einfach abgestorben und blattlos war, sondern verbrannt. Chris schauderte. Was war hier geschehen? Hastig wandte er sich um und kletterte ungeschickt hinter Llewellyen her nach oben.

Was er sah, als er auf dem Hügelkamm angelangt war, das war ein Bild, das geradewegs aus einem Albtraum hätte stammen können.

Das Land unter ihm war schwarz, wie mit Pech überzogen, und so eben, als wäre es sorgsam planiert worden. Nur da und dort ragte ein halb geschmolzener Felsbrocken aus dem Boden oder das verkohlte Skelett eines Baumes. Ein warmer, nach Feuer riechender Wind schlug ihnen in die Gesichter, und weit im Süden, noch hinter dem Horizont, wie es schien, glühte rötlicher Feuerschein, als wäre dort die ganze Welt in Brand geraten. »Großer Gott!«, flüsterte Chris entsetzt. »Was ist das?«

Llewellyen antwortete nicht, sondern deutete nach links,

und als Chris' Blick der Geste folgte, gewahrte er eine Ansammlung dunkler, sonderbar schräg stehender Umrisse, die er erst auf den zweiten Blick als Häuser erkannte. Inmitten der verbrannten Ebene erhob sich eine Stadt, genauer gesagt die Ruinen einer Stadt, denn trotz der großen Entfernung konnte Chris deutlich erkennen, dass die allermeisten Gebäude zerstört und der größte Teil der ehemaligen Stadtmauer zu einer Schutthalde zusammengefallen war.

»Komm«, sagte Llewellyen. »Und beeil dich. Es ist nicht gut, zu lange hier zu bleiben.«

Chris glaubte ihm aufs Wort. Schon aus der Ferne bot die zerstörte Stadt einen unheimlichen Anblick; ihm war nicht wohl bei dem Gedanken, dorthin zu gehen. Aber gleichzeitig wollte er doch auch wissen, was dort passiert war.

Mehr schlitternd als gehend bewegten sie sich den Hügel hinab und auf die Stadt zu. Der Weg war nicht besonders weit – die vollkommen leere Ebene und der Himmel, der im rötlichen Widerschein jenes unheimlichen Feuers hinter dem Horizont glühte, verzerrten die Entfernungen, sodass sie die Reste der zusammengebrochenen Stadtmauer schon nach kaum zehn Minuten erreichten, obwohl Chris überzeugt gewesen war, mindestens eine Stunde bis dorthin zu brauchen. Llewellyen deutete ihm stehen zu bleiben, und Chris gehorchte und sah sich um, zitternd vor Unbehagen und Furcht.

Die Stadt war nicht einfach zerstört. Sie war regelrecht ausgelöscht. Es gab in ihr kein Leben mehr, nicht einen Grashalm, nicht ein Insekt – nichts.

Der Boden war schwarz und schimmerte hier und da, und Chris sah, dass er ebenfalls mit einer dünnen Schicht geborstener Glasur überzogen war, wie die Hügel, über die sie gestiegen waren.

»Sieh dich um«, verlangte Llewellyen. Seine Stimme klang seltsam flach, fast tonlos, als bereite es ihm Mühe zu sprechen. »Sieh dich gut um. Ich will, dass du das hier nie wieder vergisst.«

Chris gehorchte, und es wäre auch ohne Llewellyens Worte so gewesen: Jedes einzelne Bild brannte sich unauslöschlich in sein Gedächtnis ein.

Niemals zuvor hatte er solche Zerstörungen gesehen. Die Stadtmauern, die sicherlich fünfzig Meter hoch und halb so dick gewesen sein mussten, waren in sich zusammengebrochen. Die wenigen Häuser, die die Vernichtung überstanden hatten, standen schräg, wie von einem ungeheuerlichen Orkan in ihren Grundfesten erschüttert und zur Seite gedrückt. Ihre Wände waren geschwärzt, und hier und da war selbst der Stein geschmolzen, aus dem die Häuser erbaut waren, und zu glasig schimmernden Tränen erstarrt.

»Was ist hier passiert, Llewellyen?«, fragte er noch einmal, aber Llewellyen antwortete auch diesmal nicht, sondern begann über die Trümmer der Stadtmauer hinwegzusteigen.

Mit klopfendem Herzen folgte ihm Chris.

Vorsichtig kletterten sie über die Reste der ehemaligen Stadtmauer und traten zwischen die Ruinen.

»Es ist nicht weit«, sagte Llewellyen. »Beeilen wir uns.«

Sie liefen über die geschwärzte Straße, die völlig leer gefegt war, aber glatt wie Glas und unangenehm warm. Nach der ersten Querstraße blieb Llewellyen stehen, hob die Hand und deutete nach rechts. Chris' Blick folgte der Geste.

Er wusste hinterher nicht, wie lange er dagestanden und den Umriss angestarrt hatte – eine Minute, eine Stunde oder länger. Er stand nur da und fühlte ein Grauen wie niemals zuvor im Leben.

Es war der Umriss eines Menschen. Aufgerichtet und mit in die Höhe gerissenen Armen stand er da, für alle Zeiten in den glasierten Stein eingebrannt, wie ein Mahnmal für die Ewigkeit.

»Ein Bewohner dieser Stadt«, sagte Llewellyen mit leiser, tonloser Stimme. »Der einzige, von dem überhaupt eine Spur geblieben ist. Er stand wohl vor der Wand, als das Feuer kam.«

»Das Feuer?«, stammelte Chris. »Was für ein … Feuer?«

»Drachenfeuer«, antwortete Llewellyen. Er ergriff ihn am Arm und zog ihn in die Richtung zurück, aus der sie gekommen waren. »Ich erkläre dir alles, aber jetzt lass uns verschwinden. Wir hätten gar nicht herkommen dürfen.«

»Warum?«, fragte Chris.

»Dieser Ort ist nicht gut«, antwortete Llewellyen. »Die Stadt und die Ebene sind verflucht. Man wird krank und stirbt, wenn man zu lange hier bleibt.«

Chris kamen die wenigen Schritte bis zur Stadtmauer wie eine Ewigkeit vor. Zitternd vor Entsetzen und Grauen kletterte er hinter Llewellyen zum zweiten Mal über die Trümmerhalde und folgte ihm, als er wieder die Hügel ansteuerte. Sie sprachen kein Wort mehr, bis sie den glasierten Hügel zum zweiten Mal erklommen hatten; dann blieb Llewellyen stehen und wandte sich wieder um.

»Hier können wir bleiben«, sagte er. »Der Fluch des Drachen wirkt auch hier, aber er ist nicht so mächtig.«

»Der Fluch des Drachen …« wiederholte Chris. Die Worte brachten irgendetwas in ihm zum Klingen. Da war etwas, was er für einen winzigen Moment gewusst und sofort wieder vergessen hatte. Etwas, das unglaublich wichtig gewesen war. Er wandte sich an Llewellyen, der noch immer zur Stadt hinüberstarrte. Aus der Entfernung sah sie wieder wie eine Ansammlung schwarzer dräuender Schatten aus, aber dadurch wirkte sie fast noch unheimlicher.

»Wer hat das getan?«, fragte er.

»Tintagel«, antwortete Llewellyen. Er atmete tief ein, ehe er sich mit sichtlicher Überwindung herumdrehte und Chris ansah.

»Tintagel?«, wiederholte Chris fassungslos.

»Ihre Druiden«, bestätigte Llewellyen. »Es ist lange her. Tausend Jahre, vielleicht auch zweitausend – niemand weiß es mehr genau. Ich habe dir erzählt, dass Tintagel ein magischer Ort ist. Und seine Bewohner waren große Magier. Aber sie hatten Feinde.«

»Die Leute in dieser Stadt.«

Llewellyen nickte. »Auch sie waren Zauberer, und es heißt, dass ihre Druiden noch mächtiger und weiser gewesen seien als die Tintagels. Es kam zum Streit zwischen ihnen und Tintagel und schließlich zum Krieg.«

»Aber warum?«, fragte Chris.

Llewellyen lächelte traurig. »Das weiß niemand mehr. Und es spielt auch keine Rolle. Die beiden Städte bekämpften sich mehr als ein Jahrhundert lang, und keine konnte den Sieg über die andere erringen. Aber schließlich drohte Tintagel zu unterliegen. In höchster Verzweiflung taten sich seine fünf mächtigsten Druiden zusammen und beschworen einen Drachen.«

»Einen Drachen?«, keuchte Chris ungläubig. »Du meinst, dass ein Drache –«

»Die Stadt vernichtet hat, ja«, führte Llewellyen den Satz zu Ende. »In einer einzigen Nacht vernichtete er ihr Heer und zerstörte das Land und die Stadt. Sein Feuer verbrannte alles, und der Fluch, den er zurückließ, tötet noch heute alles Leben. Dort hinten, nahe der Küste, brennt die Erde noch immer.«

Chris schwieg. Wieder suchte sein Blick die zerstörte Stadt und erneut war ihm, als berührte ein eisiger Hauch seine Seele. Ein Drache? dachte er entsetzt. Aber das war doch unmöglich! Die Drachen, von denen er bisher gehört oder gelesen hatte, die Drachen aus den Märchen und Legenden, das waren große, freundliche Wesen, manchmal auch Ungeheuer, die von Rittern in heroischem Kampf besiegt werden mussten, alles in allem aber doch eher harmlose Erscheinungen. Das hier aber …

Nein, er war nicht im Stande, sich eine Kreatur vorzustellen, die in der Lage war, dies hier zu tun.

»Wir nennen das Gebiet von hier bis zur Küste die brennenden Ebenen«, fuhr Llewellyen leise fort. »Es wird nie wieder Leben tragen. Und dies alles ist das Werk einer einzigen Nacht und eines einzigen Drachen.«

»Und warum … zeigst du mir das?«, fragte Chris stockend. Seine Stimme versagte fast. Seine Kehle war ausgedörrt und schmerzte, und er versuchte vergeblich, sich einzureden, dass die Tränen in seinen Augen nur von dem warmen Wind kamen, der ihm ins Gesicht schlug.

»Warum?«, wiederholte Llewellyen. »Du fragst mich wirklich, warum?« Er machte eine kleine, genau berechnete

Pause, und als er weitersprach, tat er es in übertrieben dramatischem Ton, der trotzdem seine Wirkung auf Chris nicht verfehlte.

»Weil es das ist, was Fuavarra von dir verlangen wird, du Narr. Du sollst zur Mag Mor Drag reisen und einen Drachen holen.«

Die Milesier

Der Weg zurück kam ihm länger vor als der Hinweg, aber das mochte daran liegen, dass Llewellyen jetzt kein so scharfes Tempo mehr einschlug wie vor einer halben Stunde, als sie gekommen waren. Die Pferde fielen in einen gemäßigten, kräftesparenden Trab, den mitzuhalten den beiden Goblins keine Mühe bereitete. Chris drehte sich immer wieder im Sattel herum und blickte zurück, selbst dann, als der Waldrand schon längst außer Sichtweite war und sich an den verkohlten Ästen rechts und links des Weges bereits wieder das erste, zaghafte Grün zeigte. Der Anblick des zerstörten Waldes erfüllte ihn jetzt nicht mehr mit Unbehagen, sondern mit nackter Angst.

Er spürte, dass Llewellyen ihn beobachtete, aber der Erinn wandte stets rasch den Blick ab, wenn Chris zu ihm sah. Offenbar wollte er jetzt nicht mit ihm reden, und Chris war ihm dankbar dafür. Sie hatten kein Wort mehr gewechselt, seit sie den Hügel heruntergestiegen und wieder zu den Pferden gegangen waren, und die Betäubung, mit der ihn der Anblick der brennenden Ebenen – und viel mehr noch Llewellyens Worte! – erfüllt hatten, hielt noch immer an. Er wollte und konnte jetzt nicht reden. Alles in ihm weigerte sich zu glauben, dass Llewellyen die Wahrheit gesprochen hatte. Er spürte zwar, dass Llewellyen ihn nicht anlog, aber es war ihm unmöglich zu glauben, dass Fuavarra von ihm verlangen würde, diese Gewalten abermals zu entfesseln.

Sie hatten vielleicht die halbe Strecke zurück zum Lager

hinter sich, als Llewellyen plötzlich sein Pferd verhielt. Chris fuhr aus seinen düsteren Gedanken hoch und erschrak, als er den besorgten Ausdruck auf Llewellyens Gesicht gewahrte.

»Was ist los?«, fragte er.

Llewellyen hob hastig die Hand und legte den Zeigefinger über die Lippen. »Still!«, flüsterte er. »Jemand kommt!«

Auch Chris lauschte, aber er hörte nichts außer dem Klopfen seines eigenen Herzens und dem Schnauben der Pferde. Selbst hier, weit von seinem verbrannten Rand entfernt, war der Wald vollkommen still. »Vielleicht haben sie jemanden losgeschickt, um uns zu suchen«, vermutete er. Llewellyen machte eine ärgerliche Handbewegung. »Sie wissen, wo wir sind und wie lange wir brauchen. Wenn sie trotzdem jemanden geschickt haben, dann ist etwas passiert, oder …«

Er sprach den Satz nicht zu Ende, aber es gehörte nicht viel Fantasie dazu, sich den Rest vorzustellen. Chris sprach ihn laut aus: »Oder es ist niemand von unseren Leuten.«

Llewellyen nickte widerwillig, blickte einen Moment unentschlossen von rechts nach links und zog schließlich sein Schwert.

»Steig ab!«, befahl er Chris. »Schnell. Versteck dich zwischen den Büschen. Und bleib da, bis ich dich rufe – ganz egal, was passiert.«

Chris gehorchte schweigend. Vielleicht wäre jetzt der Moment gewesen, Llewellyen großspurig um eine Waffe zu bitten oder ihm wenigstens seine Hilfe anzubieten, aber die Wahrheit war, dass er sich damit nur lächerlich gemacht hätte – und so ganz nebenbei hatte er erbärmliche Angst.

Rasch stieg er aus dem Sattel, trat vom Weg hinunter und duckte sich hinter einen der dornigen Büsche. Einer der beiden Goblins gesellte sich auf Llewellyens Wink hin zu ihm, während der andere umständlich in den Sattel von Chris' Pferd kletterte, nachdem Llewellyen ein paar rasche Worte mit ihm gewechselt hatte. Das Tier scheute und versuchte auszubrechen, aber ein einziger Schenkeldruck der riesenhaften Kreatur brachte es sofort zur Räson. Es gab ein komisches Bild ab, wie der Goblin da auf dem Rücken eines

Tieres hockte, das kaum größer und schwerer war als er selbst, und Chris zweifelte kaum daran, dass er zu Fuß wesentlich schneller und gewandter wäre. Aber dann begriff er, warum Llewellyen dem Goblin befohlen hatte, das Pferd zu besteigen. Offensichtlich wollte er verhindern, dass sich jemand fragte, warum ein Reiter mit zwei Pferden unterwegs war.

Endlich hörte auch Chris das Geräusch, das Llewellyen alarmiert hatte – dumpfen, sehr schnell näher kommenden Hufschlag, in den sich das helle Klirren von aneinander schlagendem Metall mischte. Stimmen erklangen, die etwas riefen, das er nicht verstand. Und nach Augenblicken tauchte ein Schatten am Ende des Weges auf. Ein verirrter Sonnenstrahl brach sich blitzend auf silbernem Metall.

Der Schatten wuchs heran und teilte sich, und jetzt erkannte Chris, dass es sich um einen der Tuatha de Dannan handelte, der, tief über den Hals seines Schlachtrosses gebeugt, herangesprengt kam, dicht gefolgt von einer hellen Gestalt auf einem strahlend weißen Einhorn. Chris wollte schon aufatmen, aber ein einziger Blick in Llewellyens Gesicht überzeugte ihn davon, dass es dazu keinen Grund gab.

Llewellyen wirkte keineswegs erleichtert. Ganz im Gegenteil – der aufmerksame Ausdruck auf seinen Zügen war banger Sorge gewichen, und seine Hand umklammerte das Schwert nur noch fester. Als der Tuatha de Dannan und sein Begleiter herankamen, senkte er die Waffe ein wenig, steckte sie aber nicht ein.

»Was ist geschehen?«, rief er dem Tuatha de Dannan entgegen. »Wieso seid ihr nicht im Lager geblieben?«

Der Tuatha de Dannan antwortete nicht, sondern riss sein Schlachtross so heftig herum, dass das Tier mit einem schrillen Wiehern auf die Hinterläufe stieg. Fast gleichzeitig zog er sein Schwert und hob den gewaltigen Schild, den er am linken Arm trug, ein wenig höher. Als das Tier zur Ruhe kam, stand es so, dass der Tuatha de Dannan den Weg auf ganzer Breite blockierte. Er starrte aufmerksam in die Richtung, aus der sie gekommen waren.

Die Sidhe – Chris erkannte jetzt, dass es Macha war –

lenkte ihr Einhorn neben das Pferd Llewellyens und brachte es zum Stehen. »Milesier!«, rief sie. »Wir sind angegriffen worden. Sie kamen, kaum dass ihr fort wart.«

Sie deutete auf den Goblin, der bei ihrem Näherkommen unwillkürlich ein Stück zurückgewichen war. »Wo ist der Menschenjunge?«

»In Sicherheit«, antwortete Llewellyen kurz. »Angegriffen, sagst du? Wo? Wie viele waren es?«

»Zu viele«, erwiderte Macha. »Sie kamen aus allen Richtungen, fast, als hätten sie auf uns gewartet. Wir müssen verraten worden sein. Die anderen sind tot, und auch wir werden nicht mehr lange leben, wenn wir nicht sofort von hier verschwinden.«

»Und Tethra?«

Die Sidhe zuckte mit den Achseln.

»Geflohen, tot oder gefangen«, sagte sie. »Ich hoffe, geflohen, aber ich weiß es nicht. Wir müssen weiter! Rasch! Wir haben die, die uns unmittelbar gefolgt sind, in einen Hinterhalt gelockt und erschlagen, aber sie schicken bestimmt noch mehr Krieger! Sie wissen, warum wir hier sind. Jemand hat uns verraten!«

»Verraten?«, wiederholte Llewellyen ungläubig. »Aber das ist unmöglich! Wer sollte so etwas tun?!«

»Wenn ich das wüsste, wäre es nicht geschehen!«, fauchte die Sidhe wütend. »Aber wir werden es bestimmt herausbekommen, wenn wir noch lange hier herumstehen und auf sie warten!«

Ehe Llewellyen antworten konnte, erhob sich Chris hinter seiner Deckung und trat rasch auf den Weg heraus. Die Sidhe blickte mit einer Mischung aus Erleichterung und Zorn auf ihn herab, dann lenkte sie ihr Einhorn neben ihn, packte ihn am Arm und zerrte ihn so grob in die Höhe, dass er vor Schmerz und Überraschung aufschrie. Auf einen Wink Llewellyens hin sprang der Goblin aus dem Sattel seines Pferdes, und Macha warf Chris regelrecht auf den Rücken des Tieres. Hätte Llewellyen nicht blitzschnell zugegriffen, wäre er gleich auf der anderen Seite wieder hinuntergefallen.

Sie preschten los, ohne noch ein einziges Wort zu wechseln, Chris, der sich bei dem rasenden Galopp kaum im Sattel halten konnte, direkt zwischen Llewellyen und Macha, während der Tuatha de Dannan den Abschluss bildete und ein gutes Dutzend Schritte hinter ihnen dahingaloppierte. Die beiden Goblins waren wieder in den Wald zurückgewichen, aber Chris hörte ihre hastigen, trappelnden Schritte und wusste, dass sie noch in der Nähe waren.

Diesmal vergingen kaum fünf Minuten, bis der Waldrand und die verbrannten Hügel wieder in Sichtweite kamen. Sie galoppierten aus dem Wald heraus, wandten sich nach rechts und sprengten etwa eine Meile weit auf dem verbrannten Boden zwischen dem Wald und der Hügelkette dahin, ehe Macha das Tempo allmählich senkte und schließlich anhielt. Nervös drehte sie sich im Sattel herum und blickte aus eng zusammengekniffenen Augen in die Richtung zurück, aus der sie gekommen waren. Auch der Tuatha de Dannan schloss zu ihnen auf und zügelte sein Pferd. Von den beiden Goblins war keine Spur zu sehen.

Chris fand zum ersten Mal Gelegenheit, die Sidhe genauer in Augenschein zu nehmen. Macha sah erschöpft aus, und sie war verletzt; quer über ihren linken Handrücken zog sich eine tiefe, blutige Schramme, und ihr spinnwebfeines Gewand war zerfetzt und über und über mit Schmutz und eingetrocknetem Blut besudelt. Auch das Einhorn blutete aus zahlreichen kleineren und größeren Verletzungen.

Erschrocken sah Chris zu dem Tuatha de Dannan hinüber und stellte fest, dass der Krieger einen kaum besseren Anblick bot als Macha. Seine Rüstung hatte ihn wohl vor schwereren Verletzungen bewahrt, aber er schien so erschöpft, dass er sich nur noch mit Mühe aufrecht im Sattel halten konnte, und aus seinem linken Handschuh tropfte es rot zu Boden.

»Kennst du einen anderen Weg hier heraus?«, sagte Macha, ohne sich herumzudrehen.

Die Frage galt Llewellyen, der sie mit einem Kopfschütteln beantwortete. »Es gibt keinen anderen Weg«, sagte er.

»Nur den über die brennenden Ebenen. Aber dann ziehe ich den Tod im Kampf vor.«

Macha funkelte ihn an und schien Luft für eine wütende Antwort zu holen, überlegte es sich aber anders und zuckte nur mit den Schultern. »Dann müssen wir uns verstecken«, sagte sie. »Sie werden es nicht wagen, allzu lange in den Wäldern zu bleiben.«

»Verstecken?«, fragte Llewellyen bitter. »Aber wo denn?«

Macha antwortete nicht, aber ihr Blick wurde noch düsterer. »Warum reiten wir nicht zurück nach Tintagel?«, fragte Chris.

Macha schnaubte abfällig, und auch Llewellyen schüttelte nur zornig den Kopf, aber der Tuatha de Dannan drehte sich halb im Sattel herum und blickte ihn sekundenlang durch die dünnen Sehschlitze seines Helmes hindurch an.

»Der Junge hat Recht«, sagte er. »Tintagel ist der einzige Ort, den sie niemals betreten würden.«

»Ja«, versetzte Macha heftig. »Und sie wissen auch, warum!«

»Es ist unsere einzige Chance«, beharrte der Tuatha de Dannan. »Hier im Wald finden sie uns. Es müssen Hunderte sein, Herrin!«

»Aber wo sind sie hergekommen?«, fragte Llewellyen verwirrt. »Wir haben doch Späher ausgeschickt! Und sie kommen nie hierher!«

»Es war eine Falle«, behauptete Macha. »Sie haben auf uns gewartet, genau dort, wo wir unser Lager aufgeschlagen haben. Es war pures Glück, dass wir ihnen entkommen konnten.«

»Und die anderen sind … sind alle tot?«, fragte Chris erschüttert. Es war, als begriffe er es erst jetzt richtig. Die Vorstellung, dass all die Männer, mit denen er noch vor einer Stunde geritten war, jetzt erschlagen dort droben im Wald lagen, erfüllte ihn mit Entsetzen und Zorn.

Macha starrte ihn an, und der Ausdruck ihrer goldenen Elfenaugen war so kalt wie Eis. Trotz ihrer Verletzung und ihres mitgenommenen Äußeren sah sie noch immer aus wie ein Wesen aus zerbrechlichem weißem Porzellan.

»Das sind sie, du junger Narr«, sagte sie kalt. »Sie führen Krieg gegen uns. Hat dir Fuavarra nicht gesagt, warum du hier bist?«

»Doch«, antwortete Chris verlegen. »Aber ich dachte –«

»Was?«, unterbrach ihn Macha. »Dass Krieg ein Spiel ist?« Sie lachte böse. »Das ist er nicht. Es wird Zeit, dass du das begreifst.«

Und wenn Chris bis zu diesem Moment noch nicht an böse Omen geglaubt hätte – jetzt tat er es. Denn Macha hatte kaum zu Ende gesprochen, da erscholl vom Waldrand her ein wütendes Brüllen, und die beiden Goblins taumelten auf die Ebene hinaus, gefolgt von fast einem Dutzend waffenschwingender Reiter.

Es war das erste Mal, dass er Milesier sah, und sie waren so schrecklich, wie er sie sich nach Fuavarras und Llewellyens Worten vorgestellt hatte, gleichzeitig aber auch völlig anders. Es waren keine Ungeheuer wie die Goblins oder ihre kleineren Verwandten, die Spriggans, sondern Wesen von menschlicher Gestalt. Sie waren sehr groß, wahre Riesen, die gewaltige, zackengekrönte Helme trugen. Trotz der Wärme waren sie in Fellmäntel gehüllt, und ihre Gesichter verbargen sich hinter schweren, dreieckigen Larven aus geschwärztem Eisen, deren schräg gestellte Sehschlitze ihnen etwas bedrohlich Insektenhaftes verliehen. Bewaffnet waren sie mit Speeren, Schwertern und großen, runden Schilden aus Holz und Eisen, und der Reiter an ihrer Spitze schwang einen gewaltigen Morgenstern.

»Zurück!«, schrie Llewellyen. »Flieh über die Hügel, wenn sie uns schlagen!«

Er wartete nicht ab, ob Chris seinen Worten nachkam, sondern riss sein Schwert in die Höhe und schloss sich Macha und dem Tuatha de Dannan an, die den Angreifern entgegengesprengt waren.

Der Kampf brach sofort los, und es war kein ritterliches Gefecht, sondern das Aufeinandertreffen zweier Völker, die seit Urzeiten Feinde waren und es immer bleiben würden. Trotz allem, was noch geschehen sollte, vergaß Chris dieses Bild nie wieder, denn es zeigte ihm deutlicher als alle Erklärungen, wie groß der Hass zwischen den Milesiern und den Bewohnern Erinns war und wie unüberbrückbar die Kluft, die sie trennte.

Er hatte fast damit gerechnet, dass die Milesier Llewellyen und die anderen einfach über den Haufen reiten würden, denn selbst wenn er die beiden Goblins mitzählte, waren sie ihnen an Zahl immer noch um gut das Dreifache überlegen. Aber genau das Gegenteil war der Fall – die Schlachtreihe der Milesier wankte unter dem Ansturm der drei ungleichen Gegner, und als sich auch die Goblins wieder umwandten und mit bloßen Fäusten auf ihre berittenen Gegner eindrangen, zerbrach sie vollends. Macha fuhr wie eine leibhaftige Rachegöttin unter die feindlichen Reiter. Ihr Schwert schien sich in einen silbernen Blitz zu verwandeln und schmetterte schon mit dem ersten Hieb den Mann mit dem Morgenstern aus dem Sattel, verwundete noch in der gleichen Bewegung einen zweiten Milesier und tötete das Pferd eines dritten, der mit hilflos rudernden Armen aus dem Sattel des zusammenbrechenden Tieres stürzte. Der Tuatha de Dannan wütete kaum weniger schrecklich unter den Angreifern, die seiner Panzerung und dem Anprall des gewaltigen Schlachtrosses nichts entgegenzusetzen hatten, und selbst Llewellyen drang auf zwei Milesier gleichzeitig ein, ohne dass es auch nur eine Sekunde lang so aussah, als wäre er der Unterlegene. Er war viel kleiner als die Reiter in den schwarzen Pelzen und noch dazu so gut wie schutzlos, aber er handhabte seine Waffe mit einer Geschicklichkeit, die Chris ihm niemals zugetraut hätte.

Die beiden Goblins gingen sehr viel direkter vor. Chris sah, wie eines der Wesen das Pferd eines Milesiers packte und einfach zu Boden warf, während der andere einen Milesier aus dem Sattel zerrte und wie ein lebendes Geschoss unter seine Kameraden warf.

Aber das Kriegsglück wendete sich bald. Nach ein paar Augenblicken sprengten die Milesier auseinander und formierten sich blitzschnell neu, und mit einem Male fanden sich Llewellyen und seine vier Mitstreiter im Inneren eines weitgezogenen Kreises, aus dem sie von allen Seiten zugleich angegriffen wurden.

Und dann geschah das, was Chris schon die ganze Zeit über befürchtet hatte: Zwei Milesier lösten sich aus dem Kreis der Angreifer und sprengten direkt auf ihn zu.

Er wusste selbst nicht, ob es dieser Anblick oder Llewellyens erschrockener Aufschrei war, der ihn aus seiner Erstarrung riss – aber noch bevor die Milesier die halbe Strecke zurückgelegt hatten, riss er sein Pferd herum und jagte auf die verbrannten Hügel zu.

Er spürte, dass er es nicht schaffen würde, noch bevor er den Hang halb erklommen hatte. Die Hufe seines Pferdes fanden auf dem glatten Boden keinen Halt. Das Tier strauchelte, versuchte vergeblich, noch einmal hochzukommen, und stürzte mit einem erschrockenen Wiehern zur Seite. Chris wurde aus dem Sattel geschleudert, riss instinktiv die Arme schützend vor das Gesicht und verlor trotzdem fast das Bewusstsein, so hart war der Aufprall auf dem schwarzverbrannten Boden. Hilflos schlitterte er ein Stück den Hang hinab, ehe er sich irgendwo festklammern konnte. Vor seinen Augen tanzten bunte Kreise.

Aber auch seine Verfolger hatten nicht viel mehr Glück. Eines der Tiere war ebenfalls gestürzt, wobei es seinen Reiter unter sich begraben hatte, und der zweite Milesier, der vom Pferd gesprungen war und zu Fuß versuchte, ihn zu erreichen, glitt immer wieder auf dem spiegelglatten Boden aus.

Was nichts daran änderte, dass er näher kam; langsam, aber unaufhaltsam.

Chris sah verzweifelt zu Llewellyen und den anderen hinüber. Trotz ihrer geänderten Taktik waren die Milesier nicht sehr viel erfolgreicher geworden: Einer der Goblins schien verwundet, und auch der Tuatha de Dannan wankte im Sattel, aber fast die Hälfte der Angreifer lag bereits verwundet oder tot am Boden, und jede weitere Attacke kostete sie einen oder zwei weitere Krieger. Aber er glaubte auch plötzlich zu wissen, dass die Milesier Llewellyen und die anderen gar nicht besiegen wollten. Nein – es reichte ihnen völlig, sie lange genug aufzuhalten, bis sie ihn, Chris, gefangen oder gleich auf der Stelle getötet hatten …

Und wie es aussah, würde die Rechnung auch aufgehen,

denn der Milesier war nur noch zwei oder drei Schritte von ihm entfernt.

Die Angst gab Chris zusätzliche Kräfte. Verzweifelt stemmte er sich in die Höhe, machte einen Schritt und glitt auf dem spiegelglatten Hang prompt wieder aus. Erneut stürzte er zu Boden, schlitterte mit hilflos rudernden Armen und Beinen an dem völlig überraschten Milesier vorbei und prallte unsanft gegen das gestürzte Pferd des zweiten. Er spürte etwas Hartes, Eiskaltes in seinem Rücken, erkannte mit einem raschen Blick, dass es nichts anderes als das Schwert des bewusstlosen Milesiers war – und griff zu, ohne zu denken.

Alles geschah in Sekundenschnelle und mit solch entsetzlicher Konsequenz, dass Chris es nicht einmal hätte verhindern können, wenn er es gewollt hätte. Das Schwert glitt fast von selbst aus der Scheide und beschrieb einen blitzenden Halbkreis, während der Milesier über ihm herumfuhr und wie Chris zuvor den Halt auf dem glatten Boden verlor. Er schrie auf, stürzte und schlitterte auf Chris zu.

Und auf das Schwert, das dieser in der Hand hielt.

Chris versuchte die Waffe noch herumzureißen, aber sie war viel zu schwer dazu; sein eigener Schwung, mit dem er das Schwert aus dem Gürtel des Bewusstlosen gezogen hatte, riss ihn nach vorne.

Die Klinge glitt fast widerstandslos durch den schwarzen Fellmantel des Angreifers und drang bis ans Heft in seine Brust. Der Milesier starb auf der Stelle und ohne einen Laut. Das Schwert fiel aus seiner Hand und rutschte klirrend den Hang hinab, während sein lebloser Körper nach vorne kippte und Chris so heftig gegen das Pferd schmetterte, dass er für Augenblicke das Bewusstsein verlor. Als er die Augen wieder aufschlug, tobte der Kampf unter ihm noch immer mit unverminderter Heftigkeit.

Mühsam arbeitete sich Chris unter dem reglosen Körper des Milesiers hervor, kroch ein kleines Stück davon und blieb schwer atmend sitzen. Sein Blick glitt über den schwarzen Pelz des toten Milesiers, und eisiges Entsetzen machte sich in ihm breit. Er empfand keine Erleichterung, dass er noch am Leben war, und schon gar keinen Triumph, diesen übermächtigen Gegner besiegt zu haben, sondern nur Schrecken und ein entsetzliches Schuldgefühl.

Und dann fiel sein Blick auf das Gesicht des Milesiers.

Der Sturz hatte die schwarze Eisenmaske gelöst, sodass er es zum ersten Mal deutlich sehen konnte.

Es war das Gesicht eines Menschen. Er war ein Mann von vielleicht vierzig Jahren, groß, sehr kräftig und mit sonnenverbrannter, dunkler Haut. Das Haar, das unter dem Helm zum Vorschein gekommen war, war rot wie das Llewellyens, und seine weit aufgerissenen, starren Augen waren nicht die eines Dämonen, sondern eines ganz normalen Menschen, der nicht begreifen konnte, warum er einen so sinnlosen Tod sterben musste. Kein Ungeheuer. Kein Dämon mit Flammenaugen und einem Raubtiergebiss, sondern ein Mensch.

Chris hörte, wie der Kampf unten am Waldrand allmählich verebbte, aber es drang kaum an sein Bewusstsein. Die Milesier waren Menschen, Menschen wie Llewellyen und er, keine Dämonen!

Lange, sehr lange saß Chris da, starrte das reglose Gesicht vor sich an und versuchte vergeblich, den Gedanken zu akzeptieren, dass er einen Menschen getötet hatte.

Schließlich hörte er Schritte. Er sah auf und erkannte eine schlanke, in weißes Leder gekleidete Gestalt. Hinter dem Erinn kamen Macha und der Tuatha de Dannan heran.

Llewellyen verharrte mitten im Schritt und blickte erst ihn, dann den toten Milesier und dann wieder ihn an. Er machte der Sidhe und ihrem Begleiter ein Zeichen zurückzubleiben, ging vor Chris in die Hocke und streckte die Hand nach ihm aus, führte die Bewegung aber nicht zu Ende.

»Alles in Ordnung mit dir?«, fragte er.

Chris schüttelte den Kopf, aber die Bewegung war so schwach, dass er bezweifelte, dass Llewellyen sie überhaupt sah. Durch einen Schleier von Tränen blickte er auf den Schwertgriff herab, der aus der Brust des Milesiers ragte, dann auf seine eigene Hand. »Ich … ich habe ihn getötet, Llewellyen«, flüsterte er.

»Du musstest es tun«, antwortete Llewellyen sanft. Er lächelte traurig, als Chris etwas sagen wollte, und hob die Hand. »Ich weiß, dass das ein schwacher Trost ist. Es tut weh, das erste Mal. Man glaubt, verrückt zu werden. Man wünscht sich, lieber selbst tot zu sein.«

Chris starrte ihn an. Seine Augen füllten sich immer mehr mit Tränen. Er konnte nicht sprechen.

»Mir ging es nicht anders beim ersten Mal«, fuhr Llewellyen fort.

»Aber er … er war ein Mensch«, flüsterte Chris mit tränenerstickter Stimme. »Sie … sie sind Menschen, Llewellyen!«

»Natürlich sind sie das, du Narr!«, sagte der Tuatha de Dannan zornig. »Was hast du gedacht? Dass sie vier Augen haben und lange Reißzähne und kleine Kinder zum Frühstück fressen?«

Macha brachte den Tuatha de Dannan mit einer ärgerlichen Handbewegung zum Schweigen, während Llewellyen Chris nur weiter traurig und voller Verständnis ansah.

»Sie … sind Menschen, Llewellyen«, flüsterte Chris noch einmal. Er fühlte sich leer, schuldig und unendlich müde. »Sie sind Menschen.«

»Ich weiß«, antwortete Llewellyen. »Das ist es ja gerade, was es so schlimm macht.«

Chris sagte nichts mehr, und auch Llewellyen schwieg, als wüsste er, wie wenig Worte in diesem Moment helfen konnten. Nach einer Weile standen sie beide auf und gingen schweigend zu den wartenden Pferden.

Der Dagda

Und weiter ging die verzweifelte Flucht. Chris' Pferd, das sich bei dem Sturz übel verletzt hatte und lahmte, musste zurückbleiben, sodass er nun auf Llewellyens weißem Schlachtross ritt, während der Erinn sich eines der herrenlosen Milesier-Pferde griff, von denen mehr als genug herumliefen. Von den Angreifern war keiner mehr in der Lage, ihnen zu folgen – die meisten lagen erschlagen oder verletzt auf dem Boden. Einige wenige waren aber entkommen, nachdem sie begriffen hatten, dass ihr Angriff gescheitert war, und so gehörte nicht viel Fantasie dazu, sich auszumalen, dass sie in Kürze zurückkehren würden; und diesmal mit ausreichend Verstärkung, um es auch mit einer leibhaftigen Kriegsgöttin aufnehmen zu können.

Aber auch ihre kleine Truppe war zusammengeschmolzen. Beide Goblins konnten ihnen nicht mehr zurück in den Wald folgen, und der Tuatha de Dannan lag mehr auf dem Rücken seines Pferdes, als er ritt. Auch Macha und Llewellyen waren nicht ganz so unverletzt davongekommen, wie Chris im ersten Moment angenommen hatte. Llewellyens Gesicht war bleich und mit feinem kaltem Schweiß bedeckt, und von Zeit zu Zeit presste er die Hand gegen die linke Seite, und auch auf dem Gewand der Sidhe waren neue, dunkle Blutflecken entstanden. Einen zweiten Angriff würden sie kaum überstehen.

Aber all dies registrierte Chris nur wie durch einen dichten Nebel, so fern und nebensächlich erschien es ihm, als ginge ihn das alles nichts an. Er fühlte sich noch immer wie betäubt, und das eisige Entsetzen, mit dem ihn der Tod des Milesiers erfüllt hatte, war keinen Deut schwächer geworden.

Daran hatten auch Llewellyens Worte nichts geändert; ganz im Gegenteil: Seine zwar unausgesprochene, aber unüberhörbare Behauptung, dass man sich an das Töten gewöhne, schien alles nur schlimmer zu machen.

Gut eine Stunde lang preschten sie durch den Wald, ohne dass von den Verfolgern etwas zu sehen war, dann verhielt Macha plötzlich ihr Einhorn, legte den Kopf schräg und lauschte einen Moment mit geschlossenen Augen. Als sie wieder zu ihnen aufschloss, hatte sich ihr Gesichtsausdruck noch weiter verdüstert.

»Milesier?«, fragte Llewellyen.

Macha nickte. »Sehr viele«, sagte sie. »Es müssen hundert sein, wenn nicht mehr.« »Und wie weit?« Llewellyens Stimme war ganz ruhig, ohne eine Spur von Furcht, aber auch ohne einen Funken von Zuversicht.

Die Sidhe machte eine undeutbare Handbewegung. »Vielleicht eine Stunde, vielleicht zwei«, sagte sie. »Sie reiten schnell. Und ihre Tiere sind nicht so erschöpft wie unsere.« Sie blickte kopfschüttelnd und sehr besorgt auf die erbärmliche Armee, über die sie noch gebot – einen verwundeten Tuatha de Dannan, der sich kaum mehr im Sattel halten konnte, einen erschöpften Erinn, der kaum mehr war als ein Kind, und einen Jungen, der nicht einmal wusste, an welcher Seite man ein Schwert anfasste, ohne sich zu verletzen. Schließlich schien sie zu einem Entschluss zu kommen.

»Ich bleibe zurück«, sagte sie. »Vielleicht gelingt es mir, sie aufzuhalten und euch so einen größeren Vorsprung zu verschaffen.«

»Was für ein Unsinn!«, ereiferte sich Llewellyen. »Du wirst sie keine Minute aufhalten können, Macha. Sie werden dich einfach über den Haufen reiten, so viele, wie sie sind.«

Die Sidhe lächelte, aber es sah alles andere als fröhlich aus, fand Chris. »Ich habe noch ein paar Überraschungen für sie«, sagte sie. »Und jede Minute, die ihr gewinnt, kann entscheidend sein. Der Menschenjunge muss Ross Castle erreichen, ganz egal, was es kostet.«

»Selbst wenn es dein eigenes Leben ist?«, fragte Chris.

»Selbst dann«, erwiderte Macha ruhig. »Die Krieger, die heute Morgen im Kampf gestorben sind, hatten auch nur ein Leben. Wie kommst du auf die Idee, dass meines mehr wert wäre als das ihre?« Sie schnitt ihm mit einer herrischen Handbewegung das Wort ab, als er erneut widersprechen wollte, und fuhr fort: »Manchmal muss ein Teil des Ganzen geopfert werden, um den Rest zu retten. Ihr reitet weiter, auf der Stelle!«

Llewellyen blickte sie einen Moment lang voller Trauer an, dann zwang er sein Pferd herum und wollte weiterreiten, und auch der Tuatha de Dannan richtete sich mühsam im Sattel auf und griff nach den Zügeln, aber Chris rührte sich nicht von der Stelle.

»Worauf wartest du noch?«, herrschte ihn die Sidhe an »Willst du hier bleiben, bis sie kommen, du Narr?«

»Wenn es sein muss, ja«, antwortete Chris leise, aber entschlossen. »Wir bleiben zusammen.«

»Ich glaube nicht, dass du das bestimmst«, fauchte Macha. Aber ihr Zorn beeindruckte Chris nicht mehr. Es war nicht so, dass er seine ehrfurchtsvolle Scheu vor der Sidhe verloren hätte; wie bei Fuavarra spürte er, dass er hier einem vielleicht nicht unbedingt höheren, aber sehr viel weiseren Wesen gegenüberstand, als es ein Mensch jemals sein konnte. Und doch war sie sterblich, und wie jede denkende Kreatur fürchtete auch sie Schmerz und Tod. Sie gehörten einfach zusammen, nach dem, was geschehen war.

»Wir bleiben zusammen«, beharrte er. »Wir reiten alle oder keiner.« Machas Miene verdüsterte sich, und in Llewellyens Blick war plötzlich eine Mischung aus Schrecken und widerwilliger Bewunderung. Aber keiner von beiden widersprach noch einmal. Sowohl die Sidhe als auch der junge Erinn schienen zu spüren, wie sinnlos es wäre, weiter mit Chris zu streiten.

»Du bist ein Narr«, sagte Macha. »Aber gut, wie du willst. Dann sterben wir eben gemeinsam.«

Sie sprengten weiter. Das Wissen um die näher kommenden Verfolger schien ihnen neue Kräfte zu verleihen, und selbst die Pferde griffen kräftiger aus, als spürten auch sie die Gefahr, in der sie sich befanden.

Aber es war nur ein kurzes Aufbegehren, das fast genauso schnell verging, wie es gekommen war. Schon bald wurden die Pferde wieder langsamer, und nachdem sie eine halbe Stunde geritten waren, wandte Macha immer öfter den Kopf und blickte den Weg zurück. Chris hörte noch nichts, aber das besagte wenig. Er hatte ja schon zur Genüge erlebt, dass die Sinne der Bewohner Erinns weitaus schärfer waren als die seinen.

Plötzlich brachte Macha ihr Einhorn so abrupt zum Stehen, dass Chris um ein Haar in sie hineingeritten wäre. Ihre Hand zuckte zum Schwert, aber ihre Aufmerksamkeit war nach vorne gerichtet, nicht nach hinten, von wo sie die Verfolger erwarteten.

»Was ist?«, fragte Llewellyen erschrocken. »Warum –«

Die Sidhe brachte ihn mit einer raschen Handbewegung zum Verstummen und starrte konzentriert in das fast undurchdringliche Grün des Waldes.

»Dort vorne ... ist etwas«, sagte Macha leise. »Aber ich weiß nicht, was.«

Llewellyen starrte sie bestürzt an. Chris wusste noch immer wenig mehr als am vergangenen Abend über die Sidhe und die Rolle, die sie in Erinn spielten, aber er begriff immerhin eines – wenn nicht einmal ein Wesen wie Macha, das Teil der Natur dieses Landes war, zu sagen vermochte, wer oder was sich ihnen da näherte, dann musste es sich um etwas sehr Ungewöhnliches handeln. Und bedauerlicherweise hatte sich bisher fast alles Ungewöhnliche, auf das er seit seiner Ankunft hier gestoßen war, als gefährlich erwiesen.

»Reiten wir weiter«, sagte Llewellyen nach einer Weile, aber Macha schüttelte nur den Kopf. Chris sah, dass ihr Gesicht noch bleicher geworden war.

»Ich ... kann nicht«, murmelte sie, mehr verstört als erschrocken. »Etwas ... ist da vorne.«

»Ja, und etwas ist hinter uns«, versetzte Llewellyen ungeduldig. »Eine ganze Menge Etwas, und sie haben scharfe Schwerter und Speere.«

Aber Macha hörte ihm gar nicht zu. Nervös strich sie durch die Mähne des Einhorns, sah sich immer wieder nach beiden Seiten um und schien in sich hineinzulauschen. »Es ... geht ... nicht«, sagte sie schließlich, leise und schleppend, so, als koste sie jedes Wort unendliche Überwindung. »Wir dürfen nicht ... weiter.«

»Was ist mit ihr?«, fragte Chris, an Llewellyen gewandt und so leise, dass die Sidhe die Worte nicht verstehen konnte – wenigstens hoffte er das.

Aber Llewellyen schüttelte nur den Kopf. »Ich weiß es nicht«, murmelte er. In seinem Gesicht mischte sich Verwirrung mit Furcht. »Ich habe sie noch nie so erlebt.« Er drehte sich nervös im Sattel um und sah zurück, und auch Chris' Blick ging in dieselbe Richtung. Er war nicht sicher – aber für einen Moment glaubte er eine Bewegung wahrzunehmen.

Und klang da nicht das rhythmische Hämmern von Hufschlägen durch das Rauschen des Waldes?

»Wir müssen weiter«, sagte Llewellyen noch einmal. »Los!« Macha rührte sich nicht, aber sie widersprach auch nicht mehr, und so beugte sich Llewellyen kurz entschlossen zur Seite und ergriff das Zaumzeug ihres Einhornes, so wie er zuvor die Zügel von Chris' Pferd übernommen hatte. Sie ritten weiter, aber sie kamen nur langsam vorwärts; Machas Einhorn scheute immer wieder, und auch Chris' Pferd und das Reittier des Tuatha de Dannan sträubten sich weiterzugehen. Einzig das schwarze Milesier-Pferd, auf dem Llewellyen ritt, schien die unsichtbare Gefahr nicht zu spüren, der sie sich näherten.

Der Weg verbreiterte sich vor ihnen zu einer gewaltigen, ovalen Lichtung, deren jenseitiger Rand von einem Haufen wirrer, übermannshoher Felstrümmer begrenzt wurde, und sie hatten kaum ihre Mitte überschritten, da blieben die beiden Pferde und Machas Einhorn wie auf ein geheimes Kommando hin stehen, und selbst Llewellyens Tier begann nervös mit dem Schwanz zu peitschen.

Chris sah sich erschrocken um. Alles schien wie zuvor – der Wald lag weiter düster und undurchdringlich wie eine Mauer aus Grün und Braun und vereinzelten flirrenden Sonnenstrahlen vor ihnen, der Wind strich raschelnd durch die Baumkronen, und hier und da bewegte sich ein Blatt oder ein Zweig, von einem Tier oder einem Windhauch angerührt. Und doch war etwas anders geworden. Er spürte es, nicht so deutlich wie die Sidhe, aber doch zu intensiv, um es zu ignorieren.

Plötzlich schrie die Sidhe auf. Ihr Einhorn stieg mit einem schrillen Wiehern auf die Hinterläufe und warf seine Reiterin beinahe ab, und auch Chris' Pferd machte einen erschrockenen Schritt zurück und zuckte nervös mit den Ohren.

Die Lichtung war nicht mehr leer. Zwischen den Felsen an ihrem jenseitigen Rand war eine grauhaarige Gestalt erschienen, vollkommen lautlos und so plötzlich, als wäre sie aus dem Nichts hervorgetreten.

»Der Dagda!«, keuchte Llewellyen. »Bei allen Göttern Erinns – er ist es.« Seine Augen waren weit vor Schrecken und seine Lippen wie dünne, aufgemalte Striche, so blutleer waren sie.

Chris, der nicht die allermindeste Ahnung hatte, wer oder was der Dagda war, blickte den so jäh aufgetauchten Mann nur verwirrt an. Er verstand weder Llewellyens Schrecken noch das unübersehbare Entsetzen der Sidhe. Er verspürte auch keinerlei Angst; ganz im Gegenteil – von dem alten, in ein einfaches, knöchellanges graues Gewand gekleideten Mann schien eine schwer zu beschreibende Ruhe und Sanftmut auszugehen. Er war nicht sehr groß – nur eine halbe Handspanne größer als Chris –, und er stand leicht nach vorne gebeugt da, mit einem knotigen Stock als Stütze, der größer war als er selbst. In der linken Hand trug er einen kleinen Leinensack, in dem er wahrscheinlich seine Habseligkeiten aufbewahrte, und sein Haar war schütter und grau und so lang, dass es bis weit über seine Schultern herabfiel. Sein Gesicht war das eines alten Mannes, nicht eines Greises, durchzogen von Hunderten Fältchen und tiefen Furchen, die ein langes, erfahrungsreiches Leben gegraben hatte. Für ein paar Sekunden trafen sich ihre Blicke, und es war wie in Fuavarras Nähe, nur sehr viel stärker: Chris hatte das Gefühl, dass der Blick seiner dunklen, sanften Augen bis auf den Grund seiner Seele reichte; nicht einfach seine Gedanken erriet, sondern sehr viel tiefer ging, bis in Bereiche hinein, die selbst ihm verborgen blieben.

Aber anders als bei Fuavarra war an diesem Sondieren und Tasten nichts Beunruhigendes. Der Gedanke, dass dieser alte Mann ganz genau wusste, wie es in ihm aussah, ja, dass er vielleicht mehr über ihn wusste als er selbst, erschreckte Chris nicht. Ohne dass es ihm bewusst wurde, lächelte er plötzlich, und der Dagda erwiderte dieses Lächeln. Dann löste sich sein Blick von dem Chris', und an die Stelle der Wärme und Väterlichkeit in seinen Augen traten Spott und auch eine Spur von Unmut, als er nacheinander den Tuatha de Dannan, Llewellyen und schließlich die Sidhe ansah, in dieser Reihenfolge und jeden ein wenig länger als den

Vorhergehenden. Gelassen trat er auf Macha zu, hob die Hand und berührte die Stirn ihres Einhorns. Und im gleichen Moment beruhigte sich das Tier. Es hörte auf, nervös zu tänzeln, senkte das Haupt und ließ zu, dass der Dagda seine Stirn streichelte.

»Dieses Tier hat Angst«, sagte der Dagda bedauernd. »Du hast es Schrecken und Gewalt gelehrt statt Liebe und Sanftmut, wie es die Art seiner Rasse ist.«

Die Worte galten Macha, die wie versteinert im Sattel saß. Sie wollte antworten, aber ihre Stimme versagte. Ihre Hände hielten die Zügel des Einhorns so fest, dass ihre Fingerknöchel weiß hervortraten.

Kopfschüttelnd betrachtete der alte Mann die tiefe Schramme auf Machas Hand und auch die zahllosen Kratzer und Schnitte auf der weißen Haut des Einhorns. Dann berührte er zuerst die Hand der Sidhe, dann nacheinander und sehr rasch all die kleinen Verletzungen des Einhorns, und wie durch Zauberei verschwanden unter den schlanken Fingern des Dagda all die Wunden von Tier und Reiterin.

Schließlich trat der Dagda zwei Schritte zurück und legte den Kopf in den Nacken, um zu Macha hinaufzusehen. »Du hast nichts dazugelernt«, sagte er leise und mit vorwurfsvoller, aber nicht feindseliger Stimme. »Ich hatte gehofft, dass du es endlich begreifen würdest, aber ich sehe, dass ich mich getäuscht habe. Du trägst noch immer das Schwert. Und es ist voller Blut«, fügte er vorwurfsvoll hinzu. »Wir wurden angegriffen«, sagte Chris – und bedauerte fast in der gleichen Sekunde, überhaupt den Mund aufgemacht zu haben, denn sowohl Llewellyen als auch die Sidhe blickten ihn entsetzt an, als wäre es eine Todsünde, von sich aus das Wort an den Dagda zu richten.

Aber der alte Mann lächelte nur, als er sich zu ihm umwandte. »Ich weiß«, sagte er. »Doch es ist nicht dieser Kampf, von dem ich rede. Er war so falsch und unnötig wie alle Kämpfe, aber vielleicht hat er bei allem doch auch ein Gutes bewirkt.«

»Das … verstehe ich nicht«, gestand Chris zögernd.

Der alte Mann lächelte milde. »Er hat dich etwas gelehrt«,

antwortete er. »Du weißt es noch nicht, aber er war wichtig für dich. Vielleicht für ganz Erinn.«

Chris riss erstaunt die Augen auf. Die Worte des Dagda konnten nichts anderes bedeuten, als dass er wusste, was drüben bei den brennenden Ebenen geschehen war. Aber das war doch unmöglich – sie waren meilenweit entfernt gewesen!

»Nichts, was in diesen Wäldern vor sich geht, bleibt mir verborgen«, fuhr der Dagda lächelnd fort und bewies Chris damit endgültig, dass er seine Gedanken so mühelos las, als spräche er sie laut aus.

»Dann ... dann weißt du auch, dass ... dass wir verfolgt werden?«, sagte Chris.

»Ja«, bestätigte der Dagda. »Sie werden gleich hier sein. Aber hab keine Sorge. Niemand wird dir etwas zu Leide tun.« »Und den anderen?« Chris deutete auf Llewellyen und die Sidhe, und er bezog auch den Tuatha de Dannan in seine Frage mit ein.

Statt einer direkten Antwort lächelte der alte Mann erneut, dann wandte er sich wieder zu Macha um. »Dieser Knabe, der nie in seinem Leben eine Waffe in der Hand hielt, hat ein edelmütigeres Herz als ihr alle zusammen«, sagte er. »Und was habt ihr ihm gezeigt? Furcht und Terror. Er kam hierher, um euch zu helfen, und ihr habt ihm das Töten beigebracht.« Er schüttelte traurig den Kopf.

»Wir hatten keine andere Wahl«, antwortete Macha. Es war das erste Mal, dass sie ihre Sprache wieder fand, seit sie auf die Lichtung hinausgeritten waren, und ihre Stimme zitterte vor Furcht. Aber Chris glaubte auch eine Spur von Trotz darin zu erkennen, und eine Feindseligkeit, die er sich nicht erklären konnte.

»Keine andere Wahl?«, wiederholte der Dagda zweifelnd.

»Sie hätten ihn getötet«, behauptete Macha. »Du weißt, dass es so ist. Ich wollte diesen Kampf nicht. Wir wurden verraten.«

»Ihr habt euch selbst verraten«, antwortete der Dagda geheimnisvoll. »Schon, als ihr beschlossen habt, ihn zu holen. Ihr werdet Erinn nicht mit dem Schwert retten.«

Macha wollte widersprechen, aber der Alte hob abwehrend die Hand, und die Sidhe verstummte abrupt. »Wir reden später«, sagte er. »Jetzt gibt es etwas, was ich tun muss.« Er wandte sich um, trat ein paar Schritte zur Seite und sah zum Waldrand hinüber.

Am Ende des Weges, den Chris und die anderen gekommen waren, erschienen Reiter. Sehr viele Reiter, die hundert, von denen Macha gesprochen hatte, und noch ein Gutteil mehr. Sie alle waren in die dunklen Felle gekleidet, die Chris bereits kannte, und an ihrer Spitze galoppierte ein wahrer Riese, ein Mann von gut zwei Metern Größe, in dessen Hand das gewaltige Schwert, das er trug, wie ein Spielzeug wirkte. Er war der einzige, dessen Gesicht nicht hinter einer Maske verborgen war.

Die Milesier kamen rasch näher. Als sie Chris und die anderen gewahrten, stieß der Mann an ihrer Spitze einen schrillen Ruf aus, woraufhin sich das Tempo der kleinen Armee noch steigerte, und schwang kampflustig sein Schwert. Doch dann geschah etwas Sonderbares: Die Reiter preschten auf die Lichtung hinaus, aber sie griffen nicht an. Es war, als wäre plötzlich eine unsichtbare Mauer zwischen ihnen und der Gestalt des alten Mannes, die sie zwang, in weitem Bogen auszuweichen und schließlich anzuhalten. Sie bildeten einen Ring um die gesamte Lichtung, während aus dem Waldweg immer noch mehr und mehr Reiter herbeijagten.

Der Dagda wartete ruhig, bis der Strom der Krieger endlich versiegt war, dann trat er dem Anführer der Milesier ruhig und ohne ein Zeichen von Furcht entgegen. Der Mann in dem schwarzen Fell blickte ihn feindselig von der Höhe des Pferderückens aus an, aber Chris fand, dass er auch ein wenig unsicher wirkte. Er hatte längst nicht eine so panische Angst vor dem alten Mann wie Llewellyen oder die Sidhe, aber auch er schien die Aura von Macht zu spüren, die die grauhaarige Gestalt umgab.

»Ihr kommt mit Waffen in meinen Wald, Cochran?«, begann der Dagda. »Wer hat dir gesagt, dass du den Frieden dieses Ortes stören sollst? Kennst du nicht die alten Gesetze?«

Der Milesier zog überrascht die Brauen zusammen. »Du kennst meinen Namen, alter Mann?«, fragte er.

»Deinen und den jedes einzelnen deiner Männer«, bestätigte der Dagda. »So, wie ich weiß, weshalb ihr hier seid.«

»Dann wäre es klüger, wenn du den Weg freigibst«, antwortete Cochran drohend. »Wir haben keinen Streit mit dir. Wir wollen nur die Sidhe. Und ihn.« Er hob das Schwert und deutete mit seiner Spitze auf Chris, der erschrocken zusammenfuhr.

Der Dagda machte eine besänftigende Handbewegung. »Der Knabe und die anderen stehen unter meinem Schutz«, sagte er. »Niemand wird ihnen ein Leid antun.«

In Cochrans Augen blitzte es auf. Wütend hob er sein Schwert, ließ es aber gleich wieder sinken und verzog die Lippen zu einem abfälligen Lächeln.

»Du redest irre, alter Mann«, sagte er. »Willst du mich aufhalten? Und alle meine Männer dazu?«

»Der Frieden dieses Ortes ist heilig«, antwortete der Dagda ruhig. »Auch du wirst ihn nicht stören. Geh. Nimm deine Männer und geh in Frieden.«

Cochran lachte erneut, aber es klang nicht mehr ganz echt. Einen Moment lang starrte er den Dagda unsicher an, dann hob er in einer eher ärgerlichen als wirklich zornigen Bewegung das Schwert und trieb sein Pferd auf den alten Mann zu.

Das Tier machte ein paar Schritte und blieb dann so abrupt stehen, dass Cochran im Sattel nach vorne fiel und um ein Haar zu Boden gefallen wäre, was seine Begleiter mit einem ungläubigen Raunen kommentierten.

»Geht«, wiederholte der Dagda in der gleichen ruhigen, beinahe milden Art. »Niemand wird an diesem Ort eine Waffe gegen einen anderen erheben, solange ich da bin.«

Cochran fing sich mühsam wieder, trieb dem Pferd die Absätze in die Seiten und erreichte damit nur, dass das Tier scheute und rückwärts tänzelte, wodurch er beinahe ein zweites Mal das Gleichgewicht verloren hätte. Mit einem wütenden Brüllen sprang er aus dem Sattel und packte das Schwert mit beiden Händen.

»Dann werde ich eben dafür sorgen, dass du nicht mehr da bist, du alter Narr!«, schrie er. »Deine Zaubertricks beeindrucken mich nicht. Geh aus dem Weg oder stirb!«

Mit hoch erhobenem Schwert trat er auf den Dagda zu. »Gib den Weg frei!«, verlangte er noch einmal. »Wenn schon aus keinem anderen Grund, dann darum, weil dieser Knabe der Mörder meines Bruders ist!«

»Nicht sein Mörder«, widersprach der Dagda ruhig. »Er starb durch das Schwert, das er selbst in dieses Land gebracht hat.«

Cochrans Gesicht verzerrte sich vor Hass. »Dann stirb eben, du Narr!«, schrie er – und schlug zu. Sein Schwert schien sich in einen Blitz aus Silber zu verwandeln, der dem Dagda glattweg den Kopf von den Schultern trennen musste. Chris schrie erschrocken auf und schlug die Hand vor den Mund.

Aber Cochrans Hieb tötete den alten Mann nicht. Er verwundete ihn nicht einmal, denn plötzlich hielt der Milesier kein Schwert mehr in den Händen, sondern einen biegsamen Weidenzweig voller grüner Blätter.

Cochran brüllte vor Schreck und Zorn wie ein verwundeter Stier, als ihn die Wucht seines eigenen Hiebes von den Füßen riss. Er fiel, ließ den nutzlosen Zweig fallen und zerrte im Aufspringen einen zweischneidigen Dolch aus dem Gürtel, den er nach dem alten Mann schleuderte.

Noch bevor die Waffe den Dagda erreicht hatte, verwandelte sie sich in eine weiße Taube, die elegant die Flügel ausbreitete und sanft auf seiner Schulter landete.

Cochran keuchte. Entsetzt prallte er einen Schritt zurück, blieb wieder stehen und starrte den alten Mann aus hervorquellenden Augen an.

»Zauberei!«, rief er. »Das ist Schwarze Magie! Du … du bist mit den Mächten der Finsternis im Bunde!«

»Nein«, widersprach der Dagda. »Aber ich fürchte, du würdest nie begreifen, wer ich wirklich bin, Cochran. So geh. Geh und versündige dich nicht noch mehr, als du es ohnehin schon getan hast.« Die Taube löste sich von seiner Schulter und flatterte zu Cochran hinüber, um sich auf seinem schwarzen Pelz niederzulassen. Der Milesier prallte zurück, als wäre sie ein böser Dämon, und schlug in blinder Panik nach dem Tier, traf es aber nicht.

»Ich sehe in dein Herz, Cochran«, sagte der Dagda kopfschüttelnd. »Und ich sehe, dass du nicht halb so böse bist, wie du uns glauben machen willst. Warum willst du den Frieden dieses heiligen Ortes unbedingt stören?«

Cochran starrte ihn an, ohne zu antworten, wich ein paar Schritte zurück und blieb wieder stehen. Sein Gesicht wurde zur Grimasse. »Ich fürchte deine Zauberei nicht, alter Mann!«, sagte er.

»Es gibt auch keinen Grund, mich zu fürchten«, antwortete der Dagda. »Du solltest dich selbst fürchten und den Hass in deinem Herzen.«

Cochran war mit einem Satz bei seinem Pferd und zerrte einen gewaltigen Speer von dessen Sattel. Mit aller Kraft holte er aus, um ihn nach dem Dagda zu schleudern. Die Waffe verwandelte sich in seiner Hand in Eis und zerbrach in tausend Stücke. Der Milesier riss den Arm in die Höhe und deutete auf den alten Mann.

»Packt ihn!«, schrie er. »Reitet ihn nieder! Er ist ein Zauberer, aber wir sind genug, ihn zu besiegen! Tötet ihn!«

Und tatsächlich setzten sich seine Krieger in Bewegung, zunächst noch zögernd und hin und her gerissen zwischen der Furcht vor dem unheimlichen alten Mann und der vor ihrem Herrn, dann aber rasend schnell, als die Angst vor Cochran die Oberhand gewann. Wie ein Mann sprengten die gut hundertfünfzig Reiter los.

Und zum ersten Mal, seit das sonderbare Duell begonnen hatte, machte der Dagda eine sichtbare Bewegung. Seine rechte Hand hob sich, und mit einem Male schienen Millionen winziger, strahlend weißer Funken aus seinen Fingerspitzen zu sprühen. Ein Netz aus Licht hüllte die milesischen Reiter ein, ein dünnes, gleißendes Gewebe aus Myriaden tanzender kleiner Sterne, das Funken sprühend auf die Männer in den schwarzen Pelzen herabfiel und sie aus den Sätteln warf. Einzig Cochran blieb von dem unheimlichen Angriff verschont.

Mit einem ungläubigen Aufschrei taumelte der Milesier zurück und sah wild um sich, während seine Männer – benommen, aber unverletzt – einer nach dem anderen wieder auf die Füße kamen. Chris sah, dass sie plötzlich waffenlos waren. Die ledernen Scheiden an ihren Gürteln waren leer, als hätten sich ihre Schwerter und Dolche in nichts aufgelöst.

»Geht«, sagte der Dagda noch einmal, und obwohl er die Stimme nicht hob, waren seine Worte überall auf der Lichtung deutlich zu verstehen. »Geht in Frieden, solange ihr es noch könnt. Und betretet diesen Ort nie wieder mit einer Waffe in der Hand, denn es mag sein, dass ihr Kräfte weckt, vor denen nicht einmal ich euch schützen kann.«

Chris' Meinung nach diente der letzte Teil dieses Satzes keinem anderen Zweck als dem, die Milesier endgültig fortzujagen, aber ob er nun der Wahrheit entsprach oder nicht – er wirkte. Benommen und mit unverhohlener Furcht in den Augen stiegen die Milesier wieder in die Sättel ihrer Pferde, von denen erstaunlicherweise nicht ein einziges davongelaufen war, und begannen die Lichtung zu verlassen. Schließlich stand nur noch Cochran dem Dagda gegenüber.

»Wer bist du, alter Mann?«, fragte er. Seine Stimme zitterte, aber Chris war nicht sicher, ob das Beben in seinen Worten Furcht war oder etwas ganz anderes.

Der Dagda lächelte. »Vielleicht der Hüter des Friedens«, sagte er. »Vielleicht auch nur jemand, der geschickt wurde, um ein Unrecht zu verhindern.«

Cochran starrte den alten Mann einen Moment lang schweigend an, dann ging er zu seinem Pferd, schwang sich in den Sattel und riss das Tier mit einer unnötig heftigen Bewegung herum. Aber bevor er sich seinen Männern anschloss, blieb er noch einmal stehen und drehte sich zu Chris und den anderen um.

»Ich komme wieder«, versprach er. »Glaubt nur nicht, dass ihr mir entkommt. Ihr werdet für den Tod meines Bruders bezahlen, jeder einzelne von euch, das schwöre ich.« Und damit sprengte er davon.

Der Dagda sah ihm eine Weile nachdenklich hinterher, ehe auch er sich herumdrehte und zu Chris und den anderen zurückkam. Sein Blick suchte den der Sidhe. Aber er sagte kein Wort, sondern schüttelte nur traurig den Kopf. Schließlich war es Macha, die das Schweigen brach.

»Ich … danke dir«, sagte sie, und es war deutlich zu hören, welche Überwindung sie diese Worte kosteten. »Ohne dich hätten sie uns getötet oder gefangen genommen. Dürfen wir jetzt gehen?«

»Um weiter Furcht und Hass zu säen?«, antwortete der Dagda.

Zum ersten Mal glaubte Chris einen scharfen Unterton in seiner Stimme zu vernehmen. Und auch Macha entging diese Veränderung nicht, denn sie senkte betroffen den Blick.

»Nein«, fuhr der Dagda fort. »Ihr könnt noch nicht gehen. Ihr seid verletzt und schwach und müde, und es ist einer unter euch, der sterben wird, wenn seine Wunden nicht versorgt werden. Und ich habe mit dem Knaben zu reden.«

»Reden?« Macha biss sich nervös auf die Unterlippe und sah Chris an, dann wieder den Dagda. »Hältst du so deinen Schwur, dich nicht einzumischen?«

Der Dagda fegte ihre Worte mit einer ärgerlichen Handbewegung beiseite. »Ihr habt schon viel zu viel Schaden angerichtet«, sagte er. »Ich bin nicht einmal sicher, ob ich ihn wieder gutmachen kann. Aber ich werde es versuchen. Und jetzt kommt!«

Und die letzten drei Worte waren eindeutig keine Bitte mehr, sondern ein Befehl, dem sich niemand zu widersetzen wagte.

Die Prophezeiung

Das Haus des Dagda erwies sich als großer, halb unter der Erde angelegter Rundbau ohne Fenster, zu dem sie ein halbes Dutzend Stufen hinabsteigen mussten. Sein Inneres war weitaus geräumiger, als es die grasbedeckte Kuppel von außen vermuten ließ – und weitaus wohnlicher. Der Iglu aus Gras und Zweigen, der Chris Kälte und Dämmerlicht hatte erwarten lassen, entpuppte sich in seinem Inneren als behaglich eingerichtetes Heim, von dünnen Wänden aus kunstvoll geflochtenen Weidenzweigen in mehrere unterschiedlich große Kammern unterteilt und angenehm durch Fackeln und brennende Kerzen erhellt, die so geschickt angeordnet waren, dass es kaum Schatten gab.

Llewellyen und er hatten den verwundeten Tuatha de Dannan die Stufen ins Haus hinuntertragen müssen, denn nachdem er aus dem Sattel seines Pferdes gestiegen war, hatten ihn endgültig die Kräfte verlassen. Chris war nicht überrascht, dass sich der alte Mann als erstes um den Verwundeten kümmerte – nachdem sie den Tuatha de Dannan behutsam auf ein Lager aus weichen Fellen und Decken gebettet hatten, klatschte der Dagda zweimal hintereinander in die Hände, und aus einer Tür traten zwei kleine, spindeldürre Gestalten, die in graue Fetzen gekleidet waren: Bukas. Sie schienen vom Kommen der kleinen Gruppe – und von den Geschehnissen – bereits unterrichtet worden zu sein, denn einer der beiden Hausgeister schleppte eine gewaltige Schüssel mit dampfendheißem Wasser, während der zweite ein Tablett voll Salben und Heilkräutern trug.

Während der Dagda einige halblaute Worte mit der Sidhe wechselte, begannen Llewellyen und Chris vorsichtig, die Rüstung des Tuatha de Dannan zu lösen. Eine Aufgabe, die sich als gar nicht so einfach erwies – die silbern schimmernde Rüstung des Tuatha de Dannan war so kunstvoll gefertigt, dass sie wie eine zweite Haut an seinem Körper anlag und es fast unmöglich war, sie zu entfernen, ohne dem Verletzten noch mehr Schmerzen zuzufügen.

Chris erschrak, als er sah, wie schlimm verwundet der Tuatha de Dannan war. Die Schwerter und Speere der Milesier hatten das silbrige Eisen nicht durchschneiden können, aber der Panzer hatte doch nicht die ganze Wucht der zahllosen Hiebe abgefangen, die auf ihn niedergeprasselt waren. Das Gesicht des Tuatha de Dannan war bleich vor Schmerz und Schwäche, und noch während Llewellyen und Chris ihn entkleideten, verlor er endgültig das Bewusstsein.

»Wird er sterben?«, fragte Chris ängstlich. Llewellyen

zuckte nur mit den Schultern und wich seinem Blick aus, aber der Dagda hatte seine Frage verstanden und legte ihm beruhigend die Hand auf die Schulter.

»So rasch stirbt es sich nicht«, sagte er. »Ich verstehe mich ein wenig auf die Heilkunst, und auch Machas Fähigkeiten beschränken sich nicht nur auf das Zufügen von Wunden.« Er deutete auf den Durchgang zum anderen Raum. »Aber es wäre besser, ihr ließet uns allein. Geht hinüber und ruht euch ein wenig aus.«

Chris gehorchte schweigend. Eigentlich war er sogar erleichtert, nicht weiter in der Nähe des verwundeten Tuatha de Dannan bleiben zu müssen. Der Mann hatte sein Leben für ihn riskiert, und er empfand fast so etwas wie Freundschaft für ihn, obgleich er sein Gesicht vor einer Minute zum ersten Mal gesehen hatte; aber sein Anblick erinnerte ihn wieder an die schrecklichen Szenen vom Morgen, an das, was er erlebt und vor allem getan hatte.

Der Raum, in den sie kamen, war ungefähr doppelt so groß wie das gesamte Äußere des Hauses, aber das konnte Chris schon nicht mehr in Staunen versetzen – er gewöhnte sich allmählich daran, Dinge zu erleben, die unmöglich waren. Mit einer Mischung aus Unbehagen und Neugier sah er sich um.

Trotz seiner verschwenderischen Größe war der Raum beinahe leer. Es gab ein einfaches Lager aus Fellen gleich neben der Tür, eine flache, aber sehr große Truhe, die mit einem schweren eisernen Schloss gesichert war, und genau in der Mitte des Raumes stand ein riesiger kupferner Kessel auf einem Dreibein. Obwohl unter dem Gefäß kein Feuer brannte und der Boden auch nicht geschwärzt war, dampfte sein Inhalt in der unbewegten Luft, und der verführerische Duft von heißer Fleischsuppe stieg in Chris' Nase. An einer der Wände hingen Schwert und Schild eines Kriegers, daneben eine gewaltige hölzerne Keule, die so schwer sein musste, dass Chris sie vermutlich nicht einmal heben konnte, geschweige denn benutzen.

»Dagdas Keule«, murmelte Llewellyen ehrfürchtig. »Es heißt, ein einziger ihrer Hiebe wäre mächtig genug, neun Männer auf einmal zu töten.«

Chris sah verwirrt auf. Llewellyens Worte klangen von sich aus schon wenig glaubhaft, aber die Vorstellung, dass ausgerechnet der Dagda so eine Waffe besitzen sollte, erschien ihm einfach lächerlich.

»Es heißt?«, wiederholte er vorsichtig. »Was soll das bedeuten?«

Llewellyen zuckte mit den Schultern. »Das weiß ich so wenig wie du«, antwortete er. »Ich weiß nicht viel über den Dagda. Niemand weiß viel über ihn.« Schaudernd sah er sich um.

»Soll das heißen, dass du ihn vorher gar nicht gekannt hast?«, fragte Chris ungläubig.

Llewellyen versuchte zu lachen, aber es gelang ihm nicht richtig. »Gekannt? Niemand kennt den Dagda, du Narr. Jeder weiß, dass es ihn gibt, aber nur sehr wenige sind ihm bisher begegnet. Und ich wollte fast, ich wäre es auch nicht«, fügte er hinzu.

»Wer ist er?«, fragte Chris.

»Der Dagda?« Llewellyen dachte einen Augenblick nach, dann zuckte er abermals mit den Schultern. »Es gibt viele, die behaupten, es zu wissen, und nur sehr wenige, die sein Geheimnis wirklich kennen. Aber diese schweigen – so wie Macha. Ich weiß es nicht. Manche behaupten, er wäre der Urvater der Sidhe. Andere wieder sagen, er wäre Oberon selbst, unser oberster Gott, der in dieser Gestalt unter den Menschen wandelt. Wieder andere glauben, er wäre ein Druide, der das Geheimnis des ewigen Lebens entdeckt hat. Vielleicht ist er nichts von alledem, vielleicht von allem ein wenig. Wahr ist nur, dass es ihn gibt, seit Menschen auf Erinn leben, und wahrscheinlich länger. Und es heißt, er soll ein großer König und noch größerer Krieger gewesen sein, früher, als die Welt noch jung war. Jeder der vier Hochkönige Erinns leitet seine Herkunft direkt von ihm ab.«

»Aber warum hast du Angst vor ihm?«, fragte Chris.

»Habe ich doch gar nicht«, log Llewellyen, lächelte verlegen und wandte sich schließlich mit einem Ruck ab. »Hättest du keine Angst, würdest du deinen Göttern begegnen?«, fragte er, ohne Chris anzusehen. »Es ist nicht gut, die Wege der Unsterblichen zu kreuzen.«

»Und doch versucht ihr Sterblichen, das Schicksal einer ganzen Welt zu ändern«, sagte der Dagda von der Tür her. Chris drehte sich überrascht herum, und auch Llewellyen fuhr erschrocken zusammen. Auf seinem Gesicht erschien ein betroffener Ausdruck.

»Verzeiht, Herr!«, stammelte er. »Ich wollte nicht –«

»Aussprechen, was du denkst?« Der Dagda lächelte. »Aber warum denn nicht? Jeder, der in meinem Haus zu Gast ist, soll sagen, was er denkt und fühlt. Eine Lüge ist eine Lüge, ob sie nun aus Höflichkeit ausgesprochen wird oder nicht.« Er kam näher, sah einen Moment auf Chris herab und wandte sich dann wieder an Llewellyen. »Macha bedarf deiner Hilfe«, sagte er. »Bitte geh, und lass mich mit deinem Freund allein. Wir haben zu reden.«

Llewellyen verschwand fast im Laufschritt, so eilig hatte er es, aus der Nähe des Dagda zu verschwinden, und Chris wäre ihm am liebsten gefolgt. Llewellyens Worte hatten ihn mehr verunsichert als das, was er im Wald erlebt hatte.

»Bist du hungrig?« begann der Dagda das Gespräch.

Chris schüttelte automatisch den Kopf, dann fiel ihm ein, dass es ein ziemlich sinnloses Unterfangen war, jemanden anzulügen, der seine Gedanken las, und nickte verlegen. Der Dagda klatschte in die Hände, und einer der Bukas kam hereingetrippelt und füllte eine hölzerne Schale mit Suppe, die er direkt aus dem großen Kupferkessel schöpfte. Auf eine weitere Geste des Dagda hin setzte sich Chris mit untergeschlagenen Beinen auf den Boden, während der alte Mann umständlich auf dem Lager aus Fellen Platz nahm.

Geduldig sah er zu, wie Chris seine Suppe löffelte – was er sehr ausgiebig tat, denn der erste Löffel weckte seinen Hunger erst richtig. Er aß sehr viel und sehr schnell, aber die Schüssel in seinem Schoß wurde nicht leer. Das Haus des Dagda hatte in der Tat sehr viel Ähnlichkeit mit dem Turm Gwragedd Annwns auf der Tir Nan Og.

»Das stimmt«, sagte der Dagda lächelnd, der seine Gedanken gelesen hatte. »Sie und ich nutzen die gleichen Kräfte, wenn auch nicht für dieselben Zwecke.«

»Kräfte?«, wiederholte Chris fragend. »Dann bist du … wirklich ein Zauberer?«

»Ein Zauberer?« Das Wort schien dem Dagda nicht zu gefallen, nach der Art zu schließen, wie er es aussprach. Aber dann nickte er. »Wenn du willst, dann kannst du mich so nennen. Es sind die Kräfte der Natur, die ich mir zu Nutze mache, aber dir mögen sie vorkommen wie Zauberei. Ich hoffe, du hast deshalb keine Angst vor mir.«

»Nein«, antwortete Chris ehrlich.

»Das ist gut. Die meisten fürchten mich, weil sie mich nicht verstehen«, sagte der Dagda. »So wie dein Freund Llewellyen und selbst Macha, obwohl sie meine Tochter ist.«

»Dann stimmt es, was Llewellyen gesagt hat?«, fragte Chris verblüfft.

»Dass ich der Vater der Sidhe bin?« Der Dagda lächelte. »Vielleicht. Vielleicht sind wir auch nur vom selben Stamm. Was für eine Rolle spielt das?«

»Aber du bist so … anders.«

»Täusche dich nicht«, sagte der Dagda. »Begehe nie den Fehler, von einem auf alle zu schließen. Die Sidhe sind nicht wie Macha oder Tethra. Sie sind Wesen, die sich dem Krieg und dem Tod verschrieben und selbst zu Göttern gemacht haben, und doch sind sie nur sterbliche Kreaturen. Einst war ich wie sie, aber ich wählte einen anderen Weg.« Seine Hand wies auf die Waffen, die an der gegenüberliegenden Wand hingen. »Llewellyen hat dir erzählt, was sie bedeuten.«

Chris nickte.

»Auch ich war einst wie Macha«, fuhr der Dagda fort. »Wie Tethra und Fuavarra und der Tuatha de Dannan, der dort drüben liegt und mit dem Tode ringt. Es gab eine Zeit, da herrschte ich über ganz Erinn und viele andere Länder. Aber irgendwann habe ich begriffen, dass Macht nichts ist und Gewalt nur Gewalt hervorbringen kann. Du kannst den Hass nicht mit Hass besiegen.«

»Aber vorhin im Wald –«

»Tat ich, was getan werden musste, um dich zu schützen«, unterbrach ihn der Dagda. »Denn die Mächte des Schicksals haben beschlossen, dass du nach Ross Castle gehen und dort vor der Ratsversammlung stehen sollst, ehe du dich entscheidest. Ich habe geschworen, mich nicht in die Geschicke der Menschen und Sidhe einzumischen, aber man kann die Dinge auch ändern, indem man *nichts* tut. Macha hatte Recht, als sie behauptete, dass ihr verraten wurdet. Jemand versucht das Schicksal zu betrügen, indem er verhindern will, dass du Ross Castle erreichst. Also wurde ich geschickt, die Dinge wieder geradezurücken. Ihr werdet Ross Castle erreichen, wie es das Schicksal vorgeschrieben hat.«

Chris schwieg einen Moment. Dann sagte er: »Ich glaube nicht, dass ich dorthin will, Dagda.«

»So?«

Chris suchte einen Moment vergeblich nach Worten, bis der Dagda ihm mit einem wissenden Lächeln beisprang. »Du bist entsetzt wegen dem, was du heute Morgen erlebt hast.

»Der Milesier, ja«, sagte Chris. Leise, fast flüsternd und mit zitternder Stimme fügte er hinzu: »War er wirklich Cochrans Bruder?«

»Das war er«, bestätigte der Dagda. »Aber wäre es weniger schlimm, wenn er der Bruder eines anderen gewesen wäre?«

»Nein«, antwortete Chris. »Es ist nur so …« Wieder versagte seine Stimme, aber diesmal schwieg der alte Mann, bis er von selbst weitersprach. »Ich … ich wollte ihn nicht töten.«

»Das weiß ich«, antwortete der Dagda. »Aber es ist nun einmal geschehen. Er kam, um dich zu töten, vergiss das nicht. Und er kannte die Gefahr, denn er war ein Krieger. Ich weiß, das ist kein Trost und auch keine Entschuldigung, aber bedenke dies, bevor du dir weiter Vorwürfe machst.« Er seufzte, und plötzlich war in seinem Blick fast so etwas wie Mitleid – aber eben nur fast.

»Oh, wie gut ich verstehen kann, was in dir vorgeht«, sagte er. »Du hast davon geträumt, ein Held zu sein, nicht wahr?

Du hast dir Abenteuer und Gefahren ausgedacht, die du

bestanden hast, und du hast in deiner Vorstellung Schlachten gefochten und Drachen besiegt. Und jetzt bist du entsetzt, dass die Wirklichkeit ganz anders ist.«

Chris nickte. Die Worte des Dagda waren kein Trost, ganz im Gegenteil. Sie schürten den Schmerz noch, der in seiner Brust wühlte. »Es war so schrecklich«, flüsterte er.

»Das Töten ist immer schrecklich«, sagte der Dagda. »Es gibt keinen guten Kampf, Chris, und keinen ehrenvollen Tod. Kein Grund der Welt ist wichtig genug, ein Leben auszulöschen.« Er sah Chris nachdenklich an. »Aber ich glaube, das hast du bereits begriffen. Die Schatten von Tintagel hatten Recht.«

»Womit?«, fragte Chris verwirrt.

»Dass du es sein könntest«, antwortete der Dagda. »Es heißt, dass eines Tages jemand kommt, der sie aus ihrem Schattendasein erlöst.«

»Und das soll … ich sein?«, fragte Chris schaudernd.

»Vielleicht, vielleicht auch nicht«, antwortete der Dagda ausweichend. »Auch ich kann nicht in die Zukunft blicken. Aber du könntest es sein.« Er lächelte, und als er weitersprach, war in seinen Worten eine ganz sachte, spöttische Betonung, die aber nicht verletzend gemeint war. »Ein Wanderer zwischen den Welten, der reinen Herzens ist und sie von ihren Qualen erlöst. Llewellyen hat dir erzählt, dass sie zu ihrem Schattendasein verdammt wurden, weil sie geschworen haben, sich an ihren Mördern zu rächen. Aber das ist nur die halbe Wahrheit. Was ihnen widerfuhr, war die Strafe für das, was sie taten.«

Chris verstand sofort. »Der Drache.«

»Der Drache«, bestätigte der Dagda. »Sie beschworen das Ungeheuer, aber die Macht, die gerufen wurde, war gewaltiger als die, die sie rief. Der Drache verbrannte ihre Feinde, aber er ging nicht wieder, und es hätte nicht viel gefehlt, und er hätte ganz Erinn verbrannt und vielleicht auch den Rest der Welt.«

»Und wie haben sie ihn gebändigt?«

»Das weiß ich nicht«, gestand der Dagda. »Dies alles geschah, lange bevor es uns gab, denn Tintagel ist alt. Sie beschworen den Drachen, und er tat, wie sie ihm geheißen hatten. Aber er ging nicht wieder. Er wuchs und wurde größer und mächtiger, und seine Gier und sein Blutdurst wurden unstillbar. Er zerstörte das Land von hier bis zur Küste.«

»Ich weiß«, murmelte Chris. »Llewellyen hat mir alles gezeigt. Aber sie haben ihn doch besiegt.«

»Wäre es nicht so, säßen wir wohl nicht hier«, sagte der Dagda lächelnd, wurde aber sofort wieder ernst und nickte. »Ja, am Schluss gelang es ihnen, ihn zu verjagen, niemand weiß, wie und wohin. Aber um einen entsetzlichen Preis. Der Fluch des Drachen traf nun sie. Es heißt, sie wurden zu ewigem Leben verdammt.«

»Verdammt?« Chris blinzelte überrascht. »Das klingt nicht wie ein Fluch«, sagte er vorsichtig.

»Und doch war es einer«, antwortete der Dagda. »Der Drache verdammte sie zur Unsterblichkeit, aber es war eine Unsterblichkeit in Furcht und Entsetzen, ein ewiges Leben im Angesicht dessen, was sie getan hatten, denn es war ihnen fortan unmöglich, Tintagel zu verlassen. Sie hatten die Welt an den Rand des Abgrunds geführt, um eine Stadt zu erhalten, deren Gefangene sie nun waren. Als die Milesier schließlich kamen und Tintagel überrannten, da erlösten sie sie in Wahrheit.«

»Aber sie sind immer noch nicht tot«, sagte Chris.

»Nicht wirklich«, bestätigte der Dagda. »Nicht, bevor ihre Tat gesühnt ist. Es war ihre Schuld, dass Erinn beinahe zu Grunde ging. Und sie werden nicht eher Ruhe finden, bis sie ihren Teil dazu beigetragen haben, unsere Welt vor einer ebenso großen Gefahr zu erretten. So wie du«, fügte er nach einer langen, nachdenklichen Pause hinzu.

Chris antwortete nicht, aber sein Gesichtsausdruck schien Bände zu sprechen, denn der Dagda fuhr fort: »Llewellyen hat dir vom Drachen erzählt. Er hat dich zu den brennenden Ebenen geführt und dir die tote Stadt gezeigt. Und was du gesehen hast, hat dich erschreckt, bis auf den Grund deiner Seele. Aber was Fuavarra dir zeigen wird, das wird dich ebenso erschrecken. Du hast nicht die Wahl zwischen dem Drachen und dem Frieden, Chris. Du hast die Wahl zwischen dem Feuer des Drachen und dem der Milesier. Und es brennt nicht weniger heiß.«

»Heißt das, dass ich es tun soll?«, fragte Chris erschüttert. Ungläubig starrte er den alten Mann an. »Du ... du willst, dass ich gehe und mithelfe, diese –«

»Nicht ich bin es, der etwas von dir verlangt«, unterbrach ihn der Dagda. »Du selbst musst die Entscheidung treffen, und ich bin nur hier, um dir dabei zu helfen, nicht, um dich zu beeinflussen.«

»Das ... verstehe ich nicht«, gestand Chris.

»Das wirst du noch«, versicherte der Dagda. »Später. Es hieße zu viel von dir zu verlangen, würde ich dir jetzt schon alles sagen. Und es hätte wohl auch wenig Sinn – du allein bist es, der sich entscheiden muss.«

»Und wenn ich einen Fehler mache?«, fragte Chris. Die Worte des Dagda erfüllten ihn mit Angst. Die Verantwortung, die Fuavarra und auch der Dagda auf seine Schultern gelegt hatten, lastete so schwer auf ihm, dass es ihm den Atem nahm. Er allein sollte über das Schicksal Erinns entscheiden? Von ihm allein sollte es abhängen, ob dieser entsetzliche Krieg weiterging und Erinns Völker ihre Heimat, ja vielleicht sogar ihr Leben verloren oder ob er beendet wurde – aber um einen Preis, der möglicherweise zu hoch war?

»Jetzt haderst du mit dem Schicksal«, sagte der Dagda. »Du fühlst dich ungerecht behandelt, weil man von dir eine solche Entscheidung verlangt. Noch dazu, wo dich die ganze Sache eigentlich nichts angeht, nicht wahr?«

Chris antwortete nicht, und der Dagda fuhr fort: »Manchmal sind die Dinge eben so. Es gibt Momente, da muss man Dinge tun, die man nicht will. Und es gibt sogar Augenblicke, da muss man das Falsche tun, obgleich man ganz genau weiß, dass es falsch ist.« Er schüttelte mitfühlend den Kopf, als er bemerkte, dass diese Worte Chris nur noch mehr verwirrten.

»Auch Fuavarra und die Seinen haben es sich nicht leicht gemacht«, fuhr er fort. »Glaube das ja nicht. Den Drachen zu beschwören ist das allerletzte Mittel, ein Weg, den ihnen die Verzweiflung aufzwang. Und ich will dir nicht verschweigen, dass längst nicht alle mit dieser Entscheidung einverstanden sind.«

»So wie Llewellyen«, sagte Chris.

»Und sein Vater und sehr viele Erinn«, fügte der Dagda hinzu. »Und auch manche Tuatha de Dannan. Selbst einige Sidhe sind dagegen. Sie glauben, einen besseren Weg gefunden zu haben.«

»Dann gibt es doch noch einen Ausweg?«, fragte Chris hoffnungsvoll.

Der Dagda hob rasch die Hand. »Nicht so eilig. Ich sagte, sie glauben, einen anderen Weg gefunden zu haben. Aber er ist auf seine Art so gefährlich und falsch wie der Fuavarras, und nicht nur für ihre Welt. Du wirst alles erfahren, sobald du in Ross Castle bist, und ich bitte dich, überlege dir deine Entscheidung gut. Verurteile Fuavarra nicht vorschnell.« Er deutete auf die Tür, durch die er gekommen war. »Erinnerst du dich, was Macha dir vorhin sagte? Manchmal muss man einen Teil des Ganzen opfern, um den Rest zu erhalten Und dies gilt nicht nur für Menschen.«

»Und wenn ich mich falsch entscheide?«, fragte Chris zögernd. Diesmal lächelte der Dagda nicht. »So ist es vielleicht der Wille des Schicksals, dass Erinn untergeht. Vielleicht ist die Zeit der Sidhe und der Tuatha de Dannan abgelaufen, und die Zeit der Milesier bricht an. Und vielleicht bist du das Werkzeug, das dazu auserwählt wurde.«

Auserwählt, dachte Chris. Das Wort ließ ihn frösteln, denn es war überhaupt nichts Ehrenhaftes oder Großartiges daran. Im Gegenteil – er fühlte sich wie eine Schachfigur, die von unsichtbaren Mächten nach Belieben hin und her geschoben wurde und nicht einmal wusste, weshalb.

»Das stimmt nicht«, widersprach der Dagda, der erneut seine Gedanken gelesen hatte. »Es sind immer wir selbst, die die Entscheidung fällen. Nur ist es manchmal leichter zu glauben, da wäre jemand, der uns beherrscht. Aber den gibt es nicht. Wir bestimmen das Schicksal der Götter, nicht sie das unsere. Du allein wirst dich entscheiden müssen, wenn du vor der Ratsversammlung der Völker Erinns stehst. Und du wirst die richtige Entscheidung fällen. Höre auf die Stimme deines Gewissens, ohne dich von Hass auf der einen oder vermeintlicher Vernunft auf der anderen Seite täuschen zu lassen, dann wird das, was du tust, das Richtige sein.«

Er stand auf und blieb, schwer auf seinen knotigen Stock gestützt, reglos stehen. Sein Blick war noch immer auf Chris geheftet, aber seine Augen schienen durch ihn hindurchzusehen. Chris wollte noch eine Frage stellen, aber er brachte keinen Laut mehr hervor. Jetzt, nach dem Gespräch mit dem Dagda, von dem er sich so viel versprochen hatte, fühlte er sich verwirrter und unsicherer als zuvor, aber er spürte auch, dass er von diesem sonderbaren alten Mann jetzt keine weiteren Antworten bekommen würde. Vielleicht war es einfach so, dass er noch nicht so weit war, sich entscheiden zu können.

»Die Zeit drängt«, sagte der Dagda plötzlich, mit völlig veränderter Stimme und auch ohne diesen leeren, in ungreifbare Fernen gerichteten Blick in den Augen. »Ihr habt noch einen weiten Weg vor euch. Komm.«

Gehorsam folgte er dem Dagda. Obwohl sie durch dieselbe Tür gingen, durch die Chris den Raum betreten hatte, gelangten sie nicht wieder in das Zimmer, in dem der verletzte Tuatha de Dannan lag, sondern fanden sich unmittelbar im Freien wieder. Und als Chris verblüfft stehen blieb und sich herumdrehte, sah er auch keine Tür mehr hinter sich. Und auch kein Haus. Sie standen wieder auf der Waldlichtung, hinter ihnen lagen die zyklopischen Felstrümmer, zwischen denen der Dagda das erste Mal aufgetaucht war, und auch Llewellyen und die Sidhe waren da. Und vor ihnen stand das sonderbarste Gefährt, das Chris jemals erblickt hatte: Es erinnerte in der Bauart an die alten, zweirädrigen Kampfwagen, wie sie die Römer und Griechen benutzt hatten, und wie diese war es mit dünnen, kunstvoll ziselierten Platten aus Gold und Silber bedeckt; aber es war sehr viel größer, so, als wäre es für einen Riesen gemacht. Sie würden alle drei bequem darauf Platz finden.

Und es gab noch einen Unterschied. Der Wagen wurde nicht von Pferden gezogen, sondern von zwei gewaltigen schwarzen Hunden, groß wie Ponys, aber sehr viel kräftiger.

Ihr Geschirr bestand aus silberbeschlagenem Leder, das über und über mit spitzen Metalldornen besetzt war. Chris schauderte, als ihn der Blick eines der riesenhaften Hunde traf.

»Der Wagen des Cuchullin«, sagte der Dagda mit einer Geste auf das sonderbare Gefährt. »Er wird euch sicher nach Ross Castle bringen, solange ihr nicht vom Weg abweicht. Und nun geht. Die Zeit drängt.«

Chris gehorchte. Umständlich klettere er auf den gewaltigen Wagen hinauf, dessen Brüstung so hoch war, dass er gerade darüber hinweg schauen konnte, ohne sich auf die Zehenspitzen stellen zu müssen. Aber anders als er rührten sich Macha und Llewellyen nicht von der Stelle. Die Sidhe stand da und blickte ins Leere, während Llewellyen aus großen Augen abwechselnd den Dagda und den Wagen anblickte, als könnte er nicht glauben, was er sah.

»Der Wagen des Cuchullin«, flüsterte er. »Bei Oberon – ich habe nicht geglaubt, dass es ihn überhaupt gibt!«

»Wie du siehst, gibt es ihn sehr wohl«, sagte der Dagda lächelnd. »Gebt mir gut darauf Acht, denn er ist unersetzlich, und es mag sein, dass wir ihn noch einmal brauchen.«

»Aber Cuchullin ist seit ... seit über tausend Jahren tot!«, murmelte Llewellyen verstört.

»Was ist schon Zeit?«, antwortete der Dagda geheimnisvoll. Und fügte hinzu: »Außer, wenn man keine hat. Ihr solltet euch beeilen, denn bald werden die Milesier wieder hier auftauchen, und ich möchte ihnen nicht noch einmal begegnen.«

Aber trotz dieser Worte hielt er die beiden Hunde noch einmal zurück, als Llewellyen und endlich auch Macha den Wagen bestiegen hatten, und streckte Chris seine Hand entgegen. »Da ist noch etwas, was ich dir geben will«, sagte er. Seine Hand, die gerade noch leer gewesen war, hielt plötzlich etwas Großes, Silbernes. Als Chris genauer hinsah und schließlich zögernd zugriff, erkannte er, dass es eine Art Diskus war – eine metallene Scheibe von gut dreißig Zentimetern Durchmesser, bestückt mit acht rasiermesserscharfen Klingen, die sie wie ein bizarres Sägeblatt aussehen ließen. An Stelle der neunten Klinge gab es einen hölzernen Griff, der so genau in Chris' Hand lag, als wäre er eigens dafür geschaffen worden.

»Was … ist das?«, fragte Chris verwirrt.

»Die Gae bulga, Cuchullins Wurfeisen«, antwortete der Dagda.

»Eine … Waffe?« Chris musste sich beherrschen, die Scheibe nicht einfach fallen zu lassen, und wieder war er sicher, dass der Dagda seine Gedanken las, denn in seinem Blick lag plötzlich tiefes Verständnis. Trotzdem hob er mahnend den Finger.

»Du hast dir geschworen, nie wieder eine Waffe anzurühren, nach dem, was heute Morgen geschah, ich weiß«, sagte der Dagda. »Trotzdem bitte ich dich, sie mitzunehmen, denn der Weg, der vor dir liegt, ist gefährlich. Sie wird dir helfen, wann immer du ihre Hilfe wirklich brauchst. Aber behandele sie gut, und bedenke immer, dass die Gae bulga mehr ist als ein Stück Eisen. Sie ist eine magische Waffe. Benutzt du sie auch nur ein einziges Mal für die falschen Zwecke, so wird sie sich gegen dich wenden.«

Und damit verschwand er. Er ging nicht, löste sich nicht auf oder verblasste zu einem Schatten, sondern war einfach nicht mehr da, von einem Lidschlag zum anderen. Und mit ihm verschwanden die Felsen und sogar die Lichtung. Plötzlich fanden sie sich wieder auf dem einsamen Waldweg, genau dort, wo Macha so beunruhigt angehalten hatte.

Die Hunde setzten sich in Bewegung.

Der Kelpie

Es war eine gespentische Fahrt. Der Wald flog nur so an ihnen vorüber, und obwohl die beiden riesenhaften schwarzen Hunde mit aller Macht ausgriffen, verursachten ihre Pfoten nicht das geringste Geräusch auf dem Waldboden, der zuvor unter den Hufen der Pferde wie Stahl unter dem Hammer eines Schmieds widergehallt hatte. Auch der Wagen machte keinerlei Geräusch; die beinahe mannshohen Räder drehten sich so geschwind, dass Chris die einzelnen Speichen nicht mehr erkennen konnte, und immer wieder brachen sie durch Gestrüpp und Unterholz hindurch, aber ihre Fahrt war vollkommen lautlos.

Nach einer Weile begann sich der Wald zu lichten und wich hügeligem Grasland, auf dem nur da und dort ein vereinzelter Baum wuchs, und bald darauf preschten sie über eine breite, gut ausgebaute Straße, die früher einmal prachtvoll gewesen sein musste, jetzt aber verwahrlost wirkte, so als wäre sie lange Zeit nicht mehr benutzt worden. Sehr weit vor ihnen lagen Schatten auf dem Horizont: die Berge, von denen Llewellyen und Macha gesprochen hatten. Chris fragte sich, wie sie sie bis zum Abend erreichen wollten, selbst mit diesem Zauberwagen, der zehn Mal so schnell dahinjagte, wie es ein Pferd gekonnt hätte. Er stellte diese Frage auch laut an die Sidhe, bekam als Antwort aber nur einen finsteren Blick. Seit sie in den Wagen gestiegen waren, hatte Macha kein einziges Wort mehr gesprochen.

»Lass sie«, sagte Llewellyen. »Sie muss über eine Menge nachdenken.«

Chris sah ihn fragend an, und Llewellyen fuhr mit einem Achselzucken fort: »Der Dagda hat lange mit ihr geredet, und seither ist sie so. Besser, du lässt sie in Frieden«, fügte er hinzu.

Das tat Chris nur zu gerne. Die Sidhe war ihm vom ersten Moment an unheimlich gewesen, und daran hatte sich nichts geändert, obgleich Macha mittlerweise zur Genüge bewiesen hatte, dass sie auf seiner Seite stand, ja sogar bereit war, ihr Leben für ihn zu opfern. Aber vielleicht war es auch gerade das, was Chris vor ihr zurückschrecken ließ, denn er begriff ganz instinktiv, dass nicht er es war, den sie beschützte, sondern nur das, was sie in ihm sah: ein Werkzeug für ihre und Fuavarras Pläne.

Die Fahrt verlief weiter in unangenehmem Schweigen. Chris war ein wenig erstaunt, dass Llewellyen ihn nicht nach seinem Gespräch mit dem Dagda ausfragte, aber der Erinn verlor kein Wort darüber. Ja es kam ihm sogar so vor, als wiche Llewellyen ihm aus; nicht nur seinem Blick und seinen

Worten, sondern auch ihm selbst. Der Erinn rückte so weit von ihm fort, wie es in der Enge des Wagens möglich war.

Das Grasland flog lautlos an ihnen vorüber, und nach einer Weile sahen sie zum ersten Mal Anzeichen menschlicher Besiedlung: Weit im Osten zog die Silhouette einer Stadt an ihnen vorbei, und dann und wann erspähte Chris das gleichmäßige Rechteck eines bestellten Feldes inmitten der Wiesen. Einmal preschten sie so dicht an einem Bauernhof vorbei, dass die Männer und Frauen auf dem Feld daneben den Wagen eigentlich hätten sehen müssen. Aber nicht einer von ihnen blickte von seiner Arbeit auf oder registrierte sonst wie auf das Vorüberbrausen des gespenstischen Fahrzeugs.

Die Berge kamen langsam näher, aber im Laufe des Nachmittags wurde zunehmend klar, dass sie sie bis zum Dunkelwerden vielleicht erreichen, keinesfalls aber überschreiten konnten.

Und genauso kam es: Die schwarzen Höllenhunde jagten bis weit in die Dämmerung hinein dahin, ohne auch nur einmal anzuhalten oder ein Zeichen von Ermüdung zu zeigen, aber als die Dunkelheit endgültig hereinbrach, da hatten sie gerade das Vorgebirge erreicht, und vor ihnen türmte sich eine scheinbar himmelhohe Mauer aus Geröll und zerschrundenen Felsen, durch die sich der Weg in Schwindel erregenden Kehren und Windungen hindurchschlängelte.

Mit dem letzten Licht des Tages wurde Cuchullins Wagen langsamer und hielt schließlich ganz an, nachdem sie einen freien, an drei Seiten von Felsen und an der vierten von einem reißenden Gebirgsbach begrenzten Platz erreicht hatten, der fast so etwas wie eine natürliche Festung bildete. Macha schrak aus ihren Grübeleien hoch und sah sich verstört um, wie jemand, der jäh aus einem tiefen Schlaf gerissen wurde und sich im ersten Moment nicht zurechtfindet, und auch Chris sprang aus dem Wagen und reckte Arme und Beine. Erst jetzt, als er sich wieder bewegte, spürte er, wie viele Stunden er nahezu reglos auf dem Boden des Wagens gehockt hatte. Jeder einzelne Muskel im Leib tat ihm weh.

Während Chris sich neugierig auf ihrem Lagerplatz umsah, begannen Macha und Llewellyen die beiden riesigen Hunde abzuschirren. Chris wollte ihnen helfen, schon der Höflichkeit halber, aber Llewellyen schüttelte hastig den Kopf und gebot ihm, ein paar Schritte zurückzubleiben, und einer der Hunde unterstrich seine Aufforderung mit einem tiefen, grollenden Laut, bei dem er Chris einen Furcht einflößenden Blick auf sein Raubtiergebiss gewährte.

Das reichte. Chris wich viel weiter zurück, als Llewellyen von ihm verlangt hatte, und ließ die riesigen Hunde nicht mehr aus den Augen, bis sie abgeschirrt waren und mit großen, eleganten Sätzen in der Dunkelheit verschwanden. »Ihr lasst sie einfach laufen?«, fragte er verwundert, als Llewellyen zu ihm zurückkam.

Llewellyen zuckte mit den Schultern. »Und?«, sagte er. »Sie müssen fressen, oder? Und die Vorräte, die der Dagda uns mitgegeben hat, reichen gerade für uns.« Ganz davon abgesehen, dass sie sie sowieso nicht anrühren würden, fügte sein Blick hinzu, aber Chris wollte lieber gar nicht wissen, was die Hunde fraßen. Ohne ein weiteres Wort half er Llewellyen, Vorräte und Brennholz vom Wagen zu laden. Beim Anblick des winzigen Reisigbündels runzelte er die Stirn, denn das Holz schien nicht einmal genug, überhaupt ein Feuer zu entzünden. Aber wie so vieles, auf das er in letzter Zeit gestoßen war, war auch dieses Reisigbündel ein magischer Gegenstand – so viel sie auch herauszogen, es nahm nicht ab, und schon nach einigen Augenblicken hatte Llewellyen ein prasselndes Feuer entzündet, das die dräuende Dunkelheit vertrieb.

Sie aßen und tranken ausgiebig, doch das unbehagliche Schweigen, das schon während der Fahrt zwischen ihnen geherrscht hatte, hielt auch danach weiter an. Llewellyen richtete irgendetwas an seinem Gewand und tat so, als wäre er voll und ganz damit beschäftigt, während die Sidhe mit weit offenen, aber blicklosen Augen ins Feuer starrte. Nur ein einziges Mal sah sie auf, wobei ihr Blick dem Chris' begegnete, und was er in ihren Augen las, das war ein Ausdruck solch unendlich tiefer Trauer und Verbitterung, dass er sich rasch wegdrehte.

»Habt ihr keine Angst, dass das Feuer die Milesier anlockt?«, fragte er schließlich, nur um überhaupt etwas zu sagen.

Macha reagierte gar nicht auf seine Worte, ja sie schien seine Stimme nicht einmal zu hören, aber Llewellyen sah müde auf und schüttelte nach kurzem Überlegen den Kopf. »Kaum«, sagte er. »Möglicherweise sehen sie es, aber sie werden es nicht wagen hierher zu kommen. Diese Berge gehören den Korred. Sie erlauben es nicht, dass Menschen ihren heiligen Boden betreten. Keine Sorge«, fügte er hastig hinzu, als er Chris' Erschrecken bemerkte. »Die Dolmen-Elfen gehören zu unseren Verbündeten. Solange Macha bei uns ist, werden sie uns nichts tun.«

»Das habe ich schon einmal gehört«, sagte Chris zweifelnd. »Ist noch gar nicht so lange her.«

Llewellyen schien verärgert. »Das war etwas anderes«, behauptete er. »Die Milesier fürchten Tintagel und seine Wälder, weil sie ein abergläubisches Volk sind. Die Furcht vor diesen Bergen hat nichts mit Aberglauben zu tun.«

»Womit denn?«, fragte Chris.

Llewellyen zuckte die Achseln. »Damit, dass noch kein Milesier lebend wieder zurückgekommen ist, der sie einmal betreten hat«, antwortete er. »Die Korred verstehen nicht viel Spaß – oder vielleicht doch. Aber ich glaube nicht, dass du ihren Sinn für Humor teilen würdest.« Er lachte leise und wurde sofort wieder ernst. »Wie gesagt«, wiederholte er, »wir sind nicht in Gefahr. Allerdings würde ich dir auch nicht raten, allzu weit vom Lager wegzugehen. Jedenfalls nicht allein, und nicht –«

Irgendetwas flog ins Feuer und verzischte mit einem hellen Funkeln. Llewellyen brach mitten im Wort ab und sah erschrocken auf, und auch die Sidhe erwachte zum ersten Mal aus dem Dämmerzustand, in den sie versunken war, seit sie das Haus des Dagda verlassen hatten.

»Was ist?«, fragte Chris alarmiert.

Llewellyen hob hastig die Hand. »Still!«, sagte er. »Sieh doch!«

Und Chris sah. Das Zischen und Blitzen im Feuer wiederholte sich, einmal, zweimal, und dann prasselten die Flammen plötzlich vor ihnen hoch auf, als wären Millionen unsichtbarer winziger Motten ins Feuer geflogen. Ein ganzer Schauer von Funken stob hoch und senkte sich auf Chris, Llewellyen und die Sidhe herab, die alle drei erschrocken aufgesprungen und ein paar Schritte zurückgewichen waren.

»Boccanach!«, sagte Llewellyen. Er tauschte einen raschen Blick mit Macha, und die Sidhe nickte. Sie wirkte nicht so erschrocken wie Llewellyen, aber mit einem Male wieder sehr angespannt.

»Aber was ist denn nur?«, fragte Chris noch einmal und wieder, ohne eine Antwort zu bekommen. Llewellyen blickte nur nervös in seine Richtung und starrte dann wieder abwechselnd das Feuer und die Dunkelheit jenseits des Lagers an.

Und dann schien das Feuer zu explodieren. Etwas Großes, Formloses kam torkelnd aus der Dunkelheit herbeigesegelt und verschwand in der Glut, ehe Chris es erkennen konnte, und gleich darauf schoss eine Feuersäule empor, fünf, sechs Meter hoch und brüllend wie ein Ungeheuer aus Hitze und Licht. Llewellyen und Macha rissen die Hände vors Gesicht und taumelten zurück, und auch Chris sprang ein Stück beiseite. Aus den Flammen glotzte eine große, hässliche Gestalt mit Schwingen, die aussahen, als bestünden sie nur aus Flammen, aber Chris fand kaum Gelegenheit, sich das so jäh aufgetauchte Ungeheuer genauer anzusehen, denn seine Kleider und sein Haar waren plötzlich voller kleiner glühender Funken, die schmerzhaft durch das dünne Leder in seine Haut bissen. Und vom Himmel regnete es immer weiter Funken und Glut herab, als das Ding in den Flammen wie rasend mit den Flügeln zu schlagen begann.

Er schrie vor Schmerz und Schreck und begann auf die Funken einzuschlagen, die sich in seinen Kleidern und seinem Haar festgesetzt hatten. Er konnte sie nicht löschen.

Es dauerte Sekunden, bis Chris es begriff – aber er konnte so oft und fest auf die kleinen Glutfunken einschlagen, wie er wollte, sie ließen sich nicht ersticken. Und der Schmerz wurde allmählich unerträglich. Es stank nach verbranntem Haar, und in seinen Kopf schienen sich Dutzende weiß glühender Nadeln zu bohren.

Wasser! dachte er verzweifelt. Er musste ins Wasser!

Blind vor Angst und Schmerz torkelte er zurück, prallte gegen einen Felsbrocken, an dem er sich die Hüfte aufschürfte, und fiel auf Hände und Knie. Keuchend stemmte er sich wieder in die Höhe, fuhr sich mit beiden Händen durch das schwelende Haar und wankte weiter. Plötzlich hatte er entsetzliche Angst, in blinder Panik in die falsche Richtung gelaufen zu sein, aber dann hörte er das leise Plätschern des Wassers, riss sich noch einmal zusammen – und spürte eisige Kälte an den Füßen.

Chris ließ sich einfach fallen.

Der Bach war nicht tief, aber reißend und eisig kalt. Er tauchte unter und spürte, wie das Wasser die Funken löschte. Und die Kälte tat noch ein übriges – sie nahm ihm zwar den Atem, betäubte aber auch den grausamen Schmerz, der sich an hundert Stellen zugleich in seine Haut gebohrt hatte.

Chris blieb so lange unter Wasser, wie er konnte, dann tauchte er auf, rang keuchend und prustend nach Atem und kroch auf Händen und Knien aufs Trockene zurück. Zehn Meter von ihm entfernt schlug das Ding im Feuer wieder mit den Flügeln, und sofort schoss eine neue Wolke aus wirbelnden Funken in die Höhe und begann auf Chris zuzutreiben – und das, obwohl es völlig windstill war.

Er wartete nicht, bis sie ihn erreichte, sondern stand hastig auf und lief in den Bach zurück, bis ihm das Wasser bis an die Kniekehlen reichte. Und wenn er bisher noch daran gezweifelt hätte, dass es hier nicht mit rechten Dingen zuging, wären diese Zweifel wohl spätestens jetzt zerstreut worden, denn er war kaum ins Wasser zurückgewichen, da änderte die Funkenwolke blitzartig ihre Richtung und trieb zur anderen Seite des Lagerplatzes, um sich auf dem Wagen niederzulassen. Kleine dünne Rauchfahnen begannen sich aus dem Holz zu kräuseln, als sich die Funken hineinfraßen. Eine Gestalt sprang aus der Dunkelheit heraus auf ihn zu.

Chris prallte zurück, ehe er erkannte, dass es niemand anders als Llewellyen war, der sich mit einem gewaltigen Satz in den Bach stürzte. Kurz bevor das Wasser über ihm zusammenschlug, sah Chris noch, dass sein Rücken und seine Schultern über und über mit weiß glühenden Funken übersät waren.

Erschrocken machte er einen Schritt in seine Richtung und blieb wieder stehen. Llewellyen war verschwunden. Die glühenden Funken waren erloschen, kaum dass er untergetaucht war, und das Wasser lag ruhig und fast schwarz da, Furcht begann sich in Chris' Schrecken zu mischen, dann schiere Panik. Entsetzt ließ er sich auf die Knie herabfallen und tastete blind über den Bachgrund. Aber alles, was er zu fassen bekam, waren Morast und glatt geschliffene Kiesel.

Dann tauchte Llewellyen auf – gut fünf Meter von der Stelle entfernt, an der er ins Wasser gesprungen war, und keuchend um Atem ringend. Chris sprang hoch, lief auf ihn zu und streckte die Arme aus – gerade noch im richtigen Moment, denn Llewellyen fiel mit einem schmerzhaften Wimmern nach vorne. Chris fing ihn auf, schleifte ihn zum Ufer und ließ ihn behutsam in den feuchten Sand sinken – aber erst, nachdem er sich mit einem hastigen Blick davon überzeugt hatte, dass keine neuen Funken auf sie zuschwirrten. »Danke«, sagte Llewellyen keuchend. »Mir ist ... für einen Moment übel geworden.«

Chris dachte an seinen Rücken, der so mit Funken übersät gewesen war, dass er wie eine einzige glühende Fläche ausgesehen hatte. Llewellyen musste schwer verletzt sein.

Aber der Erinn schob seine Hand beiseite, als er nach ihm greifen und sich seinen Rücken anschauen wollte. »Es ist alles in Ordnung«, sagte er ruppig. »Kümmere dich nicht um mich. Wie geht es dir?«

»Gut«, antwortete Chris. »Was ist eigentlich passiert?« Er blickte schaudernd zum Feuer hinüber, in dem es noch immer zuckte und waberte. »Was ist das für ein Ding?«

»Ein Boccanach«, antwortete Llewellyen. Mit zusammengebissenen Zähnen versuchte er sich in die Höhe zu stemmen und sank wieder zurück, als ihn die Kräfte verließen.

»Kleine Plagegeister«, fuhr er fort, als er Chris' fragenden Blick bemerkte. »Eigentlich ganz harmlose Gesellen. Lästig, aber nicht besonders gefährlich.«

»Ja«, sagte Chris spöttisch. »Den Eindruck hatte ich auch.«

»Solange sie nicht in die Nähe eines Feuers kommen«, fuhr Llewellyen mit einem bösen Blick fort. »Sie lieben Feuer über alles. Aber ich verstehe das nicht – sie kommen in dieser Gegend normalerweise überhaupt nicht vor.« Er versuchte noch einmal aufzustehen, und diesmal gelang es ihm. Als er sich herumdrehte, sah Chris, dass sein ganzer Rücken verbrannt war. Das weiße Ledergewand war verkohlt, und die Haut darunter rot und mit Tausenden und aber Tausenden kleinen schwarzen Brandflecken übersät. Es musste entsetzlich wehtun, aber Llewellyen ließ sich nichts anmerken.

»Ich muss Macha suchen«, sagte der Erinn plötzlich. »Sie ist in die andere Richtung geflohen. Wenn wir sie verlieren, dann ist es aus mit uns. Die Korred werden uns tanzen lassen.« Er überlegte einen Moment, dann deutete er mit einer Kopfbewegung den Bach hinunter. »Lauf ein paar Schritte den Fluss entlang«, sagte er. »Hier in der Nähe des Feuers ist es zu gefährlich, solange der Boccanach noch da ist. Aber geh nicht zu weit – sonst müssen wir am Ende noch dich suchen.«

Er gab Chris keine Gelegenheit, irgendetwas zu erwidern, sondern verschwand mit schnellen Schritten in der Dunkelheit.

Chris sah sich schaudernd um. Er konnte nach wie vor nicht genau erkennen, was da im Feuer tobte und raste (um ehrlich zu sein, war er auch nicht besonders versessen darauf), aber die Flammen stießen noch immer kleine und größere Wolken blitzender Funken aus, und er hatte ja selbst erlebt, dass er hier keineswegs in Sicherheit war. So beschloss er, auf Llewellyens Rat zu hören und sich ein paar Schritte vom Lager zu entfernen.

Er war sehr vorsichtig. Obwohl der Bach eisig war, lief er nicht am Ufer entlang, sondern watete knöcheltief im Wasser, und er sah sich alle paar Schritte um, um ganz sicher zu gehen, dass ihn keine Funkenwolke verfolgte. Erst als er sich so weit vom Lagerplatz entfernt hatte, dass das Feuer nur mehr ein ferner heller Fleck in der Dunkelheit war, wagte er es, aus dem Wasser herauszutreten und stehen zu bleiben.

Von Llewellyen war keine Spur zu entdecken und von der Sidhe schon gar nicht. Chris wollte ihren Namen rufen, aber dann fiel ihm wieder ein, was Llewellyen über die Korred erzählt hatte, die dieses Gebiet hier beherrschten, und er hielt es für klüger, still zu sein. Macha und der Erinn würden ihn schon finden, solange er sich nicht vom Bach entfernte. Und das hatte er ganz gewiss nicht vor.

So ging er nur ein paar Schritte zur Seite, hockte sich auf einen niedrigen Felsbuckel und schlang fröstelnd die Arme um die Knie. Die Nacht war sehr kalt, umso mehr, als seine Kleider klatschnass waren und unangenehm an seiner Haut klebten. Und als wäre dies noch nicht genug, begann er jetzt all die kleinen Brandwunden wieder zu spüren, die er davongetragen hatte.

Und dann, ganz plötzlich, fühlte er, dass er nicht mehr allein war.

Verwirrt sah Chris auf, blickte von rechts nach links und wieder zurück – und fuhr erschrocken zusammen.

Sein Gefühl hatte ihn nicht getäuscht. Genau aus der Mitte des Baches starrten ihn zwei kleine, silberne Augen an, wie blinde Spiegel, die das Sternenlicht reflektierten.

Chris' Herz begann zu hämmern. Er stand auf, machte einen Schritt zurück und blieb wieder stehen. Die Augen bewegten sich nicht, aber er erkannte jetzt einen massigen, lang gestreckten Schatten, in den sie eingebettet waren.

Seine Gedanken überschlugen sich. Irgendwie spürte er, dass das Geschöpf im Wasser alles andere als harmlos war. Andererseits hatte ihm Llewellyen eingeschärft, sich nicht vom Bach zu entfernen. Ganz abgesehen davon, dass da diese Korred waren – von denen Chris zwar nicht mehr wusste als ihren Namen, vor denen er aber nichtsdestoweniger einen gehörigen Respekt hatte –, hätte er sich wahrscheinlich schon nach ein paar Schritten hoffnungslos in der Nacht verirrt.

Der Schatten im Wasser bewegte sich. Ganz langsam glitt er auf das Ufer und somit auf Chris zu, während der Blick seiner matten Silberaugen unverwandt auf ihn gerichtet blieb. Chris sah sich vergeblich nach irgendetwas um, das er als Waffe benutzen konnte.

Etwas zerrte an seinem Gürtel. Chris sah an sich herab, runzelte überrascht die Stirn und strich mit spitzen Fingern über die glatte Oberfläche der Gae bulga, die plötzlich an einer Schlaufe seines Gürtels hing. Aber er war doch sicher gewesen, die Waffe in Cuchullins Wagen zurückgelassen zu haben!

Wieder ertönte ein leises Plätschern, und als er aufsah, war der Schatten ein gutes Stück näher gekommen, sodass er wenigstens seinen Umriss erkennen konnte. Es war ein Pferdekopf.

Ganz eindeutig, dachte Chris überrascht – es war der Schädel eines sehr großen Pferdes, das ihn da aus dem Wasser heraus anstarrte. Das Tier bewegte sich weiter auf ihn zu, wobei es sich gleichzeitig im Wasser aufrichtete. Dem grobknochigen Schädel folgte ein massiger, mit struppigem grauem Haar bewachsener Hals und dann der dazu passende Körper. Gemächlich erhob sich ein riesiges Pferd von Statur und Massigkeit eines Ackergaules aus dem Bach und kam auf ihn zu.

Aber das ist doch unmöglich, dachte er. Der Bach war gar nicht tief genug, ein so großes Tier zu verbergen. Er selbst hatte auf Händen und Knien darin gelegen und noch immer den Kopf über Wasser gehalten.

Das Pferd war mittlerweile ganz ans Ufer gekommen und blieb stehen, fast als wolle es Chris Gelegenheit bieten, es in aller Ruhe zu betrachten. Es war wirklich riesig und alles andere als hübsch. Und das unheimlichste an ihm waren die Augen: kleine silberne Spiegel ohne Pupille oder Iris, die trotzdem sahen. Chris konnte ihren Blick wie die Berührung einer unsichtbaren, eiskalten Hand fühlen.

»Hallo«, sagte das Pferd.

Chris wäre vor Schreck beinahe von seinem Felsen gefallen. Ungläubig starrte er das Tier an.

»Du … du kannst sprechen?«, krächzte er.

Das gewaltige Pferd nickte. »Warum nicht? Du kennst mich nicht, wie?«

Chris schüttelte den Kopf. Er bekam keinen Laut mehr heraus.

»Aber du hast sicher von mir gehört«, fuhr das Pferd fort, wobei es den Kopf auf die Seite legte und Chris auf sonderbar lauernde Art ansah. »Ich bin der Kelpie.«

Chris kramte in seinem Gedächtnis, fand aber nichts. »Nein«, stieß er nach einigen Sekunden hervor.

Es war das erste Mal, dass er ein Pferd grinsen sah, und er konnte nicht behaupten, dass es ein angenehmer Anblick wäre. »Das trifft sich gut«, sagte der Kelpie. »Dann läufst du wenigstens nicht gleich weg.«

Chris richtete sich alarmiert auf. »Gäbe es denn einen Grund dazu?«, fragte er.

Wieder grinste der Kelpie sein Pferdegrinsen und kam ein Stück näher. »Nein«, sagte er. »Aber die meisten laufen weg, wenn sie nur meinen Namen hören. Sie haben Angst vor mir.« Er blickte an seinem struppigen Pferdekörper herunter, aus dessen Fell Wasser tropfte und sich zu einer kleinen, schimmernden Pfütze unter ihm sammelte. »Na ja, eine Schönheit bin ich ja auch nicht gerade«, räumte er ein. »Aber es ist schon lästig, immer allein zu sein. Sie haben alle Angst vor mir, weil ich so groß bin. Pfffh«, fügte er hinzu, »als ob das etwas zu sagen hätte. Schau dir diesen Boccanach an. Der ist viel kleiner und zehn Mal so gemein wie ich.«

»Ähm …«, sagte Chris.

Der Kelpie kniff eines seiner beunruhigenden Silberaugen zu und sah ihn aus dem anderen misstrauisch an. »Du findest mich auch hässlich«, sagte er.

»Nein, bestimmt nicht«, versicherte Chris hastig. »Es ist nur … bei uns zu Hause sehen die Flusspferde ein wenig anders aus, verstehst du?«

Nein, der Kelpie verstand nicht, und wie konnte er auch. »Was glaubst du, wie du mir vorkommst?«, fragte er giftig. »Du bist auch nicht gerade ein Prachtstück, du Knirps. Aber was soll's. Hast du Zeit?«

»Nein«, antwortete Chris, lächelte verlegen und sah rasch nach rechts und links. Von Llewellyen und der Sidhe war keine Spur zu entdecken. »Jedenfalls nicht viel«, sagte er. »Ich warte auf jemanden.«

»Ich weiß«, seufzte der Kelpie. »Aber der Erinn und seine kriegerische Freundin werden so bald nicht kommen. Besser, du tust, was er von dir verlangt hat, und bleibst hier am Fluss. Wir können ja ein wenig plaudern, bis sie kommen.«

»Du weißt?«, murmelte Chris überrascht.

Wieder kicherte der Kelpie. Es hörte sich an wie ein reichlich verunglücktes Wiehern. »Ich weiß alles«, sagte er. »Fast alles, jedenfalls. Ich weiß zum Beispiel, dass Milesier in der Nähe sind, die euch die Hälse abschneiden wollen.«

»Milesier?« Chris richtete sich kerzengerade auf.

»Ein unangenehmes Volk, diese Milesier«, fuhr der Kelpie ungerührt fort. »Nicht, dass mir die Erinn oder gar die Tuatha de Dannan lieber wären. Sie können mich alle nicht leiden und ich sie nicht. Na, was soll's.«

Er kam wieder näher und stand jetzt unmittelbar vor ihm. Chris bemerkte, dass er nach abgestandenem Wasser roch. In seiner Mähne und seinem Schweif glitzerten kleine Streifen von grünen Algen und Tang. Der Blick seiner pupillenlosen Silberaugen wurde immer unangenehmer. Da half es nicht viel, wenn Chris sich sagte, dass der Kelpie nichts für sein Aussehen konnte; ebenso wenig wie er selbst.

»Wäre vielleicht besser, wenn du nicht hier bleiben würdest«, sagte der Kelpie plötzlich.

»Wieso?«

Das Flusspferd machte eine Bewegung, die wohl das Gegenstück zu einem menschlichen Achselzucken sein sollte. »Zum Beispiel wegen der Milesier«, antwortete es. »Könnte sein, dass sie bald hier auftauchen.«

»Hier?«, rief Chris erschrocken.

»Möglich«, bestätigte der Kelpie. »Immerhin war der Boccanach da, oder?«

»Und was hat der mit den Milesiern zu tun?«

Der Kelpie seufzte. »Du weißt verdammt wenig für einen, der sich einbildet, in der ganzen Sache mitmischen zu können«, sagte er. »Die Boccanach arbeiten für die Milesier, du Dummkopf. Genau wie die Genithi Glidhe und das Ganze andere Dämonenvolk. Wo sie auftauchen, sind auch die Milesier nicht weit.«

»Aber Llewellyen hat erzählt, dass sie niemals hierher kommen.«

»Das mag schon sein«, antwortete der Kelpie leichthin. »Aber alles ändert sich, weißt du. Ich schlage vor, wir gehen ein Stück den Fluss hinunter. Wenn deine Freunde auftauchen, merke ich das schon, keine Sorge.« Der riesige Pferdekopf machte eine Bewegung flussabwärts. Chris zögerte, und der Kelpie fügte hinzu:

»Wenn du willst, kannst du auf meinem Rücken reiten. Ein Fliegengewicht wie du macht mir wirklich nichts aus.«

Chris zögerte, aber nur für einen Moment – die Erwähnung der Milesier hatte auch seine letzten Bedenken zerstreut. Sicher, der Kelpie war ihm immer noch unheimlich, aber er schien ein freundlicher Bursche zu sein, freundlicher jedenfalls als die Milesier, deren einziges Interesse an ihm darin bestand, ihm den Kopf abzuschneiden.

Der Kelpie ließ sich wie ein Zirkuspferd in den Vorderläufen einknicken, sodass Chris bequem auf seinen Rücken klettern konnte. Dann richtete er sich behutsam wieder auf, drehte den mächtigen Schädel, so weit er konnte, und erkundigte sich, ob Chris auch bequem saß. Das tat er zwar nicht – der Kelpie war dazu viel zu breit gebaut, und außerdem war er klatschnass –, aber Chris nickte trotzdem, und sie bewegten sich durch die Nacht davon.

Für eine geraume Weile ritten sie schweigend dahin, immer am Bach entlang. Dann, ganz plötzlich, glaubte Chris ein Geräusch zu hören.

»Was ist das?«, fragte er.

Der Kelpie blieb stehen, legte den Kopf auf die Seite und lauschte ebenfalls. Chris hörte das Geräusch jetzt deutlich – es war Musik. Sehr eigenartige Musik, wie er sie nie zuvor gehört hatte, leise, glasklare Harfentöne von fremdartigem Klang, die ihn seltsam wehmütig stimmten.

»Das ist ... Musik!«, sagte er verblüfft.

Der Kelpie nickte. »Die Korred«, sagte er. »Sie musizieren fast jede Nacht.«

»Korred?« Chris erschrak.

»Nur keine Sorge«, beruhigte ihn der Kelpie. »Solange ich bei dir bin, tun sie dir nichts. Sie haben auch Angst vor mir, diese Dummköpfe. Möchtest du ihren Tanzplatz sehen? Ich bin ganz leise. Sie werden uns nicht bemerken.«

Eigentlich wollte Chris nicht. Er hatte nicht vergessen, was Llewellyen über die Korred erzählt hatte. Aber dann erwies sich seine Neugier als größer als seine Furcht.

Sie überschritten den Bach, der so flach war, dass der Kelpie nur bis an die Fesseln darin versank. Erneut fragte sich Chris, wie es das Wesen vorhin geschafft hatte, bis an die Nüstern in dem seichten Gewässer unterzutauchen.

Allmählich wurde die Musik lauter. In die silberhellen Laute der Harfe mischten sich jetzt Flöten- und Tamburinklänge, und dann, ganz plötzlich, brach die Musik ab.

»Was ist jetzt?«, fragte Chris überrascht.

Der Kelpie blieb stehen, lauschte einen Moment und zuckte dann mit den Schultern – eine Bewegung, die Chris fast von seinem Rücken fallen ließ. »Weiß nicht«, sagte er leichthin. »Vielleicht haben sie uns doch bemerkt. Aber umso besser.«

»Vielleicht sollten wir lieber umkehren«, sagte Chris.

Das Flusspferd lachte leise. »Wozu? Bestimmt haben sie mich bemerkt und sich sofort wieder in ihren Felslöchern verkrochen. Wenn wir schon mal hier sind, kannst du dir auch ihren Tanzplatz ansehen.«

Er ging weiter, ohne Chris' Antwort abzuwarten. Sie wichen jetzt vom Bach ab und bewegten sich eine kurze Strecke bergauf, dann zwischen gewaltigen Steintrümmern und Felsen hindurch – und plötzlich tat sich vor ihnen eine gut fünfzig Schritte messende, kreisrunde Felsebene auf.

Chris kam aus dem Staunen nicht mehr heraus. Was immer er erwartet hatte – das hier übertraf alles!

Der Tanzplatz der Korred war gewaltig. Der Boden war so glatt, als wäre er über zahllose Jahre hindurch sorgsam poliert worden, und genau in seiner Mitte erhob sich ein gewaltiger steinerner Block, der Chris unwillkürlich an einen Altar oder Opferstein denken ließ. Eingefasst wurde das steinerne Rund von einer Reihe gut zehn Meter hoher, schwarzer Megalith-Steine, in deren Oberfläche komplizierte Bilder und Muster eingemeißelt waren. Ohne dass es ein einziges Wort der Erklärung bedurfte, begriff Chris, dass sie hier an einem heiligen Ort waren, dessen bloßes Betreten schon ein Sakrileg sein musste.

»Siehst du?«, sagte der Kelpie. »Keine Korred da. Ich habe dir doch versprochen, dass sie Angst vor mir haben.«

Chris hörte seine Worte kaum. Zu fasziniert war er von dem, was er sah – und vor allem fühlte. Die magischen Kräfte, die seit Anbeginn der Zeit auf diesen Ort eingewirkt hatten, waren so deutlich spürbar, dass er meinte, sie anfassen zu können. Schweigend glitt er vom Rücken des Kelpie herab, machte einen Schritt und blieb zwischen zwei der riesigen Megalithen stehen. Er sah jetzt, dass das, was er für sinnlose Muster gehalten hatte, in Wahrheit die Zeichen einer ihm unbekannten Schrift waren.

»Geh ruhig weiter«, sagte der Kelpie. »Du wirst schon erwartet, kleiner Dummkopf.«

Chris sah das Flusspferd verwirrt an, machte einen weiteren Schritt, darauf gefasst, Macha oder Llewellyen zu sehen – und erstarrte.

Auf der anderen Seite des steinernen Runds war eine Gestalt erschienen. Chris konnte ihr Gesicht im blassen Sternenlicht nicht erkennen, aber er sah, dass sie sehr groß war und einen Mantel aus struppigem Fell trug. In ihrer rechten Hand blitzte ein riesiges Schwert.

Ein Milesier!

Entsetzt fuhr er herum und starrte den Kelpie an. »Du –«

»Nicht doch, nicht doch«, unterbrach ihn der Kelpie. »Du machst mich nur wütend, wenn du mich beleidigst, weißt du?«

»Aber du hast doch …« Chris brach mitten im Wort ab, sah wieder zu dem Milesier zurück und wandte sich dann erneut an den Kelpie. »Du hast mich verraten«, sagte er.

Der Kelpie nickte ungerührt. »Stimmt«, sagte er. »Und?«

Er kam in gemächlichem Trab näher und grinste wieder sein schreckliches Pferdegrinsen. »Weißt du, du kleiner Narr«, sagte er, »ich habe dir doch erzählt, dass alle Angst vor mir haben. Und weißt du noch etwas? Sie haben Recht damit.« Er kicherte.

Dann versetzte er Chris mit seinem riesigen Schädel einen Stoß in den Rücken, der ihn auf den Platz hinaustaumeln ließ.

Chris schrie auf und schlug die Hände vor das Gesicht. Wie gelähmt vor Entsetzen stand er da, während rings um ihn immer mehr Milesier aus der Nacht hervortraten.

Der Tanzplatz der Elfen

Er wurde gefesselt, obwohl das bei der erdrückenden Übermacht der Milesier kaum nötig schien, und zwei der schwarz und grau gekleideten Gestalten durchsuchten ihn bis auf die Haut, nachdem sie ihm die Gae bulga fortgenommen hatten. Danach führten sie ihn zu einem weiteren Milesier, der ihn schweigend erwartete.

Im ersten Moment dachte Chris, es wäre Cochran selbst, denn er glich ihm wie ein Bruder – er war sehr groß, hatte ein breites, kantiges Gesicht und Hände wie Schaufeln, und unter seinem Fellmantel blitzte ein schwarzes Kettenhemd. Seine Augen waren hart, und sein Gesicht blieb völlig ausdruckslos, während er Chris sehr lange und sehr aufmerksam ansah.

»Das ist also der Bursche, nach dem das halbe Heer sucht«, sagte er schließlich, wie an einen Dritten gewandt. Außer Chris war allerdings niemand da; die beiden Krieger, die ihn hergebracht hatten, waren auf einen Wink des Riesen hin wieder gegangen.

»Eigentlich sieht er ganz harmlos aus. Ein dummer Junge, würde ich sagen. Wie hat er es nur geschafft, Cosran zu töten? Er war einer unserer Besten.«

Chris begriff nur langsam, dass die Frage an ihn gerichtet war; der Milesier hatte eine sehr eigenartige Art zu sprechen.

»Das … das wollte ich gar nicht«, stotterte er. »Es war ein Unfall, das müssen Sie mir glauben.«

»Ich muss ihm gar nichts glauben«, antwortete der Milesier kopfschüttelnd. »Aber es erscheint mir wahrscheinlich, dass er die Wahrheit sagt. Ein Bursche wie er würde einen fairen Kampf gegen Cosran wohl kaum bestehen.« Er schüttelte noch einmal den Kopf, wandte sich halb um und klatschte in die Hände. Aus der Dunkelheit trat eine weitere Gestalt herbei, ebenso groß wie er, aber sehr viel schlanker. Anders als alle Milesier, die Chris bisher zu Gesicht bekommen hatte, war er nicht in einen Fellmantel gehüllt, sondern in ein langes, wallendes Gewand von der Farbe der Nacht. Auch sein Haar und sein Bart waren dunkel, und auf seiner Stirn prangte ein schwarzer Edelstein, der auf den ersten Blick wie ein drittes Auge wirkte. Er bot einen unheimlichen Anblick.

»Ist es der Richtige, Odairan?«

Der schwarz Gekleidete nickte, ohne Chris auch nur anzusehen. »Ja. Der Kelpie hatte die Wahrheit gesagt, Arom. Cochran wird zufrieden mit dir sein.« Er zögerte einen Moment, sah sich nach beiden Seiten um und fuhr dann besorgt fort: »Wir sollten diesen Ort so rasch wie möglich wieder verlassen, Arom. Ich fühle die Anwesenheit starker Magie.«

Arom zog eine Grimasse. »Humbug«, sagte er. »Wir sind hier, und niemand hat uns etwas angetan, oder? Die Korred, die du so fürchtest, haben Fersengeld gegeben, kaum dass sie uns gesehen haben. Aber was soll ich von einem Druiden anderes erwarten als abergläubisches Gerede?«

»Dies ist ein heiliger Ort«, beharrte Odairan. »Die Korred fürchten den Kelpie und wohl auch mich, den großen Druiden Odairan, aber sie werden nicht ewig zusehen, wie wir ihr Heiligtum entweihen.«

Arom lachte hässlich, aber Chris spürte, dass ihn die Worte des Druiden nicht ganz so unbeeindruckt ließen, wie er es gerne gehabt hätte. Dann machte er eine herrische Handbewegung.

»Wir bleiben«, sagte er. »Cochran will auch den Erinn und vor allem die Sidhe. Willst du ihm erklären, dass die beiden uns entkommen sind, weil du dich vor einem heiligen Ort gefürchtet hast?«

»Nicht vor dem Ort«, rief Odairan dröhnend und breitete dramatisch die Arme aus. Er wirkte ein wenig wie ein schlechter Schauspieler. »Wohl aber vor denen, die ihn beschützen. Die Korred sind bekannt für ihre Grausamkeit.« Arom kniff das linke Auge zu und starrte den Druiden an. »Das bin ich auch«, sagte er drohend. »Willst du sie kennen lernen, Druide? Ich sagte, wir bleiben, bis der Erinn und die Sidhe gefangen sind!«

Odairan lächelte geringschätzig. »Wie du befiehlst. Aber ich habe dich gewarnt.« Und damit wandte er sich ohne ein weiteres Wort um und verschwand wieder in der Dunkelheit.

Arom drehte sich wieder zu Chris herum. »Was grinst der Kerl so?«, fragte er. »Er scheint zu glauben, dass wir Angst vor irgendwelchen Steinfressern haben, wie?«

Er hob die Hand und versetzte Chris einen Hieb, der ihn hilflos zu Boden fallen ließ. Da seine Hände auf dem Rücken zusammengebunden waren, konnte er sich nicht abfangen und schlug schwer mit dem Hinterkopf auf dem Fels auf.

Bunte Sterne tanzten vor seinen Augen, und für einen Moment schwanden ihm die Sinne. Als er wieder klar sehen konnte und der hämmernde Schmerz in seinem Kopf sich halbwegs gelegt hatte, stand Arom breitbeinig über ihm und funkelte ihn an. Und plötzlich begriff Chris, dass sein Zorn nichts anderes als Ausdruck seiner Furcht war. Der Milesier musste die Ausstrahlung dieses Ortes so deutlich fühlen wie er.

»Das Lachen wird ihm schon noch vergehen, wenn er Cochran gegenübersteht«, sagte Arom drohend.

Chris versuchte sich aufzurappeln, aber es gelang ihm nicht.

Er kam nur in eine halb sitzende, halb liegende Stellung hoch. »Was habt ihr mit mir vor?«, fragte er.

Arom grinste böse. »Ihn töten, was sonst? Ich hätte es gleich hier getan, aber Cochran hat Befehl gegeben, ihn lebend zu ihm zu bringen. Ich denke, er hat etwas ganz Besonderes mit ihm vor. Immerhin hat er seinen Bruder getötet.«

»Aber sie haben uns angegriffen!«, verteidigte sich Chris verzweifelt.

»Natürlich.« Arom nickte ungerührt. »Wir schätzen es nicht, wenn sich irgendjemand in unsere Angelegenheiten mischt.« Er richtete sich auf und winkte die beiden Krieger herbei, die Chris gefesselt hatten.

»Passt mir gut auf ihn auf!«, befahl er. »Ihr haftet mir mit eurem Leben für ihn.«

Die beiden Milesier schleiften Chris zu dem Altarstein in der Mitte des Platzes und stießen ihn so grob dagegen, dass ihm schon wieder fast die Sinne schwanden und er halb benommen gegen den rauen Stein gelehnt sitzen blieb. Einer richtete kurz seine Speerspitze auf ihn und fuchtelte drohend mit der Waffe, ehe er sich wie der andere gemächlich auf seinen Lanzenschaft stützte und auf der Stelle einzudösen schien.

Es war allerdings auch wirklich nicht nötig, Chris allzu aufmerksam zu bewachen – selbst wenn es ihm gelungen wäre, die beiden Milesier zu übertöpeln (was mit auf dem Rücken gefesselten Händen schwer möglich war), wäre er nicht weit gekommen, denn rund um den Tanzplatz hatte eine regelrechte kleine Armee Aufstellung genommen. An die fünfzig Milesier bildeten einen lockeren Kreis im Inneren der Steinumfriedung und ließen jeden Gedanken an Flucht von vornherein lächerlich erscheinen.

Eine leise Berührung an der Schulter riss Chris aus seinen düsteren Überlegungen. Überrascht sah er auf, aber er erblickte niemanden. Das Zupfen wiederholte sich, und er begriff, dass es von hinten kam. Aber da war doch nichts – außer dem massiven Basaltblock des Altarsteines.

Zum dritten Mal schrammte etwas an seiner Schulter entlang, und diesmal tat die Berührung weh, denn sie war viel heftiger und sparte auch die kleinen Brandwunden nicht aus, die ihm der Boccanach zugefügt hatte. Chris verdrehte den Kopf, so weit er es konnte, ohne die Aufmerksamkeit der beiden Milesier zu erregen – und unterdrückte im letzten Augenblick einen Schrei.

Aus dem glatten schwarzen Stein hinter ihm war eine Hand hervorgewachsen!

Sie war nicht viel größer als seine eigene und hatte nur drei Finger und einen Daumen, dafür aber scharfe Krallen, wo ein Mensch Fingernägel gehabt hätte, und sie war so schwarz und glänzend wie der Fels, aus dem sie herausragte. Und es blieb nicht bei dieser Hand. Ein rasches Zucken lief über die Oberfläche des Altares, und plötzlich blickte Chris in ein Koboldgesicht, schwarz und glänzend wie der Stein, der es umgab, und nicht besonders hübsch anzuschauen. Große, schimmernde Augen musterten ihn mit einer Mischung aus Misstrauen und vorsichtiger Neugier, und noch ehe er etwas sagen konnte, bewegte sich die Hand nach oben und legte sich über die Lippen des Kobolds. Aus dem Stein wuchsen jetzt kleine spitze Öhrchen heraus, die sich hektisch und unabhängig voneinander hierhin und dorthin bewegten, als versuchten sie in alle Richtungen zugleich zu lauschen.

»Psst!«, wisperte ein dünnes Stimmchen an Chris' Ohr. »Wenn sie mich sehen, ist alles verloren. Ihr Druide verwandelt mich glatt in einen Menschen!« So, wie die Stimme das sagte, schien das keine besonders angenehme Vorstellung für den Kobold zu sein.

Chris überzeugte sich rasch davon, dass die beiden Milesier nicht in seine Richtung blickten, dann sah er das Koboldgesicht im Stein wieder an. Ganz vage erinnerte es ihn an das eines Spriggan, aber ihm fehlte der gemeine Zug, den er in den Gesichtern der kleinen Plagegeister ausgemacht hatte.

»Wer bist du?«, flüsterte er.

»Das spielt keine Rolle«, antwortete das Steingesicht. »Wichtiger ist, wer du bist. Die Weichgesichter haben dich gefesselt. Sie sind nicht deine Freunde, wie?«

»Bestimmt nicht«, antwortete Chris. »Bist du ein Korred?«

»Mir ist die Bezeichnung Dolmen-Elf lieber«, antwortete das Steingesicht, wobei sich ein Unterton von beleidigtem Stolz in seine Stimme schlich. »Aber bitte, wenn es dir Spaß macht. Kann ich dir trauen?«

»Sicher.«

»So sicher ist das gar nicht«, antwortete der Korred patzig. »Mir ist noch kein Weichgesicht untergekommen, das nicht gelogen hätte. Ich muss vorsichtig sein, weißt du? Meine Eltern wissen nicht, dass ich hier bin. Wenn sie's rauskriegen, sperren sie mich zehn Tage lang bei hellem Sonnenlicht ein. Brrrr. Ganz abgesehen, was mich erwartet, wenn mich der Kelpie erwischt.« Diesmal war die Angst in seiner Stimme echt.

»Kannst du meine Fesseln losmachen?«, fragte Chris.

»Sicher kann ich das«, antwortete der Korred. »Aber warum sollte ich? Du würdest nicht sehr weit kommen, fürchte ich. Es sei denn, du könntest unter der Erde laufen wie ich. Dem Kelpie ist noch keiner entwischt.«

»Du könntest mich mitnehmen«, schlug Chris vor. »Ich bin auch nicht größer als du. Ich passe bestimmt in deinen Geheimgang.«

»Was für einen Geheimgang?«, fragte der Korred verblüfft. Chris schwieg verdattert, als ihm klar wurde, dass es nicht nur so aussah, als wüchse der Dolmen-Elf direkt aus dem Stein heraus. Der Korred sprach weiter, ehe Chris sich von seiner Verblüffung erholt hatte.

»Ich kann gar nichts machen, tut mir Leid. Es sei denn ...«

»Es sei denn was?«, fragte Chris, als der Korred nicht weitersprach.

Das Steingesicht zog eine Grimasse. »Wir hatten gehofft, dass der Kelpie noch einmal weggeht, um deine Freunde zu suchen, aber so dumm ist er nicht. Wenn du es schaffen könntest, ihn irgendwie unschädlich zu machen ...«

»Meine Freunde?« Chris wurde hellhörig. »Llewellyen und Macha sind auch hier?«

»Nicht hier, Dummkopf«, schalt ihn der Korred. »Aber ganz in der Nähe. Der Erinn spielt gerade Haschmich mit den Milesiern. Aber sie werden ihn kriegen, fürchte ich. Und solange der Kelpie hier ist, können wir auch nichts dagegen tun.«

»Und die Milesier?«, fragte Chris. »Es sind eine ganze Menge.«

»Milesier! Pfff!«, sagte der Korred. »Weichgesichter! Meine Eltern freuen sich schon darauf, sie tanzen zu lassen, das kannst du mir glauben. Aber die Magie des Kelpie ist zu stark.« Ein forschender Ausdruck trat auf das schwarze Gesicht im Stein. »Du wärst nicht damit einverstanden, ihm den Hals abzuschneiden, wie?«, fragte er.

»Nein!«, sagte Chris impulsiv.

»Du bist ein Narr«, antwortete der Korred. »Was glaubst du, was sie mit dir machen werden?«

»Ich weiß es nicht«, sagte Chris. »Aber ich werde nie wieder eine Waffe in die Hand nehmen, das habe ich mir geschworen.«

»Gequirlter Felsenquark«, antwortete der Korred. »Du willst und du wirst, wetten? Jeder kämpft, wenn es um sein Leben geht. Aber gut, aber gut, ich will mich nicht mit dir streiten. Du könntest den Kelpie immerhin verscheuchen.« Er kicherte. »Den Rest machen dann wir.«

»Verscheuchen? Und wie?«

»Mit der Gae bulga«, antwortete der Korred. »Es gibt nur ganz wenige Dinge, vor denen dieser Kinderfresser Respekt hat. Cuchullins Wurfeisen gehört dazu. Nun?«

Chris überlegte. Dass der Korred so schnell nachgegeben hatte, machte ihn ein wenig stutzig. Aber die Vorstellung, Cochran gegenüberzustehen und von ihm aller Voraussicht nach umgebracht zu werden, behagte ihm auch nicht besonders.

»Und ich muss ihn nicht töten?«, vergewisserte er sich.

»Ach was«, antwortete der Korred. »Es reicht, wenn du ihm eine Schramme versetzt. Du wirst sehen, wie er rennt, wenn er das Eisen auch nur sieht.«

»Aber ich kann überhaupt nicht mit der Gae bulga umgehen«, gab Chris zu bedenken.

»Das musst du auch nicht«, erwiderte der Korred. »Sie weiß schon von selbst, was zu tun ist. Also?«

Wieder dauerte es einen Moment, bis Chris sich entschied. Sicher, er hatte sich wirklich geschworen, nie wieder im Leben eine Waffe auch nur zu berühren, aber immerhin ging es hier um sein Leben, ganz abgesehen davon, dass er dem Kelpie noch eine Revanche schuldig war. Schweren Herzens nickte er. »Gut. Ich bin einverstanden.«

Das Gesicht des Korred verschwand, und gleich darauf berührten kalte Finger Chris' Fesseln und durchtrennten sie so mühelos, wie er ein Haar zerrissen hätte. »Pass jetzt auf«, wisperte eine Stimme direkt aus dem Stein heraus. »Wenn du einen Fehler machst, kostet es nicht nur dich das Leben, sondern auch mich.«

Zunächst geschah nichts, außer dass sich einer der Milesier herumdrehte und ihm einen gelangweilten Blick zuwarf. Dann jedoch spürte Chris, wie sich der vermeintlich massive Fels hinter seinem Rücken zu bewegen begann. Etwas glitt an seinem Rücken herab und unter ihm hindurch, und dann erkannte er im schwachen Sternenlicht einen verschwommenen Umriss, der dicht unter der Oberfläche des Tanzplatzes dahinglitt, wie ein Schwimmer, der durch einen trüben See taucht. Vor lauter Staunen hielt er den Atem an, während er den Korred weiter verfolgte.

Der Dolmen-Elf glitt direkt zwischen den beiden Milesiern hindurch, die von ihm keinerlei Notiz nahmen, und bewegte sich lautlos auf den Rand des steinernen Runds zu. Er zögerte sichtbar, ehe er seinen Kurs änderte und eine Gruppe von Milesiern ansteuerte, unter denen Chris Arom und auch den Druiden zu erkennen glaubte. Und zu seinem Erschrecken auch eine große, graue Gestalt, die wie ein Pferd aussah.

Und dann ging alles so schnell, dass er keine Zeit zum Nachdenken mehr fand. Der Korred tauchte unmittelbar hinter Arom und dem Druiden aus dem Fels auf. Einer der Milesier stieß einen gellenden Schrei aus, und auch Arom und Odairan fuhren herum, aber ihre Bewegung kam zu spät. Der Korred – er war ein Stück kleiner als Chris, aber sehr viel breiter, sodass er fast quadratisch aussah – warf sich auf Arom, packte ihn und riss etwas von seinem Gürtel, ehe er den völlig überraschten Milesier zurückstieß, sodass er gegen Odairan prallte und ihn mit sich zu Boden riss. Dann wirbelte er herum und lief mit großen, grotesk aussehenden Sprüngen auf Chris zu.

Aber so schnell er war – der Schatten hinter ihm war schneller.

Der Kelpie stieß ein wütendes Wiehern aus, rannte zwei, drei Milesier, die ihm im Weg standen, einfach über den Haufen und jagte mit wehender Mähne hinter dem Korred her. Seine Hufe schlugen Funken aus dem harten Fels, und in seinen Augen blitzte die pure Mordlust.

»Pass auf!«, schrie Chris verzweifelt. »Hinter dir!«

Aber seine Warnung kam zu spät. Der Kelpie erreichte den Dolmen-Elf, noch ehe er die halbe Strecke zurückgelegt hatte, und plötzlich hatte er zwei Arme, mit denen er den Korred packte und grob in die Höhe riss. Die kleine schwarze Gestalt ballte die linke Hand zur Faust und schlug sie dem Kelpie auf die Nüstern, was das Flusspferd allerdings gar nicht zu spüren schien, und dann machte ihre andere Hand eine ruckartige Bewegung – und etwas flog silbern und wirbelnd direkt auf Chris zu.

Er reagierte, ohne zu denken, ja es war fast, als übernähme für einen Moment ein anderer, stärkerer Wille den Befehl über seinen Körper. Blitzschnell sprang er in die Höhe, hob die Hand und fing die Gae bulga auf, drehte sich halb um seine Achse und ließ sie wieder fliegen, mit einer einzigen, fließenden Bewegung, als hätte er sein Lebtag nichts anderes getan.

Ein vielstimmiger Aufschrei gellte über den Platz. Dutzende von Milesiern sprangen auf und griffen nach ihren Waffen, und auch der Kelpie bäumte sich voller Panik auf.

Chris begriff, dass der Korred ihn belogen hatte, noch bevor die Gae bulga ihr Ziel erreichte. Die magische Waffe raste wie ein funkelnder Blitz auf den Kelpie zu, schlug im letzten Moment einen Haken, um dem Korred auszuweichen, den das Flusspferd wie einen lebenden Schutzschild vor sich hielt – und traf mit tödlicher Sicherheit das Herz des Kelpie.

Der Pferdedämon brach lautlos zusammen, wobei er den Korred halb unter sich begrub, und die Gae bulga löste sich wie durch Zauberei aus seiner Brust und kam wie ein gut dressierter Hund in Chris' Hand zurück. Er spürte, wie sie in seinen Fingern vibrierte, und für einen kurzen Moment durchströmte ihn ein Gefühl furchtbarer, aber auch verlockender Macht. Er wusste, dass ihm nichts geschehen konnte, solange er im Besitz dieser Waffe war.

»Der Junge!«, brüllte Arom quer über den Felsenplatz. »Tötet ihn! Sofort!«

Ein halbes Dutzend Pfeile jagte sirrend auf Chris zu, aber nicht einer erreichte ihn, denn wieder war es, als spränge Cuchullins Wurfeisen von selbst aus seiner Hand. Die Waffe beschrieb eine Zickzackbewegung über den Platz, schlug die heranrasenden Pfeile aus der Luft und riss noch einen der beiden Milesier zu Boden, die sich auf Chris stürzen wollten, ehe sie in seine Hand zurückkehrte. Der zweite schleuderte seinen Speer davon und floh in wilder Panik.

Er kam nicht sehr weit. Direkt aus dem Boden heraus griffen gewaltige schwarze Arme aus Lava nach ihm und zerrten ihn zurück. Der Milesier stürzte, schrie in Todesangst und begann mit seinem Schwert auf die Felsarme einzudreschen. Die Waffe schlug Funken aus dem Stein und brach ab.

Und plötzlich waren überall schwarze Gestalten. Nicht nur aus dem Boden und dem Felsenaltar hinter Chris wuchsen Korred hervor, sondern auch aus den Megalith-Felsen, die das steinerne Rund begrenzten. Dutzende, wenn nicht Hunderte von Korred erschienen, als wäre die Nacht selbst lebendig geworden, und der Platz hallte wider von den Schreckensschreien der Milesier.

Aber etwas Sonderbares geschah: Chris hatte erwartet, dass sich die Dolmen-Elfen auf ihre verhassten Feinde stürzen würden, aber sie griffen nicht an, sondern begnügten sich damit, die Milesier vor sich her- und zusammenzutreiben.

Chris schauderte, als er die erwachsenen Korred deutlicher sah. Es waren riesenhafte, knorrige Gestalten aus schwarzem Stein, die sich trotzdem so geschmeidig bewegten, wie es ein Mensch niemals gekonnt hätte. Keiner von ihnen trug eine Waffe, aber das war auch nicht nötig, denn die wenigen Milesier, die versuchten Widerstand zu leisten, gaben diesen rasch auf, nachdem ihre Schwerter und Pfeile an den Felsenleibern der Korred zerborsten waren.

Eine kleine Gestalt mit spitzen Öhrchen kam auf Chris zu. Einen Moment lang sah er den Korred schweigend an, dann blickte er dorthin, wo der tote Kelpie lag, und senkte niedergeschlagen den Kopf. »Du hast mich belogen«, sagte er leise.

Der Korred zog eine Grimasse. »Nein«, sagte er. »Ich habe nur gesagt, dass die Gae bulga schon weiß, was zu tun ist. Tut dir der Kinderfresser Leid?«

»Sprich nicht so von ihm!«, sagte Chris voller traurigem Zorn. »Er ist –«

»Ganz genau das, was der Korred gesagt hat«, sagte eine Stimme hinter ihm, und als Chris sich herumdrehte, erkannte er eine schlanke, helle Gestalt in einem verkohlten Seidengewand.

»Macha!«

Die Sidhe blickte ernst auf ihn herab. »Der Korred hat die Wahrheit gesagt. Du weißt nicht, wer der Kelpie war? Dann werde ich es dir sagen: der Schrecklichste und Schlimmste der Düster-Elfen. Die Menschen hier fürchten ihn wie ihr den Teufel. Er lauert in Seen und Flüssen und tötet Kinder, die er nach Dunkelwerden in seinem Revier antrifft.«

Chris glaubte ihr. Aber irgendwie änderte das nichts. Mochte der Kelpie noch so grausam und böse gewesen sein, er war auch ein lebendes Wesen, das seinen Platz in der Schöpfung gehabt hatte. Und niemand, egal aus welchem Grund, hatte das Recht, ein Leben auszulöschen.

»Wie lange bist du schon hier?«, fragte er leise.

»Die ganze Zeit«, antwortete die Kriegsgöttin der Sidhe. »Ich war es, die den Korred zu dir geschickt hat. Es hat mich große Überredungskunst gekostet, sie überhaupt dazu zu bewegen, dir zu helfen.«

»Und warum?« Chris blickte auf die Gae bulga herab, die er noch immer in der Hand hielt. An den furchtbaren Klingen der Waffe klebte nicht ein Blutstropfen, und doch hatte er mit einem Male das Gefühl, besudelt zu sein.

»Warum?« Macha schüttelte missbilligend den Kopf.

»Damit du lebst, du Narr! Das Schicksal ganz Erinns liegt in deinen Händen.«

»Aber das will ich gar nicht«, sagte, nein schrie Chris.

Macha lächelte, und vielleicht zum ersten Mal, seit sie sich begegnet waren, wirkte es ehrlich. »Ich weiß«, sagte sie. »Und du tust mir unendlich Leid. Aber manchmal wird man nicht danach gefragt, was man will.« Sie streckte die Hand aus. »Komm jetzt. Ich bringe dich fort. Es ist nicht gut für Menschen, zu lange an diesem Ort zu sein.«

Wie durch Zauberei stand plötzlich Cuchullins Wagen hinter ihr, unbeschädigt und wieder die beiden riesigen Hunde vorn angeschirrt. Hinter der wuchtigen Brüstung erkannte er eine Gestalt in weißem Leder, die ihm traurig zulächelte. Chris machte einen Schritt auf das Gefährt zu und blieb wieder stehen. Sein Blick suchte die Milesier.

Und als hätten die Korred absichtlich gewartet, bis er so weit war, löste sich ihr Kreis in diesem Moment auf, und Chris sah, dass die milesischen Krieger unverletzt waren. Dicht aneinander gedrängt standen sie da und blickten voller Angst auf ihre riesenhaften Bezwinger.

Dann begann die Musik. Es waren die gleichen, schwebenden Harfen- und Schalmeienklänge, die Chris schon von weitem gehört hatte, aber viel lauter und eindringlicher jetzt. In ihrem Klang war etwas schauerlich Zwingendes. Es gelang ihm kaum, sich diesem befehlenden Rhythmus zu entziehen. Gegen seinen Willen fielen seine Arme und Beine darin ein. Macha berührte ihn hastig an der Schulter, und der unheimliche Zwang verschwand.

Die Milesier waren nicht davor gefeit. Chris beobachtete mit fassungslosem Entsetzen, wie sie zu tanzen begannen, stockend und widerwillig zuerst, dann immer schneller und schneller, wobei sich ihre Arme und Beine im rasenden Takt der unheimlichen Musik bewegten.

»Was … geschieht hier?«, fragte er entgeistert.

»Die Korred lassen sie tanzen«, antwortete Macha ernst. »Dies ist der Tanzplatz der Elfen. Wer ihn betritt, verfällt dem Zauber ihrer Musik.«

»Und … wie lange?«, fragte Chris.

Macha antwortete nicht, und als er Llewellyen ansah, senkte der Erinn hastig den Blick. Wenig später standen sie alle drei wieder in Cuchullins Wagen und ließen sich durch die Nacht ziehen, aber Chris glaubte die furchtbare Musik der Korred noch lange zu hören. Selbst dann, als sie schon längst verklungen war.

Machas Opfer

Den Rest der Nacht und fast den ganzen folgenden Tag jagten sie in Cuchullins Kampfwagen dahin, hinaus aus den Bergen und über eine gewaltige Ebene, die mit Heidekraut und Ginster bewachsen war, dann wieder durch besiedelte Gegenden, in denen sie keine Menschen sahen, wohl aber Häuser und Gehöfte und auch zwei oder drei Städte, die als vieltürmige Schatten am Horizont vorbeizogen, und schließlich über eine eisige Hochebene, die durch ein Gewirr halbhoher Mauern aus Bruchsteinen und Felsen in viele kleine Flächen unterteilt war. Dann wieder durch einen Wald. An einem der riesigen Hochlandseen Erinns vorbei. Wieder über Hügel. Und abermals unter den Mauern einer Stadt entlang.

Und die ganze Zeit über sprach keiner von ihnen auch nur ein einziges Wort.

Langsam, unendlich und quälend langsam, wie es Chris vorkam, näherten sie sich dem Westen des Landes und somit Loch Lein und Ross Castle, wo der Rat der Elfen abgehalten werden sollte.

Chris wusste nicht einmal, ob er sich darüber freuen sollte. Sicher – mit jedem Schritt, den die riesigen Höllenhunde zurücklegten, entfernten sie sich weiter von dem von Milesiern besetzten Gebiet und näherten sich der Burg der Erinn, sodass sie jetzt nicht mehr jeden Augenblick um ihr Leben bangen mussten. Aber auf der anderen Seite wusste er genau, dass es längst nicht vorbei war, wenn sie Ross Castle erst einmal erreicht hatten. Fuavarra und die anderen würden eine Entscheidung von ihm verlangen, eine Entscheidung, die so entsetzlich und folgenschwer war, dass er sie einfach nicht treffen konnte, selbst wenn er es gewollt hätte – und er wollte nicht.

Zorn ergriff ihn. Zorn auf Fuavarra, der von ihm nichts Geringeres verlangte, als über Leben oder Untergang zweier Völker zu entscheiden, Zorn auf den Dagda, von dem er Hilfe erwartet und stattdessen noch mehr Rätsel aufbekommen hatte, Zorn auf Llewellyen, auf Macha, die Milesier – und nicht zuletzt auf sich selbst, weil er sich ganz und gar nicht so benahm, wie er erwartet hatte. Hatte er nicht immer ein Held sein wollen? Hatte er nicht immer Abenteuer erleben wollen? Jetzt konnte, ja, musste er es – und wollte plötzlich nicht mehr. Er wünschte sich im Grunde nichts sehnlicher, als im nächsten Moment in seinem Bett zu Hause die Augen aufzuschlagen und festzustellen, dass alles nichts weiter als ein entsetzlicher Albtraum gewesen war.

Aber leider geschah das nicht. Stattdessen wurde der Wagen plötzlich langsamer, und Chris sah, wie Llewellyen und die Sidhe hochschraken und einen raschen Blick miteinander tauschten.

»Was ist?«, fragte er. »Wir werden langsamer.«

»Das hat nichts zu bedeuten«, antwortete Llewellyen, ein bisschen zu hastig und mit einem nervösen Lächeln. »Wir nähern uns der Grenze, das ist alles. Cuchullins Hunde können sich Ross Castle nicht nähern.«

»Und warum nicht?«

»Weil es nicht zu ihrer Welt gehört«, antwortete Llewellyen und stand auf. Aufmerksam sah er sich um, wobei sich seine Augen zu schmalen Schlitzen verengten. Seine Hand senkte sich in einer unbewussten, verräterischen Bewegung auf das Schwert an seiner Seite, und auch Macha griff nach ihrer Waffe, zog die Hand aber im letzten Moment wieder zurück und schenkte Chris ein rasches Lächeln.

Endlich erhob sich auch Chris und ließ den Blick in die Runde schweifen. Sie jagten über eine kahle Hochebene dahin, die nur aus Felsen und Lehm und wenigen, dürren Büschen bestand. Am Horizont zeichneten sich die Schatten neuer Berge ab, und der Himmel färbte sich ganz langsam so rot wie Blut. Es wurde wieder Abend.

Und hinter ihnen, noch sehr weit entfernt, tanzte eine Anzahl winziger schwarzer Punkte über die kahle Ebene.

»Milesier«, sagte Chris leise. Weder Llewellyen noch Macha antworteten, und so fügte er hinzu: »Sie verfolgen uns noch immer, nicht wahr?«

Macha schwieg weiter, aber Llewellyen nickte, wenn auch nur andeutungsweise und ohne ihn anzusehen.

»Ich verstehe das nicht«, sagte er. »Sie können nicht wissen, wo wir sind. Und sie können nie und nimmer so schnell sein wie wir. Die Hunde laufen fünf Mal so rasch wie ein Pferd!«

Die Worte galten Macha, die sie mit einem unwilligen Stirnrunzeln quittierte. »Sie müssen einen Druiden bei sich haben«, sagte sie leise und besorgt. »Einen wirklichen Druiden, keinen Narren wie diesen Odairan.« Sie seufzte, schüttelte den Kopf und sah auf Chris herab, ehe sie sich wieder an Llewellyen wandte und fortfuhr: »Sie werden uns einholen, ehe die Sonne untergegangen ist, wenn niemand sie aufhält.«

Llewellyen nickte ebenfalls, drehte sich wieder herum und sah Chris an. Sein Blick ruhte kurz auf dessen Gesicht, dann wanderte er zu Chris' Gürtel herab und heftete sich auf die Gae bulga.

»Nein«, sagte Chris, noch ehe Llewellyen die Frage laut aussprechen konnte. »Nie wieder.« Und in seiner Stimme war eine solche Entschlossenheit, dass Macha hastig die Hand hob und abwinkte, als Llewellyen auffahren wollte.

»Nicht«, sagte sie. »Er hat Recht.«

»Recht? Aber –«

»Diese Waffe«, fuhr Macha mit erhobener Stimme fort, »darf niemals gegen den Willen ihres Besitzers eingesetzt werden. Tust du es doch, so wendet sie sich gegen dich selbst. Wir können ihn nicht zwingen zu kämpfen.«

»Ich könnte es«, behauptete Llewellyen herausfordernd.

»Und ihn damit den Milesiern in die Arme treiben«, versetzte Macha. Sie machte eine entschiedene Handbewegung. »Genug, Prinz Llewellyen. Er hat entschieden, und wir haben uns zu fügen.« Sie seufzte tief und verfiel wieder in einen versöhnlicheren Ton. »Noch ist nicht alles verloren. Es ist nicht mehr weit bis zum Königreich deines Vaters. Vielleicht gelingt es mir, meine Brüder und Schwestern zu rufen, damit sie uns zu Hilfe eilen.«

Llewellyen widersprach nicht mehr, und die Sidhe kauerte sich im vorderen Teil des Wagens mit untergeschlagenen Beinen auf den Boden. Ihr Gesicht nahm den starren Ausdruck höchster Konzentration an, und obwohl sie die Augen nicht schloss, war ihr Blick mit einem Male leer. Chris sah, wie ihre Lippen Worte formten.

»Was tut sie?«, fragte er leise.

»Sie versucht Hilfe zu rufen, du Narr«, fauchte Llewellyen. »Du meinst, sie spricht in Gedanken mit den anderen Sidhe?«, flüsterte Chris.

Llewellyen nickte. »Ja«, sagte er grimmig. »Aber ich bezweifle, dass es ihr gelingt.«

»Wieso?«

Der Erinn deutete mit einer zornigen Geste auf die Milesier. »Weil sie einen Druiden bei sich haben, einen verdammt mächtigen Druiden. Und wenn er auch nur das Essen wert ist, das sie ihm geben, dann wird er wissen, was Macha vorhat, und es verhindern.« Er ballte zornig die Faust und maß Chris mit einem Blick, der so voller Verachtung war, dass Chris wie unter einem Hieb zusammenfuhr.

»Sie werden uns einholen, nicht?«, sagte er leise.

»Was kümmert dich das?«, fauchte Llewellyen. »Du hast dich entschieden.«

Chris spürte, wie ihm die Tränen in die Augen schossen, Tränen der Wut, aber auch des Schmerzes. »So versteh mich doch«, sagte er, halb zornig, halb flehend. »Ich kann es nicht tun.«

»Was?«, fragte Llewellyen böse. »Um dein Leben kämpfen?«

Chris deutete traurig auf die Gae bulga. »Diese fürchterliche Waffe noch einmal benutzen«, sagte er. »Ich wollte es auch gestern Abend nicht tun. Hätte mich der Korred nicht belogen –«

»Wären wir jetzt schon tot, ja«, fiel ihm Llewellyen ins Wort und zog eine Grimasse.

Chris sagte nichts mehr. Es war sinnlos – er konnte Llewellyen nicht erklären, was er gefühlt hatte, als er die Gae bulga schleuderte. Das Gefühl von Macht, von absoluter Macht über Leben und Tod war entsetzlich gewesen – aber auch auf eine fürchterliche Art verlockend. Es war in Wahrheit nicht der Schwur, den er sich selbst gegenüber – und vielleicht sogar etwas vorschnell – geleistet hatte, der es ihm unmöglich machte, das Wurfeisen noch einmal zu benutzen, um die Milesier zurückzuschlagen.

In Wahrheit war es die Angst, dass er der Verlockung der Macht das nächste Mal erliegen würde.

Eine weitere halbe Stunde jagten sie schweigend dahin. Die Hunde waren zwar langsamer geworden, hielten ihr Tempo aber jetzt. Trotzdem kamen die Milesier unaufhaltsam näher. Als die Dämmerung hereinbrach und das Rot des Himmels sich langsam in Grau zu verwandeln begann, konnte Chris sie schon als Reiter erkennen, nicht mehr nur als auf und ab hüpfende Punkte. Und es waren entsetzlich viele.

Macha stieß plötzlich ein erschöpftes Keuchen aus, wankte und fiel nach vorne. Chris wollte hinzuspringen und sie auffangen, aber Llewellyen riss ihn im letzten Moment zurück, obwohl die Sidhe dadurch schmerzhaft auf dem harten Holz des Wagenbodens aufschlug. Aber sie stemmte sich sofort wieder in die Höhe. Auf ihrem Gesicht stand kein Schmerz geschrieben, wohl aber ein Ausdruck tiefer Erschöpfung.

»Nun?«, fragte Llewellyen. Seine Stimme zitterte.

Die Sidhe hob müde den Blick und fuhr sich mit der Zunge über die rissig gewordenen Lippen. »Ich habe ... Tethra erreicht«, sagte sie stockend. »Es war schwer. Ihr ... ihr Druide ist stark. Entsetzlich stark, Llewellyen. Aber ich ... habe ihn besiegt.«

»Dann kommen sie uns zu Hilfe?«

Macha nickte, aber die Bewegung wirkte eher niedergeschlagen. »Ja«, flüsterte sie. »Tethra und Ortak und fünf mal hundert Tuatha de Dannan und die fünf Druiden deines Vaters.«

»Dann besiegen wir sie!«, sagte Llewellyen aufgeregt. »Gegen fünf der unseren kommt auch dieser milesische Hexenmeister nicht an, und die Tuatha de Dannan –«

»Sie werden eine Stunde brauchen, um hier zu sein«, sagte Macha leise.

Llewellyen erstarrte. Das bisschen Farbe, das noch in seinem Gesicht gewesen war, wich daraus. »Eine Stunde?«, vergewisserte er sich ungläubig.

»Vielleicht länger«, bestätigte die Sidhe matt. »Der milesische Druide hat einen Zauber über uns geworfen, den ich nicht brechen konnte. Ich konnte Tethra nicht genau mitteilen, wo wir sind. Sie müssen uns suchen.«

»Dann ist alles verloren«, sagte Llewellyen. In seiner Stimme war keine Furcht, nur Bitterkeit. »So lange halten wir nicht mehr durch.«

Macha nickte, fuhr sich mit einer müden Bewegung durch das silberne Haar und stand schwankend auf. »Vielleicht doch«, sagte sie. »Wenigstens zwei von uns. Ich werde sie ablenken.«

Chris wollte etwas sagen, aber Macha ließ ihn gar nicht zu Wort kommen. »Diesmal werde ich mich nicht auf eine Diskussion mit dir einlassen«, sagte sie. »Ihr fahrt weiter. Beide.«

»Aber das ist doch Selbstmord!«, protestierte Chris. »Es sind über hundert, selbst ohne den Druiden!«

»Ich habe auch nicht vor, mich ihnen mit dem Schwert in der Hand entgegenzustellen, du kleiner Dummkopf«, antwortete Macha.

»Und wie willst du sie dann aufhalten?«

»Ich sagte: ablenken, nicht aufhalten«, verbesserte ihn die Sidhe. »Im Kampf kann ich sie nicht besiegen. Dazu sind sie zu viele. Aber ich kann sie mit ihren eigenen Waffen schlagen. Tethra weiß zwar nicht genau, wo wir sind, aber sein Geist ist bei mir. Seine Magie und meine gemeinsam müssten ausreichen, ihnen ein Trugbild vorzugaukeln.«

Sie blickte Llewellyen an. »Es wird nicht lange vorhalten«,

fuhr sie fort. »Aber vielleicht lange genug, euch den Vorsprung zu sichern, den ihr braucht. Wir ... sehen uns in Ross Castle, sobald die Sonne aufgeht.«

Llewellyen sagte nichts. Er wandte sich ab.

Wieder verfiel Macha für eine Weile in diese sonderbare Starre, und Chris nahm an, dass sie in Gedanken mit Tethra sprach, um ihre Kräfte mit den seinen zu verschmelzen. Schließlich richtete sie sich mit einem tiefen Seufzer auf – und sprang ohne ein weiteres Wort oder irgendeine Vorwarnung vom Wagen.

Chris schrie entsetzt auf, aber dann sah er, dass sein Schreck überflüssig war. Obgleich sie noch immer mit fantastischer Geschwindigkeit dahinrasten, kam die Sidhe so leicht und elegant wie eine Feder auf. Mit drei, vier raschen Schritten verschwand sie zwischen zwei Felsen.

»Wird sie es schaffen?«, fragte Chris besorgt.

»Was?« Llewellyens Stimme klang hart. »Die Milesier aufhalten? Sicher. Sie ist eine Sidhe.« Er wandte sich ab und griff nach den Zügeln, obwohl das vollkommen überflüssig war. Die Hunde lenkten den Wagen viel sicherer und schneller, als es ein Mensch gekonnt hätte. Aber Chris begriff, dass Llewellyen nicht mit ihm reden wollte.

Die Zeit verging quälend langsam. Es wurde vollends dunkel, und nach und nach wich die öde Heidelandschaft wieder felsigem Boden und schließlich karstigen Hügeln, zwischen denen zyklopische Felstrümmer und -nadeln emporwuchsen. Immer wieder sah Chris sich um, darauf gefasst, den Schatten eines milesischen Kriegers auf den Hügeln hinter sich auftauchen zu sehen.

Stattdessen gewahrte er plötzlich eine Bewegung vor ihnen, das flüchtige Blitzen von Silber unter dem bleichen Licht des Mondes, einen Schatten, der auf sie zujagte und zu einem gepanzerten Pferd wurde, in dessen Sattel ein Tuatha de Dannan thronte.

»Prinz Llewellyen!«, dröhnte eine Stimme. »Hierher!«

Llewellyen riss mit solcher Kraft an den Zügeln, dass die Hunde ein schmerzliches Jaulen ausstießen, dann aber gehorsam den Kurs änderten und in direkter Linie auf den Tuatha de Dannan zurasten. Der Elfenreiter zwang sein Pferd in eine enge Kehre und beugte sich tief über den Sattel, um mit dem dahinsausenden Wagen Schritt zu halten. Trotzdem gelang es ihm nur für wenige Augenblicke, wenigstens auf Rufweite zu bleiben.

»Fahrt immer geradeaus!«, schrie er. »Dein Vater und das Heer kommen euch entgegen!«

Llewellyen fand nicht einmal Gelegenheit zu einer Antwort, so schnell waren sie an dem silbernen Reiter vorüber.

Als Chris sich nach ihm umsah, da erblickte er das, worauf er schon die ganze Zeit mit klopfendem Herzen gewartet hatte – Milesier. Und nicht nur einen oder zwei, wie der Kundschafter, der dem Heer der Tuatha de Dannan vorausgeritten war, sondern Dutzende, vielleicht Hunderte, die als dämonische schwarze Schatten über den Hügelkuppen hinter ihnen auftauchten und in rasender Schnelligkeit näher kamen.

Der Tuatha de Dannan versuchte nicht mehr, mit ihrem Wagen Schritt zu halten. Zu Chris' Entsetzen versuchte er aber auch nicht, dem heranwogenden Heer der Milesier auszuweichen, sondern riss sein Pferd abermals herum und sprengte ihnen mit hoch erhobenem Schwert entgegen.

Chris wandte sich schaudernd ab, als der Tuatha de Dannan zu einem Schatten in der Nacht wurde und schließlich verschwand.

Sie rasten weiter. Die Hügel flogen nur so an ihnen vorüber, als die Hunde die Gefahr witterten und noch einmal alle Kräfte anspannten, und plötzlich waren auch vor ihnen Schatten, unglaublich viele Schatten, und das Funkeln von Sternenlicht auf einem ganzen Meer von Silber und Eisen. Die Tuatha de Dannan.

Aber auch die Milesier waren fast heran. Das dumpfe Dröhnen ihrer Pferdehufe ließ den Boden unter ihnen erbeben, und Chris hörte bereits ihre gellenden Schreie, mit denen sie die Tiere zu noch größerer Geschwindigkeit anzuspornen versuchten. Bogensehnen peitschten. Die meisten Pfeile, von schwankenden Pferderücken aus verschossen, verfehlten sie weit, aber eines der kleinen Geschosse bohrte sich dicht neben Llewellyen in das Holz des Wagens. Wütend griff der Erinn danach und brach den Pfeil in zwei Teile.

Wieder wurde es zu einem Wettlauf mit dem Tod. Und diesmal gewannen sie ihn nur um Haaresbreite. Vor ihnen wuchs das Heer der Tuatha de Dannan heran wie eine kompakte Mauer aus Silber, in der gewaltige, blassweiße Schemen tobten – Cu Sith, die fürchterlichen Gebisse im Anblick des verhassten Gegners gebleckt –, und hinter ihnen jagten die Milesier heran, nur noch wenige Pferdelängen entfernt. Sie würden zermalmt werden, wenn sie zwischen diese bei den Heere gerieten, dachte Chris entsetzt.

Aber das wurden sie nicht, denn im letzten Moment tat sich in der Front der Tuatha de Dannan eine Lücke auf, durch die der Wagen des Cuchullin mit ungebremster Geschwindigkeit hindurchraste. Die Bresche schloss sich hinter ihnen wieder – und gleich darauf prallten die beiden Heere mit einem Krachen aufeinander, als berste die Erde.

Chris hatte sich herumgedreht, aber er erkannte kaum Einzelheiten, nur ein Meer wogender Köpfe und Waffen, wo die beiden feindlichen Armeen aufeinander getroffen waren. Der Wagen wurde allmählich langsamer und beschrieb einen lang gestreckten Bogen hinter dem Heer aus Ross Castle, kam dann ganz zum Stehen. Ein einzelner Tuatha de Dannan sprengte heran, erkundigte sich hastig nach ihrem Befinden und verschwand wieder, als Llewellyen abwinkte, dann näherte sich ihnen eine ganze Gruppe von Reitern, unter denen Chris den Totengott Tethra sowie vier oder fünf weitere Sidhe ausmachte, und stellte sich schützend rund um den Wagen auf.

Der Kampf war inzwischen mit aller Heftigkeit entbrannt, und Chris verfolgte ihn mit einer Mischung aus Faszination und Entsetzen, die es ihm unmöglich machte, auch nur einen Moment wegzusehen. Die Tuatha de Dannan waren den Milesiern zahlenmäßig um mehr als das Doppelte überlegen, und allein die Cu Sith, die wie leibhaftige Dämonen unter den Kriegern wüteten, mochten fünfzig der Angreifer wettmachen – und trotzdem war es den Milesiern an mehr als einer Stelle gelungen, die Front der silbernen Reiter zu durchbrechen. Überall entstanden kleine Handgemenge, in denen sich zumeist drei oder vier Tuatha de Dannan gleichzeitig mit nur einem Milesier schlugen, der sich aber mit Leichtigkeit gegen die Übermacht zu behaupten schien.

»Was … ist das?«, keuchte Chris ungläubig.

»Ihr Druide«, flüsterte Llewellyen »Seine Magie ist sehr stark. Aber keine Sorge.«

Chris war nicht sicher, ob er wirklich keinen Grund hatte, sich Sorgen zu machen. Die Milesier schienen unbesiegbar, und nur zu oft waren es die silbernen Reiter, die reglos am Boden zurückblieben, wenn der ungleiche Kampf vorüber war.

Dabei waren die Milesier keineswegs unverwundbar – wo die Schwerter der Tuatha de Dannan ihre Pelze und Kettenhemden durchbrachen, bissen sie tödliche Wunden. Aber umgekehrt wüteten ihre Waffen furchtbar unter den Halbelfen – Chris sah, dass schon die leiseste Berührung eines Milesier-Schwertes ausreichte, die Tuatha de Dannan aus den Sätteln zu schleudern und nur zu oft zu töten.

Unerbittlich näherte sich die Front der Milesier, trotz des kühnen Widerstandes der Tuatha de Dannan. Chris merkte, dass sich der Kreis aus Reitern rund um den Wagen enger zusammenzog.

»Dort!« Llewellyen hob die Hand und deutete auf einen Schatten, der auf einem Hügel oberhalb des Kampfplatzes aufgetaucht war. »Der Druide!«

»Bei Oberon!«, flüsterte Tethra, der dicht neben ihnen stand. »Welch eine Macht!«

Auch Chris starrte den Schatten an. Er konnte nicht mehr erkennen als einen Umriss, und doch glaubte er zu spüren, was den Sidhe schaudern ließ. Die Ausstrahlung von magischer Kraft war übermächtig, hundert Mal stärker als auf dem Tanzplatz der Elfen oder auch im Haus des Dagda. Aber etwas war sonderbar – er hatte Bosheit erwartet, Hass, Zorn, doch er spürte nichts davon. Der milesische Druide war ungeheuer stark, aber er hatte nichts von der finsteren Aura der Korred oder der dummen Überheblichkeit Odairans, des einzigen Druiden, dem er bisher begegnet war. Ja, Chris glaubte sogar etwas Vertrautes zu spüren …

Er verscheuchte den Gedanken. Unsinn!

»Das ist der Mann, der sie führt?«, fragte er.

Tethra nickte. Sein schmales Elfengesicht war bleich. »Nie habe ich größere Macht verspürt. Bei Oberon – er ist stärker als wir alle zusammen!«

Chris wollte es nicht – aber seine Hand kroch wie ein selbstständiges Wesen zum Gürtel herab und löste die Gae bulga aus ihrer Schlaufe.

Eine Hand legte sich auf die seine und drückte sie herunter, und als er aufsah, blickte er in Llewellyens Gesicht. Auf den Zügen des Erinn lag ein Ausdruck, der ihn frösteln ließ.

»Nicht«, sagte Llewellyen. »Dazu ist es zu spät.« Chris zog die Hand zurück.

Der Kampf tobte weiter. Die Milesier rückten bedrohlich heran, aber je näher sie dem Wagen kamen, desto verbissener wurde der Widerstand der Tuatha de Dannan. Und schließlich waren es wohl die Cu Sith, die die Entscheidung herbeiführten, denn die riesigen Bestien zeigten sich den verzauberten Schwertern gegenüber nicht empfindlicher, als sie es bei normalen Waffen gewesen wären. Die Tuatha de Dannan fielen einer nach dem anderen, aber wo sich in ihren Reihen eine Lücke auftat, da warf sich eine der weißen Bestien in den Kampf. Und obgleich auch unter ihnen schon bald keine mehr war, die nicht aus zahllosen Wunden blutete, wüteten sie fürchterlich unter den Milesiern, rissen Pferd oder Reiter oder gleich beides zu Boden und kämpften mit Zähnen und Klauen und den langen, stacheligen Schwänzen.

Trotzdem hätte die Schlacht wahrscheinlich noch lange getobt, denn trotz aller Verluste setzten die Milesier den Kampf mit ungebrochener Wut fort.

Aber plötzlich hob die Gestalt auf dem Hügel die Hand, und obwohl kaum einer der Kämpfenden die Bewegung gesehen haben konnte, wurde der Befehl verstanden. Einer nach dem anderen lösten sich die Milesier von ihren Gegnern und traten den Rückzug an, zuerst zögernd, dann immer schneller und schneller, bis ihr Rückzug fast einer Flucht glich. Tuatha de Dannan und Cu Sith setzten sofort zur Verfolgung an, aber nun hob Tethra seinerseits die Rechte, und wie der Befehl des milesischen Druiden wurde auch seine lautlose Geste verstanden: Die Phalanx der silbernen Reiter teilte sich und schwenkte in einer doppelten Halbkreisbewegung zur Seite und zurück, und auch die Cu Sith ließen von den Feinden ab, wenn auch widerwilliger, knurrend und geifernd und die Zähne hinter den flüchtenden Milesiern herbleckend.

Der Kampf war vorüber. Wer von den Milesiern das Gemetzel überstanden hatte, zog sich eilig den Hügel hinauf zurück, bis die Reiter eine lang gezogene Kette rechts und links des Druiden bildeten, und auch die Tuatha de Dannan nahmen rings um den Wagen wieder ihre Schlachtordnung ein.

Tethra und der milesische Druide starrten sich über die große Entfernung hinweg an, finster und entschlossen, und für einen Moment war Chris fast sicher, dass es nicht das Ende der Schlacht war, sondern nur eine kurze Verschnaufpause, nach der sich die beiden Heere abermals und mit doppelter Wut aufeinander stürzen würden. Aber dann wendete der Druide oben auf dem Hügel sein Pferd, und seine Krieger vollzogen die Bewegung einer nach dem anderen nach. Nach wenigen Augenblicken war das Heer der schwarzen Reiter in der Nacht verschwunden.

Llewellyen atmete hörbar auf, und auch auf Tethras Gesicht spiegelte sich ein Ausdruck deutlicher Erleichterung. »Oberon sei Dank«, sagte der Sidhe. »Ich bin nicht sicher, wer Sieger geblieben wäre, hätten sie noch einmal angegriffen.« Er sah Chris an. »Bist du unverletzt?«

Chris nickte, und Tethra wandte sich an Llewellyen. »Und Prinz Llewellyen?«

»Mir geht es gut«, antwortete Llewellyen grob. »Und jetzt lasst uns reiten, ehe sie zurückkommen und etwas daran ändern.« Er deutete auf Chris. »Bringt diesem Narren ein Pferd.«

Tethra machte eine befehlende Geste, und ein Tuatha de Dannan kam heran, zwei herrenlose Pferde am Zügel mit sich führend. Der Sattel des einen war voller Blut, und Chris war sicher, dass es kein Zufall war, dass Llewellyen ihm genau dieses Pferd zuwies.

Aber er kletterte, ohne zu protestieren, auf seinen Rücken und ließ sich schwer auf den Sattel sinken. Er war müde, niedergeschlagen und fühlte sich hundeelend. Trotzdem hob er noch einmal die Hand und hielt Llewellyen am Arm zurück, als sie losreiten wollten.

»Warte«, sagte er.

Llewellyen riss seinen Arm los und funkelte ihn an. »Was ist denn noch?«

»Macha«, antwortete Chris leise. »Warten wir denn nicht auf sie?«

Aus den Augenwinkeln sah er, wie Tethra zusammenfuhr, und auch die anderen Sidhe blickten ihn betroffen und voller Trauer an. Aber auf Llewellyens Gesicht spiegelte sich nur Zorn, als er antwortete:

»Warten? Warum?«

»Aber sie –«

»Macha ist tot«, sagte Tethra leise.

Chris erstarrte. »Tot?«, murmelte er. »Tot, sagst du? Aber das –«

»Sie wusste, was sie tat«, unterbrach ihn Tethra. »Hat dir Llewellyen denn nicht gesagt, was ihr der Dagda prophezeit hat?«

Chris starrte Llewellyen an, dann wieder Tethra, dann schüttelte er den Kopf. Plötzlich erinnerte er sich wieder des sonderbaren Verhaltens der Sidhe, nachdem sie den Wald verlassen hatten.

»Sie wusste, dass sie sterben würde, noch ehe dieser Tag vorbei ist«, sagte Tethra.

»Ja, das wusste sie.« Llewellyen schnaubte aufgebracht. »Aber wenn du schon einmal dabei bist, Tethra, dann erzähl ihm auch die ganze Wahrheit!«

Tethra sah weg, und Chris drehte sich schaudernd zu dem jungen Erinn um. »Was meinst du damit?«, fragte er.

Llewellyen ballte zornig die Faust. »Der Dagda hat ihr prophezeit, dass sie sterben wird«, sagte er, »wenn es ihr nicht gelingt, dich zu überzeugen.«

Chris hatte das Gefühl, innerlich zu Eis zu erstarren. Er wollte etwas sagen, aber er konnte es nicht.

»Sie hat die Milesier aufgehalten«, fuhr Llewellyen fort. »Vielleicht nur wenige Augenblicke, aber lange genug, um uns zu retten. Aber sie hat dafür mit dem Leben bezahlt. Für etwas, was du mit einer Handbewegung hättest tun können.«

»Aber ich … ich wusste doch nicht …« stammelte Chris. »Ich wollte doch nur …«

»Welche Rolle spielt es, was du wolltest?«, sagte Llewellyen kalt. »Was zählt, ist niemals das, was man will, du Narr. Nur das, was man tut.«

Die Entscheidung

Irgendwann lange nach Mitternacht erreichten sie Loch Lein. Ihr zusammengeschmolzenes Heer näherte sich dem Berg und der Burg von der gegenüberliegenden Seite des Sees, sodass sie ihn fast zur Gänze umrunden mussten und auch durch jenes Gebiet kamen, wo auf der anderen Seite der Wirklichkeit Killarney stand. Jetzt sah Chris hier nur einige ärmliche Hütten, vor denen Fischernetze aufgespannt waren und umgedrehte Boote auf hölzernen Balken lagen. Beim näher kommenden Dröhnen der Hufschläge waren die Bewohner – einfache Fischer und Bauern – neugierig aus den Häusern gekommen, traten aber hastig beiseite, um dem vorübersprengenden Heer Platz zu machen.

Chris verschwendete wenig mehr als einen Blick an diese Menschen und das Dorf, und auch als sie um den See geritten waren und den gewundenen Pfad nach Ross Castle hinaufsprengten, starrte er nur stumpf vor sich hin. Die Burg war sehr viel größer, als er die Ruine in Erinnerung hatte; allein ihr Hof war groß genug, halb Killarney darauf aufzubauen, und der mächtige Wohnturm musste gute hundert Meter in der Höhe messen und halb so viel in der Breite. Überall brannten Fackeln und kleine rote Kohlefeuer, und das gepflasterte Geviert war voller Pferde und Menschen – und ein paar anderer Wesen, die zu keiner der beiden Gattungen gehörten. Aber Chris' Fähigkeit zu staunen schien erschöpft; es war, als hätten Llewellyens Worte etwas in ihm getötet. Er wollte nur noch weg hier, fort, ganz egal wohin, nur ganz weit fort und kein Held mehr sein.

Vorerst wurde daraus allerdings nichts; Tethra und zwei Tuatha de Dannan führten ihn ins Hauptgebäude von Ross Castle, wo ihn eine ganze Abordnung erwartete – ein halbes Dutzend Sidhe, sicherlich ebenso viele Tuatha de Dannan und Erinn und auch einige jener anderen Kreaturen, die er im Wald zusammen mit Llewellyen gesehen hatte. Tethra stellte ihm die Männer und Frauen der Reihe nach vor, und Chris vergaß ihre Namen so schnell, wie er sie hörte. Er fühlte sich wie in Trance, wie in einem bösen Traum, von dem er genau wusste, dass es nur ein Nachtmahr war, und aus dem er doch nicht aufwachen konnte.

Schließlich hatte Tethra ein Einsehen mit ihm. Noch bevor die Tuatha de Dannan und Sidhe beginnen konnten, ihn mit Fragen zu bestürmen, hob er befehlend die Hand und zog Chris mit dem anderen Arm zu sich heran, wie ein Kind, das er beschützen musste.

»Lasst uns bis morgen Früh warten«, sagte er. »Was sie erlebt haben, war zu viel für ihn. Er braucht Ruhe.«

»Aber in zwei Tagen –«, hob einer der Sidhe an, wurde aber sofort von Tethra unterbrochen: »In zwei Tagen findet die Beratung statt, ich weiß. Aber es ist noch Zeit genug. Wir warten auf Fuavarra.« Er drehte sich halb herum und schnippte mit den Fingern, und aus einer Nische neben der Tür löste sich die dürre Gestalt eines Buka und kam mit trippelnden Schritten näher.

»Bring unseren Gast auf sein Zimmer«, verlangte Tethra. »Und stell eine Wache vor seine Tür, damit ihn niemand stört.«

Chris folgte dem dienstbaren Geist ohne ein Wort. Er spürte wohl, dass die Versammelten enttäuscht waren, vielleicht sogar zornig, aber er war Tethra sehr dankbar für diese Atempause, die er ihm gewährte. Er konnte nicht denken.

In seinem Kopf wirbelten die Gedanken und Gefühle durcheinander, und er wusste genau, hätten sie jetzt eine Entscheidung von ihm verlangt, er hätte sie nicht fällen können, und wenn doch, so wäre sie falsch gewesen. So folgte er wortlos dem Buka auf sein Zimmer und ließ sich auf das Bett fallen.

Aber der Schlaf, auf den er wartete, kam nicht. Er war müde und erschöpft wie nie zuvor in seinem Leben, aber er konnte kein Auge zumachen. Die Nacht verging, ohne dass er sich hinterher erinnern konnte, was er während all der Stunden, in denen er wach gelegen hatte, gedacht hatte. Er wusste nur, dass es die schlimmste Nacht seines Lebens gewesen war; und die längste. Bei Einbruch der Morgendämmerung stand er auf, wusch sich mit dem eiskalten Wasser, das in einer großen Porzellanschüssel bereitstand, und trat ans Fenster seines Gemaches.

Erst jetzt fiel ihm auf, dass das Zimmer im obersten Stockwerk des Wehrturmes lag. Der Blick reichte weit über die Mauern von Ross Castle hinaus. Hier und da glomm ein blassgelbes Licht durch das Grau des Morgens, ein Haus oder Gehöft, in dem die Menschen eben erwachten und sich auf ihr Tagwerk vorbereiteten, und auch unter ihm hielt das Leben wieder Einzug in die Burg: Das Tor war bereits geöffnet, und gerade als Chris sich vorbeugte, sprengte eine Abteilung silberblitzender Tuatha de Dannan in den Burghof hinein; Knechte liefen zu ihnen, um sich um Pferde und Geschirr zu kümmern, und weiß gekleidete Erinn traten den Neuankömmlingen entgegen, um sie zu begrüßen.

Der Anblick rief Chris ins Gedächtnis zurück, warum er hier war. Schaudernd hob er den Blick wieder über die Burgmauern, und diesmal erschien ihm die Welt dort draußen viel größer, wie eine endlose Ebene, bevölkert von unzähligen lebenden Wesen der unterschiedlichsten Art, die nur eines gemeinsam hatten: dass er über ihr weiteres Schicksal entscheiden sollte.

»Aber das stimmt doch gar nicht«, sagte eine Stimme hinter ihm. Erschrocken drehte sich Chris um. Er war nicht mehr allein im Zimmer. Lautlos hatte sich die Tür geöffnet, und Fuavarra war eingetreten. Nach einem Moment der Verwirrung begriff Chris, dass er den letzten Gedanken keineswegs gedacht, sondern laut ausgesprochen hatte.

Der Feenkönig schloss sorgsam die Tür hinter sich, kam näher und sah Chris mit einer Mischung aus Mitleid und Freundschaft an. »Nicht du entscheidest über das Schicksal Erinns«, sagte er, »sondern seine Völker. Die Tuatha de Dannan, die Erinn, die Sidhe und all die anderen. Kein Mensch sollte die Macht haben, das Schicksal einer ganzen Welt in seine Hände zu nehmen. Nur das, was alle gemeinsam entscheiden, zählt.«

»Aber du selbst hast doch gesagt, dass ich zur Mag Mor Drag reisen soll –«

»– um den Drachen zu holen, ja«, fiel Fuavarra Chris ins Wort. Er sah sich nach einer Sitzgelegenheit um und ließ sich schließlich auf einen Stuhl sinken, wodurch sich ihre Gesichter auf gleicher Höhe befanden. »Wenn du so willst, dann entscheidest du schon, ob du es tun willst oder nicht. Aber du bist nur ein einzelner, nur ein kleiner Teil des Ganzen, der seinen vorbestimmten Platz einnimmt.«

»Nur ein Werkzeug?«

Fuavarra lächelte, aber es wirkte traurig. »So, wie wir alle Werkzeuge einer höheren Macht sind, die wir Schicksal nennen. Auch ich. Auch Macha und dein Freund Llewellyen, selbst der Dagda. Warum bist du so bitter? Es zählt nicht, ob du zur Mag Dor Drag fährst oder nicht. Es mag sein, dass Erinn untergeht, wenn du es nicht tust –«

»Oder wenn ich es tue«, sagte Chris, aber Fuavarra reagierte nicht darauf, sondern fuhr mit ruhiger Stimme fort:

»– aber dann warst nicht du es, der dies herbeigeführt hat. Was zählt, ist die Entscheidung, die wir alle getroffen haben. Die Völker Erinns haben beschlossen, den Drachen zu beschwören, um die Milesier zu schlagen, nicht du. Es ist Zufall, dass ausgerechnet du es warst, der als erster den Weg durch das Tor im Fels gefunden hat.«

»Du meinst, wenn ich es nicht tue, tut es ein anderer?«, sagte Chris böse. Fuavarra nickte, und Chris fügte aufgebracht hinzu: »Mit diesen Worten sind auch bei uns schon eine Menge Verbrechen entschuldigt worden, Fuavarra. Aber dadurch wurden sie nicht besser.«

»Ist es ein Verbrechen, einem sterbenden Volk zu helfen?«, erwiderte der Feenkönig.

Chris setzte zu einer zornigen Antwort an, beließ es aber dann bei einem kaum sichtbaren Achselzucken. Er wusste, dass er Fuavarra mit Worten nicht gewachsen war.

Aber das änderte nichts an der Wahrheit.

»Morgen werden wir eine Entscheidung von dir verlangen«, fuhr Fuavarra nach einer langen Zeit unangenehmen Schweigens fort. »Du bist jetzt verbittert, und du machst dir Vorwürfe wegen Machas Tod. Das musst du nicht.«

»Ich hätte sie retten können«, sagte Chris.

»Und hundert unserer tapfersten Krieger dazu, die in der Schlacht fielen«, bestätigte Fuavarra. »Aber du hast es nicht getan, und niemand wirft dir deine Entscheidung vor.«

»Auch nicht nach alledem, was geschehen ist?«

»Es war nicht deine Schuld«, behauptete Fuavarra. »Llewellxen hat mir alles erzählt. Oh, er war sehr zornig, aber auch er wird noch begreifen, dass du nicht anders konntest.«

»Aber ich hätte sie aufhalten können!«

»Indem du dich selbst verraten hättest«, sagte Fuavarra ernst. »Du hast geschworen, die Gae bulga nie wieder zu benutzen, und du hast diesen Schwur gehalten. Du konntest nicht wissen, was geschehen würde. Du wusstest nichts von der Weissagung des Dagda, und du wusstest nichts von dem mächtigen Druiden, der die Milesier begleitete. Was du getan hast, hast du aus Überzeugung getan, nicht aus Feigheit. »Wie könnte ich es dir vorwerfen?«

»Aber es war falsch«, sagte Chris traurig.

Fuavarra antwortete nicht, sondern sah Chris nur teilnahmsvoll an.

»Und wenn ich morgen wieder die falsche Entscheidung treffe?«, fragte Chris. Fuavarra schwieg beharrlich.

»Llewellyen hat mir die tote Stadt gezeigt«, sagte Chris nach einer Weile.

»Ich weiß. Es war mir klar, dass er dich zu den brennenden Ebenen führen würde. Er und sein Vater gehören zu denen, die nicht mit unserem Plan einverstanden sind.«

Chris sah erstaunt auf, und plötzlich lächelte der Feenkönig wieder. »Du wunderst dich, dass ich ihn geschickt habe, um dich zu begleiten«, sagte er.

»Ein wenig«, gestand Chris.

»Hättest du es für klüger gehalten, einen zu schicken, der auf meiner Seite steht?«, fragte Fuavarra. »Im ersten Moment vielleicht – aber es wäre nicht sehr gerecht gewesen. Du sollst dich frei entscheiden. Nur was du willst, zählt. Keiner von uns wird versuchen, dir seinen Willen aufzuzwingen, so wenig, wie wir versuchen, uns untereinander zu beeinflussen.«

»Und … Llewellyens Plan?«, fragte Chris zögernd. »Wie sieht er aus?«

»Die Flucht«, antwortete Fuavarra nach kurzem Zögern. »Wir haben versucht, die Milesier mit dem Wort aufzuhalten, aber sie haben uns nicht zugehört. Wir haben versucht, sie mit Magie zurückzuschlagen, aber ihre Druiden sind mächtiger als die unseren. Und wir haben versucht, sie mit dem Schwert aufzuhalten, aber ihre Schwerter sind tödlicher als die der Tuatha de Dannan. Wir werden den Kampf gegen die Milesier verlieren. Noch schlagen wir sie, weil wir viele sind und sie nur wenige. Aber unsere Übermacht schmilzt, und jeder Krieger, der fällt, hinterlässt eine Lücke, die nicht wieder geschlossen wird, während Schiff auf Schiff voller milesischer Krieger an unseren Küsten anlegt. Llewellyen und die anderen glauben einen Weg gefunden zu haben, auf dem wir ihnen entkommen können. Aber sie irren sich.«

»Einen Weg? Du meinst, sie wollen Erinn verlassen?«

»Ja. Das Tor im Fels führt in beide Richtungen, von eurer Welt in unsere und aus unserer Welt in eure.«

»In unsere Welt?«, wiederholte Chris überrascht.

»Sie glauben, dort leben zu können, im Geheimen und verborgen, aber sicher vor den Milesiern.«

»Waren Llewellyen und Ortak und die anderen deshalb im Wald bei Killarney?«

Fuavarra nickte. »Sie wissen im Grunde sehr wohl, dass

es nicht geht. Aber sie klammern sich an diese Hoffnung, wie es Verzweifelte stets tun. Es gibt einige unter unseren Druiden, die glauben, einen Zauber weben zu können, der sie schützt dort drüben in der Tir Aill, der anderen Welt. Aber sie irren sich. Sie haben es versucht, und das Ergebnis war schrecklich. Du hast es gesehen.«

»Wo?«

»Im Wald der Schatten«, antwortete Fuavarra. »Du hast ihn betreten, kurz bevor du durch das Tor gegangen bist. Das Einhorn hat dich in sein Herz geführt.«

Chris sah den Feenkönig fassungslos an. Dieser entsetzliche, monströse Wald sollte ein Teil Erinns sein? Er konnte es nicht glauben.

»Ein verzweifelter Versuch, unsere beiden Welten zu verschmelzen«, sagte Fuavarra. »Aber er ist misslungen. Sie sind zu verschieden. Was entstand, ist ein Schattenreich voller Schmerz und Finsternis, in dem das Böse beider Welten regiert. Wir können nicht in eurer Welt leben, so wenig, wie ihr in unserer.«

»Aber das Einhorn –«

»Wurde erschaffen, um die zu warnen, die diesen Wald betreten wollen, denn wer sich einmal in ihm verirrt, der findet nie wieder heraus, und wenn doch, so wird er so böse und hart wie dieser Wald.«

Es dauerte einen Moment, bis Chris begriff, was Fuavarra mit diesen Worten meinte. Dann erstarrte er. »Du ... du willst sagen, dass es –«

»– immer wieder stirbt, ja«, sagte Fuavarra. »Es wurde geschaffen, um zu sterben, jedes Mal, wenn sich ein Mensch eurer Welt oder ein Bewohner Erinns im Wald der Schatten zu verirren droht.« Es war eine entsetzliche Vorstellung. Chris glaubte das wunderbare Wesen noch einmal vor sich zu sehen, den Schmerz, der sich tief in seine sanften braunen Augen gegraben hatte, und das entsetzliche Leid, das er im Augenblick seines Todes verspürt hatte.

»Das ist grausam«, flüsterte er.

»Und doch ist es nötig«, antwortete Fuavarra, »denn der Schattenwald wird fortbestehen. Er wurde durch Leichtsinn und Kurzsichtigkeit erschaffen, und er wird existieren, solange es unsere beiden Welten gibt. Er ist die Grenze zwischen Wirklichkeit und Traum, aber es sind die Albträume, die aus ihm kommen.« Er sah Chris ernst an und fuhr dann fort: »Llewellyen und die anderen wollen es nicht wahrhaben. Aber das ist es, was sie erschaffen werden, wenn sie versuchen, zu euch zu fliehen.«

Chris war sehr still geworden. All sein Zorn und seine Verzweiflung waren verraucht, und zurück blieb eine tiefe Niedergeschlagenheit. Nun hatte er also die Wahl zwischen drei Möglichkeiten: Er konnte tatenlos zusehen, wie die schwarzen Horden der Milesier Erinn überrollten; er konnte nach Norden gehen und den Drachen holen; und er konnte Llewellyen helfen, Erinn in ein Schattenreich voller Kälte und Furcht zu verwandeln. Und eines davon würde geschehen, ganz egal, wie er sich entschied, und sei es auch nur dadurch, dass er nichts tat. »Der Dagda hat mir die Geschichte Tintagels erzählt«, sagte er leise.

»Ich weiß«, antwortete der Feenkönig. »Aber das ist lange her, und wir haben aus den Fehlern der Vergangenheit gelernt. Die Druiden Tintagels waren weise Männer, mächtig, wie wir es nie sein werden. Und trotzdem waren sie zugleich wie naive Kinder, die mit dem Feuer spielen und nicht wissen, was sie tun. Sie riefen einen ausgewachsenen Drachen, eines der Ungeheuer, die bei der Erschaffung der Welt mithalfen und sie eines Tages auch zerstören werden. Du hast gesehen, was er getan hat.«

Ja, das hatte er. Chris würde die Bilder der endlosen verbrannten Öde und der zerstörten Stadt niemals wieder vergessen.

»Sie erschraken selbst, als sie begriffen, welche Macht sie heraufbeschworen hatten. Der Dagda hat dir auch erzählt, dass es ihnen gelang, den Drachen zu bändigen, und welchen Preis sie dafür zahlten. Aber wir werden diese Fehler nicht wiederholen, denn wir haben aus dem Schicksal Tintagels gelernt. Wenn du zur Mag Mor Drag gehst, dann wirst du das Ei eines Drachen holen, nicht den Drachen selbst.«

»Ihr wollt ihn ausbrüten?«, fragte Chris.

Fuavarra lächelte. »Es wird ein wenig anders gehen, aber gut, für den Moment mag dieser Begriff ausreichen. Unsere Druiden werden ihn erwecken, und auch ein junger Drache ist schrecklich genug, die Milesier zu verjagen, vielleicht für alle Zeiten.«

»Ich verstehe«, murmelte Chris. »Und danach wollt ihr ihn töten.«

Fuavarra wirkte verletzt. »Aber wo denkst du hin? Hast du schon alles vergessen, was ich dir über den Tod erzählt habe und was du selbst darüber gedacht hast? Und darüber hinaus – niemand kann einen Drachen töten außer ein Drache selbst. Aber wir werden ihn fortschicken. Solange er jung und unerfahren ist, werden unsere Druiden seiner Herr. Wenn er getan hat, wozu wir ihn brauchen, senden wir ihn zurück zur Mag Mor Drag.«

Chris antwortete nicht, und zwischen Fuavarras dünnen weißen Brauen entstand eine steile Falte, die ihm verriet, dass er den Feenkönig schon wieder beleidigt hatte, und sei es nur durch sein Schweigen.

»Du glaubst mir nicht«, sagte Fuavarra nach einer Weile. »Das schmerzt mich, aber ich kann es verstehen, und ich akzeptiere es. Aber wenn du meinem Wort schon nicht glaubst, so glaube wenigstens meinem Verstand. Auch ich habe die brennenden Ebenen gesehen, und ich kenne den schrecklichen Fluch, der auf Tintagel lastet, hundert Mal besser als du. Ich fürchte den Drachen so sehr wie Llewellyen und wahrscheinlich mehr, denn ich kann eher ermessen, wozu er fähig wäre. Ihn zu behalten hieße, Erinn zu zerstören. Glaubst du, dass ich das will?«

Natürlich glaubte er das nicht. Aber auf der anderen Seite – er hatte ja selbst die unbeschreibliche Verlockung verspürt, die der Macht innewohnte, als er die Gae bulga in Händen gehalten hatte, eine Waffe, die ein Nichts war gegen das, was der Drache bedeutete. Und er war nicht sicher, ob er ihrer Verlockung ein zweites Mal widerstanden hätte. Vielleicht war es – trotz allem – richtig gewesen, dass er sie nicht benutzt hatte, um die Milesier zurückzuschlagen.

»Du hast Zeit bis morgen«, sagte Fuavarra und stand auf.

»In der Morgendämmerung wird der Rat der Sidhe auf dem Cromlech zusammentreffen und deine Entscheidung entgegennehmen. Zwei der vier Hochkönige Erinns sind bereits in Ross Castle, und auch die anderen werden kommen.«

Er wollte sich umwenden und gehen, aber Chris rief ihn noch einmal zurück. »Fuavarra.«

Der Feenkönig blieb stehen und sah ihn aufmerksam an. Sein Gesicht war so milde und freundlich wie immer, aber Chris glaubte auch einen Anflug von Erschrecken in seinen goldfarbenen Sidhe-Augen zu erkennen. Vielleicht ahnte er seine Worte voraus, noch ehe er sie aussprach.

»Ihr ... braucht den Rat nicht einzuberufen«, sagte er. Er sprach stockend, als würden sich die Worte anfangs weigern, über seine Lippen zu kommen. Aber innerlich war er ganz ruhig. Er wusste plötzlich, wie er sich entscheiden musste. Und im Grunde hatte er es die ganze Zeit über gewusst.

Fuavarra sah ihn fragend an.

»Ich werde es nicht tun«, sagte er. »Es tut mir Leid. Aber ich kann es nicht.«

Der Feenkönig schwieg. Er wirkte enttäuscht und traurig, aber er sagte kein Wort, und in seinem Blick war nicht die mindeste Spur von Vorwurf oder gar Zorn.

»Ich kann es nicht«, sagte Chris noch einmal. »Bitte versteh das, Fuavarra. Aber du ... du hast es selbst gesagt – kein Mensch sollte die Macht haben, über das Schicksal einer ganzen Welt zu entscheiden.«

»Und wir hätten sie, würdest du den Drachen holen«, sagte Fuavarra. »Ich verstehe.«

»Es ist nicht so, dass ich dir nicht traue!«, sagte Chris hastig, beinahe schuldbewusst. »Aber ich ... ich habe es selbst gespürt. Vorgestern, auf dem Tanzplatz der Korred, als ich Cuchullins magisches Eisen benutzte, da habe ich ...«

»Den Rausch gespürt, den die Macht über Leben und Tod bringt«, sagte Fuavarra nickend.

»Ja«, sagte Chris. »Oder nein. Es war mehr, Fuavarra. Es war ...« Er suchte krampfhaft nach Worten, aber er fand keine, die die Gefühle, die er in jenem Augenblick verspürt hatte, zum Ausdruck gebracht hätten. »Für einen Moment war es, als hätte die Waffe Macht über mich erlangt«, sagte er schließlich.

»Das hat sie«, erwiderte Fuavarra. »Die Kraft, die sie dir gab, hat etwas in dir angesprochen, den dunklen Teil unserer Seele, der in jedem von uns wohnt, selbst in einem Sidhe. Und jetzt hast du Angst, es könnte uns ebenso ergehen.«

Chris antwortete nicht, aber das war auch nicht nötig, denn Fuavarra schien genau zu spüren, wie sinnlos es wäre, in ihn zu dringen. Er lächelte müde. »Und vielleicht hast du sogar Recht«, sagte er. »O ja, auch wir Sidhe sind am Ende nur sterbliche Wesen, und auch wir sind nicht vor den Verlockungen des Bösen gefeit. Und der Drache ist stark. Vielleicht hast du Recht, und nicht einmal ich wäre ihm gewachsen gewesen. Aber das werden wir nie erfahren.«

»Dann verstehst du mich?«, fragte Chris leise.

Fuavarra nickte. »O ja. Und ich akzeptiere deine Entscheidung. Ich werde gehen und sie den anderen mitteilen, und ich verspreche dir, dass niemand auch nur mit einem Wort versuchen wird, dich zu beeinflussen.« Er wandte sich zum Gehen, blieb aber unter der Tür noch einmal stehen.

»Du kannst hier bleiben, so lange du willst«, sagte er. »Möchtest du das? Noch ist Ross Castle sicher. Sei unser Gast für ein paar Wochen.«

Chris schüttelte den Kopf. Er spürte, dass die Worte ehrlich gemeint waren, aber er wusste auch, dass der Feenkönig nicht ernsthaft erwartete, er würde dieses Angebot annehmen. Und er wollte es auch nicht. Er wollte nicht hier bleiben, nicht für ein paar Wochen, nicht für ein paar Tage, nicht einmal eine Stunde. Er wollte nur nach Hause und aufwachen aus diesem Traum, der zum Nachtmahr geworden war. »Nein«, sagte er.

»Dann wird Llewellyen dich morgen bei Sonnenaufgang zurück zur Tir Nan Og begleiten«, sagte Fuavarra. »Wenn du dich kräftig genug für die Reise fühlst. Es ist ein langer Weg. Es tut mir Leid, dass du ihn umsonst gemacht hast. Aber hab Dank, dass du es getan hast.«

Chris hatte plötzlich das Gefühl, Fuavarras Freundlichkeit nicht länger zu ertragen. Es war absurd – aber er hätte sich beinahe besser gefühlt, wenn der Feenkönig ihn zu überzeugen versucht hätte, gefleht, gedroht, irgendetwas getan hätte. Dass er seine Entscheidung so widerspruchslos hinnahm, das machte alles nur doppelt schlimm.

Er antwortete nicht, und diesmal deutete Fuavarra sein Schweigen falsch. »Hab keine Furcht«, sagte er. »Der Weg zurück ist nicht so voller Gefahren wie der hierher. Niemand wird dich verfolgen.«

»Auch die Milesier nicht?«

»Warum sollten sie?«, fragte Fuavarra. »Jetzt, wo du dich entschieden hast, gibt es keinen Grund mehr für sie, dir etwas anzutun.« Er deutete auf das Bett, in dem Chris die ganze Nacht gelegen hatte, ohne einen Augenblick Schlaf zu finden.

»Ruh dich aus«, sagte er. »Ich werde einem Buka auftragen, dir einen Trank zu bringen, der dich schlafen lässt.«

Aber das war gar nicht mehr nötig.

Obwohl Chris' Gedanken mehr denn je in Aufruhr waren, forderte sein Körper schließlich sein Recht, und er fiel in einen tiefen, traumlosen Schlaf, kaum dass Fuavarra sein Zimmer verlassen hatte.

Der Tag war vorüber, als er erwachte. Vor das Fenster seiner Kammer hatte sich der schwarze Vorhang der Nacht gesenkt, und es war sehr kühl geworden. Chris fror unter der dünnen Decke, und seine Finger waren vor Kälte klamm und steif.

Dennoch fühlte er sich ausgeruht und entspannt wie seit langem nicht, und nach einigen Augenblicken begriff er auch, warum das so war: Eine unsichtbare Last war von ihm genommen worden. Er hatte sich entschieden, und ganz egal, wie diese Entscheidung nun aussah, er war endlich von seinen Zweifeln erlöst.

Als er sich aufrichtete und die Decke beiseite schlug, spürte er, dass er nicht allein im Zimmer war.

Verwirrt blickte er sich um und gewahrte einen Schatten, der reglos in einem Stuhl neben der Tür saß und ihn anblickte.

»Llewellyen?«, fragte er überrascht.

Der Schatten antwortete nicht, aber Chris wusste, dass es der Erinn war, obwohl er sein Gesicht nicht sah. »Wie lange bist du schon hier?«, fragte er.

»Ein paar Stunden«, antwortete Llewellyen. »Ich wollte als erster mit dir reden, wenn du erwachst.«

»Warum?«

Llewellyen zögerte kurz zu antworten, und als er es tat, merkte Chris deutlich, wie schwer es ihm fiel. »Um dich um Verzeihung zu bitten«, sagte er schließlich. »Ich war ungerecht zu dir. Es tut mir Leid.«

»Das braucht es nicht«, antwortete Chris, und er meinte dies ehrlich. »Du hast nur getan, was du für richtig gehalten hast. So wie ich.«

Zu seiner Überraschung lachte Llewellyen leise. »Du hast mit Fuavarra gesprochen«, sagte er. »Das merkt man. Seine Art zu reden steckt an.«

Für einen Augenblick verschlug es Chris die Sprache, aber dann fiel er in Llewellyens Lachen ein, und damit war das Eis gebrochen.

Llewellyen stand auf und trat in den schmalen silbernen Lichtstreifen, der durch das Fenster hereinfiel, sodass er von einem Schatten wieder zu einem schlanken, rothaarigen Jungen wurde.

»Weißt du«, sagte er, »ich hätte dir gar nicht zugetraut, Fuavarra eine Absage zu erteilen. Die wenigsten haben die Kraft dazu.«

»Du hast mich darum gebeten, oder?«

Plötzlich wurde Chris wieder ernst, denn Llewellyens Worte erinnerten ihn an das, was Fuavarra ihm erzählt hatte. Und an andere, unangenehmere Dinge, die er lieber vergessen hätte. »Versprichst du mir jetzt auch etwas?«, fragte er.

Llewellyen sah ihn fragend an. »Was?«

»Ich habe … den Schattenwald gesehen«, sagte Chris zögernd. Er sah, wie sich Llewellyens Miene bei diesen Worten verdüsterte und ein wenig der alten Härte wieder in seine Augen trat, und fuhr noch vorsichtiger fort: »Und Fuavarra hat mir erzählt, wie er entstanden ist.«

»Und?«, fragte Llewellyen lauernd. »Was verlangst du jetzt von mir?«

»Nichts anderes, als du von mir verlangt hast. Ich helfe nicht mit, den Drachen zu erwecken. Hilf du bitte nicht mit, Erinn zu dem zu machen, was ich dort gesehen habe.«

Llewellyen schüttelte heftig den Kopf. »Bestimmt nicht«, antwortete er. »Wir haben aus den Fehlern der Vergangenheit gelernt, so, wie Fuavarra glaubt, aus den Fehlern gelernt zu haben, die Tintagel gemacht hat. Etwas wie den Wald der Schatten wird es kein zweites Mal geben.«

»Aber ihr werdet weiter versuchen, in unserer Welt zu leben.«

»In eurer oder einer anderen«, sagte Llewellyen. »Ja. Und ich bin sicher, dass wir es können.«

»Und wie?«

»Ich weiß es nicht«, gestand Llewellyen freimütig. »Aber wir finden einen Weg. Wir werden es schaffen, Chris, denn es ist unsere einzige Chance.«

Einen Augenblick sah er Chris noch ernst an, dann hellte sich sein Gesicht wieder auf. »Was meinst du?«, fragte er mit einem schelmischen Blitzen in den Augen. »Hättest du nicht Lust, dir den Rath von Ross Castle anzusehen? Ohne dass er dir auf den Kopf fällt oder ein Cu Sith versucht, dich aufzufressen, meine ich.«

Natürlich hatte Chris Lust.

Abschied vom Feenreich

Entgegen Fuavarras eigenen Worten verließen Chris und Llewellyen Ross Castle am nächsten Morgen keineswegs allein, sondern in Begleitung von mehr als hundert Kriegern, die von niemand anderem als dem Totengott Tethra selbst angeführt wurden. Chris war überrascht über diesen Aufwand, und er fragte Llewellyen nach dem Grund dafür. Er bekam zur Antwort, dass Erinn mehr Gefahren berge als nur die Milesier und die Krieger ohnehin in ihre Richtung unterwegs seien, es also nur praktisch wäre, wenn sie sich ihnen anschlössen – was zwar logisch klang, aber nicht die Wahrheit war, wie Chris argwöhnte. Aber er beließ es dabei und ging schweigend zu dem Pferd, das für ihn aufgezäumt worden war.

Fuavarra selbst kam, um ihn zu verabschieden, und diesmal war er nicht allein. In seiner Begleitung befanden sich fast zwei Dutzend Personen, unter ihnen auch Llewellyens Vater Aydran, der Herr über Ross Castle und einer der vier Hochkönige Erinns war, und der Tuatha de Dannan Ortak, der einzige Mann des zauberischen Volkes – wie sich die Tuatha de Dannan gerne selbst nannten –, den Chris mit Namen kannte. Chris war erstaunt, ihn in voller Reisekleidung zu sehen und begleitet von vier bis an die Zähne bewaffneten Kriegern, die die Visiere ihrer Helme vor den Gesichtern heruntergelassen hatten. Aber dann begriff er, dass Ortak sie begleiten würde, und mit einem Male tat es ihm Leid, Llewellyens Begründung für die kleine Armee angezweifelt zu haben, die Ross Castle mit ihnen verlassen würde. Er hatte am Abend zuvor noch lange mit Llewellyen gesprochen, während sie durch den Rath gestreift waren, und erfahren, dass Ortak einer der drei anderen Hochkönige der Feeninsel war; die hundert Tuatha de Dannan waren nicht ihre, sondern Ortaks Begleiter, eine Leibgarde, wie sie einem König zukam. Chris entschuldigte sich in Gedanken bei Llewellyen für sein Misstrauen und wandte sich zu Fuavarra um. Sein Herz begann ein wenig schneller zu schlagen, als er in das Gesicht des Feenkönigs blickte. Aber wie Fuavarra versprochen hatte, las er nicht die mindeste Spur von Vorwurf oder auch nur Enttäuschung auf seinen Zügen. Er und alle anderen hatten seine Entscheidung akzeptiert, so bitter sie für sie sein mochte. Dass sie es so klaglos getan hatten, erschien Chris fast unheimlich – immerhin war es eine Entscheidung, von der die Existenz ihres ganzen Volkes abhängen konnte.

Trotzdem war die Verabschiedung nicht nur freundlich, sondern fast herzlich: Fuavarra bedankte sich noch einmal für sein Kommen, und auch Llewellyens Vater, die beiden anderen Hochkönige Erinns und so ungefähr jeder, der in Ross Castle Titel und Namen hatte, wünschte ihm alles Gute.

Eine halbe Stunde nach Sonnenaufgang ritten Chris und Llewellyen an der Spitze einer kleinen Armee aus Silber und Weiß aus dem weit geöffneten Haupttor Ross Castles und wandten sich nach Osten, der Küste und Tintagel zu, die nun, ohne ein magisches Gefährt, vier lange, anstrengende Tage zu Pferde entfernt waren. Aber Chris sah der Reise diesmal eher freudig entgegen. Er fühlte sich unbeschwert und heiter, von einer unsichtbaren, erdrückenden Last befreit, die wie ein schwarzer Schatten auf seiner Seele gelegen hatte.

Als sie den Fuß des kleinen Felsenberges erreicht hatten, auf dem sich Ross Castle hier wie drüben erhob, drehte er sich noch einmal im Sattel herum und sah zu den Zinnen der Burg hinauf. Eine schlanke, in seidig schimmerndes Weiß gekleidete Gestalt war hinter der Brüstung erschienen und winkte ihm zu, und Chris erkannte, dass es Fuavarra war. Er hob die Hand und erwiderte seinen Gruß. Beinahe reute es ihn, Fuavarras Einladung so vorschnell abgelehnt zu haben.

Aber es war zu spät, seinen Entschluss noch rückgängig zu machen. Chris tröstete sich mit dem Gedanken, dass er den Feenkönig und Ross Castle ja vielleicht eines Tages wieder sehen würde, auch wenn er im Grunde genau wusste, dass dies sehr unwahrscheinlich war.

Und doch sollte er Fuavarra wieder sehen. Aber unter anderen Umständen, als er sich gewünscht hätte. Und sehr viel schneller, als er ahnte.

Es war ein vollkommen verwandelter Llewellyen, der Chris zurück nach Tintagel begleitete. Aus dem immer ernsten, immer sorgenvoll dreinblickenden jungen Krieger war plötzlich ein fröhlicher Junge geworden, der gerne und oft lachte und der Schwert und Kriegskleidung eines Erinn nur trug, weil sie eben zu dem Leben gehörten, in das er hineingeboren war. Und ganz wie Fuavarra es ihnen vorausgesagt hatte, wurden sie nicht mehr angegriffen. Einmal trafen sie sogar auf eine Patrouille der gefürchteten Reiter in den schwarzen Mänteln, aber die Milesier flohen beim bloßen Anblick der mächtigen Truppe, die Llewellyen, Chris und Ortak begleitete. Es schien ganz so zu sein, wie der Feenkönig behauptet hatte – jetzt, wo Chris keine Gefahr mehr für die Pläne der Milesier darstellte, hatten sie schlagartig alles Interesse an ihm verloren.

Llewellyen und er freundeten sich in diesen wenigen Tagen an, so weit sie nicht schon Freunde gewesen waren, ohne es selbst zu merken. Llewellyen zeigte ihm bereitwillig alles, was er sehen und wissen wollte, und Chris erfuhr eine Menge Erstaunliches über die Welt hinter der Wirklichkeit. Oft, wenn die Tuatha de Dannan rasteten, streiften Llewellyen und Chris gemeinsam durch die Wälder und Felslandschaften Erinns, besuchten befreundete Städte oder Burgen oder legten eine kurze Rast bei einem der zahlreichen Elfen- und Feenvölker ein, die die Weiten des Feenreichs bewohnten. Und für eine kurze Weile gelang es Chris, den Gedanken, dass dieses verzauberte Land vom Untergang bedroht war, in den Hintergrund zu drängen.

So kam es auch, dass sie statt der veranschlagten vier Tage beinahe sieben brauchten, ehe sie die Wälder Tintagels wieder erreichten und ein letztes Mal rasteten, bereits in Sichtweite der Zauberburg und so nahe bei der Küste, dass sie das Meer riechen konnten. Anders als an den Abenden zuvor verzichteten die Tuatha de Dannan darauf, ein richtiges Lager aufzuschlagen, sondern banden ihre Pferde nur in einer hastig errichteten Koppel aus in den Boden gerammten Speeren, zwischen die lederne Riemen gespannt wurden, zusammen. Auch Chris kletterte müde und mit schmerzendem Rücken von seinem Pferd. Er hatte in den letzten Tagen ganz passabel reiten gelernt, aber ein großes Vergnügen war es für ihn noch immer nicht. Er sah sich nach Llewellyen um, konnte ihn aber inmitten der mehr als hundert silberblitzenden Gestalten nirgends entdecken und schlenderte schließlich an den Rand des Lagerplatzes. Er wusste, dass sie nicht lange rasten würden, sondern nur die Zeit bis zum Sonnenuntergang abwarteten. Erst dann konnten sie an Bord Prydwynns gehen, denn das Zauberschiff durfte nur des Nachts in den verwunschenen Hafen Tintagels einlaufen.

Die Burg hatte nichts von ihrem düsteren Aussehen verloren, obwohl Chris sie nun bei Tage sah und auch wusste, dass ihr Zauber keine Gefahr für ihn bedeutete. Er glaubte die Kälte des Todes zu spüren, die sich vor einem Jahrtausend in ihren Mauern eingenistet hatte und seither nicht mehr gewichen war. Und wieder, wie beim ersten Mal, als er hier gewesen war, fühlte er deutlich die Anwesenheit einer unsichtbaren Macht, die ihn beobachtete, ohne ihm etwas Böses zu wollen.

Schaudernd wandte er sich ab und trat wieder auf den Lagerplatz zurück. Um ein Haar wäre er mit einer hoch gewachsenen, ganz in Silber gekleideten Gestalt zusammengeprallt, die eiligen Schrittes auf ihn zukam – dem Tuatha de Dannan Ortak.

Chris murmelte eine Entschuldigung und wollte einen Schritt zur Seite machen, aber Ortak hielt ihn zurück. »Nicht so rasch.«

Chris blieb stehen und sah den Tuatha de Dannan fragend an. Er hatte wenig mit Ortak gesprochen während der vergangenen sieben Tage – schließlich war er nicht irgendwer, sondern ein König und noch dazu ein Tuatha de Dannan, ein Wesen, das nicht ganz Mensch war, und wenn Chris auch die Feindseligkeit nicht teilte, die Llewellyen den Tuatha de Dannan gegenüber hegte, so hatte er doch eine gewisse Scheu vor den silbernen Kriegern.

»Du … willst mich sprechen?«, fragte er.

Der Tuatha de Dannan nickte. »Der Moment ist gekommen, uns zu verabschieden.«

»Du kommst nicht mit uns?«

Ortak verneinte. »Meine Krieger und ich reiten weiter nach Süden. Meine Burg ist schon zu lange ohne Herr, und die Milesier sind auch dort auf dem Vormarsch.«

Seine Worte riefen Chris mit schmerzhafter Deutlichkeit ins Gedächtnis zurück, dass der Krieg gegen die Milesier für Erinn noch lange nicht vorbei war, so, wie für ihn. Er hatte von Llewellyen erfahren, dass es gerade Ortaks Ländereien waren, die am schwersten unter den Angriffen der schwarz Gekleideten zu leiden hatten, denn sie grenzten unmittelbar an die Küste und die bereits gefallenen Gebiete Erinns.

Für einen Moment breitete sich betretenes Schweigen zwischen ihnen aus, und Chris sah sich Hilfe suchend nach Llewellyen um. Er hatte das Gefühl, dass Ortak mehr von ihm wollte, als sich nur zu verabschieden.

Schließlich sagte er: »Ich wünsche euch viel Glück, Ortak. Ich bin sicher, dass ihr es schaffen werdet. Und vielleicht sehen wir uns ja wieder.« Er spürte selbst, dass er Unsinn redete, aber es fiel ihm schwer, überhaupt Worte zu finden. Das wenige, was der Tuatha de Dannan gesagt hatte, hatte genügt, die Illusion von Frieden zu zerstören, in die er sich in den letzten sieben Tagen geflüchtet hatte.

Trotzdem lächelte Ortak. »Vielleicht«, antwortete er. »Das nächste Mal werde ich nicht versuchen, dich niederzustechen.«

Chris starrte den Tuatha de Dannan einen Moment lang verständnislos an, ehe ihm wieder einfiel, dass es ja Ortak gewesen war, der im Wald bei Ross Castle seinen Speer auf ihn angelegt hatte. Es schien Chris so lange her, dass er den Zwischenfall längst vergessen hatte.

Er sagte es Ortak, aber der Tuatha de Dannan schüttelte den Kopf. »Ich nicht«, sagte er. »Denn es hat mir gezeigt, wie schnell man einen Fehler begehen kann, der dann nicht wieder gutzumachen ist.«

Chris war verwirrt, aber auch ein wenig alarmiert. Er war sicher, dass Ortak nicht nur Konversation machte. Und dann fasste er sich ein Herz und sprach laut aus, was er dachte »Du meinst, ich … hätte es tun sollen?«

»Den Drachen holen?« Ortak schwieg einen Moment, schien über diese Frage nachzudenken. Dann zuckte er mit den Schultern. »Du hast dich entschieden, und es steht mir nicht zu, an deiner Entscheidung zu zweifeln. Obwohl ich zu denen gehöre«, fügte er hinzu, »die dafür waren.«

Das überraschte Chris. Er hatte ganz automatisch angenommen, dass Ortak der gleichen Ansicht wie Llewellyen war, schon allein, weil er ihn zusammen mit dem Erinn in Ross Castle getroffen hatte.

Seine Überraschung spiegelte sich wohl deutlich auf seinem Gesicht, denn Ortak fuhr fort: »Du dachtest, ich stünde auf Llewellyens Seite?« Er wartete Chris' Reaktion erst gar nicht ab, sondern beantwortete seine Frage gleich selbst: »Fuavarra hatte mich gebeten, den Erinn und seine Freunde zu begleiten, um eure Welt zu erforschen.«

»Und Llewellyen wusste davon?«

»Selbstverständlich. Hier ist vieles anders als bei euch. Wir … belügen einander nicht. Llewellyen und die anderen haben ihre Chance bekommen. So wie wir.«

Der letzte Satz, fand Chris, klang eindeutig bedauernd. Und ein ganz kleines bisschen vorwurfsvoll.

»Du bist enttäuscht«, sagte er.

Der Tuatha de Dannan antwortete nicht gleich, aber er wich Chris' Blick aus. »Ja«, gestand er nach einer Weile. »Du warst unsere große Hoffnung. Vielleicht unsere letzte.« Er hob rasch die Hand, als Chris etwas erwidern wollte, und fügte entschuldigend hinzu: »Du hast mich gefragt. Ich weiß, dass Fuavarra dir versprochen hat –«

»Das ist in Ordnung«, unterbrach ihn Chris. Wieder fiel es ihm schwer, die richtigen Worte zu finden, und er sprach auch nicht weiter, sondern drehte sich um und blickte in den Wald, dorthin, wo er hinter dem Gewirr aus Grün und Braun die brennenden Ebenen vermutete.

Ortak deutete seinen Blick richtig. »Was dort geschehen ist, ist entsetzlich«, sagte er leise. »Aber es ist lange her, Junge. Und wir haben aus den Fehlern der Vergangenheit gelernt. Gib uns eine Chance.«

Chris war verwirrt. Er hatte mit allem gerechnet, aber nicht damit, dass Orrak jetzt, buchstäblich im allerletzten Moment, noch einmal versuchen würde, ihn umzustimmen. In den vergangenen sieben Tagen hätte es mehr als eine Gelegenheit dazu gegeben, die günstiger gewesen wäre, denn sie hatten nicht nur Schönes gesehen, sondern auch Städte und Dörfer, die von ihren Bewohnern verlassen worden waren, und Burgen, die die Milesier zerstört hatten.

»Ich … kann es nicht«, sagte Chris hilflos. »Ich bitte dich, Ortak, ich –«

Das Gesicht des Tuatha de Dannan wurde hart. »Du bittest mich?«, wiederholte er böse. »Worum? Zu verstehen, dass du unsere Welt den Milesiern zum Fraß vorwirfst? Dass du unsere letzte Chance wegschenkst, aus einer Laune heraus?«

»Es war keine Laune!«, verteidigte sich Chris. »Was ich gesagt habe, habe ich ehrlich gemeint.«

Ortak starrte ihn zornig an, und plötzlich begriff Chris, wie sehr er sich in dem Tuatha de Dannan getäuscht hatte: Ortak hatte von Anfang an nichts anderes vorgehabt, als ihn umzustimmen. Chris war nicht einmal sicher, dass er es nicht auch mit Gewalt tun würde, wenn ihm keine andere Wahl blieb. Plötzlich hatte er Angst.

Aber da glätteten sich Ortaks Züge auch schon wieder. Er lächelte sogar, auch wenn es nicht sehr echt wirkte.

»Verzeih«, sagte er. »Fuavarra hat dir versprochen, dass niemand dich wegen deiner Entscheidung angreifen wird. Es tut mir Leid.«

Trotz dieser Worte wich Chris einen halben Schritt vor ihm zurück. Ortaks Zorn war keineswegs besänftigt, das spürte er genau. Der Tuatha de Dannan unterdrückte nur mit Mühe seine wahren Gefühle.

Schließlich war es Llewellyen, der die Situation rettete. Der junge Erinn tauchte unvermittelt hinter Ortak auf, und ein einziger Blick in Chris' und Ortaks Gesichter sagte ihm, was vorgefallen war. Mit einem energischen Schritt trat er zwischen sie und hob den linken Arm, wie um Chris zu beschützen.

»Was geht hier vor, Tuatha de Dannan?«, herrschte er Ortak an.

In den Augen des Hochkönigs blitzte es auf. »Nichts«, sagte er, in einem Ton, der seine Behauptung Lügen strafte.

»Man sieht es«, antwortete Llewellyen zornig. Herausfordernd trat er Ortak entgegen. »Was fällt dir ein, unseren Gast zu belästigen, Ortak?«, fragte er. »Achtest du so Fuavarras Befehle?«

Chris hielt vor lauter Schreck die Luft an, und auch Ortak schien für einen Moment sprachlos. Dann verdüsterten sich seine dunklen Elfenaugen vor Wut.

Aber die Konfrontation, die Chris beinahe unausweichlich erschienen war, blieb aus. Wie zuvor beherrschte sich Ortak im letzten Moment. Statt Llewellyen anzufahren oder ihn gar zu schlagen – auch das hätte Chris nicht überrascht, so wütend, wie der Tuatha de Dannan war –, ballte er nur die Faust und wandte sich mit einem Ruck um.

Chris atmete hörbar auf, als der Tuatha de Dannan zu seinen Leuten zurückging. Dann wandte er sich an Llewellyen, der dem Hochkönig mit einer Mischung aus Ärger und Verblüffung nachsah. »Danke«, sagte er. »Das war Rettung in letzter Sekunde.«

»Was wollte er?«, fragte Llewellyen.

Chris zuckte mit den Schultern. »Ich glaube, er wollte mich überreden –«

»Den Drachen zu holen?« Llewellyen schnaubte. »Ja, das habe ich mir gedacht. Ich habe mich schon die ganze Zeit über gewundert, dass er es nicht längst versucht hat. Er war es, der die Idee zu diesem Wahnsinnsplan hatte, musst du wissen.«

»Du wirst Ärger bekommen«, sagte Chris.

»Ärger?« Llewellyen lachte schrill. »Wieso?«

»Er ist ein König«, erinnerte Chris. »Und du hast mit ihm gesprochen wie mit einem dahergelaufenen Tagedieb.«

»Ein König! Und? Ich bin ein Prinz, und bald werde ich auch König sein. Und die Tuatha de Dannan erwarten keine Freundlichkeit von uns – ebenso wenig wie wir von ihnen.« Er machte eine ärgerliche Handbewegung und wechselte übergangslos das Thema.

»Die Sonne geht bald unter. Wir sollten zur Küste gehen. Es geziemt sich nicht, Prydwynn warten zu lassen.«

Chris widersprach nicht. Er ahnte, dass Llewellyens Worte nur ein Vorwand waren, um aus der Nähe Ortaks und der Tuatha de Dannan zu verschwinden, aber im Moment teilte er diesen Wunsch durchaus.

Sie verließen das Lager zu Fuß, und mit dem letzten Licht

des Tages gingen sie an Bord Prydwynns, das sie zurück zur Tir Nan Og bringen würde. Nur Chris selbst, Llewellyen und der Sidhe Tethra betraten das Zauberschiff. Die Tuatha de Dannan hielten respektvollen Abstand zur Küste, als fürchteten sie die Nähe des magischen Schiffes. Chris kam das sonderbar vor, waren die Halbelfen doch weit mehr als Llewellyen oder gar er selbst Teil der verzauberten Welt, zu der Prydwynn gehörte. Gleichzeitig war er dankbar dafür, nicht noch einmal mit Ortak sprechen zu müssen.

Trotzdem schien ihm Ortak nicht zu grollen. Als Prydwynn von der Küste ablegte, stand der Hochkönig der Tuatha de Dannan auf den Felsen und winkte ihnen nach, so wie Fuavarra es getan hatte; und wie bei Fuavarra hob Chris die Hand und erwiderte den Gruß, und er blieb so lange hinter der Reling des Schiffes stehen, bis die Gestalt des Tuatha de Dannan zu einem winzigen silbernen Funkeln verblasst und schließlich ganz verschwunden war.

Aber ganz, ganz kurz bevor es so weit war, glaubte Chris einen zweiten, dunklen Schatten auf den Zinnen über Ortak zu erblicken, eine hoch gewachsene, schlanke Gestalt, und obgleich er genau wusste, wie unmöglich es war, glaubte er für einen Moment leise Musik zu hören, den gedämpften, schwermütigen Gesang von Männern, die vor einem Jahrtausend gestorben waren, ohne Ruhe gefunden zu haben. Wieder überkam ihn dasselbe Gefühl wie vorhin, als er Tintagel ganz nahe gewesen war; das Gefühl, von unsichtbaren Augen beobachtet zu werden.

Prydwynn hatte sich bereits zu weit von der Küste entfernt, als dass er irgendwelche Einzelheiten hätte erkennen können. Wahrscheinlich hatte er sich den Schatten nur eingebildet. Dagdas Worte fielen ihm ein und die Geschichte, die er über Tintagel und seine Bewohner erzählt hatte, und für einen Moment bedauerte er sehr, nicht derjenige zu sein, der all diese gequälten Seelen endlich befreite. Er hätte ihnen gerne geholfen.

Als er sich herumdrehte, um unter Deck zu gehen, sah er Tethra.

Der Sidhe stand reglos da, in der Nacht kaum deutlicher

zu erkennen als der Schatten, den er auf der Burgmauer gesehen zu haben glaubte, aber Chris konnte seinen Blick trotzdem auf sich ruhen fühlen.

Während der gesamten Reise war er Tethra aus dem Weg gegangen, so gut er konnte, denn der Sidhe hatte nichts von der unheimlichen Ausstrahlung verloren, die Chris von Anfang an in seiner Nähe verspürt hatte. Aber jetzt ging er direkt auf ihn zu, und auch der Totengott der Sidhe blieb stehen, als wüssten sie beide, dass es noch etwas zu klären gab, was sie viel zu lange hinausgeschoben hatten. Chris' Herz klopfte ein wenig schneller, aber trotzdem hatte er zum ersten Mal keine Angst vor Tethra.

»Du hast ihn auch gesehen, nicht wahr?«, fragte er.

»Den Schatten?« Der Sidhe nickte. »Ja.«

»Dann war es … keine Einbildung?«

Tethra sah ihn nachdenklich an. »Warum fragst du das?«, sagte er schließlich. »Du weißt die Antwort auf diese Frage so gut wie ich. Willst du, dass ich dich belüge?«

»Nein«, sagte Chris traurig. »Sie … haben sich Hilfe von mir erhofft, nicht wahr?«

Tethra nickte. »Nicht von dir«, sagte er leise. »Aber von einem wie dir, der aus einer anderen Welt kommen wird, um sie zu retten.«

»Und nach mir wird keiner mehr kommen«, murmelte Chris.

Der Sidhe antwortete nicht. Aber sein Schweigen war schlimmer als jeder Vorwurf.

Zurück zur Tir Nan Og

Die ganze Nacht und den Tag und auch die darauf folgende Nacht pflügte Prydwynns goldener Bug durch das Meer, und als der nächste Morgen graute, kam die Tir Nan Og in Sicht.

Llewellyen hatte ihn eine halbe Stunde vor Sonnenaufgang geweckt, und Chris stand ungeduldig im Bug des Zauberschiffes und sah zu, wie die Insel der Ewigen Jugend allmählich aus dem Nebel auftauchte. Er war aufgeregt, nicht allein deswegen, weil dies der letzte Morgen ihrer Reise war und er nun bald nach Hause zurückkehren konnte, sondern auch, weil er sich darauf freute, Gwragedd Annwn und die anderen wieder zu sehen: Kevin, die kleine geflügelte Elfe, die Merrows und sogar Grywwyn, den vorlauten kleinen Buka, der ihn mit seinen derben Späßen so oft unterhalten hatte. Einen Moment lang spielte er sogar mit dem Gedanken, Llewellyen darum zu bitten, noch einen oder zwei Tage auf der Tir Nan Og bleiben zu dürfen, verwarf die Idee aber rasch wieder. Ein Abschied wurde nicht leichter, wenn man ihn hinauszögerte, und Llewellyen und vor allem Tethra wurden auf Ross Castle zurückerwartet, wo sie sicherlich wichtigere Aufgaben zu erledigen hatten als die, ihm noch ein paar schöne Tage zu machen.

Prydwynn wurde langsamer, als die Segel eingeholt und statt ihrer nun die Ruder eingesetzt wurden, um das Schiff vorsichtig die letzten Meter bis ans Ufer heranzusteuern. Nun trat auch Tethra zu Llewellyen und Chris an die Reling. Chris fing einen Blick des Sidhe auf und bemerkte, dass der Totengott irgendwie zornig wirkte.

Er sah rasch weg. Sie hatten kein Wort mehr miteinander gewechselt seit ihrem Gespräch am vorletzten Abend, aber das, was Tethra gesagt hatte, hatte Chris nachdenklich gestimmt. Und er war die ganze Zeit über das Gefühl nicht losgeworden, dass der Totengott der Sidhe längst nicht alles ausgesprochen hatte, was er eigentlich hatte sagen wollen.

»Da stimmt etwas nicht«, sagte Llewellyen plötzlich. Chris sah überrascht auf und bemerkte, dass nun auch auf Llewellyens Gesicht der gleiche halb zornige, halb besorgte Ausdruck erschienen war wie auf dem des Sidhe.

Tethra nickte zustimmend, kam ein Stückchen näher und legte die Hände auf die Reling, um sich vorzubeugen. Sein Blick suchte gebannt das Wasser neben Prydwynns Rumpf ab.

»Was ist denn nicht in Ordnung?«, fragte Chris unsicher. »Ich sehe nichts.«

»Eben«, antwortete Llewellyen. »Keine Merrows. Sie kommen sonst in Scharen, um das Schiff zu begrüßen. Kannst du die Stadt sehen?«

Die Frage galt Tethra, der sie mit einem Kopfschütteln beantwortete und sich wieder aufrichtete. Ohne den Blick von der Wasseroberfläche zu wenden, hob er die Hand und murmelte ein einzelnes, düster klingendes Wort.

Es ging ganz schnell, und selbst Chris, der von Zauberei nicht das Geringste verstand, glaubte zu spüren, dass da etwas war, das Tethras Macht blockierte: Für den Bruchteil einer Sekunde wurde das Wasser klar wie Glas, und er konnte die Stadt im See sehen, so, wie Gwragedd Annwn sie ihm an seinem ersten Tag auf der Insel gezeigt hatte, mit hohen, zinnengekrönten Türmen, wuchtigen Häusern aus schweren Bruchsteinen und breiten, sorgsam gepflasterten Straßen. Und doch war etwas anders als beim ersten Mal. Chris erfasste den Unterschied erst, als das Bild schon wieder verschwunden war: Die Stadt war leblos. Wo sich beim ersten Mal Merrows und Seefrauen und andere Fabelwesen getummelt hatten, da regte sich jetzt nichts mehr.

Das Bild erlosch so abrupt, als hätte jemand einen schwarzen Schleier über die Wasseroberfläche gezogen, und Tethra taumelte mit einem keuchenden Laut zurück und presste beide Hände gegen die Schläfen.

»Tethra!«, rief Llewellyen erschrocken. »Was hast du?«

Er wollte auf ihn zuspringen, aber der Sidhe hatte sich bereits wieder in der Gewalt. Rasch hob er die Hand und wehrte Llewellyen ab, der beide Arme ausgestreckt hatte, als befürchte er, Tethra könnte fallen.

»Es geht schon wieder«, sagte er. »Ich war nur überrascht.«

»Wovon?«

Tethra blickte zum Waldrand hinüber. Der Ausdruck auf seinem Gesicht war nun eindeutig besorgt, ja erschrocken.

»Etwas … hat meine Magie blockiert«, sagte der Sidhe. »Eine … fremde Macht. Eine Macht von unglaublicher Stärke.«

»Der Druide?«, fragte Chris.

Llewellyen riss erschrocken die Augen auf. Aber dann

schüttelte er den Kopf. »Unsinn«, sagte er. »Nicht einmal die Milesier würden es wagen, diesen Ort zu entweihen. Die Tir Nan Og ist heilig.«

Als Llewellyen ihn hier abgeholt hatte, dachte Chris, war er etwas anderer Meinung gewesen. Aber er zog es vor zu schweigen und konzentrierte sich wieder auf den Waldrand, ganz wie Tethra und auch der Erinn.

Nichts rührte sich dort drüben. Der Wald lag still da, und es dauerte eine Weile, bis Chris begriff, dass es gerade diese Ruhe war, die nicht hätte sein dürfen. Er selbst hatte die Tir Nan Og zusammen mit Kevin ja oft genug durchforscht, um zu wissen, dass es kaum einen Quadratmeter auf ihr gab, der nicht vor Leben überquoll.

»Da stimmt etwas nicht«, sagte Tethra noch einmal. »Ich fühle es.«

»Fahren wir zurück?«, fragte Llewellyen.

Tethra antwortete nicht sofort, sondern sah erst Chris an. Dann schüttelte er den Kopf. »Nein. Er muss nach Hause, und wir …«

»… müssen nachsehen, was hier vor sich geht«, führte Chris den Satz zu Ende. »Wir alle drei.«

»Das hier geht dich nichts an«, beschied ihm der Sidhe grob. »Llewellyen bringt dich zum Tor, und ich werde inzwischen zu Gwragedd Annwn gehen. Vielleicht gibt es für alles eine ganz harmlose Erklärung.«

Den letzten Satz sagte er nur, um Chris zu beruhigen, und er gab sich nicht einmal Mühe, überzeugend zu lügen. Chris antwortete auch erst gar nicht darauf. Wenn der Gwragedd Annwn etwas zugestoßen war, dann wollte er es wissen. Es gab schon ein paar Menschen zu viel in Erinn, denen er nicht geholfen hatte. Statt Tethra also abermals zu widersprechen, tat er etwas ganz anderes – er stützte sich mit der linken Hand auf Prydwynns Reling, stieß sich ab und sprang über Bord. Noch ehe Llewellyen oder Tethra reagieren konnten, war er bereits unten und watete durch das knietiefe Wasser auf den Strand zu. Erst als unter seinen Füßen trockener Sand war, drehte er sich um und winkte Llewellyen und dem Sidhe zu.

»Was ist?«, fragte er. »Worauf wartet ihr?«

Llewellyen zog eine Grimasse und folgte ihm auf die gleiche Weise, während Tethra das Zauberschiff weitaus eleganter verließ – auf eine kaum sichtbare Handbewegung des Sidhe hin schob sich eine schmale Laufplanke vom Deck auf den Strand hinunter, über die Tethra trockenen Fußes zu ihnen gelangte. Auf dem Gesicht des Sidhe lag ein Ausdruck, der irgendwo zwischen Ärger und mühsam unterdrückter Erheiterung schwankte.

Und eine Sekunde später zu purem Entsetzen wurde, als sein Blick auf etwas fiel, das zwischen dem Ufer und Prydwynns Rumpf im See trieb, nicht weit von der Stelle entfernt, wo Chris ins Wasser gesprungen war.

Sie erreichten den treibenden Körper fast gleichzeitig, und Chris' Herz machte einen schmerzhaften Sprung, als er erkannte, was es war:

Ein Merrow.

Er war tot, aber er war nicht einfach gestorben, er war umgebracht worden: Kreuz und quer über den mächtigen, menschenähnlichen Oberkörper des Merrow zog sich fast ein Dutzend klaffender Schnitte, seine rote Federkappe war zerfetzt, und auf dem hässlichen Gesicht lag ein Ausdruck ungläubigen Entsetzens. Rings um den mehr als zwei Meter langen Körper färbte sich das Wasser rosa.

»Bei Oberon!«, murmelte Llewellyen fassungslos. »Wer hat das getan?«

»Vermutlich derselbe, der auch die anderen Merrows vertrieben hat«, antwortete Tethra düster.

Oder getötet, fügte Chris in Gedanken hinzu. Aber das sprach er nicht laut aus. Die beiden anderen mussten so gut wie er wissen, dass diese Möglichkeit sehr viel wahrscheinlicher war.

Tethra wandte sich mit einem Ruck um, blickte erst zum Wald hinüber und sah dann wieder Chris an. »Willst du immer noch mitkommen, du tapferer kleiner Narr?«, fragte er.

Chris nickte, und Tethra sagte: »Du hast es nicht anders gewollt.«

Ohne ein weiteres Wort machten sie sich auf den Weg.

Schweigend drangen sie in den Wald ein. Auch er hatte sich verändert. Wie bei der Stadt am Grund des Sees spürte Chris die Veränderung, lange ehe er sie in Worte fassen konnte – und als er es dann tat, war er zutiefst bestürzt. Es war nicht nur so, dass alles Leben aus dem Wald gewichen war, es herrschte auch eine Finsternis und Kälte, die ihn auf schreckliche Weise an den Schattenwald bei Ross Castle erinnerte; und er spürte, dass es Llewellyen und dem Sidhe nicht anders erging.

Plötzlich blieb Tethra so abrupt stehen, dass Chris fast an ihm vorbeigestolpert wäre. Mahnend legte er einen Finger über die Lippen und deutete mit der anderen Hand auf etwas, das vor ihnen im Unterholz lag. Chris erschrak bis ins Mark, als er erkannte, worauf Tethra sie aufmerksam machen wollte.

Es war ein Tuatha de Dannan. Lang ausgestreckt und in einer dunklen Lache längst geronnenen Blutes lag er auf dem Boden. Seine Hände umklammerten noch das Schwert, mit dem er vergeblich versucht hatte, sein Leben zu verteidigen. Hinter ihm, halb verborgen von den Zweigen eines niedergetrampelten Dornenbusches, schimmerte eine zweite silberne Gestalt.

Tethra deutete Llewellyen und ihm, ein paar Schritte zurückzuweichen und sich still zu verhalten, dann zog er sein Schwert, wobei er die Klinge zwischen Daumen und Zeigefinger der Linken hindurchgleiten ließ, damit das Metall kein verräterisches Geräusch machte, und huschte geduckt zu den beiden reglosen Tuatha de Dannan hinüber. Chris sah, wie er sich flüchtig über den ersten beugte und dann im Buschwerk verschwand, um auch den zweiten Krieger zu untersuchen. Er wollte etwas sagen, aber Llewellyen legte ihm rasch die Hand über den Mund, ehe er auch nur einen Laut hervorbringen konnte. Gleich darauf kam Tethra zurück, noch immer mit besorgtem Gesicht, aber jetzt hoch aufgerichtet und ohne besondere Vorsicht. Offensichtlich bestand zumindest im Augenblick keine Gefahr. Wer immer die beiden Tuatha de Dannan getötet hatte, war nicht mehr hier.

»Nun?« Chris sah den Sidhe fragend an. Der Totengott zuckte mit den Achseln und schob sein Schwert halb in die Scheide zurück.

»Hinter den Büschen liegt ein dritter Krieger«, sagte er. »Tot wie die beiden anderen.«

»Und wer hat das getan?«

Tethra zuckte wieder mit den Achseln. »So groß ist die Auswahl nicht, oder?«, fragte er. »Es gibt nicht viele, die es mit gleich drei Tuatha de Dannan aufnehmen könnten. Und noch weniger, die einen Grund hätten, es überhaupt zu versuchen.«

»Dann sind Milesier hier?«, fragte Llewellyen erschrocken.

»Vielleicht«, antwortete Tethra. »Wahrscheinlich. Wir müssen weiter. Kommt – es ist nicht mehr weit bis zu Gwragedd Annwns Haus. Und seid vorsichtig. Du bleibst zwischen mir und Llewellyen.« Der letzte Satz galt Chris, der schweigend die ihm zugewiesene Position einnahm und sich bemühte, sich ebenso lautlos wie die beiden anderen zu bewegen.

Schon nach wenigen Metern stießen sie auf den nächsten Kampfplatz. Diesmal war es mehr als ein halbes Dutzend Tuatha de Dannan, die reglos im niedergetrampelten Unterholz lagen, dazu ein erschlagenes Pferd, das seinen Reiter sterbend unter sich begraben hatte. Aber auch einer der Angreifer hatte den Überfall mit dem Leben bezahlt. Chris spürte einen raschen, eisigen Schauer, als er den zerfetzten schwarzen Fellmantel sah, den die Gestalt trug, und die Larve aus geschwärztem Metall, hinter der sich sein Gesicht verbarg.

Wie beim Anblick der ersten Toten hielt Tethra auch jetzt kurz an und sah sich mit steinernem Gesicht um, ehe er ihnen winkte, ihm weiter zu folgen.

Nach ein paar Schritten blieb Tethra allerdings noch einmal stehen und deutete auf die reglose Gestalt eines der Tuatha de Dannan hinunter. »Nimm dir sein Schwert«, sagte er. Chris zögerte. Er hatte geschworen, nie wieder eine Waffe zu berühren, und er hatte diesen Schwur ernst gemeint.

»Du musst es ja nicht benutzen«, sagte Llewellyen, der

seine Gedanken zu erraten schien. »Aber vielleicht schreckt es den einen oder anderen schon ab, wenn du es nur hast.« Mit einem flüchtigen Lächeln fügte er hinzu: »Schließlich sieht dir ja niemand an, dass du keine Ahnung hast, wie man mit einer Waffe umgeht.«

Widerstrebend bückte sich Chris nach dem Schwert des Tuatha de Dannan. Es kostete ihn große Überwindung, die Waffe aus den Fingern des Toten zu lösen, und als er es endlich geschafft hatte, erwies sich die Klinge als so schwer, dass er beide Hände brauchte, um sie überhaupt tragen zu können. Daran, sie auch zu benutzen, war nicht einmal zu denken. Das Schwert war fast so lang, wie er groß war, und die Klinge an ihrem unteren Ende so breit wie seine beiden nebeneinander gelegten Hände.

Llewellyen betrachtete ihn einen Moment lang und schüttelte dann den Kopf. »Das hat keinen Sinn«, sagte er. »Nimm das Schwert des Milesiers.«

Er deutete auf die reglose Gestalt im schwarzen Fellmantel, aber Chris rührte sich nicht. Llewellyen runzelte ärgerlich die Stirn, sagte aber nichts mehr, sondern ging selbst, um die Waffe zu holen. Die Klinge, die er Chris brachte, war sehr viel kleiner und zierlicher als der mächtige Bihänder des Tuatha de Dannan. Chris fiel auf, dass Tethra eine winzige Bewegung zurück machte, als Llewellyen mit der Waffe in der Hand an ihm vorbeiging, und auch er zögerte, nach dem Schwert zu greifen. Sein Blick tastete über die reglosen Gestalten der Tuatha de Dannan.

»Du brauchst keine Angst zu haben«, sagte Llewellyen unwillig. »Dir und mir tun diese Waffen nichts. Ihr Fluch trifft nur die Tuatha de Dannan. Und die Sidhe«, fügte er mit einem nervösen Seitenblick auf Tethra hinzu.

Chris war keineswegs beruhigt, griff aber dann doch nach dem Milesier-Schwert und wog es prüfend in der Hand. Widerwillig musste er zugeben, dass es sich gut anfühlte, schwer, aber nicht unhandlich. Es gab ihm das Gefühl, nicht mehr ganz so hilflos zu sein.

Ungeschickt versuchte er, das Schwert unter seinen Gürtel zu schieben – mit dem Ergebnis, dass er sich einen heftig blutenden Schnitt im Daumen zufügte. Llewellyen grinste schadenfroh und wurde sofort wieder ernst, als Tethra eine Kopfbewegung in die Richtung machte, wo der graue Stein des Turmes durch die Baumwipfel hindurchschimmerte. Vorsichtig näherten sie sich Gwragedd Annwns Haus. Kurz bevor sie den Waldrand erreichten, blieb Tethra wieder stehen, sah sich suchend um und deutete schließlich auf einen hohen Dornenbusch, ein Stück links von ihnen.

»Verbergt euch dort«, sagte er. »Ich gehe allein vor.«

Chris wollte widersprechen, aber Tethra warf ihm einen so eisigen Blick zu, dass er keinen Laut hervorbrachte.

»Ihr rührt euch nicht«, fuhr der Totengott der Sidhe fort, »Wenn ich in zehn Minuten nicht zurück bin oder irgendetwas Ungewöhnliches geschieht, dann flieht ihr und versucht, Prydwynn zu erreichen. Hast du das verstanden, Prinz Llewellyen?«

Llewellyen nickte kurz, und Tethra sah Chris an, bis auch dieser mit einem Nicken einwilligte. Dann trat er aus dem Wald heraus, sah sich noch einmal rasch nach beiden Seiten um und huschte geduckt auf den Turm zu.

Chris und Llewellyen traten hinter den Busch, den Tethra ihnen bezeichnet hatte. Durch das dichte Dornengestrüpp war der Turm kaum zu erkennen, aber Chris sah trotzdem, wie sich in der Mauer des grauen Gebäudes eine Tür öffnete, kurz bevor Tethra es erreichte. Irgendwie fühlte er sich allein gelassen, als der Sidhe im Inneren des Turmes verschwunden war.

»Ich verstehe das nicht«, murmelte er. »Ihr wart doch alle so sicher, dass die Milesier die Tir Nan Og nicht angreifen würden.«

Llewellyen presste die Lippen aufeinander. Es dauerte lange, bis er antwortete: »Ich begreife es ebenso wenig. Die Insel ist heilig. Nicht nur uns, sondern allen Wesen in allen Welten.« Chris verstand, was der Erinn meinte. Dort, wo er herkam, mochten die wenigsten Menschen jemals den Namen Tir Nan Og gehört haben, aber auch sie kannten einen Ort wie diesen. Welche Rolle spielte schon ein Name?

»Ob sie noch hier sind?«, fragte er nach einer Weile.

Llewellyen zuckte mit den Schultern. »Ich glaube kaum«, sagte er. »Wären sie es, wären wir wahrscheinlich nicht mehr am Leben. Aber das ist kein Grund«, fügte er mit leicht erhobener Stimme hinzu, als sich Chris entspannt aufrichten wollte, »jetzt leichtsinnig zu werden. Wir tun, was Tethra gesagt hat.«

Chris sah ihn zweifelnd an. »Du würdest ihn wirklich im Stich lassen?«

»Nein«, antwortete Llewellyen und wich seinem Blick aus. »Aber wenn er gesagt hat, dass er in zehn Minuten zurück ist, dann kommt er auch. Und wenn nicht, ist er wahrscheinlich tot.« Er zögerte, spielte einige Sekunden nervös mit seinem Schwert und sah Chris dann doch an.

»Ich glaube es nicht«, begann er unsicher, »aber nur für den Fall, dass wir fliehen müssen und getrennt werden: Versuche, Prydwynn zu erreichen. Das Schiff wird dich sicher nach Erinn zurückbringen. In den Wäldern von Tintagel triffst du immer auf jemanden, der dich zu meinem Vater bringt.«

»Du bist verrückt, wenn du glaubst, dass ich dich im Stich lasse«, antwortete Chris.

Llewellyens Reaktion überraschte ihn vollkommen. Der junge Erinn fuhr wie von der Tarantel gestochen herum, packte ihn am Kragen und riss ihn so grob zu sich heran, dass Chris die Luft wegblieb.

»Verdammt, jetzt hör endlich auf, ununterbrochen den Helden zu spielen!«, zischte er. »Das bist du nämlich nicht, verstehst du? Du bist nichts als ein Narr, der ein besonderes Talent dafür hat, im falschen Moment das Falsche zu tun!« Er versetzte Chris einen Stoß, der ihn zurücktaumeln und reichlich unsanft auf dem Hosenboden landen ließ. Seine Augen blitzten.

»Glaubst du, ich bin so versessen darauf, von den Milesiern gefangen oder umgebracht zu werden?«, fauchte er. »Ich hänge genauso am Leben wie du! Aber Fuavarra muss erfahren, was hier geschehen ist, begreifst du das endlich? Wenn die Milesier das Tor im Felsen erobern, dann ist nicht nur Erinn in Gefahr! Du wirst tun, was ich dir gesagt habe!

Und ich schwöre dir, dass ich dasselbe tun werde, sollte ich es sein, der Prydwynn als erster erreicht.«

Aufgebracht wandte er sich ab und starrte wieder zum Turm hinüber. Er sagte nichts mehr, aber seine angespannte Haltung verriet Chris deutlich, wie nervös er war.

»Entschuldige«, murmelte Chris. »Ich ... wollte dich nicht beleidigen.«

»Hast du auch nicht«, knurrte Llewellyen. Er seufzte, fuhr sich mit der Hand über das Gesicht und rang sich zu einem Lächeln durch. »Ist schon gut. Wir sind beide ein bisschen empfindlich, glaube ich.«

Chris stand auf, bückte sich nach dem Schwert, das er fallen gelassen hatte, und trat neben den Erinn, um durch eine Lücke im Dornengestrüpp zum Turm hinüberzublicken. Von Tethra war noch keine Spur zu sehen, und wenn es nach Chris' Zeitgefühl ging, dann mussten die zehn Minuten schon fünf Mal verstrichen sein. Er hatte das Gefühl, bereits eine Ewigkeit hier zu stehen und auf die Rückkehr des Sidhe zu warten.

Unsicher sah er sich im Wald um. Noch immer hörte er nicht den mindesten Laut. So, als hätten die Milesier jede Spur von Leben von dieser Insel getilgt.

»Weißt du, was ich nicht verstehe?«, sagte er nach einer Weile, nur, um überhaupt etwas zu sagen und die bedrohliche Stille zu durchbrechen. Llewellyen sah ihn fragend an. »Was?«

»Die Tuatha de Dannan«, antwortete Chris. »Wo sind sie hergekommen?«

Llewellyen zuckte mit den Schultern. »Das weiß ich genauso wenig wie du. Vielleicht ist etwas geschehen, während wir unterwegs waren. Oder sie haben die Milesier hierher verfolgt.«

Die Antwort klang nicht sehr überzeugend, fand Chris. Aber er ging nicht weiter auf dieses Rätsel ein – das sie im Moment ohnehin kaum lösen konnten –, sondern sah stattdessen auf das kurze graue Schwert in seiner Hand herunter und stellte eine andere Frage, die ihm schon seit geraumer Zeit auf der Zunge brannte.

»Der Fluch dieser Waffe«, sagte er. »Worin besteht er? Tethra schien panische Angst davor zu haben.«

»Mit Recht«, sagte Llewellyen. Er deutete auf den Schnitt in Chris' Daumen, der bereits aufgehört hatte zu bluten. »Eine Wunde wie diese da würde ihn umbringen. Zumindest sehr schwer verletzen.«

»Aber warum?«, wunderte sich Chris. »Ist sie ... vergiftet?« Schaudernd dachte er an die Schlacht zwischen den Milesiern und den Tuatha de Dannan zurück, wo er ja selbst gesehen hatte, wie furchtbar die Waffen der Milesier unter den Halbelfen gewütet hatten.

»Vergiftet?« Llewellyen runzelte die Stirn. »Nicht direkt.« Er streckte die Hand aus, griff in den kleinen Lederbeutel an Chris' Gürtel, in dem er seine wenigen Habseligkeiten bei sich trug, und holte das Taschenmesser, das Chris mitgebracht hatte, heraus.

»Diese Waffe würde ihn ebenso töten«, sagte er. »Wahrscheinlich schneller, denn sie ist viel reiner als die Schwerter der Milesier.«

Chris verstand immer noch nicht, und so zog Llewellyen mit der anderen Hand den schmalen Dolch, den er selbst am Gürtel trug. »Sieh ihn dir an«, verlangte er. »Es ist die Waffe eines Tuatha de Dannan. Ortak hat sie mir geschenkt, vor langer Zeit.«

Chris gehorchte und besah sich den Zierdolch so aufmerksam, wie er nur konnte, stellte aber trotzdem nichts Außergewöhnliches fest. Es war eine prachtvolle Waffe, die da, wo er herkam, sicherlich ein kleines Vermögen wert gewesen wäre, aber das war auch alles, was ihm auffiel. Dann klappte Llewellyen die Klinge des Taschenmessers heraus und fuhr damit über die des Dolches. In der Tuatha de Dannan-Waffe entstand ein tiefer, hässlicher Kratzer.

»Eisen«, sagte Llewellyen. »Es ist das Eisen, das die Sidhe tötet. Schon seine Nähe bereitet ihnen Unbehagen. Seine Berührung macht sie krank – oder bringt sie um. Und die Tuatha de Dannan sind halbe Sidhe. Ihre Waffen sind aus Silber oder Stein.«

Und endlich begriff Chris. Mit einem Male verstand er,

wieso die Milesier ihren zahlenmäßig überlegenen Gegnern so entsetzliche Verluste während der Schlacht zugefügt hatten. Selbst ohne den tödlichen Fluch ihres Metalls war ein Schwert aus Silber eine erbärmliche Waffe gegen eines aus Eisen.

»Tethra kommt zurück!«, sagte Llewellyen plötzlich. Chris fuhr herum und sah, dass der Sidhe wieder unter der Tür des Turmes erschienen war. Aber er machte keine Anstalten, zu ihnen zurückzukommen, sondern trat nur einen Schritt aus dem Turm heraus und winkte mit dem Schwert.

Der Verrat

Das Gesicht des Sidhe war wie Stein, als sie aus ihrer Deckung heraustraten und sich ihm näherten, aber in seinen Augen war etwas, was Chris warnte. Sein Herz begann wie ein rasendes Hammerwerk zu schlagen, als der Sidhe wortlos beiseite trat und ihnen den Weg ins Innere des Turmes freigab.

Und trotzdem stöhnte er vor Entsetzen auf, als er hinter Llewellyen in den Turm trat. Er hatte geglaubt, sich innerlich gegen alles gewappnet zu haben, aber das stimmte nicht; ganz einfach, weil es Dinge gab, gegen die man sich nicht wappnen konnte. Der Anblick des Turmes gehörte dazu. Der große Saal war nicht einfach zerstört. Er war verheert, so gründlich, als hätten hundert Goblins stundenlang in ihm gewatet. Kein Möbelstück, das nicht umgeworfen und zerbrochen war, kein Wandteppich, der nicht heruntergerissen und zerschnitten war, kein Vorhang, der nichtverbrannt oder zerfetzt war. Die Wände waren rußgeschwärzt und zwei der mächtigen Balken, die die Decke trugen, geknickt, sodass das Mauerwerk darüber durchhing wie ein nasses Zeltdach. Unter Chris' und Llewellyens Stiefeln knirschten Glassplitter, als sie zögernd in den Raum hineintraten. Beißender Rauch und Staub hingen in der Luft und machten das Atmen zur Qual.

Und überall lagen Tote.

Sie waren alle da – alle seine Freunde aus den Tagen, als er Gwragedd Annwns Gast gewesen war. Obwohl keiner von ihnen eine Waffe trug, war deutlich zu sehen, dass sie sich verzweifelt zur Wehr gesetzt hatten.

Chris trat mit klopfendem Herzen auf eine dunkelhaarige Gestalt zu, die verkrümmt zwischen den Trümmern lag. Kevin war nach vorne gestürzt, sodass Chris der Anblick seines Gesichtes erspart blieb, und er brachte es auch nicht über sich, ihn umzudrehen, wie er vorgehabt hatte. Er stand einfach da, kämpfte mit den Tränen und versuchte gegen die dumpfe Verzweiflung anzukommen, die sich in ihm breit machte.

»Hast du ihn gekannt?«, fragte Llewellyen leise.

Chris nickte. Seine Augen füllten sich mit Tränen, die er nun nicht mehr zurückhalten konnte. Warum musste man einen Menschen erst verlieren, ehe man begriff, wie viel er einem bedeutet hatte?

»Er war … mein Freund«, sagte er. Seine Stimme zitterte. Tethras Gestalt verschwamm vor seinen Augen, als er sich zu ihm und Llewellyen herumdrehte. Chris fuhr sich mit dem Handrücken über das Gesicht, aber die Tränen rannen ihm unaufhaltsam weiter über die Wangen. Llewellyen sah betreten weg, aber der Sidhe lächelte milde.

»Kämpfe nicht dagegen an«, sagte er. »Tränen, die ein Mann um einen Freund vergießt, sind keine Schande.«

Chris blickte auf Kevin herab, und mit einem Male begann sich Zorn in seinen Schmerz zu mischen.

»Sieht es überall so aus?«, fragte Llewellyen.

Tethra nickte. »Ich war nicht oben, aber hier unten ist alles zerstört. Sie haben keinen am Leben gelassen.« Er hob sein Schwert und beschrieb damit einen weiten Kreis, der den ganzen Turm einschloss. »Nicht einmal die Haustiere und das Schlachtvieh.«

»Dann sollten wir nach oben gehen und uns auch die übrigen Räume ansehen«, sagte Llewellyen grimmig. »Ich möchte keine böse Überraschung erleben.« Er wandte sich an Chris. »Kommst du mit?«

Chris nickte. Entschlossen hob er sein Schwert und trat neben den Erinn, und jetzt trug er die Waffe nicht mehr nur bei sich, weil Llewellyen darauf bestanden hatte, sondern auch, um sie zu benutzen, sollte er dazu gezwungen sein.

Nebeneinander gingen sie die Treppe hinauf und untersuchten die übrigen Räume; überall bot sich dasselbe Bild der Zerstörung und des Chaos. Chris begann sich zu wundern, dass die Milesier den Turm nicht gänzlich niedergerissen oder angezündet hatten. Dann fielen ihm die Brandspuren unten im Erdgeschoss ein, und er begriff, dass sie genau das versucht hatten; allerdings ohne besonderen Erfolg. Als sie vor der letzten Tür im Gang angelangt waren und Chris die Hand nach der Klinke ausstrecken wollte, hörten sie ein Geräusch. Llewellyen verharrte mitten im Schritt, und auch Chris ließ die Hand wieder sinken und lauschte angestrengt. Da war es wieder: ein kaum hörbares Rascheln, das durch das Holz der Tür drang; ein Laut, als bewege sich dort drinnen etwas. Metall klirrte ganz leise.

Llewellyen hob die linke Hand an die Lippen, wies Chris mit einer Kopfbewegung an, auf der anderen Seite der Tür Aufstellung zu nehmen, und streckte behutsam die Hand nach der Klinke aus. Vorsichtig öffnete er die Tür, das Schwert zum Zuschlagen erhoben. Auch Chris spannte sich.

Und trotzdem kam ihrer beider Reaktion zu spät. Die Tür wurde mit einem Ruck von innen aufgestoßen, traf den Erinn gegen die Schulter und ließ ihn rücklings über den Gang und gegen die Wand prallen. Ein grauer Schemen raste heraus und sprang Llewellyen an. Der Erinn ging mit einem erschrockenen Keuchen zu Boden, ließ sein Schwert fallen und versuchte mit bloßen Händen, das tobende Etwas abzuwehren, das auf seiner Brust hockte und mit messerscharfen Klauen nach seinem Gesicht schlug.

Grywwyn, dachte Chris verblüfft. Der Angreifer war niemand anders als Grywwyn, der kleine Buka!

»Chris!«, brüllte Llewellyen in höchster Not. »So hilf mir doch!«

Endlich überwand Chris seine Überraschung und sprang hinzu, um Llewellyen zu helfen. Mit beiden Händen packte er den Buka und versuchte ihn von Llewellyens Brust herunterzuzerren, handelte sich dabei aber bloß eine blutige Nase ein, als Grywwyn ihn mit einem wütenden Faustschlag abwehrte. Mit einem Schmerzensschrei taumelte er zurück und landete unsanft auf dem verlängerten Rückgrat. Er spürte, wie Blut aus seiner Nase lief. Benommen blieb er sitzen und hob die Hand ans Gesicht. Aber die winzige Ablenkung hatte Llewellyen genügt. Er bekam endlich eine Hand frei, packte den Buka an der Brust seines zerfetzten Gewandes und hob ihn einfach in die Höhe. Grywwyn kreischte vor Wut und schlug mit beiden Händen nach Llewellyens Gesicht, aber seine Arme waren zu kurz. Seine Hiebe gingen ins Leere, was seine Wut noch mehr steigerte. Aus seinen zornigen Schreien wurde ein hysterisches Kreischen.

Llewellyen richtete sich auf, ohne den Buka loszulassen, und begann auf ihn einzureden. Die Antwort des Buka bestand in einem kräftigen Fußtritt vor Llewellyens Schienbein, was den Erinn um ein Haar wieder aus dem Gleichgewicht gebracht hätte. Llewellyen fluchte, stieß Grywwyn unsanft gegen die Wand – und versetzte ihm eine solche Maulschelle, dass es jetzt der Buka war, der auf den Hosenboden fiel und benommen sitzen blieb.

»Nimmst du jetzt Vernunft an, oder muss ich sie dir erst einprügeln.« fragte Llewellyen zornig. Sein Gesicht war gerötet, und quer über seine linke Wange zogen sich dünne rote Kratzspuren.

Grywwyn stöhnte. Sekundenlang hockte er da und blickte abwechselnd Llewellyen und Chris an, aus Augen, die trübe vor Wut und Entsetzen waren, und dann endlich schlich sich Erkennen in seinen Blick. Grywwyn hatte offensichtlich bisher gar nicht gewusst, gegen wen er kämpfte.

»Wirst du jetzt reden?«, fragte Llewellyen zornig und trat drohend auf den Buka zu.

Chris war mit einem Schritt neben ihm, drückte seinen Arm herunter und warf ihm einen beschwörenden Blick zu. Dann drehte er sich zu Grywwyn um und ließ sich vor ihm in die Hocke sinken, bis sich ihre Gesichter auf gleicher Höhe befanden. Der Buka sah ihn an, und Chris war jetzt vollkommen sicher, dass er ihn auch erkannte. Trotzdem zuckte das faltige Gesicht des Buka vor Angst.

»Du brauchst keine Angst mehr zu haben«, sagte er so sanft wie möglich. »Wir sind keine Milesier. Du kennst mich doch. Und Prinz Llewellyen auch.«

Grywwyns Blick irrte unstet zwischen ihm und Llewellyen hin und her, als müsse er sich noch einmal davon überzeugen, dass auch wirklich sie es waren, die er vor sich hatte. Seine Lippen zitterten, aber er brachte keinen Laut hervor. »Du bist in Sicherheit«, sagte Chris noch einmal. »Die Milesier sind fort.«

»Fort?« Grywwyns Blick flackerte. »Sie sind ... nicht mehr da?«

Chris schüttelte den Kopf. »Wir haben das ganze Haus durchsucht«, sagte er. »Es ist niemand hier. Nur wir.«

»Und du«, fügte Llewellyen hinzu. »Was ist hier passiert?« Chris sah ihn verärgert an, denn sein Ton war alles andere als freundlich gewesen. Aber Grywwyn antwortete trotzdem: »Sie haben alle getötet, Prinz Llewellyen. Gestern Abend schon. Sie ... sie haben sie alle umgebracht. Ich bin der einzige, der entkommen konnte. Ich hatte Angst. Ich ... ich habe mich versteckt.« Plötzlich begann seine Stimme zu zittern, wurde schrill. »Ich weiß, dass ... dass ich hätte kämpfen müssen. Aber ich war feige. Ich ... ich hatte solche Angst, und –«

»Du hast richtig gehandelt«, unterbrach ihn Chris. »Was hättest du schon tun können, außer dich auch noch umbringen lassen? Es war richtig, dass du dich versteckt hast. So gibt es wenigstens jemanden, der uns erzählen kann, was hier passiert ist.«

»Es waren Milesier?«, fragte Llewellyen überflüssigerweise. »Was ist geschehen? Erzähle!«

»Ja«, antwortete Grywwyn. Unsicher stand er auf. »Sie ... sie kamen gestern«, begann er. »Zuerst waren es nur zwei – ein Krieger und ein alter Mann, der den Mantel eines Druiden trug. Die Gwragedd Annwn hat lange mit ihnen gesprochen. Allein. Ich weiß nicht, worum es ging. Niemand wusste es. Aber Gwragedd Annwn war empört, als die beiden schließlich gingen.«

»Sie sind gegangen?«, fragte Chris.

Grywwyn nickte, und Llewellyen fügte, nicht einmal im Ton einer Frage, hinzu: »Aber sie sind wieder gekommen.«

»Nach Sonnenuntergang«, bestätigte der Buka. Sein graues Greisengesicht verdüsterte sich noch mehr. »Fast alle haben schon geschlafen, als die Asrai kam und Alarm schlug. Sie kamen auf Schiffen – vier oder fünf große Segelschiffe voller Krieger. Hunderte. Gwragedd Annwns Schwestern und die Merrows haben versucht, sie aufzuhalten, bevor sie den Strand erreichten, aber sie hatten keine Chance. Sie … sie haben die Stadt im See angegriffen und alles gerötet, was sich ihnen in den Weg stellte. Die Merrows haben gekämpft, wie ich selten jemanden habe kämpfen sehen. Sie haben eines der Schiffe versenkt, glaube ich, aber am Schluss wurden sie doch alle getötet. Und dann sind sie hierher gekommen.«

»Aber wie ist das möglich?«, fragte Llewellyen ungläubig. »Gwragedd Annwns Magie –«

»Hat sie nicht aufhalten können«, sagte der Buka bitter. »Oh, sie hat sich verzweifelt gewehrt, aber sie hatten einen eigenen Zauberer. Einen, der am Schluss stärker war als Gwragedd Annwn. Und nachdem der Schutzzauber gebrochen war, den sie um den Turm gewoben hatte, kamen die Krieger und machten alles nieder.«

»Der Druide«, murmelte Llewellyen düster. Er sah Chris an. »Du weißt, wer es war.«

»Und Gwragedd Annwn?«, fragte Chris, »Haben sie sie auch …?«

Grywwyn deutete auf die Tür, hinter der er sich verborgen gehalten hatte. »Sie ist dort drinnen«, sagte er mit leiser Stimme.

Mit klopfendem Herzen wandte sich Chris um und trat durch die Tür.

Er erkannte die Kammer erst jetzt wieder. Es war der Raum, in dem er selbst geschlafen hatte, als er Gwragedd Annwns Gast gewesen war, und vielleicht machte das alles noch schlimmer, als es ohnehin war.

Gwragedd Annwn lag ausgestreckt auf dem Bett, unter

einer dünnen, halb durchsichtigen Decke aus weißer Seide, und sie sah aus, als schliefe sie nur. Auf ihrem Gesicht lag ein sonderbar friedlicher Ausdruck, und jemand – wahrscheinlich Grywwyn – hatte einen Blütenkranz in ihr Haar geflochten: ein Anblick, der rührend in seiner Hilflosigkeit wirkte und Chris die Tränen in die Augen trieb.

Neben der toten Herrin der Tir Nan Og lag eine zweite, winzigkleine Gestalt: die Asrai, die geflügelte Elfe, die Gwragedd Annwn als Botin gedient hatte. Sie war nicht so friedlich gestorben wie ihre Herrin: Ihre hauchzarten Flügel waren geknickt und zerfetzt, und in ihrem kaum handgroßen Körper wirkte die an sich kleine Wunde, die ein Milesier-Pfeil gerissen hatte, wie eine furchtbare Verletzung.

»Sogar sie«, murmelte Llewellyen, der lautlos neben ihn getreten war. »Nicht einmal die Asrai haben sie verschont. Diese Wesen können doch niemandem etwas zu leide tun!«

»Wer ... hat das getan?«, fragte Chris stockend. »Der Druide?«

»Nein«, antwortete Grywwyn. »Die Krieger waren allein. Er hat sie mit Hilfe seiner Zauberkräfte hierhergeschafft, aber er selbst kam erst wieder, als alles vorüber war.«

Chris schauderte. Gwragedd Annwn hatte ihm doch selbst erzählt, dass es nur zwei Wege zur Tir Nan Og gab: durch das Tor im Fels und mit Prydwynn. Über welch ungeheure Macht musste dieser Druide verfügen!

»Hast du sie hier heraufgeschafft?«, fragte Llewellyen.

Grywwyn schüttelte heftig den Kopf und sah plötzlich wieder so zornig und verbittert aus wie zu Anfang. »Nein«, sagte er. »Es war der Tuatha de Dannan, der –«

»Wer?« Llewellyen fuhr wie von der Tarantel gestochen herum und starrte den Buka an.

»Der Tuatha de Dannan«, antwortete Grywwyn. »Es war ein Tuatha de Dannan bei ihnen, habe ich das noch nicht erzählt?«

»Unmöglich!«, behauptete Llewellyen. »Du musst dich täuschen, Grywwyn. Das ist –«

»Ich erkenne einen Tuatha de Dannan, wenn ich ihn sehe, Llewellyen«, unterbrach ihn Grywwyn bitter. »Und es war einer, wenn ich je einen Halbling erblickt habe. Ich bin ganz sicher.«

»Tuatha de Dannan?«, wiederholte Llewellyen fassungslos. »Aber das ist … das ist vollkommen ausgeschlossen!«

»Draußen im Wald liegen einige tote Tuatha de Dannan«, sagte Chris leise. »Wir dachten, sie wären von den Milesiern getötet worden, aber –«

»Sie waren dabei«, sagte Grywwyn noch einmal. Sein Gesicht verzerrte sich zur Grimasse, und er ballte die dürren Hände zu Fäusten. »Nicht beim Sturm auf das Haus, aber vorher. Ich habe sie nicht selbst gesehen, aber einige der anderen haben davon berichtet. Und sie waren die Schlimmsten, hundert Mal schlimmer als die Milesier!«

»Aber das kann nicht sein!« Llewellyen schrie fast. Chris hatte nie zuvor einen Menschen erblickt, der so entsetzt aussah wie Llewellyen in diesem Moment.

Wie zur Antwort darauf erscholl in diesem Augenblick aus dem Erdgeschoss ein helles Klirren, gefolgt von einem Schrei und dem Aufprall eines schweren Körpers. Llewellyen, Chris und der Buka fuhren im gleichen Moment herum und starrten zur Tür.

»Tethra!«, keuchte Llewellyen.

Wieder erscholl das helle Scheppern, das Chris jetzt eindeutig als Waffengeklirr identifizierte, und endlich erwachte Llewellyen aus seiner Erstarrung. Er riss sein Schwert in die Höhe und stürmte los, und Chris und der Buka folgten ihm auf dem Fuße.

Im großen Saal im Erdgeschoss tobte ein wütendes Handgemenge, als sie die Treppe erreichten. Chris sah drei oder vier Milesier, die verwundet oder tot am Boden lagen, und noch einmal mindestens doppelt so viele, die gleichzeitig auf den Sidhe eindrangen. Tethra war bis auf die untersten Treppenstufen zurückgewichen und schlug sich heldenhaft. Er führte gleich zwei Schwerter, und seine Fechtkunst war der der Milesier grenzenlos überlegen. Fast jeder seiner blitzschnellen Hiebe traf sein Ziel, und unter den Milesiern war keiner mehr, der nicht aus zahlreichen Wunden blutete. Und trotzdem war die Lage des Sidhe fast aussichtslos, wie Chris voller Schrecken begriff, denn schon die leiseste Berührung eines der eisernen Schwerter, mit denen die Milesier bewaffnet waren, musste ihn auf der Stelle töten.

»Tethra!«, schrie Llewellyen mit überschnappender Stimme. »Halt aus! Ich komme!« Immer zwei, drei Stufen auf einmal nehmend, rannte er die Treppe hinunter, und tatsächlich lösten sich zwei Milesier von ihrem Gegner, um sich dem Erinn zuzuwenden. Llewellyen rannte den einen durch das Ungestüm seines Angriffs nieder, aber der zweite Krieger wich blitzschnell aus und begann den Erinn mit einem wahren Hagel von Schwerthieben einzudecken. Schon nach ein paar Augenblicken blutete er aus zwei tiefen Schnitten in Hand und Oberarm.

Und Chris begriff, dass Llewellyen sterben würde, wenn er nichts tat, jetzt und hier, wie so viele, die er gekannt hatte, und mit einem Male war es ihm egal, dass er die Waffe in seiner Hand fürchtete. Er sah Llewellyen und Tethra in Gefahr, und in diesem Augenblick glaubte er alles noch einmal zu erleben – seine Ankunft hier, ihre verzweifelte Flucht vor den Milesiern, Machas Tod und die entsetzliche Schlacht in den Hügeln, bei denen so viele um seinetwillen gestorben waren.

Zorn packte ihn, der ihn alle Angst vergessen ließ. Mit einem gellenden Schrei sprang er über das Treppengeländer in die Tiefe, prallte hart auf und kam wieder auf die Füße. Das Schwert mit beiden Händen schwingend, drang er auf den ersten Milesier ein, der sich ihm zuwandte.

Es war, als wäre er nicht mehr Herr über sich selbst. Ohne auf die Gefahr zu achten, in der er sich befand, stürmte er auf den Milesier los, schwang die Waffe und schlug so kraftvoll zu, dass dem Milesier das Schwert aus den Händen geprellt wurde.

Aber auch ihn riss die Wucht des Hiebes von den Füßen. Beinahe gleichzeitig stürzten der Milesier und er zu Boden, und sie griffen auch nahezu im gleichen Moment nach ihren fallen gelassenen Waffen.

Aber der Milesier war vor ihm wieder auf den Beinen. Hinter den Sehschlitzen seiner schwarzen Metallmaske blitzte es triumphierend, als er mit hoch erhobenem Schwert auf Chris zusprang.

Da warf sich ein grauer Schemen von hinten auf ihn, riss ihn auf die Knie herunter und schlug mit spitzen Krallen nach seinem Gesicht. Grywwyn vermochte nicht, den Milesier zu verletzen, aber er lenkte ihn für eine Sekunde ab, und mehr Zeit brauchte Chris nicht. Blitzschnell sprang er in die Höhe, schwang sein Schwert und ließ die Klinge mit der flachen Seite gegen den Schädel des Milesiers prallen. Der Krieger stürzte wie vom Blitz getroffen nach hinten und blieb reglos liegen.

Als Chris sich schwer atmend aufrichtete, war der Kampf vorüber. Sein und Llewellyens Eingreifen hatten Tethra die Luft verschafft, die er brauchte, um sich seiner Gegner der Reihe nach zu entledigen.

Der Sidhe atmete hörbar auf. In seinem Gesicht war keine Spur von Furcht, aber auf seiner Stirn perlte Schweiß. »Ich danke euch«, sagte er, an Llewellyen und Chris gemeinsam gewandt, und dann nur zu Chris: »Und dir ganz besonders. Ohne dich wäre ich jetzt vielleicht tot. Und Llewellyen auch.«

»Aber ich habe doch gar nichts –«

»Vielleicht«, unterbrach ihn Llewellyen, »sollten wir später in Ruhe darüber diskutieren, wer wem das Leben gerettet hat und in welcher Reihenfolge. Wir müssen weg hier. Wo ein Milesier ist, sind auch die anderen nicht weit.«

»Wo sind eure Krieger?«, fragte Grywwyn.

»Krieger?« Tethra runzelte die Stirn. »Was für Krieger?«

»Ihr wollt doch nicht sagen, dass ihr allein gekommen seid?«, kreischte Grywwyn. »Es sind Hunderte von Milesiern hier! Wenn nicht Tausende!«

»Ein Grund mehr, möglichst schnell zu verschwinden«, sagte Llewellyen.

Tethra rührte sich nicht von der Stelle. »Ich fürchte, dazu ist es zu spät«, sagte er. Er deutete mit dem Schwert zur Tür. Unter dem sonnenerfüllten Rechteck war die Gestalt eines riesenhaften Milesiers erschienen. Und obwohl sich sein Gesicht ebenso hinter einer eisernen Maske verbarg wie die seiner Krieger, erkannte Chris ihn sofort.

»Cochran!«, flüsterte er entsetzt.

»Ganz recht«, antwortete der Milesier. »Es ehrt mich, dass du dich noch an mich erinnerst.« Er starrte Chris böse an, dann trat er vollends in den Saal hinein und wandte sich an Tethra. Hinter ihm quollen mehr und mehr Milesier in den Turm. Draußen vor der Tür musste eine ganze Armee aufmarschiert sein, dachte Chris schaudernd, während sie hier drinnen um ihr Leben gekämpft hatten.

»Und du, Sidhe«, fuhr Cochran mit einer Stimme fort, die vor Verachtung troff, »leg die Waffe aus der Hand, oder du stirbst auf der Stelle.«

Tethra schwieg. Er rührte nicht einen Muskel, und auch sein Gesicht war wie Stein.

»Tu, was ich dir sage!«, verlangte Cochran finster. »Ich warne dich nicht nochmals.«

»Ihr tötet uns doch sowieso«, sagte Llewellyen trotzig. Auch er hatte sein Schwert erhoben, und auch er schien entschlossen zu sein, lieber bis zum letzten Atemzug zu kämpfen, als sich in Gefangenschaft zu begeben.

»Nein«, antwortete Cochran gleichmütig. »Jedenfalls nicht, wenn ihr uns nicht dazu zwingt.« Er deutete auf Chris. »Wir wollen nur ihn. Der Sidhe und du, ihr könnt gehen, Prinz Llewellyen. Wir wollen euren Tod nicht. Geht nach Hause und richtet deinem Vater aus, dass unser Angebot noch immer gilt.«

»Und du glaubst, ich sehe seelenruhig zu, wie ihr einen Freund umbringt?«, fragte Llewellyen höhnisch.

Cochran seufzte. »Ich gebe zu, dass es mir ein Vergnügen wäre, ihm die Kehle durchzuschneiden«, sagte er. »Immerhin hat er meinen Bruder getötet, vergiss das nicht, Prinz der Erinn. Aber ich habe Befehl, ihn lebend und unverletzt zu unserem Herrn zu bringen.«

»Lüge!«, sagte Llewellyen. »Wann hätte es je einen Milesier gegeben, der nicht gelogen hätte?«

Cochran schwieg einen Moment. Dann schüttelte er den Kopf. »Du glaubst mir nicht«, sagte er. »Aber gut. Vielleicht glaubst du einem der Euren mehr.«

Er hob die Hand. Die Reihe schwarz gekleideter Krieger,

die hinter ihm Aufstellung genommen hatten, teilte sich, und eine hoch gewachsene, ganz in Silber gekleidete Gestalt trat neben den Milesier.

Und diesmal konnte nicht einmal Tethra seine Überraschung unterdrücken. Die Augen des Sidhe weiteten sich vor Entsetzen, als er das Gesicht unter dem silbernen Helm erkannte.

»Ortak!«, keuchte Llewellyen. »Du?«

Der Tuatha de Dannan antwortete nicht. In seinem Blick war keine Feindseligkeit, als er Llewellyen, Tethra und Chris der Reihe nach ansah, sondern eher so etwas wie Trauer, gemischt mit einem Ausdruck, den Chris nicht zu deuten vermochte. Schließlich, nach einer Ewigkeit, wie es Chris vorkam, nickte er.

»Ja, Prinz Llewellyen«, sagte er. »Du täuschst dich nicht.«

»Dann hast … du uns verraten?«, sagte Chris stockend. »Du hast … hast all dies hier getan?«

Ortak fuhr herum. »Nein!«, sagte er heftig. »Das habe ich nicht! Wofür hältst du mich? Wenn es einen gibt, der die Schuld an dem hier trägt, dann höchstens dich!«

»Warum, Ortak?«, murmelte Llewellyen.

Der Tuatha de Dannan starrte Chris noch einen Moment lang böse an, dann wandte er sich wieder an Llewellyen. »Weil wir leben wollen«, antwortete er. »Und weil es keine andere Wahl mehr für uns gibt, jetzt, nachdem dein närrischer Freund sich entschieden hat, Erinn den Milesiern zu schenken.«

»Leben?« Llewellyen lachte schrill. »Als Sklaven der Milesier?«

»Als ihre Verbündeten«, sagte Ortak. Er hob zornig die Hand, als Llewellyen widersprechen wollte. »Genug jetzt! Du hast die Wahl, uns als Gefangener zu begleiten oder wieder an Bord Prydwynns zu gehen und deinem Vater Cochrans Botschaft zu übermitteln. Und das Gleiche gilt für dich.«

Die letzten Worte galten Tethra, der nicht darauf reagierte, sondern den Tuatha de Dannan nur stumm anstarrte. Schließlich trat der Tuatha de Dannan einen Schritt zurück und machte eine befehlende Handbewegung. Die Reihe der

Milesier teilte sich wieder, und unter der Tür erschien mehr als ein Dutzend von Ortaks eigenen Kriegern, silbergekleidete Tuatha de Dannan, die wie lichte Feengestalten zwischen den dunklen Fellmänteln der Milesier wirkten.

Ortak deutete befehlend auf Chris. »Du!«, sagte er. »Leg das Schwert fort und komm hierher.«

Chris gehorchte. Zögernd legte er die Waffe zu Boden und trat auf den Tuatha de Dannan zu, blieb aber drei Schritte vor ihm wieder stehen.

»Du brauchst dich nicht zu fürchten«, sagte Ortak. »Dein Leben ist nicht in Gefahr. Niemand wird dir etwas tun – das war die Bedingung, unter der ich zustimmte, bei eurer Gefangennahme zu helfen.«

»Wie lange wusstest du es schon?«, fragte Chris mit einem Mut, der ihn selbst überraschte. »Wie lange hast du diesen Verrat schon geplant? Erst seit gestern? Oder schon als Cochran uns durch die Wälder gejagt hat?«

»Schweig!«, herrschte ihn der Tuatha de Dannan an. »Du hast mir keine Vorwürfe zu machen. Du wolltest es nicht anders! Gestern Abend, als ich mit dir sprach, da stand ich noch auf Erinns Seite. Ich wollte dich überzeugen, aber du hast ja nicht einmal zugehört.« Er ballte zornig die Faust. »Entsetzt dich das, was du siehst? Erschreckt dich der Tod, du Narr? Aber das ist es doch, was du wolltest!«

»Das ist nicht wahr!«, sagte Chris.

»Nein?« Ortak presste die Lippen aufeinander. »O nein, natürlich nicht«, sagte er. »Du wolltest uns nur nicht helfen, weil du Angst vor dem Drachen hast, ich weiß. Was kümmert dich unser Krieg. Du wirst gehen und uns mit den Milesiern allein lassen, und was dann geschieht, geht dich nichts mehr an. Das hier ist es, was geschehen wird! Was seit Jahren in Erinn geschieht! Sieh es dir an, und dann sag mir noch einmal, dass es besser ist als das, was wir von dir verlangten!«

Er packte Chris grob am Arm, drehte ihn herum und zwang ihn, noch einmal die Toten anzusehen, die auf dem Boden lagen. Dann versetzte er ihm einen Stoß, der ihn fast zu Boden warf. »Du weißt ja nicht einmal, wovon du redest!«

»Ich glaube, der Knabe weiß es besser als du, Ortak«, sagte Tethra ruhig. Es waren die ersten Worte, die er sprach, seit die Milesier und dann der Tuatha de Dannan hereingekommen waren. »Er spricht von etwas, das du vergessen zu haben scheinst. Von Treue!«

»Ich war treu!«, verteidigte sich Ortak. Auf seinem Gesicht rangen Trotz und respektvolle Furcht vor dem Sidhe miteinander. »Du weißt, dass ich Fuavarras treuester Anhänger war!«

»Und trotzdem verrätst du ihn?«

»Ich wollte es nicht!«, sagte Ortak. »Aber wir haben keine andere Wahl, begreif das doch! Der Herr der Milesier hat schon vor langer Zeit mit mir geredet, und immer wieder habe ich seine Angebote ausgeschlagen, bis zum letzten Moment. Aber nun bleibt mir keine Wahl. Und euch auch nicht.«

»Lieber sterbe ich, ehe ich meine Freunde verrate!«, sagte Llewellyen aufgebracht.

»Genug geredet!«, mischte sich Cochran ein. »Wir haben nicht alle Zeit der Welt. Die Schiffe warten. Meine Krieger fürchten diesen Ort.« Er deutete auf Llewellyen und den Sidhe »Was geschieht mit denen? Lässt du sie gehen, oder soll ich sie binden lassen?«

»Das liegt bei ihnen«, antwortete Ortak. Er sah Llewellyen an. »Du kannst gehen, sobald du deine Waffe niedergelegt hast.«

Llewellyen schürzte trotzig die Lippen und hob das Schwert. »Komm her und hol es dir, Verräter!«, sagte er.

Ortaks Blick suchte den Tethras. »Tethra?«

Der Sidhe schwieg. Aber auch er senkte das Schwert nicht. Chris begriff plötzlich, dass Llewellyens Worte keine leeren Reden gewesen waren – die beiden würden eher sterben, als sich zu ergeben. Aber das durfte nicht geschehen.

Chris trat einen halben Schritt auf Ortak zu und begann nervös an seinem Gürtel herumzuzupfen, dann senkte er die Hand in den kleinen Lederbeutel, der daran hing. Seine Finger tasteten blind herum und fanden schließlich, wonach sie suchten. Ortaks Blicke folgten der Bewegung misstrauisch, aber dann wandte sich der Tuatha de Dannan wieder an Cochran.

»Meine Männer und ich bringen den Knaben an Bord des Schiffes«, sagte er. »Ihr wartet hier. Bewacht die beiden so lange, bis wir abgelegt haben. Und du haftest mir mit deinem Leben dafür, dass ihnen nichts geschieht.«

»Solange sie nicht versuchen zu fliehen«, sagte Cochran.

Ortak nickte. »Solange sie nicht versuchen zu fliehen«, wiederholte er. Dann wandte er sich an Chris. »Und du wirst jetzt –«

Chris sprang ihn an. Die Bewegung kam so unvermittelt und schnell, dass Ortak nicht einmal Zeit fand, einen Schreckensruf auszustoßen, ehe Chris ihn zu Boden gerissen hatte. Zwei, drei Tuatha de Dannan stürzten herbei und streckten die Arme aus, um Chris von ihrem Herrn herunterzureißen, und Cochrans Milesier richteten ihre Waffen drohend auf Llewellyen und Tethra.

»Zurück!«, schrie Chris. »Keinen Schritt weiter, oder ich töte ihn!«

Die Tuatha de Dannan erstarrten mitten in der Bewegung. Die Waffe, die Chris Ortak gegen die Kehle presste, war nichts als ein lächerliches Messerchen, dessen Klinge kaum scharf genug war, einen Menschen ernsthaft zu verletzen, aber es war auch nicht ihre Schärfe, die Ortak plötzlich gellend aufschreien ließ.

»Zurück!«, schrie er. »Zurück, ihr Narren! Tut, was er sagt!« Die beiden Tuatha de Dannan wirkten unschlüssig, als begriffen sie nicht, was Chris überhaupt tat.

»Ihr solltet besser auf Ortak hören«, sagte Llewellyen ruhig. Er deutete auf Chris und lächelte böse. »Sein Messer ist aus Eisen, wisst ihr?«

Die beiden Krieger wichen mit einem entsetzten Keuchen zurück.

Ortak stöhnte, obwohl ihn das Messer kaum berührte. In seinen Augen flackerte Todesangst. »Tu es weg!«, sagte er. »Ich bitte dich, nimm es weg. Es … tut weh.«

Chris schüttelte den Kopf. »Nicht, bevor wir hier heraus sind«, sagte er entschlossen. »Du wirst uns gehen lassen, alle vier. Schick deine Krieger weg!« Er verstärkte den Druck der Messerklinge, als Ortak nicht sofort reagierte, und wieder stöhnte der Tuatha de Dannan vor Schmerz, obwohl die Waffe bisher nicht einmal seine Haut geritzt hatte.

»Tut, was er verlangt!«, sagte er. »In Oberons Namen – schnell!«

Die Tuatha de Dannan gehorchten. Cochrans Milesier nicht. Während die silbergekleideten Krieger hastig zurückwichen, rührten sich die in schwarze Felle gehüllten Gestalten nicht von der Stelle.

»Ruf sie zurück!«, verlangte Chris.

»Das kann er gar nicht, du Narr«, sagte Cochran höhnisch. Er lachte schadenfroh, kam ein paar Schritte näher und blickte auf Chris und den Tuatha de Dannan herunter, der hilflos vor ihm auf dem Boden lag. »Eine interessante Situation, nicht wahr? Du kannst ihn umbringen, aber dann lasse ich deine Freunde töten, vor deinen Augen. Wie würde dir das gefallen?«

Chris starrte hilflos von ihm zu Ortak und wieder zurück. Verzweiflung machte sich in ihm breit. Das Messer begann in seiner Hand zu zittern, und wieder stöhnte Ortak vor Schmerz, als die Klinge seine Haut berührte.

»Lass das Messer fallen!«, verlangte Cochran. »Oder sie sterben. Ich fange mit dem Buka an, dann kommt der Sidhe, und als Letzter stirbt dein Freund!«

Chris sah eine Bewegung hinter dem Milesier, dann das Blitzen von Silber unter der Tür, und eine verzweifelte Idee schoss ihm durch den Kopf. Mit einer plötzlichen Bewegung stand er auf und riss Ortak mit sich in die Höhe. »Du wirst niemandem etwas tun, Cochran!«, sagte er. »Es ist mir egal, wenn du mich tötest, aber vorher stirbt der Tuatha de Dannan, mein Wort darauf.«

Cochran blinzelte irritiert. Er schien nicht ganz zu begreifen, was Chris mit seinen Worten erreichen wollte – und als er es tat, war es zu spät. Gleich drei Tuatha de Dannan sprangen auf ihn zu, packten ihn an beiden Armen und zwangen ihn auf die Knie. Das Schwert des dritten Tuatha de Dannan bohrte sich so derb zwischen seine Schulterblätter, dass der

Milesier vor Schmerz aufstöhnte. Und auch die anderen Tuatha de Dannan zogen plötzlich ihre Waffen und bildeten so einen lebenden Schutzwall zwischen ihm und Ortak und den übrigen Milesiern.

»Keine Bewegung mehr!«, sagte Chris drohend. »Hört ihr, Milesier? Noch einen Schritt, und euer Herr stirbt!« An Cochran gewandt, fügte er hinzu: »Ich meine es ernst, Cochran.«

Das Gesicht des Milesiers verzerrte sich vor Hass. Er versuchte mit aller Kraft, sich aus dem Griff der beiden Tuatha de Dannan zu befreien, und Chris sah, wie schwer es den Halbelfen fiel, ihn zu halten. »Damit kommst du nicht durch!«, schrie Cochran. »Du stirbst, ehe du einen Schritt getan hast!«

»Vielleicht«, sagte Chris kalt. »Aber vorher töte ich Ortak, das schwöre ich. Und wenn ihm etwas passiert, töten seine Krieger dich.«

Cochran starrte ihn böse an und schwieg.

Chris lockerte den Druck der Messerklinge gegen Ortaks Kehle ein wenig, zog die Waffe aber nicht ganz zurück. »Wir werden jetzt gehen«, fuhr er fort, noch immer mit erhobener Stimme und an Ortaks Tuatha de Dannan gewandt. »Eurem Herrn geschieht nichts, solange wir nicht verfolgt werden. Ihr habt mein Wort und das Tethras darauf. Aber ich schwöre euch, dass ihr nur noch seine Leiche nach Hause bringt, wenn ich auch nur einen Milesier sehe, ehe wir die Küste erreicht haben!«

»Dafür bezahlst du!«, stöhnte Cochran. »Ich werde dich jagen –«

»– bis ans Ende der Welt, wenn es sein muss«, unterbrach ihn Chris spöttisch. »Ich weiß. Aber bevor du damit anfängst, solltest du beten, dass deine Männer keinen Fehler machen, der dich den Kopf kostet.«

Ganz langsam bewegte er sich auf die Tür zu. Sein Herz hämmerte, als wollte es zerspringen, und er hatte entsetzliche Angst, selbst dann noch, als Llewellyen, Grywwyn und der Sidhe neben ihn traten.

Die Milesier wichen zögernd zur Seite, um ihnen den Weg

freizugeben. Als sie den Turm verließen, sah Chris, dass auch draußen Männer in schwarzen Mänteln standen, und es waren entsetzlich viele. Der kurze Weg über die Lichtung wurde zu einem Spießrutenlauf mitten durch das milesische Heer, bei dem Chris jede Sekunde damit rechnete, angesprungen und niedergeschlagen zu werden.

Aber das Wunder geschah – sie erreichten unbehelligt den Wald, und nachdem sie einige Schritte weit ins Unterholz vorgedrungen waren, konnte er endlich das Messer sinken lassen. Sofort packte Tethra Ortaks Arm und hielt ihn, während Llewellyen Chris das Messer aus der Hand nahm und die Klinge drohend zwischen seine Schulterblätter stieß. Die silberne Rüstung des Tuatha de Dannan bewahrte ihn vor der unmittelbaren Berührung der Waffe, aber er schien das tödliche Eisen selbst durch den Panzer hindurch zu fühlen, denn er stöhnte erneut vor Schmerz.

»Schnell jetzt!«, befahl Tethra. »Zum Schiff! Lauft! Cochran wird sich bestimmt nicht lange aufhalten lassen!«

Sie rannten los, so schnell sie es mit ihrem Gefangenen konnten. Hatten sie für den Weg hierher gut zehn Minuten gebraucht, so erreichten sie den Strand jetzt in weniger als der halben Zeit, aber auch sie kam Chris vor wie eine Ewigkeit.

Llewellyen, Grywwyn und er stürmten direkt die Laufplanke empor, die zu Prydwynns Deck hinaufführte, aber Tethra blieb unten am Strand stehen. Er ließ Ortaks Arm fahren und versetzte ihm einen Stoß, der den Tuatha de Dannan hilflos auf die Knie herabfallen ließ. Dann hob er das Schwert. Ortak sah auf. In seinen Augen loderte Todesangst, aber er rührte sich nicht.

Tethra schlug nicht zu. Stattdessen senkte er ganz langsam das Schwert, bis seine Spitze Ortaks Gesicht berührte. »Ich sollte dich töten«, sagte er. »Aber ich tue es nicht. Ich verdamme dich, Ortak. Du bist nicht länger Hochkönig von Erinn. Du bist verfemt für alle Zeiten. Ich, Tethra, erkläre dich für vogelfrei!« Und damit fügte er dem Tuatha de Dannan einen tiefen, blutigen Schnitt quer über die linke Wange zu.

Ortak schrie auf und presste beide Hände gegen das blutende Gesicht.

Tethra starrte mitleidlos auf ihn herab. »Du hast dein Leben und deine Ehre verwirkt, Ortak!«, sagte der Sidhe. »Setzt du auch nur einen Fuß auf den Boden Erinns, so hat jedermann das Recht, mit dir zu tun, was er will. Und trittst du mir noch einmal unter die Augen, so töte ich dich ohne Gnade!« Chris sah nervös zum Waldrand hinüber. Bewegte sich da nicht etwas? »Tethra!«, rief er ungeduldig. »Beeil dich!«

Der Sidhe sah kurz auf den Tuatha de Dannan hinab, dann schob er sein Schwert in den Gürtel zurück und rannte mit weit ausgreifenden Schritten die Planke hinauf. Prydwynn begann zu zittern und legte vom Ufer ab, kaum dass Tethra an Bord war.

Und keine Sekunde zu früh! Chris hatte sich nicht getäuscht – aus den Schatten im Wald wurden Krieger in schwarzen Mänteln, die von einem brüllenden Riesen angeführt wurden, dessen Brustpanzer rot von Blut war und der ein gewaltiges Schwert schwenkte. Es mussten mehr als zweihundert Milesier sein, die in einer breiten Front aus dem Wald herausbrachen und auf das Schiff zuhielten.

Aber sie waren nicht schnell genug. Prydwynn begann sich auf der Stelle zu drehen, und die Milesier, die ins seichte Wasser des Ufers rannten und an seinen Flanken hinaufzuklettern versuchten, fanden an den polierten Goldplatten keinen Halt und stürzten hilflos zurück.

»Bei Oberon, das war knapp«, seufzte Llewellyen. Er fuhr sich mit der Hand durch das schweißnasse rote Haar und sah Chris mit einer Mischung aus Bewunderung und Staunen an. »Du hast uns alle gerettet, weißt du das?«, sagte er. »Was ist mit dir passiert? Vor einer Stunde wusstest du noch nicht einmal, wie man ein Schwert hält.«

Chris antwortete nicht, aber Tethra sagte: »Er ist erwachsen geworden, Prinz Llewellyen. Er hat begriffen, dass es Momente gibt, in denen man sich wehren muss.«

»Vielleicht«, sagte Chris leise. Er funkelte Llewellyen an »Aber ich habe noch etwas begriffen. Ihr habt mich belogen. Alle.«

Llewellyen blinzelte verwirrt. »Was … meinst du?«

»Was hat Cochran gemeint, als er sagte, sein Angebot gilt noch immer?«, fragte Chris. »Ihr habt mir erzählt, dass es unmöglich war, mit den Milesiern zu verhandeln, Fuavarra selbst hat gesagt, dass –«

Er sah die Bewegung im letzten Moment und nur aus den Augenwinkeln. Llewellyens Worte hatten ihn abgelenkt, und für einen winzigen Augenblick hatte er nicht mehr auf Cochran geachtet, der wie alle seine Krieger hinter Prydwynn hergestürmt war, bis er bis an die Hüften im Wasser stand. Aber er gab noch immer nicht auf. Seine Hand zerrte einen Dolch aus dem Gürtel und schleuderte ihn mit aller Kraft. Chris wollte beiseite springen, aber er stand da wie gelähmt.

Die Zeit schien stehen zu bleiben. Ihm war, als flöge der Dolch zehnmal langsamer auf ihn zu, fast schwebend, wie von unsichtbaren Drähten gehalten, aber mit furchtbarer Präzision. Wie in Zeitlupe sah er, wie die Waffe auf ihn zukam, sah, wie sich Llewellyens Mund zu einem stummen Entsetzensschrei verzerrte – und der Erinn sich mit weit ausgebreiteten Armen vor ihn warf.

Der Dolch traf Llewellyens Rücken und warf ihn mit solcher Wucht gegen Chris, dass sie beide zu Boden geschleudert wurden.

Chris schrie auf. Verzweifelt wälzte er sich herum, beugte sich über Llewellyen und erstarrte, als er den Messergriff sah, der genau zwischen Llewellyens Schulterblättern hervorragte. Das weiße Gewand des Erinn begann sich rasch blutrot zu färben. Llewellyen stöhnte, und seine Hände krallten sich hilflos in das Deck.

»Llewellyen«, schrie Chris. »Llewellyen, nein! Du darfst nicht sterben! Nicht –« Er wollte nach dem Messer greifen, aber Tethra schlug seine Hand zur Seite und stieß ihn zurück. Sofort wollte er wieder aufspringen, aber diesmal war es Grywwyn, der ihn mit erstaunlicher Kraft zurückriss.

»Nicht!«, sagte er. »Du kannst ihm nicht helfen! Wenn es einer kann, dann Tethra.«

Chris fiel zur Seite, verbarg das Gesicht zwischen den Armen und begann hilflos zu schluchzen. Schließlich versiegten seine Tränen, und seine Verzweiflung wich einer Leere und Mutlosigkeit, die beinahe noch schlimmer war. Langsam richtete er sich auf und sah zu Tethra hinüber, der behutsam versuchte, den Dolch aus der Wunde zu ziehen. Llewellyen hatte das Bewusstsein verloren, und die Blutlache unter ihm wurde immer größer.

»Wird er leben?«, fragte Chris.

Tethra antwortete nicht. Seine Hände hielten den blutigen Dolch, den er aus Llewellyens Rücken gezogen hatte. Chris starrte ihn einen Moment lang an, dann stand er auf und trat an die Reling. Prydwynn steuerte das jenseitige Ufer an. Er konnte bereits den Wasserfall sehen, hinter dem sich das Tor im Fels verbarg.

»Wohin fahren wir?«, fragte er leise.

»Zum Tor«, antwortete der Sidhe. »Hab keine Sorge. Prydwynn ist viel schneller als ihre Schiffe. Du bist längst in Sicherheit, ehe sie es erreichen.«

Chris schüttelte den Kopf. »Ändert den Kurs«, sagte er.

»Den Kurs ändern?« Tethra sah ihn fragend an.

»Ich kann noch nicht nach Hause«, sagte Chris. Er zögerte, ehe er fortfuhr: »Als wir in den Hügeln waren, Tethra, da hat Macha in Gedanken mit den anderen Sidhe gesprochen, über viele Meilen hinweg. Kannst du das auch?«

Der Sidhe nickte.

»Könntest du von hier aus mit Fuavarra sprechen?«

»Ja«, antwortete Tethra. »Wenn ich mich konzentriere und all meine Kraft aufwende.«

»Dann tu es«, verlangte Chris. Er blickte auf Llewellyen hinunter, der sterbend in seinem Blut lag, und überlegte, ob er noch abwarten sollte. Aber dann begriff er, dass es für seine Entscheidung gar keine Rolle mehr spielte, ob er lebte oder nicht.

»Tu es«, sagte er noch einmal. »Sprich mit Fuavarra und sage ihm, dass er mit seinen Druiden nach Tintagel kommen soll.«

»Und warum?«

Chris drehte sich herum und blickte zurück zur Tir Nan

Og. Die Insel war schon fast in der Ferne verschwunden, so schnell war Prydwynn geworden, aber das änderte nichts daran, dass er sich noch immer einbildete, die Armee schwarz gekleideter Männer an ihrem Strand sehen zu können.

»Sage ihm, dass ich ihn erwarte. Er soll ein Schiff mitbringen und Krieger, die mich zur Mag Mor Drag begleiten, Tethra. Ich werde den Drachen holen.«

Der Aufbruch

Einen Tag und zwei Nächte rang Llewellyen mit dem Tod, und Chris wich während der ganzen Zeit keine Minute von seinem Lager. Er aß nicht, trank nicht, schlief nicht, sondern saß einfach nur da und blickte das bleiche Gesicht des Erinn an. Er konnte sich hinterher nicht mehr erinnern, was er in diesen beiden Tagen gedacht und gefühlt hatte; aber es waren keine guten Gedanken und Gefühle gewesen.

An seinem Entschluss, die Reise zur Mag Mor Drag zu unternehmen, änderten sie nichts. Im Gegenteil.

Als sie Tintagel erreichten, war er selbst dem Zusammenbruch nahe. Chris beobachtete durch das kleine Fenster in Llewellyens Kajüte, wie sich ein halbes Dutzend mächtiger Segelschiffe Prydwynn näherte und ihm Geleit gab, noch bevor die Küste in Sichtweite kam, und eines davon war fast so groß und prachtvoll wie das Zauberschiff. Fuavarra selbst kam an Bord, begleitet von Llewellyens Vater und fünf seiner größten Druiden, die sich des verwundeten Prinzen annahmen. Und endlich, jetzt erst, da er wusste, dass alles nur Menschenmögliche für Llewellyen getan werden würde, gestattete sich Chris, seiner eigenen Schwäche nachzugeben. Er schlief ein, noch ehe er die Kraft fand, sich von seinem Stuhl zu erheben und in sein Bett zu wanken, und es war wieder Morgen, als er erwachte; noch immer müde und mit schmerzenden Gliedern und noch immer voller Bitterkeit und Zorn. Er erinnerte sich, einen Traum gehabt zu haben. Er wusste nicht mehr, worum es darin gegangen war, aber es waren Milesier darin vorgekommen und ein Drache und Llewellyen, der wieder und wieder in seinen Armen starb, um ihm das Leben zu retten; so wie das Einhorn im Wald der Schatten.

Unsicher setzte er sich auf und sah sich um. Er war nicht mehr in seiner Kabine auf Prydwynn, sondern lag in einem prachtvollen, riesigen Bett, und er war nicht allein – Fuavarra saß auf einem Stuhl neben seinem Bett und blickte ihn an, und ohne ihn danach fragen zu müssen, wusste Chris, dass der Feenkönig schon sehr lange hier war.

»Wie geht es Llewellyen?«, fragte er.

»Er wird leben«, antwortete Fuavarra traurig. »Mit ein wenig Glück wird er leben. Aber er wird nie wieder der Alte sein.«

Chris stand auf. Jemand hatte ihn entkleidet, während er geschlafen hatte, aber er schämte sich seiner Nacktheit nicht, sondern griff ohne Hast nach den bereitgelegten Sachen und schlüpfte hinein. Es waren die Kleider eines Erinn, und diesmal war seine Ausrüstung komplett. An dem breiten Ledergürtel hingen Schwert und Dolch, und jemand hatte eine zusätzliche Schlaufe daran befestigt, an der das vertraute Gewicht der Gae bulga zerrte. Fuavarra sah schweigend zu, wie er sich anzog und seine Waffen auf ihren richtigen Sitz prüfte, aber sein Gesicht hatte einen sonderbaren Ausdruck angenommen. Er wirkte nicht zufrieden, wie Chris eigentlich erwartet hatte, sondern eher bedrückt.

»Wo sind wir?«, fragte Chris mit einer Geste auf die Kajüte, die eindeutig nicht zu Prydwynn gehörte.

»Auf Caraian, meinem eigenen Schiff«, antwortete Fuavarra. »Es ist der schnellste und stärkste Segler, den wir haben. Er wird dich sicher zur Mag Mor Drag bringen. Wenn du das wirklich willst.«

Statt sofort zu antworten, drehte sich Chris zum Fenster und sah hinaus. Er konnte das Meer erkennen und ein Stück der schwarzen Lavafelsen, auf denen Tintagel thronte, aber Caraian bewegte sich nicht. »Ich dachte, wir wären schon unterwegs«, sagte er schließlich.

Der Ausdruck von Missbilligung auf Fuavarras Zügen wurde noch stärker. »Du willst es wirklich tun?«

»Hat Tethra dir das nicht gesagt?«

»Doch«, antwortete Fuavarra. »Aber ich wollte es von dir selbst hören. Du hast deine Entscheidung schon einmal getroffen, und auch da aus voller Überzeugung.«

»Sie war falsch«, sagte Chris knapp.

»Vielleicht«, sagte Fuavarra. »Aber vielleicht ist auch falsch, was du jetzt tust. Du bist verbittert. Du bist zornig, und du kannst nichts anderes fühlen als Schmerz über das, was Llewellyen geschehen ist. Aber es ist nicht –«

»Nicht meine Schuld?«, unterbrach ihn Chris. Zornig fuhr er herum und funkelte den Sidhe an, und vielleicht zum ersten Mal hatte Chris keine Angst vor dem Feenkönig. Fuavarra antwortete nicht, und Chris fuhr im gleichen, herausfordernden Ton fort: »Das wolltest du doch sagen, oder nicht? Es ist so wenig meine Schuld wie der Tod Machas, Gwragedd Annwns oder all der anderen. Das alles hier geht mich überhaupt nichts an, nicht wahr?«

Fuavarra hob besänftigend die Hand. Er schien zu spüren, dass Chris' Zorn nicht ihm galt.

»Du bist verbittert«, sagte er noch einmal, »und ich kann das verstehen. Aber man sollte keine Entscheidung aus Erbitterung treffen. Oder aus Zorn.« Er stand auf, trat neben Chris an das Fenster und blickte eine Weile schweigend auf die still daliegende See hinaus. Er sah ihn auch nicht an, als er weitersprach: »Der Weg zur Mag Mor Drag ist weit und voller Gefahren. Und es mag sein, dass es zu spät zum Umkehren ist, wenn du es dir unterwegs noch einmal anders überlegen solltest.«

»Das werde ich ganz bestimmt nicht«, antwortete Chris leise, aber sehr bestimmt und mit fester Stimme.

Fuavarra sah ihn einen Moment lang aufmerksam an, ehe er nickte. »Dann komm. Wir haben nicht mehr viel Zeit zu verlieren.«

Sie verließen die Kabine und gingen aufs Deck des mächtigen Kriegsschiffes hinauf. Chris sah, dass es früher Morgen war; die Sonne war gerade aufgegangen und spiegelte sich rot auf dem Wasser, und über der Küste lag noch ein feiner Nebeldunst. Tintagel war weiter entfernt, als er angenommen hatte, denn die Schiffe lagen nicht in seinem Hafen, sondern eine gute Meile davon entfernt direkt unterhalb der Steilküste, in einer kleinen, natürlichen Bucht. Die Ausfahrt zum offenen Meer hin wurde von einer ganzen Flotte zwar kleinerer, aber waffenstarrender Schiffe blockiert, und auch auf den Felsen oberhalb der Schiffe gewahrte Chris das silberne Blitzen von Rüstungen. Hier und da erhob sich die Rauchfahne eines gerade gelöschten Lagerfeuers in die stille Morgenluft. Fuavarra schien den Großteil seines Heeres aufgeboten zu haben, um für seine Sicherheit zu garantieren.

Der Feenkönig führte ihn zum Bug des gewaltigen Schiffes, wo sie Tethra wiedertrafen, der in ein Gespräch mit einem halben Dutzend Tuatha de Dannan und einem Mann in einer einfachen, schwarzen Robe vertieft war. Chris hatte den schwarz Gekleideten schon auf Ross Castle gesehen – es war einer der Druiden, die Llewellyens Vater berieten –, aber seinen Namen vergessen, und er merkte ihn sich auch jetzt nicht, als Fuavarra ihn noch einmal nannte. Beim Anblick der Tuatha de Dannan zuckte er sichtbar zusammen, und die Bewegung entging den Halbelfen auch keineswegs. Chris sah, wie sich ihre Gesichter verdüsterten.

»Es gibt keinen Grund, die Tuatha de Dannan zu fürchten«, sagte Tethra hastig und warf ihm einen beschwörenden Blick zu.

»Ortaks Verrat hat uns ebenso getroffen wie euch«, fügte einer der Tuatha de Dannan hinzu. »Vielleicht härter, denn er war einer der unseren.«

Chris nickte, aber er sagte nichts. Was geschehen war, war geschehen, und Worte konnten es höchstens schlimmer machen, nicht besser.

»Er hat sich entschieden«, sagte Fuavarra, und nun wandte sich auch der Druide um und sah Chris an. Sein Blick war sorgenvoll. Die Reise zur Mag Mor Drag, begriff Chris, war nichts, was sie tun wollten, sondern etwas, von dem sie glaubten, es tun zu müssen. Aber das hieß nicht, dass es ihnen gefiel.

»Dann werden wir alles für die Abreise vorbereiten«, sagte einer der Tuatha de Dannan. »Caraian ist bereit. Wir können in einer Stunde in See stechen.«

Fuavarra sah Chris an. »Bist du einverstanden?«

»Je früher, desto besser«, sagte er.

Fuavarra nahm diese Antwort schweigend hin und machte eine Geste zu den Tuatha de Dannan, die sich wortlos entfernten, und plötzlich brach auf dem gewaltigen Schiff eine hektische Aktivität los. Die Seeleute schienen nur auf diesen Moment gewartet haben.

»Es ist Zeit, sich zu verabschieden«, sagte Fuavarra. Chris sah überrascht auf. Er hatte damit gerechnet, noch ein langes Gespräch mit Fuavarra zu führen, aber aus irgendeinem Grund schien es der Herr der Sidhe mit einem Male sehr eilig zu haben, vom Schiff – und vielleicht aus seiner Nähe? – zu kommen. Er deutete auf die Kriegsschiffe, die die Ausfahrt blockierten. »Die Flotte wird euch begleiten, bis ihr die Eisige See erreicht habt, und dort auf euch warten.« Er zögerte einen Moment, ehe er fortfuhr: »Möchtest du Llewellyen noch einmal sehen?«

Chris schüttelte den Kopf. Er hätte viel darum gegeben, den Erinn noch einmal zu sehen, aber gleichzeitig hatte er fürchterliche Angst davor. Er hatte Fuavarras Worte nicht vergessen: Er wird nie wieder der Alte sein. Und er wollte im Moment gar nicht wissen, was der Feenkönig damit gemeint hatte.

»Wenn ich zurück bin«, sagte er.

»Wenn du zurückkommst«, sagte der Druide. Chris bemerkte aus den Augenwinkeln, dass Fuavarra ihn überrascht, ja, beinahe verärgert ansah, aber der Druide fuhr unbeirrt fort: »Du weißt, dass es gefährlich ist. Schon mancher, der die Reise zu den verbotenen Inseln gewagt hat, ist nicht zurückgekehrt.«

»Ich weiß«, antwortete Chris.

»Du wirst alle Hilfe bekommen, die wir dir geben können«, sagte Fuavarra.

»Versprecht mir, euch um Llewellyen zu kümmern«, sagte Chris. »Das ist alles, was ich will.«

»Ich verspreche es«, sagte Fuavarra feierlich. Dann streckte er beide Hände aus und wartete, bis Chris die seinen hineingelegt hatte. Es war ein sonderbares Gefühl, die Haut des Sidhe zu berühren. Sie war kalt und fühlte sich glatt wie Porzellan an, und Chris verspürte ein sonderbares, nicht unbedingt angenehmes Kribbeln in den Fingerspitzen. Er war froh, dass Fuavarra seine Hände nur kurz drückte und dann rasch wieder losließ. Vielleicht war dem Feenkönig die Berührung genauso unangenehm wie Chris.

»Nimm den Dank der Völker Erinns mit auf die Reise«, sagte Fuavarra. »Du hast schon jetzt mehr für uns getan als irgendein anderer vor dir. Ganz egal, wie es ausgeht, wir werden dich nie vergessen.«

Und damit ging er. Ohne eine Antwort abzuwarten, wandte er sich um und ging quer über das Deck Caraians zu einer Laufplanke hinüber, die zu einem der anderen Boote führte. Chris sah ihm nach, bis er auf dem niedrigeren Schiff verschwunden war. Der Abschied erschien ihm seltsam, und er war – trotz seiner Ungeduld, endlich aufzubrechen – ein wenig enttäuscht. Es hätte noch so viel gegeben, was er den Sidhe fragen wollte.

Nicht nur Fuavarra ging von Bord. Auch die meisten Tuatha de Dannan und Erinn kletterten in großer Eile auf die Decks der anderen Schiffe herab, und an ihrer Stelle erschien eine große Anzahl riesiger, struppiger Gestalten mit schwarzem Fell und hässlichen Gesichtern auf dem königlichen Schiff.

»Goblins?«, wunderte sich Chris.

»Sie sind die besten Seeleute, die du dir denken kannst«, sagte Tethra. »Und sehr zuverlässig. Lass dich nicht von ihrem Aussehen täuschen.«

»Du traust den Tuatha de Dannan also doch nicht.«

Tethra antwortete nicht direkt auf diese Frage, sondern sagte: »Die Mag Mor Drag ist für die Wesen Erinns verboten. Aber du wirst Hilfe brauchen. Es sind nicht nur die Drachen, die dort leben.«

»Aber du begleitest mich?«, fragte Chris.

»Ich und Carnak hier.« Tethra deutete auf den Druiden. »So weit es uns möglich ist.«

»Und ich«, sagte eine Stimme hinter ihnen. Chris drehte sich herum und erblickte eine kleine, in graue Fetzen gehüllte Gestalt mit einem Totenkopfgesicht. Wie er selbst trug Grywwyn Schwert und Dolch eines Erinn über seinen Lumpenkleidern, was bei seiner ausgemergelten Gestalt eher komisch als beeindruckend wirkte.

»Ich habe auch eine Rechnung mit den Milesiern offen«, fuhr der Buka fort, als weder Chris noch Tethra auf sein Erscheinen reagierten.

Chris zweifelte daran, dass der kleine Kobold ihnen von großem Nutzen sein würde; im Gegenteil – wahrscheinlich würde er sich eher als Belastung erweisen, sollten sie auf Milesier stoßen. Gleichzeitig hatte er aber das Gefühl, dass er es ihm schuldig war, ihn mitzunehmen. Fragend sah er Tethra an.

Der Sidhe zuckte mit den Schultern. »Es ist deine Entscheidung.«

»Ich kann euch helfen«, sagte Grywwyn. »Ich verstehe mich aufs Kochen. Und das Verbinden von Wunden. Und wenn es irgendwo ein paar Milesier niederzuhauen gibt …« Er zerrte das Schwert aus dem Gürtel, fuchtelte wild damit herum und wäre um ein Haar auf die Nase gefallen, als ihn das Gewicht der Waffe nach vorne zerrte.

Chris unterdrückte ein Lächeln. »Gut«, sagte er. »Meinetwegen komm mit. Du kannst uns vielleicht helfen, die Zeit zu vertreiben, während der Reise.«

»Wir werden nicht sehr viel Zeit haben«, sagte Tethra ernst. »Du wirst viel lernen müssen, bis wir die Eisige See erreichen.« Sein Blick glitt an Chris' Gestalt herab und blieb auf seinem Gürtel haften. »Du trägst wieder Cuchullins Waffe«, sagte er. »Und das Schwert deines Freundes.«

Chris sah unwillkürlich auf die Waffe an seiner Seite herab. »Es ist Llewellyens Schwert«, bestätigte Tethra. »Fuavarra war der Meinung, dass es dir zustünde. Willst du lernen, damit zu kämpfen?«

Für einen Moment zögerte Chris, aber dann glaubte er noch einmal zu sehen, wie sich Llewellyen mit ausgebreiteten Armen vor ihn warf, um den Dolch, der ihm galt, mit seinem eigenen Körper abzufangen. Er nickte, legte die Hand auf den Schwertgriff und sagte laut und mit fester Stimme: »Ja, das will ich.«

»Dann werde ich es dich lehren«, sagte der Sidhe.

Eine Stunde später drehte sich Caraians goldverzierter Bug schwerfällig nach Norden, und das Schiff stach in See. Chris stand die ganze Zeit über im Bug des riesigen Schiffes, aber er sah weder das Meer noch die Flotte der Kriegsschiffe, die sie begleitete. Er dachte an Llewellyen und die Milesier, und er fühlte nichts als Schmerz und Zorn.

Die Fomoraig-Piraten

Vier Tage lang segelten sie nach Norden, und zweimal in dieser Zeit begegneten ihnen andere Schiffe – das eine Mal ein zierlicher, nur einmastiger Segler, der die mächtige Flotte mit Spiegelsignalen grüßte, ansonsten aber einen respektvollen Abstand zu dem halben Dutzend Schiffen hielt, das andere Mal ein gedrungenes, düsteres Schiff von sonderbarer Bauart, das von Dutzenden von Rudern über das Wasser getrieben wurde und dem sowohl Tethra als auch der Druide mit eindeutiger Sorge nachblickten. Chris fragte den Sidhe nach diesem Schiff, bekam aber keine Antwort, doch die Blicke, die Tethra und Carnak miteinander wechselten, sprachen eine eigene, beredte Sprache. Das schwarze Schiff gehörte eindeutig keinen Verbündeten.

Chris verbrachte fast seine ganze Zeit mit Tethra, der ihn in der Handhabung von Schwert und Schild unterwies, wie er es ihm versprochen hatte. Und er machte erstaunliche Fortschritte. Schon am zweiten Tag war er in der Lage, es im freundschaftlichen Schwertkampf mit einem Goblin aufzunehmen (solange dieser es nicht allzu ernst meinte und nur einen Bruchteil seiner ungeheuerlichen Körperkräfte einsetzte), und weitere zwei Tage später war aus dem Jungen, von dem Llewellyen vor einer Woche noch behauptet hatte, er wüsste nicht einmal, wie man ein Schwert hielt, ein ganz passabler Fechter geworden, der selbst Tethra dann und wann ein anerkennendes Nicken abnötigte.

Am Morgen des fünften Tages ihrer Reise erreichte die Flotte die Eisige See, die gleichzeitig die Grenze des von den Völkern Erinns befahrenen Ozeans darstellte, und eine Stunde später sichtete der Ausguck die ersten Verfolger.

Chris war zusammen mit Tethra in die Kajüte des Druiden gegangen, wo Carnak ihnen auf einer Karte die genaue Lage der Mag Mor Drag zeigte – so weit sie den Völkern Erinns bekannt war. Die Karte war groß – ein gutes Stück größer als der Tisch, auf dem sie lag – und auf brüchigem Pergament gezeichnet. Ihre Ränder waren ausgefranst und vergilbt, und an ihrem oberen Rand schien ein Stück zu fehlen. Chris sah, dass die Schrift längst verblichen und mehr als einmal nachgezogen worden war, von unterschiedlich kundiger Hand und mit mehr oder weniger großer Mühe. Sie zeigte ein Stück der Küste Erinns und das Meergebiet, das sie befuhren, und an ihrem oberen Rand, dort, wo die zerrissene Kante war, die Küste eines anderen, den Zeichnern der Karte offensichtlich unbekannten Landes, denn es hatte weder einen Namen, noch waren irgendwelche Einzelheiten eingezeichnet.

»Ist das die Mag Mor Drag?«, fragte er.

Carnak schüttelte den Kopf. »Nein«, sagte er bedauernd. »Wäre es so einfach, bräuchten wir deine Hilfe nicht, denn bis zu dieser Küste wird Caraian dich noch sicher bringen. Es ist das Kalte Land, von dem wir wenig mehr wissen, als dass es existiert. Die Mag Mor Drag liegt irgendwo in seinem Norden. Wo genau, weiß niemand. Aber du wirst den Weg zur Ebene der Drachen finden. So sicher, wie du den Weg zur Tir Nan Og gefunden hast.«

»Woher stammt diese Karte?«, fragte Chris, obwohl er die Antwort zu kennen glaubte.

»Aus Tintagel«, antwortete Carnak. »Viele gute Männer haben ihr Leben gelassen, um sie zu uns zu bringen, und meine Brüder und ich haben lange gebraucht, sie zu enträtseln, denn es lag ein Fluch auf ihr.«

»Ein Fluch?«

»Von den Herren Tintagels verhängt«, sagte Tethra an Carnaks Stelle. »Sie wollten wohl verhindern, dass der Weg zur Mag Mor Drag noch einmal gefunden wird.«

»Warum haben sie sie dann nicht ganz zerstört?«, wunderte sich Chris.

Carnak zuckte mit den Schultern. »Das weiß niemand. Ich glaube, sie wollten es, damals, nachdem sie den Drachen gerufen hatten.« Er lächelte, als er Chris' überraschten Blick bemerkte.

»Ich selbst habe Tintagels Bibliothek durchforscht, sehr lange und gründlich, aber diese Karte und einige wenige Aufzeichnungen sind alles, was ich über die Ebene der Drachen fand. Vielleicht hat einer ihrer Druiden geahnt, dass der Tag kommen wird, an dem nur noch der Drache Erinn retten kann. Vielleicht wurde die Karte auch einfach übersehen – es wird wohl niemand mehr erfahren, wie es wirklich war. Was zählt, ist, dass wir die Karte haben und den Weg zur Mag Mor Drag kennen.« Er deutete auf den oberen Rand der Karte. »Weiter im Norden erhebt sich eine mächtige Bergkette, über die nur ein einziger Pass führt. Was dahinter liegt, weiß niemand. Aber es heißt, dass der, der ihn wirklich sucht, den Weg zur Ebene der Drachen auch findet.«

»Wie beruhigend«, murmelte Chris. »Dann muss ich ja nur lange genug nach Norden laufen, wie?«

»Ich verstehe deinen Hohn«, sagte Carnak verletzt. »Aber es ist der einzige Weg. Niemand hat behauptet, dass es leicht sein wird.«

»Ihr habt mir nicht gesagt, dass es unmöglich ist«, antwortete Chris gereizt. Zornig wandte er sich an Tethra. »Was ist mit eurer Magie?«, fragte er. »Euer Zauber –«

»– wirkt nicht mehr jenseits der Eisigen See«, unterbrach ihn der Sidhe. »Das Kalte Land gehört nicht mehr zur Welt der Sidhe. Selbst Fuavarras Macht würde erlöschen, setzte er auch nur einen Fuß auf den Boden des Kalten Landes.«

In diesem Moment polterten draußen auf der Treppe schwere Schritte, und im nächsten Moment wurde die Tür aufgerissen, und ein Goblin stürmte herein. Tethra trat mit ihm zur Seite, und Chris sah, wie der Goblin leise, aber sehr aufgeregt auf ihn einredete. Tethra hörte einige Augenblicke lang schweigend und mit immer finsterer werdendem Gesichtsausdruck zu, dann stürmte er wortlos an ihm vorbei und rannte die Treppe zum Deck hinauf, dicht gefolgt von dem Goblin, der Mühe hatte, seine breitschultrige Gestalt durch die Tür zu quetschen, ohne wie ein Korken in einem zu engen Flaschenhals darin stecken zu bleiben. Auch Carnak wollte die Kabine verlassen, aber Chris hielt ihn mit einem raschen Griff am Arm zurück. »Milesier?«, fragte er einfach.

Der Druide riss sich los, blickte einen Moment unschlüssig auf Chris herab und schüttelte dann den Kopf.

»Nein«, antwortete er. »Ich fürchte nicht.«

Er fürchtete? dachte Chris. Was sollte denn das nun wieder heißen? »Was meinst du damit?«

»Das weiß ich noch nicht«, antwortete Carnak. »Komm mit.«

Dicht hinter dem Goblin stürmten sie die kurze Treppe zu Caraians Deck hinauf. Chris zog unwillkürlich den Kopf zwischen die Schultern, als ihm der eisige Wind ins Gesicht schlug, der während der Nacht aufgekommen war und seither immer stärker wurde. Er sah sich nach Tethra um und entdeckte ihn schließlich an einem Ort, wo er ihn am wenigsten vermutet hätte: Tethra kletterte geschickt und sehr schnell eine Strickleiter empor, die von den Wanten des mächtigen Hauptmastes herabhing.

Chris' Blick löste sich von Tethras schlanker Gestalt und glitt aufs Meer hinaus, nach Süden, in die Richtung, aus der sie gekommen waren. Eine halbe Meile hinter Caraian schwamm die kleine Flotte, die Fuavarra ihnen als Geleitschutz mitgegeben hatte. Und hinter ihr, nur als winzige schwarze Punkte zu erkennen und noch so weit entfernt, dass sie immer wieder in den Wellentälern der bewegten See verschwanden, waren andere Schiffe. Sehr viele Schiffe – acht, zehn, vielleicht ein Dutzend. Das ständige Auftauchen und Verschwinden der winzigen schwarzen Umrisse machte es unmöglich, ihre genaue Zahl zu schätzen, aber es musste sich um eine mächtige Flotte handeln, nicht nur um einen einzelnen Segler, der zufällig den gleichen Kurs lief.

»Wer ist das?«, fragte er.

Carnak zuckte nur mit den Schultern, aber auch sein Blick war gebannt nach Süden gerichtet.

Chris beschattete die Augen mit der Linken und sah wieder zu Tethra empor, der mittlerweile die oberste Rahe erreicht hatte und sich mit einer kraftvollen Bewegung in das Krähennest schwang. Er blieb sehr lange dort oben, obgleich der Platz im Grunde nicht einmal für den Goblin reichte, der den Posten des Ausgucks innehatte, und als er zurückkam, war er halb erfroren; seine Bewegungen waren steif und ungelenk und er hatte sichtlich Mühe, die Strickleiter wieder herunterzuklettern. Seine Lippen waren blau vor Kälte, als er auf dem Deck anlangte.

»Nun?«, sagte Carnak.

Tethra starrte einen Moment lang an ihm vorbei ins Leere, ehe er antwortete: »Fomoraig-Piraten. Zehn oder zwölf Schiffe.«

Carnak erbleichte. »Bist du sicher?«, fragte er.

Tethra antwortete gar nicht darauf. Seine Hand spielte nervös am Griff des Schwertes, der aus seinem Gürtel ragte, und in seinem Gesicht arbeitete es.

»Wer sind diese Fomoraig-Piraten?«, fragte Chris verstört.

»Wer sie sind?« Tethra lachte bitter. »Frage lieber, was sie sind! Ungeheuer! Die gnadenlosesten Mörder, die es jemals gegeben hat. Selbst die Milesier sind harmlos gegen sie.«

»So schlimm?«, fragte Chris.

»Schlimmer«, antwortete Carnak. Er war nicht so erregt wie Tethra, aber auch sein Gesicht hatte alle Farbe verloren. »Sie rauben und morden aus reiner Freude daran. Kaum ein Schiff, das jemals ihren Kurs gekreuzt hat, hat diese Begegnung überstanden.«

»Und sie kämpfen auf der Seite der Milesier«, vermutete Chris.

»Sie kämpfen auf überhaupt keiner Seite«, antwortete Tethra gereizt, »außer auf ihrer eigenen. Die Fomoraig-Piraten sind jedermanns Feind. Jedenfalls«, fügte er etwas leiser und mehr zu sich selbst als an Chris und Carnak gewandt hinzu, »dachte ich das bis heute.«

»Können wir ihnen entkommen?«, fragte Chris, obwohl er die Antwort darauf bereits in Tethras Augen gelesen hatte.

»Nein«, antwortete Carnak. »Sie sind schneller als wir.« Er biss sich auf die Unterlippe und blickte einen Moment lang nach Norden. »Möglicherweise können wir sie ausmanövrieren, wenn wir bis Sonnenuntergang durchhalten. Aber sie sind sehr schnell.«

»Und wenn wir gegen sie kämpfen?«

Tethra lachte schrill. »Kämpfen?«, wiederholte er. »Das wäre Selbstmord. Niemand gewinnt eine Seeschlacht gegen Fomoraig. Selbst wenn sie nur halb so viele wären, hätten wir keine Chance.«

»Bist du da so sicher?«, fragte Chris.

»Ja«, antwortete der Sidhe. »Das bin ich. Ich kenne sie, denn ich war einmal einer von ihnen.«

Chris starrte den Sidhe mit offenem Mund an, aber Tethra gab ihm keine Gelegenheit, eine weitere Frage zu stellen, sondern fuhr herum und stürmte zum Bug des Schiffes. Chris hörte ihn Befehle rufen.

»Wie hat er das gemeint?«, fragte er fassungslos.

»So, wie er es gesagt hat«, antwortete Carnak. »Er war einmal der Anführer der Fomoraig-Piraten. Manche behaupten sogar, dass er es war, der sie erschuf. Aber das ist lange her.«

»Aber wieso –«

»Er spricht nie darüber«, unterbrach ihn Carnak, »und so soll es auch bleiben. Es steht mir nicht zu, über Dinge zu reden, über die Tethra nicht reden will.«

»Auch nicht, wenn unser Leben davon abhängt?«

»Wer oder was Tethra einst war, ändert nichts«, antwortete Carnak. »Im Gegenteil – vielleicht ist sein Hiersein die einzige Chance, die wir haben. Wenn es jemanden gibt, der die Fomoraig überlisten kann, dann ihn.« Er legte Chris die Hand auf die Schulter. »Es ist kalt. Du gehst besser wieder unter Deck.«

Chris schob seine Hand unwillig beiseite, und Carnak zuckte die Schultern. »Meinetwegen bleib hier oben«, sagte er. »Aber steh nicht im Weg herum.« Wie Tethra zuvor stürmte er, ohne sich weiter um Chris zu kümmern, davon. Chris sah sich eine Weile unschlüssig um, dann lief er die kurze Treppe zum Achterkastell hinauf und ging zum Heck.

Caraians Deck begann sich rasch mit Goblins zu füllen, und während der nächsten halben Stunde, die Chris größtenteils damit verbrachte, zu frieren und sich nutzlos vorzukommen, verwandelte sich das prachtvolle Zeremonienschiff Fuavarras in eine waffenstarrende Festung – riesige, runde Metallschilde wurden überall entlang der Reling aufgestellt, und einige Goblins begannen damit, große Holzgestelle aus den Frachträumen zu hieven, die in Chris' Augen eine beunruhigende Ähnlichkeit mit archaischen Katapulten hatten, von denen er Bilder gesehen hatte. An den Masten wurden zusätzliche Segel angebracht, und dicht über der Wasseroberfläche öffneten sich kleine, runde Luken in Caraians Flanken, durch die gewaltige Ruder heraus- und ins Wasser geschoben wurden.

Sonderbarerweise wurde Caraian daraufhin langsamer. Aber es vergingen nur einige Augenblicke, bis Chris den Grund dieses scheinbaren Widerspruchs erkannte: Tethra bereitete das Schiff darauf vor, mit aller Geschwindigkeit zu fahren, nahm aber zuerst einmal Tempo weg, damit die begleitenden Kriegsschiffe aufholen und längsseit gehen konnten, immer drei nebeneinander auf jeder Seite, sodass ihre Kapitäne übersetzen und schließlich über eine Strickleiter auf das Deck des viel höheren Caraian hinaufsteigen konnten.

Tethra verhandelte nicht lange mit den Kapitänen der anderen Schiffe, aber Chris konnte sehen, dass das Gespräch sehr erregt war – der Sidhe war mehr als einmal kurz davor, einfach loszubrüllen, und er deutete immer wieder heftig gestikulierend nach Süden. Schließlich gingen die Männer wieder von Bord, und die Schiffe lösten sich eines nach dem anderen voneinander und begannen zurückzufallen. Kurz darauf nahm Caraian wieder Fahrt auf, und als sich Chris endlich von seinem Beobachtungsposten löste und wieder auf das Deck hinunterstieg, lief ein Ruck durch den Rumpf: Die Ruder waren ins Wasser getaucht worden, um dem Schiff zusätzliche Geschwindigkeit zu verleihen. Er blieb noch einmal stehen und sah nach hinten. Ihre Begleitflotte war bereits weit zurückgefallen, und die lang gezogene Kette der Piratenschiffe war näher gekommen; nicht sehr viel, aber doch genug, dass er sie jetzt bereits als Schiffe erkennen konnte, nicht nur als auf und ab hüpfende schwarze Punkte auf dem Meer.

Chris sah sich schaudernd um. Caraian schoss jetzt so rasch über das Meer, dass es eine weiße Bugwelle hinter sich herzog. Das Deck bebte und zitterte unter seinen Füßen, und die Segel hoch über seinem Kopf waren straff gespannt. Dabei war der Himmel wolkenlos und der Wind zwar eisig, aber nicht sehr stark. Als er sich wieder herumdrehte und zum Heck zurücksah, sah er Carnak dort, wo er selbst bisher gestanden hatte – hoch aufgerichtet, mit halb erhobenen Armen und sonderbar starrem Gesichtsausdruck. Offenbar kam der Wind, der Caraian plötzlich vorwärtstrieb, nicht von ungefähr …

Wie immer, wenn er das Wirken von Magie erlebte, begann Chris sich unbehaglich zu fühlen. Was der Druide dort tat, machte ihm Angst, auch wenn – oder vielleicht gerade weil – er es nicht verstand. Fröstelnd wandte er sich um und tat, was Carnak ihm geraten hatte: Er stand nicht weiter im Weg herum, sondern ging unter Deck und in seine Kabine.

Auf halbem Wege dorthin begegnete ihm Grywwyn. Der Buka sah unausgeschlafen aus, obgleich er den größten Teil der Reise schnarchend im Bett verbracht hatte, und er trug noch immer die zerfetzten Lumpen, in denen Chris ihn auf der Tir Nan Og kennen gelernt hatte. Aus müden Augen blinzelte er zu Chris empor und gähnte, ohne sich die Mühe zu machen, die Hand vor den Mund zu heben.

»Wassissnlos?«, nuschelte er verschlafen. »Kann man auf diesem Schiff nicht einmal in Ruhe ausschlafen, ohne –«

»Wir werden verfolgt«, sagte Chris ernst.

»So?«, murmelte Grywwyn, abermals gähnend und ohne die Spur von Interesse. »Von wem? Dem Milesier-Pack?«

»Fomoraig-Piraten«, antwortete Chris.

Grywwyn wurde schlagartig wach. »Was … hast du … gesagt.« krächzte er.

»Das ist der Name, den Tethra genannt hat«, antwortete Chris. »Und er muss es wissen.«

»Oh!«, sagte Grywwyn. Und dann noch einmal und sehr viel lauter und erschrockener: »Oh!« Er fuhr auf dem Absatz herum und verschwand mit drei, vier Sätzen in seiner Kajüte. Unmittelbar darauf hörte Chris ein Krachen und Scheppern, als bräche das halbe Schiff zusammen. Kopfschüttelnd folgte er dem Buka, lehnte sich gegen den Türrahmen und sah mit vor der Brust verschränkten Armen zu, wie Grywwyn in fliegender Hast seine Kleiderkiste durchwühlte und nacheinander einen Schwertgurt samt Scheide, einen zerbeulten Brustpanzer, silberne Bein- und Armschienen, einen Helm, der um mindestens drei Nummern zu groß war, einen dreieckigen Schild mit scharfen Stacheln, zwei Dolche, ein zusätzliches Schwert und zum Schluss einen riesigen Morgenstern heraussuchte. Zweimal sprach er den Buka an, aber Grywwyn hörte ihm gar nicht zu, sodass ihm keine andere Wahl blieb, als abzuwarten, bis er das Sammelsurium von Rüstungsteilen und Waffen tatsächlich angelegt hatte. Von Grywwyn selbst war danach nicht mehr viel zu sehen. Er sah ein bisschen aus wie ein wandelnder Schrotthaufen, fand Chris, und er bezweifelte, dass der Buka sich überhaupt noch bewegen konnte unter den sicherlich zwei Zentner Eisen, mit denen er beladen war.

Nun, was das anging – Grywwyn konnte. Scheppernd und rasselnd bewegte er sich auf Chris zu und fuchtelte mit Schwert und Dolch. Er kam allerdings nicht einmal bis zur Tür. Sein Fuß verhedderte sich in der Kette des Morgensternes, den er hinter sich herschleifte, und Grywwyn fiel mit einem gewaltigen Krach der Länge nach hin. Chris blickte kopfschüttelnd auf ihn herab, machte aber keine Anstalten, dem Buka beim Aufstehen behilflich zu sein.

»Vielleicht«, sagte er, »verrätst du mir, was der Unsinn soll?«

»Unsinn?« Grywwyn fuchtelte noch wilder mit dem Dolch, als stäche er auf unsichtbare Gegner ein. »Es sind Piraten draußen. Wir müssen sofort –«

»Sie sind nicht draußen«, verbesserte ihn Chris. »Sie sind

hinter uns, sicher noch zwanzig Meilen entfernt. Vielleicht auch dreißig.«

Für einen Moment hörte der Buka auf, sich wie wild zu gebärden, und blinzelte ihn durch einen Spalt seines verrutschten Helmes hindurch an.

»Du machst keine Witze, wie?«, vergewisserte er sich »Es sind wirklich Fomoraig?«

»Tethra glaubt es«, bestätigte Chris. »Und Carnak auch. Sie haben das Schiff in eine Festung verwandelt.«

»Mit Recht«, grollte Grywwyn. Er versuchte wieder aufzustehen, und diesmal half ihm Chris – vorsichtshalber, nachdem er ihm das Messer abgenommen hatte. Ächzend stellte er den Buka auf die Füße und hob den verbeulten Helm von seinem Kopf.

»Lass uns nach oben gehen!«, drängte Grywwyn. »Ich muss sie sehen. Ich muss sicher gehen, dass es wirklich Fomoraig sind!« Er wartete Chris' Antwort gar nicht ab, sondern stürmte aus der Kajüte und über die Treppe zum Deck hinauf. Seufzend folgte ihm Chris. Er war eigentlich heruntergekommen, um in Ruhe mit dem Buka zu reden – aber die bloße Erwähnung dieser sonderbaren Piraten schien zu genügen, jedermann auf diesem Schiff völlig aus dem Häuschen geraten zu lassen.

Als er hinter dem Buka aus der Tür trat, tobte ein eisiger Sturm über das Deck.

Chris zog den Kopf zwischen die Schultern und lief, geduckt und schräg gegen den so jäh aufgekommenen Sturmwind gelehnt, hinter dem Buka her. Die Masten des gewaltigen Schiffes stöhnten, und die Segel waren so straff gespannt, dass sich Chris wunderte, wie sie dem enormen Druck überhaupt noch standhielten. Das Schiff jagte nur so über das Meer. Die sechs Begleitboote waren längst außer Sicht gekommen.

Die Piraten nicht.

Schwer atmend und mit gerötetem Gesicht langte Chris neben Grywwyn an der Reling an und hob die Hand über die Augen. Kleine Eissplitter stachen wie Nadeln in seine Haut, und der Wind war so kalt, dass jedes Atemholen wehtat Und Carnaks magischer Sturm nahm immer noch an Macht zu. Chris fragte sich, wie lange Caraian das Toben der Elemente noch aushalten würde.

»Es sind Fomoraig!«, schrie Grywwyn über das Heulen der Böen hinweg. »Bei Oberon, sie sind es!«

Chris verzichtete auf eine Antwort, schon weil er bezweifelte, das Sturmgeheule überbrüllen zu können. Aus tränenden Augen sah er nach Süden.

Die Flotte der Piraten war näher gekommen – aber sie war auch kleiner geworden. Es waren jetzt nur noch sechs braunschwarze Schiffe, die hinter Caraian herjagten, mit geblähten Segeln und wie rasend arbeitenden Rudern. Sie sahen aus wie große, hässliche Käfer, die auf emsig flitzenden Beinchen über das Wasser liefen. Chris erkannte, dass sie von derselben Bauart waren wie das Boot, das vor zwei Tagen ihren Kurs gekreuzt hatte, und mit einem Male begriff er die besorgten Blicke, die Carnak und der Sidhe bei seinem Anblick getauscht hatten.

Schaudernd drehte er das Gesicht aus dem Wind und sah nach Norden. Von einer Küste war noch immer nirgendwo etwas zu sehen, und wenn Carnaks Karte auch nur halbwegs richtig war, würde sich das auch in den nächsten drei oder vier Stunden nicht ändern; trotz des Tempos, in dem das Schiff über das Wasser flog.

Dafür sah er etwas anderes: In den grünblauen Fluten schwammen kleine Eisschollen, zum Teil so dünn und durchsichtig wie Glas, zum Teil unförmige Brocken, deren scharfe Kanten verrieten, dass sie vor nicht allzu langer Zeit aus einer größeren Eismasse herausgebrochen waren. Und in der Ferne schimmerte es weiß durch den Dunst des Horizontes. Jetzt wusste er, woher dieses Meeresgebiet seinen Namen hatte.

»Was in Oberons Namen tut ihr hier?«, rief eine strenge Stimme hinter ihnen. Chris sah auf und erkannte den Druiden Carnak, der hinter ihnen erschienen war. Er wirkte erschöpft und so müde, als hätte er eine Woche lang nicht geschlafen.

»Grywwyn wollte die Piraten sehen«, sagte Chris, als der Buka keine Anstalten machte, dem Druiden zu antworten.

»Die wird er noch eher zu Gesicht bekommen, als ihm lieb ist«, sagte Carnak ärgerlich. »Geht unter Deck. Der Sturm kann noch schlimmer werden.«

Grywwyn löste sich widerstrebend von der Reling, und auch Chris machte einen Schritt, blieb aber noch einmal stehen und sah zu den Fomoraig zurück.

Carnak deutete seinen Blick richtig und lächelte beruhigend. »Keine Sorge«, sagte er. »Sie sind schneller als wir, aber nicht sehr viel. Es wird Nacht werden, ehe sie uns einholen.«

»Und dann?«

Der Druide deutete nach Norden. »Wenn die Karte stimmt, kommt später ein ganzes Labyrinth kleiner Inselchen. Mit ein wenig Glück finden wir ein Versteck. Die Dunkelheit ist unser Verbündeter. Und jetzt verschwindet, ihr beiden«, fügte er hinzu, wieder in strengerem Ton, und noch ehe Chris eine weitere Frage stellen konnte.

Diesmal gehorchten sie sofort. Sie gingen zurück in die Kabine des Buka, wo sich Grywwyn schimpfend und zeternd aus seiner zusammengestoppelten Rüstung zu schälen begann. Chris sah ihm dabei zu, ohne auch nur einen Finger zu seiner Hilfe zu rühren. Seine Gedanken waren woanders, bei den schwarzen Schiffen draußen auf dem Meer, aber auch bei der Flotte aus Erinn, die sie bisher begleitet hatte und die plötzlich verschwunden war. Und mit einem Male hatte er furchtbare Angst, dass sich Machas Schicksal wiederholen könnte, nur hundert- oder auch tausendmal schlimmer: dass Tethra die Schiffe geopfert hatte, um die Fomoraig aufzuhalten und ihnen damit einen vielleicht nur winzigen Vorsprung zu verschaffen.

Er sprach den Gedanken laut aus, aber Grywwyn schüttelte den Kopf. »Unsinn!«, behauptete er. »Du nimmst dich zu wichtig, Langnase. Tethra würde niemals sechs Schiffe samt Besatzung opfern. Nicht einmal, um sein eigenes Leben zu retten – geschweige denn deines.«

Er grinste, aber sein Blick blieb ernst, und Chris spürte, dass der Buka dies nur sagte, um ihn zu beruhigen.

»Wahrscheinlich«, fuhr Grywwyn fort, »hat er die Schiffe

weggeschickt, weil sie sowieso keine Hilfe gegen die Fomoraig wären. Sie alle zusammen wären nicht genug, einen von ihnen aufzuhalten.«

»Und wo sind dann die anderen?«, fragte Chris. »Es waren zwölf, als wir sie das erste Mal sahen.«

»Und es werden noch weniger sein, wenn sie uns einholen«, fügte Grywwyn hinzu.

Dann deutete er mit dem Kinn nach oben, zur Decke. »Was denkst du dir? Glaubst du, Oberon persönlich hat uns den Sturm geschickt, damit wir den Fomoraig entkommen? Das war Carnak, vielleicht ein bisschen mit Tethras Hilfe. Der Druide der Fomoraig muss alle Hände voll zu tun haben, schon seine halbe Flotte hinter uns herzuhetzen. Wahrscheinlich werden ihn seine Kräfte bald verlassen. Wenn sie uns einholen, sind sie höchstens noch zu zweit. Nicht«, fügte er stirnrunzelnd hinzu, »dass uns das helfen würde.«

»Caraian ist ein gewaltiges Schiff«, gab Chris zu bedenken. »Und wir haben mehr als hundert –«

»Und wenn es tausend Goblins wären«, unterbrach ihn Grywwyn, »reichten sie nicht aus. Du kannst nicht gegen Fomoraig kämpfen. Niemand kann das. Allenfalls Tethra. Aber er allein wird kaum ausreichen.«

»Tethra …«, murmelte Chris. »Ist es wahr, dass er früher selbst …«

»… ein Fomoraig war?«, sagte Grywwyn, als Chris nicht weitersprach. Er nickte. »O ja. Er war der erste und schlimmste Pirat, lange ehe er zum Sidhe wurde.«

Chris riss verblüfft die Augen auf. »Ehe er … zum Sidhe wurde?«wiederholte er verstört. »Was soll das heißen?«

Diesmal war es der Buka, der ihn überrascht ansah. Dann schüttelte er heftig den Kopf. »Du weißt verdammt wenig über die Welt, die du retten willst«, sagte er spöttisch. »Tethra war einmal ein Mensch, so wie du. Aber das ist lange her. Etliche hundert Jahre. Vielleicht mehr.«

»Dann … dann kann ein Mensch zum Sidhe werden, ohne als solcher geboren zu sein?«

»Äks!«, sagte Grywwyn und schlug sich mit der flachen Hand vor die Stirn. »Was für ein Unsinn! Hast du denn überhaupt nichts gelernt? Niemand wird als Sidhe geboren – wie soll das angehen? Wie bist du auf die Welt gekommen – außer als Dummkopf, meine ich –, etwa als Erwachsener? Nein, als Kind. So wie sie auch. Wie Tethra und Fuavarra und Macha und selbst der Dagda. Sie kamen als Menschen hierher.«

Chris blickte Grywwyn so verständnislos an, dass der Buka wieder den Kopf schüttelte. »Ich sehe schon«, sagte er, »ich muss dir die ganze Geschichte erzählen.« Er schniefte. »Na ja, ist vielleicht das letzte Mal, dass ich Gelegenheit dazu habe. Setz dich und hör zu. Einen Becher Wein? Eine feuchte Zunge redet besser.«

Chris schüttelte den Kopf, nickte aber dann hastig, als sich Grywwyns Gesichtsausdruck verdüsterte, und griff nach dem silbernen Becher, den ihm der Buka hinhielt. Er nippte allerdings nur sehr vorsichtig an dem Wein.

»Siehst du«, sagte Grywwyn. »So reden zivilisierte Leute miteinander. Also hör zu.« Trotzdem begann er nicht sofort, sondern warf erst einen langen Blick zum Fenster, das nach achtern hinausging, als müsse er sich überzeugen, dass ihm noch genügend Zeit blieb.

»Sie waren die ersten, die nach Erinn kamen«, sagte er schließlich. »Vor so langer Zeit, dass niemand mehr weiß, wann das war. Sie kamen auf die Insel und besiedelten das Land, sie bauten Städte und Dörfer und später Burgen, und sie führten Kriege. Untereinander und gegen andere.«

»Andere?«, fragte Chris. »Gegen was für andere?«

Grywwyn ignorierte seine Frage. »Jahrtausendelang lebten sie so, und sie hatten ihre Geschichte und ihre Könige und ihre Helden – Cuchullin, in dessen Wagen du gefahren bist und dessen Waffe du trägst, war einer von ihnen. Aber wie jedes Volk wurden sie alt und schwach. Völker sind wie Menschen, musst du wissen. Am Anfang sind sie unbeholfen und grob, und sie zerstören viel, aus Unwissenheit oder Mutwillen, das bleibt sich gleich. Später, wenn sie erwachsen werden, versuchen sie manchmal den Schaden wieder wettzumachen, den sie als Kinder angerichtet haben, und manchmal gelingt es ihnen sogar. Aber die meisten bleiben dumm und töricht ihr Leben lang. Und dann kommt eine Zeit der Weisheit, aber bei den meisten ist es schon zu spät. Sie altern und sterben, einige still und unbemerkt, andere zornig, und in ihrem Aufbegehren gegen das Schicksal reißen sie nur zu oft andere Völker mit sich in den Abgrund. Und einige wenige, ganz wenige nur, überleben auch diese Zeit. Sie gehörten dazu. Es gelang ihnen, den letzten Schritt zu tun: Sie wurden zu Sidhe.«

Grywwyn schwieg, und Chris begriff, dass seine Geschichte zu Ende war.

Er war erschüttert. Er hatte sich nie Gedanken über das Woher der Sidhe gemacht – und warum auch? Bisher hatte er ganz selbstverständlich angenommen, dass die Sidhe immer da gewesen waren, so, wie die Buka, die Korred und Merrows, Wesen, die schon lange vor den Menschen existiert hatten. Aber es war genau umgekehrt – nicht die Sidhe waren es, aus denen Tuatha de Dannan und schließlich Menschen geworden waren, sondern Menschen hatten sich vielleicht zuerst zu Tuatha de Dannan und letztendlich zu den Feenwesen entwickelt. Die Sidhe waren nicht die Väter – sie waren die Kinder.

Chris sagte nichts mehr, und auch Grywwyn wandte sich ganz gegen seine Art wortlos ab und tat so, als blicke er interessiert aus dem Fenster aufs Meer hinaus.

Und plötzlich war es Chris, als wäre der eisige Hauch des Meeres schon durch die Schiffswände gekrochen. Ihm war kalt. Er fror, ganz erbärmlich sogar. Aber er war nicht sicher, dass das der einzige Grund war, warum seine Hände zitterten.

Die Eisfalle

Es war Abend, und er fror noch immer, und er hatte immer noch Angst. Aber zumindest das Zittern seiner Hände und Knie lag nun wirklich an der Kälte, die Caraian und seine Besatzung in ihren grimmigen Griff gepackt hatte und seinen Atem zu grauen Wölkchen vor seinem Gesicht werden ließ.

Das Meer war nun voller Eis, das ununterbrochen gegen Caraians Rumpf stieß und sie schon vor Stunden gezwungen hatte, die Ruder wieder einzuziehen. Auf dem Deck hatte sich eine dünne Raureifschicht gebildet, die unter den Schritten der Männer knirschte wie Glas. Die Segel waren schwer vor Eis, von dem sich manchmal große, scharfkantige Stücke lösten und in die Tiefe stürzten. Tethra hatte Wachen aufstellen müssen, die nichts anderes zu tun hatten, als die Segel im Auge zu behalten und die Besatzung durch rechtzeitige Zurufe zu warnen. Trotz des magischen Sturmes, den Carnak entfesselt hatte, waren sie langsamer geworden; viel langsamer. Und die Fomoraig-Piraten waren näher gekommen; viel näher.

Chris blies sich schaudernd in die kälteprickelnden Hände und trat auf der Stelle, um das taube Gefühl aus seinen Füßen zu vertreiben. Grywwyn und er waren wieder an Deck gekommen und standen zwischen den beiden gewaltigen Katapulten auf dem Achterkastell des Schiffes. Chris hatte einen schweren Fellmantel über sein dünnes Ledergewand geworfen, und der Buka trug wieder seine Rüstung, zu der er nun noch einen gewaltigen, metallbeschlagenen Schild mit sich schleppte, der mehr wiegen musste als er selbst. Der kleine Kerl bot in seiner grotesken Verkleidung einen reichlich komischen Anblick, aber Chris war nicht zum Lachen zu Mute.

Während der letzten zwei, vielleicht drei Stunden hatte er fast reglos dagestanden und die Piratenschiffe angeblickt, deren hässliche Rümpfe dicht hinter Caraian durch das Meer pflügten.

Es waren noch zwei. Grywwyns Prophezeiung hatte sich bewahrheitet – die Piraten waren einer nach dem anderen zurückgefallen, als die Kräfte des Fomoraig-Druiden nachließen. Aber die beiden, die am Ende verblieben waren, hatten unbarmherzig aufgeholt, und jetzt waren sie beinahe auf Katapultschussweite heran. Hinter den beiden riesigen Schleudern hatten bereits Goblins mit Beilen und zurechtgeschnittenen Taustücken Aufstellung genommen, und andere schleppten große Drahtkörbe mit glühenden Kohlen herbei.

Es gehörte nicht viel Fantasie dazu, sich auszumalen, wozu diese Vorbereitungen gut waren.

Caraian erzitterte unter ihren Füßen, als der Mann am Ruder den Kurs änderte, um einem Eisberg auszuweichen. Aus den treibenden Schollen vom Morgen waren im Laufe des Tages gewaltige, bizarr geformte Gebilde geworden, zum Teil größer als das Schiff und mit scharfen Kanten, die auch unter der Wasseroberfläche lauerten. Zweimal war Caraian während der vergangenen Stunden mit einem Hindernis kollidiert, das unsichtbar unter Wasser war. Es glich einem Wunder, dass sich das Schiff nicht längst den Rumpf aufgeschlitzt hatte.

Schaudernd trat Chris ein Stück von der Reling zurück und sah nach oben. Die Sonne war bereits untergegangen, aber es wurde trotzdem nicht ganz dunkel: Ein Vollmond stand am Himmel, der alles in sein mildes Licht tauchte, und Caraians Schatten hob sich deutlich vor den strahlend weißen Eisbergen ab. Carnaks Hoffnung, den Fomoraig-Piraten im Schutze der Dunkelheit entkommen zu können, würde sich nicht erfüllen.

In diesem Moment sah Chris Tethra auf sich zukommen, wie er selbst in einen schweren Mantel aus Fell gehüllt und mit einem kleinen, sorgsam in Leder eingeschlagenen Bündel unter dem Arm.

»Ihr solltet nicht hier oben sein«, sagte Tethra. »Wenn es zum Kampf kommt, seid ihr hier nicht sicher.«

»Wenn es zum Kampf kommt«, sagte Grywwyn, »sind wir nirgendwo sicher.«

Tethra runzelte die Stirn, sagte aber nichts darauf, sondern wandte sich an Chris. »Es ist nicht mehr weit bis zur Küste«, sagte er. »Wenn wir das Tempo halten, müssten wir sie in zwei, längstens drei Stunden sehen.«

»Aber so lange werden uns die Piraten nicht mehr Zeit lassen.«

Tethra machte eine unwillige Handbewegung. »Ob wir es schaffen oder nicht, liegt in Oberons Hand«, sagte er. »Aber es ist möglich, dass wir … getrennt werden. Deshalb will ich, dass du das hier an dich nimmst.« Er reichte Chris das Päckchen, das er unter dem Arm trug. Chris drehte es einen Moment ratlos in den Händen, dann machte er eine Bewegung, als wolle er die dünnen Lederschnüre öffnen, mit denen es zugebunden war.

Tethra schüttelte den Kopf. »Nicht«, sagte er. »Es ist wasserdicht verpackt. Öffne es nicht.«

»Und was ist darin?«

»Eine Abschrift der Karte, die dir Carnak gezeigt hat«, antwortete der Sidhe. »Und ein paar andere nützliche Dinge – nur für den Fall, dass du allein weiterwandern musst.«

»Allein? Aber wieso –«

»Ich habe nicht gesagt, dass du es sollst«, unterbrach ihn Tethra gereizt. Er schien selbst zu spüren, dass sein Ton schärfer als der Situation angemessen war, denn er lächelte nervös und fuhr etwas ruhiger fort: »Ich bin gerne auf alles vorbereitet, das ist alles. Immerhin ist es möglich, dass sie uns zum Kampf stellen.«

»Möglich?« Chris zog eine Grimasse. »Das werden sie sogar ganz bestimmt.«

Tethra widersprach nicht, sondern zuckte nur mit den Schultern. Er drehte sich herum und sah nach Norden. In der Dämmerung bot das Meer auch dort einen gespenstischen Anblick: Das schwache Mondlicht ließ die treibenden Eisberge in einiger Entfernung zu einer weißen Mauer verschmelzen, durch die es kein Durchkommen zu geben schien.

»Wenn wir wenigstens wüssten, wo wir sind«, seufzte er, mehr zu sich selbst als an Chris gewandt. Er schüttelte den Kopf. »Dieses Meer ist verzaubert! Berge aus Eis, die auf dem Wasser schwimmen, und andere, die unter dem Wasser sind – wer hätte so etwas je gehört!«

»Ich«, antwortete Chris ganz automatisch. Dann runzelte er die Stirn und sah Tethra an, der seinen Blick ebenso verblüfft erwiderte. »Willst du damit sagen, dass du niemals zuvor einen Eisberg gesehen hast?«, fragte er ungläubig.

Tethra schüttelte den Kopf. »Nein«, antwortete er. »Wir sind nie so weit nach Norden vorgestoßen. Caraian ist das erste Schiff, das die Eisige See durchquert hat.«

»Dann … waren auch die Fomoraig niemals hier?«, murmelte Chris.

»Niemals«, sagte Tethra überzeugt. »Warum auch? Es gibt jenseits der Eisigen See nichts, was sich zu erobern oder erbeuten lohnte.«

Und plötzlich hatte Chris einen Idee – einen verzweifelten, aberwitzigen Plan, den er unter normalen Umständen als Selbstmord bezeichnet hätte. Aber die Umstände waren alles andere als normal.

»Und du bist sicher, dass sie so wenig über Eisberge wissen wie ihr?«, fragte er aufgeregt.

»Natürlich«, antwortete Tethra. »Warum fragst du?«

»Weil uns das vielleicht den Hals rettet«, sagte Chris. »Weißt du, ich kenne mich damit aus, wenigstens ein bisschen. Und auch ein bisschen mit Schiffen.«

»Und was soll uns das nutzen?«, fragte Grywwyn spöttisch. »Willst du mit den Bergen nach den Fomoraig werfen?«

»So ungefähr«, antwortete Chris. Er wandte sich wieder an Tethra. »Du kennst die Piratenschiffe«, sagte er. »Wie sind sie gebaut? Haben sie einen flachen Rumpf oder einen Kiel?«

»Einen Kiel«, antwortete Tethra. »Er ist sehr groß und macht es fast unmöglich, sie zum Kentern zu –«

»Und Caraian?«, unterbrach ihn Chris erregt. »Wie ist sein Tiefgang? Größer als der der Fomoraig?«

»Nein«, antwortete Tethra, der offenbar immer weniger verstand, worauf Chris hinauswollte.

»Dann haben wir eine Chance«, sagte Chris. »Wir müssen zum Ruder. Schnell. Und hol den besten Steuermann, den ihr an Bord habt!«

Tethras Gesicht war ein einziges Fragezeichen, aber er folgte Chris wortlos, und auch Grywwyn beeilte sich, hinter den beiden herzuscheppern. Sie erreichten das Ruder, das anders als bei den Schiffen, die Chris kannte, unmittelbar am Bug Caraians angebracht war, und Chris blickte sich suchend um, bis er einen Eisberg fand, dessen Form ihm geeignet erschien: ein riesiger, schwimmender Kegel, der wie eine abgebrochene Bergspitze aussah und ein wenig schräg im Wasser lag.

»Dieser Eisberg dort vorne«, sagte er. »Fahr ihn von rechts

an und dann in einem Viertelkreis um ihn herum. In einem Abstand der …« Er überlegte, kam zu keinem Ergebnis und verließ sich einfach auf sein Gefühl. »Der ungefähr so groß ist wie sein Durchmesser.«

Der Goblin, der das Ruder bediente, blickte Chris auf eine Art an, als zweifele er an seinem Verstand, dann sah er zu Tethra auf. Der Sidhe schwieg sekundenlang, ehe er nickte. »Tu es.«

Während der Goblin das riesige Steuerruder drehte, wandte sich Tethra stirnrunzelnd an Chris. »Ich hoffe, du weißt, was du tust«, sagte er. »Dir ist klar, dass wir damit einen Teil unseres Vorsprungs einbüßen? Der Fomoraig wird –«

»– unseren Bogen nicht mitmachen, sondern uns auf geradem Weg verfolgen, ich weiß«, unterbrach ihn Chris. »Genau das soll er ja.«

»Ein famoser Plan«, sagte Grywwyn, aber sowohl Tethra als auch Chris ignorierten ihn einfach.

»Du hast mich selbst darauf gebracht, Tethra«, sagte Chris aufgeregt. »Deine Bemerkung vorhin, erinnerst du dich: Berge, die auf dem Wasser schwimmen, und andere, die unter dem Wasser sind.«

Tethra nickte. »Und?«

»Das stimmt nicht«, antwortete Chris. »Es sind keine anderen Berge unter Wasser. Das hier sind Eisberge, Tethra, versteh doch, große Trümmerstücke aus Eis, die im Meer treiben und deren größter Teil unter der Wasseroberfläche liegt!« Er deutete auf den Eiskegel, auf den Caraian zuhielt. »Was du dort siehst, ist nur der siebte Teil des Eisberges. Und er sieht aus, als würde er unten breiter.«

Aus dem verständnislosen Ausdruck auf Tethras Gesicht wurde Verblüffung, dann Staunen und schließlich so etwas wie Hoffnung. »Ich verstehe«, murmelte er. »Und wenn uns der Fomoraig folgt und bei dem Versuch, uns den Weg abzuschneiden, dem Berg zu nahe kommt …«

»Läuft er auf«, sagte Chris. »Selbst ein Fomoraig-Schiff dürfte Schwierigkeiten haben, uns mit aufgerissenem Kiel zu verfolgen.«

»Und wenn es nicht klappt, ist unser Vorsprung dahin«, murrte Grywwyn. »Kein guter Plan.«

»Das stimmt«, bestätigte Tethra. »Aber leider der einzige, den wir haben.« Er nickte, sichtlich schweren Herzens. »Riskieren wir es.«

Ganz langsam nur kam der Eisberg näher. Chris begriff schon bald, dass er sich in der Entfernung verschätzt hatte, ganz gewaltig sogar – der Eisberg war gut drei Mal so groß, als er im ersten Moment angenommen hatte, und entsprechend brauchten sie auch fast drei Mal so lang, ihn zu erreichen.

Als sie die halbe Strecke zurückgelegt hatten, kam Carnak zu ihnen. »Was tut ihr hier?«, rief er schon von weitem. »Seid ihr von Sinnen? Das Schiff hält ja geradewegs auf das Eis zu.«

»Das soll es auch«, antwortete Tethra. Er erklärte Carnak mit wenigen Worten ihren Plan, und obwohl der Druide nicht sofort darauf antwortete, sah ihm Chris an, dass er davon ebenso wenig begeistert war wie Grywwyn. Aber schließlich nickte auch er, und in seinem Blick lag verhohlene Anerkennung, als er Chris ansah.

»Eine verzweifelte Chance«, sagte er. »Aber vielleicht die einzige. Trotzdem werde ich alles vorbereiten.« Der letzte Satz galt wieder Tethra, der ihn mit einem Nicken beantwortete. Carnak blickte noch einen Moment auf den riesigen Eiskegel, dann wandte er sich mit einem Ruck um und stürmte davon.

»Vorbereiten?«, fragte Chris misstrauisch. »Was hat er damit gemeint?«

»Nichts«, antwortete Tethra ausweichend. »Er ist ein Druide«, fügte er hinzu. »Wenn dein Plan fehlschlägt, so kann er die Fomoraig vielleicht mit magischen Mitteln aufhalten.« Das klang kaum überzeugender, als wenn er behauptet hätte, die Fomoraig wären nur da, um ihnen Geleitschutz zu geben, aber Chris zog es vor, nicht weiter in Tethra zu dringen. Der Sidhe und Carnak hatten irgendein Geheimnis vor ihm, aber er war gar nicht so sicher, dass er es erfahren wollte.

Der Eisberg wuchs mit quälender Langsamkeit vor ihnen heran, und in der gleichen Zeit holten die beiden schwarzen Segler weiter auf. Je mehr Zeit verstrich, desto stärker wurden Chris' Zweifel an seinem Plan. Siedend heiß fiel ihm ein, dass sich schließlich nicht nur die Fomoraig, sondern genauso gut Caraian den Rumpf an den Eismassen unter seinem Kiel aufreißen konnte; und die Fomoraig holten so schnell auf, dass er sich fragte, ob ihnen überhaupt noch genügend Zeit blieb.

»Jetzt«, sagte Tethra. »Schwenk nach links ab. Einen Viertelkreis.«

Der Goblin am Steuer gehorchte. Caraian erzitterte unter ihren Füßen, fast als spüre das gewaltige Schiff die Gefahr, in die es sein Steuermann lenkte, und wehre sich mit aller Macht dagegen, dann drehte sich der Rumpf langsam in die angegebene Richtung.

Chris sah nervös zu den Fomoraig. Die beiden schwarzen Segler waren entsetzlich nahe herangekommen, und ihre Steuermänner schienen mindestens ebenso überrascht ob des scheinbar sinnlosen Kurswechsels wie Carnak zuvor. Endlose Sekunden vergingen, in denen sie stur ihrem bisherigen Kurs folgten, aber dann legte sich eines der Schiffe auf die Seite – und schwenkte weiter nach links, ein wenig fort von Caraian und mehr auf den schwimmenden Eiskoloss zu, um ihnen den Weg abzuschneiden.

»Es klappt«, murmelte Chris. »Sie fallen darauf herein!«

»Nur einer«, sagte Tethra besorgt. »Sieh!«

Tatsächlich machte der zweite Piratensegler keine Anstalten, ebenfalls auszuschwenken, sondern folgte Caraian weiter wie ein Bluthund, der einmal Witterung aufgenommen hatte. Wohl, um ihnen den Weg auch in die andere Richtung abschneiden zu können, sollten sie wieder den Kurs ändern, dachte Chris.

»Bleibt nur zu hoffen, dass nicht am Ende wir die Hereingelegten sind«, grollte Grywwyn neben ihm.

Und eine Zeit lang sah es wirklich so aus. Wenn nichts passierte, würde der Fomoraig direkt an Caraians Seite liegen, sobald sie ihren Viertelkreis beendet hatten.

»Sie müssen auflaufen«, murmelte Chris. »Unter uns muss ein ganzes Gebirge aus Eis sein!«

Niemand antwortete. Caraian pflügte ächzend weiter durch das Wasser, unter dem es jetzt hier und da weiß schimmerte, und zwei- oder drei Mal schlug etwas mit dumpfem Knall von unten gegen den Rumpf.

»Wahnsinn!«, flüsterte Grywwyn. »Ihr hättet nicht auf ihn hören sollen. Einer, der keinen Wein trinkt, versteht auch nichts von Schifffahrt.«

Tethra blickte den Buka böse an, schwieg aber, und auch Chris schluckte die ärgerliche Antwort herunter, die ihm auf der Zunge lag. Der Pirat hielt in spitzem Winkel direkt auf sie zu und kam immer näher.

»Dreht ab!«, kreischte Grywwyn. »Ich flehe dich an, Tethra – dreht bei! Er rammt uns gleich!«

Tethra hob die Hand, wandte sich nervös an den Steuermann – und im gleichen Moment erscholl hinter und neben ihnen ein Krachen und Splittern, dass Chris im ersten Moment glaubte, Caraian selbst wäre es, das auseinander brach.

Aber es war der Fomoraig.

Das Schiff bäumte sich im Wasser auf wie von einem ungeheuerlichen Hammer getroffen, der von unten gegen seinen Rumpf schlug. Das Wasser schäumte weiß auf, und zersplittertes Holz und schimmernde Eistrümmer flogen in alle Richtungen davon. Die Masten zerbrachen, aber den Segeln blieb nicht einmal Zeit, sich auf das Deck herabzusenken. Der Piratensegler kippte um, lag für eine endlose Sekunde zitternd auf der Seite – und sank weiter. Kaum eine Minute, nachdem der Fomoraig mit dem Eis kollidiert war, trieb sein zerfetzter Rumpf kieloben im Wasser.

Auf Caraians Deck brach ein hundertstimmiges Jubelgeschrei los, und für einen Moment fühlte auch Chris eine Woge heißen Triumphs. Aber dann sah er etwas, was ihn das Gefühl der Erleichterung und Freude auf der Stelle vergessen ließ: Rings um den Rumpf des Piratenschiffes trieben Gestalten im Wasser, Gestalten, die verzweifelt mit den Armen schlugen oder sich an Trümmerstücke und Eisbrocken klammerten, um nicht vom Sog des Schiffes mit in die Tiefe gerissen zu werden. Chris begriff plötzlich, dass keiner dieser Männer überleben würde – zumal das zweite Piratenschiff keine Anstalten machte beizudrehen, um eventuelle Überlebende aus dem Wasser zu fischen.

Und die Gefahr war auch noch keineswegs vorbei, denn während sie dem Untergang des Piratenseglers zugesehen hatten, war der zweite Fomoraig bedrohlich nahe herangekommen. Ihnen blieb nicht einmal eine Atempause. Zusätzlich erblickten sie nun hinter dem schwimmenden Eiskoloss, den sie umrundet hatten, eine ganze Anzahl kleinerer – aber immer noch gewaltiger! – Eisberge, die in seinem Gefolge herangetrieben kamen.

»Noch einmal!«, sagte Grywwyn aufgeregt. »Versucht es noch einmal! Vielleicht sinkt der andere auch!«

»Kaum«, antwortete Tethra mit einem besorgten Blick auf den Verfolger. »Sie sind nicht dumm. Und außerdem ist er auch das erste Mal nicht darauf hereingefallen«, fügte er hinzu. Er seufzte. »Wir werden kämpfen müssen. Aber jetzt haben wir wenigstens eine Chance.«

Die Eisberge kamen rasch näher. Immer öfter scharrte und kratzte es unter Caraians Rumpf, und ein paarmal schlugen gewaltige Eistrümmer gegen die Flanken des Schiffes, sodass aus ihrer Fahrt ein bockendes Rütteln wurde, bei dem es Chris schwer fiel, sich auf den Füßen zu halten.

Aber auch der Fomoraig wurde langsamer, denn die schwimmenden Eistrümmer machten keinen Unterschied zwischen Freund und Feind.

Der Abstand zwischen ihnen blieb gleich und wurde für eine Weile sogar größer.

Plötzlich hob Tethra den Arm und deutete auf die schimmernde weiße Wand zur Linken. »Die Lücke dort!«, rief er. »Steuermann! Fahr hinein! Wenn sie uns folgen, laufen sie uns direkt vor die Katapulte!«

Während Caraian schwerfällig herumschwenkte, um den Bug auf die Durchfahrt zwischen den Eisbergen auszurichten, stürmte Tethra zum Heck. Chris tauschte einen besorgten Blick mit Grywwyn. Die Lücke, auf die sie zuhielten, schien groß genug, selbst ein so gewaltiges Schiff wie Caraian hindurchzulassen, aber keiner von ihnen wusste, wie es unter der Wasseroberfläche aussah …

Aber sie hatten noch einmal Glück. Caraian kollidierte ein paarmal mit unterseeischen Riffen aus Eis, aber der Rumpf hielt, und plötzlich waren rechts und links der Reling himmelhohe, schimmernde Wände aus Eis, in denen sich der verzerrte Umriss des Schiffes spiegelte. Etwa eine Meile vor dem Bug weitete sich der schmale Eiskanal wieder zum offenen Meer hin.

Als der Fomoraig hinter ihnen in den Eiskanal einlief, begannen die Katapulte zu feuern. Zwei kleine, weiß glühende Sterne lösten sich von Caraians Heck, stiegen Funken sprühend zum Himmel auf und senkten sich auf den schwarzen Segler herab. Und noch bevor sie ihr Ziel fanden, luden die Goblins die Katapulte neu und feuerten abermals.

Die Brandgeschosse trafen nicht. Chris beobachtete fassungslos, wie sie über die Segel des Fomoraig hinwegglitten und harmlos ins Meer fielen. Auch die zweite Salve ging fehl, und diesmal sah er ganz genau, wie die lodernden Pechgeschosse im letzten Moment wieder in die Höhe stiegen, als würden sie von einer unsichtbaren Hand beiseite geschlagen.

»Aber das ist doch … unmöglich!«, flüsterte er.

»Ich fürchte, das ist es nicht«, sagte Grywwyn düster. »Ihr Druide. Er muss über unglaubliche Kräfte verfügen.« Er schüttelte den Kopf, erschüttert und so fassungslos wie Chris. »Aber ich habe nie von einem Druiden gehört, der zu so etwas fähig wäre.«

»Ich schon«, murmelte Chris. Sein Blick löste sich von den flammenden Sternen, die noch immer von Caraians Heck aufstiegen und vergeblich versuchten, den schwarzen Segler hinter ihnen zu treffen, und glitt über das Deck der Fomoraig-Piraten.

Er sah die beiden Gestalten sofort. Nebeneinander und hoch aufgerichtet standen sie im Bug des Piratenseglers, und das lodernde Feuer der Pechgeschosse war hell genug, ihn das Gesicht des einen selbst über die große Entfernung hinweg erkennen zu lassen.

Es war Cochran. Niemand anders als der Milesier Cochran, der geschworen hatte, ihn bis ans Ende der Welt zu verfolgen. Das Gesicht der zweiten Gestalt neben dem Milesier konnte Chris nicht sehen, denn es verbarg sich im Schatten einer tief nach vorne gezogenen Kapuze. Aber es war auch nicht nötig, sein Gesicht zu sehen, um zu wissen, wer der Mann war. Chris war ihm schon einmal begegnet, und er hatte ihn auch da nur aus der Ferne gesehen, als schwarzen Schatten ohne Gesicht.

Es war der Druide der Milesier. Der Herr dieser schwarzen Horden, der Mann, dessen Faust und Schwert die Männer in den Fellmänteln waren. Jetzt wie damals fühlte Chris seinen Blick direkt auf sich ruhen, und jetzt wie damals war ihm, als müsse er diese Gestalt kennen, als spüre er etwas Vertrautes, nicht unbedingt Feindseliges.

Nur mit Mühe löste er den Blick von dem schwarzen Dreieck unter der Kapuze und sah statt dessen Cochran an, und plötzlich spürte er wieder Zorn. Vor ihm stand der Mann, der um ein Haar Llewellyen umgebracht und der auch ihm den Tod geschworen hatte. Beinahe ohne dass er es merkte, schlug seine Hand den Mantel zurück und glitt zum Schwertgriff. Neben ihm erklang ein helles Scharren, als auch der Buka seine Waffe zog.

Aber noch war der Fomoraig nicht heran. Die beiden Schiffe waren jetzt kaum noch zwanzig Meter voneinander entfernt, aber der Kanal war zu eng, als dass der Fomoraig längsseit gehen konnte – und plötzlich änderten die Katapulte im Heck Caraians ihre Schussrichtung. Die brennenden Pechfackeln zielten nicht mehr auf die Segel, die sie nicht treffen konnten, sondern rasten fast senkrecht in die Höhe und prallten Funken sprühend gegen das Eis oberhalb des Piratenschiffes.

Die schwarze Gestalt in dessen Bug fuhr erschrocken herum und hob die Arme, aber diesmal kam ihre Reaktion zu spät: Flammen und Funken und zischende Eissplitter stürzten auf das Deck des Piratenseglers herunter, und schon traf die zweite Salve ihr Ziel. Wieder fiel Feuer vom Himmel auf die Piraten herab, und als die Katapulte zum dritten Mal schossen, löste sich ein gewaltiges Trümmerstück aus der Eiswand und zermalmte das halbe Heck des Fomoraig. Eines der großen Segel begann zu brennen.

Der milesische Druide fuhr herum. Sein ausgestreckter Arm wies in einer zornigen Bewegung auf Caraian. Ein grellweißer Funke brach aus seiner Hand, wurde zu einem tausendfach verästelten, unerträglich hellen Blitz – und die beiden Katapulte auf Caraians Achterkastell flammten auf wie Fackeln und zerfielen zu Asche.

Chris hob geblendet die Hände vor die Augen, aber das unerträglich grelle Licht drang selbst durch seine geschlossenen Lider. Caraians ganzes Heck brannte. Wie durch einen Vorhang aus Flammen, Tränen und Licht erkannte er Tethra, der sich mit entsetzten Sprüngen vor dem Feuer in Sicherheit zu bringen versuchte, und plötzlich waren überall Schreie und hastige Schritte und rennende Gestalten.

Etwas bohrte sich mit einem Zischen neben ihm in das Deck und blieb zitternd stecken. Voller Entsetzen erkannte er, dass es ein Pfeil war. Dem ersten folgten weitere, und mit einem Male ging ein ganzer Hagel der gefiederten Geschosse auf Caraian nieder. Die meisten blieben in den überall aufgestellten Schilden stecken, aber nur zu viele trafen ihr Ziel – schon nach der ersten Salve lag ein Dutzend Goblins tot oder verwundet an Deck, und noch immer regnete es Pfeile vom Himmel.

Das Schiff schoss aus dem Eiskanal heraus ins offene Meer, und endlich kam Chris auf die Idee, sich hinter einen der Eichenschilde zu ducken. Grywwyn langte mit einem Satz neben ihm an und zerrte fluchend an einem Pfeil, dessen abgebrochenes Ende aus seinem Schild ragte.

Und da war der Fomoraig-Segler auch schon neben ihnen. Seine Takelage brannte lichterloh, und sein Heck war nur noch ein einziger Trümmerhaufen, aber die Piraten griffen trotzdem sofort an. Enterhaken und Taue flogen auf Caraians Deck, und ehe Chris auch nur richtig begriff, was geschah, sprangen die ersten Fomoraig an Bord.

Der Kampf brach sofort los. Die Goblins empfingen die Fomoraig mit Lanzen und Speeren, und nur einem von zehn gelang es, Caraian zu entern. Trotzdem wurden die Goblins langsam, aber unerbittlich zurückgetrieben, denn vom Deck des Fomoraig-Schiffes drängten immer mehr und mehr Männer herauf.

Dann schlug sich der erste Pirat bis zu ihnen durch. Chris hatte sein Schwert gezogen und war aufgesprungen, denn er war entschlossen, sein Leben so teuer wie möglich zu verkaufen, aber als er den Piraten sah, war er im ersten Moment vor Schreck wie gelähmt.

Der Mann war viel größer als Tethra und so breitschultrig, dass er fast missgestaltet wirkte, mit langem, verfilztem Haar und einem Bart, der sein narbiges Gesicht fast völlig bedeckte. Er hatte nur einen Arm und auch nur ein Auge.

Chris' Entsetzen hätte ihn um ein Haar das Leben gekostet, denn der Pirat verschwendete keine Zeit damit, ihn anzustarren, sondern hob mit einem wütenden Knurren ein gewaltiges Schwert und drosch auf Grywwyn und ihn gleichzeitig ein. Der Buka prallte mit einem entsetzten Kreischen zurück und fiel, vom Gewicht seiner eigenen Rüstung nach hinten gerissen, der Länge nach hin, während Chris blitzschnell zur Seite sprang und dem Scherthieb mit einer Drehung entkam, ganz so, wie Tethra es ihn gelehrt hatte. Sofort schlug er zurück, aber sein Hieb hatte nicht genug Kraft, den metallenen Schuppenpanzer des Fomoraig zu durchdringen. Dafür machte er ihn umso wütender. Sein einzelnes Auge blitzte zornig. Er trat nach Chris, verfehlte ihn und hieb ein zweites Mal mit dem Schwert nach ihm.

Diesmal blieb Chris keine Zeit, auszuweichen. Mit aller Kraft packte er sein Schwert und versuchte den Hieb zu parieren. Die Klinge des Fomoraig traf Funken sprühend auf seine eigene Waffe und schlug sie ihm aus der Hand. Die Wucht des Hiebes schleuderte Chris zu Boden. Hilflos fiel er auf den Rücken und sah, wie der Fomoraig mit einem triumphierenden Heulen sein Schwert zum letzten, entscheidenden Schlag hob.

Da wuchs eine schlanke, weißhäutige Gestalt hinter dem Fomoraig in die Höhe und durchbohrte ihn mit einem Speer. Der Pirat ließ sein Schwert fallen, taumelte mit einem wild rudernden Arm an Chris vorbei und stürzte über Bord.

»Bist du verletzt?«, fragte Tethra gehetzt.

Chris schüttelte den Kopf und wollte antworten, aber der Sidhe hörte gar nicht zu, sondern zerrte ihn unsanft auf die Beine und drückte ihm ein Schwert in die Hand. Dann drehte er ihn herum und versetzte ihm einen Stoß, der ihn fast zum zweiten Mal zu Boden geschleudert hätte.

»Lauf!«, schrie er. »Zum Bug! Carnak wartet auf dich!«

Chris wollte stehen bleiben, aber plötzlich war Grywwyn wieder neben ihm und zerrte ihn einfach mit sich, und schon eine Sekunde später war Tethra wieder im Kampfgetümmel verschwunden.

Wie durch ein Wunder wurden sie nicht mehr angegriffen, bis sie den Bug erreichten. Beide Schiffe brannten wie schwimmende Fackeln, und überall waren Fomoraig und Goblins in verbissene Kämpfe verwickelt. Chris sah, dass die Fomoraig allesamt Riesen waren, wie der Pirat, der ihn und Grywwyn angegriffen hatte. Und wie er hatten sie alle nur einen Arm und ein Auge. Aber sie machten diesen Mangel durch unbändige Wut und unglaubliche Körperkräfte wett. Selbst die Goblins vermochten die Piraten nicht aufzuhalten – wo nur einer von ihnen gegen einen Angreifer stand, war meist der Fomoraig der Sieger, und selbst zu zweit oder dritt gelang es ihnen nicht immer, den Kampf für sich zu entscheiden.

Carnak ergriff ihn ungeduldig am Arm, als sie den Bug erreichten. Auf einem kleinen Bereich rund um ihn wurde noch nicht gekämpft, aber die Mauer der Goblins, die den Druiden schützte, wankte bereits bedrohlich. »Hast du das Päckchen noch?«, fragte Carnak eilig.

Chris nickte und wollte antworten, aber der Druide zerrte ihn mit sich und stieß ihn gegen die Reling, von der aus eine Strickleiter in die Tiefe führte. »Hinunter!«, befahl er barsch. »Beide!«

Chris zögerte. Unter der Strickleiter schaukelte ein winziges Boot im Wasser, kaum fünf Meter lang und mit einem nur mannshohen Mast und zwei Rudern ausgerüstet. Wieder versetzte der Druide ihm einen Stoß, sodass er nach der Strickleiter greifen musste, ob er nun wollte oder nicht. Über ihm stieg Grywwyn über die Reling und trat ihm mit einem eisengepanzerten Fuß auf die Finger, als er nicht schnell genug kletterte.

»Rudert!«, schrie Carnak zu ihnen herab. »Wir halten sie auf, solange wir können! Bis zum Morgen seid ihr an der Küste!« Chris sprang den letzten Meter ins Boot hinab, rappelte sich hastig wieder auf und sah verzweifelt zu Carnak hoch. Er versuchte sogar, nach der Strickleiter zu greifen, um wieder nach oben zu steigen, aber Grywwyn schlug ihm so heftig auf die Finger, dass er die Hand mit einem Schmerzensschrei zurückriss.

»Rudere, du Narr!«, schrie Carnak. »Flieh, solange du es noch kannst! Rette Erinn!«

»Aber –«

»Nichts aber!«, fauchte Grywwyn, versetzte ihm einen Stoß, der ihn ins Boot stürzen ließ, und griff nach einem der Ruder. Ächzend stieß er das Boot von Caraians Bordwand ab, tauchte das Blatt ins Wasser und deutete Chris ungeduldig, es ihm gleichzutun.

Chris griff auch tatsächlich nach dem Ruder, aber er machte nur ein paar Schläge, dann zog er den Riemen zurück ins Boot und schüttelte den Kopf.

»Was ist denn jetzt schon wieder?«, kreischte Grywwyn »Willst du warten, bis sie uns entdecken, du Narr? Rudere um dein Leben!«

»Nein.« sagte Chris entschieden. »Tethra und Carnak sind meine Freunde. Ich lasse sie nicht im Stich!« Entschlossen schob er das Ruder wieder ins Wasser und machte einen Schlag auf Caraian zu. Grywwyn schürzte wütend die Lippen und bewegte sein eigenes Ruder in die entgegengesetzte Richtung, wodurch sich das Boot im Kreis zu drehen begann.

Chris hörte auf zu rudern, zog seinen Dolch aus dem Gürtel und richtete die Klinge auf den Buka. Grywwyn erstarrte. Seine Augen weiteten sich.

»Das tust du nicht«, behauptete er. Aber seine Stimme zitterte bei diesen Worten.

»Mach noch einen Schlag, und du findest es heraus«, sagte Chris drohend. »Wir rudern zurück.«

Grywwyn stöhnte. »Du bringst dich um, du Narr«, sagte er. »Und mich dazu.«

»Du kannst das Boot haben«, antwortete Chris. »Sobald ich wieder an Bord bin. Ich lasse meine Freunde nicht im Stich. Täte ich es, dann wäre es genauso, als würde ich Erinn verraten.«

»Was für ein Unsinn«, murmelte Grywwyn. Trotzdem griff er wieder zum Ruder, und als er es diesmal ins Wasser tauchte, bewegten sie sich wieder auf Fuavarras Schiff zu.

Chris griff nach der Strickleiter, kaum dass sie Caraian erreicht hatten. In fliegender Hast kletterte er nach oben, schwang sich über die Reling – und fand sich inmitten eines entsetzlichen Handgemenges wieder. Die Verteidigungslinie der Goblins war gefallen, und von Carnak war keine Spur mehr zu sehen. Caraian brannte an vier oder fünf Stellen gleichzeitig, und überall waren Fomoraig. Auch der Piratensegler brannte lichterloh; keines der beiden Schiffe würde den Kampf überstehen.

Ein Fomoraig griff ihn an. Chris tauchte unter seinem Schwerthieb hindurch, stieß dem Piraten die Klinge in den ungeschützten Oberschenkel und stürmte an ihm vorbei, als er mit einem Schmerzensschrei in die Knie brach. Dann sah er Tethra.

Der Sidhe stand hoch aufgerichtet inmitten eines kleinen Haufen Goblins, die sich zum letzten Gefecht in der Mitte des Schiffes formiert hatten. »Anda!«, schrie er. »Anda Rothaar! Wo bist du?«

Inmitten der Fomoraig erschien eine hünenhafte Frauengestalt mit flammendrotem Haar. Auch sie hatte nur einen Arm und ein Auge, und ihr Gesicht verzerrte sich vor Überraschung zu einer Fratze, als sie den Sidhe erkannte. »Tethra!«, rief sie. »Du? Was willst du hier?«

»Dich!«, antwortete Tethra grimmig. »Ich bin gekommen, um für alles zu bezahlen, Anda Rothaar.« Er riss sein Schwert in die Höhe. »Stell dich mir!«

Zwei, drei Fomoraig versuchten ihn aufzuhalten, aber Tethra fegte sie einfach beiseite, und im nächsten Augenblick prallten die beiden ungleichen Gegner auch schon aufeinander.

Überall auf dem Schiff hielten die Kämpfenden inne und blickten auf das wütende Ringen Tethras und der Fomoraig. Zwei-, drei-, viermal hintereinander trafen ihre Klingen Funken sprühend und krachend aufeinander, und jedes Mal taumelten die beiden Gegner zurück, von der Wucht der entsetzlichen Schläge erschüttert. Dann traf Tethras Klinge ihr Ziel. Krachend zerschmetterte sie Andas Brustpanzer und durchbohrte die Piratin.

Aber im gleichen Moment berührte Andas Schwert Tethras Hals und glitt mit einer fast sanft anmutenden Bewegung durch seine Kehle.

Die beiden ungleichen Gegner erstarrten. Für eine einzelne, endlose Sekunde standen sie reglos, Auge in Auge, dann sank die Piratin mit einem seufzenden Laut zurück. Tethra machte noch einen halben, unsicheren Schritt, fiel auf die Knie und stürzte schließlich mit weit ausgebreiteten Armen über die tote Fomoraig.

Chris starrte entsetzt auf das fürchterliche Bild herab. Er war wie gelähmt. Rings um ihn brach der Kampf mit doppelter Wucht wieder los, aber davon merkte er kaum etwas. Langsam, ganz langsam, drehte er sich herum und senkte die Hand zum Gürtel. Seine Finger fuhren über eisiges Metall, das unter seiner Berührung zu zittern begann, und sein Blick suchte den Piratensegler.

Der Druide stand noch immer in seinem Bug, dort, wo Chris ihn das letzte Mal gesehen hatte, hoch aufgerichtet und so ruhig, als könnten ihm die Flammen nichts anhaben, die rings um ihn loderten. Er sah Chris an, und Chris starrte ihn an, und plötzlich konnte er an nichts anderes mehr denken, als dass er hier den Mann vor sich hatte, der an all diesem furchtbaren Töten und Sterben Schuld war. Den Herrn der Milesier. Den Mann, der Schuld an Machas Tod trug, der Schuld daran war, dass Ortak sein eigenes Volk verraten hatte, der den Befehl zum Angriff auf die Tir Nan Og gegeben hatte – und der letztendlich auch für Tethras Tod verantwortlich war.

Mit einem gellenden Schrei riss Chris die Gae bulga vom Gürtel und schleuderte die Waffe. Cuchullins Wurfeisen verwandelte sich in einen rasend schnell rotierenden Blitz aus Silber, jagte über das Deck und die Reling hinweg auf den Druiden zu – und verfehlte ihn.

Es ging zu schnell, als dass Chris noch hätte reagieren können; ja, er begriff nicht einmal wirklich, was geschah, obgleich seine Augen das Unmögliche sahen: Die Gae bulga flog in gerader Linie auf den Druiden zu, aber sie traf ihn nicht, sondern wich im letzten Moment aus, vollführte einen engen Bogen – und kam zurück!

Chris verspürte einen harten Schlag, als die Gae bulga ihn traf und eine tiefe, blutige Spur über seine Rippen zog. Er torkelte zurück, prallte gegen die Reling und spürte, wie sie unter seinem Gewicht zerbrach. Dann kippten das Schiff und der Himmel über ihm zur Seite, und plötzlich breitete sich ein grauenhafter Schmerz in seiner linken Körperhälfte aus.

Er spürte nicht einmal mehr, wie er in das eisige Wasser schlug und wie ein Stein sank.

Das kalte Land

Er träumte und wusste gleichzeitig genau, dass alles bloß ein Traum war, ein Albtraum sogar und noch dazu einer der unangenehmsten Art, in dem er furchtbare Angst hatte und Schmerzen litt und dies alles so entsetzlich deutlich spürte, als geschähe es wirklich. Er träumte, dass er von einer kleinen Gestalt mit einem Totenkopfgesicht aus dem Wasser gezogen wurde und hinauf ins Boot, aber das Boot war kein Boot mehr, sondern eine gewaltige Eisscholle mit einer kleinen Erhebung in der Mitte, zu der sein Retter ihn schleifte, nass und schlaff, wie er war. Dann sah er die beiden Schiffe, die sich brennend ineinander verkrallt hatten wie zwei Gegner, von denen einer den anderen bereits tödlich verwundet hatte und die doch nicht loslassen konnten, sondern sich gegenseitig mit in den Untergang rissen. Er sah den Druiden der Milesier wieder und auch Carnak, der blutüberströmt im Bug Caraians stand und dessen Hände silberne Strahlen nach den Fomoraig schleuderten, bis der Milesier ihn seinerseits mit einem magischen Blitz fällte, während der Kampf auf den beiden Schiffen mit unverminderter Heftigkeit weiterging. Dann sah er nur noch durcheinanderpurzelnde Bilder und Flammen und Gestalten, schäumendes Wasser und treibende Trümmerstücke und Überlebende beider Seiten die verzweifelt in den eisigen Fluten um ihr Leben kämpften, hörte Schreie und ein Krachen und Prasseln und Bersten. Er träumte, den Druiden noch einmal zu sehen, eine schlanke, hoch aufgerichtete Gestalt in einem schwarzen, bodenlangen Gewand, die vom Bug des hell lodernden Fomoraig-Schiffes auf ihn herabblickte. Und dann war es ihm, als griffe eine unsichtbare Hand nach der Eisscholle und schöbe sie sanft, aber sehr schnell vom Kampfplatz fort, bis aus den beiden riesigen brennenden Schiffen winzige Funken in der Nacht geworden waren, die schließlich ebenfalls erloschen. Mit der Dunkelheit kam die Kälte zurück und die Schmerzen in der Seite, wo ihn seine eigene Waffe getroffen hatte, und endlich, als er glaubte, es nicht mehr ertragen zu können, schlief er – noch immer im Traum – ein. Aber als er erwachte, tat er es wirklich.

Im ersten Moment glaubte er, noch in seinem Traum gefangen zu sein. Nichts hatte sich geändert. Er lag auf dem Rücken, und in seiner Seite tobte ein grausamer Schmerz. Über ihm spannte sich ein sternenklarer Nachthimmel. Eisiger Wind drang durch seine nassen Kleider, und der Untergrund, auf dem er lag, war weiß und kalt und hart wie Glas. Es war kein Traum gewesen. Wenigstens nicht alles. Jemand hatte ihn aus dem Wasser geholt, aber er hatte ihn nicht in das Boot geschafft, sondern auf eine Eisscholle hinauf. Hatte er dann auch alles andere wirklich erlebt?

Er war zu müde, um darüber nachdenken zu können, aber er glaubte es nicht. Er hatte ja gesehen, wie mühelos der Druide der Milesier die Katapulte verbrannt hatte, mit nur einer Bewegung der Hand. Hätte der schwarze Magier seine

Flucht wirklich bemerkt, dann wäre er jetzt ebenfalls tot, da war er sicher.

Chris versuchte sich aufzusetzen, aber schon die kleinste Bewegung ließ den Schmerz in seiner Seite neu aufflammen. Er stieß einen kraftlosen Schmerzensschrei aus und spürte, wie die Wunde wieder aufbrach und erneut zu bluten begann.

Dann tauchte das Totenkopfgesicht aus seinem Traum wieder über ihm auf, und jetzt erkannte er, dass es Grywwyn war, der kleine Buka. In den schwarzen Augen des Koboldes stand Sorge, als er ihn musterte. Er versuchte zu lächeln, aber Chris kam die Grimasse eher wie das schadenfrohe Grinsen eines Totenschädels vor.

»Du lebst ja noch«, sagte er. »Wie fühlst du dich?«

Chris versuchte zu antworten, aber es gelang ihm erst beim dritten Anlauf. Die Zunge klebte ihm am Gaumen, und seine Lippen waren rissig und aufgesprungen. Selbst das Luftholen tat weh. »Miserabel«, flüsterte er. »Wo sind wir?« Grywwyn zuckte mit den Schultern. Es schepperte, und Chris sah, dass der Buka noch immer die zerbeulte Rüstung trug. »Irgendwo«, antwortete er. »Und um deiner nächsten Frage zuvorzukommen – ich weiß auch nicht, wohin wir treiben.« Er warf einen langen Blick in die Runde.

»Was … ist passiert?«, fragte Chris mühsam.

Grywwyn schnaubte durch die Nase. »Du hast versucht, dich umzubringen«, antwortete er. »Aber wie alles, was du anfängst, ist es schief gegangen. Und wer war der Leid Tragende? Ich, wer sonst. Ich durfte ins Wasser springen und dich herausfischen. Hast du eine Ahnung, wie kalt es war? Brrr.«

Chris lächelte schwach. Er begriff, dass der Buka absichtlich herumalberte, um ihn aufzuheitern. Aber er spürte auch, dass es unter der Maske aufgesetzter Fröhlichkeit ganz anders in dem kleinen Kobold aussah.

Vorsichtig hob er die Hand und tastete an seiner Seite entlang. Er hatte nicht die Kraft, den Kopf zu heben, um an sich herabzusehen, aber er fühlte Blut unter den Fingern, und es tat sehr weh. Der Schmerz weckte die Erinnerung an das, was geschehen war.

»Wo ist die Gae bulga?«, fragte er.

»Dort, wo sie hingehört«, antwortete Grywwyn. »Auf dem Meeresgrund.«

»Wo?«

»Sie steckte in deinen Rippen, du Narr«, antwortete Grywwyn.

»Sollte ich sie drinnen lassen? Du könntest kaum noch solch dumme Fragen stellen, hätte ich sie nicht herausgezogen. Und dann versenkt.«

»Du hast sie ... fortgeworfen?«, fragte Chris ungläubig.

Grywwyn nickte so heftig, dass es aussah, als würde sein dürrer Hals abbrechen. »Eigenhändig«, bestätigte er. »Ich hätte es längst tun sollen. Sie hat nichts als Schaden angerichtet, seit der Dagda sie dir gab!«

Chris hatte nicht die Kraft, Grywwyn zu widersprechen. Es war ohnehin zu spät dafür, was geschehen war, war geschehen – und wenn er ganz ehrlich war, dann war er sogar erleichtert, Cuchullins Wurfeisen nicht mehr zu haben.

»Bin ich schwer verletzt?«, fragte er.

Grywwyn antwortete nicht sofort, und allein das war schon Antwort genug. Dann zuckte er mit den Schultern. »Eigentlich nicht«, sagte er. »Du hast eine ganz schöne Schramme abgekriegt, aber die bringt einen kräftigen Burschen wie dich nicht um. Nein, das Problem ist ein anderes.«

»Und welches?«

Der Buka druckste herum. »Die Wunde blutet noch immer«, sagte er schließlich.

»Warum verbindest du sie nicht?«, erkundigte sich Chris. »Es macht nichts, wenn es wehtut. Nur zu.«

Grywwyns Totenkopfgesicht wurde noch finsterer. »Keine Macht der Welt kann diese Wunde verbinden«, sagte er. »Die Gae bulga ist eine magische Waffe. Die Wunden, die sie reißt, heilen nicht.«

Chris erschrak nicht einmal, aber das lag vielleicht daran, dass er im ersten Moment gar nicht begriff, was Grywwyn ihm gesagt hatte. »Dann sterbe ich also«, sagte er.

Grywwyn schwieg.

»Es war alles falsch«, murmelte Chris. »Ich hätte niemals hierher kommen sollen.«

»Humbug!«, fauchte Grywwyn. »Und selbst wenn, du bist nun einmal hier, oder? Außerdem hörst du auf der Stelle auf mit diesem dummen Gerede vom Sterben. Stell dir nur vor, wie peinlich es dir wäre, wenn du aus Versehen doch überlebst.«

Gegen seinen Willen musste Chris lachen, aber es tat weh, und er hörte sofort wieder damit auf. Grywwyn brachte ihm ein Stück Eis, das er aus ihrem improvisierten Rettungsfloß herausgehackt hatte, und steckte es ihm in den Mund, damit er daran lutschen und so wenigstens seinen Durst stillen konnte, und kurz darauf schlief er wieder ein.

Wieder träumte er, aber diesmal konnte er sich hinterher nicht erinnern, was er geträumt hatte. Im Laufe der Nacht bekam er Fieber, und er schrak ein dutzend Mal schreiend und so heftig um sich schlagend hoch, dass Grywwyn ihn kaum halten konnte.

Die Sonne ging auf, aber es wurde nicht wärmer, und noch immer war rings um sie nichts als das Meer und die gewaltigen schwimmenden Eisberge; sie sahen keine Küste, keine Insel und auch kein Segel. Chris verbrachte den Tag in einem Dämmerzustand zwischen Wachen und Schlafen, in dem er sich manchmal mit Grywwyn unterhielt, ohne sich hinterher daran erinnern zu können, manchmal laut fantasierte oder auch stundenlang betäubt dalag, sodass Grywwyn Angst bekam, er wäre tot.

Sie verbrachten eine zweite Nacht auf der Eisscholle, und Chris' Gedanken verwirrten sich mehr und mehr. Er begann zu vergessen, warum sie hier waren, schließlich wer er war. Er blieb wach, aber die Grenzen zwischen Traum und Wirklichkeit begannen zu verschwimmen. Er fantasierte, glaubte Grywwyn im schwarzen Gewand des milesischen Druiden zu sehen und sprach mit Llewellyen, der gar nicht da war.

Als sie schließlich gefunden wurden, hielt er auch dies für einen Traum. Er hörte, wie Grywwyn plötzlich aufsprang und wie wild auf der Stelle zu hüpfen begann, wobei er die Arme schwenkte und spitze, laute Schreie ausstieß, dann verschwammen Wirklichkeit und Fantasie wieder miteinander – er glaubte ein Boot zu sehen, das auf sie zuhielt, ein sehr seltsames, flaches Boot, das aus Tierhäuten gemacht war statt aus Holz, voller seltsam gekleideter Leute, die in einer unverständlichen Sprache redeten, dann wurde er hochgehoben, und obwohl seine Retter sehr behutsam dabei vorgingen, raubte ihm der Schmerz wieder das Bewusstsein.

Von den nächsten drei Tagen wusste er nichts mehr. Er lag im Fieber da und rang mit dem Tod, und die einzige Erinnerung, die er hatte, war die an einen weiteren Albtraum, in dem der schwarze Druide an sein Krankenlager trat und sich an ihm zu schaffen machte; seine Finger tasteten über die Wunde, die die Gae bulga gerissen hatte, und der Schmerz trieb Chris fast in den Wahnsinn.

Als er schließlich erwachte, lag er auf einem niedrigen, fellgedeckten Lager, und der Schmerz in seiner Seite war zu einem qualvollen, aber trotzdem erträglichen Pochen geworden.

Behutsam versuchte er sich aufzusetzen, stellte mit einem leisen Gefühl der Verwunderung fest, dass er es konnte, und sah sich um. Er war in dem sonderbarsten Raum, den er jemals gesehen hatte. Decke, Wände und Fußboden bestanden ganz und gar aus Eis. Und nicht nur sie – Chris stellte verblüfft fest, dass alles hier drinnen aus schimmerndem Eis gemacht war: der Tisch samt den beiden niedrigen, lehnenlosen Stühlen und selbst das Bett, auf dem er aufgewacht war. Es gab eine Tür – natürlich ebenfalls aus Eis – und ein großes, halbrundes Fenster, durch das der Blick auf eine endlose, weißglitzernde Ebene hinausfiel. Die Luft roch nach Schnee, und er spürte den sanften Wind, der draußen wehte, denn das Fenster hatte kein Glas. Trotzdem war es nicht kalt, sondern im Gegenteil gemütlich warm, obwohl nirgends im Raum ein Feuer brannte.

Verwundert schlug er die dünne Decke zurück und schwang die Beine aus dem Bett. Zögernd setzte er die nackten Füße auf den Boden, aber das Gefühl prickelnder Kälte, das er erwartet hatte, stellte sich nicht ein. Seine Augen sagten ihm, dass der Boden aus Eis bestand, aber was er spürte, war ein angenehm weiches, warmes Gefühl, als stünde er auf einem wollenen Teppich.

Chris stand auf, sah sich um und entdeckte seine Kleider auf einem kleinen Hocker neben dem Bett. Rasch bückte er sich nach Hose und Stiefeln, schlüpfte in beides hinein und wollte auch nach dem Hemd greifen, hielt dann aber mitten in der Bewegung inne und sah an sich herab.

Um seine Brust spannte sich ein breiter, sehr straff sitzender Verband, der offenbar von kundiger Hand angelegt worden war. Die Wunde darunter pochte noch immer, aber der Schmerz war nicht mit dem zu vergleichen, an den er sich erinnerte, und der Verband war blütenweiß, nicht vom allerkleinsten Blutstropfen verunziert. Aber hatte Grywwyn nicht behauptet, dass die Wunde nicht aufhören würde zu bluten? Als er sein Hemd überzog, wurde die Tür geöffnet, und Chris sah sich unvermittelt einem vielleicht dreizehnjährigen, dunkelhaarigen Mädchen gegenüber, das in ein einfaches braunes Gewand aus Fellen gekleidet war und bei seinem Anblick mindestens ebenso überrascht zu sein schien wie er von dem ihren. Zwei, drei Sekunden lang blickten sie sich nur wortlos an, dann fuhr das Mädchen auf dem Absatz herum und stürmte wieder aus dem Zimmer, und Chris hörte sie mit heller Stimme rufen. Augenblicke später näherten sich polternde Schritte, und das Mädchen kam zurück, begleitet von einem etwa vierzigjährigen, sehr großen Mann mit dunklem Haar, der Chris einen Moment lang ebenso verblüfft ansah wie sie zuvor, dann aber erfreut und ehrlich erleichtert lächelte. Er sagte etwas in einer Sprache, die Chris nicht verstand, und deutete auf das Bett und dann auf ihn.

Auch ohne die Worte zu verstehen, war Chris die Bedeutung der Frage sofort klar. »Mir geht es gut«, sagte er. »Macht euch keine Sorgen. Ich bin schon wieder völlig in Ordnung.«

Der Schwarzhaarige schien seine Worte so wenig zu verstehen wie Chris die seinen zuvor, denn er schüttelte den Kopf und deutete wieder auf das Bett, und diesmal war die Geste zwar nicht befehlend, aber doch deutlich strenger als beim ersten Mal.

»Ich will wirklich nicht wieder ins Bett«, sagte Chris. »Eure Sorge ist überflüssig. Ich bin völlig gesund. Hier – seht ihr?« Um seine Behauptung zu unterstreichen, schlug er sich mit der flachen Hand auf die bandagierte Seite – und musste sich mit aller Kraft beherrschen, um nicht vor Schmerz aufzuschreien. Ganz so gesund, wie er es gerne hätte, war er offensichtlich doch noch nicht.

»Du solltest lieber tun, was mein Vater sagt«, sagte das Mädchen amüsiert. »Er meint es gut mir dir.«

Chris blickte sie verblüfft an. »Du sprichst meine Sprache?«

»Ein wenig«, antwortete das Mädchen lächelnd. »Und jetzt tu, was mein Vater sagt – und wenn nur, um ihm einen Gefallen zu tun.«

Chris nickte verstört und kroch zurück unter die Decke. »Wer seid ihr?«, fragte er. »Wo bin ich hier, und wie bin ich hierher gekommen?«

Der große Mann sah seine Tochter fragend an, und das Mädchen übersetzte. Die Antwort bestand nur aus einem einzigen Wort. »Später«, übersetzte das Mädchen. »Mein Vater sagt, dass er dir später alle deine Fragen beantworten wird. Aber jetzt sollst du dich ausruhen. Ich werde dir zu essen bringen. Du musst hungrig sein.«

»Und das hat er alles mit einem einzigen Wort gesagt?«, fragte Chris.

»Nein – aber gemeint«, antwortete das Mädchen lächelnd. »Und er hat Recht, weißt du? Du wirst auf die Nase fallen, wenn du dich überanstrengst. Du hast drei Tage und Nächte im Fieber dagelegen.« Ihr Blick wurde ernst. »Wir hatten Angst, dass du sterben könntest. Wenn der Heilige Mann nicht gekommen wäre …« Sie sprach nicht weiter, sondern zuckte nur die Achseln, dann lächelte sie wieder. »Ich gehe und hole dir etwas zu essen.«

Das Mädchen und sein Vater gingen wieder, und Chris blieb verblüfft und ratloser als zuvor zurück. Er erinnerte sich jetzt wieder an das Boot, das Grywwyn und ihn von der Eisscholle geholt hatte – aber das beantwortete weder die Frage, wo er hier war, noch, wieso dieses Mädchen die Sprache Erinns beherrschte.

Die Tür wurde aufgestoßen. Aber es war nicht das Mädchen, das hereinkam, sondern eine kleine Gestalt mit einem zerknitterten Gesicht, die in die zerbeulten Überreste einer Rüstung gekleidet war.

»Grywwyn!«, rief Chris erfreut. »Du lebst!«

»Wie du siehst«, antwortete der Buka säuerlich. »Aber das ist nicht dein Verdienst. Im Gegenteil, möchte ich sagen.« Er kam auf Chris zugetrippelt, blieb zwei Schritte vor dem Bett stehen und wackelte mit dem Kopf. »Wie fühlst du dich?«, fragte er, und es lag ein solcher Ernst in dieser Frage, dass Chris die scherzhafte Antwort herunterschluckte, die ihm auf der Zunge lag, und nur »Gut!«, sagte.

»Es ist ein Wunder«, murmelte Grywwyn. »Du müsstest tot sein, weißt du das?«

Chris legte vorsichtig die Hand auf die Stelle, an der der Verband unter seinem Hemd spannte. »Es tut kaum noch weh«, sagte er. »Aber wie ist das möglich? Du selbst hast doch behauptet, dass die Wunden, die die Gae bulga reißt, niemals heilen.«

»Und das ist auch so«, beharrte der Buka. »Oder war so, bisher.« Er seufzte. »Wir waren zwei Tage und Nächte auf der Scholle, ohne dass die Wunde zu bluten aufgehört hätte. Du bist immer schwächer geworden, und daran hat sich auch nichts geändert, als Ayya uns fand und in sein Haus brachte. Aber vor drei Nächten ist der Heilige Mann gekommen und eine Stunde bei dir geblieben. Und als er ging, war die Wunde verheilt. Seine Macht muss grenzenlos sein.«

Chris nickte verblüfft. Dann hatte er sich also doch nicht alles nur eingebildet – es war tatsächlich jemand zu ihm gekommen und hatte ihn geheilt, jemand, den er im Fieberwahn für den Milesier gehalten hatte.

»Ist er noch hier?«, fragte er.

Grywwyn schüttelte den Kopf. »Nein. Er hat kein Wort gesprochen, sondern nur seinen Lohn von Ayya genommen und ist wieder gegangen. Aber mir war er irgendwie unheimlich.« Er grinste. »Gleichwie – dir hat er den Hals gerettet. Die Götter scheinen es wirklich gut mit dir zu meinen, obwohl du ein Narr bist. Oder vielleicht gerade weil.« Chris überging die beiden letzten Sätze des Buka. »Was ist passiert?«, fragte er. »Wo sind wir hier, und was ist das für ein sonderbares Haus?«

»Wir sind im Kalten Land«, antwortete Grywwyn. »Und das Haus gehört Ayya und seiner Familie. Du hast ihn gerade kennen gelernt – es ist der Fischer, der uns gerettet hat.« Er zog sich auf Chris' Bett hoch und versuchte sich bequem hinzusetzen, was aber mit der Rüstung, in der er noch immer steckte, kaum möglich war.

»Hör zu«, fuhr er dicht über Chris gebeugt in halblautem Flüsterton fort. »Es gibt ein paar Dinge, die du wissen solltest, ehe du mit Ayya redest.«

Chris wurde hellhörig. Grywwyns Stimme klang besorgt – und dabei hatte er bisher das Gefühl gehabt, bei Freunden zu sein; oder zumindest Leuten, die es gut mit ihm und dem Buka meinten.

»Was ist los?«, fragte er. »Wieso trägst du noch deine Waffen? Sind wir in Gefahr?«

»Nein«, antwortete Grywwyn. »Ayya ist ein sehr freundlicher Mann. Alle hier sind sehr gastfreundlich. Sie meinen es gut mir dir. Ayya hat viel riskiert, nur um den Heiligen Mann holen zu lassen, damit er deine Wunden heilt. Das ist es nicht. Eher das Gegenteil.«

»Wie meinst du das?«

»Sie halten uns für etwas Besonderes«, antwortete Grywwyn. Er klopfte mit seiner dürren Hand auf die zerbeulte Schwertscheide an seinem Gürtel. »Deswegen.«

»Wegen der Waffen? Das verstehe ich nicht.«

»Deshalb erkläre ich es dir ja, Dummnase!«, sagte Grywwyn, plötzlich wieder ganz der alte, patzige Buka. »Das hier ist das Kalte Land. Die Eisscholle hat uns an seine Küste getrieben, oder zumindest weit genug in seine Nähe, dass Ayya uns finden konnte. Die Leute hier sind sehr arm, auch wenn es im ersten Moment vielleicht nicht den Anschein haben mag. Einfaches Eisen ist hier wertvoller als bei uns Gold, und nur Krieger und Edelleute haben das Recht, Waffen aus Eisen zu tragen wie du und ich. Sie wissen nicht, woher wir kommen, sondern glauben, dass wir Schiffbrüchige aus einem benachbarten Königreich sind. Und es wäre besser, wenn du sie in dem Glauben lassen würdest.«

»Aber warum?«, fragte Chris. »Du hast selbst gesagt, dass sie freundlich sind.«

»Solange sie glauben, dass wir zu ihnen gehören, ja«, fügte Grywwyn hinzu. »Ich hatte in den letzten Tagen Zeit, mich ein wenig mit Esther zu unterhalten.«

»Esther?«

»Das Mädchen«, erklärte Grywwyn. »Sie ist die einzige, die unsere Sprache spricht.« Er winkte unwillig ab, als Chris eine Zwischenfrage stellen wollte, und fuhr hastig fort: »Für diese Leute hört die Welt jenseits der Eisigen See auf, verstehst du? Sie wissen nichts von Erinn und all den anderen Ländern. Wenn sie nun hören, dass wir aus einem Land kommen, das es gar nicht gibt ...«

»Ich verstehe«, grinste Chris. »Du hast Angst, sie könnten uns für Dämonen oder Geister halten.« Der Spott, den er in diese Worte legte, prallte an Grywwyn ab. Der Buka wiegte nur den Schädel.

»Ich weiß es nicht«, sagte er. »Aber es könnte unsere Reise gefährden. Sie würden uns Fragen stellen. Uns im besten Fall ihren Königen vorstellen und aus reiner Neugier festhalten. Aber wir müssen weiter. Wir haben schon viel zu viel Zeit verloren.«

Chris nickte widerstrebend. Der Gedanke, Ayya und seine Familie zu belügen, gefiel ihm nicht, denn schließlich hatten diese Leute ihm das Leben gerettet, aber Grywwyn hatte Recht – sie hatten fast eine Woche verloren, und der Weg über die Berge war noch weit und gefährlich. Und an jedem Tag, der bis zu ihrer Rückkehr verging, ging der furchtbare Krieg in Erinn weiter.

»Ich habe erzählt, dass wir von einem Schiff kommen, das mit einem Eisberg kollidiert ist.« Er grinste. »So etwas soll ja hier öfter vorkommen, habe ich mir sagen lassen. Ayya jedenfalls hat mir geglaubt. Wenn sie Fragen stellen, dann rede dich darauf hinaus, dass wir auf einer geheimen Mission sind, über die zu sprechen uns verboten ist.«

»Das hast du ihnen erzählt?«

»Ich?« Grywwyns Gesicht wurde geradezu unverschämt. »Ich habe gar nichts erzählt«, fuhr er feixend fort. »Ich bin schließlich nur dein Sklave und Leibwächter, hoher Herr. Jedenfalls glaubt Ayya das.«

Schritte hinderten sie daran weiterzureden, und Chris beschränkte sich auf einen Unheil verkündenden Blick an Stelle der Schimpftirade, die er eigentlich auf den Buka loslassen wollte. Grywwyn sprang mit einem Satz von seinem Bett herab und verbeugte sich demütig, als Esther das Zimmer betrat, konnte sich aber ein anzügliches Grinsen nicht verkneifen, kaum dass sie nicht mehr in seine Richtung sah.

Esther reichte Chris eine Schale mit dampfend heißer Suppe und Brot, und er schlang beides heißhungrig in sich hinein. Alles in allem hatte er fünf Tage lang nichts gegessen, und er spürte erst nach den ersten Bissen, wie ausgehungert er war. Das Mädchen holte eine zweite Portion Suppe und noch mehr Brot, und Chris aß wieder alles bis auf den letzten Krümmel auf. Erst als sein ärgster Hunger gestillt war, fiel ihm ein, was Grywwyn ihm erzählt hatte: dass die Bewohner des Kalten Landes sehr arm waren. Sein schlechtes Gewissen meldete sich. Mit einem unsicheren Lächeln lehnte er Esthers Angebot ab, ihm eine dritte Portion zu holen.

»Mein Vater möchte jetzt mit dir sprechen«, sagte das Mädchen. »Wenn du dich kräftig genug dazu fühlst.«

»Natürlich«, antwortete Chris, Grywwyns warnenden Blick ignorierend. »Hol ihn nur.«

Esther ging und kehrte gleich darauf zusammen mit ihrem Vater zurück, und während der nächsten halben Stunde beantwortete Chris gehorsam alle Fragen, die Ayya ihm stellte – oder eben auch nicht. Er blieb im Großen und Ganzen bei der Wahrheit, redete sich aber immer dann, wenn die Sprache auf seine Herkunft oder sein Ziel kam, darauf hinaus, nichts darüber sagen zu dürfen; eine Antwort, die Ayya seltsamerweise widerspruchslos akzeptierte. Schließlich verabschiedete sich der Fischer mit dem – von Esther übersetzten – Versprechen, am Abend wieder zu kommen, um dann alles für seine Weiterreise Nötige mit ihm zu bereden. Chris atmete erleichtert auf, als Ayya und seine Tochter wieder gegangen waren, aber Grywwyn wirkte noch immer besorgt. Doch der Buka sagte nichts, sondern ging nach einer Weile ebenfalls hinaus und ließ Chris allein, und plötzlich spürte er, wie sehr ihn das Gespräch angestrengt hatte. Er ließ sich zurücksinken, schloss die Augen und schlief auf der Stelle ein.

Als er erwachte, war das Licht vor dem Fenster grau geworden; die Abenddämmerung brach herein. Er fühlte sich ausgeruht und frisch, und es hielt ihn nicht mehr im Bett. Er stand auf, sah sich einen Moment unschlüssig um und öffnete schließlich zögernd die Tür.

Vor ihm erstreckte sich ein langer, vollkommen leerer Gang, von dem drei weitere Türen aus glitzerndem Eis abzweigten. Irgendwo im Haus waren Stimmen und Geräusche, aber sie waren weit fort, und als Chris schüchtern nach Ayya und Esther rief, bekam er keine Antwort. So verließ er das Zimmer vollends und machte sich auf eigene Faust daran, seine Umgebung zu erkunden.

Hinter der ersten Tür, die er öffnete, lag ein Zimmer, das dem seinen zum Verwechseln glich und augenscheinlich unbewohnt war, und hinter der zweiten eine Art Lagerraum voller Krüge und Vorratsbehälter, die allesamt aus Eis gefertigt waren. Er nahm sich vor, Esther nach dem Geheimnis dieses Eises zu fragen, das nicht kalt war und auch nicht schmolz, wenn man es berührte.

Auch hinter der dritten Tür entdeckte er nichts Besonderes – ein Zimmer wie das seine, nur dass dieses hier bewohnt war, denn auf dem Bett lag eine Decke, und an zierlichen Eishaken an den Wänden hingen Kleider aus zusammengenähten Fellen und ein schwerer Kapuzenmantel. Dies musste Esthers Zimmer sein, dachte er und blickte sich neugierig um. Kein Zweifel – es war das Zimmer eines Mädchens. Alles war sauber aufgeräumt und adrett, und auf einem kleinen Bord unter dem Fenster stand eine Anzahl winziger Puppen, wie fast alles hier aus Eis, aber so kunstvoll gearbeitet, dass sie fast lebendig aussahen. Chris trat ans Fenster und nahm eine der Puppen in die Hand. Sie war sehr schwer, und sie fühlte sich überhaupt nicht kalt an, sondern warm und weich, wie es eine Puppe tun sollte.

»Gefällt sie dir?«, fragte eine Stimme hinter ihm.

Chris schrak so sehr zusammen, dass er die Puppe um ein Haar fallen gelassen hätte. Hastig stellte er sie auf ihren Platz zurück, drehte sich herum und rettete sich in ein verlegenes Lächeln, als er Esther erkannte.

»Oh«, sagte er, weil ihm nichts Besseres einfiel. »Du bist es.«

»Natürlich«, antwortete Esther spöttisch. »Das ist mein Zimmer, warum sollte ich es also nicht sein?« Aber sie schien ihm sein Eindringen nicht übel zu nehmen, denn ihr Spott klang eher gutmütig. Sie deutete auf die Puppen. »Gefallen sie dir?«, fragte sie noch einmal.

»Sehr«, antwortete Chris. »Ich habe selten etwas Schöneres gesehen.«

»Mein Vater schnitzt sie selbst«, sagte Esther. »Im Winter, wenn die See zugefroren ist und die Boote nicht hinausfahren können. Die Winter sind sehr lang hier bei uns.«

Winter? dachte Chris verblüfft. Unwillkürlich sah er aus dem Fenster. Draußen erstreckte sich Eis, so weit das Auge reichte, und es schneite noch immer. Was zum Teufel glaubte sie, dass draußen war?

»Sommer natürlich«, antwortete Esther. Er hatte, ohne es zu merken, die Frage leise vor sich hingemurmelt, statt sie nur zu denken. »Dort, wo du herkommst, nicht?«

»Doch«, antwortete Chris hastig. »Sicher. Aber es ist … ein wenig anders.«

»Wie?«

Die Frage kam so schnell, dass Chris um ein Haar darauf geantwortet hätte. Im letzten Moment biss er sich auf die Zunge. Esther lächelte.

»Ich verstehe«, sagte sie. »Dein Schwur, nichts zu verraten. Ihr seid ja auf einer geheimen Mission.«

Wovon sie kein Wort glaubte, das machte ihr Ton deutlich. Chris murmelte eine Entschuldigung und wollte an Esther vorbei zur Tür gehen, aber das Mädchen hielt ihn am Arm zurück.

»Bleib«, bat sie. »Ich … wollte sowieso mit dir sprechen.« Unschlüssig blieb Chris stehen und sah sie fragend an.

»Wer bist du wirklich?«, fragte Esther.

»Wie meinst du das?«

»So, wie ich es sage«, antwortete Esther. Eine leise Spur von Ärger schwang in ihrer Stimme mit. »Und erzähl mir nicht noch einmal den Unsinn, dass ihr auf einer geheimen Mission seid, von der ihr nichts erzählen dürft. Mein Vater und die anderen mögen das glauben. Ich nicht.«

»Wieso nicht?«

»Weil ich blind sein müsste, um nicht zu merken, dass du zum ersten Mal in deinem Leben hier bist«, sagte Esther spöttisch. Dann begann sie die einzelnen Punkte an den Fingern aufzuzählen. »Einen so komischen Kauz wie den, der dich begleitet, hat noch niemand zuvor hier gesehen. Du weißt nicht, dass jetzt Sommer ist, und du hast im Fieber von Dingen fantasiert, von denen ich nie gehört habe. Soll ich weitermachen?«

Chris schwieg einen Moment, dann schüttelte er den Kopf. »Nein«, sagte er. »Du hast Recht. Wir sind nicht von hier. Aber ich kann dir nicht sagen, woher wir wirklich kommen. Jedenfalls sind wir nicht hier, um irgendjemandem ein Leid anzutun.«

»Das weiß ich«, antwortete Esther. »Wäre ich nicht davon überzeugt, dann hätte ich meinen Vater nicht angelogen.«

»Du hast ihn belogen?«

»Ein paar von deinen Antworten waren nicht sehr geschickt, weißt du? Ich habe sie … ein wenig frei übersetzt«, erklärte sie lächelnd.

Chris stimmte in ihr Lachen ein, wurde aber sofort wieder ernst. »Du wirst uns nicht verraten?«, fragte er.

»Natürlich nicht«, antwortete Esther beleidigt. »Aber dafür musst du mir von deiner Heimat erzählen. Ihr kommt aus dem Süden, nicht wahr? Aus dem Land jenseits der Eisigen See.«

Chris sah sie verblüfft an. »Ihr wisst von –«

»Nicht wir«, unterbrach ihn das Mädchen betont. »Ich. Du bist nicht der erste, der aus dem Land zu uns kommt, von dem die Alten behaupten, dass es gar nicht existiert. Vor vielen Jahren wurde schon einmal ein Seemann hier angespült. Mein Vater ist einer der wagemutigsten Fischer im ganzen Dorf, musst du wissen. Er fährt viel weiter hinaus als die andern, und aus diesem Grund fängt er meistens auch die größten Fische. Wir hungern selten, nicht einmal im Winter. Vor ein paar Jahren fand er einen Mann, der auf einer Eisscholle trieb, genau wie dein Freund und du. Er war mehr tot als lebendig, und er fieberte und redete in einer Sprache, die niemand von uns verstand. Wir mussten den Heiligen Mann rufen, um sein Leben zu retten. Er blieb sehr lange, auch als der Fremde schon nicht mehr in Gefahr war. Eine ganze Nacht und einen ganzen Tag lang redete er mit dem fremden Seemann, und bevor er ging, lehrte er mich seine Sprache.«

»Einfach so?«, fragte Chris zweifelnd.

»Nicht einfach so«, erwiderte Esther in belehrendem Tonfall. »Der Heilige Mann ist ein mächtiger Zauberer. Er gab mir die Zunge des Fremden, damit ich seine Worte übersetzen konnte, aber er verbot mir, von seiner Heimat zu erzählen.«

»Du meinst, deine Eltern haben nie erfahren, woher er kam?«

Esther verneinte. »Ein paarmal habe ich trotzdem versucht, es ihnen zu sagen, aber niemand wollte mir glauben. Ich glaube, der Heilige Mann hat etwas getan, um es zu verhindern. Für alle anderen hört die Welt jenseits der Eisigen See einfach auf.«

Chris starrte das Mädchen an. Ein furchtbarer Verdacht stieg in ihm empor. »Dieser ... Heilige Mann«, sagte er stockend. »Wer ist er?«

»Der Heilige Mann eben«, antwortete Esther mit einem Schulterzucken. »Er hat keinen Namen.«

»Aber er ist ein Zauberer?«

»Der mächtigste überhaupt«, bestätigte Esther. »Er heilt unsere Kranken, und er hat uns gelehrt, das Eis so zu bearbeiten, dass es uns wärmt und wir Häuser und nützliche Dinge daraus machen können.« Plötzlich lächelte sie und eilte zu einer niedrigen Truhe. »Er hat mir etwas geschenkt. Sieh!« Sie klappte den Deckel der Truhe auf und beugte sich darüber, und als sie sich wieder umwandte, hielten ihre Finger einen kleinen Würfel aus glasklarem Eis.

In ihm eingeschlossen war eine Rose.

Verblüfft trat Chris näher und betrachtete die Blume. Sie war nicht sehr groß, und zwei ihrer Blätter waren bereits welk, der Stiel geknickt. Aber Esthers Augen strahlten, während sie sie ihm hinhielt, und Chris begriff, dass die ärmliche Blume für das Mädchen das Kostbarste war, was es überhaupt besaß.

»Sie ist … wunderschön«, sagte er.

»Ja, das ist sie«, bestätigte Esther. »Ich habe niemals etwas Schöneres gesehen.«

»Ich auch nicht«, sagte Chris. Er spürte gleich, dass das ein Fehler gewesen war. Esther sah ihn an und lächelte weiter, aber etwas in ihrem Lächeln war erloschen, und in ihren Augen war plötzlich Enttäuschung, dann Schmerz. Ihre Finger begannen zu zittern. Hastig gab sie den Eiswürfel zurück in ihre Truhe und klappte den Deckel zu.

»Es gibt solche Blumen auch bei euch, nicht wahr?«, sagte sie plötzlich.

Chris nickte. Er schwieg.

»Und größere und schönere«, fuhr Esther fort.

»Ja«, murmelte Chris. Er brachte es nicht fertig, das Mädchen zu belügen. »Sie sind nicht einmal etwas Besonderes, da, wo ich herkomme«, sagte er.

Esther nickte traurig. »So war es hier früher auch«, sagte sie. »Ich bin zu jung, um mich daran zu erinnern, aber manchmal erzählen die Alten Geschichten. Geschichten, die sie von ihren Eltern gehört haben und diese von ihren. Bevor das Eis kam, hat es hier auch Blumen gegeben.«

»Bevor das Eis kam?«, wiederholte Chris. »Du meinst, es war nicht immer so?«

Esther schüttelte so heftig den Kopf, dass ihr Haar flog. Aber sie antwortete nicht sofort, sondern trat stumm ans Fenster und blickte in das Schneetreiben hinaus, bis Chris neben sie trat.

»Sie sagen, dass dieses Land früher einmal grün war«, flüsterte sie mit leiser, zitternder Stimme. »Ich weiß nicht, wie das sein soll, ein ganzes Land, das grün ist, aber es war so. Sie sagen, dass die Menschen sich nur zu bücken brauchten, um Nahrung vom Boden aufzuheben, und dass es Tiere gab, nicht nur Wölfe und Hunde, sondern andere Tiere, die mit den Menschen spielten und ihre Freunde waren. Und es gab große Städte, in denen die Menschen lebten, ohne jeden Tag aufs Meer hinausfahren und ihr Leben riskieren zu müssen.«

»Gibt es die heute nicht mehr?«, fragte Chris.

»Doch«, antwortete Esther. »Aber nicht für uns. Im Westen liegt die Burg der Könige, und an der Küste im Osten die Stadt und der Hafen. Aber die sind nicht für uns. Nur die Krieger dürfen sie betreten.«

»Gibt es viele Fischer, so wie euch?«, fragte Chris.

Esther nickte. »Ja«, sagte sie. »Wovon sollten wir sonst leben, außer vom Fischen? Aber es werden immer weniger. Manche verhungern im Winter oder sterben an der Kälte, wenn die lange Nacht hereinbricht. Und manche schließen sich den Kriegern an und gehen fort.«

»Was ist geschehen?«, fragte Chris leise. »Was hat euer Land so verändert?«

»Das weiß niemand mehr«, sagte Esther. »Es ist so lange her, dass die Menschen es vergessen haben. Manche sagen, dass es eine Laune der Götter war, manche, dass die Menschen selbst es waren, die ihre Welt zerstörten, als sie an Mächte rührten, an die niemand rühren durfte. Aber einst war unser Volk groß und mächtig und stolz. So wie eures.« Sie wandte den Kopf und sah Chris an, und ihre Augen blitzten, als er nicht antwortete.

»Du glaubst mir nicht«, sagte sie. Mit einer plötzlichen zornigen Bewegung deutete sie nach Norden. »Aber es ist die Wahrheit. Dort hinten, bei den Bergen, hat unser Volk einst gelebt, und die Gläserne Stadt ist immer noch da. Geh hin und sieh sie dir an, wenn du mir nicht glaubst.«

»Aber ich glaube dir ja«, antwortete Chris. »Es ist nur so, dass ich …« Er stockte. Für einen Moment war er nahe daran, Esther alles zu sagen – den Grund, aus dem sie hier waren, das, was in Erinn geschah … Aber er tat es nicht. Er hätte ihr damit nur wehgetan, und das wollte er um keinen Preis.

Esther deutete mit einer Kopfbewegung auf die Stelle an seinem Gürtel, an der normalerweise das Schwert hing. »Ihr wart bewaffnet, als mein Vater euch gefunden hat«, begann sie. »Dein seltsamer Freund und du. Was bist du? Ein Krieger? Oder der Sohn eines Edelmannes?«

»Etwas … Ähnliches«, antwortete Chris ausweichend, wobei er absichtlich offen ließ, für welche der beiden Fragen diese Antwort galt.

»Nur Krieger oder Könige dürfen Waffen besitzen, bei uns«, bohrte Esther weiter. »Und du warst verwundet, als Vater dich fand. Ihr habt gekämpft?«

»Und verloren«, gestand Chris. Esther sah ihn fragend an, und er fügte mit einem verlegenen Lächeln hinzu: »Unser Schiff ist nicht mit einem Eisberg kollidiert, Esther. Wir wurden von Piraten angegriffen und versenkt. Sie haben uns nicht viel genutzt, unsere Waffen.«

Und dann sagte er etwas, das ihn selbst überraschte: »Komm mit mir.«

Esther riss erstaunt die Augen auf. »Wie … meinst du das?«, fragte sie stockend.

Chris schalt sich in Gedanken einen Narren und versuchte, den Mund zu halten, aber die Worte sprudelten einfach weiter aus ihm heraus: »Grywwyn und ich bleiben nicht hier«, sagte er. »Wir werden in unsere Heimat zurückkehren, sobald unsere Aufgabe erfüllt ist. Du kannst uns begleiten, wenn du willst.«

Lange, endlos lange, wie es schien, schwieg das Mädchen. Sie sah ihn nur an, und für wenige Augenblicke sah Chris einen Funken verzweifelter Hoffnung in ihrem Blick. »Mit dir …« flüsterte sie schließlich. »In … in deine Heimat? In das Land, in dem es Blumen gibt?«

Chris nickte. »Und Tiere und Berge, die grün sind.«

»Mit dir kommen«, sagte Esther noch einmal. »Du … du würdest mich wirklich mitnehmen?«

»Wenn du willst.«

Wieder schwieg das Mädchen für endlose Sekunden. Und dann schüttelte es den Kopf. »Nein.«

»Nein?«, wiederholte Chris fassungslos. »Aber warum –?«

»Ich will es«, sagte Esther. »Ich wünsche es mir wie nichts anderes auf der Welt, seit dem Tag, an dem der fremde Seemann kam und von eurer Welt erzählte. Aber ich kann es nicht. Ich gehöre hierher.«

»In ein sterbendes Land?«

»Und zu einem sterbenden Volk«, sagte Esther. Sie schien noch mehr sagen zu wollen, aber dann wandte sie sich mit einem Ruck um, und Chris sah Tränen in ihren Augen schimmern.

Niedergeschlagen drehte er sich um und ging in sein Zimmer zurück.

Die Flucht

»Das ist völlig unmöglich!«, sagte Grywwyn, nachdem Chris ihm von seinem Gespräch mit dem Mädchen erzählt hatte.

»Was?«, fragte Chris. »Dass Ayya und seine Familie in Wirklichkeit Milesier sind? Dass der Heilige Mann dieses Volkes niemand anders ist als der Schwarze Druide?« Er schüttelte den Kopf und machte eine entschiedene Handbewegung, als Grywwyn widersprechen wollte. »Es ist das einzige, was Sinn hat, Grywwyn«, sagte er. »Wir hätten es schon merken müssen, als sie uns auf See angegriffen haben.«

Grywwyn blickte fragend, und Chris fügte mit einem traurigen Lächeln hinzu: »Deswegen ist der zweite Fomoraig dem Eisberg ausgewichen, Grywwyn. Cochran und der Druide konnten die Piraten warnen – weil sie hier zu Hause sind.« Niedergeschlagen trat er ans Fenster, blickte eine Weile stumm in den lautlos fallenden Schnee hinaus und fuhr dann mit leiser, beinahe tonloser Stimme fort: »Ich wollte es auch nicht glauben, aber es gibt keine andere Erklärung. Und du weißt, dass es so ist.«

»Die Milesier – die Bewohner des Kalten Landes?«, rief Grywwyn entsetzt. »Denk doch einmal nach – der Heilige Mann hat dein Leben gerettet! Wäre er der Schwarze Druide, warum hätte er das dann wohl tun sollen?«

»Warum hat er uns nicht getötet, draußen auf See?«, erwiderte Chris ruhig. »Er hätte es gekonnt. Er hätte unser Eisfloß so mühelos zerstören können, wie seine Blitze Caraian verbrannt haben. Ich weiß nicht, warum er tut, was er tut. Aber er ist es. Mein Wort darauf!«

»Es muss eine andere Erklärung geben!«, sagte Grywwyn.

»Welche?«, fragte Chris, ohne sich zu dem Buka herumzudrehen. »Wann haben die Angriffe der Milesier begonnen, Grywwyn?«

»Vor … ein paar Jahren«, antwortete Grywwyn widerwillig. »So genau weiß ich das nicht. Wir auf der Tir Nan Og hören ja alles nur aus zweiter Hand.« Er versuchte witzig zu klingen, aber es misslang kläglich, und Chris ging auch nicht darauf ein.

»Vor einigen Jahren«, wiederholte er. »Kurz nachdem der Seemann von Ayya gerettet wurde und der Heilige Mann mit ihm gesprochen hat, nicht wahr? Ein Seemann aus Erinn, der an die Küste eines sterbenden Landes gespült wurde, das mit jedem Jahr weniger in der Lage ist, seine Menschen zu ernähren. Und kurze Zeit später landeten die ersten Schiffe an Erinns Küsten.« Abrupt drehte er sich zu Grywwyn um. »Weißt du, warum sie so gnadenlos sind, Grywwyn?«, fragte er. »Weil sie nichts zu verlieren haben. Ihre Welt stirbt langsam, aber unaufhaltsam. Sie können nicht zurück. Sie müssen Erinn erobern, wenn ihr Volk weiterleben soll! Sie haben keine andere Wahl!«

»Unmöglich!«, widersprach Grywwyn, aber man hörte, dass er es gegen besseres Wissen tat.

Chris sah den Buka an. »Manche schließen sich den Kriegern an und gehen fort«, wiederholte er die Worte, die das Mädchen gesagt hatte. Grywwyn starrte ihn an. Seine Augen waren groß.

»Und was wirst du tun?«, fragte er leise.

»Tun?« Chris zuckte mit den Achseln. Er hatte bisher nicht über diese Frage nachgedacht; vielleicht, weil er Angst vor der Antwort hatte.

»Willst du zurückgehen und Fuavarra sagen, dass du den Drachen doch nicht holst?«, fragte Grywwyn.

»Vielleicht«, antwortete Chris. »Vielleicht sollte ich das tun.«

»Und was würde das ändern?« Der Buka schüttelte traurig den Kopf. »Was ändert es überhaupt, dass wir jetzt wissen, wer die Milesier sind? Sie greifen noch immer unser Land an, sie töten noch immer unsere Krieger, und sie zerstören noch immer unsere Städte.«

Ja, dachte Chris betrübt – was änderte sich? Außer dass er nun wusste, woher die Milesier kamen? Trotzdem machte es alles noch viel schlimmer.

»Was das Mädchen dir erzählt hat, ist nur ein Grund mehr für uns, so schnell wie möglich von hier zu verschwinden. Hast du die Karte noch, die Carnak dir gab?«

Chris nickte. Er hatte das lederumhüllte Päckchen die ganze Zeit über bei sich getragen; selbst als er fiebergeschüttelt auf dem Eisfloß im Meer getrieben war. Bisher hatten sie es nicht geöffnet.

»Dann such deine Kleider und deine Waffen zusammen und lass uns verschwinden.« Grywwyn deutete nach draußen. »Die Nächte sind sehr lang hier. Bis es hell wird und sie unser Fehlen bemerken, sind wir schon weit weg. Und der Schnee wird unsere Spuren verwischen.«

Alles in Chris sträubte sich gegen den Gedanken, in diese eisige Nacht und den Schnee hinauszugehen, aber er wusste auch, dass der Buka Recht hatte. Es war nicht so, dass er Ayya und seiner Familie misstraute, aber der Druide war hier gewesen, und wenn er wusste, dass sie lebten und wo sie waren, dann wussten es auch die Krieger, von denen Esther gesprochen hatte. Krieger, die nichts anderes als Milesier waren. Schweren Herzens band er sich den Waffengurt um, schob das Päckchen mit Carnaks Karte unter sein Wams und nahm die Decke vom Bett. Es tat ihm weh, diese Leute bestehlen zu müssen, aber die Nacht war eisig, und weiter im Norden würde es noch kälter werden. Nach kurzem Zögern nahm er auch noch die zweite Felldecke und schlang sie sich wie einen Mantel um die Schultern.

»Wir werden ein Pferd stehlen müssen«, sagte er. »Oder

besser zwei. Hast du etwas, was wir als Bezahlung zurücklassen können?«

Grywwyn schüttelte den Kopf. »Nein«, sagte er. »Sie haben keine Pferde. Aber draußen im Schuppen habe ich einen Hundeschlitten gesehen. Kannst du mit so etwas umgehen?« Chris verneinte. »Du?«

»Ich werde es lernen«, seufzte Grywwyn.

Chris wollte zur Tür gehen, aber der Buka hielt ihn zurück und deutete auf das Fenster. »Besser, wir schleichen uns aus dem Haus. Sie denken sicher, dass wir schon schlafen.«

Hintereinander kletterten sie durch das offen stehende Fenster hinaus. Dabei war es Chris, als stießen seine Finger durch einen unsichtbaren, aber zähen Vorhang, der die Eiseskälte der Nacht zurück- und die Wärme im Haus hielt; sicherlich ein Zauber, den der Schwarze Druide gewoben hatte, um das Leben hier überhaupt noch zu ermöglichen.

Chris versank bis über die Knöchel in frisch gefallenem Pulverschnee, und eisiger Wind biss in sein Gesicht. Die Luft, die er einatmete, schmeckte scharf und metallisch. Geduckt liefen sie auf ein niedriges Gebäude zu, dessen Umrisse nur schemenhaft im dichten Schneetreiben zu erkennen waren.

Der Stall bestand aus Eis, wie das Wohnhaus, und wie in jenem herrschte auch in ihm eine angenehme Temperatur. Mildes weißes Licht erhellte einen großen, sehr sauberen Raum, in dem nicht nur die Hunde untergebracht waren, von denen Grywwyn gesprochen hatte, sondern auch allerlei Gerätschaften und Vorräte, die Ayya wohl für den Winter angeschafft hatte.

Und fünf riesige Milesier-Pferde samt Reitern, die im Halbkreis um Ayya herumstanden und heftig mit ihm diskutierten.

Keiner der Krieger blickte in ihre Richtung, als Chris die Tür öffnete und eintrat, und das rettete ihnen wahrscheinlich das Leben. Einen Augenblick lang starrte Chris die breitschultrigen, felltragenden Gestalten mit den Eisenmasken fassungslos an, dann prallte er zurück und schlug die Tür wieder zu. Grywwyn verlor durch die heftige Bewegung das

Gleichgewicht und plumpste in den Schnee, und noch bevor er den Mund zu einer Schimpfkanonade aufmachen konnte, hatte Chris ihn am Kragen gepackt, die Linke über seine Lippen gelegt, und jagte davon, wobei er den zappelnden Buka einfach hinter sich herschleifte. Erst als sie um die Ecke des Gebäudes gebogen waren, ließ er Grywwyn wieder los.

Der Buka rang japsend nach Luft. »Was fällt dir ein?«, keuchte er. »Du hättest mich fast umgebracht, du Tölpel!«

»Milesier«, sagte Chris nur.

Grywwyns Augen wurden groß. »Milesier?«, keuchte er. »Wo?«

Chris deutete mit einer Kopfbewegung auf den Stall. »Dort drinnen.«

»Dann hat uns Ayya doch verraten!«, sagte Grywwyn aufgebracht, aber Chris schüttelte den Kopf. Er hatte nur einen Blick in den Schuppen geworfen, aber selbst dieser hatte gereicht, ihn davon zu überzeugen, dass Ayya und die Milesier nicht gerade Freunde waren.

»Das glaube ich nicht«, sagte er. »Ich denke eher, dass jemand sie geschickt hat. Cochran ist bei ihnen.« Er war sicher, den Milesier erkannt zu haben; trotz der eisernen Maske, die er vor dem Gesicht trug. Es war der Mann gewesen, der am heftigsten auf Ayya eingeredet hatte.

»Cochran? Unmöglich!«, behauptete Grywwyn. »Der muss ertrunken sein!«

»Das dachte er von uns wahrscheinlich auch«, grollte Chris. »Aber jetzt wohl nicht mehr – sonst wäre er kaum hier.«

Hilflos sah er sich um. Das Schneetreiben war so dicht geworden, dass er nicht einmal mehr das Haus sehen konnte. Wenn sie blindlings losstolperten, würden sie sich verirren. Bestenfalls würden sie sich im Kreis bewegen und den Milesiern geradewegs wieder in die Hände laufen. Oder in der Kälte dieser pechschwarzen Nacht zu Grunde gehen.

»Was tun wir jetzt?«, murmelte er. »Zu Fuß haben wir keine Chance.«

»Dann warten wir, bis sie ins Haus gegangen sind, und stehlen ihre Pferde«, schlug Grywwyn vor.

»Sie werden einen Wächter zurücklassen.«

»Was ist denn ein Milesier gegen einen Burschen, der ausgezogen ist, einen Drachen zu besiegen!«, fragte Grywwyn spöttisch, wurde aber sofort wieder ernst. »Wir werden es riskieren müssen, oder fällt dir etwas ...« Grywwyn unterbrach sich mitten im Satz und starrte erschreckt ins dichte Schneetreiben, und als Chris sich umwandte, sah er eine geduckte Gestalt auf sie zueilen. Er zog sein Schwert, aber dann erkannte er das Gesicht unter der Fellkapuze und senkte die Waffe wieder. »Esther!«, rief er erstaunt. »Du?«

»Seid froh, dass ich es bin«, antwortete das Mädchen hastig. Sie sah sich angstvoll um und sprach mit schneller, gehetzt klingender Stimme weiter. »Ihr müsst weg, aber wie ich sehe, habt ihr das schon bemerkt. Es sind Krieger gekommen, die nach euch fragen.«

»Ich weiß«, antwortete Grywwyn zornig. »Wir haben sie gesehen. Zusammen mit deinem Vater!«

»Mein Vater hat nichts damit zu tun«, erwiderte das Mädchen aufgebracht. »Er hat sich mit ihrem Anführer gestritten. Ihr steht unter dem Schutz der Gastfreundschaft, solange ihr in unserem Haus seid, aber der Krieger will das nicht gelten lassen. Sie sagen, dass sie zwei Feinde suchen, deren Schiff vor der Küste untergegangen ist. Seid ihr das?«

Chris schüttelte den Kopf. »Nein.« Esther sah ihn fragend an, und plötzlich nickte Chris, fast gegen seinen Willen. »Oder doch – ja. Aber wir sind nicht hier, um euch zu schaden, das musst du uns glauben.«

»Und warum suchen sie euch dann?«

Grywwyn warf ihm einen warnenden Blick zu, aber Chris konnte nicht mehr lügen. »Sie waren es, die unser Schiff versenkten, keine Piraten«, sagte er. »Grywwyn und ich sind die einzigen Überlebenden. Sie haben uns verfolgt, seit wir Erinn verlassen haben.«

»Was wollt ihr hier?«, erkundigte sich das Mädchen. »Wenn nicht spionieren, wie sie behaupten?«

Chris spürte genau, dass von seiner Antwort womöglich ihr Leben abhing. Grywwyn neben ihm hielt die Luft an, aber er konnte nicht anders, als die Wahrheit zu sagen.

»Eure Krieger greifen unser Land an, Esther«, sagte er. »In jeder Nacht landen Schiffe an unserer Küste und bringen neue Truppen. Sie haben schon die Hälfte unseres Landes erobert, und auch der Rest wird fallen, wenn es uns nicht gelingt, sie aufzuhalten. Deshalb sind Grywwyn und ich hier.«

Die Zeit schien stehen zu bleiben. Esther starrte ihn an, für zehn, zwanzig, dreißig endlose Sekunden, und ihre Augen weiteten sich, aber in ihrem Blick war keine Überraschung, nur Schrecken und Zorn. Aber es war ein Zorn, der nicht ihm oder dem Buka galt.

»Deshalb also«, murmelte sie schließlich. »Dahin gehen all die, die ihre Häuser verlassen. Und das ist der Grund, warum niemand die Stadt der Krieger betreten darf und niemand von eurer Welt wissen soll. Sie stehlen euch das Land, weil unseres stirbt.«

»Ja«, antwortete Chris. »Wir wollten es ihnen schenken, Esther, aber sie haben die Hand abgeschlagen, die sich ihnen in Freundschaft entgegenstreckte.«

»Ich glaube dir«, sagte Esther. »Die Krieger sind hart. Auch wir fürchten sie, und es gibt nicht wenige unter uns, die sie hassen. Ich werde dafür sorgen, dass alle erfahren, was in eurem Land vor sich geht. Aber zuvor werde ich euch helfen.«

»Wie?«

»Ich habe den schnellsten Hundeschlitten meines Vaters angespannt, als ich die Krieger kommen sah«, antwortete Esther. »Er wartet hinter dem Haus auf euch.«

Grywwyn wollte sofort losstürmen, aber Chris hielt ihn zurück. »Sie werden ihren Zorn an euch auslassen, wenn sie merken, dass du uns geholfen hast«, sagte er.

Esther machte eine abfällige Handbewegung. »Sicher nicht. Wie sollten sie es merken? Der Schnee verweht eure Spuren schneller, als sie entstehen, und sie wissen nicht, wie viele Schlitten wir haben oder wie viele Hunde. Aber jetzt geht. Ich weiß nicht, wie lange mein Vater sie noch aufhalten kann. Wohin werdet ihr fahren?«

Erneut warf Grywwyn Chris einen warnenden Blick zu, und diesmal reagierte er darauf. »Es ist besser, wenn du das nicht weißt«, antwortete er. »Besser für dich und auch für uns.«

»Das verstehe ich«, antwortete Esther. »Aber nehmt trotzdem einen guten Rat mit euch: Wenn sie euch verfolgen sollten, dann wendet euch nach Norden. Am Ende der Nacht werdet ihr auf die Gläserne Stadt stoßen, von der ich dir erzählt habe. Nicht einmal die Krieger werden es wagen, euch dorthin zu verfolgen.«

»Und wie finden wir sie?«

»Ihr werdet sie erkennen«, antwortete Esther ausweichend. »Aber jetzt beeilt euch und geht.« Wie um ihren Worten den gehörigen Nachdruck zu verleihen, erschollen in diesem Augenblick auf der anderen Seite des Schuppens Stimmen und das Schlagen einer Tür.

Chris und der Buka hatten es plötzlich sehr eilig, dem Mädchen zu folgen, das sie zur Rückseite des Gebäudes führte, wo der Hundeschlitten bereits wartete. Es war ein großes, zerbrechlich aussehendes Gefährt, das von einem Dutzend grauschwarzweißer Hunde gezogen wurde. In seinem hinteren Drittel befand sich ein großes Bündel aus Fellen, von dem Esther erklärte, dass sie einige Vorräte und ein paar warme Mäntel hineingetan hätte. Die Hunde sprangen auf, als sie das Mädchen sahen, und begannen sich unruhig zu bewegen. Chris wollte noch etwas sagen, irgendein Wort des Abschieds, aber Esther schubste ihn einfach auf den Schlitten, drückte ihm die Zügel in die Hand und wartete ungeduldig, bis Grywwyn hinter ihm umständlich auf das Gefährt gestiegen war. Dann schnalzte sie mit der Zunge, und die Hunde schossen los, so abrupt, dass Chris die Balance verlor und nach hinten fiel. Als er sich wieder aufgerichtet hatte, waren Ayyas Haus und Hof und die schlanke Mädchengestalt bereits im Schneetreiben verschwunden.

Der Sturm nahm noch an Kraft zu, doch dann wurde der Wind allmählich schwächer, und es hörte auf zu schneien – worüber Chris nicht unbedingt erfreut war, denn der ununterbrochen fallende Schnee war der einzige Verbündete gewesen, den sie hatten. Die Wolkendecke war aufgerissen, und die Schneedecke reflektierte das Mondlicht so stark, dass es fast taghell war. Sollte es Cochran doch noch gelingen, ihre Spur aufzunehmen, würde er sie schon sehen, wenn er noch meilenweit entfernt war. Chris hoffte, dass sie im Schneegestöber weit genug gekommen waren, um jede Verfolgung unmöglich zu machen.

Und zumindest im Laufe der nächsten beiden Stunden zeigten sich wirklich keine Verfolger. Der Hundeschlitten flog so mühelos und schnell über die schneebedeckte Ebene wie ein Schiff über das Meer. Erst gegen Mitternacht wurden die Hunde immer langsamer, und Chris wurde klar, dass die Tiere jetzt mindestens vier Stunden mit voller Kraft liefen – selbst für ein Dutzend so starker Hunde wie die, die Esther angespannt hatte, eine Leistung, die beinahe über ihre Kräfte gehen musste. Wenn sie keine Rast einlegten, würden sie bald zusammenbrechen.

Er lenkte den Schlitten auf eine halbhohe Schneeverwehung zu und hielt im Schutz einer überhängenden Schneewehe an.

»Ich denke, wir haben Cochran abgehängt«, sagte Chris. »Wir müssen den Hunden eine Pause gönnen.« Er ließ die Zügel aus den steifgefrorenen Fingern gleiten und kletterte vom Schlitten herunter, während die Hunde auf der Stelle in den Schnee sanken. Grywwyn kletterte streifbeinig von dem ungewohnten Gefährt und begann ohne ein Wort die Schneewehe zu erklimmen. Erst als er oben angelangt war und mit angespanntem Gesichtsausdruck nach Süden blickte, begriff Chris, dass er nach eventuellen Verfolgern Ausschau hielt. Offensichtlich war er nicht ganz so überzeugt wie Chris, den Verfolgern wirklich entkommen zu sein.

Während Grywwyn noch eine Weile auf seinem kalten Ausguck verweilte, begann Chris das Bündel zu untersuchen, das Esther ihnen mitgegeben hatte. Er fand eine Anzahl kleiner, einzeln eingeschlagener Päckchen, die blutiges rohes Fleisch enthielten, und verteilte es an die Hunde, die es mit Heißhunger verschlangen. Auch für Grywwyn und ihn waren Lebensmittel da – getrockneter Fisch, Brot und alles, was man brauchte, um einen Topf Suppe zu kochen, samt einem kleinen Vorrat an trockenem Holz und Spänen und einigen Feuersteinen. Chris zog einen warmen Mantel aus dem Bündel und streifte ihn über die Felle, in die er sich gewickelt hatte, dann legte er auch für Grywwyn ein wärmendes Kleidungsstück bereit.

Grywwyn kam zurück und machte sich umständlich daran, ein kleines Feuer zu entzünden und die Suppe aufzusetzen.

Für eine Weile saßen sie still da, wärmten ihre kalten Hände über dem Feuer und knabberten an einem Stückchen Brot. Erst als die Suppe fertig war und sie sie gierig aus den kleinen hölzernen Schalen, die Esther ihnen mitgegeben hatte, geschlürft hatten, brach Chris das Schweigen.

»Und wie geht es weiter?«, fragte er. »Ich meine – wir können nicht die ganze Nacht hier sitzen.«

Grywwyn zuckte nur missgelaunt mit den Schultern und starrte weiter in die Flammen.

Chris grub umständlich Carnaks Päckchen unter den Decken und seinem Wams hervor und begann die dünnen Lederschnüre zu entknoten.

Es bereitete ihm erhebliche Mühe, die Knoten zu lösen, denn das Wasser hatte das Leder steif und hart werden lassen. Aber schließlich gelang es ihm, die Riemen zu öffnen und das bretthart gewordene Ledertuch zurückzubiegen.

Darunter kam ein zweites, in wasserdichtes Ölpapier eingeschlagenes Päckchen zum Vorschein, das nur zwei Dinge enthielt: eine verkleinerte Kopie der Karte, die er in Carnaks Kabine gesehen hatte, und eine silberne Schmuckschatulle, nur halb so groß wie seine Hand. Chris drehte das Kästchen einen Moment lang in den Fingern, widerstand aber der Versuchung, es aufzuklappen, und faltete stattdessen die Karte auseinander. Grywwyn war neugierig näher gekommen und sah ihm über die Schulter.

»Das hilft uns auch nicht sehr viel weiter«, murmelte Chris enttäuscht. »Selbst wenn wir wüssten, wo wir sind – auf dieser Karte ist der Weg über die Berge nicht eingezeichnet.«

»Es gibt nur einen Pass«, sagte Grywwyn. »Hast du vergessen, was Carnak gesagt hat – er führt direkt zwischen den beiden höchsten Berggipfeln hindurch.« Er deutete in Richtung Norden, wo sich in der mondhellen Nacht die ferne Silhouette einer Gebirgskette abzeichnete. Chris wiegte den Kopf. »Das gefällt mir nicht, Grywwyn. Selbst wenn es diesen Pass gibt, werden wir es nicht schaffen.«

»Wer sagt dir das?«, fragte Grywwyn.

»Mein Verstand«, antwortete Chris ernst. »Und die Logik. Cochran weiß, dass wir hier sind. Und bestimmt weiß er auch, warum wir hier sind.«

»Bisher hat er uns nicht gekriegt, oder?«, fragte Grywwyn.

»Das muss er auch nicht«, antwortete Chris. »Wenn er nämlich weiß, wohin wir wollen, dann braucht er nichts anderes zu tun, als uns dort oben am Pass zu erwarten.«

»Dann können wir ja gleich umkehren und nach Hause fahren!«, fauchte Grywwyn.

Chris wollte ebenfalls auffahren, beherrschte sich aber im letzten Moment. Ihre Gereiztheit war nur Ausdruck ihrer Furcht und Mutlosigkeit. Es nutzte keinem, wenn sie sich zu allem Überfluss auch noch stritten.

Grywwyns Gedanken mussten in ähnlichen Bahnen gelaufen sein, denn er murmelte eine Entschuldigung. »Was ist in dem Kästchen?«, fragte er mit einer Kopfbewegung auf die Schmuckschatulle. »Mach es auf!«

Chris nahm die kleine Silberschatulle zur Hand und klappte den Deckel auf. Sie war mit dunkelrotem Samt ausgeschlagen und enthielt einen schweren Ring, in dem ein Rubin wie ein rotes Auge glänzte. Verwirrt nahm er ihn heraus und hielt ihn ins Licht. Grywwyn stieß einen überraschten Schrei aus und sprang hoch. Seine Augen quollen fast aus den Höhlen, während er den kleinen Ring anstarrte.

»Was hast du denn?«, fragte Chris verständnislos.

»Der Ring!«, krächzte Grywwyn. Seine Stimme schien zu versagen. »Der Ring!«

»Und?«, fragte Chris schulterzuckend. »Was ist damit?«

Er wollte ihn über den Finger streifen, aber Grywwyn schlug seine Hand mit einem Schrei herunter.

»Bist du von Sinnen?«, kreischte er. »Weißt du denn überhaupt, was du da hast?«

Chris schüttelte den Kopf. »Nein. Woher auch?«

»Das ... das ist Oberons Ring!«, stammelte Grywwyn. »Er ist es! Oberons Ring!«

»Und welche Bewandtnis hat es mit ihm?«, wollte Chris wissen. Neugierig geworden, betrachtete er den kleinen Goldring genauer.

»Es ist ein Zauberring!«, sagte Grywwyn aufgeregt. »Er wird uns nach Hause bringen, versteh doch!«

»Nach ... Hause?«, wiederholte Chris. »Wie meinst du das?«

»Es ist ein magischer Ring!«, sagte Grywwyn. »Er verleiht seinem Besitzer die Macht, an jeden Ort zu gehen, an den er sich wünscht. Du musst ihn nur über den Finger streifen und einmal herumdrehen und dabei fest an den Ort denken, an den du willst, und schon bist du da.«

»Du ... du meinst – einfach so?«, fragte Chris ungläubig. »Nur, indem ich daran denke? Ich brauche ihn mir nur vorzustellen?«

»Nicht einmal das«, antwortete Grywwyn aufgeregt. »Dieser Ring kennt alle Orte der Welt. Du musst nicht einmal selbst da gewesen sein, solange du nur weißt, wohin du willst.«

Es dauerte einige Sekunden, bis Chris begriff, was Grywwyns Worte bedeuteten. Aber als er es tat, spürte er keine Erleichterung, sondern jähen Zorn. »Warum benutzen wir ihn dann nicht, um zur Mag Mor Drag zu gehen?«, fragte er. Er sprang auf und ballte die Faust um den Ring, als wolle er ihn fortwerfen. »Warum dann diese ganze Reise, wenn ihr so etwas habt?«

»Weil er seinem Besitzer nur einmal hilft, du Narr«, antwortete Grywwyn. »Ein einziges Mal. Danach ist er nichts als ein Stück totes Metall, bis er weitergegeben wird. Glaubst du wirklich, Fuavarra hätte sein Schiff und all diese Männer geopfert, hätte es einen anderen Weg zur Mag Mor Drag gegeben?«

»Nein«, murmelte Chris. »Entschuldige.«

»Carnak gab dir diesen Ring, damit du nach Erinn zurückkehren kannst, sobald du das Drachenei gefunden hast«, fuhr der Buka fort. »Hüte ihn gut. Er wird dir das Leben retten. Und vielleicht allen Männern und Frauen Erinns.«

Einer der Hunde begann plötzlich zu knurren und hob den Kopf, und auch einige der anderen Tiere spitzten die Ohren. Grywwyn tauschte einen raschen, erschrockenen Blick mit Chris – und fuhr auf der Stelle herum, um zum zweiten Mal auf die Schneewehe hinaufzustürmen. Chris legte den Ring hastig in seine Schatulle zurück, schob sie unter sein Hemd und beeilte sich, dem Buka zu folgen.

Im ersten Moment sah er nichts als endloses mattes Weiß, das im Sternenlicht mild glitzerte. Aber dann deutete Grywwyn stumm nach Süden, und als Chris einen Augenblick lang angestrengt in die angegebene Richtung sah, entdeckte er, was die Hunde mit ihren scharfen Instinkten bereits gewittert hatten: eine Reihe dunkler, winzig kleiner Punkte, die sich mit täuschender Langsamkeit auf sie zubewegte.

»Cochran«, murmelte er.

»Sie haben unsere Spur gefunden«, fügte Grywwyn düster hinzu. »Dieser verdammte Druide. Ich werde ihm das schwarze Herz herausschneiden, das schwöre ich.«

Ohne ein weiteres Wort drehten sie sich herum und schlitterten die Düne wieder herab. Sie löschten eilig das Feuer, und kaum eine Minute später saßen sie wieder im Hundeschlitten und fuhren weiter nach Norden, den Bergen entgegen.

Die Gläserne Stadt

Und weiter ging die verzweifelte Flucht. Die kurze Rast hatte nicht ausgereicht, die Hunde wieder zu Kräften kommen zu lassen. Aber es war, als spürten auch sie die Gefahr, denn die tapferen Tiere legten sich ins Geschirr, dass die schneebedeckte Ebene nur so an ihnen vorüberflog.

Gut eine Stunde lang jagten sie dahin, dann wurden aus den Schatten vor ihnen ganz allmählich die Umrisse gewaltiger, eisgekrönter Berge. Chris sah sich immer wieder nervös um, und dann, eine weitere Stunde darauf, geschah endlich das, was er schon die ganze Zeit über befürchtet hatte: Hinter ihnen erschien eine unregelmäßige Kette kleiner dunkler Punkte. Die Milesier.

»Allmählich wird es brenzlig«, murmelte Grywwyn, der die Verfolger ebenso gesehen hatte wie er. Seine Hand legte sich auf das Schwert an seinem Gürtel, aber die Bewegung wirkte nur hilflos. »Spätestens jetzt sehen sie uns auch.«

»Und die Hunde werden langsamer«, fügte Chris düster hinzu. Das Tempo, mit dem der Schlitten über den Schnee flog, war in der vergangenen halben Stunde beständig gesunken. Der Moment war abzusehen, in dem die Hunde einfach zusammenbrechen würden. Zu allem Überfluss stieg der Boden seit ein paar Minuten sanft, aber stetig an, und in das bisher makellose Weiß der Ebene mischten sich immer öfter kleine, eisverkrustete Felsbuckel, über die der Schlitten bockend hinweghüpfte.

»Vielleicht können wir uns irgendwo verstecken«, murmelte Grywwyn ohne große Überzeugung. »Der Boden wird felsiger. Vielleicht kommen wir an eine Schlucht oder ein paar Felsspalten ...«

Er sprach nicht weiter, als Chris nicht reagierte. Er war in tiefes Grübeln versunken.

»Das ergibt alles keinen Sinn«, murmelte er, mehr im Selbstgespräch als zu Grywwyn gewandt. Trotzdem sah ihn der Buka fragend an.

»Was?«

»Der Schwarze Druide. Warum hat er mir das Leben gerettet, wenn er jetzt wieder Cochran und seine Krieger hinter uns herschickt?«

Der Buka zuckte mit den Schultern. »Vielleicht war er es doch nicht. Wir haben ja auch mehr als einen Druiden, oder?« Chris antwortete nicht. Natürlich hatte er diese Erklärung auch schon erwogen – aber irgendwie spürte er, dass das nicht die Wahrheit war. Der Mann, der an seinem Bett gestanden und die tödliche Verletzung der Gae bulga geheilt hatte, war derselbe, den er auf den Hügeln bei Ross Castle gesehen hatte und später noch einmal, im Bug des Piratenschiffes. Er verstand es einfach nicht.

Er drehte sich herum und sah zu den Milesiern zurück.

Sie hatten aufgeholt, sogar weiter, als er befürchtet hatte. Selbst wenn die Hunde den mörderischen Lauf noch weiter durchhielten – was an ein Wunder grenzen würde –, blieb ihnen bestenfalls noch eine halbe Stunde.

Wortlos jagten sie weiter. Der Boden wurde immer unebener, und schließlich waren sie zu einem halsbrecherischen Zickzack zwischen jäh aufragenden Felsen und tiefen, klaffenden Rissen gezwungen.

Und dann schrie Grywwyn so entsetzt auf, dass Chris vor Schreck zusammenfuhr und fast die Balance auf dem bockenden Schlitten verloren hätte. »Was ist?«, fragte er aufgeregt. »Was hast du?«

Der Buka antwortete nicht, sondern deutete mit ausgestrecktem Arm nach vorne. Vor ihnen war die Erde geborsten. Der Schnee brach entlang einer Kante ab, die so scharf war, als wäre sie mit einem Messer geschnitten, und die Ebene klaffte zu einer breiten, eisglitzernden Schlucht auseinander, die sich in beiden Richtungen so weit hinzog, wie das Auge reichte. Der gegenüberliegende Rand lag mindestens zwanzig Meter entfernt.

»Bei Oberon!«, stöhnte Grywwyn. »Das ist das Ende!« Trotzdem ließ er den Schlitten weiterjagen, bis Chris schon Angst bekam, er würde einfach in die Schlucht hineinspringen. Erst im letzten Moment schwenkten die Hunde scharf nach links. Der Schlitten vollzog die Bewegung widerwillig mit und schlingerte gefährlich. Für einen entsetzlichen Augenblick geriet die rechte Kufe über den Rand des Abgrundes und schwebte über dem Nichts, dann fing sich das Fahrzeug wieder und raste knapp einen Meter neben dem Rand der Schlucht entlang.

Chris blickte mit klopfendem Herzen in die Tiefe, aber er konnte keinen Boden am Grund der Schlucht ausmachen. Irgendwo, tief unter ihm, verlor sich sein Blick in Schatten und eisglitzernder Schwärze.

Verzweifelt sah er zurück – und erblickte die Milesier, die wie sie zuvor direkt auf die Schlucht zujagten. Der Abstand zwischen ihnen und den Verfolgern war weiter geschmolzen.

»Da vorne!«, rief Grywwyn aufgeregt. »Eine Brücke! Wir können es schaffen! Halt dich fest, Langnase!«

Chris stöhnte, als er sah, was Grywwyn in einem Anfall von Größenwahn als Brücke bezeichnet hatte: nämlich einen kaum mannsbreiten Steg aus Eis, der sich in einem aberwitzigen Bogen über die Schlucht spannte. Und Grywwyn steuerte den Hundeschlitten direkt darauf zu!

»Du willst doch wohl nicht da hinüberfahren?«, kreischte er.

»Nein«, antwortete Grywwyn. »Ich will nicht. Aber ich muss. Obacht!«

Das letzte Wort ging bereits im hellen Splittern und Krachen unter, mit dem die Kufen des Schlittens auf die Eisbrücke trafen. Chris klammerte sich im letzten Augenblick irgendwo fest, als der Schlitten wie wild zu bocken begann und hin und her sprang. Er spürte, wie die schmale Eisbrücke unter dem Gewicht des Gefährts erbebte, sich durchbog – und zerbrach.

Buchstäblich eine Sekunde, bevor die Brücke – in drei große und Millionen und aber Millionen kleine Bruchstücke zersplittert – in die Schlucht hinunterstürzte, erreichte der Schlitten den sicheren Boden auf der anderen Seite, schlingerte noch einmal wild und kippte um. Chris wurde von seinem Sitz geschleudert, flog drei, vier Meter weit mit hilflos rudernden Armen durch die Luft und landete in weichem Schnee, der seinem Aufprall die ärgste Wucht nahm. Trotzdem blieb er sekundenlang benommen liegen, ehe er es wagte, den Kopf zu heben und sich umzusehen.

Der Schlitten war umgestürzt, seine Ladung hatte sich in weitem Umkreis verteilt, und einige der Hunde kämpften wild mit dem Geschirr, in das sie sich verstrickt hatten. Grywwyn lag einige Meter von ihm entfernt auf dem Rücken und fluchte lauthals, und erst nachdem er dies alles registriert hatte, merkte Chris, dass er nur einen knappen halben Meter vom Rand der Schlucht entfernt im Schnee lag. Hastig rappelte er sich auf und kroch auf Händen und Knien ein Stück auf Grywwyn zu.

Etwas Dunkles sauste über ihn hinweg und bohrte sich

in den Schnee – ein Pfeil. Chris warf sich zur Seite, entging einem zweiten, besser gezielten Geschoss nur um Haaresbreite und brachte sich hinter einem Felsbrocken in Sicherheit. Erst dann wagte er es, sich herumzudrehen und über den Rand seiner Deckung hinweg zu den Milesiern zurückzublicken.

Die Reiter hatten am gegenüberliegenden Rand der Schlucht angehalten. Als Chris hinsah, wollte einer von ihnen gerade wieder einen Pfeil auf die Sehne legen, aber ihr Anführer hielt ihn mit einer herrischen Bewegung zurück. Dann stieg er vom Pferd und trat dicht an den Rand des Abgrundes heran. Chris erkannte, dass es Cochran war.

»Hör mir zu!«, schrie der Milesier. »Ich weiß, dass du da bist. Zeig dich! Dir wird nichts geschehen!«

Chris zögerte einen Moment – und stand auf. Grywwyn keuchte entsetzt und versuchte ihn zurückzuhalten, aber Chris streifte seine Hand ab und trat aus seiner Deckung heraus – allerdings, ohne die Milesier auch nur eine Sekunde aus den Augen zu lassen. So weit ging sein Vertrauen zu Cochran nun doch nicht.

»Was willst du?«, rief er.

»Dich!«, antwortete Cochran zornig. »Ich habe dir geschworen, dass ich dich verfolgen werde! Wenn es sein muss, bis ans Ende der Welt. Nun, dies ist das Ende der Welt, und du bist mich nicht losgeworden. Warum gibst du also nicht endlich auf, ehe noch mehr Unschuldige zu Schaden kommen? Ich gebe dir mein Wort, dass dem Zwerg nichts geschieht, wenn du dich stellst!«

»Zwerg?«, kreischte Grywwyn. »Wer ist hier ein Zwerg, du kinderfressender Milesier-Lump? Komm her und kämpfe mit bloßen Händen gegen mich, wenn du Mut hast!«

Cochran ignorierte Grywwyn einfach. »Nun?«, rief er, als Chris nicht sofort antwortete. »Willst du das Leben deines Freundes retten?«

»Hör nicht auf ihn!«, sagte Grywwyn beschwörend. »Er lügt! Alle Milesier lügen!«

Chris seufzte. »In einem Punkt hat er Recht«, sagte er. »Das hier scheint wirklich das Ende der Welt zu sein.« Er sah sich niedergeschlagen um. »Es gibt nichts mehr, wo wir uns noch verstecken könnten.«

»Unsinn!«, widersprach Grywwyn. »Sieh doch dorthin. Das muss die Gläserne Stadt sein, von der das Mädchen gesprochen hat.« Aufgeregt deutete er nach Norden. Weit vor ihnen glitzerte etwas hell im Mondlicht, und Chris glaubte tatsächlich die Umrisse gewaltiger Türme und Mauern zu erkennen. Aber vielleicht sah er sie auch nur, weil er sie sehen wollte.

»Dort werden sie uns auch finden.«

»Hast du Esthers Worte vergessen?«, antwortete Grywwyn heftig. »Sie werden es nicht wagen, uns dorthin zu folgen. Dieser Ort muss für sie verboten sein. Was glaubst du, warum er dir dieses Angebot macht?«

Chris schwieg. Grywwyns Worte klangen verlockend, und vielleicht – nur vielleicht, aber es war immerhin eine Möglichkeit – hatte er Recht, und Cochran war nur so großzügig, weil er die schon sicher geglaubte Beute im letzten Moment verschwinden sah. Chris glaubte nicht, dass die Schlucht die Milesier auf Dauer aufhalten würde, aber sie verhalf ihnen vielleicht zu dem Vorsprung, den sie brauchten, um die Gläserne Stadt zu erreichen.

»Nun?«, brüllte Cochran vom gegenüberliegenden Rand der Schlucht aus. »Was ist? Ich habe nicht die ganze Nacht Zeit!«

»Ich auch nicht«, antwortete Chris. »Und deshalb fahren wir jetzt auch weiter.«

Cochran riss zornig Mund und Augen auf, während Chris und Grywwyn in aller Hast den Schlitten aufstellten.

Die Milesier begannen wieder zu schießen, aber keiner der Pfeile kam auch nur in ihre Nähe. Als Chris und der Buka auf den Schlitten sprangen, liefen auch die Krieger wieder zu ihren Pferden. Chris sah, dass sich die Gruppe teilte – jeweils drei Männer ritten nach rechts und links. Und früher oder später, das wusste er, würde eine der beiden Gruppen auf einen weiteren Übergang über die Schlucht stoßen. Und sie hatten gegen drei Milesier genauso wenig Chancen wie gegen sechs …

Der Schlitten erreichte keine nennenswerte Geschwindigkeit mehr. Die Hunde quälten sich auf dem immer steiler ansteigenden Boden von der Stelle, und Chris und Grywwyn waren schon nahe daran, einfach vom Schlitten zu springen und neben dem Gefährt herzulaufen. Sie waren nicht mehr weit von der Gläsernen Stadt entfernt, und trotzdem schafften sie es nur mit knapper Not.

Chris sah jetzt, dass er sich nicht getäuscht hatte – der sanfte Lichtschimmer, der die Gläserne Stadt schon von weitem verraten hatte, wurde nach und nach zu einer grellen Lohe blendend weißen Lichts, in der sie die Umrisse gewaltiger, halb durchsichtiger Türme erkannten, die sich über einer hohen Mauer aus buntem Glas erhoben.

Chris kam aus dem Staunen nicht mehr heraus. Er hatte Esthers Worte von der Gläsernen Stadt bisher nicht ernst genommen, sondern diese Bezeichnung einfach für einen Namen gehalten, nicht mehr, wie die *Goldene* oder die *Mächtige* – aber die Stadt, auf die sie sich zubewegten, war tatsächlich aus Glas erbaut. Und sie war ungeheuer groß – selbst Tintagels mächtige Mauern mussten sich neben ihr winzig ausmachen, und schon der kleinste der zahllosen Türme erhob sich doppelt so hoch wie der gewaltige Wehrturm Tintagels über die schneebedeckte Ebene. Und jeder einzelne Stein, jede Wand und jedes Gebäude glühte wie unter einem magischen inneren Feuer. Die ganze Stadt strahlte in einem gleißenden Licht, das heller schien als die Sonne. Chris konnte nur mit gesenkten Lidern hinüberblinzeln, und trotzdem trieb ihm die Helligkeit Tränen in die Augen.

So kam es auch, dass er das Tor erst sah, als sie die Stadt schon fast erreicht hatten. Fast unmerklich war aus der schneebedeckten Ebene eine breite, spiegelglatte Straße geworden, auf der selbst die Hunde Mühe hatten, nicht zu rutschen, und vor ihnen, am Ende der Straße und eingebettet in ein Meer aus rotem und weißem und blauem Feuer, klaffte ein gewaltiges Tor in der Stadtmauer, breit genug, fünfzig Reiter nebeneinander hindurchzulassen, und so hoch, als wäre es für Giganten gebaut. Die Hunde schlitterten mehr darauf zu, als sie liefen, aber der Weg führte nun wieder abwärts, sodass sie gar nicht hätten anhalten können, selbst wenn sie es gewollt hätten.

Grywwyn schrie plötzlich auf und packte ihn so fest am Arm, dass es wehtat. Chris schüttelte seine Hand ab und drehte sich in die Richtung, in die Grywwyn wies.

Hinter ihnen sprengten die Milesier heran.

Es waren nur noch drei, und einer von ihnen war Cochran, der tief über den Hals seines Pferdes gebeugt herangaloppiert kam, sich nur mit einer Hand haltend und in der anderen ein gewaltiges Schwert schwingend.

Keine hundert Meter mehr trennten sie vom Tor, aber die Milesier waren unglaublich schnell. Unter den Hufen ihrer Pferde stoben Eissplitter und Funken hoch, und sie näherten sich so rasch, dass Chris das Gefühl hatte, ihr Schlitten käme überhaupt nicht mehr von der Stelle.

Verzweifelt sah Chris wieder zur Stadt – und schrie nun seinerseits auf.

Das Tor war nicht mehr leer.

Unter dem gewaltigen gläsernen Bogen stand eine Gestalt, schlank, hoch aufgerichtet und von Kopf bis Fuß in schwarzes Tuch gehüllt, das Gesicht ein Dreieck aus Finsternis, in dem nicht einmal die Augen zu erkennen waren. Der Schwarze Druide!

Die Hunde bäumten sich mit einem vielstimmigen, schrillen Heulen auf und versuchten aus dem Geschirr auszubrechen.

Der Schlitten schlingerte, legte sich bedrohlich auf die Seite, fiel mit einem furchtbaren Krachen zurück – und zerbrach in zwei Teile. Chris und der Buka wurden zum zweiten Mal aus den Sitzen geschleudert und landeten unsanft auf dem Eis.

Aber im selben Moment strauchelte auch Cochrans Pferd, verlor auf dem spiegelglatten Boden den Halt und stürzte. Eines der beiden nachfolgenden Tiere versuchte ihm auszuweichen, kam ebenfalls ins Rutschen und fiel, während das dritte Pferd mit einem gewagten Satz über die beiden Gestürzten hinwegsetzte, bei dem es zwar selbst nicht stürzte, wohl aber seinen Reiter abwarf. Der Milesier schlug auf dem

Eis auf und schlitterte zehn, fünfzehn Meter weiter, ehe er zum Liegen kam.

Chris und der Buka waren einen Moment vor den Milesiern wieder auf den Beinen und rannten weiter. Beinahe gleichzeitig erreichten sie das Tor und stürmten hindurch. Nach zehn, zwanzig Schritten bremste der Buka ab, und auch Chris versuchte ungeschickt, auf dem spiegelglatt gefrorenen Boden anzuhalten, ohne erneut die Balance zu verlieren.

Schwer atmend drehte er sich herum und sah zu den Milesiern zurück.

Die drei Krieger hatten das Tor erreicht – aber sie machten keine Anstalten, sie weiter zu verfolgen, obgleich sie kaum noch zwanzig Schritte von ihnen trennten. Chris sah, wie einer der beiden Krieger aufgeregt auf Cochran einredete und dabei immer wieder auf die Mauer wies, in deren Schatten sie standen.

»Sie folgen uns nicht«, murmelte Grywwyn. In seiner Stimme war Unglauben, aber auch eine ganz vorsichtige Spur von Erleichterung. »Das Mädchen hatte Recht – sie wagen es nicht, die Stadt zu betreten!«

»Das müssen sie auch nicht«, sagte Chris düster. Misstrauisch sah er sich um. Es fiel ihm schwer, in der gleißenden Lichtflut, die aus allen Richtungen zugleich auf sie einstimmte, Einzelheiten zu erkennen.

»Was suchst du?«, fragte Grywwyn.

»Der Druide«, sagte Chris. »Wo ist er?«

Grywwyn schrak zusammen. Ihre ans Wunderbare grenzende Rettung im letzten Augenblick hatte ihn den Schwarzen Druiden offensichtlich völlig vergessen lassen. Doch dann zuckte er mit den Schultern und machte eine wegwerfende Handbewegung. »Was weiß ich«, sagte er. »Vielleicht wagt er es so wenig wie sie, uns zu folgen. Komm weiter, ehe sie sich doch noch ein Herz fassen – oder das, was die Milesier stattdessen in der Brust tragen mögen.«

Chris warf einen letzten Blick zum Tor zurück. Tatsächlich hatte Cochran einen weiteren Schritt auf die Stadt zu gemacht, war aber erneut stehen geblieben, während sich seine beiden Begleiter nicht von der Stelle gerührt hatten. Chris war nicht überzeugt, dass die Angst vor der verbotenen Stadt den Milesier auf Dauer von einer Verfolgung abhalten würde. Cochran war nicht einfach ein Mann, der den Auftrag hatte, ihn zu fangen. Er hasste ihn, und Hass überwindet jede Angst. Sie liefen los. Schon nach wenigen Augenblicken verschwamm auch das Tor hinter ihnen in grellbunter Helligkeit, und Cochran und seine beiden Begleiter kamen außer Sicht. Dafür sahen sie immer neue Wunder, je mehr sich ihre Augen an die blendende Helligkeit der Gläsernen Stadt gewöhnten.

Die Straße, über die sie sich bewegten, schien für Riesen gemacht, wie die Mauern und das Tor, und auch die Gebäude, die sie säumten, waren riesig, wenngleich ihre Türen und Fenster und Treppen normale Proportionen hatten. Viele der Häuser hatten gewaltige spitze Türme, um die sich freischwebende Treppen aus erstarrtem Licht wanden, andere waren durch zierliche, freitragende Brücken aus farbigem Glas miteinander verbunden. Und nicht nur Mauern und Straßen der Stadt waren aus Glas – es gab große, parkähnliche Gärten mit Blumen und Bäumen und Büschen, allesamt aus buntem Glas, und einmal kamen sie an einer Reihe gläserner Skulpturen vorbei, die menschliche Gestalten in sonderbaren Kleidern darstellten; sie waren so lebensnah, dass sich Chris nicht gewundert hätte, wären sie im nächsten Augenblick aus ihrer Starre aufgewacht und hätten angefangen sich zu bewegen.

Grywwyn und er wurden immer schweigsamer, je tiefer sie in die Stadt eindrangen. Diese Stadt hatte etwas Düsteres an sich, trotz der ungeheuerlichen Lichtfülle. Das allgegenwärtige Glas und die bunten Farben gaukelten eine Unbeschwertheit vor, die es nicht gab. Es war ihm, als schritten sie durch eine gewaltige, gläserne Gruft.

Schließlich blieb er stehen und streckte die Hand nach einer gläsernen Blume aus, die aus einer gläsernen Schale emporwuchs. Sie fühlte sich kalt an, aber nicht so glatt, wie er erwartet hatte, sondern fein strukturiert und uneben, ganz als wäre sie irgendwann wirklich lebendig gewesen und dann durch einen bösen Zauber erstarrt.

Chris zögerte einen Moment, etwas so Schönes wie die

gläserne Rose zu zerstören – aber dann fasste er sich ein Herz und brach eines der rotleuchtenden Blütenblätter ab. Es gab ein helles, splitterndes Geräusch, das zwischen den gläsernen Hauswänden unnatürlich lang und laut widerhallte. Grywwyn fuhr erschrocken zusammen. »Was tust du da?«, fragte er.

Chris antwortete nicht. Stattdessen hob er das Rosenblatt dicht vor das Gesicht und besah es sich ganz genau. Er verstand nicht viel von Blumen – aber wenn dies eine Nachbildung war, dann die perfekteste, die man sich nur denken konnte. Jede Faser, jede noch so winzige Unebenheit, jede Linie der Oberfläche war da, und er glaubte sogar die winzigen Röhrchen und Adern im Inneren des Blütenblattes zu erkennen, durch die bei einer wirklichen Rose der Pflanzensaft zirkulierte.

Vorsichtig legte er das abgebrochene Blatt zu Boden und sah sich um. Ein Stück die Straße hinab standen wieder einige der menschlichen Skulpturen: eine Gruppe von zwei Männern und einer Frau, die ein Kind an der Hand hielt. Er ging hin, streckte die Hand nach dem Gesicht des Kindes aus und fuhr erschrocken zurück, als er zwar eiskalte, aber eindeutig menschliche Haut unter den Fingern spürte statt glattem Glas. Eine entsetzliche Vorstellung begann sich in ihm zu regen.

»Was tust du?«, fragte Grywwyn noch einmal. »Wir müssen weiter! Cochran wird uns bestimmt verfolgen!«

Chris hörte gar nicht hin. Mit klopfendem Herzen untersuchte er die vermeintlichen Skulpturen, und jeder Blick, jede Berührung verstärkte seinen Verdacht noch, bis er fast zur Gewissheit geworden war.

»Weißt du, was das hier ist, Grywwyn?«, sagte er im Flüsterton.

Der Buka schüttelte den Kopf. »Nein. Und es interessiert mich auch nicht besonders.«

»Das ist eine Stadt«, sagte Chris. »Eine wirkliche Stadt.«

Grywwyn machte ein spöttisches Gesicht. »Welch scharfsinniger Schluss«, sagte er, wurde aber sofort wieder von Chris unterbrochen:

»Das hier war wirklich einmal eine Stadt, begreif doch! Sieh dich doch um, Grywwyn! Sie war nicht immer so! Es war eine lebende Stadt mit lebenden Menschen, die erst später zu Glas erstarrt ist!«

Der Buka starrte ihn aus hervorquellenden Augen an. Dann fuhr er mit einem Keuchen herum, betastete seinerseits eine der ›Skulpturen‹ und zog die Hand mit einem halb unterdrückten Schrei wieder zurück. »Bei Oberon!«, entfuhr es ihm. »Was ist hier geschehen?«

»Etwas Furchtbares«, murmelte Chris.

»Lass uns hier verschwinden«, sagte Grywwyn. »Schnell.«

Diesmal widersprach Chris nicht. Sie gingen weiter, vorbei an grellbunt leuchtenden Häusern und Türmen und zwischen gläsernen Gestalten hindurch, die für alle Zeiten mitten in der Bewegung erstarrt waren. Und es wurden mehr, je weiter sie sich dem Zentrum der Stadt näherten. Einmal mussten sie sich durch eine regelrechte Menschenmenge hindurchzwängen, die die Straße vor ihnen auf ganzer Breite blockierte, ein anderes Mal kamen sie an einer Reitergruppe vorbei, deren Aussehen und Kleidung auf unangenehme Alt an die Milesier erinnerte, nur dass diese Gestalten aus leuchtendem Glas waren, dann wieder überquerten sie einen Marktplatz, auf dem ein reges Treiben und Handeln im Gange gewesen war, als das Unaussprechliche geschah.

Und schließlich standen sie vor dem Palast.

Chris hatte das Gebäude schon von weitem gesehen. Es war längst nicht das höchste der Stadt – manche der leuchtenden Türme überragten es um gut das Doppelte – und nicht halb so prachtvoll wie so manches andere Haus, an dem sie vorbeigekommen waren. Und trotzdem wirkte es majestätischer als alles, was sie bisher gesehen hatten.

Es war sehr groß und hatte die ungefähre Form einer Pyramide, war aber mit zahllosen Türmchen und Erkern versehen, und es war ganz aus weißem Glas, das von innen heraus in einem milden, ihren gequälten Augen wohl tuenden Licht leuchtete. Eine breite Treppe führte zu seinem Eingang hinauf, neben dem zwei bewaffnete Posten aus Glas für die Ewigkeit wachten. Das Tor selbst stand einladend offen. Und trotzdem erstarrte Chris mitten im Schritt, als sie sich ihm näherten.

In das weiße Glas über dem Tor war ein Drache eingemeißelt.

Der Palast des Drachen

Sein Herz klopfte ihm bis zum Hals, aber trotzdem bewegte sich Chris wie unter einem inneren Zwang weiter die Treppe hinauf. Sein Blick hing wie hypnotisiert auf dem gewaltigen Drachen, der in das weiße Glas über der Tür eingemeißelt war: ein titanisches Scheusal, von der Hand eines begnadeten Künstlers so lebensecht nachempfunden, dass Chris fast damit rechnete, es würde jeden Moment die Schwingen entfalten und zu leben beginnen. Plötzlich wusste er, dass sie dem Ziel ihrer Suche ganz nahe waren.

Auf der vorletzten Stufe angekommen, blieb er stehen und blickte ins Innere des Gebäudes. Hinter dem offen stehenden Tor begann ein langer, schnurgerader Gang, der nach einer schwer zu schätzenden Strecke vor einer weiteren, diesmal allerdings geschlossenen Tür endete.

»Willst du … weitergehen?«, fragte der Buka stockend.

Chris sah ihn an. »Du nicht?«

»Wenn ich ganz ehrlich sein soll: nein«, gestand der Buka. Und dann fügte er etwas hinzu, womit Chris selbst in diesem Moment nicht gerechnet hätte: »Ich habe Angst.«

Das hatte Chris auch. Mehr, viel mehr sogar, als er bis zu diesem Augenblick selbst begriffen hatte. Er war fast verrückt vor Angst. Er spürte, nein wusste einfach, dass dort drinnen etwas Entsetzliches auf sie wartete. Und dass etwas Entsetzliches geschehen würde, wenn er diesen Palast betrat. Dies war ein böser Ort. Ihn zu betreten konnte nur Böses hervorrufen. Doch gleichzeitig spürte er auch, dass es zu spät war, umzukehren.

»Lass uns zurückgehen«, drängte Grywwyn. »Lass uns ... lass uns einen anderen Ausgang aus dieser Stadt suchen. Unser Ziel liegt dort.« Er deutete auf die Berge, die sich als schwarze Schatten hinter der Stadtmauer im Norden abhoben. Aber Chris wusste, dass der Buka sich täuschte, und er war sicher, dass Grywwyn es ebenso gut wusste. Das Ziel ihre Suche lag hier, nicht hinter den Bergen, die vielleicht wirklich das Ende der Welt darstellten.

Aber die Entscheidung wurde ihnen abgenommen, denn in diesem Moment erscholl hinter ihnen ein helles Splittern und Bersten, und als Chris und der Buka herumfuhren, erkannten sie eine riesenhafte, in schwarzes Fell gekleidete Gestalt, die mit weit ausgreifenden Schritten auf den Palast zugestürmt kam.

Cochran hatte das Schwert wieder eingesteckt, um schneller laufen zu können, und die Maske vom Gesicht genommen, und trotz der großen Entfernung konnte Chris erkennen, dass seine Augen vor Hass blitzten. Das Splittern, das sie vernommen hatten, war der Krach gewesen, mit dem eine der Reiterfiguren zersprungen war, die Cochran in seiner Hast angerempelt und umgestoßen hatte.

»Los!«, schrie Grywwyn und zerrte ihn einfach mit sich. Chris stolperte die letzten beiden Stufen hinauf und vorbei an den erstarrten Wächtern, und dann waren sie im Inneren des Palastes und rannten den endlosen Gang hinab. Hinter sich hörte Chris Cochrans wütendes Gebrüll. Sie hatten kaum die Hälfte des Ganges hinter sich gebracht, als die hoch gewachsene Gestalt des Milesiers unter der Tür erschien. Cochran zerrte seine Waffe aus dem Gürtel und setzte zur Verfolgung an.

Der Anblick gab Chris neue Kraft. Jetzt war er es, der den Buka hinter sich herzerrte, so schnell, dass der kleine Kerl alle Mühe hatte, nicht von den Füßen gerissen zu werden.

Ihr Vorsprung war bedenklich zusammengeschmolzen, als sie endlich das Tor am Ende des Ganges erreichten, aber sie hatten noch einmal Glück, sogar in zweifacher Hinsicht: Das große, doppelte Tor war nicht verschlossen, und als sie hindurchstürmten und es hinter sich zuwarfen, sahen sie einen gewaltigen Riegel, den Grywwyn und er mit vereinten Kräften vorlegten.

Keine Sekunde zu früh. Der Riegel war kaum eingerastet, da erbebte das gläserne Tor wie unter dem Anprall einer Ramme, und auf der anderen Seite erscholl ein Laut, der eine Mischung aus Wut- und Schmerzensschrei war. Metall klirrte zu Boden, dann ein schwerer Körper.

»Das nutzt euch nichts!«, brüllte Cochran. Seine Stimme drang nur gedämpft durch das dicke Glas der Tür, aber Chris hörte trotzdem die Wut, die darin schwang. »Ihr entkommt mir nicht! Aus dieser Stadt ist noch keiner lebend herausgekommen, und auch euch wird es nicht gelingen!«

Im gleichen Moment erbebte die Tür unter einem Schwerthieb, der so wuchtig war, dass selbst das Glas unter Chris' Füßen zitterte, gleich darauf unter einem zweiten, noch wütenderen Hieb.

Als Cochran das dritte Mal zuschlug, zeigte sich ein haarfeiner Riss in der Tür.

»Oh verdammt, er kommt durch!«, sagte Grywwyn entsetzt. »Nichts wie weg hier! Schnell, ehe dieser Rasende den ganzen Palast einreißt!«

Der Buka zerrte Chris weiter, und gemeinsam rannten sie den nächsten Gang entlang, der nach ein paar Dutzend Schritten in eine steil ansteigende Treppe überging.

Als sie sie zur Hälfte überwunden hatten, verkündete ein gewaltiges Splittern und Krachen hinter ihnen, dass Cochran durch die Tür gebrochen war.

Sie rannten weiter, erreichten keuchend den oberen Treppenabsatz und wandten sich nach rechts. Chris lief, so schnell er nur konnte – und prallte im vollen Lauf gegen ein unsichtbares Hindernis. Hätte Grywwyn ihn nicht aufgefangen, so wäre er gestürzt. Sein Schädel brummte, und für einen Moment tanzten bunte Sterne vor seinen Augen.

Die Wand, gegen die er gelaufen war, war so dünn und aus so klarem Glas, dass man schon sehr genau hinsehen musste, um sie zu erkennen. Und so wie sie waren in diesem Teil des Palastes augenscheinlich alle Wände, denn Chris konnte den dahinter liegenden Gang erkennen und den dahinter und sogar noch einen Teil des dritten. Ihre eigenen Spiegelbilder tanzten als vielfach gebrochene Schatten vor ihnen auf den Wänden. Vorsichtig tasteten sie sich bis zur nächsten Abzweigung weiter, um nicht erneut gegen eine Wand zu rennen.

Irgendwo hinter ihnen erschollen trappelnde Schritte – und ein dumpfes Krachen, das ihnen verriet, dass auch Cochran in seiner Hast die Glaswand nicht gesehen hatte. Als Chris sich herumdrehte, sah er, wie der Milesier sich aufrappelte und wütend mit dem Schwert nach dem unsichtbaren Hindernis schlug.

Aber anders als die viel dickere Tür unten im Gang hielt die so zerbrechlich aussehende Wand seinen zornigen Hieben stand. Cochran schlug wütend noch zwei-, dreimal hintereinander zu und begann sich schließlich auf die gleiche Weise an den Wänden entlangzutasten wie Chris und der Buka zuvor.

Ihr Vorsprung war indes gewachsen.

Trotzdem war Chris weit davon entfernt zu triumphieren. Ihre Flucht hatte etwas von einer Verfolgungsjagd in einem Spiegelkabinett an sich – er sah sein und Grywwyns Ebenbild hundertfach verzerrt überall ringsum, und ein paarmal glaubte er gar, dem Milesier gegenüberzustehen, bis er merkte, dass es nur eine Spiegelung war.

Dann verlor er Grywwyn.

Er hatte gerade eine neue Abzweigung ertastet und einen Schritt in den angrenzenden Gang gemacht, als sich Grywwyns Hand aus der seinen löste. Chris blieb sofort stehen und griff wieder zu – aber seine Hände prallten gegen massives Glas. Grywwyn keuchte entsetzt und streckte seinerseits die Arme aus, aber auch er wurde von dem unsichtbaren Hindernis aufgehalten. Einen Moment lang tasteten Chris und er wild hin und her, mit dem einzigen Ergebnis allerdings, dass sie sich noch weiter voneinander entfernten. Schließlich trat Grywwyn von der Wand zurück und hob die Hand. »Flieh!«, schrie er. »Er will dich, nicht mich! Bring dich in Sicherheit! Ich versuche ihn aufzuhalten!«

»Nein!«, rief Chris entsetzt. »Er bringt dich um, Grywwyn!«

»Mich?« Der Buka zog eine Grimasse. »Ein Milesier? Ha!« Und damit wandte er sich um, stürmte Cochran ein paar Schritte entgegen – und streckte ihm die Zunge heraus. »Fang mich doch, Schmutzfuß!«, schrie er herausfordernd. Cochran brüllte wie ein verwundeter Löwe, rannte blindlings los und prallte unsanft gegen eine Wand. Grywwyn kicherte schrill.

Chris sah den Buka noch einen Moment lang erschrocken an, aber dann tat er das einzige, was ihm blieb – er drehte sich herum und lief weiter.

Das schreckliche Glaslabyrinth schien kein Ende zu nehmen, und die Spiegelbilder trieben ihn fast in den Wahnsinn. Ein paarmal verlor er Grywwyn und den Milesier aus den Augen, obwohl ihm ihre Stimmen verrieten, dass sie ganz nahe waren, dann wieder sah er Cochran so deutlich vor sich, dass er schon befürchtete, der Milesier habe ihn eingeholt, aber es war nur eine Spiegelung, und wieder ein anderes Mal lief er durch absolute Leere und sah und hörte nichts.

Eine halbe Stunde oder länger irrte er so durch das gläserne Labyrinth, bis er endlich den Ausgang fand – genauer gesagt: darüber stolperte. Sein Fuß verfing sich an einem unsichtbaren Hindernis, dann prallte er hart auf dem Boden auf, schlitterte hilflos über das spiegelglatte Glas – und stürzte kopfüber eine Treppe hinab.

Benommen blieb er einen Moment liegen und lauschte mit geschlossenen Augen, ehe er es wagte, sich hochzustemmen und umzusehen.

Er lag auf dem Boden einer gewaltigen, kuppelförmigen Halle aus milchigweißem Glas. Die Treppe, die er heruntergekugelt war, war nur eine von zahlreichen gleichartigen Treppen, die zu kleinen, halbrunden Türen hinaufführten – offensichtlich alles Ausgänge aus dem Spiegellabyrinth, die in diese Halle führten, denn dahinter erkannte er nichts als blitzendes Glas und verzerrte, huschende Schatten. Unsicher stand er auf, drehte sich herum – und erstarrte.

Die Halle war rund, von ungeheurer Größe, und der Boden stieg zur Mitte hin stufenförmig an, bis er zu einer Art Altarblock von der Größe eines kleinen Hauses wurde, zu dem wiederum eine Anzahl kleiner, gläserner Treppen hinaufführten. Rings um diesen Block standen gläserne Skulpturen, die Männer in langen Druidengewändern darstellten. Aber von alledem nahm Chris kaum etwas wahr. Sein Blick war wie gebannt auf das gerichtet, was auf dem gläsernen Altarstein thronte: der Drache.

Er hatte ihn sich groß vorgestellt, aber nicht so gewaltig. Und er hatte ihn sich hässlich vorgestellt, aber nicht so abscheulich.

Sein Leib war riesig und mit langen, gebogenen Stacheln übersät, das mächtige Schuppenkleid geborsten und voller Geschwüre und kaum verheilter Wunden. Der Schädel war groß wie eine Droschke und hoch gegen die Decke der Kuppelhalle gereckt, mit einem fürchterlichen Maul voller fauliger Zähne und kleinen, boshaft blickenden Augen. Die Schwingen waren nur halb entfaltet, als wäre das Ungeheuer in ebenjenem Moment erstarrt, als es zum Sprung ansetzte, aber selbst so wirkten sie wie zerknitterte, riesige Segel, halb durchsichtig und zerfetzt und von einem Knochengerüst gehalten, das wie das einer übergroßen Fledermaus aussah. Wie alles hier war auch der Leib dieser Bestie aus Glas, aus dunkelrotem, unheilvoll glühendem Glas. Obwohl leblos, strahlte das Ungeheuer einen Odem entsetzlicher Gefahr aus, der Chris das Atmen schwer machte.

Es dauerte lange, bis es ihm gelang, sich von dem Anblick zu lösen. Sein Herz hämmerte, und ihm war heiß und kalt zugleich. Er konnte sich nicht erinnern, jemals im Leben solches Grauen verspürt zu haben. Und ein Monster wie dieses sollte er nach Erinn bringen, um es auf Menschen zu hetzen? Nein, er würde es nicht tun. Plötzlich wusste er, dass er es nicht konnte, ganz egal, was er Fuavarra versprochen hatte.

Langsam ließ er seinen Blick durch die Halle schweifen. Längst nicht alle Druiden waren in friedlicher Haltung erstarrt. Einige wenige standen hoch aufgerichtet und ruhig da, wie betend, aber die meisten zeigten Posen des Schreckens, ja Entsetzens: Manche hatten die Arme vor die Gesichter gerissen, als wollten sie sich so vor dem Toben der Bestie schützen, andere die Hände wie zur Beschwörung ausgebreitet. Zwei oder drei waren auf die Knie gesunken, und weitere zwei oder drei hatten sich eben zur Flucht gewandt, als die Zeit stehen geblieben war. Chris fragte sich schaudernd, was hier geschehen sein mochte und warum.

Er sah sich noch einmal unsicher um und ging dann auf den Altarstein zu. Unter seinen Füßen knirschten kleine Glassplitter, als er die Treppe erreichte und hinaufging, und sein Herz hämmerte zum Zerspringen. Trotzdem ging er weiter, wie unter einem inneren Zwang. Schließlich stand er auf der Oberfläche des gläsernen Blocks, direkt zwischen den riesigen Krallenfüßen des Drachen, die wie Säulen über ihm emporragten.

Und dazwischen, absurd klein gegen den Titanenleib des Ungeheuers, lag das Nest.

Es bestand aus haarfeinen, golden und silbern glitzernden Fäden, wie das eines kleinen Vogels, und in seiner Mitte lagen drei rot glühende, gläserne Eier. Sie waren nicht größer als seine Faust und nicht glatt wie die Eier, die er kannte, sondern aus Tausenden winzigen Facetten zusammengesetzt, die vor seinen Augen funkelten und glitzerten. Und in ihrem Inneren schien sich etwas zu bewegen …

Er hatte sein Ziel erreicht. Vor ihm lag, was zu holen Fuavarra ihn ausgesandt hatte: die Eier des Drachen. Das Erbe des Ungeheuers. Nur noch wenige Schritte, ein Ausstrecken der Hand, und es lag in seiner Macht, die Bestie erneut zum Leben zu erwecken und damit vielleicht Erinn zu retten. Oder zu zerstören.

Chris führte die Bewegung nicht zu Ende. Seine Finger verharrten Zentimeter über der rot glühenden Oberfläche des Dracheneis, aber er brachte es nicht fertig, es zu berühren. Er spürte die Verlockung der Macht, stärker und drängender denn je, aber er fühlte auch die ungeheure Verantwortung, die sie mit sich brachte und der er nicht gewachsen war, nicht gewachsen sein wollte. Und plötzlich glaubte er noch einmal die Stimme Fuavarras zu hören: Kein einzelner

Mensch sollte die Macht haben, über das Schicksal der Welt zu bestimmen.

Er zog die Hand zurück.

Er konnte es nicht.

Fuavarra würde ihn verstehen, da war er sicher. Mit langsamen Bewegungen richtete er sich wieder auf.

Als er sich umdrehte, stand er Cochran gegenüber.

Der Milesier hatte unbemerkt die Halle betreten und war zu ihm hinaufgekommen. Jetzt stand er hinter ihm, am anderen Ende des Altarkolosses, noch zwanzig Schritt entfernt, und hatte das Schwert in der Rechten. Aber er war erstarrt, wie Chris zuvor, und er sah ihn nicht an, sondern blickte aus ungläubig aufgerissenen Augen zum Drachen empor. Dann, ganz langsam, senkte er den Blick, und seine Augen weiteten sich noch mehr, als er das Nest sah, vor dem Chris gekniet hatte.

»Das also!«, flüsterte er entsetzt. »Deshalb also hat Fuavarra dich geschickt. Sie ... sie wollen den Drachen wecken!«

»Nein, Cochran«, sagte Chris. »Oder doch, sie wollten es. Aber ich werde es nicht tun.«

Der Milesier schien seine Worte gar nicht zu hören. Langsam, mit Schritten, die schwerfällig wie die einer Marionette und genauso abgehackt waren, kam er auf Chris zu. Der Ausdruck in seinen Augen wandelte sich, wurde von Entsetzen zu Zorn, dann blankem Hass.

»Steck die Waffe weg, Cochran«, sagte Chris, so ruhig er konnte. »Es ist vorbei. Ich werde es nicht tun.«

Aber der Milesier hörte noch immer nicht zu. Statt zu antworten, packte er sein Schwert mit beiden Händen und raste auf Chris los, so schnell, dass er sich nur im letzten Moment und mit einem verzweifelten Satz in Sicherheit bringen konnte. Cochrans Schwert prallte Funken sprühend gegen das Bein des Drachen und federte zurück, aber schon griff der Milesier wieder an, und diesmal pfiff seine Klinge ganz dicht über Chris' Kopf hinweg.

Chris sprang zurück und zog seine eigene Waffe. Er wusste, dass er Cochran im Schwertkampf nicht gewachsen war, aber der Milesier war blind vor Zorn, und das gab ihm vielleicht eine Chance. Mühsam parierte er zwei, drei schlecht gezielte, aber ungeheuer kraftvolle Hiebe des Milesiers, wobei er unentwegt auf ihn einschrie: »So hör doch auf! Lass uns reden, Cochran! Ich will ihn nicht wecken!«

Aber der Milesier war blind und taub vor Wut. Immer heftiger prasselten seine Hiebe auf Chris nieder, und immer weiter wurde er zum Rand des Altarsteines zurückgetrieben. Und Cochrans Schläge kamen jetzt präziser, und es kostete Chris immer größere Mühe, ihnen auszuweichen oder sie abzufangen.

Und dann war unter seinem tastenden Fuß plötzlich nichts mehr. Cochran hatte ihn bis zum Rand der Plattform zurückgedrängt. Noch ein Schritt, und er würde in die Tiefe stürzen. Cochran schrie triumphierend auf, schwang seine Klinge zum letzten, entscheidenen Hieb – und taumelte mit einem Wutschrei zurück. An seinen Schultern hing plötzlich ein graues, zappelndes Etwas, das mit Fäusten und messerscharfen Krallen auf sein Gesicht eindrosch.

»Das Ei!«, schrie Grywwyn. »Nimm Oberons Ring und bring es zurück! Rette Erinn!«

Chris tat es nicht. Stattdessen schwang er sein Schwert und versetzte Cochran einen tiefen, heftig blutenden Stich in die linke Wade. Der Milesier schrie auf, fiel auf ein Knie herab und schleuderte Grywwyn mit einem Faustschlag zu Boden. Er stemmte sich mühsam wieder in die Höhe und stürzte ein zweites Mal, als sein verwundetes Bein unter ihm nachgab, und schon war der Buka wieder über ihm und drosch auf ihn ein.

»Lauf, in Oberons Namen!«, schrie er. »Nimm das Ei!«

Und dann ging alles furchtbar schnell. Cochran bäumte sich brüllend auf und riss das Schwert in die Höhe, und Chris sprang auf ihn zu und holte zu einem zweiten, besser gezielten Hieb aus. Cochrans Klinge beschrieb einen blitzenden Bogen und traf Grywwyns Kehle, und Chris' Schwert, auf seinen Oberarm gezielt, fuhr knirschend durch den Brustpanzer des Milesiers, als Cochran sich im letzten Moment zur Seite drehte. Er starb ohne einen Laut und so schnell wie der Buka.

Chris ließ entsetzt das Schwert fallen. Ungläubig sah er auf den toten Buka herab, dann auf Cochran, der mit weit geöffneten, starren Augen neben ihm lag, einen Arm wie in einer Umarmung über sein Opfer gebreitet. Langsam, wie betäubt, trat er zurück, sah sich um, hilflos, verzweifelt, und blickte wieder auf die beiden Toten herab, seinen besten Freund und seinen schlimmsten Feind, die seinetwegen gestorben waren und beide aus dem gleichen Grund: um ihre Welt und ihr Volk zu retten. Er empfand keine Feindschaft mehr gegen Cochran, denn plötzlich – und zu spät – begriff er, dass der Milesier nicht aus Bosheit gehandelt hatte, sondern aus den gleichen Gründen wie er selbst. Und – so schwer zu begreifen dieser Gedanke auch war – mit demselben Recht.

Er sah die Dracheneier an, und er begriff plötzlich, was der Dagda gemeint hatte, als er sagte, dass es Augenblicke geben mochte, in denen man nur die Wahl zwischen zwei Möglichkeiten hatte, auch wenn man wusste, dass die eine so falsch war wie die andere.

Langsam ging er auf das Nest zu und blieb wieder stehen, als er die Bewegung hinter sich spürte. Er war nicht überrascht. Im Gegenteil – er wäre eher überrascht gewesen, wäre er nicht gekommen.

Der Schwarze Druide stand da, reglos, das Gesicht im Schatten verborgen, und blickte ihn an. Er rührte sich nicht. Es gab keinen Grund mehr zur Eile. Er konnte ihm nicht mehr entkommen.

Langsam bückte sich Chris nach dem Nest, hob eines der Dracheneier auf und wog es in der Hand. Es war schwer, sehr viel schwerer, als er geglaubt hatte, und er war jetzt sicher, dass sich in seinem Inneren etwas Lebendes verbarg. Seine Hand spürte die Bewegung, und seine Seele spürte den Hauch einer ungeheuerlichen, unbeschreiblich finsteren Macht.

Der Schwarze Druide machte einen Schritt auf ihn zu, und Chris' linke Hand glitt unter das Hemd und öffnete die Schatulle mit Oberons Ring. Er wusste nicht, ob der Druide von diesem Ring wusste, und wenn ja, ob er ihn daran hindern konnte, ihn zu benutzen, aber er hatte keine Wahl. Der Druide kam näher, und fast glaubte Chris schon sein Gesicht zu erkennen, aber dann legte sich wieder ein Vorhang aus Schatten darüber, und er sah nichts als Schwärze unter der Kapuze. Rasch, aber ohne Hast steckte er den Ring auf seinen rechten Zeigefinger und sah dem Druiden gefasst entgegen.

Zwei Schritte vor ihm blieb der Schwarze Druide stehen und streckte die Hand aus, in einer Geste, deren Bedeutung nicht erklärt zu werden brauchte.

Chris drückte das Drachenei fest an seinen Körper, griff mit der anderen Hand nach dem Ring und drehte ihn herum. Die Halle, der Drache und der Schwarze Druide begannen um ihn herum zu verblassen, und das Letzte, was er bewusst wahrnahm, waren seine eigenen, geflüsterten Worte: »Oberons Ring! Bring mich zu Fuavarra.«

Der Cromlech

Einen Tag und eine ganze Nacht verbrachte er schlafend in einer Kammer auf Ross Castle und die beiden darauf folgenden Tage wechselweise mit Gesprächen mit Fuavarra, seinen Druiden und verschiedenen anderen Edelleuten und Rittern Erinns. Immer wieder musste er seine Abenteuer und Erlebnisse erzählen, in allen Einzelheiten und so ausführlich, dass er es bald müde wurde und froh war, als Fuavarra ihm am Abend des vierten Tages nach seiner Rückkehr mitteilte, dass man ihn nun zumindest für eine Weile in Frieden lassen würde.

Und endlich wurde ihm auch die Bitte erfüllt, die er schon geäußert hatte, kaum dass er in Ross Castle angekommen war und Fuavarra das Drachenei übergeben hatte: Er durfte Llewellyen sehen. Immer wieder hatte er in den vergangenen Tagen nach ihm gefragt, aber ihm war stets beschieden worden, dass der junge Prinz noch schwer auf dem Krankenlager darniederläge und nicht gestört werden dürfe; und auch jetzt schärfte ihm Fuavarra ein, Llewellyen nicht zu sehr zu erregen und nur wenige Augenblicke zu bleiben. Chris versprach es und betrat mit klopfendem Herzen die kleine Turmkammer, zu der der Feenkönig ihn geführt hatte.

Das Zimmer war winzig, viel kleiner und spartanischer eingerichtet, als er es beim Gemach eines Prinzen und späteren Hochkönigs eines ganzen Landes erwartet hätte, aber es war Llewellyens Zimmer, nicht nur ein Krankenraum, wie er an einigen persönlichen Dingen erkannte, die an den Wänden hingen oder auf den wenigen Möbelstücken standen. In der Mitte des Raumes stand das Bett, in dem der junge Erinn lag. Auf einem einfachen Schemel daneben saß eine Frau mittleren Alters, die wohl die Aufgabe hatte, an seinem Lager zu wachen, und neben ihr stand ein Tischchen mit allerlei Töpfen und Schalen, dazu frische Tücher und große Mengen weißer, sorgsam zusammengefalteter Binden. Ein Mann in der schwarzen Robe eines Druiden stand auf der anderen Seite des Bettes und blickte missbilligend auf, als Chris hinter dem Feenkönig in die Kammer trat.

Fuavarra legte rasch den Zeigefinger über die Lippen, als der Druide zu einem scharfen Verweis ansetzen wollte, und bedeutete ihm und der Pflegerin, das Zimmer zu verlassen. Beide gehorchten, aber Chris hörte, wie der Druide in scharfem Flüsterton mit Fuavarra zu reden begann, kaum dass sie aus der Kammer waren.

Er schob die Tür hinter sich zu und trat mit klopfendem Herzen an Llewellyens Bett heran. Der Prinz sah krank aus. Sein Gesicht war schmal geworden, und die Haut hatte einen grauen Schimmer. Lippen und Augenlider waren geschwollen vom Fieber.

Der Anblick versetzte Chris einen Schock. Er hatte gewusst, dass Llewellyen schwer verwundet war, aber seit ihrer Flucht aus dem Turm der Gwragedd Annwn waren mittlerweile mehr als zwei Wochen vergangen!

»Der Dolch war vergiftet«, sagte Llewellyen plötzlich. Erst dann öffnete er die Augen. Chris schrak zusammen, als er begriff, dass Llewellyen die ganze Zeit über wach gewesen war und ihn unter gesenkten Lidern hervor beobachtet hatte. Seine Stimme klang schwach und zittrig wie die eines alten Mannes, nicht eines Jungen. Seine Augen blickten trübe, und Chris las Schmerz darin und einen tiefen Vorwurf.

Er suchte vergeblich nach Worten, und schließlich sprach Llewellyen weiter, ohne dass er auch nur einen Ton hervorgebracht hätte. »Du hast es also doch getan.«

»Ja«, gestand Chris. Er wusste noch immer nicht, was er sagen sollte. Alle Worte, jede Entschuldigung und jede Bitte um Verständnis schienen ihm plötzlich leer und sinnlos. »Ich weiß, dass ich dir versprochen hatte, es nicht zu tun. Aber dann –«

»Es ist gut«, unterbrach ihn Llewellyen. »Ich werfe dir ja gar nichts vor.«

Chris sah ihn erstaunt an. Llewellyens Worte klangen ehrlich.

»Du hattest Recht, und ich Unrecht«, fuhr der junge Erinn fort. Er versuchte sich aufzusetzen, und mit Chris' Hilfe gelang es ihm. Sein Gesicht zuckte dabei vor Schmerz, aber er beherrschte sich tapfer; kein Laut kam über seine Lippen.

»Das … das sagst du nicht nur, um mir einen Gefallen zu tun, wie?«, vergewisserte sich Chris.

Llewellyen schüttelte den Kopf. »Nein«, antwortete er. »Ich hatte viel Zeit, über alles nachzudenken. Fuavarra und Ortak hatten Recht, vom ersten Moment an. Wir müssen die Milesier aufhalten, koste es, was es wolle.«

»Selbst wenn es die Hälfte eures Landes ist?«

Statt einer direkten Antwort deutete Llewellyen zum Fenster. »Du hast Ross Castle noch nicht verlassen seit deiner Rückkehr?« Chris schüttelte den Kopf, und Llewellyen fuhr fort: »Dann sieh hinaus.«

Zögernd stand Chris auf, ging zum Fenster und tat, was Llewellyen von ihm verlangte. Im ersten Moment fiel ihm nichts Außergewöhnliches auf: Unter ihm erstreckten sich die Burg und der See und dahinter das hügelige Waldland, wo irgendwann einmal Killarney entstehen sollte. Aber dann erkannte er, was Llewellyen meinte: Das kleine Fischerdorf am jenseitigen Ufer war verschwunden, nur einige verbrannte Ruinen standen noch da, und an seiner

Stelle erhob sich ein gewaltiges Heerlager. Hunderte kleiner Feuerstellen blinzelten wie rote Augen durch die hereinbrechende Dämmerung, und der Wald war schwarz vor Kriegern.

»Die Milesier!«, sagte er erschrocken.

Er hörte, wie Llewellyen aufstand, und wollte ihm zu Hilfe eilen, aber der Erinn schüttelte seine Hand ab und wankte aus eigener Kraft zum Fenster. »Es geht schon«, sagte er. »Unser Heilkundiger hat das Gift neutralisiert. Ich kann mich bewegen, wenn auch nicht sehr gut.« Mühsam erreichte er die Wand neben dem Fenster, ließ sich schwer mit der Schulter dagegensinken und deutete über den See.

»Der Angriff begann gleich nach deinem Aufbruch«, sagte er. »Sie müssen irgendwoher gewusst haben, dass ihnen nicht mehr viel Zeit bleibt. Sie … kämpfen wie rasend, ohne Rücksicht auf sich selbst oder irgendeinen. Sie haben fast ganz Erinn überrannt. Nur Ross Castle und das Land von hier bis zur Küste im Westen sind noch frei. Aber jetzt ziehen sie ihr ganzes Heer zusammen. Es gibt nichts mehr, was sie noch aufhalten kann. Außer dem, was du mitgebracht hast«, fügte er hinzu.

Chris starrte ihn betroffen an. »Und … eure Krieger?«, fragte er. »Und die Tuatha de Dannan und die Sidhe?«

Llewellyen schüttelte traurig den Kopf. »Die meisten sind tot«, antwortete er. »Wer überlebt hatte und vor den Milesiern fliehen konnte, ist hier in Ross Castle. Aber wir sind nur noch einer gegen fünfzig von ihnen. Fuavarra und mein Vater rechnen morgen bei Sonnenaufgang mit dem entscheidenden Angriff.«

»Dann wollt ihr den Drachen schon heute erwecken?«, fragte Chris schaudernd.

»Morgen, sobald die Sonne aufgeht«, antwortete Llewellyen. »Fuavarra schickt noch einmal einen Parlamentär zu ihnen, der sie warnen und ihnen Verhandlungen anbieten soll. Aber ich glaube nicht, dass sie auf ihn hören werden.«

Chris schwieg eine geraume Weile. Er war verwirrt. Erschrocken auch, aber vor allem verwirrt über seine eigene Reaktion. Der Anblick des gewaltigen milesischen Heeres und Llewellyens Worte hätten ihn erleichtern müssen, denn beides schien ihm im Nachhinein Recht zu geben, das Ei des Drachen geholt zu haben – aber sie taten es nicht. Es war alles so sinnlos!

»Aber jetzt erzähle«, verlangte Llewellyen plötzlich und mit veränderter Stimme. »Du warst im Kalten Land. Wie sieht es dort aus? Was für Menschen leben dort, und wie habt ihr den Drachen gefunden?«

Und Chris erzählte. Er führte Llewellyen zurück zu seinem Bett und nahm auf dem Schemel daneben Platz, und dann redeten sie. Er erzählte Llewellyen von ihrer Fahrt durch die Eisige See, von der Schlacht gegen die Fomoraiga-Piraten und davon, wie Grywwyn ihn aus dem Wasser gezogen hatte. Er erzählte von ihrer wunderbaren Rettung und von dem Mädchen Esther, das eigentlich zu ihren Feinden gehörte und ihm doch das Leben gerettet hatte, und von ihrer neuerlichen Flucht vor Cochran und den Milesiern. Sie redeten länger als eine Stunde, bis der Druide hereinkam und ihn mit wenig freundlichen Worten aufforderte, jetzt gefälligst zu gehen und Llewellyen den Schlaf zu gönnen, den er brauchte. Tatsächlich hatte die Unterhaltung den jungen Prinzen viel mehr angestrengt, als Chris bemerkt hatte – er schlief ein, noch ehe er das Zimmer verlassen hatte.

Draußen auf dem Gang erwartete ihn ein Tuatha de Dannan, der ihn wortlos in sein eigenes Gemach zurückbegleitete. Er hatte erwartet, noch einmal mit Fuavarra reden zu dürfen, aber diese Bitte wurde ihm abgeschlagen. Am nächsten Morgen, so hieß es, würde der Feenkönig zu ihm kommen, um ihn zum Cromlech zu begleiten. Chris hatte keine Ahnung, wer oder was ein Cromlech war, aber auch auf diese Frage antwortete der Tuatha de Dannan nicht, und so blieb ihm nichts anderes übrig, als sich auf sein Bett sinken zu lassen und so lange zu grübeln, bis er in einen unruhigen, wenig erquickenden Schlaf fiel.

Er erwachte, noch ehe die Sonne aufgegangen war. Rasch zog er sich an, wusch sich mehr als flüchtig und wollte das Zimmer verlassen.

Die Tür war verschlossen. Chris rüttelte einen Moment lang vergeblich daran, bis er begriff, dass von der anderen Seite ein Riegel vorgelegt worden sein musste, und sich eingestand, dass er gefangen war. Zorn überkam ihn. Wütend trat er gegen die Tür, hämmerte mit Fäusten dagegen und schrie nach Fuavarra, bekam aber keine Antwort, obgleich ihm Geräusche verrieten, dass auf der anderen Seite der Tür jemand war – wohl ein Wächter, den Fuavarra dort zurückgelassen hatte. Zehn Minuten lang schlug und hämmerte er wie von Sinnen gegen die Tür und brüllte immer lauter nach Fuavarra, allerdings ohne zu einem anderen Ergebnis zu kommen, als dass ihm hinterher der Hals wehtat. Dann beruhigte er sich wieder. Und kaum hatte er aufgehört, mit kreischender Stimme abwechselnd nach Fuavarra und Llewellyen zu schreien – von denen der eine nicht kommen konnte und der andere offensichtlich nicht wollte –, da ging die Tür tatsächlich auf, und ein Tuatha de Dannan steckte den behelmten Kopf zu ihm herein.

»Ah, du bist wach, junger Herr«, sagte der Halbsidhe – was für Chris fast Grund genug war, wieder zu explodieren. Aber er sah auch das spöttische Glitzern in den Augen hinter den schmalen Sehschlitzen des Silbervisiers und beherrschte sich. Offensichtlich hatte der Tuatha de Dannan absichtlich abgewartet, bis sein Toben und Schreien aufhörte und er sich halbwegs beruhigt hatte.

»Ich habe Befehl, dich zu Fuavarra zu bringen, sobald du erwacht bist, junger Herr«, fuhr der Tuatha de Dannan fort, als Chris nicht antwortete, sondern ihn nur mit zornigen Blicken aufzuspießen versuchte. »Bitte folge mir.«

Chris rannte ihn beinahe über den Haufen, so schnell stürmte er aus dem Zimmer, aber der Tuatha de Dannan dachte nicht daran, sich zu beeilen. Gemächlich ging er neben ihm her den Gang entlang und führte ihn über die Treppe in den Burghof hinunter. Trotz der frühen Stunde herrschte auf dem Innenhof der Burg bereits ein reges Treiben. Krieger liefen hektisch durcheinander, zahllose Pferde waren aufgezäumt oder wurden es gerade, und beiderseits des Tores waren große, vierrädrige Karren aufgestellt, schwer beladen mit silbernen Waffen. Auf den Wehrgängen drängten sich Bogenschützen, und in großen kupfernen Kesseln wurden Pech und Öl erhitzt.

»Die Milesier rüsten zum Angriff«, sagte der Tuatha de Dannan, der seine erstaunten Blicke bemerkt hatte. »In ihrem Lager wurde schon vor einer Stunde Signal zum Wecken gegeben. Wir bereiten alles zur Verteidigung der Burg vor. Nur für alle Fälle.«

Chris kam nicht mehr dazu zu fragen, was für Fälle der Tuatha de Dannan meinte, denn in diesem Moment kam ihnen der Feenkönig entgegen, begleitet von einem halben Dutzend schwarz gekleideter Druiden und einer ganzen Heerschar silberblitzender Gestalten. Sein Gesicht hellte sich auf, als er Chris sah.

»Du bist schon auf«, sagte er erfreut. »Das ist gut. Gerade wollte ich dich wecken lassen. Die Sonne geht bald auf.«

Chris schenkte dem Tuatha de Dannan neben sich einen zornigen Blick, den dieser mit einem spöttischen Lächeln beantwortete, und wandte sich herausfordernd an Fuavarra: »Warum hast du mich einsperren lassen?«, fragte er. »Bin ich dein Gefangener?«

»Natürlich nicht«, antwortete Fuavarra sanft. »Es geschah zu deiner eigenen Sicherheit – und ein wenig auch zu unserer, wie ich gestehe. Wir brauchen noch einmal deine Hilfe.«

»Wobei?«, fragte Chris zornig.

Fuavarra setzte zu einer Antwort an, schüttelte aber dann nur den Kopf und deutete zum Tor. »Wir müssen hinaus zum Cromlech«, sagte er. »Ich erkläre dir alles unterwegs. Bitte komm.«

Inzwischen hatten sich die Pferde und Krieger auf dem Hof zu einer kleinen Armee formiert – Fuavarras Garde, die aus gut hundert Tuatha de Dannan und der halben Zahl bewaffneter Sidhe bestand und einen lebenden Schutzwall um ihren Herrn bilden würde. Es war kein einziger Erinn unter den Reitern, wie Chris mit einem leisen Gefühl von Verwunderung feststellte. Die einzigen, die nicht in Silber gekleidet waren oder die milchweiße Haut der Sidhe hatten, waren die schwarzverhüllten Gestalten der Druiden. Ihre Zahl war mittlerweile auf zwölf angewachsen. Und erst jetzt fiel Chris auf, dass auch Fuavarra nicht mehr sein durchsichtiges Elfengewand trug, sondern einen ebenfalls schwarzen, goldbestickten Mantel, auf dessen Rücken ein verschlungenes Symbol prangte, dessen Bedeutung er nicht kannte.

Ein Tuatha de Dannan kam auf sie zu und führte ein Pferd und ein Einhorn herbei. Fuavarra griff nach dem Zügel des Einhorns und wartete, dass sich Chris zu dem anderen Tier wandte, aber er zögerte. »Was habt ihr vor?«, fragte er beunruhigt.

Fuavarra antwortete nicht gleich, sondern sah ihn überrascht an. Dann lächelte er wieder, wobei seine Augen aber ernst blieben. »Zu Ende zu bringen, was du begonnen hast«, sagte er. »Es wird bald dämmern. Sobald die Sonne aufgeht, wird das Heer der Milesier gegen Ross Castle anrennen. Dann müssen wir bereit sein.«

Bereit. Chris schauderte. Wie Llewellyen gestern schien selbst Fuavarra Hemmungen zu haben, laut auszusprechen, was sie tun wollten. Unsicher stieg er auf den Rücken des Pferdes und griff nach den Zügeln.

Die kleine Armee verließ die Burg. Auch draußen hatte eine große Zahl von Reitern Aufstellung genommen, die ihnen Geleitschutz geben würde, und in etlichen hundert Schritten Entfernung stand eine ganze Mauer struppiger Goblin-Gestalten, die den ersten Verteidigungswall bildeten, sollten die Milesier etwa versuchen, die kleine Kolonne anzugreifen, die sie für leichte Beute halten mochten.

Chris' Blick wanderte nach Osten. Das jenseitige Ufer des Sees lag noch im Dunkel, aber er erkannte Hunderte und aber Hunderte von Feuern, vor denen Schatten auf und ab huschten.

»Sie nehmen Aufstellung«, sagte Fuavarra, der seinem Blick gefolgt war. »Sobald es hell wird, greifen sie an.«

»Ihr habt ihnen einen Unterhändler geschickt?«, fragte Chris. Fuavarra sah ihn überrascht an, dann nickte er. »Du hast mit Llewellyen gesprochen, ich vergaß.« Er seufzte. »Ja, das haben wir.«

»Und was haben sie geantwortet?«

Fuavarra sah weg. »Nichts«, antwortete er. »Sie schickten unseren Boten ohne Kopf zurück.«

»Dann gibt es keine andere Wahl mehr«, murmelte Chris.

»Nein.« Fuavarra schüttelte traurig den Kopf. »Wir müssen es tun. Aber dazu brauchen wir noch einmal deine Hilfe. Wirst du sie uns gewähren?«

Statt auf seine Frage zu antworten, sah Chris den Feenkönig eine Weile schweigend an. Dann fragte er stockend: »Du … hast gewusst, woher die Milesier kommen?«

»Ja«, gestand Fuavarra.

»Du hast auch gewusst, warum sie euer Land erobern wollen?«

»Auch das habe ich gewusst«, sagte Fuavarra. Er atmete tief ein und fuhr fort, ohne Chris anzusehen: »Ich hätte es dir sagen müssen, ich weiß – aber was hätte sich geändert? Spielt es eine Rolle, ob die Milesier aus dem Nichts kommen oder aus dem Kalten Land? Ob sie unser Land erobern und verwüsten, weil ihre eigene Heimat stirbt, oder aus purem Eroberungswillen?«

Chris antwortete nicht.

»Ich wollte, dass du die Wahrheit selbst herausfindest«, fuhr Fuavarra fort, »und dich dann entscheidest. Du hast die Bewohner des Kalten Landes kennen gelernt.«

»Ja«, antwortete Chris heftig. »Und ich habe gesehen, dass nicht alle so schlecht sind wie die Milesier! Sie sind Krieger, aber Ayya und Esther und ihre Familie haben mir das Leben gerettet. Sie sind einfache Leute, die nichts –«

»– als leben wollen?«, fiel ihm Fuavarra ins Wort, so scharf und zornig, wie Chris den Sidhe noch niemals hatte reden hören. »Wolltest du das sagen? Du hast Recht, tausend Mal Recht. Aber es gibt auch hier Ayyas und Esthers und Tausende andere, die nichts wollen als leben! Sieh dort hinüber!«

Er deutete über den See zum Heerlager der Milesier. »Vor wenigen Tagen noch war dort ein Fischerdorf. Sie haben es niedergebrannt und seine Bewohner erschlagen! Der Drache wird nicht die Menschen im Kalten Land vernichten, sondern nur die, die sie hierhergeschickt haben, um uns unser Land zu stehlen. Wir haben sie nicht gebeten zu kommen!«

»Aber es muss doch einen Weg geben –« begann Chris, wurde aber sofort wieder von Fuavarra unterbrochen:

»Nein, den gibt es nicht. Wir haben es versucht, bei Oberon, immer wieder. Wir haben ihnen Land angeboten, und als das nicht reichte, haben wir ihnen gesagt, dass wir ihnen helfen wollen, ein anderes Land zu finden, eine Insel vielleicht wie Erinn, die noch keine Bewohner hat. Aber sie haben nicht zugehört. Sie haben unsere Unterhändler erschlagen!«

»Und das Angebot, von dem Cochran sprach?«, sagte Chris.

Fuavarra lachte bitter. »O ja, ein Angebot gab es«, sagte er. »Willst du es hören?«

Chris nickte.

»Sie haben uns gesagt, dass wir bleiben dürfen. Sie haben gesagt, wir könnten in den Bergen leben und in den Hochmooren und Sümpfen. Und in ihren Städten und Burgen, wenn wir uns verpflichten, ihnen zu dienen. Den Städten, die sie uns wegnehmen! Sie haben uns unser eigenes Land als Lehen angeboten, noch ehe sie es hatten, und uns das Überleben als Sklaven gestattet! Sollte ich dieses Angebot annehmen?«

Er schüttelte heftig den Kopf, ohne Chris' Antwort auch nur abzuwarten, und ballte die Faust. »Die Völker Erinns sind Freiheit gewohnt«, sagte er. »Keiner von uns könnte als Sklave leben. Uns Sidhe wäre es vielleicht gelungen zu überleben, denn wir altern nicht. Vielleicht hätten wir uns verbergen können, hundert Jahre, tausend oder auch hunderttausend, bis die Milesier wieder gegangen oder andere Völker gekommen wären, um sie zu vertreiben. Aber die Erinn, die Tuatha de Dannan und alle anderen wären zu Grunde gegangen. Sollte ich wirklich dieses Angebot annehmen?«

Chris war erschüttert, umso mehr, als er spürte, dass Fuavarra ihm diesmal die Wahrheit sagte. »Ortak hat es angenommen«, murmelte er.

»Ortak war ein Narr«, antwortete Fuavarra. »Oder vielleicht auch nicht. Vielleicht ist er klüger als wir alle. Aber ich habe diese Entscheidung nicht allein getroffen. Wir haben abgestimmt, jeder einzelne. Wir haben das Angebot der Milesier gehört und beraten, und wir haben es gemeinsam abgelehnt. Die Völker Erinns sind übereingekommen, lieber in Ehre zu sterben, als als Sklaven dahinzuvegetieren.«

Sie hatten den Fuß des Berges erreicht und ritten eine Weile am Seeufer entlang, ohne weiterzureden. Schließlich machte der Weg einen scharfen Knick nach links und verschwand im Wald, und als Chris und Fuavarra ihm folgten, gelangten sie zu einer gewaltigen Lichtung, die ungefähr dort liegen musste, wo er zum ersten Mal die Elfenreiter und Ortak gesehen hatte. Aber wie anders sah der Platz jetzt aus!

Chris riss erstaunt die Augen auf, als er den Cromlech sah. Im ersten Moment erinnerte er ihn an den Tanzplatz der Korred oben in den Bergen – auch er war rund, und auch er war von einer Reihe gewaltiger, spiegelglatt polierter Menhire umstanden, die oben spitz zuliefen. Aber er war sehr viel größer, und sein Boden bestand aus festgetretenem Erdreich und Lehm statt aus Fels, und die Muster, die in die Menhire eingraviert waren, waren nicht so düster und beunruhigend wie die der Korred.

Chris wollte weiterreiten, aber Fuavarra hielt ihn mit einer erschrockenen Bewegung zurück. Keiner von ihnen – mit Ausnahme der Druiden – hatte den Cromlech betreten. Die gewaltige Armee, die sie hierher begleitet hatte, hatte in einem zweiten Kreis rings um den Platz Aufstellung genommen. Selbst die Pferde scheuten davor zurück, den gewaltigen Menhirsteinen zu nahe zu kommen.

»Wir sind da«, sagte Fuavarra überflüssigerweise. Er stieg ab, streckte Chris die Arme entgegen und half ihm, ebenfalls vom Rücken seines Pferdes zu klettern. »Wirst du uns helfen?«, fragte er dann.

»Und wie?«

»Nur, indem du hier bist«, antwortete Fuavarra. Er lächelte, als er Chris' Verwirrung bemerkte. »Ich bin selbst überrascht, und auch unsere Druiden verstehen es nicht ganz«, gestand er. »Aber es scheint, als verbinde dich etwas mit dem Drachen.«

»Mich?«

Der Sidhe zuckte mit den Schultern. »Es scheint so. Vielleicht, weil du es warst, der ihn hergebracht hat. Du hast das Ei berührt, und das ist etwas, was wenigen Menschen je gelungen ist. Vielleicht noch keinem. Wir haben Gewalt über ihn, aber es ist leichter, wenn du in der Nähe bist.«

Chris antwortete nicht gleich. Sein Blick suchte die Mitte des Cromlechs, auf dem sich, genau wie beim Tanzplatz der Korred, ein steinerner schwarzer Altar erhob. Darauf lag in einer blitzenden Schale aus Silber das Ei des Drachen.

»Ihr könnt ihn … lenken?«, fragte er stockend.

»Es ist ein junges Tier«, antwortete Fuavarra. »Ja. Die zwölf mächtigsten Druiden Erinns werden darüber wachen, dass er tut, was ich verlange.«

»Dann reicht es vielleicht, wenn die Milesier sehen, dass er da ist«, sagte Chris hoffnungsvoll.

Fuavarras Gesicht verdüsterte sich. »Ich will dich nicht belügen«, sagte er. »Es wäre leicht, jetzt ja zu sagen, aber es wäre nicht die Wahrheit. Du kannst mit dem Drachen nicht drohen. Ist er einmal entfesselt, so verlangt er sein Opfer. Er wird die Milesier angreifen und vernichten, so sicher, wie wir hier stehen.«

»Aber danach schickt ihr ihn zurück?«, sagte Chris leise. »Ihr schickt ihn zurück zur Mag Mor Drag, wo er hingehört? Du hast es versprochen.«

Fuavarra zögerte einen ganz kurzen Moment, aber dann nickte er. »Wenn er getan hat, wozu wir ihn geholt haben, geben wir ihm die Freiheit«, sagte er. »Ich gebe dir mein Ehrenwort.«

»Dann lass uns beginnen«, sagte Chris schweren Herzens.

Die Bestie erwacht

Noch einmal sah Fuavarra Chris ernst und sehr nachdenklich an, und Chris spürte, dass jetzt der unwiderruflich letzte Moment gekommen war, sich zu entscheiden, und auch, dass Fuavarra diese Entscheidung akzeptieren würde, so oder so. Aber er sagte nichts, sondern nickte nur noch einmal, um seine Worte zu bekräftigen, und der Sidhe wandte sich um und hob den Arm.

Die Druiden in ihren schwarzen Gewändern näherten sich dem schwarzen Altarstein in der Mitte des Cromlech. Sie waren die einzigen, die den Bereich innerhalb des Kreises aus Menhiren betreten hatten, und auch sie, obgleich Männer von Macht und Wissen, wirkten furchtsam. Selbst Fuavarras Schritte waren nicht mehr ganz so ruhig und sicher, wie Chris es von dem Feenkönig gewohnt war, als er den Druiden folgte und sich in den Kreis einreihte, den sie um den schwarzen Felsen herum bildeten.

Und dann begann es.

Wieder war es nichts, was Chris sehen oder hören konnte – die dreizehn Druiden standen einfach da, reg- und lautlos, hoch aufgerichtet und mit geschlossenen Augen und sonderbar entspannt wirkenden Gesichtern, als schliefen sie –, aber Chris spürte ein seltsames Kribbeln tief in seiner Seele, wie die Berührung von etwas Unsichtbarem, sehr Altem und sehr Mächtigem.

Minuten vergingen, ohne dass irgendetwas geschah, reihten sich zu einer viertel, dann zu einer halben Stunde, und der Himmel im Osten begann sich bereits grau zu färben. Chris rührte sich während der ganzen Zeit nicht, ebenso wenig wie irgendeiner der Männer, die mit Fuavarra und ihm hierher gekommen waren. Dann, als er schon zu glauben begann, dass es immer und immer so weitergehen würde, Fuavarra und die zwölf Druiden vielleicht ebenso erstarrt waren wie ihre zu durchsichtigem Stein gewordenen Gegenstücke in der Gläsernen Stadt, begann der Gesang.

Zuerst war es nur ein ganz leiser Ton, fast jenseits des Wahrnehmbaren: tief, vibrierend und mehr spür- als hörbar. Aber er gewann rasch an Lautstärke und Höhe, und dann erkannte Chris die Melodie, die sich in das monotone Summen einwob, stieg und fiel, stieg und fiel, bis die Stimmen der Dreizehn im Kreis zu einem einzigen, machtvollen Summen verschmolzen, das in einem langsamen Takt auf und ab schwang. Nacheinander öffneten die Druiden die Augen und hoben die Arme, bis die Innenflächen ihrer ausgestreckten Hände auf den schwarzen Steinblock und die Silberschale darauf wiesen. Und dann begann das Ei zu pulsieren.

Wie der Gesang der Druiden begann es fast unmerklich. Chris war im ersten Moment nicht einmal sicher, ob er es wirklich sah oder sich nur einbildete. Aber so wie das rhythmische Summen der Magierstimmen wurde auch das Pulsieren des Eis stärker: Seine Leuchtkraft nahm zu, ab, zu, ab – immer schneller und schneller, bis das Drachenei wie ein böses, rot glühendes Herz aus Licht in seiner Silberschale schlug. Und noch etwas geschah, was Chris erst nach einer Weile wahrnahm: Das Ei wuchs.

Im Rhythmus des summenden Magiergesanges dehnte sich die Kugel aus Licht und Kristall aus und zog sich zusammen, aber jedes Ausdehnen war ein wenig stärker als das vorhergehende und jedes Zusammenziehen ein wenig schwächer. Binnen weniger Minuten war es von der Größe einer Faust zu der eines Kürbisses gewachsen, und es wuchs weiter, bis es die kleine Silberschale unter sich zermalmte.

Fuavarra und die Druiden wichen langsam von dem Altarstein zurück, aber ihr Gesang hörte nicht auf, sondern wurde im Gegenteil lauter und fordernder und hatte mehr denn je Ähnlichkeit mit dem Schlagen eines gewaltigen, dunklen Herzens. Das Drachenei loderte in einem grellen, blutfarbenen Licht. Chris hatte Angst.

Nervös sah er sich um. Er war nicht der einzige, der nicht mehr ruhig dastand und den Magiern zusah. Viele Tuatha de Dannan waren weiter zurückgewichen, und die Pferde waren unruhig. Mehr als nur ein Tuatha de Dannan hatte alle Mühe, sein Tier im Zaum zu halten. Selbst einige Sidhe zeigten Anzeichen von Furcht. Was sie beobachteten, war mehr als eine Beschwörung, dachte Chris schaudernd.

Er musste sich zwingen, den Blick wieder auf den Cromlech und den Altar zu lenken.

Das Drachenei war mittlerweile zu einem doppelt mannsgroßen Oval aus grellrotem Licht angewachsen, dessen Leuchten die Gestalten der Druiden zu flachen schwarzen

Schatten werden ließ. Immer dann, wenn es sich ausdehnte, begannen die Umrisse der dreizehn Männer zu verschwimmen, als tauchten sie in rotleuchtende Säure ein, in der sie sich aufzulösen drohten. Sie waren vor dem Altar zurückgewichen, und ihr Kreis war größer geworden, aber auch das Drachenei wuchs weiter und immer schneller.

Chris nahm eine Bewegung aus den Augenwinkeln wahr und drehte sich herum. Am Waldrand war ein einzelnes, pechschwarzes Pferd erschienen, auf dessen Rücken eine schmale Gestalt saß, eine Gestalt in weißem Leder, mit rotem Haar und totenbleichem Gesicht, in dem nur noch die Augen zu leben schienen. Augen, die weit vor Entsetzen und Furcht waren, als sie sich auf das richteten, was innerhalb des Kreises aus Menhirsteinen geschah.

Chris fuhr erschrocken zusammen und eilte auf den Reiter zu. »Llewellyen!«, rief er entsetzt. »Bist du verrückt geworden?«

Llewellyen sah ihn nur einen Moment an, ehe er den Blick wieder auf den Cromlech richtete. Seine Lippen zitterten.

»Diese Narren!«, stöhnte er. »Diese wahnsinnigen Narren! Sie tun es wirklich!«

Er wankte im Sattel und kippte nach vorne. Seine Hände tasteten nach Halt, aber er hatte nicht mehr die Kraft, sich festzuklammern. Hilflos rutschte er vom Rücken seines Pferdes herab und wäre zu Boden gestürzt, hätten Chris und ein eilig hinzuspringender Tuatha de Dannan ihn nicht im letzten Moment aufgefangen.

Behutsam ließen sie den Prinzen zu Boden gleiten. Der Tuatha de Dannan wollte Llewellyen sofort wieder aufheben, um ihn zurückzutragen, aber Llewellyen schüttelte schwach den Kopf, und der Krieger ließ ihn zurücksinken. Chris kniete neben ihm nieder und legte die Hand unter seinen Kopf, um ihn zu stützen.

»Was ist in dich gefahren hierher zu kommen?«, fragte er. »Willst du dich umbringen?«

»Glaubst du, das spielt jetzt noch eine Rolle?«, antwortete Llewellyen mühsam. Er versuchte sich hochzustemmen, um wieder auf den Cromlech zu blicken. Chris half ihm dabei.

Er spürte, wie kalt Llewellyens Haut war und wie schnell sein Herz schlug.

»Sie tun es wirklich!«, murmelte Llewellyen fassungslos. »Chris, du musst sie aufhalten! Sie tun es wirklich! Sie wecken den Drachen!«

»Ich weiß«, antwortete Chris beklommen. Unwillkürlich sah er zu Fuavarra und den Druiden hinüber. Das Drachenei loderte wie eine blutrote Sonne im Herzen des Cromlech, aber es hatte wenigstens aufgehört zu wachsen. Unter der Oberfläche aus gleißendem Licht glaubte Chris einen Schatten zu erkennen, etwas Großes, Dunkles, das mit wütenden Bewegungen gegen die Mauern seines Lichtgefängnisses ankämpfte.

»Aber das hast du doch gewusst. Du selbst hast doch gesagt, dass wir es tun müssen!«

»Ich weiß«, gestand Llewellyen. »Aber das ... das habe ich nicht ... nicht gewollt. Ich habe gehofft, dass ... dass ...« Er begann zu stammeln, dann zu schluchzen.

Aber Chris verstand auch so, was er meinte. Llewellyen hatte über das vermeidlich Unausweichliche gesprochen, aber niemals hatte er das Ungeheuer wirklich erwecken wollen; genauso wenig wie Chris.

Aber es war zu spät.

Plötzlich hörte der Gesang der Druiden auf, und eine tiefe, unheimliche Stille breitete sich über der Lichtung und dem magischen Platz aus. Und dann barst das Ei auseinander.

Es geschah jäh und lautlos und in einer Eruption entsetzlich grellen Lichtes, die Chris mit einem Schrei die Hände vor die Augen schlagen ließ. Die Nacht wurde schlagartig zum Tage, und das grausame Leuchten drang selbst durch Chris' geschlossene Lider und die davorgeschlagenen Hände; plötzlich war die Lichtung voller Schreie, und in dem Bereich jenseits des Steinkreises brach Panik unter Mensch und Tier aus.

Und dann hörten sie das Brüllen.

Es war entsetzlich; ein Laut so voller Bosheit, dass alle erstarrten, ein Laut, der wie ein Messer in Chris' Ohren schnitt, jede einzelne Faser seines Körpers zum Erzittern brachte. Er wollte es nicht, aber etwas zwang ihn, die Hände herunterzunehmen und den Drachen anzusehen, der groß und hässlich auf dem Altarstein in der Mitte des Platzes hockte.

Der Drache war lange nicht so groß wie sein gläsernes Ebenbild, das er im Kalten Land gesehen hatte, aber noch immer gigantisch. Er war schwarz, nicht rot, und jede Handbreit seines Titanenleibes schien in beständiger, eigener Bewegung, als wäre es gar kein Körper, sondern nur eine zufällige Zusammenballung aus Myriaden winziger schwarzer Teile. Schwerfällig reckte der Drache die Schultern. Sein schuppiger Schlangenhals pendelte hierhin und dorthin, während die Augen in dem gewaltigen Schädel die winzigen Wesen tief unter ihm voll stummer Bosheit musterten. Schließlich breitete er die Flügel aus, und obwohl die Bewegung langsam war, nur ein erstes, vorsichtiges Probieren seiner Kräfte, entfesselte sie einen wahren Sturmwind, der Mensch und Tier in weitem Umkreis zu Boden riss und die Baumwipfel peitschte wie ein Orkan. Einzig Fuavarra und die Druiden blieben von diesem Sturmwind unberührt, so, wie sie auch die einzigen gewesen waren, die sich nicht unter dem Schrei des Drachen vor Schmerz und Entsetzen gekrümmt hatten.

Die dreizehn Magier waren weiter zurückgewichen und standen nun zwischen den Menhirsteinen, die sie zu schützen schienen. Fuavarra hatte beide Arme in einer beschwörenden Geste gegen den Drachen gereckt, und seine Lippen formten unhörbare Worte. Die Gesichter der zwölf Druiden waren vor Anstrengung verzerrt. Chris sah erschrocken, dass der eine oder andere bereits schwankte. Plötzlich war er gar nicht mehr so sicher, dass Fuavarra und die Druiden das Ungeheuer beherrschen konnten.

Der Drache knurrte, der Blick seiner kleinen, tückischen Augen richtete sich auf die winzige Gestalt des Feenkönigs zwanzig, dreißig Meter unter ihm, und sein ungeheuerliches Maul klaffte auseinander. Grauer Dampf züngelte aus seinen Nüstern, und tief in seiner Kehle glomm ein unheimliches, düsterrotes Licht auf.

Aber er griff nicht an, denn in diesem Moment tat Chris etwas, was ihn selbst vielleicht am meisten überraschte. Ohne selbst zu wissen, was er tat und warum, sprang er auf, lief mit weit ausgreifenden Schritten auf den Cromlech zu und stürmte an Fuavarra vorbei. Der Feenkönig schrie auf und versuchte ihn zurückzuhalten, aber Chris tauchte unter seiner Hand hindurch und rannte weiter – direkt auf den Altarstein und den Drachen zu.

Der Schädel der Bestie ruckte herum, und sein Blick richtete sich auf Chris. Das entsetzliche Leuchten in seinem Rachen wurde stärker, und sein Atem, der über Chris strich, war heiß wie die Hölle.

Aber er hatte keine Angst. Er fühlte überhaupt nichts – doch er wusste, was er zu tun hatte und wie.

»Halt!«, schrie er mit weit schallender, kräftiger Stimme. »Ich befehle dir einzuhalten! Tu es nicht!«

Der Drache knurrte erneut. Sein Schlangenhals bewegte sich von rechts nach links und wieder zurück, als müsse er sich davon überzeugen, dass es die lächerliche Zwergengestalt auch wirklich gab, die sich da erdreistete, ihm Befehle zu erteilen. Sein Maul öffnete sich weiter. Chris sah Flammen tief in seinem Rachen züngeln. Er spürte die Wildheit des Drachen, den absoluten, durch nichts zu besänftigenden Willen zu zerstören, zu vernichten. Und trotzdem hatte er noch immer keine Angst. Er fühlte in sich eine Macht, die der des Drachen ebenbürtig war und vielleicht sogar überlegen.

»Halt ein!«, schrie er noch einmal. »Ich befehle es dir!«

Und das Wunder geschah. Die Wut des Drachen legte sich, und dann, ganz langsam, erlosch das Höllenfeuer in seinem Rachen wieder; das riesige Maul schloss sich, zögernd, widerwillig und sehr langsam, aber es schloss sich. Dann wandte der Drache den Blick ab, als hätte er plötzlich jedes Interesse an ihm verloren.

Erschöpft drehte sich Chris herum und ging zu Fuavarra zurück. Der Feenkönig sah ihm entgegen. Sein Gesicht war starr, und in seinen Augen war ein Ausdruck, den Chris nie zuvor darin bemerkt hatte – hätte er es nicht besser gewusst, er hätte geschworen, dass Fuavarra Angst vor ihm hatte.

Er wartete darauf, dass der Feenkönig etwas sagte, aber Fuavarra blickte ihn nur an, und schließlich ging er weiter und ließ sich erschöpft neben Llewellyen ins Gras sinken.

Auch der Erinn blickte ihn mit unverhohlenem Entsetzen an. Chris schloss müde die Augen und atmete ein paarmal tief ein und aus. Es war, als hätte ihn das stumme Duell mit dem Drachen etwas von seiner Lebenskraft gekostet. Er war müde, ausgelaugt und matt wie nie zuvor im Leben. Aber es war noch nicht vorbei.

Plötzlich ergriff ihn Llewellyen am Arm und drückte so fest zu, dass er vor Schmerz aufstöhnte. Llewellyens Blick war auf den Cromlech gerichtet, als Chris die Augen aufschlug und ihn ansah.

Der Drache bewegte sich wieder. Erneut brach ein wahrer Sturmwind über die Lichtung herein, als er die Schwingen ausbreitete und damit schlug. Aber seine Bewegungen waren längst nicht so kraftvoll wie das erste, spielerische Recken der Titanenschwingen, sondern abgehackt und starr wie die einer Marionette.

Dann sah Chris, dass sie genau das waren: Auch Fuavarra und seine Druiden hatten ihre Lähmung überwunden; ihre Arme waren erhoben und gegen den Drachen ausgestreckt, und sie bewegten die Hände auf und ab, in kleinen, ruckhaften Gesten, wie um das Schlagen von Vogelflügeln nachzuahmen. Und allmählich wurden sie flüssiger, schneller – und mit ihnen auch die des Drachen.

»Sie … lenken ihn!«, flüsterte Llewellyen ungläubig. »Bei Oberon, sie haben Gewalt über ihn! Sie … sie beherrschen ihn, Chris!«

Chris schwieg. Er wusste, dass es nicht so war. Mochte Llewellyen es glauben und sogar Fuavarra und seine Magier, aber er wusste, dass es unmöglich war. Er hatte die Kraft des Drachen gespürt. Nichts, keine Gewalt des Universums vermochte dieses Wesen zu beherrschen.

Trotzdem gehorchte der Drache den Bewegungen der Druiden jetzt immer besser. Nach einer Weile bewegte er die Schwingen hin und her, wie es ihm Fuavarras und der anderen Druiden Gesten befahlen, und dann versuchte er zum ersten Mal, sich in die Luft zu schwingen. Er brachte nur einen kleinen Sprung zu Stande, ehe er mit einem ungeheuren Krachen und Dröhnen zurückfiel, aber der Sturmwind, den seine Flügel dabei entfesselten, reichte aus, Chris und die anderen erneut von den Füßen zu reißen und zu Boden zu schleudern.

»Hilf mir!«, sagte Llewellyen. Er versuchte aufzustehen, und Chris tat, was er verlangte – er führte ihn zu seinem Pferd, half ihm, in den Sattel zu steigen und sich festzuhalten, dann lief er zu seinem eigenen Reittier und saß ebenfalls auf.

Nebeneinander wichen sie in den Wald zurück, aber selbst hier riss sie der Sturmwind der Drachenschwingen fast aus den Sätteln, als das Ungeheuer ein zweites Mal versuchte, sich in die Luft zu erheben. Sie ritten weiter, und schon bald hatten sie das Ende des Waldes erreicht, und der See lag vor ihnen.

Chris wollte sich nach rechts wenden, um unverzüglich nach Ross Castle zurückzureiten, aber Llewellyen schüttelte den Kopf und deutete mit einer Geste über den See.

Im fahlen Licht der Dämmerung konnten sie das Heer der Milesier deutlich erkennen – eine ungeheure Masse aus Menschen und Tieren, die das jenseitige Ufer schwarz färbte. Und diese riesige Heeresmasse wälzte sich langsam, aber unerbittlich wie eine Naturgewalt am Ufer entlang und auf die Burg zu. Noch weit vor ihnen blitzten silberne Funken durch die Dämmerung – die kleine Schar der Verteidiger, die sich am Fuße des Burghügels zum Widerstand formierte.

»Sie greifen an«, murmelte Chris.

Llewellyen nickte. Er schwieg. Entsetzt und fasziniert zugleich sahen sie zu, wie die beiden ungleichen Heere aufeinander zugingen; David und Goliath, die zu einem Kampf antraten, an dessen Ausgang von vornherein kein Zweifel bestand.

Sie erreichten sich nie.

Aus dem Wald hinter Chris und Llewellyen erscholl wieder das ungeheuerliche, markerschütternde Brüllen, und dann verdunkelte sich der Himmel, als ein riesiger Schatten über den Bäumen erschien und steil nach oben schoss. Mit einem neuerlichen, entsetzlichen Brüllen schwang sich die Bestie hoch in den Himmel hinauf, schwenkte mit wild schlagenden Flügeln zum See ab und schoss auf das jenseitige Ufer zu. Schaumige weiße Wellen entstanden auf der Wasser-Oberfläche, und das Heer der Milesier schien regelrecht auseinander zu spritzen, als die Männer das Ungeheuer erblickten, das scheinbar aus dem Nichts über ihnen aufgetaucht war. Aus den Angreifern wurden Flüchtende. Binnen eines Augenblickes war das Heer der Milesier nur noch ein Haufen wild fliehender Männer und Tiere. Aber Chris wusste, dass es zu spät war. Er hatte Fuavarras Worte nicht vergessen: Der Drache verlangt sein Opfer, ist er einmal entfesselt. »Ob er bei ihnen ist?«, fragte Llewellyen leise.

»Wer?«

»Der Druide. Ihr Herr.«

Chris wusste es nicht. Aber selbst wenn, würde sich nichts ändern. Nicht einmal die Macht dieses Mannes war groß genug, den Drachen aufzuhalten.

»Er greift an!«, murmelte Llewellyen mit zitternder Stimme. »Sieh doch!«

Der Drache hatte den See überflogen, vollführte einen engen Kreis – und stürzte in steilem Winkel auf das milesische Heer herab.

Feuer brach aus seinem Rachen, eine Flut von loderndem, unerträglich hellem Feuer, die die Welt vor Chris' Augen in ein grelles Schwarz-Weiß-Gemälde verwandelte. Ein Schrei aus Tausenden von Kehlen drang über den See an ihr Ohr, aber er ging im zornigen Brüllen des Drachen unter. Drüben auf der anderen Seite des Sees brannte die Erde, und das Feuer raste weiter und weiter, selbst als sich das Ungeheuer längst schon wieder in die Höhe geschwungen hatte und zu einem zweiten Angriff ansetzte. Die Hälfte des milesischen Heeres war vernichtet, zu Asche verbrannt schon vom ersten Flammenstrahl der Bestie. Der Drache jagte dicht über der kochenden Wasseroberfläche dem Ufer entgegen und setzte mit einem einzigen brüllenden Flammenstoß die Hügel und Wälder in Brand, ehe er sich wieder in die Höhe schwang. Chris schloss stöhnend die Augen, aber das nutzte nichts. Er hatte gesehen, was das Feuer des Drachen angerichtet hatte. Das Heer der Milesier, die Ruinen des Fischerdorfes, der Wald und die Felder ringsum waren verschwunden und die Erde zu rot glühender und schwarzer Lava verbrannt, die wie Wasser in den See lief. Eine schwarze Qualmwolke stieg empor und verdunkelte den Himmel, dann stieß der Drache abermals herab, und wieder fiel Feuer auf die Erde und brachte ihr Wunden bei, die niemals wieder verheilen sollten.

Und das Toben des Drachen hörte nicht auf. Immer wieder und wieder stieß das Ungeheuer vom Himmel, brüllend und Flammen und Tod speiend, obgleich unter ihm längst nichts mehr war, was zu verbrennen sich gelohnt hätte.

Chris sah nicht weiter zu. Seine Hände zitterten, als er sein Pferd wendete und mit gesenktem Kopf nach Ross Castle zurückritt, und es war nicht nur der gleißende Widerschein der Flammen, der ihm die Tränen über das Gesicht laufen ließ.

Der gebrochene Schwur

Ross Castle war still wie eine Gruft an diesem Tag, und obwohl die Sonne heiß vom Himmel herabbrannte, schien sich eine körperlose Kälte in den grauen Steinwänden eingenistet zu haben. Es war nicht der Tag nach einer gewonnenen Schlacht, den Chris erlebte – nirgendwo in der gewaltigen Burg war eine fröhliche Stimme zu hören, nirgends ein erleichtertes Gesicht zu sehen; nur stummes Entsetzen und Grauen stand auf den Gesichtern der Männer und Frauen, die ihm begegneten.

Es war beinahe wieder Abend. Er hatte Llewellyen zurück in sein Zimmer gebracht, wo er von seiner Pflegerin und einem Heilkundigen erwartet wurde, und danach …

Er wusste es nicht mehr. Der Tag war wie ein böser Spuk gewesen. Der Drache hatte noch länger als eine Stunde getobt, ehe er zum Cromlech zurückgeflogen war, und es war eine weitere Stunde vergangen, bis Fuavarra und die Druiden zurückkehrten, erschöpft bis zum Umfallen, Männer mit grauen Gesichtern und leerem Blick, die ihr Letztes gegeben hatten, um das schier Unmögliche zu vollbringen. Selbst Fuavarra, dessen Kräfte Chris immer unerschöpflich vorgekommen waren, hatte ihn nur mit matter Stimme gebeten, bis zum Sonnenuntergang zu warten und dann zu ihm zu kommen. Bis dahin, so hoffte er, würden sich die Druiden weit genug erholt haben, um sich dem Drachen ein letztes Mal zu stellen und ihn zurück in seine Heimat hinter der Eisigen See zu schicken.

Jetzt war es Abend, und der Drache war noch da. Vom höchsten Turm Ross Castles herab war er deutlich zu sehen, denn sein riesiges Haupt erhob sich weit über die Spitzen der gewaltigen Menhirsteine, die den Cromlech bildeten, und manchmal war es Chris, als spüre er den Blick seiner kleinen, heimtückischen Augen auf sich wie die Berührung einer brennenden Hand.

Chris wandte sich schaudernd ab und sah nach Osten. Die Verwüstungen, die das Feuer angerichtet hatte, reichten bis an Ross Castle heran: Das Erdreich unterhalb des Burgfelsens war grau, bedeckt mit einer feinen Asche- und Staubschicht, die alles war, was von Gräsern und Büschen und Wald übrig geblieben war. Selbst der Fels und die ostwärts gewandte Seite Ross Castles waren geschwärzt und viele der Fenster unter der ungeheuren Hitze geborsten. Und das, obgleich der Flammenstrahl des Drachen Ross Castle nicht einmal nahe gekommen war. Dort, wo das Drachenfeuer den Boden wirklich getroffen hatte, würde nie wieder etwas leben. Auch die Verteidiger hatten einen entsetzlichen Preis bezahlt – keiner der Krieger, die Ross Castle verlassen hatten, hatte den Angriff des Drachen überlebt, und selbst von denen, die das Chaos aus der vermeintlich sicheren Entfernung der Burg beobachteten, hatten viele schreckliche Verbrennungen erlitten. Nur die, die hinter den dicken Mauern der Burg in Sicherheit gewesen waren, waren völlig unversehrt davongekommen. Auch Chris' Gesicht und Hände waren rot und brannten, obgleich Llewellyen und er auf der anderen Seite des Sees gewesen waren, und vor seinen Augen waren noch nach Stunden grelle weiße Blitze gestanden, die das Höllenfeuer des Drachen in die Netzhaut gebrannt hatte. Sie hatten mehr getan, als ein Ungeheuer zu entfesseln. Sie hatten eine Macht heraufbeschworen, die in der Lage war, die Welt zu vernichten; nicht nur Erinn.

Chris verscheuchte den Gedanken und sah in den Himmel hinauf. Die Sonne stand tief im Westen, in höchstens einer Stunde würde die Dämmerung hereinbrechen; es wurde Zeit, zu Fuavarra zu gehen und ihn an sein Versprechen zu erinnern. Langsam wandte er sich um, trat in den Turm hinein und ging die Wendeltreppe zu Fuavarras Throngemach hinunter. Unter ihm polterte etwas, dann erscholl ein gedämpfter Schrei und das Klirren von Metall – es klang fast wie Kampflärm, fand Chris. Aber das war natürlich Unsinn. Wahrscheinlich war jemandem etwas hinuntergefallen, mehr nicht.

Trotzdem wich seine Beunruhigung nicht, als er weiterging. Er erreichte die Etage, auf der Llewellyens Kammer lag, blieb noch einmal stehen und lauschte. Er hörte jetzt nichts mehr. Es war sehr still. Selbst das Heulen des Windes war hinter den dicken Mauern der Burg nicht mehr zu hören.

Statt direkt zu Fuavarra zu gehen, trat Chris aus dem Treppenschacht heraus und klopfte an Llewellyens Tür. Er bekam keine Antwort, wartete höflich zehn Sekunden und drückte dann die Klinke herunter.

Llewellyen war nicht da. Sein Bett war aufgeschlagen und zerwühlt, und der kleine Schemel, auf dem seine Pflegerin gesessen hatte, war umgefallen. Aber weder von ihr noch von dem jungen Prinzen war eine Spur zu sehen. Noch beunruhigter als zuvor wandte Chris sich um und ging weiter.

Auch der Flur, an dessen Ende Fuavarras Throngemach lag, war verwaist – die beiden Tuatha de Dannan, die normalerweise beiderseits der Tür Wache hielten, hatten ihre Posten verlassen, aber die Tür stand offen, und Chris hörte gedämpfte Stimmen, die sich in dem Zimmer dahinter unterhielten. Sie klangen sehr erregt, auch wenn er die Worte nicht verstehen konnte.

Zögernd ging er weiter, klopfte an und trat diesmal ein, ohne zu warten.

Der Thronsaal war voller Männer, von denen die meisten das blitzende Silber der Tuatha de Dannan trugen, einige auch das weiße Leder von Llewellyens Leuten. Fuavarra saß auf seinem Thron und unterhielt sich erregt mit einem seiner Druiden, und man musste die Worte nicht verstehen, um zu begreifen, dass sie nicht einer Meinung waren. Hinter dem Feenkönig stand ein hoch gewachsener Tuatha de Dannan mit geschlossenem Visier. Eine sonderbar gespannte Stimmung hing in der Luft. Viele der Männer, die Chris sah, waren bewaffnet. Manche blickten mit starren Gesichtern zu Boden, andere stritten miteinander.

Zu seiner Verwunderung entdeckte Chris auch Llewellyen unter den Männern. Sein Gesicht war so rot und verquollen wie das von Chris, denn auch ihn hatte der Hauch des Drachen gestreift, und er redete schnell und mit lauter Stimme auf einen Tuatha de Dannan ein, der sich in drohender Haltung vor ihm aufgebaut hatte. Was ging hier vor?

Chris hob die Hand, um Llewellyen zuzuwinken, aber der Erinn bemerkte ihn gar nicht, und so ging er auf Fuavarras Thron zu. Niemand nahm von ihm Notiz, während er sich durch die heftig diskutierende Versammlung drängte, aber als er sich dem Thron näherte, vertraten ihm zwei Männer in Silber den Weg. Erst als Fuavarra ein barsches Wort sagte und der Krieger hinter ihm die Hand hob, wichen die beiden Tuatha de Dannan zur Seite, ließen ihn aber nicht aus den Augen.

»Was geht hier vor?«, fragte er, ohne sich mit einer Begrüßung aufzuhalten. »Ist etwas … geschehen?«

Fuavarra nickte. Sein Gesicht war ernst und von tiefer Trauer gezeichnet. Als Chris ihn das letzte Mal gesehen hatte, am Morgen, als er aus dem Wald und vom Cromlech zurückgekehrt war, da war er einfach nur erschöpft gewesen. Die Gestalt, der er jetzt gegenüberstand, war ein gebrochener Mann. »Ja«, sagte er. »Es … ist etwas … geschehen.«

»Und was?«, fragte Chris. Fuavarra antwortete nicht, aber mit einem Male wurde es sehr still im Raum. Alle Gespräche verstummten, und Chris konnte regelrecht fühlen, wie sich aller Aufmerksamkeit auf ihn und den Feenkönig konzentrierte.

Und plötzlich glaubte er zu ahnen, was der Grund für die Trauer auf Fuavarras Gesicht war. Aber er ließ nicht zu, dass der Gedanke Gestalt in seinem Kopf annahm.

»Es wird Zeit«, sagte er hastig. »Wir ... wir müssen wieder hinunter zum Cromlech. Die Sonne geht bald unter, und ihr ... ihr müsst den Drachen noch zurückschicken. Sind die Druiden bereit?«

Fuavarra nickte fast unmerklich, aber er rührte nicht einen Finger. »Sie sind bereit«, antwortete er. »Aber wir werden nicht gehen.«

»Nicht gehen?«, wiederholte Chris. »Du meinst, ihr wollt den Drachen noch hier behalten? Aber das ist gefährlich! Er ist schon jetzt entsetzlich stark, Fuavarra! Morgen kann es vielleicht schon zu spät sein, ihn fortzuschicken. Und in ein paar Tagen erst recht.«

Fuavarra atmete tief ein, und er sah ihn nicht an, als er antwortete: »Du verstehst mich nicht. Wir ... werden den Drachen nicht zurückschicken. Weder morgen noch in ein paar Tagen.«

»Nicht ... zurückschicken?«, murmelte Chris. Er erschrak nicht einmal, so, als hätte er nichts anderes erwartet. Die Angst vor genau diesem Moment war es gewesen, was ihn die ganze Zeit über gequält hatte. Er war sich dessen nur nicht bewusst gewesen und hatte den bloßen Gedanken, dass ein Mann wie Fuavarra sein Wort brechen könnte, weit von sich gewiesen. Aber etwas in ihm hatte es geahnt.

»Aber du hast ... es versprochen«, sagte er hilflos.

»Ich weiß«, antwortete Fuavarra. »Und es tut mir entsetzlich Leid. Ich gäbe mein Leben, um mein Wort zu halten. Aber ich kann es nicht.«

»Und warum nicht?«, fragte Chris.

»Weil ich es nicht zulassen werde, du Narr.«

Es war nicht Fuavarra, der antwortete, sondern die Gestalt neben ihm, der Tuatha de Dannan in seiner silbernen Rüstung. Seine Stimme klang hart, und obwohl sie nur verzerrt unter dem geschlossenen Silberhelm hervordrang, löste ihr Klang eine vage Erinnerung in Chris aus. Verwirrt sah er den Tuatha de Dannan an, trat einen halben Schritt auf Fuavarras Thron zu – und riss erstaunt die Augen auf. Erst jetzt sah er, dass der Tuatha de Dannan nicht durch Zufall hinter Fuavarras Thronsessel stand. Seine rechte Hand hielt einen Dolch, dessen Spitze gegen Fuavarras Hals drückte; so fest, dass ein Tropfen hellroten Elfenblutes aus seiner Haut gequollen war.

»Was ... was bedeutet das?«, sagte er verstört. Der Tuatha de Dannan antwortete nicht, aber Chris konnte das spöttische Glitzern seiner Augen hinter dem Visier sehen.

»Was bedeutet das?«, fragte er noch einmal, und als er auch diesmal keine Antwort bekam, fuhr er herum und riss die Arme in die Höhe. »Packt ihn!«, schrie er. »Überwältigt ihn! Dieser Mann bedroht euren König!«

Niemand rührte sich. Nur Llewellyen versuchte sich von seinem Platz zu lösen, aber der vor ihm stehende Tuatha de Dannan versetzte ihm einen so derben Stoß vor die Brust, dass er gegen die Wand prallte und mit einem schmerzerfüllten Keuchen in die Knie sank.

Chris sah sich fassungslos um. Aller Blicke waren auf ihn gerichtet, und er las in den wenigsten Gesichtern wirkliche Feindschaft – aber er spürte auch, dass er keine Hilfe zu erwarten hatte. Mit klopfendem Herzen drehte er sich wieder herum und starrte den Tuatha de Dannan neben Fuavarra an.

»Damit kommst du nicht durch!«, sagte er wütend. »Wer immer du bist, du hast keine Chance.«

Natürlich zeigte sich der Tuatha de Dannan nicht im Mindesten von dieser Drohung beeindruckt – ganz im Gegenteil: Er lachte leise, hob die linke Hand an den Kopf und klappte das Visier seines Helmes nach oben, sodass Chris sein Gesicht sehen konnte.

»Ortak!« stieß Chris verblüfft hervor. »Aber ich dachte, du ... du wärst –«

»Tot?«, unterbrach ihn der Tuatha de Dannan spöttisch. Er schüttelte den Kopf. »Wie du siehst, lebe ich. Aber das ist nicht unbedingt dein Verdienst.«

»Aber was tust du hier?«, fragte Chris entsetzt. »Du … du erhebst die Hand gegen deinen König?«

»Nein«, antwortete Ortak hart. »Nicht gegen meinen König. Gegen Unvernunft und Kurzsichtigkeit, ja. Nicht ich bin es, der Fuavarra den Gehorsam verweigert, sondern die Völker Erinns.«

»Dazu hast du kein Recht!«, sagte Chris hilflos. »Tethra hat dich verbannt! Du bist kein Tuatha de Dannan mehr!«

»Tethra ist tot«, antwortete Ortak gelassen. »Und was alles andere angeht, so glaube ich nicht, dass ich mich vor dir zu rechtfertigen habe. Um deinetwillen wäre unser Land beinahe untergegangen.« Er machte eine zornige Handbewegung, als Chris widersprechen wollte. »Viele tapfere Männer mussten ihr Leben lassen, weil dich Zweifel plagten, du Narr. Und wenn du schon von Tethra reden willst: Auch er könnte noch leben, hättest du die Reise ins Kalte Land sogleich unternommen. Und du willst mir ins Gewissen reden?«

»Hör auf, Ortak«, sagte Fuavarra leise. »Ich bitte dich.« Mit einem schmerzhaften Verziehen der Lippen fügte er hinzu: »Und nimm das Messer herunter. Es tut weh.«

Ortak runzelte misstrauisch die Stirn. »Ich habe dein Ehrenwort, dass du mich nicht mit deiner Magie angreifst?«

»Glaubst du wirklich, dein lächerlicher Dolch hätte mich daran gehindert, dies zu tun, wenn ich es gewollt hätte?«, fragte Fuavarra unwillig.

Der Tuatha de Dannan zögerte noch einen Moment, aber dann nahm er den Dolch herunter und trat einen halben Schritt zurück. Fuavarra seufzte erleichtert und hob die Hand an den blutenden Hals. Als seine Finger die Wunde berührten, schloss sie sich sofort, und als er die Hand zurückzog, war nicht einmal mehr eine Narbe zurückgeblieben.

»Was bedeutet das, Fuavarra?«, fragte Chris verzweifelt. »Du … du ergibst dich diesem Verräter?«

»Nicht ihm«, antwortete Fuavarra. Er lächelte traurig. »Er

hat die Wahrheit gesprochen. Es ist nicht Ortak, der mir den Gehorsam verweigert. Es sind die Völker Erinns. Die meisten jedenfalls.«

»Dann … dann wollt ihr den Drachen … behalten?«, stammelte Chris. »Aber warum? Er … er hat getan, was ihr von ihm wolltet. Der Krieg ist beendet. Die Milesier sind geschlagen, und –«

»Nicht völlig«, unterbrach ihn Ortak. »Einige konnten entfliehen, und noch immer kommen Schiffe an unsere Küsten. Wir haben eine Schlacht gewonnen, aber längst nicht den Krieg. Sie werden wieder kommen.«

»Niemals!«, widersprach Chris. »Ihr habt ihr Heer bis auf den letzten Mann vernichtet, in einer einzigen Minute! Sie werden nie wieder –«

»Was?«, unterbrach ihn Ortak kalt. »Versuchen, uns unser Land zu stehlen? Du täuschst dich, du Narr. Sie tun es noch, jetzt, in dieser Minute. Wir haben ihr Heer zerschlagen, ja, aber sie sind noch da. Sie leben in unseren Städten, bewirtschaften unsere Felder und jagen unser Wild, überall im Osten. Und ihre Schiffe kommen weiter aus dem Kalten Land und bringen Krieger an unsere Küsten. Sie werden wiederkommen, so wahr ich hier stehe.«

»Und ihr werdet den Drachen ein zweites Mal entfesseln«, sagte Chris.

»Wenn es sein muss.«

»Und ein drittes Mal, und wenn auch das nicht reicht, werdet ihr ihn zurück ins Kalte Land schicken, um auch dort alles zu verbrennen, nicht wahr?«, fuhr Chris fort. Diesmal antwortete Ortak nicht, aber sein Schweigen war Antwort genug. Chris' Zorn verrauchte und machte einem tiefen, lähmenden Entsetzen Platz.

»Was ist nur mit dir geschehen, Ortak?«, fragte er. »Hast du denn alles vergessen? Hast du die brennenden Ebenen vergessen und das Schicksal Tintagels? Ihr könnt den Drachen nicht halten. Vielleicht gelingt es euch heute und vielleicht auch morgen und für ein Jahr. Aber irgendwann einmal wird er sich losreißen, und ganz Erinn wird aussehen wie –«

»Schweig!«, brüllte Ortak. Zornig stürzte er auf Chris zu und ballte die Faust, wie um ihn zu schlagen. Aber er beherrschte sich im letzten Moment. Die Blöße, sich von einem Kind aus der Fassung bringen zu lassen, wollte er sich doch nicht geben.

»Du weißt, dass ich Recht habe«, sagte Chris leise.

»Das hast du nicht«, antwortete Ortak, mühsam beherrscht. »Die Magier Tintagels wussten nicht, was sie taten. Sie waren mächtig, aber sie waren auch unerfahren. Wir werden vorsichtiger sein. Und es ist ein junger Drache. Unsere Druiden beherrschen ihn, und sie werden lernen, ihn besser zu beherrschen, sollte seine Macht wachsen.«

»Das haben sie nicht einmal heute Morgen gekonnt«, antwortete Chris. »Ich war es, der ihn gebändigt hat. Frage Fuavarra oder irgendeinen anderen hier, wenn du mir nicht glaubst.«

»Oh, das tue ich«, antwortete Ortak spöttisch. »Und ich danke dir dafür.«

»Dann lass ihn frei!«, sagte Chris.

Ortak lachte abfällig. »Glaubst du, das täte ich nicht gerne?«, fragte er. »Glaubst du, ich hätte nicht auch Angst vor diesem Ungeheuer? Bist du wirklich so naiv zu glauben, dass ich seine Macht auch nur für eine Sekunde unterschätze?« Er schüttelte heftig den Kopf. »O nein, mein junger, närrischer Freund, das tue ich nicht. Auch ich fühlte mich wohler, wäre diese Bestie niemals hierhergebracht worden. Aber wir brauchen sie. Wir haben sie gebraucht, um unser Leben zu retten, und brauchen sie weiter, aus dem gleichen Grund. Die Milesier werden wiederkommen.«

»Und wenn nicht sie, dann andere, nicht wahr?«, sagte Chris bitter. Er sah den Tuatha de Dannan flehend an, und obwohl er die Antwort kannte, sagte er noch einmal: »Schick ihn fort, Ortak, solange du es noch kannst: Fuavarra hat es versprochen!«

»Und die Völker Erinns haben sich dagegen entschieden«, sagte Ortak. »Du sprichst mit dem falschen Mann, du Narr! Nicht ich bin es, der Fuavarra gestürzt hat. Es waren seine Untertanen. Ich führe nur ihren Willen aus. Selbst wenn ich es wollte – ich kann nicht tun, was du von mir verlangst. Und nebenbei – ich will auch nicht.«

»Dann werde ich dich dazu zwingen«, sagte Chris leise. Er hatte überhaupt keine Angst vor Ortak, und er fühlte eine Entschlossenheit wie selten zuvor im Leben. Der Tuatha de Dannan schien dies zu spüren, denn er reagierte weder mit Spott noch mit Zorn, sondern sah ihn durchdringend und aufmerksam an.

»Mich zwingen? Und wie?«

»Der Drache gehorcht mir«, erinnerte ihn Chris. »Ich weiß nicht, warum, aber ich habe Macht über ihn. Noch. Wenn du und deine Druiden es nicht tun, dann werde ich ihn zurückschicken.« Ortak nickte nachdenklich. »Bei Oberon, ich glaube, du wärst dumm genug, es zu versuchen«, sagte er. »Und wer weiß – vielleicht würde es dir sogar gelingen. Aber ich werde es nicht zulassen.« Er hob die Hand, und noch ehe Chris richtig begriff, was seine Worte zu bedeuten hatten, wurde er von den beiden hinter ihm stehenden Tuatha de Dannan an den Armen gepackt und festgehalten.

»Bringt ihn fort«, befahl Ortak. »Aber behandelt ihn gut. Vergesst nicht, dass er es war, der uns alle gerettet hat.«

Chris bäumte sich vergeblich gegen den Griff der eisenharten Fäuste auf. »Nimm doch Vernunft an, Ortak!«, schrie er, während die beiden Männer ihn bereits aus dem Zimmer schleiften. »Der Drache wird euch alle vernichten! Ihr könnt ihn nicht halten!«

Ortak sah ihn an, und als er weitersprach, spürte Chris, dass er seine Worte ehrlich meinte: »Es tut mir Leid, mein Freund. Du hast viel für uns getan, vielleicht mehr, als du selbst ahnst. Aber ich muss es tun, damit Erinn lebt. Bis unsere Druiden gelernt haben, den Drachen zu beherrschen, bleibst du unser Gefangener. Niemand wird dir ein Haar krümmen, und wenn die Zeit gekommen ist, bist du frei und kannst gehen, wohin du willst. Du hast mein Wort darauf.«

Noch bevor Chris Gelegenheit hatte, ihm entgegenzuschreien, was er von seinem Ehrenwort hielt, fiel die Tür hinter ihm ins Schloss, und die beiden Tuatha de Dannan schleiften ihn über den Gang zur Treppe. Chris trat wütend um sich, aber wenn er überhaupt traf, so spürten es die beiden Krieger in ihren metallenen Rüstungen nicht einmal. Derb wurde er die Treppe wieder hinaufgezerrt und in sein Zimmer verfrachtet, wo ihn einer der beiden Tuatha de Dannan unsanft aufs Bett warf, während der zweite Krieger den Raum rasch, aber sehr gründlich nach Waffen durchsuchte. Chris nutzte die Gelegenheit, aufzuspringen und zu versuchen, aus der Tür zu schlüpfen, handelte sich aber nur eine kräftige Ohrfeige einer silbergepanzerten Hand ein, die ihn benommen auf den Hosenboden fallen ließ. Als er aufstand, war er allein.

Dem Zorn folgte Ernüchterung, und mit ihr kamen Niedergeschlagenheit und Entsetzen; und ein Gefühl schrecklicher Hilflosigkeit.

Chris warf sich auf sein Bett, vergrub das Gesicht in den Kissen und versuchte vergeblich, mit dem Sturm von Gefühlen fertig zu werden, der in seinem Inneren tobte. Und das Sonderbarste an allem war, dass er es nicht fertig brachte, Ortak wirklich zu hassen.

Nach einer Weile stand er wieder auf und trat ans Fenster. Er konnte den Cromlech auch von hier aus sehen. Der Platz hatte sich verändert. Chris sah ein blasses, bläuliches Leuchten, das sich zwischen den Menhirsteinen spannte: der magische Kreis, mit dem Ortaks Druiden versuchten, den Drachen zu halten, der wie ein übergroßer, hässlicher Geier auf dem Altarstein hockte. Er hatte die Schwingen eng an den Körper gelegt und den Schlangenhals nach vorne gebeugt, als wolle er den Schädel wie ein Vogel unter den Flügeln verbergen, um zu schlafen. Aber Chris bezweifelte, dass dieses Wesen jemals schlief.

Ein Geräusch an der Tür ließ ihn herumfahren. Llewellyen und Fuavarra betraten den Raum, wobei der Feenkönig den jungen Erinn stützte, denn Llewellyen schien zu schwach, um noch aus eigener Kraft zu gehen. Chris sprang rasch hinzu und half Fuavarra, Llewellyen vorsichtig auf das Bett zu legen. Llewellyen stöhnte vor Schmerz, aber seine Augen waren weit geöffnet, und der Ausdruck darin war nicht der von Pein, sondern unbezwingbarer Wut.

»Ein Schwert«, murmelte er. »Wenn ich nur eine Waffe gehabt hätte, dann hätte ich diesen Verräter gelehrt, was es heißt, sich seinem König zu widersetzen.«

Chris wollte etwas sagen, aber Fuavarra brachte ihn mit einer raschen, warnenden Geste zum Verstummen und lächelte verzeihend. »Das wäre sinnlos gewesen, mein Prinz. Was geschehen ist, ist nicht Ortaks Schuld.«

»Aber warum hast du dich nicht gewehrt?«, fragte Chris fassungslos. »Du … du bist ein Zauberer. Du hättest ihn töten können, mit einem einzigen Blick.«

»Töten?« Fuavarra betonte das Wort auf sonderbare Art, als müsse er sich erst seiner Bedeutung klar werden. Dann nickte er und zuckte gleichzeitig mit den Schultern. »Vielleicht«, sagte er. »Aber es sind schon zu viele getötet worden. Und es war nicht seine Schuld. Wenn überhaupt jemanden die Schuld trifft, dann mich.«

»Dich?«

Fuavarra nickte traurig. »Ich hätte es voraussehen müssen«, sagte er. »Ich glaube, ich habe es sogar. Ich habe geahnt, was geschehen würde. Aber ich wollte es nicht wahrhaben.«

»Was hast du geahnt, Fuavarra?«, fragte Chris scharf.

Fuavarra sah ihn traurig an. »Du bist zornig auf mich, und du hast Grund dazu«, sagte er. »Aber ich wollte mein Wort halten, das musst du mir glauben. Ich habe dich nicht belogen.«

Chris spürte, dass der Feenkönig die Wahrheit sagte, und sein Zorn verflog so rasch, wie er gekommen war. Die Tatsache, dass ein Wesen von Fuavarras Macht und Weisheit sich bei ihm entschuldigte – denn nichts anderes als eine Entschuldigung waren Fuavarras Worte –, war ihm peinlich. »Als wir beschlossen, den Drachen zu holen, da waren die meisten von uns der Meinung, dass er nur dieses eine Mal beschworen werden sollte und niemals wieder«, fuhr Fuavarra fort. »Aber es gab auch damals schon einige, die sagten, wir sollten ihn behalten. Die glaubten, ihn beherrschen zu können.«

»Und du?«, fragte Chris.

Fuavarra schüttelte kaum sichtbar den Kopf. »Ich nicht«, antwortete er. »So wenig wie Carnak und Tethra. Aber beide sind tot, und die Stimmen derer, die den Drachen hier behalten wollten, wurden lauter. Ortak hat die Wahrheit gesagt, Chris – nicht er war es, der sich gegen mich erhoben hat, sondern meine eigenen Untertanen. Noch heute Morgen, bevor wir zum Cromlech hinabritten, haben wir darüber gestritten. Viele waren der Meinung, dass unsere Macht ausreicht, den Drachen zu bändigen.«

»Warum hast du mir nichts davon gesagt?«, fragte Chris. Fuavarra sah weg. »Ich weiß es nicht«, gestand er nach einer Weile. »Vielleicht aus Angst, du könntest dich im letzten Moment anders besinnen. Vielleicht ... habe ich meine Macht auch einfach überschätzt. Ich habe es ihnen befohlen, als alles Bitten und Reden nichts mehr half. Aber sie gehorchen mir nicht mehr.«

»Und beschwören damit das Ende der Welt herauf«, sagte Chris. »Dieser Ortak ist ein Wahnsinniger!«

»Du tust ihm Unrecht«, sagte Fuavarra. »Auch ich war zornig, und ich gestehe, ich war kurz davor, ihn zu töten, vorhin, als er zu mir kam und das Schwert zog. Aber das wäre falsch gewesen. Ortak tut, was er für das Beste hält – für Erinn und uns alle.«

»Indem er uns verrät?«, keuchte Chris.

Fuavarra schüttelte den Kopf. »Glaube nicht, dass es ihm leicht gefallen ist«, sagte er. »Ich habe in seine Seele geschaut. Als er mir den Dolch an die Kehle setzte, da ist ein Stück von ihm gestorben. Er handelt nicht aus Bosheit, sondern aus Überzeugung.«

Chris schwieg lange, lange Zeit. Er begriff, was Fuavarra ihm sagen wollte, und er ahnte auch, dass der Feenkönig Recht hatte; auf seine Weise.

»Vielleicht verstehe ich ihn sogar«, sagte er plötzlich leise. »Es ist mit ihm wie mit Cochran und den Milesiern und sogar ihrem Anführer, dem Heiligen Mann, nicht wahr? Auch sie handeln nicht aus Bosheit, sondern weil sie glauben, das Beste zu tun für ihr Volk. Ist es das, was du meinst, Fuavarra?«

Fuavarra nickte.

»Aber dann sag mir eines, Fuavarra«, fuhr Chris fort.

»Wenn das alles so ist, wenn Ortak ebenso im Recht ist wie die Milesier und die Menschen des Kalten Landes und wie du und ich – welchen Sinn hat dieser Krieg dann überhaupt gehabt?«

Und darauf antwortete der Feenkönig Erinns nicht mehr. Aber nach einer Weile war er es, der Chris' Blick nicht mehr standhielt und wegsah.

Drachenfeuer

Was das von Chris prophezeite Ende der Welt anging, so ließ es – wenigstens für die nächsten vier Tage – noch auf sich warten. Chris, Fuavarra und Llewellyen durften die Turmkammer in dieser Zeit nicht verlassen und blieben Ortaks Gefangene, aber zumindest in einem Punkt hielt der rebellische Tuatha de Dannan Wort: Sie wurden zwar behandelt wie Gefangene, aber wie königliche Gefangene. Sie bekamen das beste Essen, vor der Tür stand Tag und Nacht ein Bediensteter bereit, der ihnen jeden Wunsch erfüllte, und Llewellyen bekam die beste Pflege, die man sich vorstellen konnte. Chris ersann in diesen vier Tagen Dutzende, wenn nicht Hunderte verschiedener Fluchtpläne, die ihm Fuavarra einen nach dem anderen wieder ausredete, sofern er sich überhaupt die Mühe machte, darauf einzugehen.

Die Zeit, die er nicht damit zubrachte, sich die abenteuerlichsten Möglichkeiten auszudenken, wie sie aus ihrem Gefängnis ausbrechen könnten, verbrachte er zumeist am Fenster und blickte auf den Wald und den Cromlech herunter. Die Zahl der Druiden, die sich im Schutze ihrer Magie dem steinernen Kreis näherten, schien beständig zuzunehmen. Ein paarmal nahm er große Aufregung auf dem Beschwörungsplatz wahr, und einmal hörte er Schreie und Lärm und glaubte schon, der Moment wäre gekommen, den er Ortak und allen anderen vorausgesagt und sich selbst in den düstersten Farben ausgemalt hatte. Aber es gelang den Druiden, den Drachen noch einmal zu bändigen.

Am Morgen des fünften Tages schließlich wurden sie von Ortak persönlich geweckt. Der Tuatha de Dannan war ausgesprochen guter Laune, an der auch Chris' ärgerliche Bemerkungen und Llewellyens mordlüsterne Blicke nichts zu ändern vermochten. Aufgeräumt forderte er sie auf, ans Fenster zu treten und auf den Wald hinabzublicken, und als Chris gehorchte, da sah er eine erstaunliche Veränderung unten am Cromlech: Der ganze Platz strahlte in einem unheimlichen blauen Glanz, der es ihm im ersten Augenblick unmöglich machte, Einzelheiten zu erkennen. Erst als sich seine Augen an das grellblaue Strahlen gewöhnt hatten, erkannte er, dass es von den Menhirsteinen ausging, die in magischem Feuer aufgeflammt waren. Grelle Feuerblitze, die unentwegt hin und her zuckten, verbanden die dreizehn übermannshohen Steingiganten miteinander, sodass sich der gesamte Cromlech in einen Käfig aus Licht verwandelt zu haben schien, hinter dessen Gleißen der Titanenschatten des Drachen nur noch unscharf zu erkennen war. Aber Chris sah auch, dass das Ungeheuer nicht mehr ruhig und wie schlafend auf seinem Stein hockte, sondern sich unruhig hin und her bewegte.

»Du siehst«, sagte Ortak, zu Fuavarra gewandt und erst nachdem er ihnen ausreichend Zeit gegeben hatte, die magische Barriere zu bestaunen, »eure Befürchtungen waren überflüssig. Die Druiden haben den stärksten Zauber gewoben, den ihr euch denken könnt. Nicht einmal der Drache vermag diese Wand zu durchbrechen.«

Fuavarra starrte ihn an. Sein Gesicht war bleich, und in seinen Augen spiegelte sich ein so abgrundtiefes Entsetzen, dass Chris erschrak. »Ihr Narren!«, sagte er. »Was habt ihr getan?«

Ortak war verwirrt. Er wirkte bestürzt und irgendwie auch ein bisschen beleidigt, fand Chris. »Ich … verstehe nicht«, sagte er.

Fuavarra deutete erregt nach unten. »Das ist Elfenmagie!«, rief er. »Die stärkste Zauberkraft, die ich je gesehen habe! Nicht einmal Tethra und ich gemeinsam hätten das zu Stande gebracht!«

Ortak nickte. »Alle Druiden Erinns haben mitgeholfen«, bestätigte er stolz. »Nie wurde ein Bann von größerer Macht und Wirkung –«

»Es ist weiße Magie, ihr wahnsinnigen Tölpel!«, brüllte Fuavarra mit einer Stimme, die vor Entsetzen überschnappte. »Ihr setzt die Mächte des Lichts gegen ein Geschöpf der Finsternis ein? Dieser Zauber bereitet ihm unerträgliche Qual, begreift ihr das denn nicht? Er macht den Drachen rasend!«

Ortak erbleichte. Er öffnete den Mund, um zu antworten, aber dann weiteten sich seine Augen, und mit einem Male stand der gleiche ungläubige Schrecken in ihnen geschrieben wie in denen des Feenkönigs. Dann fuhr er herum und wollte zur Tür stürzen.

Aber es war zu spät.

Ein Schrei gellte über den See und die Burg, der Schrei des Drachen, den Chris schon einmal gehört hatte, aber viel lauter und so voll Wildheit und Schmerz, dass die gesamte Burg in ihren Grundfesten erbebte. Und plötzlich war das Fenster voller Licht, unerträglich gleißendem, hellem Licht, als wäre vor den Mauern eine zweite, grellweiße Sonne aufgegangen, hundert Mal heller als die am Himmel, und wieder erscholl dieses entsetzliche Brüllen. Er sah, wie Fuavarra und Ortak schützend die Arme vor das Gesicht rissen und sich ihre Münder zu gellenden Schmerzensschreien öffneten, aber er hörte nichts. Mit tränenden Augen brach er zusammen und kroch blindlings los, mehr durch Zufall als Absicht in den toten Winkel unter dem Fenster, wo er wenigstens vor dem grausamen Licht geschützt war.

Keiner von ihnen konnte sehen, was draußen geschah, aber das war auch nicht nötig, denn Chris hatte es bereits gesehen, an einem anderen Ort und in anderer Form: den Augenblick maßlosen Entsetzens, in dem die Druiden der Gläsernen Stadt begriffen haben mochten, wie grausam sie sich getäuscht hatten, und in dem sie für alle Zeiten erstarrt waren.

Das Zimmer bot ein Bild des Chaos, als er wieder einigermaßen sehen konnte. Die Vorhänge schwelten, und die Wand, die dem Fenster gegenüberlag, war geschwärzt. Ortak war vor der Tür zusammengebrochen und stöhnte leise, während sich Fuavarra auf Llewellyen geworfen hatte, um ihn mit seinem eigenen Körper zu schützen.

Mühsam rappelte sich Chris auf, überzeugte sich mit einem Blick davon, dass Llewellyen und der Feenkönig halbwegs unverletzt waren, und trat ans Fenster.

Der Wald westlich von Ross Castle brannte. Wo der Cromlech gewesen war, kochte ein See aus rot glühender Lava, und vom Ufer des Sees stiegen weiße und graue Dampfschwaden auf. Die Luft war so heiß, dass das Atemholen wehtat, und überall in Ross Castle loderten kleinere und größere Brände. Der Hof tief unter ihm war voller Menschen und Tiere, die in Panik durcheinander liefen und vor Angst oder Schmerz schrieen. Und über dem See schwebte der Drache.

Lautlos und starr hing er da, die Flügel schwelend, verbrannt von seinem eigenen Feuer, mit dem er sein Gefängnis gesprengt hatte, wie ein böser Dämon, der aus den Abgründen des Wahnsinns emporgestiegen war, um sich an den Wesen zu rächen, die es gewagt hatten, ihn zu rufen. Er war gewachsen, seit Chris ihn das letzte Mal gesehen hatte – seine weit gespannten, nachtschwarzen Flügel verdunkelten den Himmel, sein Schädel war groß wie ein Haus und unbeschreiblich hässlich. Dann, fast spielerisch, schlug das Ungeheuer mit den Flügeln und schwang sich in die Höhe, wobei der Orkan, den seine Schwingen entfesselten, Ross Castle ein zweites Mal in seinen Grundfesten erbeben ließ.

Chris rechnete fest damit, dass sie jetzt sterben würden. Der Drache hing über ihnen wie ein leibhaftig gewordener Rachegott, und schon ein einziger seiner entsetzlichen Flammenstrahlen musste genügen, Ross Castle bis auf die Grundmauern niederzubrennen – aber er tat es nicht. Der Blick seiner kleinen, rot glühenden Augen huschte über die Burg, suchte den Turm und das Fenster, hinter dem ihr Gefängnis lag. Und Chris wusste, dass der Drache ihn ansah und erkannte. Es war kein Zufall, dass er ausgerechnet an jener Stelle über dem See schwebte und den Turm anblickte. Der Drache hatte ihn gesucht, ihn, den Menschen, der es gewagt hatte, ihn aus seinem äonenlangen Schlaf zu erwecken.

Langsam, ganz langsam öffnete sich das gewaltige Maul des Drachen, und wieder sah Chris das Feuer der Hölle tief in seinem Schlund aufglühen.

»Nein!«, flüsterte er. »Tu es nicht.« Und plötzlich schrie er, so laut er konnte: »Halte ein! Ich befehle es dir!«

Ihre Blicke trafen sich, und wieder spürte Chris die unglaubliche Macht und Urgewalt dieses Geschöpfes, das vielleicht gar kein lebendes Wesen war, sondern die Verkörperung einer universellen Macht, des finsteren Gegenparts der Schöpfung: des Chaos und der Vernichtung. Er war viel stärker geworden seit dem letzten Mal, als Chris' Willen den seinen bezwungen hatte.

Aber das Wunder geschah. Nach Sekunden, die Chris wie Ewigkeiten erschienen, verlor der höllische Glanz im Schlund des Drachen an Macht, und er spürte, dass er das stumme Duell gewonnen hatte – vielleicht zum letzten Mal. Der Drache spie kein Feuer auf die Burg herab. Stattdessen kreiste er noch einmal über dem See und flog dann in östlicher Richtung davon.

Chris starrte ihm nach, bis er zu einem winzigen Punkt am Himmel geworden und dann ganz verschwunden war, aber selbst dann war er unfähig, sich zu rühren oder auch nur den Kopf zu drehen. Sein Herz jagte. Er war fast verrückt vor Angst. Eine Gestalt trat neben ihn, und als er es endlich schaffte, den Blick zu wenden, erkannte er Fuavarra. Der Feenkönig sah in die gleiche Richtung wie er, und auch sein Gesicht war starr vor Schrecken – aber da war noch etwas, was Chris nicht sofort einordnen konnte.

»Er ist … fort«, murmelte er fassungslos. »Er ist weggeflogen, Fuavarra.«

Fuavarra nickte. »Aber er wird wiederkommen. Und ein zweites Mal wird er uns nicht verschonen.«

Und wie um seine Worte zu bestätigen, flammte in diesem Moment der Horizont auf. Zuerst war es nur ein Blitzen, ein weißer Funke, nicht größer als eine Stecknadel, der jäh zu einer orangeroten Feuerkugel wurde; dann schoss Rauch in die Höhe, schwarzer und weißer und grauer Rauch, der in einer gewaltigen Säule bis zu den Wolken aufstieg, ehe er brodelnd auseinander trieb. Der Horizont im Osten stand in hellen Flammen, so weit er sehen konnte.

Ortaks Stöhnen wurde lauter, und Fuavarra wandte sich um, um zu ihm zu gehen. Der Tuatha de Dannan versuchte sich zu erheben, aber seine Bewegungen waren sonderbar ziellos. »Was ist geschehen?«, wimmerte er. »Das Licht! Meine Augen! Ich sehe nichts mehr!« Hilflos griffen seine Hände in die Luft, erfassten einen Zipfel von Fuavarras Gewand und krallten sich hinein.

Währenddessen eilte Chris zu Llewellyen. Der Erinn hatte sich auf seinem Bett aufgesetzt und wirkte benommen; so, als hätte er noch gar nicht richtig begriffen, was überhaupt passiert war.

»Bist du verletzt?«, fragte Chris besorgt.

Llewellyen schüttelte mühsam den Kopf. »Ich ... glaube nicht«, sagte er. »Was war das? Das Licht ...«

Da schrie Ortak abermals auf. Chris drehte sich zu ihm herum und unterdrückte im letzten Moment selbst einen Schrei, als er Ortaks Augen sah.

Der Tuatha de Dannan war blind. Er musste sich herumgedreht haben, als das Höllenfeuer des Drachen draußen über dem Wald aufflammte, und das grelle Licht hatte ihn geblendet.

»Was ist geschehen, Fuavarra?«, keuchte er.

Fuavarra griff nach seiner Hand, und der Tuatha de Dannan klammerte sich an ihn wie ein ängstliches Kind. »Der Drache«, sagte Fuavarra. »Er ist frei.«

»Wir müssen weg hier, Fuavarra!«, rief Chris in heller Panik. »Wir müssen Ross Castle verlassen und fliehen!«

»Fliehen?« Fuavarra sah ihn an und verzog die Lippen zu einem bitteren Lächeln. »Aber wohin denn?«

»Aber –«

»Fuavarra hat Recht, Chris«, unterbrach ihn Llewellyen, der sich vom Bett hochgestemmt hatte. »Es wäre sinnlos zu fliehen. Es gibt keinen Ort auf dieser Welt, an dem wir vor ihm sicher wären. Egal, wohin wir flüchten würden, er würde uns finden.«

»Und auf dem Wege dorthin alles zerstören«, fügte Fuavarra hinzu. »Schau hinaus. Er zerstört in seiner Wut alles, was er sieht. Und er wird nicht innehalten, ehe er uns vernichtet hat.«

Er wandte sich wieder an Ortak, der schwer gegen die Wand gesunken war und die Hände vor das Gesicht geschlagen hatte. »Es ist vorbei, Ortak. Ich habe versagt.«

»Das … das wollte ich nicht«, stöhnte der Tuatha de Dannan. »Ich … ich wusste nicht, dass …«

Fuavarras Finger berührten sanft seine Lippen, und Ortak verstummte. »Es ist nicht deine Schuld, mein Freund«, sagte der Feenkönig sanft. »Niemand trifft eine Schuld außer mich selbst. Ich habe versagt. Ich hätte niemals zustimmen dürfen. den Drachen zu beschwören.«

»Aber wieso hat keiner eurer Druiden gewusst, was geschieht, wenn er mit Elfenmagie in Berührung kommt?«, fragte Chris entsetzt.

»Sie wussten es«, antwortete Fuavarra. »Oder haben es einmal gewusst. Aber es ist nicht ihre Schuld, so wenig wie die Ortaks. Der Drache ließ sie vergessen, was sie taten. Er kämpft nicht nur mit Feuer. Seine stärkste Waffe ist die Verlockung der Macht. Jeder erliegt ihr, früher oder später. Auch dir und mir ist es nicht anders ergangen. Und jeder zahlt den Preis dafür.«

»Dann … dann werden wir alle sterben?«, flüsterte Chris.

Fuavarra nickte und schüttelte fast in der gleichen Bewegung den Kopf. »Wir«, sagte er. »Du nicht. Er wird kommen und uns vernichten, aber die Zeit, die bis dahin bleibt, reicht aus, dich in Sicherheit zu bringen.«

»Dann gibt es doch einen Weg, vor dem Drachen zu fliehen?«, fragte Chris voll neuerwachter Hoffnung. »Einen Ort, an den er uns nicht folgen kann?«

Fuavarra nickte erneut. »Die Tir Aill, die andere Welt, ja«, sagte er. »Die Welt, aus der du gekommen bist. Du wirst dorthin zurückkehren, und er wird dir nicht folgen.«

»Und … ihr?«, fragte Chris.

»Du kennst die Antwort«, sagte Fuavarra. »Du weißt, dass wir dort nicht leben können. Für uns gibt es keine Rettung mehr.«

Aber das stimmte nicht. Fuavarra hatte etwas übersehen, genauso wie Ortak und Llewellyen und auch Chris – er spürte, dass es vielleicht doch einen Ausweg gab, eine letzte, verzweifelte Hoffnung nicht nur für ihn, sondern auch für Fuavarra und sein Volk. Er sah die Antwort vor sich, so deutlich, als ob er nur danach zu greifen bräuchte.

Und dann wusste er es.

»Es gibt doch noch einen Ausweg!«, sprudelte er hervor. »Ihr könnt fliehen, Fuavarra! Die Tir Nan Og! Nur das Tor im Fels führt dorthin und Prydwynns Kurs. Der Drache kann sie nicht erreichen!«

Der Sidhe schüttelte traurig den Kopf, aber plötzlich hob auch Llewellyen erregt die Hände. »Er hat Recht, Fuavarra!«, rief er. »Der Rath! Es gibt einen Weg aus dem Rath von Ross Castle hinüber in seine Welt. Und das Tor im Fels ist ihm ganz nahe!«

Fuavarra erstarrte. Für einen Moment malte sich wilde, verzweifelte Hoffnung auf seinen Zügen. »Es ... könnte gehen«, flüsterte er. »Bei Oberon, es könnte gehen! Wenigstens für einige von uns!«

»Wieso nur für einige?«, wollte Chris wissen. »Heißt es nicht, dass die Tir Nan Og immer so groß ist, wie man sie gerade braucht?«

»Die Tir Nan Og vielleicht, aber das Tor im Fels ist schmal«, antwortete Fuavarra. »Nur wenige zugleich können hindurchgehen. Und der Drache wird zurückkommen, lange ehe wir alle es geschafft haben.«

»Dann müssen wir ihn aufhalten!«, sagte Chris erregt. »Ich habe ihn schon einmal bezwungen. Vielleicht gelingt es mir noch einmal, zusammen mit dir und deinen Druiden. Nur so lange, bis ihr in Sicherheit seid. Wir müssen es versuchen, Fuavarra!«

Fuavarra schüttelte den Kopf. »Nein«, sagte er entschieden. »Du gehst. Dein Leben darf nicht in Gefahr geraten. Wir anderen –«

»Ich bleibe!«, unterbrach ihn Chris. »Du kannst mich nicht zwingen zu gehen.«

»Willst du dich umbringen?«, fragte Fuavarra ernsthaft.

»Nein«, erwiderte Chris im gleichen, entschlossenen Ton. »Aber ich weiß, dass ich ihn aufhalten kann. Vielleicht nicht für lange, aber vielleicht lange genug, dass die Menschen hier in Ross Castle fliehen können.«

Er rechnete damit, dass Fuavarra abermals widersprechen würde, aber der Sidhe tat es nicht. Stattdessen blickte er ihn nur an. Dann seufzte er. »Du bist ein Narr«, sagte er. »Aber vielleicht bedarf es manchmal eines Narren, um das Richtige zu tun.« Abrupt wandte er sich um und ergriff Ortaks Hand.

»Jetzt kommt«, sagte er. »Lasst uns keine Zeit verlieren.«

So schnell sie konnten, verließen sie die Turmkammer und liefen die Wendeltreppe in den Hof hinab, wobei Fuavarra Ortak und Chris Llewellyen stützen mussten, denn beide waren nicht in der Lage, aus eigener Kraft zu gehen. Und schon auf diesem kurzen Stück Weg bekam Chris einen Vorgeschmack dessen, was Ross Castle hätte zustoßen können – oder, genauer gesagt, was ihm zustoßen würde, wenn nicht ein neuerliches Wunder geschah. Sie kamen an Türen vorbei, aus denen Rauch und Flammen schlugen, und ein paarmal mussten sie sich der Angriffe von Männern erwehren, die in Panik geraten waren und weder den Tuatha de Dannan noch ihren eigenen König erkannten.

Im Hof rannten Männer, Frauen und Pferde in kopfloser Furcht durcheinander und schrieen, Verwundete und Tote lagen auf dem Hof, und wer zu schwach oder zu langsam war, der wurde von seinen eigenen Kameraden niedergetrampelt. Ein Teil des hölzernen Wehrganges hinter den Zinnen stand in Flammen, und auch das Dach des Hauptgebäudes brannte. Vor dem Tor war ein wütendes Handgemenge im Gange, als Hunderte von Männern und Frauen zugleich versuchten, die Burg zu verlassen.

»Diese Narren!«, keuchte Llewellyen. »Der Drache wartet doch nur auf sie! Sie werden alle sterben!«

Fuavarra nickte. Einen Moment lang sah er sich hilflos um, dann winkte er Chris herbei, befahl ihm, sich um den blinden Tuatha de Dannan zu kümmern, und lief mit wehendem Gewand die breite Freitreppe, die sie gerade heruntergekommen waren, wieder hinauf. Als er die oberste Stufe erreichte, fuhr er herum und riss gebieterisch die Arme in die Höhe, und plötzlich war seine Stimme überall zu verstehen, trotz des entsetzlichen Lärmes, der in der Burg herrschte.

»Hört mir zu!«, rief Fuavarra, und er hatte wohl all seine magische Macht in diesen Befehl gelegt, denn das kopflose Flüchten und Rennen und Kämpfen auf dem Hof hörte von einer Sekunde auf die andere auf, und aller Blicke wandten sich dem Feenkönig zu.

»Hört mir zu!«, rief Fuavarra noch einmal. »Ihr dürft nicht hinaus. Der Drache wird zurückkommen, und er wird jeden töten, der Ross Castle verlässt.«

»Aber hier tötet er uns auch!«, rief ein Tuatha de Dannan zurück, und andere stimmten ihm zu.

»Es gibt einen Weg!«, widersprach Fuavarra. »Vertraut mir noch einmal, ich beschwöre euch! Wir können fliehen, aber wer durch dieses Tor dort geht, der ist verloren!« Er schwieg einige Sekunden und deutete dann auf Llewellyen und Chris, die noch immer am Fuße der Treppe standen.

»Wir können fliehen!«, wiederholte er. »Es gibt einen Ort, an den uns der Drache nicht folgen kann – die Tir Nan Og. Prinz Llewellyen wird euch den Weg dorthin zeigen. Folgt ihm!«

Tatsächlich wandten sich einige Männer um und kamen auf Chris und den Erinn zu – aber längst nicht alle.

»Die Tir Nan Og?«, rief der Tuatha de Dannan, der Fuavarra schon einmal widersprochen hatte. »Aber dann wären wir Gefangene, Fuavarra! Wir könnten sie nie wieder verlassen!«

»Willst du lieber hier bleiben und sterben, du Narr?«

Chris sah erstaunt auf. Es war nicht Fuavarra, der diese Worte geschrien hatte, sondern Ortak. Der Tuatha de Dannan hatte seine Hand losgerissen und gestikulierte wütend in den Himmel. »Das Ungeheuer wird wiederkommen, und es wird keinen verschonen. Gehorcht Fuavarra, ich befehle es!«

Diese Worte brachten die Entscheidung. Es gab noch immer einige, die zögerten, und einige wenige Tuatha de Dannan und Erinn wandten sich trotz des zweifachen Befehles um und stürmten aus dem Burgtor, aber die meisten kamen wieder auf den Turm zu, bis sie Chris und Llewellyen so dicht umlagerten, dass ihnen kaum noch Luft zum Atmen blieb.

Auch Fuavarra erschien wieder neben ihnen. Mit einer herrischen Geste sorgte er für Ruhe, legte Llewellyen die Hand auf die Schulter und sah ihn durchdringend an. »Findest du den Weg?«, fragte er. »Allein und ohne Carnaks Hilfe?«

Llewellyen nickte unsicher. Er hatte Angst, das sah man ihm deutlich an. »Ich werde es schaffen«, versprach er. »Wenn die Zeit reicht. Es sind so viele.«

»Versuch es«, sagte Fuavarra leise, aber in beschwörendem Tonfall. Plötzlich lächelte er. Er legte Llewellyen auch die andere Hand auf die Schulter und schloss für einen Moment die Augen, und Chris konnte regelrecht sehen, wie etwas von seiner Zauberkraft auf den Erinn überging. Llewellyens totenbleiches Gesicht nahm wieder Farbe an, und seine Schultern strafften sich. Ohne dass es eines weiteren Beweises bedurft hätte, wusste Chris, dass die furchtbare Wunde in seinem Rücken verschwunden war.

Llewellyen riss erstaunt die Augen auf und starrte Fuavarra an, aber der Feenkönig schüttelte rasch den Kopf, als er etwas sagen wollte. »Verschwende keine Zeit mehr«, sagte er. »Geh. Geh und rette dein Volk, Llewellyen.«

»Mein Volk?«, wiederholte Llewellyen verstört. Aber Fuavarra antwortete nicht, sondern drehte sich wieder zu den Männern und Frauen auf dem Hof herum.

»Folgt Prinz Llewellyen!«, befahl er. »Flieht in den Rath hinab! Die Gewölbe werden euch schützen, bis der Weg zur Tir Nan Og geöffnet ist.«

Llewellyen zögerte noch einen winzigen Moment. Sein und Chris' Blick trafen sich, und was Chris in seinen dunklen Augen las, das ließ ihn schaudern, denn es war etwas sonderbar Endgültiges, das ihm sagte, dass sie sich nie mehr wieder sehen würden.

Aber ihm blieb nicht einmal Zeit für ein Wort des Abschieds, denn Fuavarra ergriff ihn plötzlich beim Arm und zog ihn mit sich; binnen Sekunden war Llewellyens Gestalt hinter einer dichten Menschenmauer verschwunden, und dann konnte er nicht einmal mehr den Turm sehen, denn Fuavarra zog ihn eine schmale hölzerne Treppe hinauf, die zur Burgmauer emporführte.

Oben wurden sie bereits erwartet. Fuavarra musste die Druiden auf seine lautlose Art bereits verständigt haben, denn keiner der Männer stellte auch nur eine Frage. Auf all ihren Gesichtern lag der gleiche, starre Ausdruck, und Chris begriff, dass jeder einzelne dieser Männer mit seinem Leben abgeschlossen hatte.

Fuavarra wandte sich noch einmal an ihn. »Du meinst es wirklich ernst?«, fragte er.

»Was? Dass ich bei euch bleibe?«

Fuavarra nickte. »Du weißt, dass es dich das Leben kosten wird.«

»Ich habe den Drachen geholt«, antwortete Chris. »Ich bleibe.«

»Wie du willst«, murmelte Fuavarra.

Er trat dicht an die Brüstung heran, legte die Hände auf den rauen Stein und sah nach Osten. Der Drache spie noch immer Feuer und Tod auf das Land jenseits des Sees hinab, und er war wieder näher gekommen. Der Horizont war hinter einer Wand aus schwarzem Rauch verschwunden, und die Erde glühte. Für einen Moment musste Chris mit aller Gewalt ein hysterisches Lachen niederkämpfen, als er sich klar machte, dass er hier war, um das Ungeheuer zu bezwingen, das diese Hölle entfesselt hatte; mit nichts weiter als seinem Willen.

»Er kommt«, sagte einer der Druiden leise. Chris schrak zusammen und drehte sich herum. Der Hof unter ihnen war noch immer voller Menschen, denn obwohl es nicht nur einen Abstieg in den Rath hinab gab und die Bewohner der Burg um ihr Leben rannten, brauchten sie Zeit, um die Sicherheit der Kellergewölbe zu erreichen. Zeit, die ihnen nicht mehr blieb, wenn es ihnen nicht gelang, den Drachen aufzuhalten.

Fuavarra hob die Arme und streckte dem Drachen die Handflächen entgegen, wie an jenem Morgen auf dem Cromlech, als er das erste Mal versucht hatte, das Ungeheuer zu bezwingen. Und wie an jenem Morgen vollzogen die

Druiden seine Bewegung nach, und nach einer Weile hob auch Chris die Hände, obwohl er kaum wusste, was er da tat. Aber er spürte, wie etwas geschah. Es war, als verschmelze ein Teil seines Geistes mit dem Fuavarras und der Druiden, ballte sich zu einer Mauer zusammen, die das herantobende Ungeheuer aufzuhalten versuchte.

Und das Wunder geschah:

Der Drache hatte den See fast erreicht, aber plötzlich wurden seine Flügelschläge langsamer. Er kam aus dem Takt, torkelte in der Luft – und schwenkte mit einem wütenden Brüllen ab. Sein Flammenstrahl traf nicht die Burg, sondern nur das Land, das er schon vor Tagen versengt hatte. Fuavarra taumelte. Zwei seiner Druiden brachen erschöpft zusammen, und auch Chris fühlte sich ausgelaugt und schwach wie nach einer furchtbaren Anstrengung. Er ließ sich schwer gegen die Brüstung sinken, schloss für einen Moment die Augen und kämpfte die Schwäche nieder, die ihn auf die Knie zwingen wollte.

Als er die Lider wieder hob, flog der Drache zum zweiten Mal auf Ross Castle zu.

Er war noch sehr weit entfernt, Meilen hinter dem See und nicht mehr als ein hässlicher schwarzer Umriss gegen den brennenden Horizont, und trotzdem glaubte Chris seine Wut zu spüren wie den Schlag einer unsichtbaren Hand.

»Nein!«, stöhnte er. »Geh! Geh weg!«

Der Drache raste auf sie zu, schwang sich mit einem einzigen Flügelschlag hoch in die Luft – und glitt über den See und die Burg hinweg, ein monströser Schatten, der für Sekunden die Sonne verdunkelte. Chris duckte sich, um nicht vom Sturmwind der Drachenschwingen von den Füßen gerissen zu werden, und sah dem Drachen nach, der weit hinter ihnen wendete und zu einem neuen Anflug auf Ross Castle ansetzte.

»Er spielt mit uns«, murmelte Fuavarra. Seine Stimme zitterte. »Aber er wird des Spieles bald überdrüssig werden, fürchte ich.«

Wieder raste der Drache heran, und diesmal spürte Chris selbst, wie wenig Mühe es ihm bereitete, den magischen

Schild zu durchbrechen, den Fuavarra und die Druiden aufrechtzuerhalten versuchten. Als er direkt über der Burg war, klaffte sein Maul auseinander, und ein grellweißer Feuerstrahl zischte auf den See hinab. Ein ungeheures Donnern und Krachen erscholl, und wieder schien Ross Castle in seinen Grundfesten zu erbeben. Der See brodelte. Weißer, kochend heißer Dampf brach aus seiner Oberfläche und hüllte die Burg ein, dann hatte der Drache das jenseitige Ufer erreicht und schwenkte mit einem kraftvollen Flügelschlagen herum.

Chris spürte, dass der Angriff, der nun folgen würde, der letzte war.

Verzweifelt sah er in den Hof hinab. Ihr Vorrat an Wundern schien noch immer nicht ganz aufgebraucht zu sein, denn bis auf einige wenige Nachzügler hatten es alle Bewohner Ross Castles geschafft, den Hof zu verlassen, und auch wenn noch längst nicht alle auf dem Weg zur Tir Nan Og sein konnten, so würden sie die dicken Mauern und Decken des Rath vielleicht noch für kurze Zeit vor dem Feuer des Drachen schützen.

Fuavarra richtete sich kerzengerade auf und sah dem Drachen entgegen. Das Ungeheuer hatte an Höhe verloren, sein hässlicher Schädel befand sich fast auf gleicher Höhe mit der Burgmauer, und es flog langsamer als bisher. Aus seinen kreischenden Schreien war ein tiefes, drohendes Knurren geworden, und zwischen seinen halb geöffneten Fängen loderte grellweißes Feuer.

»Findest du den Weg ohne Hilfe?«, fragte Fuavarra plötzlich. Chris sah verwirrt auf, aber dann begriff er, dass die Frage nicht ihm galt, sondern jemandem, der hinter ihm stand. Als er sich herumdrehte, erkannte er Ortak. Er hatte nicht gemerkt, dass der Tuatha de Dannan ihnen auf die Mauer gefolgt war.

»Ja, mein König«, antwortete der Tuatha de Dannan.

Fuavarra nickte. »Dann weißt du, was du zu tun hast.«

Ortak antwortete nicht. Aber er tat etwas anderes. Seine Hand tastete blind nach Chris, bekam seinen Arm zu fassen – und packte so hart zu, dass Chris vor Schmerz und

Überraschung aufschrie. Ohne ihn loszulassen, fuhr er herum und rannte auf die Treppe zu, die linke Hand an der Mauer, um nicht die Orientierung zu verlieren.

»Er kommt!«, schrie Fuavarra hinter ihnen. »Lauf, Ortak! Lauf!«

Chris wehrte sich verzweifelt, aber gegen die Kräfte des blinden Tuatha de Dannan kam er nicht an. Ortak zerrte ihn rücksichtslos mit sich, während hinter ihnen ein monströser schwarzer Schatten heranwuchs. Als sie die Treppe erreichten, war der Drache über dem See.

»Lass mich los, Ortak!«, schrie Chris. »Ich muss zurück! Ich muss ihnen helfen!«

Ortak zerrte ihn einfach weiter. Immer zwei, drei Stufen auf einmal nehmend, hetzten sie die hölzerne Treppe hinunter.

Zweimal stolperte der blinde Tuatha de Dannan und stürzte, aber er ließ Chris auch dann nicht los, sondern riss ihn mit sich, und zweimal raffte er sich wieder auf und stürmte weiter, bis sie den Hof erreicht hatten.

»Lass los!«, schrie Chris mit überschnappender Stimme. »Ich muss zu Fuavarra. Sie brauchen mich. Ich –«

Der Rest seiner Worte ging in einem gewaltigen Brüllen unter. Ein grellweißes Licht flammte jenseits der östlichen Mauer auf, löschte Himmel und Sonne und ließ die Gestalten Fuavarras und der Druiden wie unter einem unheimlichen, inneren Feuer erstrahlen, leuchtende Schatten, die sich in gleißendem Licht auflösten – und dann nicht mehr da waren.

Eine Sekunde später explodierte das Tor. Feuer, brennendes Holz und glühende Steine spritzten über den Hof, und die Luft schien zu kochen. Ortak schrie auf und warf sich über ihn, als brennende Trümmer auf sie herabregneten. Etwas traf seinen Körper, und ein qualvolles Stöhnen kam über die Lippen des blinden Tuatha de Dannan. Mühevoll raffte er sich noch einmal auf und taumelte auf den Turm zu, aus einem Dutzend Wunden blutend und keuchend vor Schmerz und Anstrengung, aber noch immer, ohne Chris' Hand loszulassen. Chris verstand nicht, woher der Tuatha de Dannan die Kraft nahm, geschweige denn, wie er den Weg fand, blind, wie er war.

Er selbst spürte weder Schmerz noch Angst. Aber es war keine Tapferkeit, die ihn alles schweigend ertragen ließ. Er fühlte sich wie gelähmt, so, als wäre seine Fähigkeit, Schrecken zu empfinden, erschöpft. Rings um ihn sanken Ross Castle und seine Welt in Trümmer, aber er fühlte nicht einmal Bedauern. Ein zweiter Feuerstrahl traf die Burg, und diesmal flammten das Haupthaus und die Stallungen auf wie Stroh. Rauch und Hitze wurden so schlimm, dass Chris kaum noch atmen konnte.

Dann verdunkelte ein gigantischer Schatten die Sonne. Chris sah im Laufen auf und erkannte, dass der Drache genau über der Burg schwebte, mit weit gespannten, schlagenden Flügeln, wie um das Höllenfeuer noch weiter anzufachen, das er entfesselt hatte. Sein Blick war direkt auf ihn gerichtet, und wieder spürte Chris das Erkennen, das darin lag. Der Drache hatte Ross Castle zerstört, und wahrscheinlich waren Ortak und er die einzigen außerhalb des Rath, die noch am Leben waren – doch das genügte der Bestie nicht.

Sie wollte ihn.

Und als wäre dieser Gedanke das Stichwort gewesen, auf das der Drache nur gewartet hatte, stürzte die Bestie wie ein Stein in die Tiefe.

Es war der Turm, der Chris rettete.

Die linke Schwinge des Drachen streifte seine Spitze. Der halbe Turm brach krachend in sich zusammen, aber das Ungeheuer wurde aus seiner Bahn geworfen; seine gierig vorgestreckten Krallen, die Chris hatten packen und zerreißen wollen, gruben sich knirschend in die brennende Burgmauer, dann prallte der Drache selbst gegen den Stein und riss die gesamte östliche Mauer der Burg nieder. Sofort schwang er sich wieder in die Höhe und setzte zu einem neuerlichen Angriff an. Ortak rannte so schnell, dass Chris nicht mehr mitkam und fiel, aber der Tuatha de Dannan riss ihn in die Höhe und stürmte weiter.

Sie waren noch drei Schritte vom Turm entfernt, als der Drache angriff. Chris sah ein grausam helles, gleißendes Licht über sich am Himmel aufflammen und spürte, wie Ortak ihn packte und mit einer letzten, gewaltigen Kraftanstrengung durch die halb zusammengebrochene Tür schleuderte.

Das Feuer des Drachen berührte den Boden, noch ehe er drinnen im Turm aufschlug. Es war, als wäre die Zeit stehen geblieben; Chris sah alles mit hundertfacher Klarheit und hundertfach langsam, während er mit hilflos rudernden Armen und Beinen durch die Luft flog. Ortaks Gestalt wurde zu einem flachen schwarzen Scherenschnitt und war dann verschwunden, nicht verbrannt oder zu Asche zerfallen, sondern einfach fort, als hätte es sie nie gegeben, und wo er gestanden hatte, begann der Stein zu glühen und dann Blasen zu werfen wie Wachs, das zu lange in der Sonne gelegen hatte. Chris sah, wie die Linie tödlichen weißen Lichtes auf ihn zukroch, die Tür erreichte und den Stein aufflammen ließ, dann schlug er auf dem Boden im Inneren des Turmes auf, überschlug sich zwei-, dreimal – und das Feuer erstarrte.

Der tödliche weiße Glanz war noch da, er füllte die Tür aus, war sogar schon ein Stück in den Turm hineingekrochen, aber er bewegte sich nicht weiter, und Chris fühlte auch keine Hitze. Er hörte auch nichts mehr. Es war still.

Fassungslos starrte Chris auf die Wand aus gefrorenem Feuer. Die gesamte Ostseite des Turmes hatte sich unter dem Drachenfeuer nach innen gewölbt, einzelne Steine hatten sich bereits aus den Mauern gelöst und wollten herabstürzen, aber auch sie waren erstarrt, wie mitten in der Bewegung eingefroren. Es war, als hätte jemand die Zeit angehalten, dachte er verstört. Jemand schützte ihn. Aber wer?

Unsicher stand Chris auf und drehte sich herum.

Er war nicht allein. Auf der anderen Seite des Saales, unweit der Treppe, die in die Kellergewölbe und den Rath hinabführte, stand eine schmale, in ein einfaches schwarzes Gewand gekleidete Gestalt, die Chris unter einer spitzen Kapuze hervor reglos anblickte.

»Fuavarra?«, fragte Chris vorsichtig.

Aber es war nicht Fuavarra. Chris wusste es, noch bevor er den Namen des Feenkönigs ganz ausgesprochen hatte.

Der Mann, der auf der anderen Seite der Halle stand, der

Mann, der die Zeit angehalten hatte, war der Herr der Milesier.

Der Schwarze Druide.

Chris empfand keinen Schrecken. Beinahe war es, als hätte er erwartet, dass es so kommen würde.

Ruhig und hoch aufgerichtet ging er dem Milesier entgegen und blieb zwei Schritte vor ihm stehen. Obwohl er dem Schwarzen Druiden jetzt ganz nahe war, konnte er sein Gesicht noch immer nicht erkennen. Unter der schwarzen Kapuze waren nur Schatten. Aber er spürte seinen Blick, und deutlicher denn je fühlte er, dass er diesen Mann kannte.

»Was willst du?«, fragte er gefasst. »Bist du gekommen, um mich zu holen?«

Ein leises Lachen drang unter der Kapuze des Druiden hervor. »In gewissem Sinne, ja«, antwortete der Milesier.

»Dann tu es«, sagte Chris herausfordernd. »Töte mich, wenn es das ist, was du willst.«

»Töten?« Wieder lachte der Mann, doch es lag nichts Feindseliges in diesem Lachen. Der Druide schüttelte den Kopf. »Oh, du hast nichts verstanden, mein Freund«, sagte er. »Ich war niemals dein Feind, weißt du das denn nicht?«

»Wer bist du?«, fragte Chris.

An Stelle einer Antwort hob der Milesier langsam die Hände und streifte die schwarze Kapuze zurück, und zum ersten Mal konnte Chris das Gesicht des Schwarzen Druiden sehen.

Seine Augen weiteten sich. »O'Donoghue!«, flüsterte er fassungslos.

Der Schwarze Druide

»Ja«, sagte der Schwarze Druide. »So nennt man mich – zuweilen. Wenn du willst, dann bleiben wir bei diesem Namen.« Sein Gesicht blieb bei diesen Worten unbewegt, aber in seinen Augen glomm ein warmes Lächeln auf, das Chris mehr als alles andere verwirrte.

Er starrte O'Donoghue an und suchte vergeblich nach Worten. Er verstand nichts mehr.

»Sie?«, stammelte er. »Sie sind der ... der Herr der Milesier?«

»Du bist verwirrt«, sagte O'Donoghue. Er nickte. »Das begreife ich. Aber du wirst alles verstehen.«

»Was?«, fragte Chris bitter. »Dass Sie mich belogen haben, vom ersten Moment an?« O'Donoghue wollte etwas sagen, aber mit einem Male war Chris' Furcht wie weggeblasen, und stattdessen fühlte er einen rasenden Zorn. »Wie lange haben Sie das schon so geplant?«, schrie er. »Schon in Killarney? Oder vielleicht noch eher?«

»Vom ersten Tage an«, sagte O'Donoghue ruhig. »Ich habe lange nach einem wie dir gesucht, Chris. Jahrhunderte. Einem Menschen, der die Fähigkeit hat, in beiden Welten zu leben, und die Kraft, der Verlockung der Macht zu widerstehen.«

»Und war Ihre Wahl richtig?«, fragte Chris bitter.

»Ich weiß es nicht«, antwortete O'Donoghue, »denn deine Aufgabe ist noch nicht beendet. Aber ich glaube es.«

»Noch nicht beendet?« Chris kämpfte gegen die Tränen an, die ihm Hilflosigkeit und Zorn in die Augen trieben. »Was soll ich noch für Sie tun? Noch ein Volk ins Verderben stürzen? Noch eine Welt vernichten?«

O'Donoghues Blick wurde traurig. »Nicht du warst es, der die Sidhe vernichtet hat, Chris«, sagte er. »Sie selbst waren es. Du warst nur ein Werkzeug. Und mehr noch – die letzte Chance, die ich ihnen gab. Sie haben sie verspielt.«

»Wer sind Sie?«, fragte Chris noch einmal. »Wer sind Sie wirklich, Mr. O'Donoghue?«

O'Donoghue sah ihn an, und plötzlich geschah etwas Unheimliches. Für einen kurzen Moment konnte Chris sein Gesicht nicht mehr deutlich erkennen. Es verschwamm wie ein Spiegelbild in glasklarem Wasser, in das jemand einen Stein geworfen hatte, und als sich seine Züge wieder glätteten, da war es nicht mehr das Gesicht O'Donoghues, in das Chris blickte, sondern das des Dagda.

Chris riss erstaunt die Augen auf. »Dagda?«, murmelte er.

»Du? Du bist –« Seine Stimme versagte, und wo gerade noch grenzenloser Zorn und Verbitterung gewesen war, breitete sich nichts als Verwirrung in Chris aus.

»Manchmal nenne ich mich auch so«, sagte der Mann, der gerade noch O'Donoghue gewesen war. »Ich habe viele Namen und viele Gestalten. Manche nennen mich Oberon.« Wieder veränderte sich sein Gesicht, und plötzlich stand Chris einem Fremden gegenüber, dessen Antlitz eine vage Ähnlichkeit mit dem Fuavarras hatte – nur, dass dieser Mann gegen den Sidhe so weise und sanftmütig erschien wie jener gegen die Menschen. Chris schauderte. Er spürte die Aura grenzenloser Macht, die die schmale Gestalt des alten Mannes umgab. Unwillkürlich wich er einen Schritt zurück.

Oberon/O'Donoghue/Dagda schien das Unbehagen zu spüren, das sein Anblick Chris bereitete, denn abermals veränderte sich sein Gesicht – aber als Chris es wieder erkennen konnte, da war es weder das des Dagda, noch O'Donoghues, sondern ein zerknittertes graues Totenkopfgesicht mit dunklen Augen und einem schlitzförmigen Mund, der ständig zu einem schadenfrohen Grinsen verzogen zu sein schien. »Und manchmal nenne ich mich auch Grywwyn«, fügte er hinzu, mit der schrillen, unverkennbaren Stimme des Buka.

»Du?«, flüsterte Chris. »Das … das warst alles … du? Aber … aber warum? Warum dieses ganze grausame Spiel, wenn du doch –«

»Es war kein Spiel«, unterbrach ihn O'Donoghue, der jetzt wieder die Gestalt angenommen hatte, in der Chris ihn aus Killarney kannte. Er sprach leise und mit sehr ernster, eindringlicher Stimme. »Und es war auch nicht grausam. Dir und den anderen mag es so vorkommen, aber das Schicksal geht manchmal Wege, die wir nicht verstehen.«

»Aber … aber du hast sie vernichtet!«, flüsterte Chris entsetzt. »Wenn du wirklich Oberon bist, dann hast du dein eigenes Volk in den Untergang getrieben!«

»Auch ich bin nur ein Werkzeug«, antwortete O'Donoghue. »Ein winziges Rädchen des Schicksals, das so wenig von seiner wahren Bestimmung weiß wie du. Es waren die Sidhe selbst, die ihren Untergang bewirkten. Ihre Zeit war abgelaufen.« Er lächelte, als er sah, dass seine Worte Chris nur noch mehr verwirrten.

»Erinnerst du dich, was dir Grywwyn erzählte, als ihr vor den Piraten geflohen seid?«, fuhr er fort. »Er sagte, dass es mit Völkern wie mit Menschen ist – sie werden geboren, sie altern, und sie sterben. Die Sidhe sind alt, uralt. Viel, viel älter als jedes andere Volk. Ihre Zeit war längst abgelaufen, aber sie wehrten sich gegen das Schicksal, und sie beschworen Mächte herauf, deren sie nicht mehr Herr werden konnten; so, wie die Herren der Gläsernen Stadt. Es ist nicht das erste Mal, dass so etwas geschieht, seit die Welt erschaffen wurde, und es wird nicht das letzte Mal sein.«

»Aber das ist … entsetzlich«, flüsterte Chris.

O'Donoghue schüttelte den Kopf. »Es ist der Lauf der Dinge. Alles stirbt, um dem Neuen Platz zu machen. Nur so kann die Welt weiter existieren. Und es ist nichts Schlechtes an diesem Plan.«

»Und was ist schlecht daran, leben zu wollen?«, fragte Chris. »Nichts«, antwortete O'Donoghue. »Aber die Sidhe wollten nicht einfach nur leben. Wäre es nur die Unsterblichkeit gewesen, die sie anstrebten, so hätten sie bis in die Ewigkeit existieren können. Aber sie wollten mehr. Sie hatten mehr Macht, als du dir vorstellen kannst, doch das reichte ihnen nicht. Oh, ich weiß, wie wenig glaubhaft meine Worte dir vorkommen müssen, aber sie sind die Wahrheit. Du hast die wirkliche Macht der Sidhe niemals kennen gelernt. Ihre Welt ist anders als eure. Sie mag dir primitiv vorkommen, aber das ist sie nicht. Und die Sidhe hatten es in der Hand, sie zum Paradies zu machen. Stattdessen haben sie sie zerstört. Wahre Weisheit, Chris, ist nicht die Macht, alles zu vollbringen. Es ist das Wissen, nicht alles zu tun, was man kann. Du hast die Erinn erlebt, Chris, und die Tuatha de Dannan und schließlich die Sidhe – Völker, von denen sich das eine dem anderen überlegen dünkte und misstrauisch darauf achtete, dass nur keiner mehr Macht erlangte als sie selbst.«

»Und was ist so falsch daran?«, fragte Chris.

»Es verstößt gegen das Prinzip der Schöpfung«, antwortete O'Donoghue. »Leben ist Entwicklung. Nichts kann wachsen und gedeihen, wenn das Alte nicht weicht, um Platz zu machen. Die Völker Erinns sprachen ihr eigenes Urteil, als sie das Schwert gegen die Milesier erhoben.«

»Aber sie haben sich doch nur gewehrt«, sagte Chris verstört. »Die Milesier waren es, die sie angriffen!«

»Die Milesier«, widersprach O'Donoghue, »waren ihre letzte Chance. Das letzte Zeichen, das ich ihnen gab, von ihrem falschen Weg abzuweichen und den richtigen zu wählen. Aber sie wählten den Kampf. Und damit den Tod.«

Chris war nicht sicher, ob er verstand, was O'Donoghue ihm damit sagen wollte. War denn alles gelogen gewesen, was Fuavarra und die anderen ihm erzählt hatten – und selbst Llewellyen? Das konnte er nicht glauben.

»Sie haben dich nicht belogen«, sagte O'Donoghue, der seine Gedanken gelesen hatte. »Die Sidhe waren nicht schlecht, glaube das nicht. Wären sie es gewesen, hätte ich sie längst ausgelöscht, wie viele vor ihnen. Sie glaubten an das, was sie taten. Aber ihr Weg war falsch.«

»Dann werden sie alle sterben«, murmelte Chris.

»Nicht alle«, widersprach O'Donoghue. »Nichts vergeht für immer, und nichts verschwindet spurlos. Die, die mit deinem Freund Llewellyen auf die Tir Nan Og geflohen sind, werden leben, denn dort sind sie sicher vor dem Drachen.«

»Und die Milesier?«, fragte Chris.

O'Donoghue schwieg einen Moment. Sein Blick richtete sich auf die Wand hinter ihm, aber Chris spürte, dass er nicht den grauen Fels sah, sondern etwas, was dahinter lag, unendlich weit entfernt.

»Sie sind die Zukunft«, sagte O'Donoghue schließlich. »Vielleicht. Sie sind jung und ungestüm und voller Kraft, aber sie sind auch wie Kinder, die erst noch lernen müssen, dass sie sich nicht alles nehmen können, was sie sehen. Sie werden die gleiche Chance bekommen wie die Sidhe und wie die, die vor ihnen da waren. Wie ihr«, fügte er hinzu. »Auch ihr habt euren Drachen, weißt du?«

Chris schwieg für lange, lange Zeit. Er begriff nur zu gut, was O'Donoghue ihm mit diesen geheimnisvollen Worten sagen wollte. Er wollte antworten, aber er konnte es nicht. »Komm jetzt«, sagte O'Donoghue nach einer Weile. »Deine Aufgabe ist noch nicht beendet.« Er wandte sich um und ging auf die Treppe zu, und Chris folgte ihm ohne ein Wort des Widerspruchs.

Sie stiegen in den Keller von Ross Castle hinab, und zum dritten Mal betrat Chris den Rath, in dem alles angefangen hatte. Die unheimliche Stille folgte ihnen wie ein körperloser Schatten, und sie trafen auf keinen Menschen. Von Llewellyen und denen, die sich ihm angeschlossen hatten, war keine Spur mehr zu sehen, und Chris begriff, dass O'Donoghue auch in diesem Punkt die Wahrheit gesagt hatte – sie waren in Sicherheit, auf dem Wege zur Tir Nan Og, wo sie der Drache nicht erreichen konnte.

Und plötzlich blieb er stehen und starrte O'Donoghue an.

»Der Drache!«, flüsterte er entsetzt. »Was geschieht mit ihm? Er ... ist noch da.«

O'Donoghue nickte. »Nur der, der den Drachen zum Leben erweckt hat, kann ihn auch wieder zerstören«, antwortete er. »Hat Fuavarra dir das nicht gesagt?«

»Nein«, flüsterte Chris entsetzt. Er stöhnte auf, als er begriff, was O'Donoghues Worte bedeuteten. »Er wird weitertoben«, flüsterte er. »Er wird Ross Castle vernichten und das Land und die ganze Insel und –«

»– und vielleicht die ganze Welt, wenn du ihn nicht besiegst«, fügte O'Donoghue ernst hinzu. »Ja. Auch dieser Teil der Prophezeiung war den Sidhe bekannt. Aber sie glaubten, dass es nicht dazu kommen könnte.«

»Ihn besiegen?«, keuchte Chris. »Ich? Aber wie kann ich das, wenn nicht einmal Fuavarra und seine Druiden dazu fähig waren?«

»Du kannst es«, antwortete O'Donoghue. »Wenn du es wirklich willst. Und du wirst Hilfe bekommen.« Er griff unter seinen Mantel und zog eine runde Scheibe aus silberglänzendem Metall hervor – die Gae bulga, Cuchullins magische Waffe, die er ihm schon einmal anvertraut hatte. Chris starrte das Wurfeisen an, und endlich begriff er seine wirkliche Bestimmung, die einzige Aufgabe, für die es erschaffen worden war. Er streckte die Hand danach aus, aber dann zögerte er.

»Ich … habe sie schon einmal missbraucht«, sagte er stockend.

»Aus Unwissen«, antwortete O'Donoghue. »Es ist das Vorrecht der Menschen, Fehler zu begehen. Aber es ist ihre Pflicht, daraus zu lernen. Hast du gelernt?«

»Ja«, antwortete Chris mit fester Stimme. »Das habe ich.«

»Dann geh«, sagte O'Donoghue. Nicht mehr, kein Wort des Abschieds, kein Versprechen auf ein Wiedersehen oder Hilfe. Aber das war auch nicht mehr nötig, denn plötzlich wusste Chris, was er zu tun hatte. Ohne ein weiteres Wort nahm er die Gae bulga aus O'Donoghues Hand und ging mit festen Schritten den Gang hinunter.

Der Rath war still und dunkel wie eine Gruft, und er kam ihm auf sonderbare Weise vertraut vor, obwohl er nur zweimal zuvor hier gewesen war. Mit nachtwandlerischer Sicherheit wusste er, welchen Weg er wählen musste, jedes Mal, wenn er an eine Abzweigung kam, welche Halle er durchqueren, welche Treppe er hinunter- oder hinaufsteigen musste, um den Weg aus dem unterirdischen Labyrinth zu finden. Er brauchte lange dazu, denn der Rath war gewaltig, und mit jedem Schritt, den er tat, entfernte er sich ein bisschen mehr von Erinn und kam seiner eigenen Welt wieder näher, und als er schließlich weit vor sich einen münzgroßen Fleck gelben Tageslichtes erblickte, da wusste er, dass es nicht mehr die Sonne Erinns war, deren Schein die ewige Nacht des Rath durchbrach.

Verwirrt blieb er stehen. Er war sich sicher, dass der Eingang dort vor ihm jener war, durch den er die Welt Llewellyens und der Sidhe betreten hatte, das Tor, durch das er in seine eigene Welt zurückgelangte.

Aber er konnte noch nicht zurück! O'Donoghue hatte ihm gesagt, was geschehen würde, wenn er den Drachen nicht bändigte, und er hatte die Verheerung ja mit eigenen Augen gesehen, die das Ungeheuer angerichtet hatte.

Plötzlich fühlte sich Chris hilfloser denn je. Er wollte zurückgehen und irgendeine andere Abzweigung wählen, aber er wusste, dass es kein Zurück für ihn gab; der Weg, den O'Donoghue ihn geschickt hatte, führte nur in eine Richtung.

Seine Hand senkte sich auf die Gae bulga, die wieder an einer Schlaufe an seinem Gürtel baumelte, als müsse er sich davon überzeugen, dass sie noch da war. Er spürte kaltes, glattes Metall unter den Fingern, sah an sich herab – und erschrak.

Die weiße Erinn-Tracht, die er getragen hatte, war verschwunden; er trug wieder die schwarze Hose und den Pullover, in denen er an jenem Morgen vor so unendlich langer Zeit die Pension in Killarney verlassen hatte. Und seine Kleider waren triefend nass.

Er fühlte die unangenehme Kälte des nassen Stoffes auf seiner Haut, und statt der Brandwunden und Schnitte, die er sich bei seinem verzweifelten Lauf über den Hof zugezogen hatte, waren wieder die Schrammen da, die ihm seine Flucht in das Tor beschert hatte. War denn alles nur ein Traum gewesen? dachte er entsetzt. Konnte es sein, dass er sich alles nur eingebildet hatte? Unsicher und mit klopfendem Herzen ging er weiter. Nach einer Weile wuchs der kleine runde Lichtfleck vor ihm zu einem ovalen Kreis flimmernder gelber Helligkeit heran, hinter dem er das silberne Spiegeln des Sees erkennen konnte. Der Wasserfall war verschwunden, und auf dem See tanzten blitzende Lichtreflexe, als wäre das Wasser in Aufruhr.

Dann hörte er das Grollen.

Zuerst war es nur ein tiefes Stöhnen, ein Geräusch, als rieben große Felsen aneinander, aber es gewann rasch an Lautstärke und Macht, und plötzlich begann der Boden unter Chris' Füßen zu zittern. Dann erschütterte ein gewaltiges Krachen den Berg.

Chris taumelte, prallte schmerzhaft gegen die Wand und rannte blindlings los. Ein zweiter, noch gewaltigerer Donnerschlag ließ den Gang erzittern. Staub und Steintrümmer regneten auf Chris herunter, und irgendwo hinter ihm löste sich ein großes Felsstück aus der Decke und polterte zu Boden. Sein erster Gedanke galt dem Drachen, aber noch bevor er das Tor erreichte, begriff er, dass das dumpfe Grollen und

Beben des Berges eine andere Ursache hatte: die große Sprengung, die sein Vater und O'Donoghue auf der anderen Seite des Berges vornahmen.

Dann erfolgte ein dritter Knall. Irgendwo aus der Tiefe des Rath antwortete ein unheimlicher, mahlender Laut auf das Donnern der Explosion. Chris rannte los.

Hinter ihm brach der Stollen auf ganzer Länge zusammen, als er das Tor erreichte und sich mit einem verzweifelten Satz ins Wasser warf.

Er tauchte unter, schrammte mit Gesicht und Händen über den glatten Stein der Treppe und schwamm ein Stück unter Wasser dahin, ehe er es wagte aufzutauchen. Prustend schnappte er nach Luft.

Alles war wie damals, als sein fantastisches Abenteuer begann: Er war wieder im See, nur wenige Meter vom Berg und dem jetzt für alle Zeiten verschlossenen Tor in den Rath entfernt, und der Himmel war voller Rauch. Steine und Felsbrocken regneten in den See hinab, und auf der anderen Seite des Berges erscholl immer noch das dumpfe Krachen und Grollen zusammenbrechender Felsmassen. Keuchend vor Erschöpfung schwamm Chris zum Ufer zurück und kroch auf den schmalen Sandstreifen hinauf. Vielleicht hatte er sich wirklich alles nur eingebildet.

Und doch hatte sich etwas geändert; da war etwas, was nicht sein durfte, etwas, das er vergessen und das ihn trotzdem die ganze Zeit über gequält hatte etwas, das –

Über ihm erscholl ein schriller, zorniger Schrei, und Chris' Kopf flog in den Nacken.

Der Drache war da!

Chris' Herz setzte für einen Moment aus, als er begriff, was es war, was ihn die ganze Zeit über bedrückt hatte. Er hatte ihn gesehen, in der allerletzten Sekunde, bevor er in die andere Welt hinübergetreten war, und obwohl er ihn nicht bewusst wahrgenommen hatte, hatte sich das Bild in sein Gedächtnis eingebrannt.

Es war der Drache. Die Bestie, die er aus ihrem Gefängnis im Kalten Land befreit hatte und die ihm gefolgt war, nach Erinn, nach Ross Castle und schließlich hierher, in die Wirklichkeit! Groß und hässlich schwebte sie über dem See, ein Monster, das den Himmel verdunkelte und dessen Flügelschläge den See zum Kochen brachten. Es war das Beben gewesen, mit dem der Drache die Grenze zwischen den Welten durchbrach, das den Rath zum Einstürzen brachte, nicht das Dynamit auf der anderen Seite des Berges.

Das Ungeheuer starrte ihn an. In seinen kleinen, blutigroten Augen brannte ein böser Triumph. Aber der Drache griff nicht sofort an, sondern hing reglos über dem See, wie um ihm zu zeigen, wie lächerlich und hilflos all seine Bemühungen gewesen waren und wie unmöglich es war, ihm zu entfliehen. Er war ein Dämon, vor dem es keine Flucht und kein Verstecken gab, war er erst einmal geweckt.

Chris' Hand kroch zum Gürtel und tastete nach der Gae bulga. Sie war noch da. Vorsichtig löste Chris sie von der Schlaufe.

Der Drache starrte auf ihn herab, und Chris war sicher, dass ihm keine seiner Bewegungen entging. Vielleicht spürte er sogar die Gefahr, die von dem winzigen Stück Metall in seiner Hand ausging, denn mit einem Male tat er etwas völlig Unerwartetes: Statt sich auf sein Opfer herabzustürzen oder sein tödliches Feuer auf ihn zu schleudern, warf er den Kopf in den Nacken, stieß ein ungeheuerliches Brüllen aus – und schwang sich herum, fort von der Burg und Chris und auf das jenseitige Ufer des Sees zu, in Richtung Killarney und seine ahnungslosen Menschen.

»Nein!«, schrie Chris. »Komm zurück! Komm zurück und kämpfe mit mir!«

Tatsächlich hielt der Drache in seinem rasenden Flug inne. Sein hässlicher Schädel ruckte in Chris' Richtung, und seine Augen flammten vor Zorn und Hass. Aber er griff ihn nicht an, sondern kreiste nur einmal über dem See und flog dann wieder in Richtung Killarney davon.

Doch plötzlich waren Schatten vor ihm in der Luft. Rauchige Schwaden ballten sich zusammen, aus denen Körper wurden – und dann brach eine gewaltige Armee riesenhafter Reitergestalten direkt aus dem Nichts hervor und sprengte auf den Drachen zu.

Es waren die Ritter aus Tintagel. Chris erkannte sie im gleichen Moment, in dem sie über dem See auftauchten und den Drachen angriffen. Es waren die Männer, die im Thronsaal Tintagels zusammengekommen waren, Nacht für Nacht und Jahrhundert für Jahrhundert, und darauf gewartet hatten, ihre Schuld sühnen zu können. Lautlos griffen sie die Bestie an, die sich mit wilden Flügel- und Krallenschlägen wehrte, als spüre sie genau, wie wenig ihr Feuer der Armee der Schatten anhaben konnte.

Jeder Flügelschlag des Drachen schmetterte Dutzende der Reiter aus den Sätteln, jeder Krallenhieb forderte neue Opfer, und jedes Zuschnappen seiner riesigen Kiefer riss furchtbare Lücken in die Reihen der Schattenreiter. Aber die Männer aus Tintagel griffen weiter an, und für einen, der fiel, tauchten drei neue aus dem Nichts zwischen den Welten auf, in dem sie so lange gefangen gewesen waren. Langsam, ganz langsam, aber unerbittlich wurde der Drache zurückgetrieben, bis er wieder über der Mitte des Sees war.

Chris hob die Gae bulga. Die Waffe bebte in seiner Hand wie ein lebendes Wesen, und sie glühte in einem grellweißen, magischen Feuer. Sie begann zu zittern wie ein Raubtier, das wütend an seiner Kette zerrte, um sich endlich auf den verhassten Gegner zu stürzen.

Aber Chris ließ sie noch nicht fliegen, denn in diesem Moment streifte sein Blick den Gipfel des Burghügels, und er sah die schwarz gekleidete Gestalt, die zwischen den Ruinen Ross Castles aufgetaucht war.

Und jetzt, endlich, begriff er wirklich.

Es war das gleiche Gefühl des Beobachtet-Werdens, das er auch in Tintagel verspürt hatte, und das gleiche, verwirrende Empfinden einer gewaltigen, wohl wollenden Macht, die ihn gleichzeitig beschützte und lenkte. Der Mann in Schwarz, der Herr Tintagels, war niemand anders als O'Donoghue, denn auch die Ritter der Schattenburg waren einst seine Kinder gewesen, und auch sie hatten versagt. Nun aber wurde ihnen eine letzte Chance gewährt, denn Oberon war vielleicht ein gnadenloser Gott, aber er war nicht grausam. Chris senkte das Wurfeisen wieder und sah dem entsetzlichen Kampf zu. Die Reiter aus Tintagel hatten den Drachen eingekreist und griffen immer wieder und wieder an, aber ihr Zustrom nahm allmählich ab, und während die Wunden des Drachen so schnell heilten, wie sie sie schlagen konnten, hinterließ jeder seiner Angriffe furchtbare Lücken in ihren Reihen, die sich nun nicht wieder schlossen. Aber der Tod, den der Drache diesen Männern brachte, war in Wahrheit eine Gnade, denn er bedeutete das Ende ihrer jahrhundertelangen Verdammnis. Die Erlösung, auf die sie so lange gewartet hatten.

Als auch der letzte Reiter aus Tintagel unter den Prankenhieben des Drachen gefallen war, sah Chris noch einmal zu O'Donoghue hinauf, lächelte dankbar und ließ die Gae bulga fliegen.

Cuchullins Eisen verwandelte sich in einen grelllodernden Stern, der auf den Drachen zuraste. Das Ungeheuer brüllte auf und warf sich mit einem verzweifelten Flügelschlagen herum. Aber seine Reaktion kam zu spät.

Die Gae bulga traf seine Brust, zerschmetterte die schwarzen Panzerplatten und bohrte sich in sein Herz.

Es wurde Abend, bis Chris in die kleine Pension in Killarney zurückkehrte, aber mit Ausnahme seiner Mutter nahm kaum jemand Notiz von ihm; ebenso wenig wie von der Tatsache, dass er den ganzen Tag über fortgewesen war und nass und mit zerrissenen Kleidern wieder nach Hause kam. Zu viel war an diesem Tag geschehen, denn Chris war keineswegs der einzige gewesen, der den Drachen gesehen hatte. Auch in Killarney hatten viele den monströsen Schatten gesehen, der plötzlich über dem See erschienen war, und in der ganzen Stadt war eine unerklärliche Unruhe ausgebrochen.

Chris selbst erzählte niemandem von seinem Abenteuer, nicht einmal seinen Eltern. Niemand hätte ihm geglaubt, und selbst wenn – er spürte einfach, dass das, was er erlebt hatte, nur ihn anging, ihn und die Wesen Erinns. Ganz davon abgesehen hätte ihm sein Vater auch kaum zugehört, denn auf der Baustelle hatte sich eine kleine Katastrophe ereignet: Chris erfuhr, dass die Explosion viel stärker ausgefallen war als berechnet – wie sich bei einer nachfolgenden Untersuchung herausstellte (bei der sein Vater restlos rehabilitiert wurde), sogar stärker, als überhaupt möglich gewesen wäre –, und noch bevor der Tag zu Ende war, wimmelte Killarney von Beauftragten der Regierung, von Polizei und natürlich auch von Reportern, die sich begierig auf die doppelte Sensation stürzten.

Chris erkundigte sich nach O'Donoghue, und als er es tat, schien das Gesicht seines Vaters zu Stein zu erstarren. Er sah ihn an, stand dann abrupt auf und verließ das Zimmer, ohne ein Wort zu sagen, und von seiner Mutter erfuhr Chris, dass Mr. O'Donoghue eines der beiden einzigen Opfer der Katastrophe geworden war; seine Leiche sei zwar noch nicht gefunden worden, aber zahlreiche Zeugen hätten beobachtet, wie er auf den Berg zurannte, eine Sekunde, ehe das Unglück geschah und der halbe Berg auf ihn herabstürzte. Der zweite Vermisste war Llewellyen. Man hatte ihn in der Nähe der Baustelle beobachtet, noch wenige Minuten vor der Sprengung, und Chris wusste, dass die Suche nach ihm so ergebnislos verlaufen würde wie nach Mr. O'Donoghue.

Obwohl er der einzige war, der die Wahrheit kannte, erfüllten ihn die Worte seiner Mutter mit Trauer. Er musste die Tränen nicht heucheln, die plötzlich in seinen Augen standen, und seine Mutter nickte nur, als er aufstand und darum bat, in sein Zimmer gehen zu können, um allein zu sein. Bis zum letzten Moment hatte er gehofft, wenigstens Llewellyen noch einmal wieder zu sehen.

Er schlief nicht in dieser Nacht, sondern lag Stunde um Stunde wach, starrte die Decke über seinem Kopf an und ließ das Geschehen wieder und wieder vor seinem inneren Auge ablaufen. Jetzt, wo alles vorbei und zu spät war, verstand er alles, und er erkannte auch die schreckliche Konsequenz, mit der sich die Dinge von dem Moment an entwickelt hatten, als er zum ersten Mal mit Fuavarra gesprochen und von den Milesiern erfahren hatte. Und er glaubte noch einmal O'Donoghues Worte zu hören: »Es ist das Vorrecht der Menschen, Fehler zu begehen. Aber es ist ihre Pflicht, daraus zu lernen. Hast du gelernt?«

Ja, das hatte er.

Müde, aber zu erregt, um zu schlafen, stand er auf und trat ans Fenster. Killarney lag still und dunkel unter ihm, aber in den ersten Häusern gingen bereits die Lichter an, und in weniger als einer Stunde würde das Leben dort unten wieder seinen normalen, alltäglichen Gang nehmen. Chris blieb lange am Fenster stehen und sah in die Nacht hinaus, dann wandte er sich schließlich um und verließ sein Zimmer. Die Pension kam ihm so still und dunkel vor wie der Rath, als er die Treppe hinunterschlich und auf Zehenspitzen in die Küche ging, um niemanden zu wecken. Er war plötzlich sehr hungrig, und er wusste, dass die Wirtin nichts dagegen haben würde, wenn er sich eine Kleinigkeit aus dem Kühlschrank nahm.

Als er am Küchentisch vorbeikam, fiel sein Blick auf die aufgeschlagene Zeitung vom Vortag, die darauf lag. Es war eine englische Zeitung, und Chris überflog desinteressiert die Überschriften der Artikel. Dann blieb sein Blick auf einer kleinen, nur zehnzeiligen Meldung hängen, die in eine Ecke der Seite gequetscht worden war, als hätte man sich nicht recht entschließen können, ob sie es überhaupt wert war, gedruckt zu werden.

Es war ein Bericht über eine Sitzung des englischen Unterhauses; die letzte vor der Sommerpause, wie es hieß. Der Reporter schrieb, dass es in der Debatte – die sehr heftig gewesen sein sollte – um die Anschaffung einer neuen Waffengattung für die NATO gegangen war. Und noch während er las, hörte er noch einmal ganz deutlich O'Donoghues letzte Worte: »Hast du gelernt?«

Chris' Hände zitterten plötzlich, und ihm war eiskalt, als er die letzte Zeile des Berichtes las: Der Name des revolutionären Waffensystems, so hieß es dort, war *Dragon*.